W0191223

PIERRE SIMENON
Im Namen des Blutes

Pierre Simenon

Im Namen des
Blutes

Roman

Aus dem Französischen
von K. Schatzhauser

L!MES

Die Originalausgabe erschien 2010 unter dem Titel
»Au nom du sang versé« bei Flammarion, Paris.

Verlagsgruppe Random House FSC-DEU-0100
Das für dieses Buch verwendete FSC®-zertifizierte Papier
EOS liefert Salzer Papier, St. Pölten, Austria.

Erste Auflage
© der Originalausgabe 2010 by Flammarion
© der deutschsprachigen Ausgabe 2012 by Limes Verlag, München,
in der Verlagsgruppe Random House GmbH
Satz: Uhl + Massopust, Aalen
Druck und Bindung: GGP Media GmbH, Pößneck
Printed in Germany
ISBN 978-3-8090-2620-4

www.limes-verlag.de

Für Lili und Liam,
und natürlich für dich, Vater.

Verrücke nicht die uralte Grenze,
die deine Väter gemacht haben!
(SPRÜCHE 22, 28)

Wir haben der Welt den Frieden
zum Nutzen der Gauner gebracht.
(OBERGEFREITER HAL HEIMLICK,
551 FIELD ARTILLERY, UNITED STATES ARMY)

Man wird unsere Generation nicht nach dem beurteilen,
was wir in der Vergangenheit getan haben,
sondern danach, inwieweit wir es geschafft haben,
uns der Vergangenheit mit Anstand zu stellen
und so etwas wie Gerechtigkeit zu erreichen.
(STUART E. EIZENSTAT)

Die Schweizer haben eine Bank
auf dem Elend der Menschen gegründet.
(FRANÇOIS-RENÉ DE CHATEAUBRIAND)

Der Winter ist mir zuwider.
(ANTOINE DEMARSANDS)

INHALT

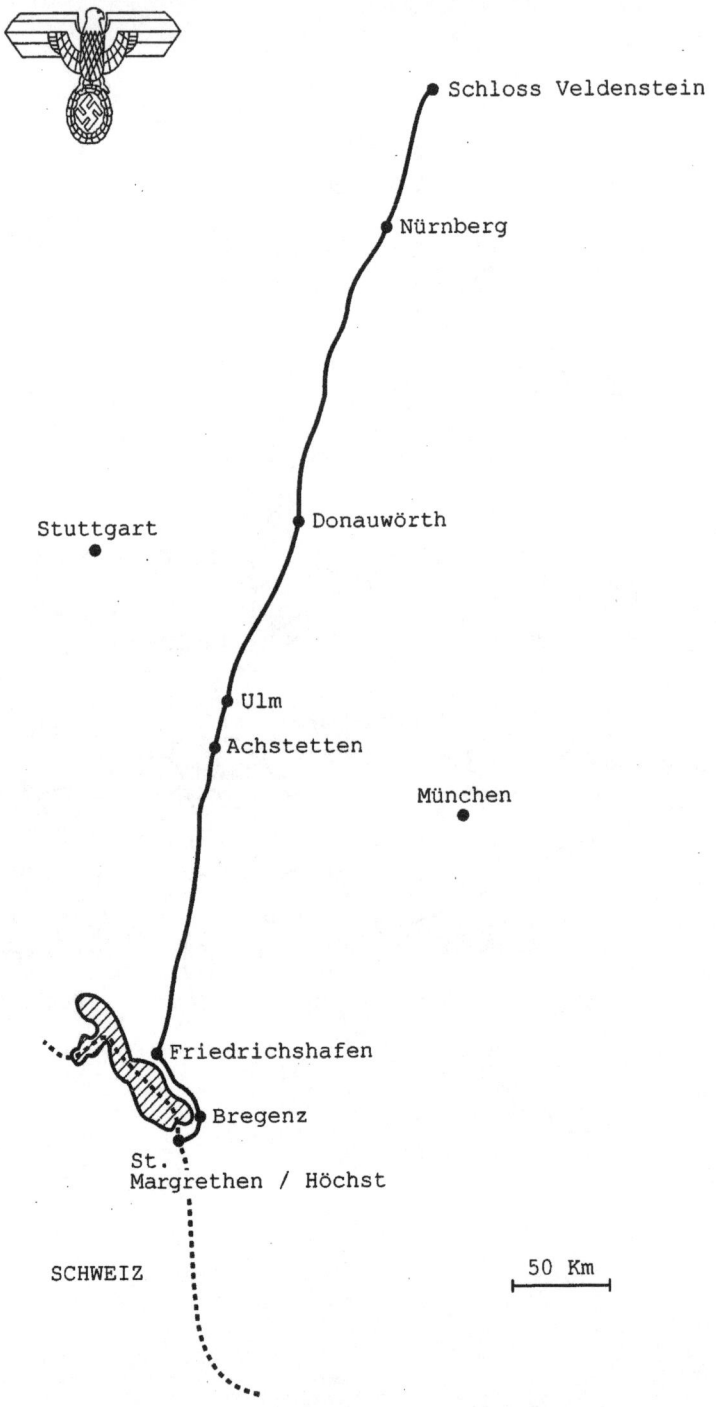

Schloss Veldenstein

Nürnberg

Stuttgart

Donauwörth

Ulm
Achstetten

München

Friedrichshafen

Bregenz

St.
Margrethen / Höchst

SCHWEIZ

50 Km

PROLOG

Im Krieg plündert jeder ein bisschen.
(HERMANN GÖRING)

Samstag, 17. März 1945

Erstaunlicherweise war der Tausend-Kilometer-Flug ohne Schwierigkeiten vonstattengegangen. Das Dunkel der Nacht und das schlechte Wetter waren ein so wirksamer Schutz vor den Jagdflugzeugen der Alliierten gewesen, dass – Ironie des Schicksals – die einzige Gefahr für die klapprige JU 52 des Transportverbands der Luftwaffe vom Beschuss durch die eigenen Leute ausging. An den Ufern von Oder und Neiße zog die Rote Armee gewaltige Truppenverbände sowie Unmengen von Panzern, Geschützen und Flugzeugen für den endgültigen Vorstoß auf Berlin zusammen, die Hauptstadt des Dritten Reiches, das in den letzten Zügen lag. Das Aufgebot der gegen Strapazen aller Art abgehärteten fünfhundert Divisionen Stalins nötigte Hitler und seinen erschöpften Generalstab, die allerletzten Reserven anzugreifen und eine allgemeine Mobilisierung auszurufen – doch damit konnten sie allenfalls eine Verlängerung des Leidens von Millionen Menschen um wenige armselige Wochen erreichen, mehr nicht. Was an militärischen Einheiten noch nicht vollständig aufgerieben oder in Gefangenschaft geraten war, wurde an die Front östlich der belagerten Stadt geworfen, wo sie sich in Schützengräben verschanzten, die man in aller Eile für eine letzte tödliche Schlacht ausgehoben hatte. Da man die Bedienung der wenigen Flugabwehrgeschütze, die noch in der Lage waren, den Himmel über Deutschland vor feindlichen Bombern zu schützen, fünfzehn- bis siebzehnjährigen »Flakhelfern« anvertraut hatte, war es inmitten eines solchen Chaos nicht weiter erstaunlich, dass die Junkers-Maschine trotz einer genau ausgearbeiteten Flugroute von einzelnen dieser Flakgeschütze unter Feuer genommen wurde. Der Hauptgrund dafür, dass sie unbeschädigt blieb, war deren mangelnde Zielgenauigkeit.

Im ersten fahlen Morgenlicht begann die Maschine ihren Landeanflug auf den Flughafen Tempelhof. Als das Fahrwerk auf der Landebahn aufsetzte, stieß Paul Demarsands, der von einer schlaflosen Nacht wie gerädert war, einen tiefen Seufzer der Erleichterung aus. Während er sich die geröteten Augen rieb, kam ein in Tarnfarbe lackierter Mercedes des Generalstabs auf das Flugzeug zugerast.

Kaum war die JU 52 zum Stillstand gekommen, als ein junger Offizier der Luftwaffe die Tür aufriss und hereinkam. Mit angespanntem Gesicht wandte er sich dem einzigen Fluggast zu.

»Herr Demarsands?«

»Ja.«

Paul Demarsands löste den Sitzgurt und zwängte seine steifen Glieder aus dem schmalen Sitz. Mit gequältem Lächeln vertrat er sich erst die Beine, dann wandte er sich dem Offizier zu, der knapp salutierte.

Der Hitlergruß scheint ja nicht mehr besonders hoch im Kurs zu stehen, *ging es dem schlaksigen Schweizer durch den Kopf, während er die militärische Begrüßung mit einem leichten Kopfneigen erwiderte.*

»Major Leber. Bitte folgen Sie mir. Der Herr Reichsmarschall erwartet Sie.«

Nach kurzem Zögern ergriff Demarsands seinen Seesack und ging auf die Tür zu.

Auf dem Rollfeld stand ein Unteroffizier in strammer Haltung neben dem geöffneten Schlag des Stabswagens. Alle drei stiegen ein und verließen unter lastendem Schweigen den Flugplatz durch die schwer bewachte Zufahrt in Richtung Stadtzentrum.

Die Straßen, durch die sie fuhren, ähnelten einer apokalyptischen Landschaft. Durch die beschlagene Türscheibe blickte Demarsands ungläubig hinaus. Was war nur aus dem Berlin geworden, das er von früher so gut kannte? Die stolze Hauptstadt eines »Tausendjährigen Reiches« war nur noch eine Ansammlung von Schuttbergen, zwischen denen man gelegentlich Fassaden mit leeren Fensterhöhlen, die Skelette ausgebrannter Autos und zu grotesken Formen verdrehte Straßenlaternen sah. Hier und da standen erstaunlicherweise noch einzelne unbeschädigte Gebäude. Sie wirkten in dieser Umgebung wie geradezu ungebührliche Zeugen einstigen Glanzes. Dort, wo keine Trümmer eingestürzter Gebäude die Durchfahrt versperrten, zwangen offensichtlich in aller Eile errichtete Barrikaden den Stabswagen zu vielen verwickelten Umwegen. Mit diesen sogenannten Panzersperren gedachte man, den unmittelbar bevorstehenden Vorstoß der sowjetischen Streitkräfte aufzuhalten.

Etwa so, wie sich Schiffbrüchige vergeblich an im Wasser treibende Gegenstände klammern, die der von ihrem sinkenden Schiff erzeugte Sog unerbittlich in die Tiefe zieht, bemühten sich die Bewohner der Stadt trotz des seit Monaten dauernden Bombenterrors, ihren gewohnten Alltag fortzusetzen. Demarsands sah, wie Männer in fadenscheinigen Mänteln mit der Aktentasche in der Hand auf dem Weg ins Büro über Trümmerhaufen stiegen. Gleich daneben warteten zerfetzte Leichen darauf, von Freiwilligen, die am Ende ihrer Kraft waren, eingesammelt zu werden. Der ekelerregende schwere Verwesungsgeruch drang sogar in das Innere des Wagens.

An der Leipziger Straße setzte der Fahrer zu Demarsands' großer

Überraschung die Fahrt nordwärts in Richtung Potsdamer Platz fort, statt von der Stresemannstraße nach rechts abzubiegen, von wo es zu Görings Amtssitz ging.

»Wohin fahren wir?«, fragte er Major Leber, von einer plötzlichen Unruhe erfasst.

»Der Herr Reichsmarschall wünscht nicht, dass das Treffen Aufsehen erregt.«

Gerade in diesem Augenblick tauchte der Tiergarten vor ihnen auf. Von diesem herrlichen Park im Herzen der Stadt war nichts geblieben als Baumstümpfe und riesige Bombentrichter. Die Reichskanzlei zur Rechten war nahezu vollständig zerstört, was Hitler genötigt hatte, sein Hauptquartier in den tief unter der Erde angelegten Führerbunker zu verlegen.

»Auch das Hauptquartier der Gestapo ist schwer in Mitleidenschaft gezogen worden«, fügte Leber hinzu, als könne er Gedanken lesen. Er gab sich nicht die geringste Mühe, ein befriedigtes Lächeln zu unterdrücken.

»Letzten Endes gibt es doch noch Gerechtigkeit.« Schon, aber viel zu wenig und viel zu spät.

Nachdem sie eine Zwangspause einlegen mussten, um eine Kolonne von Panzern des Typs Tiger *passieren zu lassen, fuhren sie schließlich durch das Brandenburger Tor und über die Straße Unter den Linden ostwärts in Richtung Alexanderplatz. Nur noch Trümmer waren von dem auf einer Spree-Insel errichteten herrlichen Berliner Schloss zu sehen, das seit 1443 als Hauptresidenz der Markgrafen und Kurfürsten von Brandenburg sowie später der Könige von und in Preußen und der deutschen Kaiser gedient hatte.*

Nach einigen weiteren Umwegen bog der Wagen in ein Gässchen ein und hielt dort vor einem unscheinbaren dreistöckigen Haus. Wie durch ein Wunder schienen die Bomben diesen Teil der Stadt bislang verschont zu haben. Nachdem sie eine Wendeltreppe em-

porgestiegen waren, bat Leber den Besucher in eine elegant einge-
richtete Wohnung. »Bitte hier entlang, Herr Demarsands.«

*Er folgte dem Major durch einen hell erleuchteten langen Gang
zu einer schweren Eichentür. Leber blieb kurz stehen, rückte seinen Waffenrock zurecht und trat dann ein, dicht gefolgt von Demarsands. Diesmal riss der Major schneidig den rechten Arm zum
Deutschen Gruß empor:* »Heil Hitler! Herr Reichsmarschall, ich
melde Ihnen Herrn Paul Demarsands.«

So ist es. Ich bin da – mitten in der Höhle des Löwen.

*Der Raum war mehr als gut geheizt, was Demarsands in einer
Zeit des allgemeinen Mangels erstaunte. Der gelblich rote Schein
des flackernden Kaminfeuers fiel auf vier Männer, die den Schweizer erwartungsvoll ansahen. Einen, der sich ein wenig abseitshielt,
erkannte er sogleich. Der dunkelhaarige Mann in der blaugrauen
Uniform der Luftwaffe mit dem Rangabzeichen eines Obersten,
der ein Ritterkreuz mit Eichenlaub um den Hals trug, war zwar
kleiner als Demarsands, aber deutlich athletischer gebaut. Als im
Ersten Weltkrieg hochdekorierter Jagdflieger umgab sich Göring
gern mit Fliegerassen.*

Flüchtig lächelte der Luftwaffenoberst Demarsands zu.

*Dieser wusste auf den ersten Blick, wer der Mann hinter dem
unübersehbar von einem Kunsttischler angefertigten vergoldeten
Schreibtisch war, obwohl er ihn noch nie gesehen hatte. Hermann
Göring, zur Zeit der Weimarer Republik Präsident des Reichstags
und jetzt nicht nur Reichsmarschall, Oberbefehlshaber der Luftwaffe und Ministerpräsident Preußens in einer Person, sondern
auch designierter Nachfolger Hitlers, war allein schon durch seine
äußere Erscheinung ebenso unverkennbar wie der Führer selbst.*

*Er schwitzte stark, kein Wunder, denn mit seinen hundertacht-
zehn Kilo bei einer Körpergröße von einem Meter siebenundsiebzig
war er nur noch das aufgedunsene Zerrbild des einstigen Kampf-*

fliegers und Kriegshelden. Auf der Brust einer seiner berühmten maßgeschneiderten perlgrauen Uniformen prangte eine ganze Anzahl von Ordensbändern und Medaillen.

Nachdem der Reichsmarschall den Besucher lange gemustert hatte, erhob er sich unbeholfen und trat mit schwerem Schritt auf ihn zu.

»Es freut mich, Ihre Bekanntschaft zu machen, Herr Demarsands«, erklärte er und hielt ihm eine von Ringen blitzende Hand hin. »Oberst von Weißdorf hat mir viel Rühmendes über Sie berichtet – und auch über Ihre Familie.« Während Demarsands Görings erstaunlich weiblich wirkende weiche Hand drückte, entging ihm nicht, dass er die letzten Worte auf eine ganz besondere Weise betont hatte. Ein Blick in dessen kleine runde Augen bestätigte ihm, dass der Mann damit eine sorgfältig verhüllte Drohung ausgesprochen hatte. Alle Anwesenden wussten, worum es ging; was jetzt noch gesagt wurde, war lediglich ein Austausch altmodischer Höflichkeiten in einem unerbittlichen Katz-und-Maus-Spiel.

»Ich hoffe, der Weg hierher war nicht zu beschwerlich für Sie.«

Görings gerötetes schlaffes Gesicht, das von Schweiß bedeckt war, ließ keinerlei Gemütsbewegung erkennen. Lediglich sein lebhafter und durchdringender Blick passte nicht zu seiner scheinbaren Harmlosigkeit. Der Reichsmarschall mochte den Anschein eines netten Onkels erwecken, in Wahrheit war er einer der verschlagensten und unbarmherzigsten Hauptakteure auf der Bühne des Dritten Reiches. Zwar galt er als Lebemann und war wegen seiner Überspanntheiten, seines leutseligen Humors und seines Hangs zu Ausschweifungen beliebt, doch hatte er als Leiter der preußischen Polizei die Einrichtung der ersten Konzentrationslager in Deutschland veranlasst, die sich schon bald aus einem Mittel politischer Unterdrückung zu einem teuflischen Instrument des Völkermords verwandelt hatten.

»Oberst von Weißdorf kennen Sie ja bereits. Jetzt möchte ich Ihnen meinen Adjutanten General Koller vorstellen.«

Wortlos nickte ihm der Genannte kurz zu.

»Und der da«, fuhr Göring in unüberhörbar abfälligem Ton fort, »ist Obersturmbannführer Joseph Schlinge.«

Demarsands hatte damit gerechnet, dass ihm der SS-Mann einen zackig ausgeführten Deutschen Gruß entbieten würde, und war daher überrascht, als ihm Schlinge bemerkenswert lässig die Hand schüttelte. Der Mann war etwa dreißig Jahre alt und hätte mit seinen strohblonden Haaren und den leuchtend blauen Augen geradewegs von einem Propagandaplakat der NSDAP herabgestiegen sein können: ein Musterbild reinblütigen Ariertums, das Hitler so am Herzen lag.

Mit belustigter Neugier musterte Göring die beiden.

»Passen Sie auf den Schlinge auf«, mahnte er Demarsands mit boshaftem Spott, »er ist ein Schlingel.«

Der SS-Mann quittierte das Wortspiel mit einem leisen Lachen und gab in verbindlichem Ton zurück: »Herr Reichsmarschall, ich bin lediglich bestrebt, eine Schlinge für die Feinde unseres geliebten Führers zu sein.« Es bereitete ihm unübersehbar eine diebische Freude, dem hohen Tier ungestraft Paroli bieten zu können.

Auf ein Zeichen General Kollers hin nahmen alle um einen gedeckten Tisch herum Platz, auf dem außer Kaffee und Spirituosen auch Konfekt und Gebäck in einer Fülle bereitstanden, die nicht einmal in der neutralen Schweiz üblich war und die man im belagerten Deutschland auf keinen Fall vermutet hätte. Als sich Göring ein Glas Cognac eingoss, fiel Demarsands auf, dass dessen Hände heftig zitterten. Es war ein offenes Geheimnis, dass der Reichsmarschall von Opiaten abhängig war, seit ihn nach der Niederschlagung des Hitler-Putsches am 9. November 1923 die Kugel eines Polizeibeamten in Schenkel und Leiste getroffen hatte. Die Verletzung bereitete ihm immer wieder große Schmerzen.

Göring roch genießerisch an seinem Glas, bevor er es auf einen Zug leerte. Er goss sich erneut ein und sah dabei seinem Besucher in die Augen: »Herr Demarsands, Sie können in wenigen Augenblicken die Einzelheiten unserer Unternehmung mit den anderen Herren erörtern. Ich würde gern selbst an der Besprechung teilnehmen, werde aber im Führerbunker erwartet.«

Der erkennbare Mangel an Begeisterung, der aus diesen Worten sprach, belustigte Demarsands. Seit es der Luftwaffe nicht mehr gelang, das Eindringen alliierter Flugzeuge in den deutschen Luftraum zu verhindern, hatte Görings Name nicht nur an Glanz verloren, er musste sich darüber hinaus auch die unverhüllte Feindseligkeit des Chefs der Parteikanzlei Martin Bormann gefallen lassen, der zugleich Hitlers Privatsekretär war. Abwertende und sarkastische Äußerungen des Führers, die mitunter sogar von Drohungen begleitet wurden, bewiesen dem Reichsmarschall, dass er Hitlers Vertrauen nicht mehr besaß. Daher empfand er seine Besuche im Führerbunker als wahres Martyrium und fürchtete jedes Mal, nicht lebend von dort zurückzukehren.

»Doch bevor ich mich verabschiede«, fügte Göring hinzu, »möchte ich Ihnen persönlich versichern, dass von unserer Seite aus alles geregelt ist. Die Übergabe erfolgt, sobald mir Oberst von Weißdorf bestätigt hat, dass der Transport das vorgesehene Ziel wohlbehalten erreicht hat. Sollte allerdings etwas dazwischenkommen, was auch immer ...« Göring brach ab. Die Drohung war unüberhörbar. Demarsands konnte die in ihm aufsteigende Wut kaum beherrschen und grub seine Fingernägel in die Handflächen. »... dann würde unsere Vereinbarung hinfällig, was für Sie mit größten Nachteilen verbunden sein dürfte. So, mein Herr, jetzt liegt alles bei Ihnen.«

Auf ein Zeichen hin, das er General Koller machte, übergab dieser Demarsands ein Blatt Papier.

»Betrachten Sie diese gestern in Flossenbürg durch das Internationale Rote Kreuz ausgestellte Bescheinigung als Beweis der Auf-

richtigkeit meiner Absichten. Ich hoffe, Sie haben Vertrauen in das Wort Ihrer Landsleute.«

Ein gerissener Fuchs, und obendrein sieht das Dokument auch noch echt aus.

»Wie gesagt – jetzt liegt alles bei Ihnen.«

Der Schweizer zwang sich zu einem Lächeln: »Ich darf Ihnen versichern, Herr Reichsmarschall, dass alles wie vorgesehen ablaufen wird.«

»Umso besser. Aber jetzt müssen Sie mich entschuldigen. Auf mich wartet ein Krieg. Es hat mich gefreut, Ihre Bekanntschaft zu machen, Herr Demarsands.«

Nachdem sich Göring mühevoll aus seinem Sessel gestemmt hatte, verließ er den Raum, ohne seine Offiziere auch nur eines Blickes zu würdigen.

Aus dem Augenwinkel erkannte Demarsands ein rätselhaftes Lächeln auf den Zügen Schlinges, der so tat, als sei er in die Betrachtung des Kaminfeuers versunken.

KAPITEL 1

Eine Taube ist dazu da, dass man sie rupft.
(EDWARD FRANCIS ALBEE)

Freitag, 14. Februar 1997

Antoine rasierte sich mit einem elektrischen Reiserasierer vor dem riesigen Panoramafenster seines Büros von *Century City*, das ihm als Spiegel diente. Am Horizont stieg die Sonne langsam über die Hügel von San Bernardino und durchdrang mit ihren goldenen Strahlen den bläulich roten Dunstschleier, der sich wie eine Glocke über Los Angeles wölbte.

Sogar die Luftverschmutzung bietet den Menschen hier ein Schauspiel, ging es ihm durch den Kopf, und er lächelte.

Er schaltete den Rasierer aus und fuhr sich mit den Händen über die Wangen, um festzustellen, ob sie wirklich glatt waren. Nach einem letzten Blick auf die Stadt trat er zu seinem Schreibtisch und legte den Rasierer in die oberste Schublade. Während er sich mechanisch das wirre braune Haar glättete, sah er sich befriedigt um.

Anders als bei den meisten seiner Kollegen, die erst dann glücklich zu sein schienen, wenn sie vor Aktenbergen und Papierstapeln nichts mehr sehen konnten, war sein Schreibtisch stets tadellos aufgeräumt. Während die Unterlagen für zu bearbeitende Vorgänge sorgfältig aufeinandergeschichtet in Drahtkörben auf einem Beistellschrank warteten, hatte er Verträge und wichtige Notizen entsprechend ihrer Dringlichkeit auf der Schreibtischplatte angeordnet. Als er sieben Jahre zuvor in die angesehene Kanzlei Friedman & Weiss eingetreten war, hatten ihm die dort bereits tätigen Kollegen vorhergesagt, seine akribische Ordnung werde nicht von Dauer sein, doch bisher hatte er sie widerlegt. Darauf war er durchaus stolz.

Er warf einen Blick auf die Uhr. Viertel nach sieben. Das bedeutete, dass er bereits seit über fünfundzwanzig Stunden im Büro war. Gleichmütig zuckte er die Achseln. Das gehörte zu dieser Arbeit, und einen anderen Beruf hätte er um nichts in der Welt ausüben wollen.

Erst vor Kurzem war er zum Sozius der Kanzlei aufgestiegen. Nach Jahren, in denen er sich mit Handelsrecht hatte herumschlagen müssen, war ihm die hochbegehrte Tätigkeit in der Vertragsabteilung anvertraut worden, die mit Vertretern des Showgeschäfts verhandelte. Der Übergang war ihm nicht nur erstaunlich leichtgefallen, er hatte dabei sogleich gemerkt, dass er für dieses Arbeitsgebiet geradezu geboren war. Obwohl die Verhandlungen und Abschlüsse äußerst komplex und die Geschäftsführer der Studios alles andere als Dummköpfe waren, hatte er schon bald gemerkt, dass ihr übermäßig ausgeprägtes Ego ihre Urteilskraft noch mehr als andernorts trübte. Da er es verstand, die Überheblichkeit seiner Kontrahenten in Hollywood zu seinem Vorteil zu nutzen, hatte er schon sehr bald glänzende Erfolge errungen, die ihm am Jahresende beträchtliche Bonuszahlungen eintrugen.

Es klopfte. Anna Mariscal de Mataro, eine hochgewachsene brünette Frau von knapp dreißig Jahren mit hohen Wangenknochen und makellosem Teint, stand mit zwei Tassen Kaffee im Türrahmen. Sie war von der Art zurückhaltender Schönheit, die eine unübersehbare Sinnlichkeit verströmt.

»Ich nehme an, dass dir vor dem Vertragsabschluss eine

kleine Stärkung guttun würde«, erklärte sie, während sie auf ihn zutrat.

Antoine nahm einen Schluck von dem Kaffee, dessen Aroma ihm angenehm in die Nase stieg.

»Danke, Mariscal«, sagte er und schnalzte beifällig mit der Zunge. »Ausgezeichneter Kaffee. Kein Vergleich mit der Plempe, die man uns in der Cafeteria zumutet.«

»Freut mich, dass du ihn magst«, gab Anna zurück und lächelte neckisch. »Ich habe mich aus deinem privaten Vorrat von Arabian Mocha Sanani bedient.«

»Dieses eine Mal will ich dir das durchgehen lassen. Ist alles bereit?«

»Wir hatten im letzten Augenblick Schwierigkeiten mit der Bankvollmacht, aber jetzt ist alles geregelt.«

»Und was ist mit dem Kaufvertrag?«

»Ich lasse gerade die letzten Änderungen ausdrucken. Die Endfassung müsste in spätestens einer halben Stunde fertig vorliegen.«

Nach einem halben Jahr der Verhandlungen waren sie inzwischen bei der fünfunddreißigsten Fassung des Vertrags angekommen, und alle hofften, es werde die letzte sein.

»Jetzt fehlt nur noch die Unterschrift der guten Leute unter ihre verdammten Verträge. Dann können wir uns alle eine Ruhepause gönnen ...«

Das Klingeln des Telefons unterbrach ihn. Mit einem ärgerlichen Seufzer drückte er auf den Lautsprecherknopf.

»Guten Morgen, Diana. Ich hatte nicht damit gerechnet, so früh von Ihnen zu hören. Sind Sie aus dem Bett gefallen?«

»Guten Morgen, Antoine«, gab seine Sekretärin mit wohlklingender Stimme zurück. »Mir war klar, dass uns ein arbeitsreicher Tag bevorsteht. Als Beweis dafür habe ich bereits Jack Cummings für Sie in der Leitung.«

»Danke. Stellen Sie ihn durch.«

Anna warf ihm einen fragenden Blick zu. Cummings war ein unausstehlicher und eingebildeter Sozius der New Yorker Kanzlei Hurst & Dodge, die die Gegenseite vertrat. Sein unaufhörliches Gemäkel an den juristischen Formulierungen der Vertragsbedingungen hatte zu unnötigen Verzögerungen geführt, die sämtliche Mitarbeiter Antoines förmlich zur Raserei getrieben hatten.

»*Bonjour*, Jack, wie geht es Ihnen?«

»Nicht besonders«, gab der andere in wehleidigem Ton zurück. »Ich fürchte, wir haben ein Problem, Tony. Ist Josh da?«

Josh Caldwell, der Leiter der Rechtsabteilung für das Showgeschäft, war Antoines unmittelbarer Vorgesetzter und in erster Linie für diesen Abschluss zuständig.

»Nein. Er hat mir die Sache übergeben, weil er ein wenig Schlaf nachholen will. Was gibt es denn?«

Ein kurzes Schweigen trat ein.

»Es ist etwas, um das sich Josh unbedingt selbst kümmern muss, denn es fällt in sein Arbeitsgebiet ...« Die Verachtung in Cummings' Ton war ebenso unüberhörbar wie die snobistische Art, mit der er sprach.

»Schön, erklären Sie mir, worum es geht, und ich wecke ihn, wenn es nötig ist.«

»Ich bin die Folgerechte für die Liste der abendfüllenden Spielfilme noch einmal persönlich durchgegangen und darin auf Unzulänglichkeiten gestoßen.«

»Was meinen Sie mit *Unzulänglichkeiten*?«, rief Antoine aus. Im betonten Bemühen, die Ruhe zu bewahren, fuhr er etwas zurückhaltender fort: »Jack, wir haben Ihnen vor einem halben Jahr sämtliche Unterlagen zugeschickt. Dieser Zeitraum ist auch für einen Bestand von hundertachtzig Filmen mehr als hinreichend. Vor drei Wochen hat uns Ihre Kanzlei mitgeteilt, sie könne der Liste der Folgerechte zustimmen. Wieso teilen Sie mir jetzt, weniger als zwei Stunden vor dem Unterschriftstermin, mit, sie sei unvollständig?«

Anna, die ihm gegenüberstand, schüttelte angewidert den Kopf.

»Hören Sie, Antoine, es tut mir wirklich leid, den Spielverderber machen zu müssen, aber sehen Sie es sich am besten selbst an. Ralph Jameson, der Drehbuchautor von *Grausame Galaxis* und *Die Wiederkehr der grausamen Galaxis* hat zu keinem Zeitpunkt die Rechte an seinem Werk ausdrücklich abgetreten.«

»Weil er vor zwei Jahren an einer Überdosis Heroin gestorben ist, unmittelbar nachdem die *Wiederkehr* angelaufen ist. Er hatte weder Angehörige noch Lebensgefährten oder sonstige Erben. Sie dürfen mir glauben, dass wir gründlich danach gesucht haben! Wir haben Ihrer Kanzlei zusammen mit dem Vorgang eine schriftliche Bestätigung zukommen lassen. Bill Armstrong, einer Ihrer Teilhaber, war über all das vollständig im Bilde, als er die Liste der Rechte genehmigt hat.«

Jetzt klang Cummings' Stimme im Lautsprecher so schneidend wie ein Samuraischwert: »Ich bin als *Einziger* berechtigt, grünes Licht für die Folgerechte zu geben. Bill hat seine Kompetenzen überschritten.«

»Das ist Ihr Problem, mein Freund. Für mich stellt sich die Sache so dar, dass Ihre Kanzlei dabei ist, sich einer förmlich eingegangenen Verpflichtung zu entziehen.« Nach einigen Sekunden fügte Antoine kalt hinzu: »Ich würde wirklich äußerst ungern annehmen, dass Sie lediglich deshalb noch kurz vor Toresschluss eine Minderung des Kaufpreises herauszuschlagen versuchen, weil Ihre Mandanten beim Anblick Ihrer letzten Rechnung in Panik geraten sind.«

»Unterstellen Sie mir etwa mangelndes Berufsethos?«

»Es ist allgemein bekannt, dass Sie sogar die Zeit auf die Rechnung setzen, die Sie auf dem Lokus verbringen.«

»Das ist Verleumdung! Dafür bringe ich Sie vor Gericht, Tony.«

Antoine lächelte. Wenn der Gegner anfängt, die Beherrschung zu verlieren, ist es Zeit, ihn niederzumachen.

»Tatsächlich? Sagen Sie doch, Jack, sind Sie sicher, dass Sie überhaupt das juristische Staatsexamen bestanden haben? Falls ja, müsste Ihnen bekannt sein, dass Verleumdung nur dann vorliegt, wenn die fraglichen Behauptungen in Gegenwart eines Dritten gemacht worden sind und nicht nur gegenüber dem, der Klage erhebt. Davon abgesehen zeigt die Faktenlage eindeutig, dass von Verleumdung keine Rede sein kann. Wenn Sie Ihre Abrechnungen vor Gericht offenlegen müssten, wäre das Einzige, was Sie vor einer Verurteilung wegen standeswidrigen Verhaltens und Betrugs bewahren könnte, dass sich der Richter totgelacht hat.«

Während Antoine das sagte, kritzelte er einige Worte auf einen Notizblock, den er Anna hinhielt. Ohne darauf zu achten, dass sie die Stirn runzelte, bedeutete er ihr, den Raum zu verlassen.

»Was Sie da sagen, ist ein Haufen Mist!« Die Stimme seines Gegenübers überschlug sich beinahe.

»Sie sollten sich gut überlegen, was Sie tun, Jack, insbesondere deshalb, weil Tom Mendelsohn von *New World Pictures* seit gestern mit mir Kontakt aufzunehmen versucht. Es würde mich nicht im Geringsten wundern, wenn er die günstige Gelegenheit im Fluge ergriffe, den Vertrag an sich zu bringen, den ihm Ihr Mandant vor der Nase weggeschnappt hat.«

»Netter Versuch, aber Sie glauben ja wohl nicht, dass ich auf einen so plumpen Trick hereinfalle?«

»Sie werden es ja sehen. Auf jeden Fall riskieren Sie mit

Ihrer Korinthenkackerei in letzter Minute, dass Ihren Mandanten ein Vertrag im Wert von 1,2 Milliarden Dollar durch die Lappen geht, in den Ihre Kanzlei ungeheuer viel Geld investiert hat. Ganz davon abgesehen wird nicht nur unser Mandant Sie wegen betrügerischer Machenschaften und unlauteren Geschäftsgebarens verklagen, sondern auch Ihre Kanzlei wegen strafbaren Eingriffs in Vertragsbeziehungen. Ganz gleich, wie das Verfahren ausgeht, es wird lang und qualvoll sein. Selbst wenn Ihre koreanischen Mandanten dabei kein Geld einbüßen sollten, laufen sie Gefahr, ihr Gesicht zu verlieren, und Sie wissen ebenso gut wie ich, dass diese Leute darauf nicht den geringsten Wert legen.«

Der Apparat der zweiten Leitung in Antoines Büro klingelte im selben Augenblick, in dem Anna wieder hereinkam. Mit schwungvoller Geste drückte Antoine auf den Knopf für die Konferenzschaltung.

»Demarsands.«

»Antoine, ich habe Mr Mendelsohn auf der zweiten Leitung. Er sagt, dass es dringend ist.«

»Bitten Sie ihn, einen Augenblick zu warten, Diana. Ich übernehme das Gespräch sofort. So, Jack, mein Freund, es ist Zeit für Sie, sich zu entscheiden. Nun?«

Ein Schweigen trat ein, und plötzlich ertönte eine Baritonstimme: »Hallo, Antoine? Hier spricht Theodor Hurst.«

»Guten Morgen, Ted. Was kann ich für Sie tun?« Antoine bemühte sich, das leichte Zittern seiner Hände zu unterdrücken, und zwinkerte Anna verschwörerisch zu.

»Ich lege Wert darauf, Ihnen klarzumachen, dass wir nicht daran denken, irgendeinen Punkt neu zu verhandeln. Ich habe Jack lediglich gebeten, Sie auf eine kleine technische Unstimmigkeit aufmerksam zu machen, nichts weiter. Ich fürchte, er war ein wenig übereifrig. Von unserer Seite wird nichts Entscheidendes infrage gestellt. Der Vertrag wird wie vorgesehen unterschrieben. Bitte entschuldigen Sie das bedauerliche Missverständnis.«

Na klar, und ich bin die Königin von England, du alter tückischer Hai.

»Kein Grund, sich zu entschuldigen, Ted. Ich werde Mendelsohn sehr gern mitteilen, dass er die Gelegenheit verpasst hat.«

»Es freut mich zu sehen, dass wir auf derselben Wellenlänge liegen. Einen schönen Tag noch, Antoine.«

»Ihnen ebenfalls, Ted.«

Antoine legte auf, wobei ein triumphierendes Lächeln seine Lippen umspielte.

»Na, hat das Wettpinkeln mit Cummings Spaß gemacht? Musstest du unbedingt feststellen, wer dabei am weitesten kommt?«, fragte Anna wütend.

Er zuckte die Achseln.

»Der arme Kerl sollte am besten schon mal anfangen, seinen Lebenslauf zu schreiben. Er wollte mich einwickeln, ist dir das nicht klar?«

»Mir will nicht in den Kopf, dass du mit ihm eine Pokerrunde gespielt hast, als wärst du Cincinnati Kid!«

»Was ist dabei? Ich habe streng nach den Regeln geblufft, und der Blödmann hat sich prompt in die Hose gemacht.«

»Das gehört nicht in deinen Aufgabenbereich, Tony. Du hättest die Sache an Josh weitergeben müssen.«

»Und riskieren, dass die Vertragsunterzeichnung um mehrere Tage verschoben wird, wo der Mandant schon auf dem Weg hierher ist? Das ist doch lächerlich!«

»Eine Verzögerung ist besser, als sich den Vertrag durch die Lappen gehen zu lassen. Wenn nun dein Bluff nicht funktioniert hätte? Du weißt genau, dass Mendelsohn an der Sache nicht mehr interessiert ist.«

»Ja, du und ich wissen das – aber Jack nicht. Jedenfalls ist er auf den Bluff reingefallen, und Hurst ebenso. Damit ist die Sache erledigt.«

»Du hast dir einen schweren Verstoß gegen das Berufsethos zuschulden kommen lassen und mich genötigt, dabei mitzumachen! Sowohl nach den *Model Rules* wie nach dem *Model Code* sind unzutreffende Behauptungen wie zum Beispiel der Verweis auf ein nicht existierendes Angebot unzulässig. Juristisch gesehen erfüllt dein Verhalten den Tatbestand des Betrugs.«

»Es heißt aber auch, dass es von den jeweiligen Umständen eines Falles abhängt, ob unzutreffende Behauptungen justiziabel sind oder nicht.«

»Ach, Tony, hör doch mit dem Gerede auf. Was du getan hast, ist nicht zu vertreten, und das weißt du ganz genau!«

»Waren Jacks kleine Tricks nicht ebenso unvertretbar? Ich habe ihn mit seinen eigenen Waffen geschlagen, nichts weiter.«

»Du bist ja bekloppt!«

»Nein, das nicht«, gab er mit breitem Lächeln zurück, »aber gerissen.«

Wie immer nach dem gelungenen Abschluss von Vertragsverhandlungen lud die Abteilung alle daran Beteiligten zu einer Runde Champagner ein. Danach zu urteilen, dass die Nobelmarke *Louis Roederer Cristal* auf den Tisch kam, musste der Auftrag ausgesprochen einträglich sein. Doch Antoine wusste, auch ohne einen Blick auf die Flaschenetiketten, dass der Verkauf von *Magnum Pictures* deren Eigentümer Oskar Lubiesz, dem Milliardär aus Chicago, einen ordentlichen Batzen Geld und der Kanzlei Friedman & Weiss eine beachtliche Provision eingebracht hatte.

Lubiesz, ein nach dem Zweiten Weltkrieg in die Vereinigten Staaten eingewanderter Pole, hatte mit Schrotthandel ein kleines Vermögen gemacht und es dank seiner Begabung als aggressiver und erbarmungsloser Firmenaufkäufer genutzt, ein sich weithin erstreckendes Finanzimperium zu errichten.

Antoine stand ein wenig abseits der kleinen Gruppe von Anzugträgern um Oskar Lubiesz und den Vertreter des koreanischen Multis, der soeben zu einem exorbitanten Preis ein Filmproduktionsunternehmen gekauft hatte, und schlürfte seinen Champagner. Der Alkohol ließ seine Anspannung allmählich schwinden. Er sah Lubiesz erst, als dieser unmittelbar vor ihn trat.

»Ich glaube, Sie kennen Antoine Demarsands noch nicht«, sagte Josh Caldwell in seiner üblichen leutseligen Art, »den aufsteigenden Star unserer Abteilung, der im Laufe der vergangenen Monate so manche Nacht über den Unterlagen zugebracht hat.«

Der in einen eleganten anthrazitfarbenen Maßanzug von Gieves & Hawkes aus der Londoner Savile Row gekleidete Lubiesz hielt zwar einen Stock mit Elfenbeinknauf in der Hand, stützte sich aber so gut wie nicht darauf und hielt sich bemerkenswert aufrecht.

»Es ist mir eine Ehre, Sie kennenzulernen, Herr Demarsands«, sagte er auf Deutsch und schüttelte Antoine mit bei einem Mann seines Alters unerwarteter Kraft die Hand, wobei er ihn mit seinen ungewöhnlich leuchtend blauen Augen aufmerksam musterte.

»Danke, auch mir, Herr Lubiesz. Entschuldigung, aber ich müssen sagen, dass ich nur sehr kleines Deutsch spreche.«

Ein dünnes Lächeln trat auf die Lippen des alten Herrn.

»Verzeihen Sie mir bitte, dass ich das Gegenteil angenommen habe. Da Ihr Vater es fließend gesprochen hat, glaubte ich, voraussetzen zu dürfen, dass das auch auf Sie zutrifft.«

Antoine merkte, dass alle zu ihnen hersahen.

»Ich wusste gar nicht, dass Sie meinen Vater gekannt haben«, gab er zur Antwort, von dieser Enthüllung ebenso verwirrt wie von Lubiesz' forschendem Blick.

»Das liegt lange zurück – damals waren Sie noch gar nicht auf der Welt. Auf jeden Fall möchte ich Ihnen und Ihren Mitarbeitern für die hervorragende Arbeit danken, die Sie geleistet haben. Ich bin sicher, dass wir schon bald wieder miteinander zu tun haben werden.«

»Vielen Dank – das würde mich aufrichtig freuen.«

Als Lubiesz fortging, sah Antoine, dass er leicht hinkte. Das dürfte der Grund dafür sein, dass er den Stock mit sich führte, von dem es hieß, er trenne sich nie von ihm.

Mit einem frisch gefüllten Champagnerkelch in der Hand suchte Antoine sein Büro auf. Kaum hatte er das Jackett abgelegt, als sein Mobiltelefon klingelte. Er nahm es aus der Tasche und sah auf das Display, das den Namen des Anrufers zeigte. Mit frohem Lächeln nahm er den Anruf entgegen.

»Grüß dich, Schwesterchen. Das hat aber lange gedauert. Was gibt es Neues?« Sein Lächeln verschwand schlagartig, als er die Antwort hörte.

»Und wann ist die Beerdigung?«

Im grellen Licht mächtiger Scheinwerfer luden Soldaten, die am Ende ihrer Kräfte waren, unter den aufmerksamen Blicken eines Trupps Fallschirmjäger im Hof der Burg Veldenstein die letzten Kisten auf sechs hintereinanderstehende Lastwagen. In dieser fünfundzwanzig Kilometer nordöstlich von Nürnberg über einem steilen Felsabhang errichteten mittelalterlichen Anlage hatte Hermann Göring häufig als Kind gespielt, denn sie hatte seinem Patenonkel gehört, dem mit seinem Vater befreundeten reichen jüdischen Arzt von Epenstein. Die Familie Göring hatte jahrelang dort gelebt, und schon bald nach ihrem Einzug war von Epenstein ein sehr enger Vertrauter von Görings Mutter geworden. Nach seinem Tod war die Burg an seine Witwe übergegangen, und nachdem 1939 auch sie gestorben war, an Hermann Göring, der damals den Höhepunkt seiner Macht erreicht hatte.

In den frühen Morgenstunden des 18. März stand Paul Demarsands neben Oberst von Weißdorf am Fuß der hoch aufragenden Mauern und versuchte vergeblich, sich die Hände an einem Blechbecher mit dampfendem Ersatzkaffee zu wärmen. Beiden drang die feuchte Kälte trotz ihrer dicken Mäntel bis in die Knochen. Mit einem Bleistift machte sich Weißdorf Notizen in einem kleinen in Leder gebundenen Büchlein. Wenige Schritte von ihnen entfernt verhandelte Obersturmbannführer Schlinge mit dem Anführer der Eskorte, einem untersetzten Hauptmann der Fallschirmjäger im Tarnanzug. Demarsands hörte nicht, was gesagt wurde, und die Dampfwölkchen, die vom Mund des SS-Mannes aufstiegen, verhinderten, dass er es ihm von den Lippen ablesen konnte. Wohl aber ließ sich die Verachtung auf den Zügen des Wehrmachtsoffiziers mühelos erkennen.

Schlinge bellte einen letzten Befehl, der Hauptmann salutierte unlustig und wandte sich dann seinen Männern zu. Als von Weißdorf sah, dass Schlinge näher kam, klappte er sein Büchlein zu.

»Alles ist verladen. Sind die Fahrer und der Begleitschutz bereit?«

»Zu Befehl, Herr Oberst«, sagte Schlinge in so spöttischem Ton, dass kein Zweifel an seinen wahren Empfindungen bestehen konnte.

»Dann also vorwärts, Obersturmbannführer. Sie setzen sich mit Ihrem Wagen an die Spitze des Zuges, dann kommen das Halbkettenfahrzeug der Fallschirmjäger und die Lastwagen. Herr Demarsands und ich werden die Nachhut bilden.«

Schlinge nickte, machte auf dem Absatz kehrt und ging wortlos davon.

»Ein bezaubernder Zeitgenosse, nicht wahr?«, sagte Demarsands, während er den restlichen Becherinhalt auf den Boden goss.

»Schlangen sind nicht für ihre Liebenswürdigkeit bekannt.« Von Weißdorf sah auf die Uhr. »Wenn alles gut geht, müssten wir Ludwigshafen wie vorgesehen kurz nach Mitternacht erreichen.«

»Ja, wenn …, Herr Oberst.«

Die Motoren der Lastwagen wurden gestartet, und die beiden Männer stiegen in den schwarzen Mercedes von Oberst Weißdorf. Während sie durch die ausgedehnte Burganlage fuhren, beobachtete Demarsands verblüfft, wie Hunderte von Soldaten in aller Eile die verbleibenden Schätze vergruben, die Göring von seinem Anwesen Carinhall in der Schorfheide nahe Berlin hatte herbeischaffen lassen. Wie ein Gespensterballett tanzten ihre ins Riesenhafte vergrößerten Schatten im Licht der Scheinwerfer über die Stämme der kahlen Bäume. Allmählich wurde es Demarsands wärmer. In seine Erleichterung, Berlin hinter sich zu wissen, mischte sich die Besorgnis über das, was vor ihnen lag.

»Heute Morgen hatten wir Glück«, sagte von Weißdorf unvermittelt und riss ihn damit aus seiner Versunkenheit.

»Ja, der Flug war ruhig. Gott sei Dank.«

»Die Jagdflugzeuge der Alliierten waren mit dem Schutz ihrer Bomber auf deren Weg nach Berlin beschäftigt. Wären wir auch nur eine Stunde später gestartet, wir wären mitten in einen wahren Feuerzauber geraten. Ich habe soeben einen Bericht bekommen, in dem es heißt, dass über tausend Tote zu beklagen sind – in erster Linie unter der Zivilbevölkerung.«

»Hitler hätte sich besser nicht mit den Amerikanern angelegt.«

Von Weißdorf stieß einen tiefen Seufzer aus.

»Warten Sie, bis die Russen Berlin einnehmen. Verglichen mit dem, was dann passiert, werden Ihnen die Bomben der Amerikaner wie Medizinbälle vorkommen.«

»Haben Sie Neues aus Ostpreußen erfahren?«

Der Oberst antwortete nicht sofort. Es hatte angefangen zu regnen, und über dem Motorengebrumm hörte man das rhythmische Hin und Her der Scheibenwischer. Als er wieder sprach, klang seine Stimme sonderbar tonlos.

»Die Überreste der Vierten Armee sind vollständig eingeschlos-

sen. Die Verbände der Dritten Weißrussischen Front unter Marschall Wassiljewskij stehen vor den Toren von Königsberg, lediglich ein knappes Dutzend Kilometer von der Ostsee entfernt. Es kann nur noch eine Frage von Tagen sein, bis auch dieser Kessel gesprengt ist. Unter Umständen ist meine Heimat Mehlsack dem Feind bereits in die Hände gefallen.«

Von Weißdorf nahm eine Zigarette aus einem silbernen Etui und steckte sie bedächtig an. Im tanzenden Schein der Flamme war sein Gesicht vollständig ausdruckslos.

»Ihr Vater?«, fragte Demarsands.

Von Weißdorf nahm einen tiefen Zug aus seiner Zigarette.

»Er hat sich geweigert, das Gut unserer Familie zu verlassen. Bei unserem letzten Gespräch hat er erklärt, er werde mit dem Gewehr in der Hand auf die Russen warten.« Er schüttelte den Kopf. »Die reine Unvernunft!«

»Ich wusste gar nicht, dass er Hitler so treu ergeben ist.«

»Er hasst das verdammte Schwein.«

Der Nachdruck, mit dem der Oberst sprach, überraschte sogar seinen Fahrer, der durch den Rückspiegel einen besorgten Blick nach hinten warf. Von Weißdorf zog erneut heftig an seiner Zigarette, bevor er gelassener fortfuhr: »Er ist alter preußischer Offizier. Als er 1918 vor den Franzosen kapitulieren musste, hat er geschworen, dass ihm das nie wieder passieren soll.«

»Und warum setzen Sie sich dann ab, Herr Oberst? Sind Sie nicht ebenfalls preußischer Offizier?«

»Ich darf Ihnen raten, nicht zu weit zu gehen!«, stieß von Weißdorf zwischen den Zähnen hervor, wobei er Demarsands so ansah, dass es diesem vorkam, er blicke in einen Pistolenlauf.

Einige endlose Sekunden lang herrschte Schweigen. Dann fand der Oberst seine Beherrschung ebenso rasch wieder, wie er sie verloren hatte: »Sie haben recht, ich bin preußischer Offizier«, gab er mit knappem Lächeln zurück. »Aber ich bin auch Realist. Ich möchte lieber am Leben bleiben, um weiterkämpfen zu können, als wie ein Held zu sterben.«

»Und ich will nur Frieden«, erklärte Demarsands mit müder Stimme.

Von Weißdorf warf ihm einen spöttischen Blick zu: »Ja, Frieden, selbstverständlich. Aber Rache doch sicher auch, nicht wahr?«

KAPITEL 2

Ich sage Ihnen – die Vergangenheit
ist ein Eimer voll Asche.

(CARL SANDBURG)

Montag, 17. Februar 1997

Der Airbus der Swissair begann seinen Sinkflug in Richtung
auf den internationalen Flughafen von Genf-Cointrin. Wegen
einer dichten Wolkendecke über dem See war von den Ber-
gen ringsum nichts zu sehen. Schlaftrunken warf Antoine einen trübseligen Blick durch das kleine Fenster auf die im Regen
liegende Landschaft. Er hatte nie begriffen, wovon sich Touristen in diese trübe und kalte Gegend locken ließen. Seit er zehn
Jahre zuvor die Schweiz mit Ziel Kalifornien verlassen hatte,
war er nur ein einziges Mal zurückgekehrt, im Sommer 1991,
als sein Vater gestorben war.

Nun führte ihn der Tod der Mutter erneut dorthin. Sie war
nur zweiundsiebzig Jahre alt geworden, und erst jetzt hatte er
verblüfft erfahren, dass man bei ihr zwei Jahre zuvor Leberkrebs
festgestellt hatte, worüber sie niemandem gegenüber auch ein
Wort verloren hatte. Nicht dass er damit gerechnet hätte, dass
sie ihm das oder sonst etwas mitteilen würde, denn sie hatten
seit seiner Abreise in die Vereinigten Staaten kaum je miteinander gesprochen. Doch dass das seiner Schwester, die ihr
stets nahegestanden hatte, ebenso wenig bekannt gewesen war

wie ihm, hatte ihn noch mehr erschüttert als die Mitteilung vom Tod der Mutter.

Genau genommen empfand er keine Trauer, eher war er gereizt und ungeduldig. Er nahm es der Mutter übel, dass sie ihn genötigt hatte, Los Angeles zu verlassen, und hoffte, alles werde möglichst bald vorüber sein. Es war ihm nicht gelungen, etwas wie Kummer oder Schmerz in sich aufkommen zu lassen – sei es aus schlechtem Gewissen oder aus dem Bedürfnis heraus, sich so zu verhalten, wie es sich gehörte –, obwohl er sich seit zwei Tagen darum bemühte.

Sophie, die hinter der Passkontrolle auf ihn wartete, machte ihn mit großen Armbewegungen auf sich aufmerksam.

»Wie schön, dich zu sehen, Bruderherz!«, rief sie aus, während sie ihn umarmte.

»Schön, dich zu sehen, Schwesterchen.«

»Wer kümmert sich eigentlich um Sultan?«, erkundigte sie sich. Damit meinte sie Antoines heiß geliebte Perserkatze.

»Anna.«

»Deine Anna Mariscal de Mataro ist eine großartige Frau. Ich bin nach wie vor der Ansicht, dass es ein Fehler war, mit ihr Schluss zu machen.«

»Fang bitte nicht schon wieder damit an, Sophie.«

Er hielt sie auf Armeslänge von sich und sah sie liebevoll an.

Ganz wie er hatte auch sie die brünetten Haare und grünen Augen der Mutter. Doch während er über einen Meter achtzig maß, hatte sie auch deren zierliche Gestalt und die feinen Gesichtszüge geerbt. Trotz seiner vierunddreißig Jahre sah er wie ein großer Junge aus und musste in Bars nach wie vor regelmäßig seinen Ausweis vorlegen, worauf er sehr stolz war.

»Und wie läuft es bei Sotheby's?«

»Viel Arbeit. In drei Wochen haben wir eine große Versteigerung von Jade-Objekten aus der Shang-Dynastie.«

Nach ihrer Promotion in Geschichte hatte sich Sophie, die sich schon immer leidenschaftlich für östliche Denkschulen begeistert hatte, zu einer der besten Spezialistinnen für asiatische Kunst im Auktionshaus Sotheby's entwickelt. Bereits im Studium hatte sie sich dem Buddhismus zugewandt und verbrachte seither ihren Urlaub überwiegend mit dem Besuch von Tempeln und Klöstern in den verschiedensten Ländern Asiens.

Antoine nahm seine Reisetasche auf und fragte, während sie dem Ausgang entgegenstrebten: »Immer noch Vegetarierin?«

»Mehr denn je.«

»Das Leben ohne Sushi muss die Hölle sein, Schwesterchen.«

»Und du immer noch Säufer und hinter den Weibern her?«

»Ich genieße lediglich die kleinen Freuden des Daseins. Wie geht es Chris?«

»Eine Galerie in Soho hat soeben zehn seiner Bilder zur Ausstellung angenommen.«

»Großartig. Bestimmt wird er noch berühmt.«

Antoine hatte den Freund seiner Schwester, einen überaus begabten freundlichen Riesen, stets gut leiden können.

»Davon bin ich überzeugt«, sagte sie. »Ich hoffe nur, dass es, anders als bei den meisten Malern, noch vor seinem Tod dazu kommt.«

»Habt ihr eigentlich nie überlegt zu heiraten?«

»Warum soll man sich eine wunderbare Beziehung mit Papierkram kaputt machen?«, fragte sie und öffnete die Tür des gemieteten kleinen Opels. »Die Liebe lässt sich nicht in einem Ehevertrag einfangen, den ein stumpfsinniger Anwalt aufgesetzt hat.«

Antoine lachte und sagte zufrieden: »Ganz meine Meinung.«

Sie fuhr vom Parkplatz auf die A 1 in Richtung auf das siebzig Kilometer ostwärts gelegene Lausanne.

»Du kannst den Blinker ausschalten, Schätzchen. Die Einfahrt liegt schon mindestens drei Kilometer hinter uns.«

Sophie knurrte einen unverständlichen Fluch.

»Für den Fall, dass du es noch nicht gemerkt hast«, fuhr er erbarmungslos fort, »hier darf man hundertzwanzig fahren. Könntest du vielleicht aus den achtzig ein bisschen hochbeschleunigen?«

»Noch eine Bemerkung zu meiner Fahrweise, und du kannst zu Fuß gehen, undankbarer Bengel!«

Es hatte aufgehört zu regnen, und dichte Nebelfetzen hingen wie Lumpen in den kahlen Bäumen. Mitten auf einem schlammigen Acker erhob sich vor ihnen ein zweistöckiges Hotel, an dessen rosafarbener Fassade lilafarbene Balkons klebten.

Antoine stieß einen langen Seufzer aus. »Ich bin fest überzeugt, dass Gott nach Erschaffung dieser herrlichen Postkartenlandschaft zu sich gesagt hat, es müsste doch lustig sein, es hier ständig regnen zu lassen und dort die geschmack- und einfallslosesten Menschen hinzusetzen, die er finden konnte. Auf diese Weise ist die Schweiz entstanden.«

»Sei du nur still – schließlich kommst du aus der kitschigsten Stadt der Welt.«

»Zumindest ist es da immer schön und warm.«

Sie zuckte die Achseln.

»Rémy hat mich gestern angerufen. Er steckt mitten in einem Prozess und kann nicht zur Beisetzung kommen. Er lässt dir Grüße und sein Beileid ausrichten und hofft, dich zu sehen, bevor du zurückfliegst.«

Antoine lächelte. Rémy Bergeron war sein Jugendfreund. Ein kluger und geistreicher Mann mit einem mitunter beißenden Humor und einer Leidenschaft für Single Malt Whisky. Während Antoine nach Harvard gegangen war, hatte er in Genf Jura studiert und sich seither zu einem Staranwalt entwickelt. Dieser

Ruf gründete darauf, dass er mehrere, nach allgemeiner Ansicht von Anfang an aussichtslose, wichtige Prozesse gewonnen hatte.

»Mir war klar, dass er eine Möglichkeit finden würde wegzubleiben. Er hält den Gedanken an den Tod von sich fern und macht daher einen großen Bogen um Beerdigungen.«

»Hat er inzwischen einen Freund gefunden?«

»Männer zu finden fällt ihm nicht schwer«, sagte Antoine und grinste breit. »Das Problem liegt darin, sie zu halten. Er ist ein hoffnungsloser Romantiker.«

»Kein Wunder, dass ihr Freunde seid.«

Nach einem Blick auf die Uhr des Armaturenbretts sagte sie: »Alex will uns um halb zwölf am Hotel abholen. Er meint, dass dir damit genug Zeit bleibt, dich vorher ein wenig frisch zu machen.«

»Zu liebenswürdig.« Antoine sah zu den sanft geneigten Hängen vor den Ausläufern des Jura hinüber. Zwischen den Reihen von Reben, mit denen sie bestanden waren, erkannte man hier und da ein um einen Kirchturm gruppiertes Dörfchen. »Ich kann einfach nicht glauben, dass er sich nicht die Mühe gemacht hat, mir eine Mitteilung zu senden, wo Mutter schon vorigen Donnerstag gestorben ist. Ohne deinen Anruf wäre ich jetzt noch in Los Angeles.«

Wenn ich es recht überlege, wäre das vielleicht gar nicht mal das Schlechteste.

»Falls es dich trösten kann – mir hat er auch nichts gesagt. Ich weiß es von Mutters Sekretärin Madeleine.«

»Glaubst du wirklich, dass mich das trösten kann?«

»Fang bitte nicht an, Alex zu kritisieren, Antoine. Er hat es selbst erst Freitagvormittag erfahren. Soweit mir Madeleine gesagt hat, wollte Mutter außer dem Priester, der ihr das Sterbesakrament gespendet hat, niemanden in ihrer Nähe haben. Alex ist genau wie du und ich aus allen Wolken gefallen und hat das ganze Wochenende gebraucht, um die Formalitäten zu erledigen und die Beisetzung zu organisieren.«

»Ach so.«

Sophie sah verstohlen zu ihm hin.

»Ich weiß, dass es dir schwerfällt, aber versprich mir um unserer Mutter willen, wenigstens heute nicht mit Alex zu streiten. Abgemacht?«

»Na klar. Ich werde sogar liebenswürdig zu Maxime sein.«

Ein Lächeln trat auf Sophies Lippen. »Versprich bloß nichts, was du nicht halten kannst.«

Sie wusste, wie sehr er den Vetter Maxime verachtete, den nicht einmal sie besonders gut leiden konnte. Es gab nur wenige Menschen, die ihn schätzten. Mit Sicherheit gehörte seine zänkische Frau nicht dazu, sie passte aber trotzdem gut zu ihm. Als einziger Sohn und mit seinen siebenundsechzig Jahren der Älteste unter den Vettern und Cousinen hatte Maxime Demarsands von Onkel Albert nicht nur die Leitung der im Familienbesitz befindlichen Bank geerbt, sondern auch dessen völlige Humorlosigkeit und ein Streben, den eigenen Wohlstand zu mehren, das man nur verbissen nennen konnte.

»Ich kann es gar nicht abwarten, den alten Geizkragen wiederzusehen«, erklärte Antoine. »Ich frage mich, wie Alex es fertigbringt, mit ihm in der Bank zusammenzuarbeiten und, schlimmer noch, unter einem Dach mit ihm zu leben.«

»Du weißt doch, dass sich Bel-Âge seit nahezu zweihundert Jahren im Familienbesitz befindet und Alex es Maxime auf keinen Fall allein überlassen wollte.«

»Warum eigentlich nicht? Vater hat auf das Haus gepfiffen, sonst wären wir nach unserer Rückkehr aus Amerika bestimmt dorthin und nicht nach Lausanne gezogen.«

»Alex hält nun mal die Familientradition in Ehren.«

»Das respektiere ich auch. Aber damit muss er doch nicht so weit gehen, dass er sich das Haus mit Maxime teilt.«

»Ganz so ist es nicht. Sie haben eine Zwischenwand eingezogen, sodass zwei getrennte Einheiten entstanden sind. Damit kann jede der beiden Familien für sich sein. Lediglich den Garten nutzen sie gemeinsam.«

»Genau so stelle ich mir das Paradies auf Erden vor.«

Die weißen Lilien und gelben Rosen auf dem Altar der kleinen Kapelle, die Lieblingsblumen ihrer Mutter, verströmten einen betäubenden Duft. Mit gesenktem Kopf stand Antoine dicht neben dem Sarg und staunte über dessen geringe Größe: Man hätte glauben können, seine zu Lebzeiten schon zierliche Mutter sei nach ihrem Tode noch geschrumpft. Zum Glück hatte sie nicht gewollt, dass er offen blieb. Trotz seines großsprecherischen Auftretens legte er nicht den geringsten Wert darauf, das Gesicht seiner toten Mutter zu sehen.

Bei dem Gedanken daran überlief ihn ein Schauer, und er trat rasch zu seinen Geschwistern, die mit Alexandres Frau Olivia und deren beiden Kindern in der ersten Reihe saßen. Unmittelbar dahinter trug Maxime, umgeben von seiner eigenen Familie, eine finstere Miene zur Schau, die bestens zu seinem streng wirkenden dunklen Anzug passte. Freunde und Bekannte Helen Demarsands' füllten die Reihen dahinter, und mehrere Trauergäste mussten an der Wand stehen. Es hatte zahlreiche Umarmungen und Beileidsbekundungen gegeben. Selbst Maxime hatte seine Vettern und die Cousine Sophie in die Arme geschlossen, worauf Antoine gern verzichtet hätte. Bei den ersten Tönen des Bach-Chorals *Jesus bleibet meine Freude* begannen Sophie und Olivia, lautlos zu weinen.

Es war eine ernste und würdige Feier, und überrascht merkte Antoine, dass eine gewisse Schwermut von ihm Besitz ergriff.

Bevor er sich seinen Empfindungen hingeben konnte, war die Trauerfeier zu Ende, und er fand sich auf den Stufen vor der Kapelle wieder, vom grellen Licht des Wintertags geblendet. Es war halb drei, und trotz ihrer Bedrückung hatten alle Hunger. Alexandre hatte einen Tisch im Restaurant des *Beau Rivage* reserviert, des vornehmsten Hotels von Lausanne. Zur großen Erleichterung aller konnte Maxime nicht mitkommen; er erklärte, er müsse zu einer Besprechung in die Bank zurück.

Antoine setzte sich in Sophies Wagen hinter das Lenkrad. »So schlimm war es eigentlich gar nicht«, sagte er, während dem BMW seines Bruders durch die gewundenen Straßen der Stadt folgte. »Sogar Maxime war ganz erträglich.«

Seine Schwester sah ihn tief betrübt an. »Ist das tatsächlich alles, was dir dazu einfällt? Unsere Mutter, *deine* Mutter, liegt in dem Sarg, und da kommst du her und sagst nichts als: ›So schlimm war es eigentlich gar nicht.‹«

»Es tut mir leid, dass sie nicht mehr lebt«, murmelte er nach kurzem Schweigen.

»Es tut dir leid?«

Zum ersten Mal im Leben entdeckte er in ihrer Stimme einen Anflug von Bitterkeit.

»Im Interesse der geistigen Gesundheit meines Bruders, den ich liebe, und zum Heil deiner Seele hoffe ich, dass du irgendwo im tiefsten Winkel deines Herzens aufrichtige Trauer empfindest. Auch wenn ihr einander nicht verstanden habt und du ihr gegrollt hast – sie war deine Mutter, und sie hat dich geliebt. Auch wenn du dich noch so sehr dagegen sträuben magst, das zuzugeben, bist du bestimmt traurig.«

Antoine umklammerte das Lenkrad und sagte: »Ich werde mir das durch den Kopf gehen lassen.«

»Guter Gedanke, Brüderchen. Wenn schon nicht um deiner selbst willen, dann mir zuliebe.«

»Und wie läuft der Laden bei euch so, Antoine?«

Antoine, der den größten Teil der Mahlzeit hindurch mit seinem Neffen und seiner Nichte herumgealbert hatte, fand sich seufzend damit ab, wieder in die Welt der Erwachsenen zurückkehren zu müssen.

»Immer noch furchtbar viel Druck. Wir haben soeben den Verkauf einer Filmproduktionsfirma über die Bühne gebracht und arbeiten an drei weiteren Projekten.«

Alexandre hob billigend den Kopf. Jetzt wurde von Antoine erwartet, dass er so tat, als interessiere er sich für die Lebensumstände seines Bruders.

»Und wie sieht es hier bei euch in der Bank aus?« In Wahrheit war ihm das herzlich gleichgültig.

»Die Geschäfte gehen gut. Seit damals, als du noch bei uns gearbeitet hast, hat sich viel geändert. Inzwischen haben wir Niederlassungen nicht nur in London und Tokio, sondern auch in Singapur und auf den Kaimaninseln. Außerdem erwägen wir, auch in Dubai Fuß zu fassen.«

Zwar hielt sich Alexandre viel darauf zugute, nie die Beherrschung zu verlieren und vernunftbetont zu handeln, ließ sich aber keine Gelegenheit entgehen, den jüngeren Bruder mit Spott zu übergießen, dessen überschäumendes Temperament seiner Ansicht nach auf die irische Herkunft ihrer Mutter zurückging.

»Die Schwierigkeiten, gegen die wir gegenwärtig ankämpfen müssen«, fuhr er fort und steckte sich eine Zigarette an, ohne auf den missbilligenden Blick seiner Frau zu achten, »sind eher politischer Natur.«

»Lass mich raten«, sagte Antoine und lächelte breit. »Der D'Amato-Ausschuss hindert dich daran, ruhig zu schlafen.«

»Das ist überhaupt nicht lustig«, gab Alexandre sichtlich verärgert zurück. »Seit über einem Jahr müssen die Banken und das ganze Land die Attacken dieses verdammten Senators, des Jüdischen Weltkongresses und der Medien über sich ergehen lassen. Während des Kalten Krieges war es den Amerikanern mehr als recht, uns zu Verbündeten zu haben, und jetzt, wo sie uns nicht mehr brauchen, stellen sie uns auf einmal als Bösewichter hin.«

»Na hör mal, Alex! Erinnere dich, dass ich auch mal in der Bank gearbeitet habe. Ich weiß, was für Mistkerle zu euren Kunden gehören. Außerdem bestehen die Opfer des Holocausts und deren Nachkommen völlig zu Recht darauf, dass man ihnen die Gelder auszahlt, die sie oder ihre Familien damals den Schweizer Banken anvertraut haben. Ich weiß wirklich nicht, was euch daran hindert, es ihnen zurückzugeben.«

Sophie, die bei den Kindern saß, fühlte sich angesichts der Wendung, die das Gespräch nahm, immer unbehaglicher. Ein Blick zu Olivia hin zeigte ihr, dass die Schwägerin ebenso empfand.

»Das haben wir bereits getan! Nach Kriegsende haben die Schweizer Banken eine Liste sämtlicher Konten von Kunden erstellt, die wegen ihrer Rasse, Religion oder politischen Einstellung verfolgt worden waren. Jedem, der die Berechtigung seines Anspruchs nachweisen konnte, ist das Geld ausgezahlt worden.«

»Findest du es nicht selbst aberwitzig zu verlangen, dass Angehörige Todesurkunden von Menschen beibringen, die man im Konzentrationslager umgebracht hat? Glaubst du wirklich, dass die SS solche Dokumente ausgestellt hat?«

»Niemand kann einfach in eine Bank marschieren und Geld verlangen, ohne zu beweisen, dass es ihm gehört, auch du nicht! Das ist nicht nur bei uns in der Schweiz so, sondern überall auf der Welt.«

»Noch nie da gewesene Situationen verlangen außergewöhnliche Lösungen.«

Während sich Antoine nach einem Kellner umsah, damit ihm dieser das Cognacglas erneut füllte, fiel ihm auf, dass Olivia und die Kinder den Tisch verlassen hatten, zweifellos, um den Raum mit den Videospielen aufzusuchen. Er hätte es ihnen liebend gern gleichgetan.

»Als ehemaliger Angehöriger der Geschäftsleitung unserer Bank«, fuhr Alexandre fort, wobei er mit einem anklagenden Finger auf den Bruder wies, »müsstest du nun wirklich wissen, wie schwierig es ist, Einzelheiten mit Bezug auf Konten zu ermitteln, die vor über fünfzig Jahren aktiv waren.«

»Umso mehr Grund, sich um eine Lösung des Problems zu bemühen. Wären alle Schweizer Bankiers von Anfang an bereit gewesen, daran mitzuwirken, statt die Opfer und ihre Nachkommen als Nervensägen hinzustellen und auch so zu behandeln, säßen sie heute nicht in der Tinte. Man hätte an diese äußerst delikate Frage mit Takt und Feingefühl herangehen müssen. Aber ebendiese Eigenschaften gehen Bankmenschen ab.«

»Und das sagt ein Anwalt!«

»Ganz genau«, gab Antoine zurück und lächelte.

Wer hätte das gedacht, mein Bruder hat doch Humor!

»Es regt mich einfach auf, dass die Leute in der Wall Street ihr Mäntelchen fortwährend nach dem Wind hängen«, fuhr Alexandre fort. »Für die Amerikaner ist es einfach, sich moralisch zu entrüsten und uns den Schwarzen Peter zuzuschieben. Es ist nach wie vor in der Öffentlichkeit unbekannt, dass Niederlassungen der amerikanischen Banken in einer ganzen Reihe von europäischen Ländern sogar während der Besetzung durch die Nazis in aller Ruhe ihre Geschäfte weiterbetrieben und blendend daran verdient haben. War dir beispielsweise bekannt, dass Prescott Bush, der Vater des früheren Präsidenten George H. W. Bush, Direktor und Aktionär der Union Bank of California war? Sie hat damals in Amerika die Interessen des Stahlmagnaten Fritz Thyssen vertreten, einer von Hitlers wichtigsten Geldgebern.«

»Das Fehlverhalten anderer entschuldigt unser eigenes nicht.«

Antoine sah Alexandre an. Er war einige Zentimeter größer als er selbst und das getreue Ebenbild ihres Vaters, bis hin zu seinen untadelig geschnittenen klassischen Westenanzügen. Er hatte dessen schlaksige Gestalt wie auch das blonde Haar geerbt, das er in der Mitte gescheitelt trug. Das Bestreben des Bruders, dem Vater nachzueifern, das er schon von klein auf an den Tag gelegt hatte, empfand Antoine zugleich als rührend und enervierend. Trotz aller Versuche, in dessen Fußstapfen zu treten, ähnelte er immer mehr Onkel Albert, der die Bank der Familie zwanzig Jahre lang mit eiserner Faust geleitet hatte.

»Die Sache ist ausgesprochen ernst«, fuhr Alexandre fort. »Übrigens beschränkt sich die Hexenjagd keineswegs auf die Geldinstitute. Inzwischen hat man auch angefangen, bei Privatleuten nachzuforschen, ob lebend oder tot, und auch da sind wir mit betroffen.«

»Inwiefern?«

Alexandre räusperte sich. »Es hat mit Vater zu tun.«

»Wieso das? Ich verstehe nicht ...«

»Vor zwei Wochen habe ich einen Brief von einem Professor François Bonnard bekommen, Historiker an der Universität Genf.«

»Nie von dem Mann gehört.«

»Wenn du hier lebtest, wüsstest du, wer das ist. Er hat mit seinem radikalen, um nicht zu sagen marktschreierischen, Vorgehen in geschichtlichen Fragen ziemliches Aufsehen erregt. Er macht gern Eigenwerbung auf Kosten anderer und schreckt vor keiner Polemik zurück. Noch mehr als seine wissenschaftliche Genauigkeit sorgt das dafür, dass seine Vorlesungen stets brechend voll sind und seine Aufsätze regelmäßig von vielen gelesen werden.«

»Scheint ja ein reizender Zeitgenosse zu sein. Und was will er von dir?«

»Ich hatte noch keine Gelegenheit, mit ihm zu sprechen. Seinem Brief zufolge arbeitet er an einem Buch über das Verhalten bestimmter Schweizer während des Krieges und deren angebliche Sympathien für das Naziregime, wenn nicht gar Kollaboration mit den Deutschen.«

»Ich sehe immer noch nicht, was das mit unserem Vater zu tun haben soll.«

»Nun, der Mann hat da wohl was entdeckt, sonst hätte er mich bestimmt nicht um ein Gespräch über Vaters Verbindungen zum Dritten Reich gebeten.«

Antoine riss die Augen auf.

»Das ist doch lachhaft! Bist du sicher, dass er nicht Onkel Albert meint?«

»Wie gesagt, ich habe noch nicht mit ihm gesprochen, aber sein Brief bezieht sich eindeutig auf Vater.«

Alexandre steckte sich eine weitere Zigarette an.

»Aber der war doch Architekt!«, rief Sophie aus, die bis dahin schweigend zugehört hatte. »Wie konnte er da etwas mit den Nazis zu tun gehabt haben?«

»Noch dazu, wo Onkel Jérôme und seine Frau im KZ umgekommen sind!«, fügte Antoine hinzu.

»Am besten stattest du diesem Bonnard einmal einen Besuch ab, Antoine, und hörst dir an, was er zu sagen hat.«

»Warum könnte er sich deiner Ansicht nach für Vater interessieren?«

»Keine Ahnung. Ich weiß lediglich, dass Vater nach seinem Diplom in Berlin bei mehreren Bauvorhaben mit Albert Speer senior zusammengearbeitet hat. Der Mann war damals der beste deutsche Architekt, bekanntlich aber zugleich auch ein glühender Nazi, der Monumentalbauten für das Dritte Reich ausgeführt hat. Das könnte der Grund für den Verdacht Bonnards sein, der unter Umständen ein heißes Eisen wittert.«

Die lastende Stille, die nach diesen Worten eintrat, wurde durch das Geräusch herbeirennender Füße unterbrochen. Alexandres Kinder hatten genug: Es war Zeit zum Aufbruch.

»Kannst du für mich ein Gespräch mit diesem Bonnard arrangieren, Alex?«

»Kein Problem. Ich schick dir eine Nachricht ins Hotel. Und vergesst nicht – ihr beide seid Mittwochabend bei mir zum Essen eingeladen.«

Beim Anblick der strengen weißen Fassade krampfte sich Antoines Unterleib zusammen. Das U-förmige, mit Schiefer gedeckte dreistöckige Gebäude mochte ausgesprochen modern gewirkt haben, als sein Vater es Ende der Sechzigerjahre hatte bauen lassen, zu einer Zeit, da der kleine Marktflecken in den Hügeln nördlich von Lausanne noch kein eleganter Vorort der Stadt gewesen war. Damals hatte Antoine noch mit seinen Freunden durch die Felder der Bauern der Nachbarschaft tollen können, die allmorgendlich Eier und frisches Gemüse brachten.

Der atemberaubende Blick reichte über die schneebedeckten Gipfel von Mönch und Eiger im Osten bis zum Montblanc im Westen wie auch über den gesamten Genfer See. Fassungslos erkannte Antoine, dass dieses herrliche Bild schon bald hinter einer Reihe hoch aufragender geschmackloser Bauten verschwinden würde, die am Rande des Grundstücks emporwuchsen.

»Entzückend, nicht wahr?«, fragte Sophie, als sie seinen Blick bemerkte. »Mutter hat getan, was sie konnte, um das Vorhaben zu verhindern, aber der Gemeinderat hat es genehmigt. Es geht um viel Geld.«

»Was macht das schon? Ohnehin hätte doch keiner von uns dreien hier wohnen wollen.«

Er fuhr in den Hof und parkte den Wagen aus alter Gewohnheit unmittelbar vor dem Kücheneingang. Den Haupteingang hatten früher ausschließlich Besucher benutzt. Nachdem er den Motor abgestellt hatte, blieb er noch einen Augenblick sitzen. Die Birken und Lebensbäume im Garten waren seit seinem letzten Besuch ungeheuer gewachsen. Ihm fiel auf, dass das Haus dringend einen neuen Anstrich brauchte.

Sophie berührte seinen Arm.

»Komm«, flüsterte sie und lächelte. »Ich verspreche dir, die Gespenster auf Abstand zu halten.«

Er verzog das Gesicht, stieg aus und ging zur Tür, die sich im selben Augenblick öffnete. Eine etwa sechzigjährige untersetzte Frau mit schlohweißen Haaren und geröteten Wangen trat auf die Schwelle. Sie trug ein bordeauxfarbenes strenges Kostüm. Antoine hatte den Eindruck, dass sie sich nicht im Geringsten verändert hatte, seit er das letzte Mal hier gewesen war.

Jede Wette, dass mich die alte Schachtel nach wie vor nicht leiden kann.

Antoine hielt es für seine Pflicht, sie zu umarmen.

»Madeleine, wie schön, Sie wiederzusehen. Jedes Mal, wenn ich Sie sehe, scheinen Sie jünger zu werden.«

Zum Glück ist das nicht allzu oft der Fall!

»*Bonjour*, Antoine. Auch Sie haben sich nicht sehr verändert.« Dem Ton ihrer Stimme war anzuhören, dass das nicht als Kompliment gemeint war. »Mein aufrichtiges Beileid.«

Sophie legte der Frau die Arme um die Schultern und küsste sie dreimal auf die Wangen.

»Ihre Mutter ist jetzt bei den Engeln, meine Kleine«, gab Madeleine mit etwas freundlicherer Stimme von sich, »aber ein Teil von ihr wird stets bei uns sein.«

Sie zeigte ihre Empfindungen nicht und hielt alle auf Abstand. Gefühlswärme hatte sie ausschließlich Sophie und, mit etwas mehr Respekt vermengt, ihrer Mutter gegenüber entgegengebracht, die dreißig Jahre lang nicht nur ihre Arbeitgeberin, sondern auch eine vertraute Freundin gewesen war. Sie machte kein Hehl daraus, dass sie für die beiden Buben, wie sie Antoine und seinen Bruder nannte, keinerlei Zuneigung empfand, und warf ihnen offen vor, sie hätten ihre Mutter im Stich gelassen. Zweifellos war das der Grund dafür gewesen, dass sie eine Teilnahme an der Beisetzungsfeier ebenso höflich wie entschieden abgelehnt hatte.

Um halb neun befand sich Oskar Lubiesz bereits seit drei Stunden in seinem Büro. Je älter er wurde, desto weniger Schlaf brauchte er. Es war, als wolle sein Körper im Hinblick auf die näher rückende ewige Ruhe jeden Augenblick nutzen, der ihm blieb. Das war Lubiesz mehr als recht, denn er betrieb seine Geschäfte in allen Zeitzonen der Erde.

Durch die riesigen Fenster seines Büros im obersten Stock des Hancock Tower fiel sein Blick auf den hellen Morgenhimmel. Es war Stoßzeit, dicht an dicht rückten Autos langsam über den Lake Shore Drive heran, um Soldiers Field herum, in Richtung auf die hoch aufragenden Wolkenkratzer der La Salle Street.

Doch Lubiesz interessierte sich ebenso wenig für den Ausblick wie für die sündhaft teuren Designermöbel in seinem Büro. Es war für ihn ein Arbeitsplatz wie jeder andere. Zur Abwicklung seiner Geschäfte brauchte er lediglich einen Tisch, einen Stuhl, ein Dutzend Telefonleitungen und eine Sekretärin.

Das ganze Drumherum diente lediglich dazu, Geschäftsfreunde und Politiker zu beeindrucken, denen Statussymbole wichtiger waren als Intelligenz und Charakterstärke. Ihm würde die fensterlose Besenkammer auf dem Schrottplatz im Süden der Stadt genügen, in der er seine erste Firma gegründet hatte. Zwar dachte er gelegentlich sehnsüchtig an jene schwierige Zeit zurück, doch auf keinen Fall an die Jahre davor.

»Mr Lubiesz?« Die Stimme seiner Sekretärin im Lautsprecher der Gegensprechanlage holte ihn in die Gegenwart zurück. »Mr Studer auf eins.«

»Danke, Liz.«

Er legte die Brille beiseite und nahm den Hörer ab.

»Herr Studer, wie gaht's?«, fragte er auf Schweizerdeutsch. »Sie rufen doch hoffentlich über eine sichere Leitung an?… Schön. Hören Sie, ich habe ein Anliegen, und zwar ein streng vertrauliches. Ist das klar?«

»Absolut klar, Herr Lubiesz. Sie wissen, dass Sie sich stets auf mich verlassen können…«

»Vielleicht brauchen Sie für die Sache Verstärkung. Ich nehme an, dass Ihnen das keine Schwierigkeiten bereitet?«

»Nicht im Geringsten.«

»Gut.« Nach einer Pause fuhr Lubiesz fort: »Ich möchte, dass Sie Antoine Demarsands nicht aus den Augen lassen.«

»Warum musstest du mich hierherschleppen?«, beklagte sich Antoine, während er Sophie in die obere Etage zu ihrem Zimmer begleitete. »Du hättest mich am Hotel absetzen und zum Abendessen wiederkommen können. Du weißt, dass ich zu tun habe.«

»Erstens ist es jetzt bei euch in Los Angeles noch sehr früh, da würde es mich sehr wundern, wenn du viele deiner Kollegen im Büro erreichen könntest. Außerdem wird das Haus bald verkauft. Es ist vielleicht das letzte Mal, dass du deinen Fuß hineinsetzt.«

Antoine zuckte die Achseln. »Ich hätte auf diese trostlose Pilgerschaft gut und gern verzichten können.«

Sophie blieb ruckartig stehen und sah ihren Bruder mit zorngerötetem Gesicht an.

»Wenn du mit deiner schlechten Laune und deiner Ichsucht fertig bist, könntest du dich möglicherweise wenigstens eine Sekunde lang, ich sage ausdrücklich möglicherweise, mit dem Gedanken vertraut machen, dass auch *mich* betrifft, was geschehen ist, und dass *ich, deine Schwester, meinen* Bruder an *meiner* Seite brauchen könnte?«

Bei diesen Worten stiegen ihr Tränen in die Augen, doch als Antoine den Mund öffnete, fuhr sie fort, bevor er auch nur ein Wort hätte sagen können: »Die Welt dreht sich nicht ausschließlich um dich, Antoine. Auch andere Menschen haben Gefühle! Du würdest gut daran tun, von Zeit zu Zeit daran zu denken.« Dann wandte sie sich schroff ab, stieg die letzten Stufen empor, eilte in ihr Zimmer und schlug die Tür hinter sich zu.

Einen Augenblick lang überlegte er, was er tun sollte. Es war schon das zweite Mal an diesem Tag, dass Sophie, gewöhnlich der gelassenste Mensch in der ganzen Familie, die Stimme erhoben hatte. *Mutters Tod hat sie tatsächlich aus der Bahn geworfen,* sagte er sich, während er auf ihr Zimmer zuging. *Umso mehr Grund für mich, sie um Entschuldigung zu bitten.*

Doch gerade als er anklopfen wollte, hielt er mitten in der Bewegung inne. Einer Eingebung folgend wandte er sich dem Zimmer seiner Eltern zu und sah fasziniert auf die fest verschlossene schwere Tür aus Zedernholz. Dann ging er wie ein Schlafwandler langsam darauf zu.

Mit zitternder Hand strich er vorsichtig über das lackierte

Holz, als fürchte er, sich zu verbrennen. Er glaubte, sein Herz schlagen zu hören, und hatte plötzlich das Bedürfnis, das Haus zu verlassen und davonzurennen. Doch damit würde er der Vergangenheit nicht entrinnen, das war ihm nur allzu deutlich bewusst.

Als ihn in einer erstickend heißen Sommernacht ein sonderbares Geräusch aus dem Schlaf gerissen hatte, setzte er sich mit wild pochendem Herzen im Bett auf. Er hatte angenommen, jemand sei in sein Zimmer gekommen.

»Mutter, bist du das?«, hatte er mit schläfriger Stimme gefragt. Keine Antwort. Dann hatte er das Geräusch erneut gehört, schwach und gedämpft. Es war eine Art Flüstern oder eher Stöhnen, das aus dem Gang hereindrang. Mehrere Minuten lang war er so im Dunkeln sitzen geblieben und hatte mit angehaltenem Atem gelauscht. Etwas in ihm wollte unbedingt, dass das Geräusch aufhörte, damit er wieder einschlafen konnte, um am nächsten Tag aufzuwachen und sich sagen zu können, dass es ein böser Traum gewesen war. Aber er hörte es nach wie vor und immer deutlicher.

Jemand weinte.

Zwar hatte ihn jede Faser seines Wesens aufgefordert, im Bett zu bleiben und den Kopf unter das Kissen zu stecken, doch er hatte sich gezwungen aufzustehen und die Tür ein wenig geöffnet, ohne Licht zu machen. Auf der Schwelle stehend hatte er einige Sekunden gebraucht, um wieder zu Atem zu kommen und seine überschäumende Vorstellungskraft zur Ordnung zu rufen.

Es ist nichts. Sophie hat einen Albtraum, nichts weiter.

Vorsichtig hatte er durch die angelehnte Tür einen Blick nach draußen geworfen. Lediglich das bleiche Licht des Mondes erhellte den Gang. Er hatte die Augen zusammenkneifen müssen, um im Halbdunkel etwas erkennen zu können. Was er da sah, hatte ihm einen Schauder des Entsetzens über den Rücken gejagt.

Sein lediglich mit einer Schlafanzughose bekleideter Vater, der nichts von Antoines Anwesenheit zu merken schien, drängte sich schluchzend dicht an die Tür des ehelichen Schlafzimmers.

»Bitte, Liebste, mach auf, bitte.« Er sprach mit schwerer Zunge, wie jemand, der zu viel getrunken hat. »Es ist schon so lange her, mein Schatz, kannst du es denn nicht vergessen und mir verzeihen? Ich brauche dich. Ich brauche dich so sehr!«

Als sein Bitten ohne Antwort blieb, hatte Paul Demarsands angefangen, an der Tür zu kratzen. Sofern ihn seine Frau gehört hatte, ließ sie sich das nicht anmerken.

»Ich möchte doch nur mit dir sprechen, dich in die Arme nehmen. Ich liebe dich, mein Schatz. Du weißt, wie sehr ich dich liebe, nicht wahr?«

Antoine hatte den Hals gereckt, und so war es ihm gelungen, das Gesicht seines Vaters zu erkennen. Die Wangen waren nass von Tränen, und Schleim lief ihm aus der Nase.

»Ich flehe dich an, meine Liebste! Lass mich bitte hinein. Lass mich wieder dein Mann sein.«

Ungläubig hatte Antoine der Szene zugesehen, ohne zu begreifen, worum es ging. Eine leise innere Stimme forderte ihn auf, zum Vater zu gehen und ihn zu trösten, doch sie wurde sogleich durch eine bedrückende Scham jenem verletzlichen und weinenden Wesen gegenüber erstickt.

Stumm hatte Antoine gebetet, die Mutter möge die Tür öffnen und damit der Qual des Vaters ein Ende bereiten. Während er hilflos dort stand, erfasste ihn nach und nach eine dumpfe Wut. Sie richtete sich weniger gegen den Vater, der ihm in diesem Augenblick schwach erschien, als gegen die Mutter, denn sie trug die Verantwortung für dessen beklagenswerten Zustand.

Nach einer Weile hatte der Vater aufgehört zu flehen. Er lag jetzt am Boden, seine Schultern zuckten, während er lautlos weinte, ohne zu wissen, dass er von seinem Sohn beobachtet wurde.

Nie hatte Antoine zu jemandem über das gesprochen, wessen er in jener Nacht Zeuge geworden war, aber er hatte es seiner Mutter nie verziehen. In seinen Augen war sie zugleich Quelle und Verkörperung des Unglücks, das sich über das Haus gelegt zu haben schien, und das war letztlich der Grund dafür gewesen, warum er zum Studium nach Amerika gegangen war. Weder Ehrgeiz, noch der Wunsch, in das Land seiner Geburt zurückzukehren, hatten ihn aus dem häuslichen Nest getrieben, sondern das unbezwingbare Bedürfnis, das Haus zu verlassen, das für ihn bedrückender war als ein Gefängnis.

Auf dem Weg nach Ulm stießen sie wenige Kilometer nördlich von Donauwörth auf die erste Straßensperre. Ein sichtlich nervöser junger Leutnant kommandierte einen Trupp Waffen-SS, der Jagd auf Deserteure machte, und ließ die Kolonne nach einer kurzen Unterhaltung mit Schlinge weiterfahren.

»Zumindest ist der blutrünstige Dreckskerl das Geld wert, das man ihm in den Rachen gesteckt hat«, bemerkte von Weißdorf trocken, während sich sein Wagen einen Weg zwischen den Rollen Stacheldraht hindurchbahnte. »Der Dicke hat schon gewusst, was er tat, als er ihn geschmiert hat, um zu erreichen, dass er unser kleines Abenteuer gemeinsam mit uns besteht.«

Es war vorgesehen, die Donau bei der alten Reichsstadt Ulm zu überqueren und kurz nach Tagesanbruch etwa fünfundzwanzig Kilometer weiter südlich bei einem Fliegerhorst nahe Achstetten haltzumachen. Dort war die Lastwagenkolonne vor Angriffen durch Jagdflugzeuge der Alliierten sicher und konnte den Einbruch der Nacht abwarten, um dann die Fahrt in Richtung Friedrichshafen und Schweizer Grenze fortzusetzen.

Doch das in und um Ulm herrschende Chaos war in ihrem Plan

nicht vorgesehen gewesen. Seit zehn Tagen tobte die Schlacht um einen Rheinübergang, und die Straßen nach Westen und Süden waren voller Militärkolonnen, die die Garnisonen von Stuttgart und Freiburg verstärken sollten, während in der Gegenrichtung ein ununterbrochener Strom von Menschen, die vor der Front flohen, ostwärts in die vorläufige Sicherheit des bayerischen Hinterlandes strebte. Verzweifelt versuchten durch Abteilungen der Ordnungspolizei und Angehörige der Hitlerjugend verstärkte Kräfte der Feldgendarmerie, ein wenig Ordnung in dieses Durcheinander zu bringen, dem nicht einmal die legendäre deutsche Disziplin gewachsen war.

Sie kamen nur im Schritttempo voran. Demarsands sah voll Entsetzen drei Wehrmachtssoldaten, die man an Straßenlaternen aufgehängt hatte, ein Bild, das ihn an die Kreuzigungen durch die Römer gemahnte. Den Toten, deren Augen hervorgequollen und deren Gesichter bläulich angelaufen waren, hatte man große Papptafeln umgehängt, auf denen in roten Buchstaben stand: »Ich bin ein feiges Schwein: Ich habe meinen Führer verraten.«

»Das Werk unserer Freunde von der SS«, erklärte von Weißdorf gelassen.

»Können die denn nicht begreifen, dass der Krieg verloren ist? Damit, dass sie Deserteure hinrichten, ändern sie nichts daran.«

»Das ist denen egal. Wenn die den Geruch von Blut wittern, spielen sie verrückt.«

Gerade als Demarsands antworten wollte, blieb der Wagen wieder einmal stehen.

»Zum Donnerwetter! Was gibt es, Karl?«

»Bestimmt die nächste Kolonne, Herr Oberst«, erklärte der Fahrer. »Sehen Sie selbst.«

Vor ihnen war es dem letzten der Lastwagen gerade noch gelungen, die Kreuzung zu räumen, bevor zwei Soldaten den Mercedes dazu zwangen anzuhalten. Erleichtert sah Demarsands, dass die Fahrzeuge ihrer Transportkolonne sofort an den Straßenrand gefahren waren, um auf sie zu warten.

Er rechnete damit, dass erneut Panzer und gepanzerte Kampfwagen auf dem Weg zur Front vorüberkommen würden, doch stattdessen tauchte ein Zug von Menschen auf, der geradewegs aus Dantes Hölle gekommen zu sein schien. Über die ganze Straßenbreite verteilt, schleppten sich Tausende halb toter Gestalten in gestreiften Lumpen auf blutigen, nackten Füßen dahin, von den Schlägen und Flüchen einer aus SS-Leuten bestehenden Wachmannschaft angetrieben. Mit leerem Blick, in dem endloses Leiden lag, zogen sie unter unnatürlichem Schweigen voran. Von Zeit zu Zeit sank einer der Elenden zu Boden – tot oder zu erschöpft, als dass er hätte weitergehen können. In solchen Fällen stürzte sogleich einer der Wächter herbei, jagte ihm eine Kugel in den Kopf und ging dann weiter, als habe er eine Kakerlake zertreten. Mit Tränen in den Augen wandte sich Demarsands dem Oberst zu, dessen Miene ausdruckslos geblieben war.

»Sie bringen Häftlinge aus Lagern in Frontnähe nach Dachau«, erläuterte der Oberst. »Wer den Marsch überlebt, wird dort sein Schicksal erfahren.« Er schüttelte den Kopf. »Entsetzlich und widerlich.«

Außerstande, auch nur ein Wort zu sagen, sah Demarsands dem Zug der Geschundenen zu.

Als der Mercedes zu den Lastwagen aufschloss, war es schon heller Tag. Kaum hatten sie das rechte Donauufer erreicht, als Luftschutzsirenen einen Fliegerangriff ankündigten. Sie verließen die Hauptstraße mit ihrem wilden Durcheinander von Panzern, Lastwagen und Karren und strebten so unauffällig wie möglich auf Seitenwegen der relativen Sicherheit von Achstetten entgegen.

KAPITEL 3

Das Geheimnis der großen Vermögen
unbekannter Herkunft
ist ein vergessenes Verbrechen.
(HONORÉ DE BALZAC)

Dienstag, 18. Februar 1997

Isabelle war die Letzte, die er dort erwartet hätte, doch jetzt stand sie vor ihm, ein belustigtes Lächeln auf den Lippen. Antoine ließ seine Zeitschrift sinken und erhob sich linkisch, womit er seine Überraschung verriet.

»Was tust du hier?« Er war nicht sicher, ob er ihr die Hand schütteln oder sie umarmen sollte.

»Trotz des traurigen Anlasses freue ich mich, dich wiederzusehen, Antoine«, gab sie in herzlichem Ton zurück und löste dann sein Dilemma mit einem Kuss auf die Wange. Danach wandte sie sich Sophie und Alexandre zu, um sich vorzustellen.

»Als Erstes möchte ich Ihnen mein tief empfundenes Beileid aussprechen. Ich heiße Isabelle Dumas und war Anwältin Ihrer Frau Mutter, die mich auch mit der Testamentsvollstreckung beauftragt hat.« Sophies neugieriger Blick entging ihr nicht. »Vermutlich sollte ich Ihnen auch mitteilen, dass Antoine und ich vor langer Zeit eine Beziehung miteinander hatten. Damals war ich noch nicht Anwältin und habe Ihre Mutter erst viele Jahre später kennengelernt. Ich darf Ihnen versichern, dass mich

diese frühere Geschichte…«, bei diesen Worten warf sie Antoine einen unergründlichen Blick zu, »…was die Vertretung
der Interessen Ihrer Mutter angeht, nicht im Geringsten beeinflusst hat. Im Übrigen war ihr diese Beziehung bekannt, als
sie mich engagiert hat. Zweifellos ist Ihnen bewusst, dass ich
als Testamentsvollstreckerin eine treuhänderische Verpflichtung
gegenüber allen Parteien habe.«

»Vielen Dank dafür, dass Sie so aufrichtig sind, *maître*. Es
spricht für Ihre Professionalität und untadelige Auffassung von
Berufsethos«, gab Alexandre mit spöttischem Lächeln zurück.
»Sollten Sie sich aber trotz allem entschließen, Ihre Pflicht zu
unparteiischem Handeln zu missachten, kann sich die unangenehme Erinnerung, die Sie zweifellos an das haben, was zwischen meinem Bruder und Ihnen war, nur zu meinen und meiner Schwester Sophie Gunsten auswirken.«

Bevor Antoine aufbegehren konnte, teilte ihnen ein Amts-
diener mit, der Nachlassrichter sei bereit, sie zur Testaments-
eröffnung zu empfangen. Als sie das Wartezimmer verließen,
fasste Sophie Antoine am Arm.

»Was hast du der Frau angetan?«, fragte sie leise.

Antoine verzog das Gesicht. »Das ist eine lange Geschichte.«

Der Inhalt des Testaments überraschte niemanden. Abgesehen
von einem ansehnlichen Betrag, den ihre Mutter der treuen
Madeleine ausgesetzt hatte, fiel ihr gesamter Besitz, einschließlich des Hauses und der von ihrem Mann ererbten Gemälde-
sammlung, den Kindern zu.

Während das Testament verlesen wurde, konnte sich Antoine nicht enthalten, Isabelle heimlich zu mustern. Sie saß
konzentriert und sehr aufrecht da und machte einen ausgesprochen professionellen Eindruck. Hörte sie wirklich dem zu, was
der alte Knacker hinter seinem Schreibtisch von sich gab, oder

war sie, wie er selbst, mit den Erinnerungen an einen Abend beschäftigt, der zehn Jahre – also sozusagen eine gefühlte Ewigkeit – zurücklag?

Sie hatte sich verändert. Die blonden Haare trug sie nur noch schulterlang, wodurch ihr ovales Gesicht etwas runder wirkte. Die weichen Züge der Heranwachsenden waren einer eleganten und reifen Schönheit gewichen. Man erkannte nicht mehr den geringsten Hinweis auf die Schüchternheit, die sie einst dazu veranlasst hatte, fortwährend die Augen niederzuschlagen, als müsse sie für ihr blendendes Aussehen um Entschuldigung bitten. Sie strahlte Selbstsicherheit und Selbstbeherrschung aus. Wenn jemand Grund hatte, um Verzeihung zu bitten, war das auf jeden Fall er.

Helen Demarsands hatte ihrem Testament einen in englischer Sprache abgefassten Brief an ihre Kinder beigefügt. Als der Nachlassrichter ihn in amtlichem Ton und mit starkem Schweizer Akzent vorzulesen begann, klangen die Sätze der Mutter sonderbar unwirklich, als äußere sie sich durch den Mund eines Mediums.

»Meine lieben Kinder,

wenn Ihr diese Worte hört, bin ich bei Eurem Vater im Paradies. Er und ich haben einander nicht viel zu sagen, aber ich weiß, dass wir – sofern es so etwas nach dem Tod noch gibt – einander erneut lieben und verstehen werden, wie so viele wunderbare Jahre hindurch. Ihr seid die Frucht dieser Liebe, die Ihr immer mit Euch tragen werdet, wo auch immer Ihr seid, solange Ihr lebt.«

Antoine, der davon alles andere als gerührt war, wurde allmählich ungeduldig. Wie am Tag der Beisetzung gelang es ihm nicht, Kummer zu empfinden, während Sophie neben ihm schluchzte und Alexandre den Blick unverwandt auf seine Füße gerichtet hielt. Selbst Isabelle schien aufrichtige Gefühle zu empfinden.

»Diese Liebe ist Euer kostbarstes Erbteil«, fuhr der Brief fort. »Es gibt keine einfachere Wahrheit, selbst wenn Euer Vater und ich über Jahre hinweg ihren Sinn vergessen hatten. Ich weiß, dass Ihr mir in unterschiedlichem Maße das Unglück vorwerft, das sich über unser Haus gesenkt hat. Ihr seid nicht die Einzigen: Auch ich habe mich in den letzten Jahren meines Lebens mit Vorwürfen gequält. Wenn die Flamme der Liebe zwischen zwei Menschen erlischt, tragen daran beide gleichermaßen die Schuld. Nichts bedaure ich bis auf den heutigen Tag mehr, als dass ich zugesehen habe, wie dieses Feuer erlosch, ohne etwas zu unternehmen, damit es wieder in Gang kam. Heute ist mir klar, dass es ungerecht von mir war, Eurem Vater Schmerzen zuzufügen. Kein Tag ist nach seinem Tod vergangen, an dem ich mir das nicht vorgeworfen habe. Aber all das ist nichts verglichen mit der Scham, die eine Mutter empfindet, wenn sie weiß, dass es ihr nicht gelungen ist, ihren Kindern Seelenschmerz zu ersparen. Ich bitte Euch nicht, mir zu verzeihen, weil ich dazu selbst nicht fähig bin.«

Zumindest in diesem einen Punkt hast du recht, Mutter!

Antoine, der immer gereizter wurde, ließ den Blick hinüber zum Fenster schweifen. In der Ferne ragte die Kathedrale Notre- Dame wie ein gelassener Wachtposten über den Dächern der Altstadt von Lausanne so hoch auf, dass ihre Türme in den Wolken zu verschwinden schienen. Der friedliche Eindruck dieses Bildes sowie die Worte seiner Mutter riefen in ihm unangenehme Erinnerungen wach. Hoffentlich war diese düstere Pflichtübung bald vorüber!

»Ich erwarte von Euch lediglich, dass Ihr stets das Feuer in Euch lebendig haltet, ganz gleich, welch widrige Winde es im Laufe Eures Lebens zu löschen versuchen. Und vergesst nicht, dass Euer Vater und ich nie aufgehört haben, einander zu lieben.«

Der Nachlassrichter legte den Brief behutsam auf den Tisch und nahm die Brille ab. Eine Minute lang, die sich für Antoine entsetzlich dehnte, schwiegen alle. Dann half ihnen der alte Richter mit einem liebenswürdigen Lächeln bei der Erledigung der Verwaltungsformalitäten, bevor er jedem eine beglaubigte Kopie der Dokumente übergab, die er verlesen hatte.

Endlich wurde die Sitzung als beendet erklärt, und Antoine konnte hinausstürmen. Schon bald darauf folgten die anderen.

»Ihre Mutter war eine außergewöhnliche Frau«, erklärte Isabelle, während sie Alexandre und Sophie die Hand schüttelte. »Es war ein wirkliches Privileg, sie zu kennen.« Sie fuhr fort: »Ich werde mich wieder bei Ihnen melden, sobald das Inventar vollständig aufgenommen ist. Selbstverständlich können Sie mich jederzeit anrufen, wenn Sie das wünschen.«

Als sie sich von Antoine mit einem erneuten Kuss auf die Wange verabschieden wollte, nahm er sie beiseite.

»Isabelle, ich weiß, dass das nicht der richtige Augenblick ist«, sagte er leise, »aber würdest du heute Abend mit mir irgendwo etwas trinken oder essen wollen? Ich muss mit dir sprechen.«

Sie sah ihn fragend an.

»Bitte, Isabelle. Es wäre mir sehr lieb, wenn du mir diesen Gefallen tun könntest, auch wenn ich kein Anrecht darauf habe.«

Nach einigem Zögern zuckte sie die Achseln.

»Von mir aus. Es geht ja nicht um ›Erinnerungen an die schönen alten Zeiten‹. Ich nehme deine Einladung an – um sieben Uhr im Theatercafé. Sei aber pünktlich.«

Von der Stahlbrille über die Designerjeans und den Ausdruck falscher Bescheidenheit bis hin zum Tweedjackett wies alles François Bonnard als den von der Wichtigkeit seiner Persönlichkeit durchdrungenen Lehrstuhlinhaber aus – einer der »angesagten« Hochschullehrer, mit dem ein Verhältnis einzugehen Studentinnen töricht genug waren. Er war etwas über vierzig Jahre alt, unbestreitbar sehr intelligent, aber zweifellos weniger, als er von sich annahm. Schon zwei Minuten nachdem Antoine sein Arbeitszimmer betreten hatte, war ihm der Mann in tiefster Seele zuwider.

»Ich freue mich ausgesprochen, Sie kennenzulernen«, rief Bonnard mit gespielter Begeisterung aus. »Offen gesagt hatte ich gar nicht damit gerechnet, weil ich annahm, dass Sie sich in den Vereinigten Staaten befinden.«

Er sprach so schnell, dass die Worte wie die Geschosse eines Maschinengewehrs zwischen seinen Lippen hervorkamen. Er hielt die Hände, die leicht zitterten, keinen Augenblick lang ruhig.

Der Kerl ist ja high! Garantiert pudert er sich die Nase. Da sich Antoine in einem beruflichen Umfeld bewegte, in dem Kokain ebenso selbstverständlich war wie Oliven im Martini, sah er auf mehrere Kilometer Entfernung, ob jemand von Zeit zu Zeit eine Linie schnupfte. Er selbst hatte es sich zur goldenen Regel gemacht, Arbeit und Drogen nie zu vermengen – und sei es noch so wenig.

»Ja, in Los Angeles. Ich bin zur Beerdigung meiner Mutter hier.«

Bonnard machte eine so theatralische Leichenbittermiene, dass es Antoine schwerfiel, ernst zu bleiben.

»Ich bin zutiefst betroffen. Werden Sie länger hierbleiben?«

»Lediglich zwei oder drei Tage. Sie wissen ja, die Arbeit...« Da es ihn drängte, den Austausch von Höflichkeiten so rasch wie möglich zu beenden, beugte er sich vor, um dem Mann in die Augen zu sehen. »Vor zwei Wochen haben Sie meinen Bruder wegen angeblicher Verbindungen unseres Vaters mit Hitlerdeutschland um eine Unterredung gebeten. Ich muss Ihnen gestehen, dass uns das alle zurückhaltend gesagt erstaunt hat, denn keiner von uns hat je etwas von Sympathien unseres Vaters gegenüber dem Naziregime gewusst. Daher möchte ich unbedingt hören, was Sie zu sagen haben.«

Bonnard hielt seinem Blick stand, ohne mit der Wimper zu zucken.

»Ehrlich gesagt hatte *ich* Erklärungen von *Ihnen* erwartet, *Monsieur* Demarsands.«

»Nun denn … Mein Vater hatte mit dem Dritten Reich und dessen führenden Köpfen nicht das Geringste zu tun. Er hat während der Kriegsjahre in der Schweiz gelebt und hatte für Hitler und dessen Helfershelfer nichts als Verachtung übrig. Zufrieden?«

Mit herablassendem Lächeln erwiderte Bonnard: »Ich fürchte, so einfach liegen die Dinge nicht. Lassen Sie mich Ihnen die Situation erläutern. Schon seit Jahrzehnten weisen Historiker darauf hin, dass sich neutrale Länder wie Schweden, Portugal, Spanien, die Türkei oder eben auch die Schweiz aktiv an den deutschen Kriegsbemühungen beteiligt und die Nazis mit Devisen, technischen Verfahren, Rüstungsmaterial und Rohstoffen unterstützt haben. Alle Welt hat das als lächerlich zurückgewiesen. Da wir damals am Rande der atomaren Vernichtung standen, hat außer den Israelis niemand einen Anlass gesehen, Männer vor Gericht zu bringen, die einst eine SS-Uniform getragen hatten. In jener Zeit konnte unsere liebe friedliche Schweiz in dem Bewusstsein ruhig schlafen, dass niemand das heimelige Bild einer neutralen Demokratie in Zweifel ziehen würde.«

Während er eine Pause eintreten ließ, um sich eine Zigarette anzuzünden, beobachtete er die Wirkung seiner Worte auf seinen Besucher.

»Mit dem Niedergang der Sowjetunion war nicht nur der Feind Nummer eins verschwunden, es sind darüber hinaus Tonnen von bis dahin vertraulichen Dokumenten und Spionageberichten an die Öffentlichkeit gelangt.«

»Womit die Stunde der Abrechnung gekommen war.«

»Sie sagen es. Übrigens sehen wir auch jetzt erst die Spitze des Eisbergs, selbst wenn kürzlich so einiges durch die Medien gegangen ist. Das Faszinierendste an der Naziherrschaft war weder ihre unsagbare Grausamkeit noch die geradezu verblüffende Mühelosigkeit, mit der es Deutschland gelungen war, so viele Länder zu erobern, und auch nicht einmal die in geradezu industriellem Maßstab durchgeführte Praxis des Völkermords, wohl aber das ungeheuer weit gespannte Netz an Kollaborateuren, die den Nazis auf ideologischer, politischer, industrieller und finanzieller Ebene zugearbeitet haben – sogar in Ländern, die sich mit Deutschland im Krieg befanden.«

»Was Sie mir da sagen, ist durchaus fesselnd, aber ich sehe nach wie vor keine Beziehung zu meinem Vater.«

Bonnard lächelte nachsichtig, als habe er ein ungeduldiges Kind vor sich.

»Darauf werde ich gleich zu sprechen kommen, *cher ami*, wenn Sie mir das gestatten. Ohne mir etwas darauf einbilden zu wollen, gehöre ich zu den Historikern, die schon seit Jahren die These vertreten, dass unser Land sein Überleben im Zweiten Weltkrieg nicht der bewaffneten Neutralität verdankt, sondern seiner Rolle als Bankier des Deutschen Reiches. Zwischen 1940 und 1945 haben unsere Nachbarn insgesamt 1,7 Milliarden Schweizer Franken in Gestalt von Goldbarren hierhergeschafft, deren Wert sich inzwischen auf vier Milliarden Dollar belaufen dürfte. Das aber sind lediglich die offiziellen Transfers der Reichsbank. Alle Nazigrößen besaßen geheime Konten bei Schweizer Banken, angefangen von Hitler, Goebbels und

Göring bis hinab zum kleinsten SS-Offizier. Wenn Sie jetzt die Hunderte von Dollarmillionen hinzurechnen, die Investoren westlicher Länder zu beiden Seiten des Atlantiks – wohlgemerkt, während der Krieg tobte – insgeheim in die deutsche Wirtschaft eingeschleust haben, wird Ihnen aufgehen, dass die Schweiz nicht auf die kolumbianischen Drogenkartelle zu warten brauchte, um die Geldwäsche zu erfinden.«

»Das alles ist schockierend, zugegeben. Ich sehe aber immer noch nicht, was mein Vater damit zu tun gehabt haben soll. Darf ich Sie daran erinnern, dass er Architekt und nicht Bankier war?«

»Seien Sie beruhigt, ich kenne den Unterschied, *Monsieur* Demarsands. Dank meiner Nachforschungen ist es mir gelungen, eine Liste aller Schweizer Persönlichkeiten zusammenzustellen, die auf die eine oder andere Weise mit den Nazis gemeinsame Sache gemacht haben. Einer von ihnen war beispielsweise der legendäre Dr. Max Huber, Präsident des Internationalen Komitees vom Roten Kreuz und zugleich Miteigentümer zweier Fabriken in Deutschland, von denen eine unter Leitung der SS stand.«

»Was Sie mir da erzählen, klingt wie die Enthüllungsspalte des *National Enquirer.*« Antoine lachte. »Sind Sie etwa auch auf Berichte über das Auftauchen von Außerirdischen im Berner Oberland gestoßen?«

»Nein«, gab Bonnard gelassen und mit einem sarkastischen Lächeln zurück, »wohl aber auf Beweise für die aktive Beteiligung Ihres Vaters an den Machenschaften eines der höchsten Würdenträger des Dritten Reiches.«

Der blaue Mercedes 240 D stand wenige Meter von dem Gebäude entfernt, in dem Bonnard sein Büro hatte. Er fiel nicht weiter auf, weil es der gleiche Typ war wie die meisten Taxis im Lande. Ebenso unauffällig war der nicht mehr ganz junge, durchschnittlich große Mann hinter dem Lenkrad. Mit seinem Dutzendgesicht, dem Regenmantel und Filzhut ging er in der Menge der Bankangestellten der Stadtmitte unter. Er war einer von den Männern, die man sofort vergisst, nachdem man an ihnen vorübergegangen ist, und das war ihm mehr als recht.

Peter Studer war Privatermittler. Wie die meisten Angehörigen seiner Zunft war er Polizeibeamter gewesen, bevor er sich dieser einträglicheren Aufgabe zugewandt hatte – eine kluge Entscheidung, denn im Unterschied zu vielen anderen besaß er nicht nur eine rasche Auffassungsgabe, sondern auch beste Beziehungen. Selbstverständlich kannte er alle Polizeibeamten, Staatsanwälte und Richter im Kanton, eine Grundvoraussetzung in seinem Berufszweig. Darüber hinaus war es ihm im Laufe der Jahre aber auch gelungen, die allem Anschein nach unendliche Zahl wohlhabender Ausländer anzuzapfen, von denen die Stadt wimmelte.

Zwar waren die Schweizer Banken dazu übergegangen nachzufragen, woher die Gelder kamen, die man bei ihnen anlegte, doch verwalteten sie nach wie vor mehr als ein Drittel der privaten Vermögen auf der Welt. Diese finanziellen Aktivitäten konzentrierten sich im Wesentlichen auf die beiden Städte Zürich und Genf. Da Verfehlungen nie weit sind, wo es um Geld geht, fand sich in Genf reichlich von beidem, was Studer von Berufs wegen sehr freute.

Er steckte sich eine Zigarette an und warf einen Blick auf die Uhr. Halb zwei. Demarsands war seit nahezu einer Stunde bei Bonnard. *Lange wird es wohl nicht mehr dauern.* Er hatte sich den Stundenplan des Professors angesehen und wusste, dass dieser um zwei Uhr ein Seminar zum Thema »Von den Anfängen der Demokratie zum Triumph des Totalitarismus – Klassenkampf und politische Konflikte in der Weimarer Republik«

halten musste. Nichts besonders Originelles. Er fragte sich, ob der Mann die Frage unter einem interessanten Blickwinkel angehen würde. Wahrscheinlich nicht. Was verstand der spießbürgerliche Waschlappen schon von Gewalttätigkeit und Klassenkampf?

Studers Großvater Ernst hingegen hatte sich in der Geschichte der Weimarer Republik bestens ausgekannt. Kein Wunder, war er doch als Angehöriger eines der Freikorps mehrfach mit deren Feinden von der Komintern aneinandergeraten. Später war er zu der für Hitlers persönlicher Abschirmung gegründeten Schutzstaffel gestoßen, die im Laufe der Zeit unter der Abkürzung »SS« bekannt geworden war. Als Obersturmführer hatte er Ende Juni 1934 am Röhm-Putsch teilgenommen, den der Volksmund »Nacht der langen Messer« nannte und in dessen Verlauf knapp zweihundert Angehörige der NSDAP und SA umgebracht worden waren, die Hitler für Aufrührer hielt. Unter ihnen hatten sich auch einige seiner früheren Kameraden aus den Einheiten des Freikorps befunden. Zu diesem Zeitpunkt war die Weimarer Republik genau genommen bereits tot und begraben.

Ja, Großvater Ernst hätte das saublöde Seminar halten können! Aber bis zu seinem Tod im ehrwürdigen Alter von zweiundneunzig Jahren hatte er sich stets geweigert, über jene Zeit zu sprechen. Tatsächlich war der alte Hurensohn meist viel zu betrunken gewesen, um überhaupt reden zu können.

Der Detektiv rieb sich die müden Augen und steckte sich eine weitere Zigarette an. Was mochte der Grund dafür sein, dass sich sein Auftraggeber so für den jungen kalifornischen Anwalt interessierte? Studer hatte es sich zur Gewohnheit gemacht, nie nach den Hintergründen eines Auftrags zu fragen oder sie gar selbst zu erkunden. Diesmal aber lagen die Dinge anders. Oskar Lubiesz war mehr als ein Auftraggeber: Er war ein hoch angesehener Freund der Familie. Ohne ihn zu fragen, begriff Studer, dass die Sache für den alten Magnaten äußerst wichtig war – und ausgesprochen persönlich.

»Eine überaus schwerwiegende Anschuldigung. Könnten Sie die Sache etwas genauer ausführen, Herr Professor?«

Mal sehen, wie viele Karten du bereit bist, auf den Tisch zu legen.

»Gewiss. Aber Sie als Anwalt verstehen sicher, dass ich meine Quellen schützen muss. Es ist eine Frage des Berufsethos.«

Antoine lächelte. *Das macht dir Spaß, was, alter Halunke?*

»Am 20. Januar 1947 hat der amerikanische Generalkonsul in Wien seinem Außenminister einen vierzehnseitigen Bericht der Strategic Services Unit übersandt. Darin wurde bestätigt, dass es bei Kriegsende mehreren hohen Würdenträgern der Nazis gelungen war, mit Schweizer Diplomatengepäck beträchtliche Vermögenswerte über die Schweiz nach Argentinien zu schaffen.«

»Und stand dieser Bericht im Zusammenhang mit dem Bemühen der Alliierten, auf die Spur von Nazivermögen zu kommen?«

»Sie meinen das Projekt *Safehaven* – ja.«

»Wieso hat die Schweizer Regierung zugelassen, dass man Diplomatengepäck für diese Zwecke missbrauchte? Immerhin war das doch ein offenkundiger Verstoß gegen internationales Recht wie auch gegen den Grundsatz der Neutralität.«

»Allem Anschein nach war weder der Bundesrat noch das Außenamt davon informiert. Bedenken Sie, dass unsere Regierung in jenen Jahren häufig wichtige Geschäftsleute mit diplomatischen Missionen in allen Erdteilen betraut hat, einschließlich Lateinamerika. Das gab diesen Mittelsmännern eine Möglichkeit, Sendungen beliebigen Umfangs als Diplomatengepäck zu deklarieren. Manche haben das ausgenutzt und beträchtliche Provisionen dafür eingesteckt, dass sie auf diese Weise zu hundert Prozent vor Entdeckung geschützte Transporte durchgeführt haben. Meinen Quellen zufolge soll Hermann Göring dafür gesorgt haben, dass einige Monate vor Kriegsende Goldbarren, Bargeld, Edelsteine und Kunstwerke im Gesamtwert von dreihundert Millionen Dollar in die Schweiz verfrachtet wurden. Das entsprach vierzig Prozent der Goldreserven der Reichsbank und wäre heute ungefähr 2,7 *Milliarden* Dollar wert. Ein hübsches Sümmchen und eine Ladung, die sich kaum ungesehen transportieren ließ.«

»Ich nehme an, dass Göring damit keine Schwierigkeiten gehabt haben dürfte. Ihm unterstand die gesamte Luftwaffe, da war es für ihn vermutlich ein Kinderspiel, seine Beute auf dem Luftweg an einen beliebigen Schweizer Flughafen zu schicken, vor allem wenn er sich auf Helfershelfer in der örtlichen Beamtenschaft stützen konnte.«

Bonnard schüttelte den Kopf. »Genau da irren Sie, Antoine. Ich darf Sie doch so nennen, nicht wahr?«

Zwar war ihm das alles andere als recht, doch er entschloss sich, das nicht zu zeigen.

»Für einen Mann in Görings herausgehobener Stellung gab es gute Gründe, unauffällig zu handeln. Er hatte unter den anderen hohen Naziführern eine ganze Reihe mächtiger Feinde, die ihm mit größtem Vergnügen einen Strich durch den vergoldeten Ruhestand gemacht hätten, wenn er ihnen eine Gelegenheit dazu gegeben hätte. Das ist aber noch nicht alles. Es war den Geheimdienststellen der Luftwaffe gelungen, den vom OSS, also dem Office of Strategic Services in Bern, verwendeten Code für die Kontakte mit dem Hauptquartier in Washington teilweise zu entziffern, und so gibt es Gründe anzunehmen, dass Göring das Projekt *Safehaven* kannte.«

»Sie scherzen!«

»Keineswegs. Daher musste er unbedingt eine Möglichkeit finden, seine Schätze auf eine Weise beiseitezuschaffen, die ihm sowohl vor seinen Parteigenossen als auch vor den Alliierten Sicherheit gewährte. Dazu musste er vor allem die großen Handels- und Kantonalbanken, aber auch andere Stellen meiden, von denen bekannt war, dass sie Nazivermögen aufnahmen, wie beispielsweise die Wehrli-Bank. Er brauchte ein diskretes Institut mit untadeligem Ruf und fand die ideale Lösung in der Bank Ihrer Familie, Demarsands, Conti & Cie.«

»Nie und nimmer! Möglich, dass mein Onkel einen Panzerschrank an der Stelle hatte, an der andere Leute ein Herz haben, aber ein Dummkopf war er nicht. Warum sollte er, nachdem er sich während des ganzen Krieges mit seiner Bank aus Kontakten jeglicher Art mit den Nazis herausgehalten hatte, sie ausgerechnet wenige Monate vor ihrer Niederlage unterstützt haben? Und ich weiß definitiv, dass meinem Vater Militarismus in jeder Form verhasst war.«

Bonnard schüttelte langsam den Kopf, als sei er von so viel Begriffsstutzigkeit enttäuscht.

»Nichts liegt mir ferner als die Absicht, den Geschäftssinn Ihres Onkels oder die moralische Haltung Ihres Vaters in Zweifel zu ziehen. Trotzdem weiß ich aus sicherer Quelle, dass dieser in den ersten Monaten des Jahres 1945 insgeheim nach Berlin gereist ist, um dort mit Göring zusammenzutreffen. Sie entschuldigen, dass ich das nicht für ein touristisches Unternehmen halte, denn dafür wäre der Zeitpunkt ausgesprochen schlecht gewählt gewesen.«

Er schien ausgesprochen zufrieden mit sich zu sein.

»Hingegen wäre der Zeitpunkt ideal gewesen, wenn es seine Absicht gewesen wäre, Görings Vermögenswerte in die Tresorräume Ihrer Bank zu schaffen.«

Antoine, der vor Wut beinahe kochte, musste sich mit aller Kraft zur Ruhe zwingen.

»Wenn Sie so gut informiert sind, ist Ihnen sicherlich auch bekannt, dass man meinen Onkel Jérôme und seine Frau im KZ umgebracht hat, weil sie einer Gruppe angehörten, die jüdischen Flüchtlingen zur Flucht in die Schweiz verholfen hatte. Übrigens hat mein Vater daran ebenfalls mitgewirkt.«

Bonnard zuckte die Achseln.

»Die Zahl der durch den Krieg entzweiten Familien ist Legion. Zur selben Zeit, da Raoul Wallenberg Zigtausend ungarische Juden vor der Verschleppung ins Konzentrationslager bewahrte, hat die seiner Familie gehörende Enskilda-Bank in Stockholm mit den Nazis Geschäfte gemacht.«

»Sofern Sie damit meinem Vater Zusammenarbeit mit einem Regime unterstellen wollen, das seinen Bruder umgebracht hat, erfüllt das den Tatbestand der Beleidigung. Sie sollten diese Behauptung also besser mit handfesten Beweisen untermauern, denn sonst, das dürfen Sie mir glauben, wird es Ihnen noch leidtun, das Buch geplant zu haben!«

Ein Lächeln trat auf Bonnards Lippen. Endlich hatte er den hochnäsigen Kerl da, wo er ihn haben wollte: Mit gerötetem Gesicht und förmlich vor Wut aufstampfend befand er sich hilflos in der Defensive. Auch wenn es ihm nicht gelungen war, etwas Neues von ihm zu erfahren, hatte er doch zumindest das Vergnügen gehabt, ihn in Rage zu bringen.

»Sie dürfen gewiss sein, dass ich Ihre Reaktion verstehe, Antoine. Wie bereits gesagt kann ich meine Quellen zurzeit noch nicht offenlegen, aber Sie dürfen sicher sein: Ich recherchiere gründlich.« Er sah auf die Uhr und erhob sich langsam. »Wenn Sie mich jetzt entschuldigen wollen, meine Studenten erwarten mich.«

Wortlos stand auch Antoine auf.

»Für den Fall, dass Ihnen Einzelheiten einfallen, die mir womöglich entgangen sind«, fügte Bonnard hinzu, »werde ich die gern auch dann berücksichtigen, wenn sich herausstellen sollte, dass sie im Widerspruch zu meinen anfänglichen Schlussfolgerungen stehen.«

Antoine übersah geflissentlich die Hand, die ihm Bonnard reichte, und schlug im Hinausgehen die Tür wütend hinter sich zu.

Es hatte wieder angefangen, so heftig zu regnen, dass die Scheibenwischer der Fluten kaum Herr wurden. Mit angespanntem Gesicht versuchte Antoine in dem tosenden Wildbach, in den sich die Autobahn verwandelt hatte, etwas zu erkennen. Es kam ihm so vor, als werde alles um ihn herum unwirklich, und das keineswegs ausschließlich wegen des Wetters.

Auch wenn sein Herz Bonnards Unterstellungen nachdrücklich zurückwies, fiel das seinem Verstand deutlich schwerer. Er war lange genug Anwalt, um zu merken, wenn etwas unangenehm roch. Angesichts der zahlreichen vorgetragenen Punkte stank diese Sache geradezu.

Er schloss und öffnete die Augen in rascher Folge, um die Tränen der Wut zurückzuhalten. Die Vorstellung, sein Vater könne auch nur am Rande mit den Nazis gemeinsame Sache gemacht haben, war ihm unerträglich. Dennoch gelang es ihm nicht, die leise Stimme des Zweifels zum Verstummen zu bringen. Schließlich war auch Paul Demarsands ein Mensch gewesen – das wusste sein Sohn Antoine nur allzu gut. Der Gedanke daran rief in ihm Ekel hervor, Schweiß bedeckte seinen Nacken, und er glaubte, sich übergeben zu müssen.

Über die ganze Strecke folgte ihm geduldig ein im Regen nahezu unsichtbarer blauer Mercedes.

»Du hast dich verspätet«, begrüßte ihn Isabelle. In ihrer Stimme lagen weder Zorn noch Überraschung. Sie hatte offenbar damit gerechnet.

»Es tut mir aufrichtig leid«, gab Antoine kleinlaut zurück.

Wenn man bedenkt, dass ich ihr zeigen wollte, wie sehr ich mich geändert habe, fängt das ja gut an, ging es ihm durch den Kopf, während er sich setzte.

»Ich muss zugeben, dass ich keinerlei Entschuldigung habe.« Er sah sie an. Selbst nach einem Tag im Büro wirkte sie so frisch und strahlend, als komme sie aus einer Wellnessoase.

»Du musstest einfach zu spät kommen. Es ist Teil deines Wesens.«

Er öffnete den Mund, um aufzubegehren, überlegte es sich dann aber anders.

»Wie schaffst du es nur, deine Termine einzuhalten, wenn du einen Prozess führst?«, fragte sie.

»Ich bereite Geschäftsabschlüsse vor und plädiere nicht vor Gericht. Mein letzter Auftritt vor Gericht hatte mit einem Einspruch gegen einen Bußgeldbescheid zu tun, den man mir wegen zu schnellen Fahrens geschickt hatte.«

»Und hast du gewonnen?«

Mit sarkastischem Lächeln gab er zurück: »Ist der Papst Katholik?«

Ein verlegenes Schweigen trat ein, das glücklicherweise durch den Kellner unterbrochen wurde, der ihre Bestellung aufnehmen wollte.

»Ich habe mit großem Bedauern von deiner Scheidung erfahren«, sagte sie schließlich.

»Dabei dürfte dich das doch von allen Menschen am wenigsten bekümmern.« Zwar war ihm bewusst gewesen, dass das Thema zur Sprache kommen würde, trotzdem fühlte er sich äußerst unbehaglich.

Über ein Jahr lang war er mit Isabelle zusammen gewesen und dann zu ihrer besten Freundin Catherine übergelaufen. Damit hatte er ihr nicht nur das Herz gebrochen, sondern sie auch gedemütigt, was er damals, blind vor Leidenschaft, nicht gesehen hatte. Als er wieder klar denken konnte, war es zu spät gewesen.

»Das Unglück anderer bedeutet mir weder Trost noch Genugtuung. Nicht einmal deins, Antoine.«

Der Kellner brachte die Teller mit einer reichlichen Portion Pasta, und sie machte sich eifrig darüber her wie ein kleines Mädchen, dem man gerade beigebracht hat, wie es sich zu benehmen hat.

»Als ich von eurer Scheidung erfahren habe, war ich ehrlich gesagt enttäuscht – so als hätte ich umsonst gelitten.«

Antoine sah betreten zur Seite.

»Es tut mir aufrichtig leid, dir ein zweites Mal Kummer bereitet zu haben, aber in dem Fall konnte ich nichts dazu. Catherine hat mich wegen eines anderen verlassen.«

Ein trauriges Lächeln trat auf ihre Züge.

»Willkommen im Klub.« Sie nahm einen Schluck Wein. »Sieh darin einen Fingerzeig, Antoine. Es ist Zeit, dass du aufhörst, nach Entschuldigungen zu suchen, und anfängst, die Verantwortung für das zu übernehmen, was geschieht. Damit eine Beziehung funktioniert, sind ebenso zwei Personen nötig wie dafür, dass sie scheitert. Glaub mir, ich hatte lange genug Zeit, darüber nachzudenken.«

»Es kommt mir vor, als hörte ich meine Mutter.« Seine Exfrau war das letzte Thema, über das er reden wollte. Er schob sich eine Gabel voll Nudeln in den Mund und kaute gründlich, bevor er sie schluckte.

»Es ist mir ernst«, fuhr Isabelle geduldig fort. »Du musst mit deiner Vergangenheit ins Reine kommen, wenn du Anspruch auf deinen Anteil an Glück erheben möchtest.«

Er leerte sein Glas und goss sich erneut ein. Nach dem, was er von Bonnard gehört hatte, lag in dieser Äußerung eine bittere Ironie, auch wenn Isabelle nichts davon wissen konnte.

»Wenn man sieht, wie du trinkst, solltest du außerdem unbedingt an die Anonymen Alkoholiker denken.«

»Meiner Leber geht es blendend, mach dir da keine Sorgen.«

Einen Augenblick lang aßen sie schweigend.

»Könntest du mir vielleicht sagen, warum du unbedingt mit mir sprechen wolltest? Ich hoffe nicht, dass du mir einen Heiratsantrag machen willst, denn ich bin verlobt.«

»Äh, nein, ich habe dich nicht hierher eingeladen, um mit dir über uns zu reden. Aber auf jeden Fall meine besten Wünsche. Wer ist denn der Glückliche?«

»Wie kommst du auf den Gedanken, dass es ein Mann sein könnte?«, fragte sie mit todernster Miene.

Er öffnete den Mund, ohne einen Laut herauszubringen.

Isabelle lachte laut auf.

»Mein Gott, du wirst ja rot. Du solltest dich sehen! Man könnte glauben, dass dich der Blitz getroffen hat. Ich wusste gar nicht, dass du so ein Puritaner bist.«

»Nein, überhaupt nicht … ich freue mich … für dich. Es ist nur, dass … ich wusste nicht, dass du, äh … dass du …«

»Beruhige dich. Ich habe mir einen Spaß erlaubt. Ich bin mit einem Mann verlobt. Er heißt Jérémy und ist ein Kollege.«

Antoine lachte leicht beschämt.

»Ich bin fast enttäuscht. Einen Augenblick lang hattest du meine Neugier geweckt.«

»Schön. Jetzt aber Schluss damit. Ich weiß nur allzu gut, was für Gespenster in deinem Köpfchen ihr Unwesen treiben. Sag mir lieber, warum wir hier sind.«

Nachdem Bonnard das kleine Pulverhäufchen in vier parallele Linien geteilt hatte, sah er, während ihm sozusagen das Wasser im Munde zusammenlief, befriedigt auf das Ergebnis seines sorgfältigen Tuns. *Fünfundneunzigprozentig reines Kokain; teuer, aber es lohnt sich.* Er nahm einen zusammengerollten Zehnfrankenschein und sog das Kokain rasch auf, zwei Linien in jedes Nasenloch.

Während er den Rest, den er mit der Spitze des Zeigefingers aufgenommen hatte, auf dem Zahnfleisch verrieb, klingelte das Telefon.

»Bonnard«, meldete er sich mit unmäßig lauter Stimme, während er den Störenfried innerlich verfluchte.

»Guten Tag, Herr Professor, hier spricht Éric. Wie geht es Ihnen?« Wie gewöhnlich brachte ihn der Überschwang seines Assistenten auf die Palme und hätte fast die Wirkung des Rauschgifts zunichtegemacht. Der junge Dummkopf schien im Zustand beständiger einfältiger Lebensbejahung zu leben. Er schwebte offenbar in Sphären, die Bonnard nur mit künstlichen Hilfsmitteln zu erreichen vermochte.

»Sehr gut, danke. Haben Sie etwas Neues über die Familie Demarsands?«

Seit nahezu drei Jahren durchforschte Éric Morgenstern gegen eine klägliche Entlohnung das Bundesarchiv in Bern und trug alles herbei, was Bonnard für sein Buch nützlich sein könnte. Als weitere Gegenleistung durfte er, was er fand, für seine Doktorarbeit über die faschistische Bewegung in der Schweiz verwenden.

»Nicht besonders viel über das hinaus, was wir bereits wissen. Es sieht so aus, als sei Paul Demarsands im Januar 1945 in Bern mit einem Oberst aus dem Umkreis Görings zusammengetroffen. Außerdem lässt sich einem Bericht der Grenzpolizei von Kreuzlingen entnehmen, dass er am Abend des 16. März nach

Berlin gereist ist. Sonderbarerweise finde ich keinerlei Hinweis über eine Rückkehr auf Schweizer Boden. Natürlich kann die Akte unvollständig sein ...«

»Oder er ist heimlich wiedergekommen.« *Mit Görings Beute.*

»Das habe ich auch gedacht. Wie ist Ihre Unterhaltung mit seinem Sohn verlaufen? Haben Sie etwas Interessantes dabei erfahren?«

»Leider so gut wie nichts. Entweder versteht es der kleine snobistische Idiot hervorragend, den Unwissenden zu spielen, oder er weiß tatsächlich nichts über das, was sein Vater im Krieg getrieben hat.«

»Vermutlich waren Sie und er ein Herz und eine Seele, was?«

Mit fröhlichem Lachen sagte Bonnard: »Es war Liebe auf den ersten Blick!«

»Ich sollte jetzt besser wieder an die Arbeit gehen. Ich rufe Sie nächste Woche noch einmal an, oder auch früher, falls ich etwas finden sollte.«

Als sie auflegten, knackte es in der Leitung kaum wahrnehmbar. Es war zu leise, als dass einer der beiden es hätte hören können.

»Wie lange hast du meine Mutter vertreten, Isabelle?«

»Fast fünf Jahre, warum?«

»Hat sie dir etwas über Dinge gesagt, die mein Vater während des Zweiten Weltkrieges getan hat?«

»Ich wüsste nicht.« Sie runzelte die Stirn. »Doch, warte, einmal. Das war vor zwei Jahren, bei den Gedenkfeiern zum fünfzigsten Jahrestag des Kriegsendes. Ich hatte ihr einen Artikel aus *La Tribune de Lausanne* gezeigt, der lobend erwähnte, dass dein Vater und dein Onkel mit ihrer im Untergrund tätigen Gruppe Tausende von Juden vor der Verschleppung ins KZ bewahrt hatten.«

»Was hat sie dazu gesagt?«

»Nicht viel. Nur ›mitunter trügt der Schein‹. Dann hat sie noch hinzugefügt ›mein Mann hatte nicht immer Umgang mit guten Menschen‹.«

»Nichts weiter?« Antoines Herz hämmerte in seiner Brust.

Sie verneinte und fuhr fort: »Ich war von ihren Worten überrascht und wollte nicht nach Einzelheiten fragen. Sie wirkte außergewöhnlich bitter.«

»Hat sie sonst nichts gesagt? Versuch bitte, dich zu erinnern. Es könnte sehr wichtig sein.«

»Wir haben das Thema nie wieder angesprochen. Allerdings haben wir uns auch nicht oft miteinander unterhalten, schon gar nicht, als es auf das Ende zuging. Es strengte sie ungeheuer an zu reden.«

»Hat sie dir außer dem Testament irgendwelche Dokumente anvertraut?«

Das durch den Wein hervorgerufene angenehme Gefühl der Trunkenheit war mit einem Schlag verschwunden und machte einer dumpfen Besorgnis Platz.

»Die Besitzurkunde des Hauses, ihre Versicherungspolicen und ihre Bankauszüge. Das ist alles.«

»Weißt du, ob sie einen Tresor im Haus hatte?«

»Den hätte sie in ihrem Testament erwähnt. Es lag nicht in ihrer Absicht, euch etwas vorzuenthalten.«

Antoine lehnte sich auf seinem Stuhl zurück und ließ den Wein in seinem Glas kreisen.

»Was hast du?«, erkundigte sich Isabelle, die nicht wusste, worauf er hinauswollte. »Bist du auf der Suche nach einer Karte, die dich zu einem verborgenen Schatz führen soll?«

Er schüttelte bedächtig den Kopf. »Das wäre schön. Nein, mir geht nur ein dummer Gedanke durch den Kopf.« Er nahm einen Schluck aus seinem Glas. »Da du von einem verborgenen Schatz gesprochen hast – war dir bekannt, dass der Statistik nach die meisten Menschen ihre Wertgegenstände im Weinkeller verstecken? Als wenn sie Diebe für Abstinenzler hielten.«

»Und was tun die, die keinen Weinkeller haben?«

Antoine blickte ins Leere und gab keine Antwort. Seine Gedanken jagten sich mit einem Mal.

»Großer Gott, ich frage mich, ob…«

»Was? Ist dir aufgegangen, dass es besser gewesen wäre, deine Dublonen nicht hinter deinem Lieblings-Zinfandel zu verstecken?«

Er sah sie verständnislos an.

»Was? Nein, nein, ich trinke keinen Zinfandel.«

»Was ist denn dann?«

»Eigentlich nichts Wichtiges.«

»Nun denn, Herr Heimlichtuer«, sagte sie und sah auf die Uhr. »Es wird spät, und im Unterschied zu dir muss ich morgen arbeiten.«

Er erhob sich und kam um den Tisch herum, um ihr den Stuhl beiseitezurücken.

»Danke, dass du gekommen bist, Isabelle.« Er umarmte sie. »Es hat mich wirklich gefreut, dich wiederzusehen, und ich wünsche dir alles Glück auf der Welt.«

»Danke, Antoine. Ich werde mir große Mühe geben. Das solltest du auch tun.«

Die Strahlen der Mittagssonne, die durch die Jalousien hereinfielen, zeichneten Lichtstreifen auf den Teppich. Während Anna einen ganzen Stapel Verträge mit Anmerkungen versah, klingelte das Telefon.

»Tony! Wie geht es dir? Ist da drüben alles in Ordnung?« Sie legte den Stift aus der Hand, lehnte sich bequem zurück und legte die Füße auf den Schreibtisch.

»Bestens, wie du dir denken kannst. Und bei dir?«

»Ich darf Ihnen zu meiner Freude ankündigen, Herr General, dass die Festung noch steht. Das Einzige, was dich beunruhigen müsste, ist, dass ich dir dank meiner glänzenden Leistungen demnächst deinen Platz wegschnappen werde.«

»In dem Fall habe ich eine gute Nachricht für dich: Ich werde wohl eine Weile länger hierbleiben müssen als vorgesehen, mindestens bis zum Wochenende. Aber da du die Arbeit so großartig erledigst, wird niemandem auffallen, dass ich nicht da bin.«

»Gibt es Schwierigkeiten?«

»Eigentlich nicht. Alte Familiengeschichten, nichts weiter.«
Er schwieg, mit einem Mal erschöpft.

»Fehlt dir wirklich nichts, Tony?«

»Nein, bestimmt nicht. Es ist nur die Zeitverschiebung. Sag mir, was es Neues gibt.«

Während ihm Anna die Liste der dringendsten Angelegenheiten aufzählte, konnte er nicht verhindern, dass seine Gedanken umherzuschweifen begannen. »Mein Mann hatte nicht immer Umgang mit guten Menschen«, hatte seine Mutter gesagt. Wenn er diesen Satz in Beziehung zu dem setzte, was ihm Bonnard mitgeteilt hatte, jagte er ihm einen Schauer über den Rücken.

»…und das Schönste ist, dass das Studio einer im Voraus festgelegten Marge zugestimmt hat, innerhalb deren die Leute die mit dem Übergang verbundenen Risiken übernehmen… Hörst du mir zu, Tony?«

»Äh, ja, natürlich. Das ist großartig, Mariscal. Mit wem hast du verhandelt, mit Alan?«

»Ja, dem für den internationalen Verleih Zuständigen höchstpersönlich«, erklärte sie stolz. »Ich glaube, er hört meine Stimme lieber als deine.«

»Erstaunlich! Hast du ihm irgendwelche Gunsterweise versprochen?«

»Dreckiger Macho! Wenn ein Mann im Leben Erfolg hat, verdankt er das seinem klugen Kopf, hat eine Frau Erfolg, sagt man, es war ihr Hintern!«

Antoine lachte auf. »Immer mit der Ruhe, Mariscal, war nur ein Scherz. Zu deiner Information, Alan ist schwul. Du hast großartige Arbeit geleistet.«

»Ach so ... Danke«, sagte sie überrascht.

»Könntest du mich jetzt bitte mit Mark Bloomberg verbinden? Ich muss ihn was fragen.«

»Sofort. Aber geh nicht zu spät schlafen.«

Einige Sekunden später hatte er Bloomberg in der Leitung.

»Mark? Hier ist Tony. Wäre es dir möglich, in meinem Namen beim FBI über einen gewissen Paul Demarsands anzufragen? Ja, mein Vater. Beruf dich auf das Gesetz, das freien Zugang zu Informationen gewährt.«

Antoine rechnete nicht damit, auf diese Weise etwas Besonderes zu entdecken, denn das von ihm genannte Gesetz galt nicht für Unterlagen der Geheimdienste mit Bezug auf die Kriegsverbrechen der Nazis. Zwar waren Regierungsstellen verpflichtet, jede Anfrage binnen zehn Tagen zu beantworten, doch bekam man häufig lediglich eine kurze Eingangsbestätigung. Andererseits hätte er nicht gewusst, was er im Augenblick sonst hätte tun können.

Die Leiche lag seit weniger als einer Stunde da, doch Ameisen und Maden hatten sich bereits ans Werk gemacht. Sie mieden die vom Jogginganzug bedeckten Stellen und arbeiteten sich an Ohren, Mund und Nasenlöchern tief in die winzigsten Schrunden der noch warmen Haut vor.

Die Dunkelheit war schon lange über dem Wald von Bremgarten hereingebrochen, wo man nichts als das Rauschen des Winterwindes in den Zweigen der Kiefern hörte. Halb im

Dickicht verborgen, schien Éric Morgenstern zu schlafen, den Kopf friedlich auf einen Stein gelegt wie auf ein Kissen. Lediglich die bläulich angelaufene Quetschung in seinem Nacken wies auf den heftigen Schlag hin, der ihm die Halswirbelsäule zerschmettert hatte.

Nacheinander leuchteten die Bremslichter der Lastwagen in der Dunkelheit auf. An der Kreuzung vor ihnen sah man die nächste Straßensperre.

»Scheiße!«, entfuhr es von Weißdorf.

Seit dem Aufbruch in Achstetten war die Kolonne dreimal angehalten worden. Bisher hatten sich die Offiziere an den Straßensperren bereitwillig Schlinges Befehlsgewalt gebeugt, sodass Demarsands anfing, die Gegenwart dieses asozialen Widerlings zu schätzen.

»Schlinge schafft das schon«, erklärte er.

»Das will ich hoffen. Schließlich haben wir nur noch ihn, mein Freund.«

Er hätte Demarsands nicht daran zu erinnern brauchen. Als der Transport gegen elf Uhr in den nördlichen Außenbezirken von Friedrichshafen eingetroffen war, hatte sich die Kolonne geteilt. Da die Fallschirmjäger unter Hinweis darauf, dass ihre Aufgabe als Geleitschutz beendet sei, westwärts zur Front aufgebrochen waren, mussten die sechs Lastwagen und die Ordonnanzfahrzeuge die letzten fünfzig Kilometer ohne sie zurücklegen. Den beiden Männern war klar, dass das der gefährlichste Teil des Unternehmens sein würde.

Der Wagen hielt an; das Licht seiner Scheinwerfer fiel auf ein Stra-
ßenschild.

»Bregenz. Wir haben den Treffpunkt fast erreicht.«

Von Weißdorf hatte sein Fenster heruntergekurbelt, um zu sehen,
was weiter vorn geschah.

»Man sollte das Fell des Bären nicht verteilen, bevor er erlegt ist,
wie das Sprichwort sagt.«

Im Licht der Scheinwerfer erkannte man die Umrisse von
kriegsmäßig ausgerüsteten Männern in Polizeiuniform, die im Be-
griff standen, zu beiden Seiten der Wagenkolonne Aufstellung zu
nehmen.

Demarsands zählte rund drei Dutzend.

»Ein ganzer Zug«, knurrte der Fahrer.

Weit vor ihnen sahen sie, wie Schlinge aus seinem Wagen stieg
und heftig auf den Zugführer einsprach. Nach vielem Schreien
und Gestikulieren zog dieser plötzlich seine Pistole und setzte
sie Schlinge auf die Brust. Damit hörte die Auseinandersetzung
schlagartig auf, denn es war Schlinge nur allzu klar, wie sie aus-
gehen würde, wenn er nicht klein beigab. Bevor er wieder einstieg,
wandte er sich von Weißdorf und Demarsands zu und hob mit
ohnmächtiger Geste die Arme. Der Zugführer bellte einige Befehle,
stieg dann in ein Halbkettenfahrzeug und machte sich daran, die
Wagenkolonne auf eine Nebenstraße zu führen.

»Was wird da gespielt?«, erkundigte sich Demarsands beklom-
men. »Wo wollen die hin?«

Von Weißdorf hielt den Blick unverwandt auf die Polizisten
gerichtet und gab keine Antwort. Seinem Fahrer befahl er: »Fah-
ren Sie Schritt, Karl. Ich möchte mir die Leute genau ansehen.
Irgendwas stimmt da nicht«, fügte er hinzu, während er die Uni-
formierten aufmerksam musterte, »ich weiß nur noch nicht, was
es ist.«

Als sie die Kreuzung erreichten, sah er, dass ein Dutzend weitere

Polizisten die Einmündung sperrten und ihnen mit vorgehaltener Waffe bedeuteten, dass sie den Lastwagen folgen sollten.

»Durchbrechen, Karl, Vollgas!«, rief der Oberst mit einem Mal.

Mit quietschenden Reifen raste der schwere Mercedes auf die Männer zu, die rasch beiseitesprangen.

»Zur Grenze, ohne anzuhalten.«

Während der Wagen mit Höchstgeschwindigkeit auf der leeren Straße davonfuhr, feuerten die Polizisten wild hinter ihnen her.

»Großer Gott, was wird hier gespielt?«, rief Demarsands aus, der sich rasch nach vorn geworfen hatte, als er die ersten Schüsse hörte, und sich jetzt wieder aufrichtete.

»Eine Falle! Man hat uns eine verdammte Falle gestellt! Das sind keine regulären Einheiten, sondern Wegelagerer.«

Bevor Demarsands begriff, was der Oberst damit hatte sagen wollen, fielen erneut Schüsse, die diesmal den Wagen trafen. Hinter ihnen näherte sich mit hoher Geschwindigkeit ein einzelner Scheinwerfer. Das BMW-Motorrad mit einem auf den Beiwagen montierten Maschinengewehr war, wie es schien, aus dem Nichts aufgetaucht und holte rasch auf. Der Fahrer Karl riss das Steuer des Mercedes immer wieder hin und her, um dem Kugelhagel im Zickzackkurs zu entgehen – erfolglos. Mehrere Geschosse trafen. Dann barst mit betäubendem Knall die Heckscheibe, eine Kugel streifte Demarsands an der Schläfe und traf Karl im Hinterkopf. Blut und Gehirn spritzten durch den Wagen.

Steuerlos raste das Fahrzeug weiter, machte dann mit einem Mal einen Schlenker und fuhr die Seitenböschung der Straße hinauf, bis es nach einer wilden Fahrt durch freies Gelände schließlich von einer Baumreihe aufgehalten wurde. Der Aufprall schleuderte Karl durch die Windschutzscheibe ins Freie. Der Staub hatte sich noch nicht gelegt, als das Motorrad in einigen Metern Entfernung anhielt. Sein Scheinwerfer und der Lauf des Maschinengewehrs waren auf das Wrack gerichtet.

KAPITEL 4

Er zertrampelt den Weinberg,
in dem die Früchte des Zorns wachsen.
(JULIA WARD HOWE)

Mittwoch, 19. Februar 1997

Im alten Weinkeller war alles noch genauso wie in Antoines Erinnerung: Es roch nach vergorenen Trauben, Schimmel und Staub. Nackte Glühlampen unter der Decke warfen ein bleiches Licht auf die Unzahl von Flaschen, die sich in ihren Regalen bis an die Decke stapelten. An der Rückwand standen auf einer im Laufe der Zeit abgenutzten riesigen Werkbank Probiergläser und angeschlagene Karaffen neben Stapeln von Büchern über den Weinbau. Es war kühl dort unten, etwa dreizehn Grad, die ideale Lagertemperatur für das Reifen von Rotwein.

Mit wehem Herzen ließ Antoine den Blick über die Reihen von Flaschen mit ihren Etiketten berühmter Burgunderlagen und Châteaus aus dem Bordelais gleiten: Nuits-Saint-Georges, Gevrey-Chambertin, Pétrus, Cheval Blanc und Brane-Cantenac. Diese Namen hatte er zur selben Zeit gelernt wie die Regeln der Grammatik und das Einmaleins. Er blieb vor einer Abteilung mit der Aufschrift »Château Margaux 1961« stehen. Zu seiner großen Überraschung war sie nahezu voll. Den Wein von diesem Gut mit seinem legendären Ruf hatte bereits Thomas Jefferson für einen der vier besten auf der Welt gehalten, und der Spitzenjahrgang 1961 kostete inzwischen ein kleines Vermögen. Die Flaschen, die er da vor sich sah, dürften rund zwanzigtausend Dollar wert sein. Er stieß einen bewundernden Pfiff aus und nahm vorsichtig eine von ihnen zur Hand.

Ich verstehe nicht, warum sie die nicht hat versteigern lassen.

Getreu ihrer irischen Herkunft hatte Helen Demarsands Bier und Whisky getrunken, weshalb Antoine ganz selbstverständlich angenommen hatte, sie habe die wertvolle Weinsammlung ihres Mannes längst verkauft. Aber alles war nach wie vor da, unberührt und noch eindrucksvoller als in seiner Erinnerung.

»Sie wusste eben, dass Sie einen guten Tropfen zu schätzen wissen, ganz wie Ihr Herr Vater.« Er fuhr zusammen und drehte sich rasch um.

»Großer Gott, Madeleine, haben Sie mich erschreckt!«

Die Haushälterin stand in der Nähe der Tür und sah ihn mit herablassendem Lächeln an.

»Ich wusste gar nicht, dass Sie schreckhaft sind, Antoine.« Sie wies mit einem ihrer Wurstfinger auf die Flaschen. »Ich nehme an, dass Sie sie im Laufe der Zeit zum Andenken an sie leeren werden.«

Antoine, der sich von seinem Schreck erholt hatte, sah sie an. »Sie können mich nicht besonders gut leiden, nicht wahr, Madeleine?«

»Ihre Mutter war von dem Tag an meine Freundin, als ich angefangen habe, für sie zu arbeiten. Damals waren Sie noch ein Kind. Ich habe ihr beigestanden, als ihre Ehe gescheitert ist, dann, als Sie Ihren Vater verloren haben, ebenso später, als sie krank geworden ist, und auch, als sie ihren letzten Seufzer getan hat. All diese Augenblicke waren äußerst schmerzlich. Aber nie, *nie*, habe ich sie so sehr leiden sehen, als wenn Sie Jahr für Jahr ›vergessen‹ haben, sie zu ihrem Geburtstag oder zu Weihnachten anzurufen.«

Sie verstummte, als wolle sie ihm die Möglichkeit geben, etwas zu sagen, doch er schwieg.

»Vielleicht hilft Ihnen das hier zu verstehen, was für ein Mensch sie war.« Mit diesen Worten hielt sie ihm zwei in Leder gebundene Bücher hin.

Als er die Hand danach ausstreckte, fuhr sie fort: »Es ist das Tagebuch Ihrer Mutter, Antoine, und im Verzeichnis ihrer Besitztümer nicht aufgeführt. Aus Gründen, die ich nicht kenne, wollte sie, dass Sie es bekommen und niemand sonst. Sie hat mir aufgetragen, von Ihnen zu verlangen, dass Sie mir feierlich versichern, für sich zu behalten, was Sie darin lesen, und anschließend beide Bände zu vernichten.«

Er rührte sich nicht und hielt die Hand nach wie vor ausgestreckt.

»Nun?«, fragte sie mit rauer Stimme.

»Das werde ich tun, Madeleine. Ich verspreche es.«

Sie seufzte auf, gab ihm die beiden Bände und verschwand ebenso geräuschlos, wie sie gekommen war.

Ratlos betrachtete Antoine das Tagebuch. *Wieso ich?* Er hatte die Mutter aus seinem Leben und sogar aus seinen Gedanken gelöscht und stets angenommen, dass sie es mit ihm ebenso getan hatte. Trotz seiner Neugier brachte er es nicht über sich, die Bände sogleich aufzuschlagen.

Mit einem Mal fiel ihm wieder ein, warum er hergekommen war. Er legte die beiden Lederbände auf die Werkbank und richtete seine Aufmerksamkeit erneut auf den Weinbestand, beinahe erleichtert, an etwas anderes denken zu können.

Er begann mit den Bordeaux und legte Flasche für Flasche mit dem Etikett nach oben auf den Boden, vorsichtig, um das Depot nicht aufzurühren. Auf diese Weise befreite er nach und nach die erste Abteilung von ihrem kostbaren Inhalt. Außer einer dicken Schicht grünlichen Schimmel an der Mauer fand er hinter den Flaschen nichts. Er klopfte dagegen, um festzustellen, ob ein hohler Klang auf ein Versteck hinter dem Putz hinwies – vergeblich.

Das wäre ja auch zu einfach gewesen. Er legte die Flaschen behutsam an Ort und Stelle zurück und machte sich an die nächste Abteilung.

Zwei Stunden später räumte er inmitten einer Staubwolke, die ihn niesen ließ, die letzte Flasche Burgunder wieder ein, einen Vosne-Romanée 1989. Ermattet und durstig, wie er war, wäre er gern in die Küche gegangen, um ein Glas Wasser zu trinken, bevor er sich an die Untersuchung der letzten Wand machte, wo der Champagner lagerte, aber die Aussicht, dort Madeleine vorzufinden, ließ es ihn sich anders überlegen. *Lieber verdurste ich, als noch einmal mit dem alten Drachen zusammenzutreffen!*

Sein Blick richtete sich auf die Reihen von Champagnerflaschen, deren goldfarbene Stanniolkapseln im Dämmerlicht schimmerten. Er zögerte. Es war noch nicht einmal elf Uhr. Sogar für ihn war das ein wenig früh am Tag, um schon Alkohol zu trinken. *Aber wie Vater immer gesagt hat: Wenn sich eine passende Gelegenheit bietet, ist es für Champagner nie zu früh.* Er nahm eine Flasche Bollinger R. D. 1982, drehte mit geübter Hand den Korken heraus, nahm einen großen Schluck, dann noch einen und einen dritten. Den Rücken an die Werkbank gelehnt saß er auf dem Boden, die Flasche zwischen den Knien, und wartete auf die beruhigende Wirkung des Alkohols.

In vino veritas. Im Augenblick hatte er noch nicht den Eindruck, dass die alten Römer mit ihren Sprüchen immer recht hatten. Hier lag im Wein keine Wahrheit.

Madeleines Worte fielen ihm ein, und er nahm feierlich die Flasche zur Hand: »Auf dich, Mutter.« Doch als er sie wieder hinstellen wollte, ging ihm die Mahnung durch den Kopf: *be-*

deutenden Gelegenheiten vorbehalten! Er stellte sie auf die Werkbank und machte sich mit Feuereifer daran, die Flaschen aus der ersten Abteilung herauszuholen. Zu seiner großen Enttäuschung war die Mauer dahinter ebenso massiv wie an den anderen Stellen. Ohne die Flaschen wieder einzuordnen, machte er sich an die anderen Abteilungen und klopfte hier und da an die Mauer. In der vorletzten war ihm schließlich Erfolg beschieden.

Na also!

In einer Schublade der Werkbank fand er ein großes Nageleisen, einen sogenannten Kuhfuß, mit dessen Hilfe es ihm mühelos gelang, den bröckeligen Putz zu lockern. Wenige Minuten später entdeckte er dahinter einen Hohlraum von der Größe eines Schuhkartons. Mit trockenem Mund zog er eine Hülle aus festem Wachspapier heraus, auf deren mit Heftklammern verschlossener Klappe er sogleich die elegante Unterschrift seines Vaters erkannte, obwohl die Tinte im Laufe der Zeit verblasst war. Nachdem er sich vergewissert hatte, dass der Hohlraum weiter nichts enthielt, legte er alle Flaschen an Ort und Stelle zurück und eilte dann, die angebrochene Champagnerflasche in der einen und das Tagebuch seiner Mutter sowie den Umschlag in der anderen Hand, aus dem Keller nach oben zum Arbeitszimmer seiner Mutter. Er erreichte es, ohne Madeleine über den Weg zu laufen, setzte sich, nachdem er die Tür geschlossen hatte, und nahm einige kräftige Schlucke aus der Flasche. Erst dann öffnete er den Umschlag.

Mit einem zufriedenen Seufzer beendete Vladek Bisorski seinen dritten Heißwecken und leckte sich anschließend genüsslich die Sahne von den Fingern. In Pilsen, wo er zur Zeit des Kalten Krieges in einem trostlosen Industrievorort aufgewachsen war, hatte er sich glücklich geschätzt, wenn er ein altbackenes Stück Schwarzbrot in seine Suppe hatte tunken können, denn feine Backwaren konnten sich damals ausschließlich Parteibonzen leisten. Er schielte auf den vor ihm stehenden Gebäckkorb, widerstand aber der Versuchung, noch ein viertes dieser Rosinenbrötchen zu essen. Nachdem er seinen Kaffee ausgetrunken hatte, legte er einige Münzen auf den Tresen und ging hinaus. Es war Zeit, mit der Arbeit anzufangen.

Er liebte seine Arbeit und betrachtete sich als lebendes Beispiel für den unabhängigen Unternehmer, der auf dem Rücken der Gesellschaft Geld verdient, ohne jemandem etwas schuldig zu sein. Es war dreißig Jahre her, dass er an seinem vierzehnten Geburtstag das elende Loch verlassen hatte, in dem er mit seinen Eltern lebte, und zu Fuß ohne Geld und Papiere nach Westen aufgebrochen war. In der folgenden Nacht hatte er die achtzig Kilometer entfernte westdeutsche Grenze erreicht und sich wie eine Ratte mit bloßen Händen unter dem elektrisch geladenen Stacheldrahtzaun hindurchgewühlt. Es hatte nicht lange gedauert, bis er begriffen hatte, dass er jenseits des Eisernen Vorhangs seinen Lebensunterhalt ausschließlich mit gesetzwidrigem Tun bestreiten und damit zugleich seine persönlichen Ziele erreichen konnte. Das war umso einfacher, als für ihn in seinen Augen von den kapitalistischen Behörden keine wirkliche Bedrohung ausging, die im Unterschied zur tschechischen Politpolizei *státní bezpečnost* großen Wert auf die Beachtung der Menschenrechte und die Einhaltung rechtsstaatlicher Verfahrensweisen legten.

Da ihm Gefühle wie Mitleid oder Angst völlig fremd waren, war er in einschlägigen Kreisen schon bald als Auftragsmörder bekannt und verdiente gut dabei. Nachdem er in mehreren deutschen Städten tätig gewesen war, hatte er sich in der Schweiz niedergelassen, denn ihm war aufgefallen, dass die Auftraggeber dort mehr Geld hatten und die Polizei weniger tüchtig war. Da er einen gewissen Ruf hatte, konnte er sich Rosinenpickerei leisten und die reizvollsten Aufträge auswählen. Keiner von allen war bisher so interessant gewesen wie der, mit dem er sich seit einigen Tagen beschäftigte.

Bisorski hatte einen Grundsatz, an den er sich eisern hielt: Nie traf er mit Auftraggebern persönlich zusammen, sondern verkehrte mit ihnen ausschließlich über nicht auf seinen Namen eingetragene Prepaidhandys und immer wieder wechselnde E-Mail-Adressen, sodass er nicht aufzuspüren war. Dank dieses komplizierten Systems kannte keine der beiden beteiligten Parteien die Identität der anderen, was das Risiko für beide Seiten beträchtlich verminderte. Sobald er den vereinbarten Betrag in Händen hatte, war es ihm völlig gleichgültig, wen er umbringen sollte.

Es war ihm gerade recht, dass an jenem frühen Nachmittag auf der Avenue Dumas bereits recht lebhafter Verkehr herrschte. Entgegen einer allgemein verbreiteten Ansicht eignet sich die Nacht nicht sonderlich dazu, Verbrechen zu begehen, denn wenn man sich spät in der Nacht an jemanden heranmacht, ist der Betreffende meist auf der Hut. Die Gefahr, entdeckt zu werden, mag geringer sein, aber umso größer ist die, unerwünschte Aufmerksamkeit auf sich zu lenken. Wird hingegen am helllichten Tag bei jemandem geklingelt, kann das beispielsweise der Fahrer eines Paketdienstes sein, und mögliche Zeugen achten nur selten darauf, ob Unbekannte kommen oder gehen.

Nachdem Bisorski durch die gläsernen Schiebetüren eines modernen Wohngebäudes eingetreten war, strebte er dem Aufzug entgegen. Zwar wollte er lediglich in die erste Etage, aber das spielte keine Rolle – Treppen waren etwas für das gemeine Volk.

Einige Augenblicke später klingelte er an einer Tür.

»Wer ist da?«, ertönte eine unwirsche Stimme.

»Professor Bonnard? Inspektor Marcellin von der *brigade des stupéfiants*. Öffnen Sie bitte. Ich habe einen Durchsuchungsbeschluss für Ihre Wohnung.«

Antoine hatte den zwar dürftigen, aber ungeheuer wichtigen Inhalt des Umschlags auf dem Schreibtisch vor sich ausgebreitet. Als Erstes war da ein im Hauptquartier der deutschen Luftwaffe am 11. März 1945 ausgestellter und von Generalstabschef Karl Koller unterschriebener Ausweis. Dieses mit dem Dienstsiegel des Dritten Reiches versehene Dokument mit einer Gültigkeitsdauer von einem Monat, das zwar vergilbt war, aber Adler und Hakenkreuz durchaus noch erkennen ließ, bestätigte, dass sein Inhaber in offiziellem Auftrag der deutschen Luftstreitkräfte unterwegs war, und sicherte ihm völlige Bewegungsfreiheit im gesamten Reichsgebiet sowie die bedingungslose Unterstützung durch sämtliche Angehörige der Luftwaffe zu.

Ganz wie von Antoine befürchtet, war es auf den Namen seines Vaters ausgestellt.

Immer wieder hatte er den Wortlaut des Dokuments in der vergeblichen Hoffnung gelesen, etwas falsch übersetzt zu haben, aber hier war kein Missverständnis möglich. Das Schlimmste an diesem erdrückenden Beweisstück war, dass es ganz und gar echt zu sein schien.

Er seufzte tief auf und wandte sich dann dem nächsten Blatt zu. Es war eine handschriftliche Mitteilung auf teurem Papier mit dem Briefkopf von Albert Demarsands. Sie war auf den 15. März 1945 datiert und von eisiger Knappheit.

»Lieber Paul,
soeben habe ich von Ikarus grünes Licht für das Unternehmen *Recovery* bekommen. Handele wie besprochen.
Viel Glück.
Albert«

Immer wieder versuchte Antoine, hinter den Sinn jener beunruhigenden Sätze zu kommen. Vielleicht bezog sich das genannte Unternehmen auf die Rettung von Juden oder anderer Opfer der Nazis. Er wusste, dass sein Vater während der Kriegsjahre zeitweise im Ferienhaus der Familie am Ufer des Bodensees in der Nähe von Rorschach gelebt hatte, ein Dutzend Kilometer von der deutschen Grenze entfernt. Dort war er als Helfer der im Untergrund tätigen Gruppe seines Bruders Jérôme daran beteiligt gewesen, Juden das Überqueren der Schweizer Grenze zu ermöglichen. Vielleicht hatte er ja nach Jérômes Festnahme im Jahre 1944 ohne ihn damit weitergemacht.

Aber was hatte Onkel Albert mit alldem zu tun? Soweit Antoine bekannt war, hatte der mächtige Bankier nichts von einem barmherzigen Samariter an sich gehabt. Und wer war dieser Ikarus?

Der griechischen Mythologie zufolge ist Ikarus mit den von seinem Vater Dädalus hergestellten Flügeln der Sonne zu nahe gekommen, wobei das Wachs schmolz, das die Federn zusammenhielt. Als die Flügel daraufhin zerfielen, ist er ins Ägäische Meer gestürzt.

Die Parallele lag nur allzu deutlich auf der Hand. Im Augenblick schien alles Bonnards Worte zu bestätigen. Ikarus war offensichtlich der Deckname für Göring, einen Piloten, der sich im Ersten Weltkrieg ausgezeichnet hatte, ein Mann mit übersteigertem Ehrgeiz. Vermutlich hatte der Reichsmarschall seinem Kontaktmann in Genf, dem allseits geachteten Bankier

Albert Demarsands, mitgeteilt, dass dessen Bruder Paul mithilfe eines von der Luftwaffe ausgestellten Passierscheins Görings Kriegsbeute aus Deutschland in die Schweiz schaffen solle, wobei er sich, welch grausame Ironie, des von Jérôme für die Fluchthilfe aufgebauten geheimen Netzes bedienen konnte. Alles passte zusammen. Blieb nur die Frage, warum sich sein Vater zur Beteiligung an einem so verabscheuenswürdigen Vorhaben hätte bereitfinden sollen.

Als Letztes entnahm Antoine dem Umschlag ein Sepiafoto, das seinen Vater im Alter von etwa dreißig Jahren zeigte. Allem Anschein nach war die Aufnahme im Hof des Hauses in Rorschach entstanden. Neben ihm stützte sich ein überaus schlanker, um nicht zu sagen ausgemergelter Mann auf einen Stock. Er trug eine abgewetzte Uniform mit dem silbernen Adler eines Piloten der Luftwaffe auf der rechten Brustseite.

Das Gesicht, das ihn über all die vielen Jahre hinweg von diesem Foto ansah, gehörte dem jungen Oskar Lubiesz. *Sieh mal einer an, er hat meinen Vater gut gekannt.*

Was hatte der Milliardär mit dieser Geschichte zu tun? Und wieso trug er eine deutsche Luftwaffenuniform? Ein Pole wäre eher gestorben, als so etwas anzuziehen – es sei denn, der Mann war nicht, was zu sein er behauptete. Wer aber war er in dem Fall? Einer der Flüchtlinge, denen Paul Demarsands beim Überqueren der Grenze geholfen hatte? Warum hatte sein Vater neben dem Ausweis und dem Brief seines Bruders gerade dieses Foto aufbewahrt? Dafür musste es eine einfache und vor allem ehrenhafte Erklärung geben.

Antoine schüttelte den Kopf, um die zahllosen Fragen zu verscheuchen, die ihn bestürmten. Nachdem er den Inhalt des Umschlags beiseitegelegt hatte, öffnete er den ersten Band des Tagebuchs, das seine Mutter in ihrer ihm bestens vertrauten runden Schrift verfasst hatte.

Es setzte am 18. September 1969 ein, dem Tag, an dem die Familie aus Kalifornien in die Schweiz umgezogen war. Voll Anspannung und zugleich Besorgnis angesichts des neuen Lebens, das sie dort erwartete, hatte Helen Demarsands ihre Gedanken ein wenig zu ordnen versucht, indem sie sie zu Papier brachte. Mit einem Mal fand sich Antoine in einer Vergangenheit wieder, die er vergessen hatte und lange nicht bereit gewesen war zu verstehen. Er entdeckte sie durch die Augen seiner lebensfrohen und liebevollen Mutter, nachdem er sich Jahre hindurch bemüht hatte zu beweisen, dass sie genau das nicht gewesen war. Freimütig öffnete sie darin ihr Herz, wohl in der Annahme, niemand werde diese Zeilen je zu Gesicht bekommen, und während er las, hatte er das sonderbare Gefühl, es gehöre sich nicht, auf diese Weise Einblick in das Leben seiner Mutter zu nehmen. Blatt auf Blatt hatte sie ihrem Tagebuch alles anvertraut, was den Alltag ihrer Angehörigen ausgemacht hatte, ob wichtig oder unwichtig, fröhlich oder traurig. Nie zuvor hatte die Familie glücklicher und einträchtiger zusammengelebt.

Und dann war alles anders geworden.

Obwohl er darauf vorbereitet war, griff es ihm ans Herz, als er zu Beginn des zweiten Bandes auf die erste betrübte Äußerung seiner Mutter mit Bezug auf das Verhalten seines Vaters stieß. Alles hatte nach seiner Rückkehr aus Krakau begonnen, wo er an einem internationalen Architektenkongress teilgenommen hatte. Als ihn Helen am Flughafen abgeholt hatte, war er ihr verschlossen und unruhig vorgekommen, war nicht bereit gewesen, über seine Reise zu sprechen, was in keiner Weise zu seinem Wesen passte. Anfangs hatte sie seine Zurückhaltung auf die Erschöpfung durch seinen gedrängten Zeitplan geschoben, war aber eine Woche später eines Nachmittags zufällig Zeugin eines Telefonats geworden, als sie an der Tür seines Arbeitszimmers vorübergegangen war. Das Gespräch schien sehr lebhaft gewesen zu sein, und er hatte immer wieder den Namen »Joseph« wiederholt. Vor allem ein Satz hatte sie tief getroffen: »Mir bleibt keine Wahl. Ich muss bezahlen, er weiß zu viel!«

An jenem Abend hatte sie ihn gefragt, wer Joseph sei.

»Jemand, mit dem ich in Verhandlungen über ein Projekt stehe«, hatte er ausweichend geantwortet. »Du brauchst dir keine Sorgen zu machen.«

Doch seine Stimmung hatte sich nicht gebessert, und wann immer sie ihn fragte, was nicht in Ordnung sei, hatte er ausweichend auf seine Arbeitsüberlastung verwiesen.

Zwei Monate später war sie bei ihm gewesen, als Madeleine die Post hereinbrachte. Während er den Stapel Briefe durchging, war sein Gesicht mit einem Mal aschfahl geworden. Mit zitternden Fingern hatte er einen der Umschläge in fliegender Hast geöffnet und schweigend die Mitteilung gelesen, die darin enthalten war. Wenige Augenblicke später war er in seinem Sessel zusammengesunken und hatte angefangen, unbeherrscht zu schluchzen.

»Großer Gott«, hatte sie ihn in klagendem Ton murmeln hören. »Er hatte recht. Ich habe ihn umgebracht, ich habe ihn umgebracht!«

Sie war zu ihm geeilt. »Liebling, was ist passiert? Ich bitte dich, sag es mir.«

Doch er hatte weiter die Hände vor das Gesicht gehalten und nicht aufgehört zu weinen, wobei er unaufhörlich wiederholte: »Ich habe ihn umgebracht, ich habe ihn umgebracht.«

Als sie merkte, dass es keine Möglichkeit gab, ihn zu trösten, hatte sie das Blatt mit dem Briefkopf des Internationalen Suchdienstes ITS vom Tisch genommen. Sie wusste, dass diese Organisation des Internationalen Komitees vom Roten Kreuz mithilfe ihres Archivs Opfer der Verfolgung durch die Nazis und deren Angehörige bei der Aufklärung von Schicksalen unterstützte. Der Brief war die Antwort auf ein Ersuchen um Auskunft, das Paul einige Jahre zuvor an das ITS gerichtet hatte, weil er hatte wissen wollen, was aus seinem Bruder Jérôme und dessen Frau Suzanne geworden war. Darin hieß es, den Unterlagen der Lagerverwaltung und Aussagen von Zeugen zufolge sei Suzanne im Herbst 1944 in Auschwitz umgekommen, während Jérôme den Aufenthalt im Lager überlebt habe und man ihn im Januar 1945 mit sechzigtausend weiteren Häftlingen nach Deutschland ins KZ Flossenbürg transportiert habe, wo er am Vormittag des 22. März 1945 hingerichtet worden sei.

Ebenso entsetzt von der bürokratischen Kälte des Briefs wie von seinem Inhalt, hatte sich Helen ihrem Mann zugewandt: »Liebling, mir ist klar, dass das grauenhaft ist, aber es bestätigt doch lediglich, was wir bereits wussten – nämlich dass die beiden im Zusammenhang mit ihrer Deportation umgekommen sind.« Als sie ihm mit der Hand über das Haar gestrichen hatte, um ihn zu beruhigen, wie sie es oft tat, wenn er unter starkem Druck stand, hatte er ihr Handgelenk ergriffen und so unbeherrscht zusammengedrückt, dass es sie schmerzte.

»Du verstehst nicht!«, hatte er dabei ausgerufen. »Ich trage die Schuld an Jérômes Tod! Ebenso gut hätte ich ihn mit eigenen Händen ermorden können! Ich bin zum Verräter an ihm geworden... zweimal habe ich ihn verraten... und ihn dann umgebracht.«

Vergeblich hatte sie an jenem Tag und auch häufig danach versucht, etwas aus ihm herauszubekommen: Stets hatte er sich geweigert, noch einmal darüber zu sprechen.

Bald darauf hatte er sich angewöhnt, mehr als sonst zu trinken, und die teuflische Kettenreaktion hatte eingesetzt. Er bekam bei der geringsten Kleinigkeit Wutanfälle, verbrachte immer weniger Zeit mit seiner Familie, verlor nach und nach jegliches Interesse an seiner Arbeit und ließ sich immer mehr Aufträge zugunsten seiner Konkurrenten entgehen. Als Helen schließlich eines Tages allen Mut zusammengenommen und ihn zur Rede gestellt hatte, war er aus der Haut gefahren.

Eine Weile hatte sie damit fortgefahren, den Ablauf seiner Tage aufzuzeichnen, doch wurden diese Eintragungen immer seltener und kürzer. Der beunruhigende Zustand ihres Mannes wirkte sich auf ihren Geist ebenso sehr aus wie auf ihr Tagebuch, dem sich schon bald ihre körperliche und seelische Erschöpfung ablesen ließ.

Schließlich kam die letzte Eintragung: »Gestern Nacht hat mich Paul vergewaltigt. Er war betrunken. Ich weiß nicht, was ich tun soll! Ich will nicht, dass die Kinder das erfahren... Was geschieht da mit uns? Wie konnte er mir das antun? Gott möge ihm vergeben, denn ich sehe mich dazu nicht imstande...«

Im Schein der Schreibtischlampe richtete Antoine den Blick auf diese Worte, die sich in seine Augen und seine Seele brannten. Er rührte sich nicht, während die alte Wanduhr Sekunde nach Sekunde herunterzählte. Nach einer ganzen Weile blätterte er zögernd um. Obwohl alle folgenden Seiten leer waren, schlug er sie einzeln langsam und sorgfältig um, als gelinge es ihm damit, eine Geschichte zu entziffern, die niemand außer ihm sehen konnte. Als er schließlich bei der letzten Seite angekommen war, klappte er das Tagebuch vorsichtig zu, richtete den Blick zur Zimmerdecke und ließ seinem Kummer endlich freien Lauf.

Er weinte noch immer, als Sophie hereinkam. Wortlos nahm sie seine Hand und führte ihn zum Sofa. Sie setzte sich neben ihn, zog seinen Kopf an ihre Brust und strich ihm sacht über das Haar. Er schluchzte wie ein kleines Kind und schmiegte sich in die Arme der Schwester.

»Es ist Mutter ... ich wusste nicht ... wenn doch nur ...«

»Alles ist gut, Brüderchen, alles ist gut. Es muss aus dir heraus, hindere es nicht daran«, flüsterte sie und lächelte unter Tränen.

Während er die Hände über dem Herz verkrampfte, das wild gegen die Rippen schlug, taumelte François Bonnard auf unsicheren Beinen durch das Wohnzimmer und rang nach Luft. Grelles Licht ließ alles vor seinen Augen verschwimmen, sodass er kaum das Telefon auf dem niedrigen Tischchen erkennen konnte. Er war von Schweiß bedeckt, sein ganzer Körper schien zu brennen, und er hatte das dringende Bedürfnis, sich die Kleider vom Leibe zu reißen, wagte das aber nicht, weil er fürchtete, dass sein Herz sonst in der Brust bersten würde.

Mit einem Mal fuhr ihm ein entsetzlicher Schmerz durch den Schädel, und er erbrach sich heftig. Er wollte um Hilfe rufen, aber seine Kiefer schlossen sich mit einem Geräusch, von dem er annahm, man müsse es weithin hören. Die Blutung in seinem Gehirn breitete sich aus; er verdrehte die Augen, und alles um ihn herum wurde schwarz. Er zuckte wie ein Hampelmann und brach auf dem Boden zusammen, da aber spürte er schon nichts mehr.

Es war fast sieben Uhr, als sie schließlich das Haus verließen.

»Hast du das gesehen? Das Haus lockt noch immer Neugierige an«, bemerkte Sophie und wies auf ein Auto, das ein Stück weiter stand.

Antoine warf nur einen flüchtigen Blick hin und gab dann Gas.

»Als hätten die Leute nichts Besseres zu tun.«

»Madeleine hat mir gesagt, dass man Papas Haus hier in der Gegend immer noch ›la boîte‹ nennt.« Sie lachte. »Es hätte ihn sicher sehr geärgert, wenn er gehört hätte, dass die Leute es als ›Kasten‹ bezeichnen.«

»Ganz im Gegenteil. Sicher wäre er darüber begeistert, denn er hat sich immer gern durch seinen Stil von anderen abgesetzt.«

Doch der Fahrer des anderen Wagens war keineswegs dort, um das Gebäude zu bewundern. Er wartete, bis die beiden um die Ecke gebogen waren, und startete seinerseits den Motor. Um diese Abendstunde war die Straße nahezu verlassen, und er wollte auf keinen Fall bemerkt werden, wenn er dem Wagen in geringem Abstand folgte. Daher schaltete er das Licht auch erst auf der Autobahn ein.

Auf der Fahrt nach Genf berichtete Antoine seiner Schwester von seinem Gespräch mit Bonnard. Sie war empört und glaubte keine Sekunde lang, was der Historiker behauptete. Der Mann, erklärte sie, versuche sich in ein besonders günstiges Licht zu rücken, indem er in alten Geschichten herumkramte. Sofern Paul Demarsands tatsächlich kurz vor Kriegsende nach Deutschland gereist sei, habe das sicherlich dem Zweck gedient, etwas zur Befreiung seines Bruders und seiner Schwägerin zu unternehmen.

»Niemand behauptet, dass Vater wie Gandhi war«, fügte sie heftig hinzu, während sie den Blick auf die Lichter des Hafens von Genf richtete, ohne sie wirklich wahrzunehmen, »aber ich kann mir auch nicht vorstellen, dass er mit Naziverbrechern unter einer Decke gesteckt haben soll. Es will mir einfach nicht in den Kopf!«

»Mir auch nicht. Das wird aber nicht genügen, um Bonnard ins Unrecht zu setzen.« Er hatte nicht die geringste Absicht, Sophie mitzuteilen, was sich in dem Umschlag befand, den er im Weinkeller entdeckt hatte. Dafür war es noch viel zu früh.

Inzwischen war er überzeugt, dass ihm seine Mutter einen Auftrag erteilt hatte, indem sie ihm ihre Tagebücher überließ. Ihm, und nur ihm, oblag es, die verwickelten Fäden der Vergangenheit aufzudröseln.

Sie fuhren über die Mont-Blanc-Brücke, mieden die Stadtmitte und folgten der Uferstraße Gustave Ador in Richtung auf die am jenseitigen Ufer des Sees gelegene vornehme Umlandgemeinde Vandœuvres.

»Hast du eigentlich noch Kontakt zu deinem Ex, der bei der CIA ist und dir weismachen wollte, dass er als Agent vor Ort gearbeitet hat?«, erkundigte sich Antoine, um einen unbeteiligten Ton bemüht.

»John Webster? Wir telefonieren von Zeit zu Zeit miteinander. Warum willst du das wissen?«

»Du könntest den doch mal fragen, ob er von einem Unternehmen *Recovery* gehört hat, das im Februar oder März 1945 in Deutschland und vielleicht auch in der Schweiz durchgeführt worden ist. Falls er was darüber in Erfahrung bringen könnte, würde mich das interessieren.«

»Hat das mit Vater zu tun?«, erkundigte sie sich misstrauisch.

»Möglicherweise. Ich weiß nicht. Auf jeden Fall muss ich mehr über die Angelegenheit wissen, bevor ich Bonnard das Maul stopfen kann. Deswegen suche ich nach Informationen.«

»Würde es dir was ausmachen zu sagen, woher du darüber Bescheid weißt? Hast du etwa aus den Büchern in Mutters Schreibtisch etwas erfahren?«

»Bedaure, Schwesterchen, darüber kann ich nicht reden. Jedenfalls jetzt noch nicht.«

»Wenn es Mutter und Vater betrifft, habe ich ein Recht, das zu erfahren.«

»Du musst mir schon vertrauen, Sophie. Im Augenblick versuche ich, etwas Ordnung in einen Haufen von Einzelheiten zu bringen, die ich hier und da zusammengetragen habe. Ich verspreche dir, dass ich Alex und dir alles erklären werde, sobald der Augenblick dafür gekommen ist. Immer vorausgesetzt, es gibt etwas zu erklären. Auf jeden Fall bin ich entschlossen, dem verfluchten Burschen Bonnard das Maul zu stopfen.«

Sophie stieß einen tiefen Seufzer aus. »Warum ist eigentlich nie ein Aschram in der Nähe, wenn man einen braucht?«

»Rufst du mir zuliebe Webster mal an?«

»Na schön. Gleich heute Abend.«

»Danke, ich bin dir sehr verbunden.«

»Das will ich hoffen! Der Kerl träumt immer noch davon, dass wir wieder zusammenkommen. Falls ich ihn um einen Gefallen bitte, besteht er mit Sicherheit darauf, mit mir essen zu gehen, wenn er das nächste Mal in New York zu tun hat. Chris kann ihn nicht ausstehen; ich werde ihm also etwas vorflunkern müssen. Aber dann habe ich bei dir auch etwas gut, Brüderchen! Und halt mich vor allem auf dem Laufenden, wenn du etwas herausbekommst, alter Heimlichtuer!«

Im großen Speisesaal von Morton's Steakhouse drängten sich die üblichen Gäste, Filmproduzenten und ihre mondänen Begleiterinnen. Nachdem der Chef-Barkeeper Chad Anna und Becky umarmt hatte, stellte er ihnen seinen berühmten Cosmopolitan hin, der schon im dritten Jahr hintereinander den Preis für den besten Cocktail in Los Angeles gewonnen hatte.

»Und wo versteckt sich dein attraktiver Vorgesetzter?«, fragte er Anna mit schalkhaftem Blick.

»Er musste zur Beerdigung seiner Mutter nach Europa.«

»Oje! Wenn du das nächste Mal mit ihm sprichst, richte ihm meine herzlichen Grüße aus.«

»Die beiden *telefonieren* jeden Tag miteinander«, erläuterte Becky in spöttischem Ton. »Tony ist erst zweiundsiebzig Stunden weg, aber sie hängen länger an der Strippe als zwei ineinander verknallte Halbwüchsige.«

Anna warf ihr einen ärgerlichen Blick zu.

»Das ist ausschließlich dienstlich.«

»Da finde ich es aber sonderbar, wie du jedes Mal turtelst, wenn du mit ihm sprichst«, fuhr die füllige Anwältin erbarmungslos fort. »Wenn du mit Josh oder mir sprichst, höre ich diese lockenden Sirenentöne merkwürdigerweise nie.«

»Versteh doch, Schätzchen. Sie muss verhindern, dass er dem Zauber des alten Europa wieder verfällt«, gab Chad zu bedenken.

»Kann mir mal jemand erklären, wieso ich zwei Dummköpfe wie euch zu Freunden habe? Das sagt eine Menge über meine Urteilsfähigkeit.«

»Aber auch über deine Liebesfähigkeit.« Becky lachte hell auf.

Während sich die anderen über den jüngsten Hollywood-Klatsch verbreiteten, kehrten Annas Gedanken zu ihrem letzten Gespräch mit Antoine zurück.

Zu ihrer großen Enttäuschung hatte er lediglich zerstreut ihre Arbeit gelobt, als sie ihm begeistert angekündigt hatte, dass der Vertrag, den sie seit Wochen vorbereitet hatte, nicht nur unter Dach und Fach, sondern auch bereits rechtskräftig unterzeichnet war. Ohne sich davon entmutigen zu lassen, hatte sie anschließend über ihre Besprechung mit dem Geschäftsführer eines kürzlich gegründeten japanischen Elektronikunternehmens berichtet, den sie dazu gebracht hatte, sich der Dienste ihrer Kanzlei zu bedienen. Zum Zeichen der Anerkennung hatte ihr der Mann das neueste digitale Hochleistungs-Aufzeichnungsgerät aus dem Fertigungsprogramm seines Unternehmens geschenkt. »Es ist unvorstellbar winzig.«

»Nett von ihm«, hatte Antoine gemurmelt.

»Daraufhin hab ich mich ausgezogen und ihn aufgefordert,

mich an Ort und Stelle auf meinem Schreibtisch zu verna-
schen.«

»Hm, hm, ja, klar.«

»Großer Gott, Tony, was ist mit dir los? Du hörst mir überhaupt nicht zu. Geht es dir nicht gut?«

»Tut mir schrecklich leid, Mariscal, mir wächst hier im Augenblick alles ein bisschen über den Kopf.«

Die Niedergeschlagenheit in seiner Stimme hatte sie beunruhigt.

»Willst du darüber reden?«

»Nein, aber es ist lieb von dir.«

»Du denkst an ihn, nicht wahr?«

Beckys Frage riss Anna aus ihrer Versunkenheit. Die anderen
sahen sie an.

»Was ist los? An wen denke ich?«

»Für eine Anwältin lügst du ziemlich schlecht, meine Liebe«,
erklärte Chad und lächelte freundlich. »Natürlich an Tony. Wer
sonst könnte dich so sehr beschäftigen, dass du sogar meinen
Cosmo stehen lässt?« Er wies auf das halb volle Glas.

»Entschuldige, Chad, es war ein langer Tag.«

»Ich sag es ja, sie ist verliebt!«, sagte Becky und gluckste vor
Lachen.

»Und braucht dringend 'ne Nummer.«

»Verdammtes degeneriertes Primatenpack! Ich frage mich,
was ich hier tue.«

»Du solltest uns dankbar sein, Schätzchen. Ohne uns hättest du überhaupt kein Gesellschaftsleben. Ich möchte gar nicht
wissen, wie abgewetzt dein Vibrator ist.«

Damit brachte sie Anna zum Lachen.

»Ehrlich gesagt ist er seit ein paar Tagen kaputt.«

Einen Augenblick lang sahen die beiden sie ungläubig an
und brachen dann ebenfalls in Lachen aus.

KAPITEL 5

Nec vitia nostra nec remedia pati possumus.
Es ist uns weder gegeben,
unsere Schwächen zu ertragen,
noch die Mittel dagegen.
(TITUS LIVIUS)

Donnerstag, 20. Februar 1997

Die Autobahn war so gut wie leer, und Antoine fuhr den Opel seiner Schwester nahezu mit Vollgas. Immer wenn der Nebel aufriss und den Blick freigab, zogen die von kleinen Gehölzen und mittelalterlichen Burgen bestandenen Hügel des Greyerzerlandes an seiner Windschutzscheibe vorüber. Sofern das Wetter mitgespielt hätte, wäre es ihm so vorgekommen, als befinde er sich in der Schweiz der Postkarten und Urlaubsprospekte. Eine schuldbeladene Seele hinter einem hübschen Gesicht.

Am Vorabend hatte im Hause seines Bruders eine bedrückte Stimmung am Esstisch geherrscht. Olivia, Tochter eines ehemaligen Bundesratsmitglieds, war eine vollendete Gastgeberin. Von Sophie unterstützt, hatte die Schwägerin getan, was sie konnte, um Antoines und Alexandres Stimmung aufzuhellen, doch ohne Erfolg.

Nach Antoines Bericht über seinen Besuch bei Bonnard hatte der Bruder mehrere Minuten schweigend versucht, alles, was er gehört hatte, zu verarbeiten und zu ordnen.

»Jetzt verstehe ich, was die Griechen früher beim Warten auf den Spruch des Orakels von Delphi empfunden haben müssen«, sagte Antoine.

Alexandre hob den Blick und sah ihn ärgerlich an.

»Sei nicht allzu enttäuscht, wenn ich nicht in Trance verfalle, bevor ich Apollos Wahrspruch verkünde.«

»Und der lautet…«

»Dass wir am besten nichts tun und weiterleben wie bisher, so bedauerlich und enttäuschend das auch sein mag.«

Antoine hätte sich beinahe an seinem Wein verschluckt.

»Hast du den Verstand verloren? Sollen wir etwa zulassen, dass der Mistkerl weiterhin Vaters Andenken in den Schmutz zieht?«

»Mach dir klar, dass wir nicht viel dagegen ausrichten können«, war Alexandre fortgefahren, ohne sich aus der Fassung bringen zu lassen. »Es würde doch an ein Wunder grenzen, wenn wir ohne die nötige Zeit und Unterstützung Material fänden, mit dem wir Bonnards Theorien widerlegen und Vaters Namen reinwaschen können. Je mehr wir uns aufplustern, desto mehr erwecken wir den Eindruck, als hätten wir etwas zu verbergen. Damit würden wir ihm zu allem Überfluss noch Wasser auf seine Mühle liefern. Ganz davon abgesehen: Hast du dir schon mal überlegt, dass er mit seinen Behauptungen recht haben könnte?«

»Das ist nichts als eine niederträchtige Verleumdung! Vater hat nie im Leben mit den Nazis gemeinsame Sache gemacht. Das weißt du ganz genau.«

»Ich *glaube* es, aber *sicher* bin ich nicht. Und du bist es auch nicht. Du hast einerseits keinerlei Bedenken, die Schweizer Bankiers in Bausch und Bogen auf finanziellem Gebiet der Kollaboration mit Hitler zu bezichtigen, bist jedoch nicht bereit, der Möglichkeit ins Auge zu sehen, dass auch unser Vater darin verwickelt sein könnte. Deine Sohnesliebe ehrt dich zwar, aber rational lässt sich nicht begründen, was du vorbringst.«

»Das heißt, du möchtest lieber klein beigeben?«

»Nein – ich schlage lediglich vor, in einer Angelegenheit, die übel ausgehen könnte, nicht einfach deshalb mit zum Angriff gesenktem Kopf voranzustürmen, weil es auf der begrifflichen Ebene Probleme gibt.«

»Wie bitte?«

»Man darf die Vergangenheit nicht von der Gegenwart aus betrachten. Wahrnehmungen und Verhaltensweisen wandeln sich in der Gesellschaft mit der Zeit, und man sollte nicht so tun, als könne man Ereignisse außerhalb ihres historischen Zusammenhangs verstehen oder gar beurteilen. Heute betrachtet eine große Mehrheit der Amerikaner die Rassentrennung als eine Ungeheuerlichkeit, doch sind im Jahre 1944 nur äußerst wenige in ebenden Streitkräften dagegen vorgegangen, die die Welt vom Faschismus befreit haben. Es ist allgemein bekannt, dass die Amerikaner deutsche Kriegsgefangene oft besser behandelt haben als ihre eigenen schwarzen Soldaten. Der Antisemitismus war in allen Ländern des Westens weit verbreitet, nicht nur in Deutschland. Immerhin hat 1939, wenige Monate nach den Schrecken der sogenannten ›Reichskristallnacht‹, über die in der Weltöffentlichkeit ausführlich berichtet wurde, eine in der Zeitschrift *Fortune* erschienene Umfrage ergeben, dass dreiundachtzig Prozent aller Amerikaner dagegen seien, die Einwanderungsbestimmungen selbst dann zu lockern, wenn es um verfolgte Juden ging.«

»Willst du damit sagen, auch unser Vater könnte Antisemit gewesen sein, nur weil es damals so viele davon gegeben hat?«

»Ich will lediglich sagen, wir sollten uns nicht übermäßig erstaunen, wenn sich herausstellen sollte, dass es sich so verhalten hat. Der Versuch, den Ruf unseres Vaters um jeden Preis zu wahren, könnte ganz im Gegenteil dazu führen, dass man ihn erst recht für schuldig hält.«

»Tut mir leid, Alex, aber in der Sache stinkt etwas ganz gewaltig, und ich bin fest entschlossen festzustellen, was das ist, ganz gleich, was dabei herauskommt. Wie hässlich auch immer das Gesicht der Wahrheit sein mag, sie ist besser als der Zweifel.«

»Ich habe wohl keine Möglichkeit zu erreichen, dass du dir das anders überlegst, was?«

Antoine schüttelte langsam den Kopf.

»Na schön. In dem Fall solltest du unbedingt mit einem bestimmten Menschen reden.«

Es war fast ein Uhr nachmittags, als Antoine vor dem Gasthaus *Der lachende Bär* oberhalb des am Bodensee liegenden Städtchens Sankt Margrethen anhielt. Über dem Eingang zeigte ein Wirtshausschild, das ebenso alt zu sein schien wie das behäbige Gebäude, einen fröhlichen Bären mit einem Bierkrug in der Tatze.

In der Wirtsstube bedienten Saaltöchter in Tracht und mit bestickten Schürzen die Gäste. Eine von ihnen führte ihn zu einem Tisch, der durch eine halbhohe Trennwand vom übrigen Raum getrennt war, und schon wenige Minuten später aß er mit gutem Appetit Zürcher geschnetzeltes Kalbfleisch mit Spätzli, wozu er zwei Gläser Johannisberger Riesling trank.

Als er Kaffee bestellte, hatten die meisten Gäste das Lokal bereits verlassen. Er nannte der Saaltochter seinen Namen und bat, mit dem Wirt sprechen zu dürfen.

Wenige Augenblicke später trat ein etwa sechzigjähriger Mann mit breiten Schultern an seinen Tisch.

»Monsieur Demarsands?« Im freundlichen Gesicht des Mannes prangte unter unglaublich dichten Augenbrauen, die ihn wie einen Faun aussehen ließen, eine Nase von beeindruckender Größe. »Hans Ruetlinger, ich bin der Wirt. Sie wollten mit mir sprechen?«

»Ja«, sagte Antoine und schüttelte ihm die Hand. »Ich freue mich, Ihre Bekanntschaft zu machen, Herr Ruetlinger.«

Der Mann setzte sich ihm gegenüber und bestellte zwei Gläser Kirschwasser, an dem man in der Schweiz ebenso wenig vorbeikommt wie in Mexiko am Tequila. Dann richtete er neugierig den Blick auf seinen Gast und musterte ihn aufmerksam.

»Ich muss sagen, dass ich den Namen Demarsands schon seit einer Ewigkeit nicht mehr gehört habe. Er ruft alte Erinnerungen in mir wach.«

»Ich habe den Eindruck, dass unsere Väter Freunde waren.«

Verwirrt sagte der Wirt: »Aber Sie sind doch viel zu jung, als dass Sie Jérômes Sohn sein könnten!«

»Jérôme war mein Onkel. Mein Vater war sein Bruder Paul.«

Einen Augenblick lang zog ein dunkler Schatten über die Züge des Mannes, doch gewann er rasch sein liebenswürdiges Lächeln zurück.

»Natürlich, der Architekt, der nach dem Krieg nach Amerika gegangen ist. Ich habe gehört, dass er vor einigen Jahren gestorben ist, nachdem er von dort zurückgekommen war. Bitte nehmen Sie trotz des großen zeitlichen Abstands mein aufrichtiges Beileid entgegen.«

»Danke, Herr Ruetlinger.«

»Bitte nennen Sie mich Hans, Antoine. Die enge Beziehung zwischen unseren Familien reicht weit in die Vergangenheit, auch wenn wir einander nicht mehr oft sehen, seit das Haus in Rorschach verkauft worden ist.«

»Genau das führt mich hierher, Hans. Wenn ich mich nicht irre, hat Ihr Vater in einer von meinem Onkel ins Leben gerufenen Gruppe mitgewirkt, die während des Krieges Juden geholfen hat, heimlich die Grenze zu überqueren.«

Mit einer Handbewegung bedeutete der Wirt der Saaltochter, die Gläser erneut zu füllen und die Flasche auf dem Tisch stehen zu lassen.

»Warum wollen Sie das wissen?«, fragte er.

»Mir sind in jüngster Zeit mit Bezug auf das Verhalten meines Vaters im Krieg Anschuldigungen zu Ohren gekommen, die ich für unbegründet halte. Daher bin ich fest entschlossen festzustellen, was wirklich geschehen ist – ganz gleich, wie das Ergebnis aussieht.«

»Stammen die zufällig von einem Historiker namens Bonnard?«

»Sind Sie dem Mann begegnet?«

»Genau wie Sie jetzt hat er mich vor ein paar Monaten aufgesucht, um mir allerlei Fragen über die Verbindung meines Vaters mit Ihrer Familie zu stellen.«

»Und was haben Sie ihm gesagt?«

»Dass ich damals zu jung war und nichts darüber weiß, mich an nichts erinnere und mein Vater nie über den Krieg sprechen wollte. Ich habe ihn zu ein paar Gläsern Kirsch eingeladen, und er ist ziemlich angesäuselt abgezogen, ohne etwas erfahren zu haben.«

Antoine war zugleich erleichtert und enttäuscht. »Dann habe ich Sie also vergeblich gestört. Es tut mir leid, Ihre Zeit in Anspruch genommen zu haben.«

Ruetlinger hob eine seiner Brauen.

»Ich dachte, Sie wollten etwas über die Gruppe Ihres Onkels erfahren.«

»Aber Sie haben doch soeben gesagt ...«

»Dass ich Bonnard gegenüber erklärt habe, nichts darüber zu wissen. Aber ich habe nicht gesagt, dass das der Wahrheit entspricht.«

»Und mir wollen Sie es also sagen?«

»Ich werde Ihnen anvertrauen, was ich weiß, auch wenn das nicht besonders viel ist. Sind Sie denn auch sicher, dass Sie es erfahren wollen?«

»Absolut.«

Ruetlinger lehnte sich gegen die Lehne seines Stuhls, den Blick auf den durchsichtigen Inhalt seines Glases gerichtet.

»Vorab müssen Sie wissen, dass Ihr Onkel Jérôme die Gruppe nicht gegründet hat, zu der er, wie mein Vater, als einer der Ersten gestoßen ist. Der damalige Polizeikommandant des Kantons Sankt Gallen, Paul Grüninger, hat Anfang der Dreißigerjahre damit begonnen, heimlich deutsche Juden ins Land zu lassen, was ein Verstoß gegen seine Amtspflicht wie auch gegen die damalige Einwanderungspolitik der Schweiz war. Als man im Jahre 1939 dahintergekommen ist, wurde er aus dem Dienst entlassen. Inzwischen aber hatte die von ihm ins Leben gerufene Organisation bereits über dreitausend Flüchtlingen über die Grenze geholfen. Ihr Onkel hat beschlossen, das von Grüninger begonnene Werk fortzuführen und dazu aus dem Vermögen der Familie Beträge für Schmiergelder, falsche Papiere und die Miete für Wohnungen abgezweigt, in denen die Leute Unterschlupf finden konnten. Es ist ihm gelungen, sich dazu der Mitwirkung meines Vaters wie auch anderer Männer zu versichern. Dank Grüningers Kontakten zum Zoll und zur Ortspolizei war es ihnen möglich, damit ziemlich lange fortzufahren, wenn auch in geringerem Umfang, denn die Überwachung war auf beiden Seiten der Grenze im Verlauf des Krieges immer mehr verschärft worden. Bei alldem hat das Ferienhaus Ihrer Familie in Rorschach als geheimer Umschlagplatz gedient.«

»Es wundert mich, dass mein Onkel Albert bereit gewesen sein soll, Geld dafür zur Verfügung zu stellen. Er war nicht gerade für seine Wohltätigkeit bekannt.«

»Anfangs hat er nichts davon gewusst. Jérôme hat auf seine eigenen Ersparnisse zurückgegriffen und sich, als sie aufgebraucht waren, an Ihren Vater gewandt, woraufhin dieser sich bereitwillig an der Arbeit der Gruppe beteiligt hat. Als Albert davon erfahren hat, waren seine Brüder bereits so fest mit der Sache verbunden, dass er sich nicht weigern konnte, sie zu unterstützen, weil andernfalls die Gefahr für sie viel zu groß geworden wäre.«

»Wie zweifellos auch für den Ruf der Bank«, ergänzte Antoine in sarkastischem Ton.

John Webster wandte sich von seinem Computerbildschirm ab und rieb sich die Augen. Hinter seinen Lidern tanzten Lichtflecken. Es war erst zehn Uhr, aber er durchstöberte bereits seit mehreren Stunden die Datenbanken der CIA, des FBI, der Nationalen Sicherheitsagentur NSA und der Geheimdienste des Pentagons auf der Suche nach Hinweisen auf etwas, das Unternehmen *Recovery* heißen sollte. Er hatte schon bald gemerkt, dass das alles andere als einfach war.

Sophies Anruf vom Vorabend hatte ihn angenehm überrascht. Er hatte nie begriffen, wie sich eine so begehrenswerte junge Frau mit einem verkrachten New Yorker Maler einlassen konnte, und nachdem sie ihrer kurzen Beziehung ein Ende gemacht hatte, nutzte er jede noch so unbedeutende Gelegenheit, sich in ihren Augen zu profilieren. Daher war er geradezu begeistert auf ihre Bitte eingegangen, nach Angaben über eine lange zurückliegende geheime Unternehmung zu suchen. Zwar hätte er gern gewusst, warum sie sich dafür interessierte, doch war sie nicht bereit gewesen, ihm mehr zu sagen, und so vermutete er, dass man dem Auktionshaus Sotheby's Kunstwerke zweifelhafter Herkunft angeboten hatte und das Unternehmen sich absichern wollte.

Trotz seiner Fehler und Schwächen war Webster ein heraus-
ragender Analytiker, der es verstand, aus auf den ersten Blick
harmlos scheinenden Pressemeldungen, Zeitungsartikeln oder
Botschaftsberichten nützliche Angaben herauszufiltern. Ihm als
erfahrenen Computerhacker fiel es leicht, auch noch die raffi-
niertesten elektronischen Schutzsysteme zu überwinden. Dank
seiner Gaben, seiner vollkommenen Beherrschung der deutschen, russischen und ungarischen Sprache und mithilfe einiger
Intrigen, die er in der Dienststelle gesponnen hatte, war es ihm
gelungen, den äußerst begehrten Posten eines Chef-Auswerters
für Osteuropa zu bekommen.

Doch jetzt wusste er nicht so recht weiter. Er hatte alle Datenbanken durchforscht, die ihm eingefallen waren, sämtliche
ihm verfügbaren Recherchemittel genutzt und sogar das Wissen
einiger Bekannter in den nationalen Archiven angezapft. Das
Ergebnis war gleich null. Es hatte ihn nicht wirklich überrascht,
dass es dieses angebliche Geheimunternehmen, wie es aussah,
nie gegeben hatte: Presseberichte und historische Bücher quollen über von Hinweisen auf derlei, doch erwies sich das meiste
davon als falsch. Liebend gern hätte er Sophie etwas Konkretes
berichten können.

Er unternahm einen letzten Vorstoß und durchsuchte die als
streng geheim eingestuften Berichte des Außenministeriums –
schließlich hatte auch diese Dienststelle während des Krieges
Spionageaufgaben durchgeführt –, als plötzlich das Telefon
klingelte. Es war ein Anruf auf der Hausleitung.

Verärgert nahm er ab.

»John Webster!«, bellte er, ohne den Blick vom Bildschirm
zu nehmen.

»Mr Webster, Sie sollen sofort zu Admiral Lowell kommen.«

Bei diesen Worten durchfuhr es ihn, und er hätte fast stramme
Haltung angenommen.

»Gewiss … bin schon unterwegs.«

Er fuhr seinen Rechner herunter, zog den Mantel an und verließ in aller Eile das Büro. Während er den Gang entlangstürmte, versuchte er verzweifelt zu überlegen, was der für Operationen zuständige legendäre Stellvertretende Direktor Vizeadmiral Jason E. Lowell von ihm wollen mochte. Da Webster für die Überwachungsabteilung arbeitete, deren Aufgaben sich auf Analysen, Auswertung und das Erstellen von Berichten beschränkten, unterstand er nicht der Befehlsgewalt Lowells, der Geheimoperationen im Ausland leitete. Zwar hätte er gern das Gegenteil behauptet, doch hatte er nie an einer solchen Unternehmung teilgenommen, und so war er dem Mann lediglich ein einziges Mal begegnet, nämlich bei einer Wohltätigkeitsgala.

Vor dem Spiegel im Aufzug korrigierte er den Sitz seiner Krawatte. Sein Mund war ausgedörrt. Nervös suchte er nach dem Döschen mit Pfefferminzpastillen, das er stets in der Tasche hatte. Nach fünfzehn Jahren Dienst in der Behörde war ihm bewusst, dass Vorgesetzte Mitarbeiter nur selten zu sich rufen, um sie zu beglückwünschen. Auf jeden Fall war es besser, einen frischen Atem zu haben.

Mit einem Zischen öffneten sich die Türen des Aufzugs.

An den Wänden des langen Gangs, der zum Büro des Stellvertretenden Direktors führte, hingen Stiche von alten Kriegsschiffen, ein alles andere als unauffälliger Hinweis auf Lowells glänzende Laufbahn bei der Marine. Vor dem Allerheiligsten lag das Büro der Vorzimmerdame mit drei Computerbildschirmen und einer eindrucksvollen Telefonanlage.

»Mr Webster«, warf ihm die Frau mit eisigem Ton hin. »Sie können gleich hineingehen. Der Admiral erwartet Sie.«

Was, man lässt mich nicht mal warten? Das sieht überhaupt nicht gut aus. Seine Kehle war wie zugeschnürt, als er die Hand auf die Klinke legte.

»Treten Sie näher, John«, rief Lowell aus und erhob sich hinter seinem Schreibtisch. Er schüttelte Webster kräftig die Hand und fügte hinzu: »Ich glaube nicht, dass wir einander schon einmal begegnet sind, nicht wahr?«

»Doch, Sir, im Kennedy Center, vor zwei Jahren.«

Der Admiral machte ein überraschtes Gesicht.

»Tatsächlich? In dem Fall bitte ich um Entschuldigung, dass ich das vergessen habe. Mein Gedächtnis ist nicht mehr so gut wie früher. Glücklicherweise arbeite ich jetzt in einem Büro, was?« Er wies auf einen Sessel. »Nehmen Sie doch Platz und gestatten Sie, dass ich Sie einen Augenblick um Geduld bitte. Ich muss noch eine E-Mail zu Ende schreiben.«

Webster sah zu, wie die Finger des Admirals flink über die Tastatur seines IBM ThinkPad tanzten, und hatte Gelegenheit, sich den Mann gründlich anzusehen. Er war hochgewachsen und wirkte sportlich, hatte sehr kurz gestutztes platingraues Haar und sah eindrucksvoll aus. Die tief eingegrabenen Falten in seinem gebräunten Gesicht zeigten, dass er einen größeren Teil seines Lebens auf der Brücke von Schiffen als in einem Büro des Verteidigungsministeriums zugebracht hatte. Insbesondere zeigte sich Webster von der Fähigkeit des Mannes beeindruckt, mit einem Computer umzugehen, etwas, das bei Offizieren seines Rangs und seiner Generation eher selten war.

Schließlich klickte Lowell auf »Senden«, klappte den Rechner zu, lehnte sich in seinem Sessel zurück und wandte sich mit einem leutseligen Lächeln auf den rasiermesserschmalen Lippen ihm zu.

»Tut mir leid, Sie warten zu lassen. Es geht um meine Tochter. Sie ist im letzten Studienjahr in Stanford und regt sich immer schrecklich auf, wenn ich ihre Mails nicht umgehend beantworte.«

»Kein Problem, Sir.« Webster zwang sich zu einem Lächeln.

»Wir haben beide sehr viel zu tun, daher werde ich gleich zur Sache kommen.« Lowell richtete den durchdringenden Blick seiner braunen Augen auf ihn und hörte auf, sich mit seinem Sessel hin und her zu drehen.

»Sagen Sie mir, John, warum suchen Sie nach dem Unternehmen *Recovery*?«

Obwohl er die Frage in beiläufigem Ton formuliert hatte, war Webster wie vom Donner gerührt. Er räusperte sich geräuschvoll und versuchte verzweifelt, seine Gedanken zu ordnen. Woher mochte der Mann das wissen? Und noch dazu so rasch?

»In letzter Zeit musste ich mich mit einigen kürzlich freigegebenen Aktennotizen über das sowjetische Volkskommissariat für Staatssicherheit beschäftigen«, begann er mit so viel Selbstsicherheit, wie er aufzubringen vermochte. »Darin tauchen vom OSS verwendete Decknamen auf – sie beziehen sich auf Agenten, Operationen und Orte –, welche die Russen damals zu entschlüsseln versucht haben. Dazu gehörte auch das 1945 in Angriff genommene Unternehmen *Retrieval*, mit dessen Hilfe nach dem Einmarsch der Roten Armee in Ungarn dort festsitzende Agenten herausgeholt werden sollten.«

»Davon habe ich gehört. Im OSS befürchtete man, seinen Agenten könnte dasselbe Schicksal wie Raoul Wallenberg drohen, wenn unsere sowjetischen Verbündeten sie enttarnten. Aber was hat das mit dem Unternehmen *Recovery* zu tun?«

»Genau genommen nichts. Übersetzen ist bekanntlich keine exakte Wissenschaft. Manche Wörter einer Sprache können in einer anderen unterschiedliche Bedeutungen haben. Meist, aber nicht immer, handelt es sich dabei um Synonyme, vor allem wenn diese beiden Sprachen eine gemeinsame Wurzel haben, wie das Englische und das Russische.«

Lowell bedeutete ihm mit einer Handbewegung, zur Sache zu kommen.

»Wenn ich in den ausländischen Unterlagen auf Decknamen stoße, führe ich gewöhnlich eine auf mehreren Bahnen parallel verlaufende Recherche durch, indem ich von den unterschiedlichen Bedeutungen ausgehe, die diese Wörter im Englischen haben können, um sicherzustellen, dass ihnen nicht zufällig oder absichtlich eine verborgene Bedeutung zugeordnet worden ist. Daher habe ich in unserer Datenbank auch nachgeprüft, ob es unter Umständen ein Unternehmen mit dem Decknamen *Recovery* gegeben hat, das ja eine ähnliche Bedeutung wie *Retrieval* hat.«

»Aber hätte das Volkskommissariat für Staatssicherheit nicht mit Bezug auf unsere Operationen die Originaldecknamen verwendet? Seine Agenten konnten doch Englisch.«

Der Admiral hatte die Frage in neutralem Ton gestellt, doch Webster spürte, dass darin ein Zweifel mitschwang, wenn nicht gar eine Drohung.

»In der Tat beherrschten deren Agenten wie auch deren für die westliche Hemisphäre zuständigen Auswerter das Englische geläufig – das gilt nebenbei bemerkt auch heute noch für den Inlandsgeheimdienst der Russischen Föderation FSB«, gab er zurück, ohne sich aus der Ruhe bringen zu lassen. »Aber in den anderen Abteilungen war das nicht der Fall. Daher haben die Leute, wie wir das übrigens auch tun, in den für die verschiedenen Abteilungen bestimmten Aktennotizen mit Übersetzungen gearbeitet.«

Lowell wandte ihm den Rücken zu und ließ den Blick aus dem riesigen Panoramafenster seines Büros frei schweifen.

»Und was haben Sie mit Bezug auf das Unternehmen *Recovery* entdeckt?«

»Nichts. Es taucht kein einziges Mal auf.«

Schweigen trat ein. Während es andauerte, fragte sich Webster erneut, auf welche Weise Lowell auf seine Nachforschungen aufmerksam geworden war. Er hätte seine Pension darauf verwettet, dass ihn ein in die Datenbank der CIA einprogrammierter Alarmmechanismus darauf aufmerksam gemacht hatte, denn bei jedem seiner Schritte aus dem System heraus hatte er sorgfältig darauf geachtet, mit mehreren redundanten Servern zu arbeiten und Passwörter zu verwenden, die keinesfalls auf ihn zurückverweisen konnten.

Er nahm seinen ganzen Mut zusammen und fügte hinzu: »Ebenso wenig wie bei den Begriffen ›Unternehmen *Wiedergewinnung*‹ oder ›Unternehmen *Wiederbelebung*‹ – das sind weitere mögliche Übersetzungen desselben russischen Wortes.«

In Wahrheit hatte er zu keinem Zeitpunkt nach diesen Ausdrücken gesucht, doch um das merken zu müssen, hätte Lowell seinen Rechner vierundzwanzig Stunden lang durchgehend überwachen lassen müssen, und Webster nahm nicht an, dass man ihn so aufmerksam im Auge hatte – jedenfalls bisher nicht.

Der Admiral wandte sich erneut zu ihm um. Zu Websters großer Überraschung lag ein breites Lächeln auf seinem Gesicht.

»Der Grund dafür, dass Sie nichts gefunden haben, John, liegt darin, dass es nichts zu finden gibt. Das ganze Unternehmen *Recovery* ist Stück für Stück eine Fiktion unserer Gegenspionage.«

»Ach?«

»Ja. Wie Sie wissen, bemüht sich unsere Dienststelle schon seit Langem um einen verstärkten Schutz ihrer Datenbanken. Um Eindringlinge möglichst früh zu entdecken, hinterlassen unsere Agenten dort von Zeit zu Zeit Decknamen fiktiver Personen oder Unternehmen. Sobald jemand in unseren elektronischen Datenbanken nach einem dieser Namen sucht, wird ein Programm aktiviert, das uns auf die Spur des Betreffenden führt.«

»Dann ist das Unternehmen *Recovery* nichts als eine Falle für Datenpiraten?«

»Ja. Da die Suche in diesem Fall durch einen unserer eigenen Leute erfolgt ist, wollte ich mich persönlich um die Sache kümmern.«

»Entschuldigen Sie bitte die Frage, Sir, aber obliegt diese Art von Überwachung nicht dem geheimdienstlichen Netz ECHELON?«

»Sie haben vollkommen recht – wir führen sie in Zusammenarbeit mit der Nationalen Sicherheitsbehörde durch. Allerdings hat sich in jüngster Zeit gezeigt, dass ECHELON Schwierigkeiten damit hatte, bestimmte Arten von Mitteilungen abzufangen, beispielsweise solche, die durch Glasfaserkabel geleitet werden. Hinzu kommt, dass das Netz nicht über die notwendige Ausrüstung verfügt, um besonders raffinierte Fälle von Datenausspähung zu entdecken, speziell dann, wenn sie von innen heraus erfolgen. Daher haben wir uns entschlossen, ein eigenes Schutzsystem einzurichten.«

Lowell trommelte mit den Fingern auf der Schreibtischplatte herum, während er darauf wartete, dass Webster die Bedeutung des Gesagten vollständig erfasste.

Der Große Bruder hat dich im Auge, John, vergiss das nie.

»Ich bedaure das Durcheinander, das ich allem Anschein nach angerichtet habe, Sir. Ich versichere Ihnen, dass das ohne jede Absicht geschehen ist, wie ich Ihnen bereits erklärt habe.«

Mit wohlwollendem Lächeln hob der Admiral eine Hand.

»Sie konnten das nicht wissen. Aber Sie werden verstehen, dass wir die Existenz und die Art unserer Schutzmechanismen unbedingt weiterhin geheim halten wollen, damit sie wirksam bleiben. Daher möchte ich, dass Sie über unsere Unterhaltung Stillschweigen bewahren. Sie sind einer unserer besten Männer, und so brauche ich Sie wohl nicht eigens daran zu erinnern, wie wichtig Vertraulichkeit für die Sicherheit unserer Agenten ist.«

»Gewiss, Sir. Sie können sich voll und ganz auf meine Diskretion verlassen.«

Lowell erhob sich und bedeutete Webster damit, dass die Unterhaltung beendet war. Er begleitete ihn zur Tür und legte ihm eine Hand auf die Schulter.

»Machen Sie mit der guten Arbeit weiter, John. Und vergeuden Sie keine Zeit mehr mit dem Unternehmen *Recovery*.«

»Jawohl, Sir. Nein, Sir. Danke, Sir.«

Nach einem kurzen Händeschütteln fand sich Webster in dem hell erleuchteten Vorzimmer wieder. Auf dem Weg zum Aufzug merkte er, wie sehr seine Beine zitterten. Den Worten des Admirals nach hatte er mit seiner Suche durch bloßen Zufall ein im System verborgenes Alarmprogramm ausgelöst. Wenn er in all den in Langley im Staat Virginia verbrachten Jahren überhaupt etwas gelernt hatte, dann, dass in der Welt der Nachrichtendienste der Zufall ein äußerst seltener Gast war.

Je länger er darüber nachdachte, desto weniger leuchtete ihm ein, was der Admiral gesagt hatte. Natürlich unterstand die Zentrale der Gegenspionage letztlich dem Stellvertretenden Direktor. Aber was er getan hatte, rechtfertigte in keiner Weise einen solchen Riesensprung in der Befehlskette, und schon gar nicht so rasend schnell. Ob da ein Zusammenhang mit Sophie bestand? Er begann sich ernstlich zu fragen, auf welche Weise sie Kenntnis von jenem angeblich nicht existierenden Unternehmen *Recovery* bekommen hatte. Sofern es sich dabei tatsächlich, wie Lowell behauptet hatte, um eine Falle für Datenpiraten handelte, bestand eine große Wahrscheinlichkeit, dass Sophie in eine ziemlich anrüchige Geschichte verwickelt war.

Da die unausgesprochene Devise in der CIA von jeher lautete, *im Zweifelsfall an die eigene Sicherheit denken*, musste er ihr unbedingt mitteilen, dass sie ihre Nachforschungen einstellen und die ganze Sache aufgeben sollte. Auf jeden Fall empfahl es sich aber, diesen Anruf von einem öffentlichen Telefon aus zu tätigen.

Währenddessen drückte Admiral Lowell auf den Knopf für seine persönliche Telefonleitung. Wie die vier anderen Leitungen seines Büros war auch diese durch ein ausgeklügeltes Verschlüsselungssystem gesichert. Es ließ sich unmöglich feststellen, woher seine Anrufe kamen, und die Nummer war so geheim, dass sie außer ihm lediglich drei Personen bekannt war: dem Direktor der CIA, dem Leiter der Vereinigten Stabschefs und natürlich dem Präsidenten der Vereinigten Staaten.

Er nahm den Hörer ab und ließ seinen Finger zögernd einen Augenblick wenige Zentimeter über dem Tastenblock verharren. Schließlich wählte er eine schon vor langer Zeit gespeicherte Nummer, die nahezu ebenso geheim war wie seine eigene. Am anderen Ende wurde wortlos abgenommen, doch wusste Lowell genau, wer sein Gesprächspartner war.

»Guten Morgen, Sir«, sagte er, ebenfalls ohne sich mit Namen zu melden. »Wir hatten einen Alarm.«

»Wann und wer?«

»Am frühen Morgen. Einer unserer Mitarbeiter, ein gewisser John Webster, Chef-Auswerter für Osteuropa.« Dann fasste er sein Gespräch mit Webster in wenigen Sätzen zusammen.

»Wie schätzen Sie die Lage ein?«

»Ich denke, dass es sich um einen bloßen Zufall handelt, Sir. Seine bisherigen Leistungen sind einwandfrei, und seine Erklärung war stichhaltig.«

Der Alte fluchte. Dutzende von Spionen und Doppelagenten, denen er persönlich begegnet war, angefangen bei Kim Philby, hatten ebenfalls einwandfreie Leistungen vorzuweisen gehabt – bis man ihrem Verrat auf die Schliche gekommen war, und das meist zu spät.

»Lassen Sie ihn überwachen?«

»Seit dem Augenblick, in dem der Alarm ausgelöst wurde. Sein Telefon wird abgehört, wir haben seinen gesamten E-Mail-Verkehr überprüft und außerdem seine Wohnung und sein Auto durchsucht. Bisher ist dabei nichts Auffälliges entdeckt worden.«

»Sehen Sie sich auch seine Bankauszüge an und achten Sie auf jeden Hinweis einer Unregelmäßigkeit. Lassen Sie Nachforschungen über seine Angehörigen, seine Freunde und Bekannten anstellen. Ich will alles über den Mann wissen.«

»Mit allem schuldigen Respekt, Sir, darf ich mir erlauben, Sie daran zu erinnern, dass unsere Dienststelle nicht befugt ist, auf amerikanischem Boden tätig zu werden? Wir haben dagegen bereits verstoßen, indem wir sein Telefon haben abhören lassen, aber was Sie da von mir verlangen, ist Aufgabe des FBI.«

Die unter starken Einschnitten in ihren Etat leidende CIA hatte Besseres zu tun, als kostbare Mittel für eine ebenso lächerliche wie ungesetzliche Jagd nach Phantomen zu verschleudern. *Denn genau das und nichts anderes ist es: eine Jagd nach Phantomen im Zusammenhang mit einem nicht existierenden Unternehmen von einem Mann, der seinerseits ebenfalls bald nicht mehr sein wird als ein Phantom. Je früher, desto besser!*

»Sofern ich Ihre Meinung zu erfahren wünsche, Lowell, werde ich mich bei Ihnen melden. Inzwischen ersparen Sie es mir, einen Anruf tätigen zu müssen, als dessen Ergebnis Sie genau dieselben Anweisungen bekommen würden, nur weit weniger freundlich formuliert.«

»Verstanden, Sir«, gab Lowell so beherrscht wie möglich zurück. »Ich werde Ihren… Wünschen nachkommen und Sie über den weiteren Gang der Dinge auf dem Laufenden halten.«

»Das will ich hoffen. Eins noch, Lowell: Hat dieser Webster etwas herausbekommen?«

»Nicht das Geringste. Was zum Teufel hätte er auch finden sollen? Ein solches Unternehmen namens *Recovery* hat es nie gegeben.«

Die bleiche Nachmittagssonne warf lange Schatten auf die leeren Tische des Restaurants. Die Saaltöchter nutzten die Ruhepause vor dem abendlichen Gästeansturm und plauderten in einer Ecke miteinander. Zwar hatte Antoine höchstens ein Drittel so viel Kirsch getrunken wie Ruetlinger, doch in seinem Kopf drehte es sich allmählich.

»Sagen Sie mir etwas über die Festnahme von Jérôme. Was ist in jener Nacht passiert?«

Der Wirt warf ihm einen betrübten Blick zu.

»Ehrlich gesagt war Ihr Vater nach Jérômes Ansicht nicht das zuverlässigste Mitglied der Gruppe. Er hat zwar eifrig an deren Aktivitäten mitgewirkt, aber...« Er schwieg einen Augenblick und drehte sein leeres Glas mechanisch zwischen den Fingern.

»Im Krieg herrscht überall Angst«, fuhr er schließlich fort. »Ihr Onkel, mein Vater und alle anderen in der Gruppe sind nahezu vor Angst gestorben, sobald sie auch nur einen Fuß auf deutschen Boden setzten. Aber sie wussten, wie sie sich zu verhalten hatten. Ihrem Vater ist es schwergefallen, seine Angst zu beherrschen, doch hat sein Stolz verlangt, durch seine Beteiligung an den Unternehmungen seine Tapferkeit zu beweisen. In einer Situation, in der die Sicherheit der ganzen Gruppe von der Kaltblütigkeit eines jeden Einzelnen abhing, war das eine gefährliche Konstellation. Jérôme hat daher meist dafür gesorgt, dass sein Bruder im Hintergrund bleiben konnte, wo die Gefahr geringer war.«

Antoine nahm erneut einen Schluck Kirschwasser, um sich

für das zu wappnen, was kommen und der Einleitung nach zu urteilen wenig tröstlich sein würde.

»In jener Aprilnacht des Jahres 1944 war Ihr Vater offensichtlich nicht bereit gewesen, im Unterschlupf zu bleiben, und Jérôme hatte ihn zum Treffpunkt mitgenommen, einer verlassenen Scheune in der Nähe von Höchst, die auch den Widerstandskämpfern aus der Gegend als Versteck diente. Sie haben die Flüchtlinge ohne Schwierigkeiten abgeholt. Auf dem Rückweg haben sie in der Ferne eine Militärpatrouille gesehen. Da sie sich im freien Gelände befanden und die Zeit nicht gereicht hätte, ins Versteck zurückzukehren, hat Jérôme einem seiner Männer aufgetragen, sich in einem dunklen Gässchen zu verbergen, bis die Soldaten vorüber waren.«

Der Mann zögerte kurz und sah beiseite.

»Ihr Vater ist in Panik davongelaufen und hat damit die Aufmerksamkeit der Soldaten auf die Stelle gelenkt, wo sich die Gruppe befand. Sie haben angefangen zu feuern. Mein Vater ist getroffen worden, konnte sich aber retten, doch nicht alle hatten so viel Glück. Er hat mit angesehen, wie sich zwei der Flüchtlinge tödlich getroffen am Boden wanden. Die anderen, unter ihnen auch Jérôme und seine Frau, hat man an Ort und Stelle festgenommen.«

»Und was … was … ist aus der Schleuserorganisation geworden?«, fragte Antoine, der heftig schlucken musste.

»Soweit ich weiß, hat die Katastrophe jener Nacht deren Ende besiegelt. Ihr Onkel, seine Frau und mehrere ihrer Mitstreiter befanden sich in den Händen der Gestapo. Den Übrigen, auch meinem Vater, war bewusst, dass sie unter der Folter reden würden, wie tapfer auch immer sie sein mochten. Damit war die deutsche Seite der Organisation erledigt. Ihre Schweizer Mitglieder haben sich bis zum Kriegsende darauf beschränkt, sich um die Flüchtlinge zu kümmern, die sie bis dahin hatten ins Land schaffen können.«

»Und mein Vater?«

»Allem Anschein nach hat er eine schreckliche Zeit durchgemacht. Ihm war der Gedanke unerträglich, dass er durch sein Verhalten Jérômes und Suzannes Festnahme ausgelöst hatte. Monate hindurch hat er sich im Haus von Rorschach verkrochen und mit Ausnahme meines Vaters niemanden zu sich gelassen.«

»Es wundert mich, dass Ihr Vater nach dem Vorgefallenen überhaupt noch etwas mit ihm zu tun haben wollte.«

»Er fürchtete, dass sich Paul mit Selbstmordgedanken tragen könnte, und war der Ansicht, dass es bereits genug Tote gegeben hatte.«

»Aber er musste ihn doch hassen.«

Ruetlinger lächelte ihm freundlich zu.

»Er hat lieber versucht, die Menschen zu verstehen, statt sie zu verurteilen.«

»Und wie haben die anderen dazu gestanden?«

»Niemand hat je die Wahrheit erfahren. Ich bin der Einzige, dem mein Vater berichtet hat, was vorgefallen war, und er hat mich schwören lassen, das Geheimnis zu bewahren. Außenstehenden hat er mitgeteilt, die Mitglieder der Gruppe seien einem Hinterhalt zum Opfer gefallen. Im Krieg spielt der Zufall dem Menschen öfter als sonst einen Streich. Niemand hat seine Worte in Zweifel gezogen.«

»Aber warum hat er meinen Vater gedeckt?«

»Wozu einen Menschen schlagen, der bereits am Boden liegt?«

Die Nacht sank herab, als Antoine wieder in Richtung Lausanne fuhr. Von Ruetlingers Bericht erschüttert, achtete er nicht auf die hügelige Landschaft um ihn herum. *Verstehen statt verurteilen.* Gerade jetzt war er auf den weisen Rat des alten Ruetlinger angewiesen, denn je tiefer er grub, desto hässlicher zeigte sich die Fratze der Vergangenheit.

Doch immerhin hatte er aufschlussreiche Dinge erfahren. Zwar war der Wirt beinahe sicher, dass man nach Jérômes Festnahme keine Flüchtlinge mehr über die Grenze ins Land gebracht hatte, doch er hatte sich erinnert, dass er eines Nachts gegen Kriegsende von Geräuschen und Stimmen in der Gaststube wach geworden war. Er hatte sich auf Zehenspitzen hinabgeschlichen und gesehen, wie sein Vater und Paul Demarsands dabei waren, einen Mann zu verbinden, der auf einem der Tische lag und dessen Bein heftig blutete. Seiner Uniform nach, die ebenso verschlammt war wie der Anzug von Demarsands, musste er ein deutscher Offizier gewesen sein.

»Wie hat die ausgesehen?«

»Nicht graugrün wie die unserer Leute, aber auch nicht feldgrau wie in der Wehrmacht, sondern schieferblau mit Flügeln auf den gelben Kragenspiegeln. Ich kann mich gut daran erinnern, weil ich bis dahin erst einmal eine blaue Uniform gesehen hatte, und die hatte einem Piloten der Royal Air Force gehört, der zwei Jahre zuvor bei uns in der Nähe mit dem Fallschirm abgesprungen war … Aber der Mann da sprach Deutsch und nicht Englisch.«

»Lubiesz!«, war es Antoine unwillkürlich entfahren.

»Sie wissen, wer das war?«, hatte Ruetlinger überrascht gefragt und mit einem Mal argwöhnisch gewirkt.

»Ich bin nicht sicher, vielleicht. Können Sie sich erinnern, worüber die Männer gesprochen haben?«

»Dazu war nicht genug Zeit. Mein Vater hat mich gesehen

und wieder ins Bett geschickt. Später ist er dann zu mir gekommen und hat gesagt, ich soll vergessen, was ich da gesehen hatte. Er schien sehr unruhig zu sein.«

»Und wie ist es weitergegangen?«

»Am nächsten Morgen war der Offizier verschwunden. Ich habe ihn nie wiedergesehen.«

Tief in Gedanken fuhr Antoine so rasch nach Lausanne zurück, wie es ihm der Verkehr des frühen Abends gestattete. Auch jetzt sah er den blauen Mercedes nicht, der ihm geduldig folgte.

Die mexikanische Taceteria lag am oberen Ende der Rue Marterey, die sich steil bergauf wand und in der es so gut wie unmöglich war, einen Parkplatz zu finden. Es hatte wieder angefangen zu regnen, und Sophie parkte zwischen zwei riesigen Geländewagen in der Rue de Béthusy, mehrere Straßen vom Restaurant entfernt.

Während sie und Antoine darauf warteten, die Kreuzung überqueren zu können, zog er den Kopf in den hochgeschlagenen Jackenkragen und fluchte lauthals über das Wetter.

»Statt zu schimpfen, solltest du mir zur Abwechslung mal zuhören«, hielt ihm Sophie vor. Sie musste laut sprechen, um die Geräusche des Regens und der vorüberfahrenden Autos zu übertönen, die lautstark Wasserfontänen aufwirbelten. »John Webster hat mich heute Nachmittag angerufen. Er sagte, dass er alle denkbaren Datenbanken durchsucht hat, ohne den geringsten Hinweis auf ein Unternehmen *Recovery* zu finden.«

»Na ja, zumindest war es einen Versuch wert«, brummelte Antoine und klapperte vor Kälte mit den Zähnen.

»Mir ist dabei aber etwas aufgefallen«, fuhr sie unüberhörbar beunruhigt fort. »Er kam mir sehr angespannt vor und hat nicht mal verlangt, dass ich ihm verspreche, mit ihm essen zu gehen. Das sieht ihm so gar nicht ähnlich.«

»Vielleicht wirkt dein Zauber nicht mehr auf ihn, Schwesterchen. Das kommt davon, wenn man sich in einer festen Beziehung einrichtet.«

»Es ist mir ernst. Bevor er aufgelegt hat, hat er mir dringend empfohlen, die ganze Sache zu vergessen und mit niemandem darüber zu reden. Ach ja, und er hat aus einer Telefonzelle angerufen. Findest du das nicht sonderbar?«

Bevor er eine Antwort darauf geben konnte, sprang die Fußgängerampel auf Grün, und sie setzten den Fuß auf den Zebrastreifen.

Danach ging alles so schnell, dass Antoine lediglich eine Abfolge von zusammenhanglosen Empfindungen hatte. Der heftige Stoß gegen seinen Rücken, der Sturz mit dem Kopf voran in Richtung auf den Gehweg. Das Aufheulen eines Motors, das Kreischen von Reifen. Der Arm, den er instinktiv vor den Kopf gelegt hatte, um ihn zu schützen. Die entsetzten Schreie der Menschen um ihn herum.

Und dann der fürchterliche Schmerz, als er auf den Asphalt aufschlug.

Der Regen lief ihm in die Augen, und es fiel ihm schwer, die Gesichter der Menschen um sich herum zu erkennen. Benommen wie ein Boxer nach einem Niederschlag richtete er sich mühselig auf. Er versuchte aufzustehen, schwankte und spürte, als er wieder hinzufallen drohte, wie ihn zwei kräftige Hände auffingen.

»Fehlt Ihnen nichts?«, erkundigte sich ein Mann mit einer stark vom örtlichen Akzent gefärbten Stimme. Er trug einen Hut und einen langen Mantel und half ihm, sich auf den Beinen zu halten. Bevor Antoine etwas antworten konnte, war Sophie bei ihm und strich ihm über die Wange.

»Bist du verletzt? Sag etwas, bitte!«

»Es … es geht.«

Er rieb sich den Arm und versuchte vorsichtig, die Schulter zu bewegen, wobei er das Gesicht vor Schmerzen verzog. Sie mochte verrenkt sein, aber gebrochen war wohl nichts. Sein linkes Knie schmerzte ebenfalls, doch konnte er es ohne allzu große Schwierigkeiten beugen. Seine Jeans allerdings wies dort einen langen Riss auf.

»Großer Gott, du blutest ja!«, rief Sophie aus.

Antoine folgte ihrem Blick; aus einer Schnittwunde in der Handfläche liefen ihm dünne Blutfäden über die Finger.

»Das Krankenhaus ist hier gleich um die Ecke. Ich bringe dich zur Notaufnahme.«

»Es geht schon. Mach dir keine Sorgen, es ist nur eine Schnittwunde.« Er wies auf das beleuchtete grüne Kreuz einer Apotheke. »Da genügen ein paar Tropfen Jodtinktur und ein Pflaster. Du willst doch deine Freunde nicht etwa warten lassen?«

»Vergiss das Abendessen. Du musst dich hinlegen und brauchst Ruhe.«

»Was ich wirklich brauche, ist ein Glas Tequila – besser noch zehn. Keine Sorge, es geht schon.« Er lächelte ihr beruhigend zu, bevor er seine Aufmerksamkeit auf den Mann neben ihm richtete.

»Er hat dir das Leben gerettet«, sagte Sophie. »Wenn er dich nicht rechtzeitig zur Seite gestoßen hätte, hätte dich das Auto überfahren.«

»Ich weiß nicht, wie ich Ihnen danken soll«, sagte Antoine und hielt ihm die unverletzte Hand hin.

»Ach was, schon gut«, gab der Unbekannte mit bescheidenem Lächeln zurück. »Es tut mir leid, dass ich Sie zu Boden werfen musste, aber wenn ich es nicht getan hätte, wären Sie unter den Rädern des Verkehrsrowdys gelandet, der einfach bei Rot durchgefahren ist. Ich hoffe, Ihnen fehlt nichts.«

»Ich bin ein bisschen durchgeschüttelt, komme aber bestimmt bald wieder auf die Beine. Ich bin Ihnen zu großem Dank verpflichtet. Gestatten Sie, dass ich Sie zu einem Glas einlade? Das ist das Mindeste, was ich tun kann.«

»Vielen Dank, aber ich komme ohnehin bereits zu spät zum Abendessen. Beim nächsten Mal«, fügte der Mann in scherzhaftem Ton hinzu. »Und vergessen Sie nicht, nach links und rechts zu sehen, bevor Sie die Straße überqueren.«

Bevor ihn Antoine oder Sophie nach seinem Namen fragen konnte, war er verschwunden.

KAPITEL 6

Der richtigen Seite folge ich bis ins Feuer,
aber nur, wenn ich kann.
(MICHEL EYQUEM DE MONTAIGNE)

Freitag, 21. Februar 1997

Die Sandsteinfassade ragte vor ihm auf: vier Stockwerke un-
verfälschter calvinistischer Schmucklosigkeit, an der man seit
Jahrhunderten nichts verändert hatte. In den Augen eines Un-
kundigen war es nichts weiter als ein trübes Gebäude inmitten
vieler gleicher, aber der Reichtum darin machte den Mangel
an architektonischem Reiz mehr als wett. Auf dem Schild aus
Gussbronze neben der Panzerglastür stand lediglich »D., C. &
Cie«. Wie die meisten Schweizer Privatbanken legte man bei
Demarsands, Conti und Compagnie keinen Wert darauf, die
Öffentlichkeit auf sich aufmerksam zu machen; jeder, der ge-
nug Geld hatte, um als Kunde infrage zu kommen, kannte den
Ruf der Bank ohnehin.

Antoine hatte noch nicht auf den Klingelknopf gedrückt, als
sich die Tür geräuschlos öffnete und den Blick auf eine Eingangshalle freigab, die aus einem einzigen Block Carraramar-
mor herausgehauen zu sein schien.

»Monsieur Demarsands, welch angenehme Überraschung!«,
rief der ältere der beiden Angestellten hinter dem Empfangs-
schalter aus, der dem in einem Luxushotel zum Verwechseln

ähnlich sah. Antoine wusste, dass der riesige Spiegel mit dem vergoldeten Rahmen dahinter eine hochtechnische Einrichtung zur Videoüberwachung des ganzen Raums verbarg. Der zweite Angestellte hatte sich bisher damit begnügt, ausdruckslos zu ihm hinzusehen, als versuche er festzustellen, ob der in verwaschene Jeans und Lederjacke gekleidete Neuankömmling ein Jetsetter war, den man respektvoll behandeln musste, oder ein Penner, den er ohne Umstände auf die Straße setzen durfte. Doch als er den Namen hörte, legte sich ein unterwürfiges Lächeln auf seine Züge.

»Ich freue mich, Sie zu sehen, Alfred. Das letzte Mal ist schon so lange her! Ich dachte, Sie seien inzwischen im Ruhestand … Haben Sie nicht allmählich die Nase voll von der Bude hier?«

»Zum Jahresende ist es so weit.« Der Mann zwinkerte ihm zu, bevor er halblaut hinzufügte: »Danach gehe ich jeden Tag angeln und brauche, Sie wissen schon wen, nie wieder zu grüßen.«

Antoine erwiderte sein Lächeln. Sein Vetter war bei den Mitarbeitern der Bank nicht sonderlich beliebt.

»Sind Sie hier, um Ihren Bruder zu besuchen?«

»Ehrlich gesagt habe ich eine Verabredung mit Monsieur Dufour.«

»Sehr wohl. Ich werde ihn von Ihrer Ankunft in Kenntnis setzen. Jean bringt Sie dann nach oben.«

Bei diesen Worten erhob sich der junge Mann und ging ihm zum Aufzug voraus, während Alfred den Telefonhörer abnahm. Kein Besucher der Bank durfte unbegleitet die oberen Stockwerke aufsuchen. Von dieser Vorschrift wurde nicht einmal für die Angehörigen des Hauptgesellschafters eine Ausnahme gemacht.

Im dritten Stock führte der junge Mann Antoine schweigend in ein mit einem Schreibtisch und Sesseln im Stil der Restaurationszeit elegant eingerichtetes kleines Empfangszimmer. Dicke Wandteppiche schluckten jedes Geräusch. *Der Beichtstuhl eines Finanzmagnaten.* Antoine hätte nicht sagen können, wie oft er selbst Kunden in solchen Räumen empfangen hatte – meist, um mit ihnen über ihre Anlagestrategie zu sprechen oder Scheinunternehmen zu gründen, die dazu dienen sollten, die Zahlung von Steuern zu vermeiden oder Erbfolgegesetze zu umgehen. Mitunter war es auch um persönlichere Dinge gegangen, wie beispielsweise das Arrangement eines diskreten Zusammentreffens mit bezahlten männlichen oder weiblichen Begleitern. All das hatte zu seinen täglichen Aufgaben gehört, bis er genug davon gehabt und sich entschieden hatte, nach Amerika zu gehen, um Rechtswissenschaft zu studieren und sich dort auf immer niederzulassen.

Jetzt fühlte sich Antoine in diesen Wänden fremd. Schlimmer noch, er war inzwischen selbst einer jener Erben, die herkamen, um sonderbare Fragen über das Vermögen ihrer verstorbenen Eltern zu stellen, kaum dass der Sarg geschlossen war.

Dufour wird mich für verrückt halten.

Die Tür öffnete sich hinter ihm. Er brauchte sich nicht umzudrehen, sondern erkannte am vertrauten Geruch des Rasierwassers *Grey Flannel,* wer da kam.

»Antoine, wie schön, Sie wiederzusehen, auch wenn der Anlass überaus betrüblich ist.«

Pierre Dufour war einer jener Menschen, denen die Zeit anscheinend nichts anhaben kann. Kahl und spindeldürr, wirkte er mit seinem unmäßig langen Hals wie eine Kreuzung zwischen einem Fischreiher und einem ausgehungerten Geier. Antoine hatte den Mann mit der sanften Stimme stets gut leiden können, der mit seinem Geist und umfangreichen Wissen eine angenehme Ausnahme in der gewöhnlich von eingebildeten Aufschneidern bevölkerten Finanzwelt bildete.

Statt hinter dem Schreibtisch Platz zu nehmen, setzte sich

der Bankier in einen der Sessel und forderte Antoine auf, es ihm gleichzutun. Auf diese Weise gab er unauffällig zu verstehen, dass sie auf Augenhöhe miteinander reden würden, was dem Jüngeren sogleich jede Befangenheit nahm.

»Wenn Sie gekommen sind, um mir zu sagen, dass Sie von Ihrem hektischen Dasein als Hollywood-Anwalt die Nase voll haben und lieber wieder mit Ihrem einstigen Mentor zusammenarbeiten möchten, ließe es sich unter Umständen einrichten, dass Sie wieder Ihr früheres Büro bekommen... Aber ich muss Sie warnen: Wir können Ihnen auf keinen Fall so viel bezahlen, wie Sie dort verdienen!«

»Vielen Dank für das äußerst verlockende Angebot«, sagte Antoine und lachte, »aber der häufige Anblick meines Vetters wäre meiner Gesundheit abträglich. Da sind mir die Luftverschmutzung und die Erdbeben entschieden lieber! Auf jeden Fall hat sich hier nichts verändert. Man hat immer noch den Eindruck, in einem Luxusbordell zu sein.«

»Es ist unser Bestreben, der Kundschaft eine angenehme Umgebung zu bieten«, sagte Dufour mit feinem Lächeln, »und angesichts der Provisionen, die wir in Rechnung stellen, müssen wir schon ein entsprechendes Ambiente wählen. Doch ich bezweifle, dass Sie gekommen sind, um mit mir über Innenarchitektur zu reden. Was kann ich für Sie tun?«

»Sie haben seit unserer Rückkehr in die Schweiz das Vermögen meines Vaters verwaltet, und ich vermute, dass Sie das auch weiterhin getan haben, als meine Mutter es nach seinem Tod geerbt hat?«

»In der Tat. Wir sind gerade dabei, die Liste der Depotbestände und sonstigen Konten für Ihre Geschwister und Sie aufzustellen. Aber ich muss Sie darauf hinweisen, dass sich der Gesamtbetrag bei Weitem nicht auf die Summe beläuft, die bestimmte Zeitungen genannt haben.«

Antoine lächelte. Er konnte es Dufour, der sich täglich mit der Habgier seiner Kunden konfrontiert sah, nicht verübeln, dass er seinen Besuch falsch gedeutet hatte.

»Mir geht es nicht um die Beträge auf den Konten, und niemand weiß besser als ich, dass die Vermögenswerte bei Ihnen in den bestmöglichen Händen sind.«

Dufour dankte ihm mit einem leichten Neigen des Kopfs für das Kompliment.

»Mir ist klar, dass Ihnen meine Frage sonderbar erscheinen mag…« Er unterbrach sich, während er die Worte seiner Mutter zu hören glaubte. »Aber ich versuche, bestimmten Zahlungen auf die Spur zu kommen, die mein Vater gegen Ende der Sechziger- oder Anfang der Siebzigerjahre zugunsten eines gewissen Joseph getätigt hat. Meinen Sie, ich könnte da mal in den Unterlagen nachsehen?«

»Als Nutznießer des Vermögens Ihrer Eltern haben Sie selbstverständlich das Recht auf Einsicht in alle diesbezüglichen Unterlagen. Aber darf ich mich nach dem Grund Ihrer Nachforschung erkundigen?«

»Ich vermute, dass dieser Joseph meinen Vater erpresst hat. Sollte es sich in der Tat so verhalten, möchte ich in Erfahrung bringen, warum.«

Der Bankier schwieg einen Augenblick.

»Ihre Vermutung ist begründet«, gab er schließlich mit unverändert gleichmütiger Stimme zurück. »Ihr Vater war tatsächlich Opfer einer Erpressung. Aber Sie können sich die Mühe sparen, in den Unterlagen nachzusehen, um ihr auf die Spur zu kommen.«

»Wieso das?«

»Weil sie immer noch andauert.«

»Wir bitten um Ihre Aufmerksamkeit«, ertönte eine Stimme aus den Lautsprechern des Frankfurter Flughafens. »Wegen heftiger Schneefälle im Süden Polens wird der Flug nach Krakau mit der Flugnummer LOT 398 ausnahmsweise in Warschau landen, von wo der Transfer per Autobus erfolgt. Fluggäste, die umbuchen oder ihren Flug stornieren wollen, werden gebeten, sich am Schalter der Gesellschaft zu melden. Wir bitten alle Betroffenen um Entschuldigung.«

»Das hat noch gefehlt«, murmelte Antoine.

Immerhin entdeckte er am Ende der Fluggastbrücke erfreut eine nagelneue Boeing anstelle der klapprigen Tupolew, auf die er sich insgeheim eingestellt hatte. Offensichtlich hatte es seit dem Fall des Eisernen Vorhangs Fortschritte gegeben. Das Innere der Maschine war ebenso blitzsauber und sein Sitz in der Ersten Klasse ebenso bequem wie in der Swissair MD-80, mit der er eine Stunde zuvor aus Genf angekommen war. Besonders zu schätzen wusste er, dass er vor dem Start zwischen Wodka und Champagner wählen durfte.

»Zweifellos machen die Polen den besten Wodka, finden Sie nicht auch?«, bemerkte der rotgesichtige Mann neben ihm auf Englisch.

»Davon bin ich überzeugt.«

»Johannes van der Brock aus Brüssel«, fügte sein Nachbar hinzu und hielt ihm eine fleischige Hand hin.

»Antoine Demarsands, angenehm.«

»Zum ersten Mal in Polen?«

»Ja.«

»Ein angenehmes Land, wenn man es ein wenig kennt. Das Essen ist nicht übermäßig gut, aber die Frauen sind ausgesprochen ... liebenswürdig. Meine Firma macht Geschäfte mit mehreren Stahlwerken um Krakau und Kattowitz herum. Ich fliege mindestens zweimal im Monat da hin. Wo werden Sie absteigen?«

»Im *Demel*«, gab Antoine zurück, während er überlegte, wie er wieder die Lektüre seiner Zeitschrift aufnehmen konnte, ohne unhöflich zu wirken.

Der Mann billigte das mit einem Nicken.

»Gutes Hotel, wenn auch ein bisschen weit vom Zentrum entfernt. Probieren Sie beim nächsten Mal das *Francuski* oder das *Grand Hotel*, die liegen beide mitten im *stare miasto*, der Altstadt. Reisen Sie geschäftlich?«

»Nein, privat.«

»Krakau wird Ihnen gefallen. Wissen Sie, dass das die einzige polnische Großstadt ist, die im Krieg nicht zerstört worden ist? Das liegt daran, dass die Nazis sie zur Hauptstadt ihres Generalgouvernements gemacht hatten.«

»Faszinierend.« Um dem auf ihn einstürmenden Schwall touristischer Ratschläge ein Ende zu bereiten, stellte Antoine seinen Sessel in Ruheposition und schloss die Augen.

Sprachlos hatte er Dufours Enthüllung angehört.

»Mein Vater ist seit fast zehn Jahren tot. Wie konnte die Erpressung da so lange weitergehen?«

»Ich habe allen Grund zu der Annahme, dass sie nach wie vor nicht beendet ist. Sehen Sie, Anfang der Siebzigerjahre hat Ihr Vater ein Nummernkonto eröffnet und einen Dauerauftrag erteilt: Zweimal jährlich musste einer bestimmten Person der Betrag von zwanzigtausend Dollar ausgezahlt werden, und zwar vorbehaltlich eines Widerrufs durch Ihren Vater bis zum Tode des Empfängers. Das Konto war hinreichend kapitalisiert, um diese Zahlungen zu ermöglichen, und Ihr Vater hat den Auftrag nie widerrufen. Nach seinem Dahinscheiden habe ich Ihre Mutter gefragt, ob er hinsichtlich dieses Kontos Anweisungen hinterlassen habe, doch das war nicht der Fall. Offenbar war ihm bewusst, dass die Bedrohung mit seinem Tod nicht aufhören würde.«

»Könnte er es nicht einfach vergessen haben?«

»Das ist denkbar, aber wenig wahrscheinlich. Sie haben Ihren Vater besser gekannt als ich. Trotz seiner … Krankheit hat er seine Finanzen stets mit äußerster Umsicht verwaltet.«

»Worauf gründet sich die Erpressung?«

»Das entzieht sich meiner Kenntnis. Aus Andeutungen Ihres Vaters über Zwänge, denen er unterlag, habe ich geschlossen, dass es sich um etwas Anrüchiges handeln musste. Doch mehr hat er mir darüber nie anvertraut.«

»Und Sie haben ihn auch nicht danach gefragt?«

»Dazu hatte ich nicht das Recht. Sie wissen doch: ›Es ist nicht unsere Aufgabe, nach Gründen zu suchen …‹«

»… sondern Geld zu verdienen und anzuhäufen.‹ Ja, das ist mir bekannt.«

»Eine interessante Abwandlung des Gedichts von Tennyson über die Attacke der leichten Kavallerie im Krimkrieg. Ich wusste immer schon, dass Sie das Zeug zu einem ganz großen Bankier haben.«

»Ich hatte einen guten Lehrer. Und wie heißt dieser erpresserische Widerling?«

»Józef Pulapka. Er lebt in Krakau.«

Die Maschine geriet in Turbulenzen. Der belgische Geschäftsmann, der damit beschäftigt war, seinen Teller mit einem Stück Brot restlos zu säubern, hatte nicht gemerkt, dass sein Sitznachbar die Augen leicht geöffnet hatte. Um das Schicksal nicht herauszufordern, schloss Antoine sie sofort wieder.

Dufour zufolge wurde das erpresste Geld nicht durch Banküberweisung weitergeleitet, was unter dem kommunistischen Regime auch gar nicht möglich gewesen wäre, von der Gefahr ganz zu schweigen, dass die polnischen Behörden der Sache auf die Spur kamen. Daher hatte seither zweimal im Jahr ein Kurier dem Empfänger das Geld in bar zu eigenen Händen überbracht, zusammen mit einer Flasche Cognac Hennessy XO.

»Wozu der Cognac?«

»Keine Ahnung. Vermutlich hat der Mann einen Hang zum Luxus.«

Da bei jeder Geldübergabe eine Quittung unterschrieben worden war, nahm Dufour als sicher an, dass jener Pulapka noch lebte.

»Es sei denn, dass jemand seine Unterschrift fälscht«, gab Antoine zu bedenken.

»Das müssten Sie schon selbst feststellen.«

»Aber wie ist es Ihnen denn überhaupt gelungen, zweimal jährlich dort einen *passeur* hinzuschicken?«

Als Dufour das Wort *passeur* hörte, runzelte er die Stirn. Zwar wurde es in Genfer Finanzkreisen häufig benutzt, doch schätzte er es ganz und gar nicht, weil ihm seiner Ansicht nach Anklänge an den Drogenhandel anhafteten.

»Seit es den Eisernen Vorhang nicht mehr gibt, bedienen wir uns einer Korrespondenzbank in Warschau. Davor war es etwas schwieriger. Sagen wir, dass sich das Diplomatengepäck in diesem Zusammenhang sehr bewährt hat.«

»Im Ernst?« *Enthält das verfluchte Diplomatengepäck eigentlich jemals wirklich diplomatische Post?* »Vierzigtausend Dollar pro Jahr sind doch eigentlich kein Betrag, für den man eine solche Gefahr auf sich nimmt.«

»Vergessen Sie nicht, dass der Gegenwert in Polen das Jahresgehalt eines Ingenieurs bei Weitem übersteigt – und vor fünfundzwanzig Jahren war das Verhältnis noch deutlich günstiger.«

»Ist Ihnen bekannt, warum mein Vater die Polizei nicht eingeschaltet hat?«

»Ich habe ihm das dringend nahegelegt, aber er hat sich entschieden dagegen ausgesprochen. Ohnehin dürfte das wohl zu nichts geführt haben. Damals waren wir mitten im Kalten Krieg, da pflegten polnische Behörden nicht mit den unseren zusammenzuarbeiten.«

Antoine hatte kaum genug Zeit gehabt, sein Hotel aufzusuchen und dies und jenes zusammenzupacken, bevor er zum Flughafen eilte. Es war dem für die Bank tätigen Reisebüro gelungen, in letzter Minute noch einen Platz in der Maschine für ihn zu reservieren, deren Abflug unmittelbar bevorstand. Vom Flughafen aus hatte er versucht, Sophie zu erreichen, doch Madeleine hatte ihm eisig wie immer mitgeteilt, seine Schwester werde erst am Spätnachmittag zurückkommen.

»Zweifellos ist Ihnen bekannt, dass sie morgen früh nach New York zurückkehrt? Wenn ich nicht irre, nimmt sie da an buddhistischen Meditationsübungen teil, die am Sonntag anfangen. Sie wird also mehrere Tage nicht zu erreichen sein.«

Mist, hatte ich ganz vergessen.

»Bitte grüßen Sie sie herzlich von mir und sagen Sie ihr, dass ich sie nächste Woche anrufe.«

Die Flugbegleiterin schüttelte Antoine sacht an der Schulter und bat ihn, für den Landeanflug den Sicherheitsgurt anzulegen.

In wenigen Minuten würde er auf der Suche nach dem Mann, der seinen Vater noch jenseits des Grabes erpresst hatte, Polen betreten, ein Land, von dem er nichts wusste und das ihn nicht im Geringsten interessierte – alles in der Hoffnung, eine Wahrheit zu entdecken, die nicht zu erfahren zweifellos besser wäre.

Was Bescheuerteres als das, was ich da vorhabe, kann es ja wohl nicht geben.

Ebenso wie die anderen Fluggäste, deren Ungeduld immer mehr zunahm, ging Antoine auf dem vereisten Gehsteig vor dem Abfertigungsgebäude auf und ab, während er auf den Pendelbus wartete. Von Zeit zu Zeit kündigte ein erschöpft wirkender Angestellter der Fluggesellschaft LOT an, die Busse seien unterwegs. Gerade als Antoine, dem seine Lederjacke kaum Schutz vor der eisigen Luft bot, ins Innere des Gebäudes zurückkehren wollte, trat van der Brock auf ihn zu.

»Schlechte Nachrichten. Es kann noch Stunden dauern, bis die Busse kommen«, teilte er ihm mit, wobei seinem Mund Dampfwölkchen entquollen. »Ich spreche Polnisch, und so ist es mir gelungen, diese Auskunft einem Burschen von der LOT aus der Nase zu ziehen. Wie es aussieht, kann sich die Luftfahrtgesellschaft nicht mit den Busfahrern über die Bezahlung der Überstunden einigen. Wie ich die Polen kenne, können sich die Verhandlungen noch lange hinziehen.«

Antoine verdrehte die Augen. »Großartig! Falls Sie außer der schlechten auch noch eine gute Nachricht haben sollten, muss die aber verdammt gut sein.«

»Der Deutsche da drüben hat einen Taxifahrer aufgetrieben, der noch nicht Feierabend gemacht hat. Der Mann ist bereit, uns für vierhundert Dollar nach Krakau zu fahren. Durch drei geteilt ist das ein durchaus akzeptabler Preis. Vor allem wären wir schon an Ort und Stelle, während sich die armen Säcke hier noch die Beine in den Bauch stehen. Sind Sie mit von der Partie?«

»Sofort.«

Es war fast drei Uhr morgens, als Antoine endlich das von ihm gebuchte Hotel erreichte, dessen Eingang im Schneesturm kaum zu erkennen war. Tiefe Stille lag über der nur schwach beleuchteten Hotelhalle. Die Angestellte am Empfang beugte sich über ein dickes Buch. Als sie Schritte hörte, hob sie den Kopf und lächelte. Sogleich vergaß Antoine die

Stunden der anstrengenden Fahrt durch Dunkelheit und Schneetreiben.

»Sie müssen Mr Demarsands sein«, sagte die junge Frau in einem von einem leichten Akzent gefärbten Englisch.

»Wie sind Sie darauf gekommen?«

»Außer Ihnen sind alle angemeldeten Gäste im Haus, und bei diesem Wetter sind alle längst zu Bett gegangen.«

Während ihm die seiner Schätzung nach knapp zwanzigjährige Frau mit großen grünen Augen, vollen Lippen und Sommersprossen um die kleine Nase herum, die ihr das Aussehen unwiderstehlich schalkhafter Unschuld verliehen, das Anmeldeformular und einen Stift hinschob, wanderte sein Blick zu ihrem vielversprechenden Dekolleté. Sogleich zog sie ihre Kostümjacke enger zusammen.

»Unglaublich, dass Sie es in einer solchen Nacht bis zu uns geschafft haben.«

»Das können Sie laut sagen«, murmelte Antoine, der versuchte, sich auf das Formular zu konzentrieren. »Sie müssen sich hier ganz schön allein fühlen«, fügte er hinzu und bedauerte die ungeschickte Äußerung sogleich.

»Ich arbeite gern nachts. Das gibt mir Zeit für mein Studium.« Sie schenkte ihm ein weiteres entwaffnendes Lächeln. »Ich studiere Jura, sozusagen als Werkstudentin.«

Antoine lächelte breit. »Tut mir leid für Sie.«

»Wieso?«

»Zufällig bin ich Anwalt. Wissen Sie, was man in Los Angeles über uns sagt? Dass wir teurer sind als Prostituierte und sehr viel weniger Vergnügen bereiten.«

Sie lachte herzlich.

»Jetzt tut es mir leid für Sie. Vielleicht sollten Sie sich in Polen niederlassen. Hier achtet man Anwälte ebenso sehr wie Ärzte und kaum weniger als Priester.«

»Ärzte sind bei uns auch nicht besonders hoch angesehen. Und Priester…« Er zuckte die Achseln und sagte sich, dass es in einem so katholischen Land das Beste sein dürfte, das Thema auszusparen. »Was verdient man denn als Anwalt hier so?«

»Mein Vater ist Sozius in einer Kanzlei und verdient ungefähr eine Million Zloty pro Jahr«, teilte sie ihm voll Stolz mit.

Das sind ja nur sechzigtausend Dollar! Ich glaube, da mach ich weiter die Edelnutte in L. A.

»Möchten Sie morgen früh geweckt werden, Mr Demarsands?«

»Ja, bitte. Um neun Uhr. Vielen Dank.«

»Ich wünsche Ihnen eine gute Nacht.« Nach einem letzten Blick aus ihren smaragdgrünen Augen wandte sie sich erneut ihrem Buch zu.

Trotz seiner Erschöpfung fand Antoine eine ganze Weile keinen Schlaf. Während er im Dunkeln dalag, musste er immer wieder an etwas denken, das van der Brock gesagt hatte.

Um die Zeit totzuschlagen, während ihr Taxi über die verschneite Straße fuhr, hatte Antoine ihm Pulapkas Adresse gezeigt und ihn gefragt, wie er dort hinfinden könnte. Der Belgier hatte das Blatt ergriffen und versucht, Antoines Krakelschrift zu entziffern.

»Pulapka ist ein ziemlich seltener Name. Er klingt wie aus dem Deutschen übersetzt. He, Hans!«

Der deutsche Geschäftsmann, der eingeschlafen war, fuhr auf seinem Sitz hoch und fragte: »Was ist los?«

»Wie heißt *Schlinge* auf Englisch? Es liegt mir auf der Zunge.«

»*Snare*. Eine Schlinge ist eine Falle, wie sie beispielsweise Wilddiebe auslegen, um Vögel zu fangen.«

»Seien Sie froh, dass Sie kein Hühnchen sind, mein Freund, sonst würden Sie mit dem Kerl Ärger bekommen.«

KAPITEL 7

»... wenn du lange in einen Abgrund blickst,
blickt der Abgrund auch in dich hinein.«
(FRIEDRICH NIETZSCHE)

Samstag, 22. Februar 1997

Antoine befolgte van der Brocks Rat und fuhr aus dem Nord-
osten der Stadt, wo sein Hotel lag, mit der Straßenbahn, die
sich quietschend durch die morgendlichen Staus voranarbei-
tete, über den langen Boulevard Królewska in die Altstadt. Da
der Schnee inzwischen in Regen übergegangen war, bedeckte
schmutziger Schneematsch die Straßen. Während sich die Straßenbahn der Altstadt näherte, machten die trostlosen Platten-
bauten der kommunistischen Ära eleganten Renaissance- und
Barockhäusern Platz. An der Haltestelle vor dem Planty-Park,
der Krakaus Altstadt dort, wo einst die Stadtmauern gestanden
hatten, als Grüngürtel umgibt, bewunderte Antoine die herrliche Architektur der Stadtpaläste aus dem 15. Jahrhundert und
ein Stück weiter die beiden eindrucksvollen Türme der goti-
schen Kirche der heiligen Magd Maria.

Mit seinem Päckchen unter dem Arm folgte er van der
Brocks Wegbeschreibung und fand sich nach einer Weile in der
Garncarska-Straße. Das Haus Nummer 21 mit der Fassade in
verblichenem Maria-Theresia-Gelb wirkte baufällig. Drei Satellitenschüsseln auf dem Dach bildeten einen sonderbaren Kon-

trast zum Zustand des Ganzen. Antoine holte tief Luft und drückte die schwere Haustür auf.

Eine schmale Treppe, auf der es durchdringend nach Katzenurin und gekochtem Kohl roch, führte nach oben. Schon bald stand er vor der Tür der Wohnung 2-D. *Der Augenblick der Wahrheit.* Zögernd klopfte er. Anfangs hörte er nichts als den Pulsschlag in seinen Schläfen. Dann näherten sich schleppend Schritte, und es kam ihm vor, als werde er beobachtet. Entschlossen richtete er den Blick auf den Türspion.

»*Co czy to?*«, ertönte eine raue Stimme durch die Tür.

Darauf sagte Antoine mit zaghafter Stimme: »*Przepraszam. Czy mówisz po engielsku?*« Hoffentlich hatte er sich die polnische Entsprechung des Satzes »Entschuldigen Sie, sprechen Sie Englisch?«, die ihm der Belgier am Vorabend beigebracht hatte, richtig gemerkt. *Und wenn das, was ich jetzt gesagt habe, eine tödliche Beleidigung ist?*

»Was wollen Sie?«, fragte der Mann mit deutlichem Akzent und unüberhörbar verärgert.

»Herr Pulapka?«

»Wer sind Sie?«

»Ich heiße Antoine Demarsands. Es tut mir leid, unangemeldet zu kommen, aber mir war Ihre Telefonnummer nicht bekannt. Ich würde gern über eine wichtige Angelegenheit mit Ihnen sprechen.«

»Kann ich einen Ausweis sehen?«

Antoine zögerte einen Augenblick und schob dann seinen kalifornischen Führerschein unter der Tür durch. Nach kurzer Stille hörte er das Knirschen eines Riegels, und die Tür öffnete sich.

Der alte Mann, der im karierten Morgenmantel vor ihn trat, war ausgesprochen dürr und hielt sich erstaunlich aufrecht, obwohl er Antoines Schätzung nach weit über die achtzig sein musste. Eine gelblich weiße Haarsträhne fiel ihm ins Gesicht voller Altersflecken.

»Auf dem Foto sind Sie aber dicker«, teilte er Antoine mit, während er ihm den Führerschein zurückgab und ihn mit seinen blauen Augen durchdringend musterte. »Sind Sie krank?«

»Nein, ich halte mich fit«, gab Antoine zurück, den die sonderbare Frage befremdete. Mit einem Mal fiel ihm das Päckchen ein, das er unter dem Arm trug, und er fügte hinzu: »Ich habe Ihnen Cognac mitgebracht. Ich glaube, Sie trinken gern Hennessy XO.«

Der Alte nahm den Karton entgegen und führte Antoine in ein mit exquisiten antiken Möbeln und ausgesuchten Orientteppichen eingerichtetes Wohnzimmer, das sich mit dieser Fülle von Kostbarkeiten scharf vom Gesamtzustand des heruntergekommenen Gebäudes abhob. Wortlos füllte er zwei Kristallgläser bis zum Rand, gab eines seinem Besucher und wies auf das Sofa, bevor er sich selbst in einen tiefen Sessel sinken ließ. Schweigend tranken sie, wobei Antoine kaum mehr als seine Lippen benetzte, während Pulapka mit erkennbarem Genuss große Schlucke nahm.

»Ihr Name sagt mir was«, erklärte er schließlich. »Wer sind Sie und was tun Sie hier?«

»Ich bin der Sohn von Paul Demarsands. Ich denke, Sie erinnern sich an ihn.«

»Der Sohn des berühmten Architekten! Es ist mir eine Ehre, Sie kennenzulernen.« Der Sarkasmus in Pulapkas Stimme ließ kaum Zweifel an seiner Geringschätzung.

Antoine hatte lange überlegt, was er sagen sollte, und sogar erwogen, sich als Angestellter der Bank auszugeben, den man mit einer Sendung außer der Reihe beauftragt hatte. Doch jetzt, als er Pulapka gegenübersaß, wurde ihm klar, dass sich dieser Mann davon nicht hätte hinters Licht führen lassen.

»Ich würde Ihnen gern dasselbe sagen können, aber die Art Ihrer Beziehung zu meinem Vater hindert mich daran, Ihre Begeisterung zu teilen.«

Der Alte lächelte und hob drohend einen Finger, als wolle er ein ungezogenes Kind tadeln.

»Ts, ts. Ist das eine Art, mit einem Älteren zu sprechen? Und wenn ich Ihnen jetzt sagte, dass Sie verschwinden sollen?«

Antoine sah ihn ungerührt an.

»Dann wäre ich gezwungen, die Behörden von Ihrem erpresserischen Treiben in Kenntnis zu setzen.«

Pulapka zuckte die Achseln.

»Falls Sie zur Polizei gehen, würde mir nichts anderes übrig bleiben, als dort offenzulegen, was ich über Ihren Vater weiß. Sie dürfen mir glauben, das ist ziemlich übel.«

»Genau deshalb bin ich hier – ich würde gern erfahren, was Sie wissen, und ehrlich gesagt ist es mir gleichgültig, auf welchem Wege ich an dieses Wissen gelange. Natürlich wäre es mir lieber, das von Ihnen in der Behaglichkeit Ihres Wohnzimmers zu hören. In dem Fall würde ich auch, trotz allem Abscheu, den ich gegenüber Ihrem Verhalten empfinde, dafür sorgen, dass die Zahlungen weitergehen, die es Ihnen erlaubt haben, sich hier so prächtig einzurichten. Sollten Sie sich aber weigern oder mir auch nur ansatzweise den Eindruck vermitteln, dass Sie mir einen Bären aufbinden, schwöre ich bei Gott, dass ich Sie ungeachtet Ihres Alters hinter Gitter bringe. Die Entscheidung liegt bei Ihnen.«

Pulapkas Gesichtsausdruck blieb undurchdringlich. Nach längerem Schweigen erhob er sich langsam und trat zu einem kleinen Schreibtisch. Nachdem er dort etwas aus einer Schublade genommen hatte, kehrte er zu seinem Sessel zurück und hielt Antoine ein an den Rändern eingerissenes vergilbtes Foto hin. Es zeigte einen strammstehenden jungen SS-Offizier in seiner schwarzen Ausgehuniform mit Reitstiefeln und einem Dolch am Gehänge. An der Mütze erkannte man den Totenkopf, der traurige Berühmtheit erlangt hatte. Ein Blick auf seine Augen genügte, um den Mann zu erkennen.

»Das war ich, in den guten alten Zeiten.«

»Na ja.« Antoine gab ihm das Foto zurück, als ob es ihm die Hände verbrannt hätte. »Warum zeigen Sie mir das?«

»Das ist sozusagen meine Visitenkarte. Sie haben sich mir gegenüber identifiziert, und da ist es nur recht und billig, dass ich mich revanchiere. Vielleicht wissen Sie es nicht, aber der Wahlspruch der SS war *Meine Ehre heißt Treue.*«

Ein Ausdruck von Stolz, der Antoine unangenehm berührte, ließ die Augen des Alten aufleuchten.

»Aber wieso sind Sie als Pole der SS beigetreten?«

»Ich bin Österreicher«, stieß Pulapka hervor. »Polen sind unwissende Schweine.«

»Ist es in dem Fall nicht eigenartig, dass ein ehemaliger österreichischer SS-Mann Zuflucht in Polen sucht?«

»Das ist eine lange Geschichte.«

»Lassen Sie sich Zeit, Herr Pulapka, ich bin ganz Ohr.«

Daraufhin begann Pulapka mit zufriedenem Lächeln zu berichten. »Eigentlich heiße ich Joseph Schlinge. Ich bin 1912 in Wadowice zur Welt gekommen, das damals, wie übrigens, ganz nebenbei bemerkt, auch Krakau und alle polnischen Gebiete südlich der Weichsel, zur österreich-ungarischen Provinz Galizien gehörte. Als der Ort nach dem Ersten Weltkrieg an Polen fiel, haben sich meine Eltern, obwohl beide österreichische Staatsbürger waren, entschlossen dortzubleiben, weil mein Vater in Wadowice ein kleines Unternehmen betrieb. Als er 1928 starb, hat meine Mutter es verkauft und ist mit mir nach Wien gegangen, wo noch Angehörige von ihr lebten. Ich hatte gerade das Gymnasium abgeschlossen und sprach Polnisch ebenso geläufig wie Deutsch. Einer meiner Onkel hat mir Arbeit in einer Bank verschafft, und damit haben meine Schwierigkeiten angefangen.«

»Ja, das haben Banken so an sich«, bemerkte Antoine. »Was ist denn geschehen?«

»Eines Tages hat mein Vorgesetzter meinen galizischen Akzent nachgeäfft. Ich habe die Beherrschung verloren, und als ich mit ihm fertig war, sah sein Gesicht aus wie Hackfleisch. Ich muss wohl nicht eigens sagen, dass man mir gekündigt hat. Außerdem hat man mich wegen schwerer Körperverletzung ein Jahr lang ins Gefängnis geschickt. Als ich zur Zeit der großen Wirtschaftskrise wieder herausgekommen bin, konnte ich keine Arbeit finden. Um zu überleben, habe ich mich wie viele andere mit diesem und jenem beschäftigt, was nicht unbedingt dem Gesetz entsprach: Zuhälterei, Diebstahl, vor allem aber Schmuggel – damals konnte man an Alkohol und Zigaretten gut verdienen. Da ich ein Händchen dafür hatte, kam das Geld bei mir bald schneller herein, als ich es ausgeben konnte.« Mit halb geschlossenen Augen lächelte er in seine Erinnerungen versunken vor sich hin. Dann verschwand sein Lächeln mit einem Schlag. »Bis zu dem Tag, an dem man mich gefasst hat.«

»Ich verbüßte gerade eine Haftstrafe, als Obersturmführer Oskar Dirlewanger im September 1940 unter dem Namen ›SS-Sturmbrigade Dirlewanger‹ ein aus Wilddieben, Sträflingen und wegen disziplinarischer Delikte verurteilten Soldaten bestehendes Kommando zusammenstellte. Wie bei der französischen Fremdenlegion wurde bei der Aufnahme in diese Einheit das Strafregister eines jeden gelöscht. Diese Gelegenheit konnte ich mir nicht entgehen lassen. Man hat uns an die Ostfront geschickt und dort insbesondere bei Säuberungsaktionen gegen Juden und Partisanen eingesetzt. Das war zwar ein blutiges Handwerk, aber weit weniger gefährlich als der Kampf gegen die Rote Armee. Im September 1944 hat man mich zum SS-Obersturmbannführer befördert und auf Oskar Dirlewangers persönliche Empfehlung hin Himmlers Stab beigeordnet.«

»Was war der Grund für diese Beförderung?«

»Himmler war ein Halunke, der sich mit seinem übersteigerten Ehrgeiz in der Regierung viele Feinde gemacht hatte. Da er in seiner eigenen Einheit, der etablierten SS-Hierarchie, niemandem traute, suchte er jemanden von außerhalb, einen Mann, der keine Fragen stellte. So wurde ich sein Lieblingsspion, der mehr als einmal für ihn gemordet hat.«

Schlinge nahm erneut einen großen Schluck Cognac, bevor er fortfuhr: »Im Januar 1945 ist ein Oberst aus der Umgebung Hermann Görings auf mich zugekommen, ein hochdekorierter Pilot der Luftwaffe, der sich, nachdem er oft genug verwundet worden war, die Beziehungen seiner Familie zunutze gemacht hatte, um einen Druckposten zu bekommen.«

Antoine spürte, wie ihm ein Schauer über den Rücken lief. Er hatte mehr oder weniger angenommen, dass die zu Schlinge führende Spur in eine Sackgasse münden würde, aber der Albtraum war offensichtlich noch nicht zu Ende.

»Oskar Lubiesz?«, fragte er kaum hörbar.

»Den Namen hat der Halunke angenommen, als er bei Kriegsende nach Amerika entwischt ist. In Wirklichkeit heißt er Joachim von Weißdorf.« Er kniff die Lippen zusammen, als wolle er ausspucken. »Der verdammte Lump.«

»Und was wollte Lubiesz... ich meine... von Weißdorf von Ihnen?«

»Göring war dabei, einen Teil seiner im Krieg angehäuften Beute in die Schweiz zu verschieben, um sie dort in den Tresorräumen einer Bank zu verstecken, und zwar der Ihrer Familie. Ich sollte den Transport eskortieren.«

Er schwieg und sah Antoine an.

»Aufgabe Ihres Vaters war es, dafür zu sorgen, dass die Lastwagen die Grenze zur Schweiz ungehindert überqueren konnten.«

Verdammter Mist, dieser Bonnard hat recht!

Offensichtlich konnte man ihm seine Betroffenheit ansehen, denn Schlinge lächelte breit.

»Und warum gerade Sie?«, fragte Antoine mit erstickter Stimme.

»Göring fürchtete, dass ihm die uniformierte Polizei – wenn Sie mich fragen, eine Bande von Geisteskranken – und natürlich die SS die Tour vermasseln könnten. Die haben damals überall Straßensperren errichtet und Jagd auf Deserteure gemacht. Er durfte auf keinen Fall zulassen, dass sie ihre Nase in die Ladung seiner Wagen steckten, denn wenn auch nur ein einziger seiner Rivalen, zum Beispiel Himmler, von der Sache Wind bekommen hätte, musste er damit rechnen, trotz seiner herausgehobenen Position als Reichsmarschall wegen Hoch- und Landesverrats hingerichtet zu werden. Wenn den Transport aber ein hoher Offizier der Waffen-SS mit einem angeblich vom Hauptquartier der SS ausgestellten gefälschten Marschbefehl leitete, war die Gefahr gering, dass man die Ladung durchsuchte. Daher brauchte er mich.«

»Und warum haben Sie den Auftrag übernommen? Sie hatten doch Göring keinen Treueid geleistet?«

»Das können Sie laut sagen!«, stieß Schlinge in verächtlichem Ton hervor. »Ich konnte den alten Fettsack nicht ausstehen. Aber er hat mir für meine Dienste hunderttausend Dollar geboten, was damals ein ganzer Haufen Geld war. Die sollte ich nach Erledigung des Auftrags zusammen mit einer neuen Identität und einem Schweizer Pass bekommen.«

»Wann haben Sie meinen Vater kennengelernt?«

»Am 17. März 1945 in Berlin bei einer Besprechung mit von Weißdorf und Göring. Anschließend sind wir zu dritt zu Görings Burg in der Nähe von Nürnberg geflogen, in deren Hof die Lastwagen beladen worden sind, und von dort am 18. März kurz nach Mitternacht aufgebrochen.«

Schlinge stand unvermittelt auf und trat an ein Fenster. Während er Antoine den Rücken zukehrte, fuhr er wie abwesend fort: »Zuerst lief alles wie am Schnürchen. Wir waren wie vorgesehen bis zur Morgendämmerung gefahren und hatten dann ein Versteck aufgesucht, wo feindliche Jagdflieger die Wagenkolonne nicht sehen konnten. Um die Straßensperren habe ich mich gekümmert, die bereiteten uns keine Schwierigkeiten. Dann hat der Ärger angefangen, nahe der Grenze. Kurz vor Mitternacht ist unser aus Fallschirmjägern bestehender Geleitschutz in Richtung Front abgezogen. Ich saß im vordersten Begleitfahrzeug, während Ihr Vater mit von Weißdorf die Nachhut bildete. Auf einmal tauchte, sozusagen mitten in der Wildnis, eine bewaffnete Patrouille auf und hielt uns an. Ohne sich von meinem Dienstgrad, dem Marschbefehl oder den Frachtpapieren beeindrucken zu lassen, hat uns ihr Anführer angewiesen, die Lastwagen in eine weit entfernte Lagerhalle zu bringen, wo die Ladung kontrolliert werden sollte.«

»Haben Sie die Anweisung befolgt?«

»Bei zwei Dutzend auf mich gerichteten Sturmgewehren ist mir gar nichts anderes übrig geblieben. Das war übrigens das letzte Mal, dass ich von Weißdorf und Ihren Vater gesehen habe.«

»Wollen Sie damit sagen, dass die beiden nicht mit Ihnen zu der Lagerhalle gefahren sind?«

»Zumindest sind sie da nie angekommen.«

Antoine sah, dass Schlinge die Fäuste geballt hatte.

»Wie ist es dann weitergegangen?«

»In der Halle haben sie die Fahrer der Lastwagen an die Wand gestellt und erschossen.«

Antoine glaubte, falsch verstanden zu haben.

»Hat denn keiner von den Männern versucht, Widerstand zu leisten?«

»Sie waren nicht bewaffnet, außerdem ging das alles sehr schnell. Ich war kaum ausgestiegen, als das Geballer schon losging. Bevor ich meine Pistole ziehen konnte, bin ich mit einer Kugel im Rücken über der Motorhaube meines Wagens zusammengebrochen. Es ist mir gelungen, mich umzudrehen, und da habe ich ihn gesehen.«

»Wen?«

»Den Sauhund, der auf mich geschossen hat. Ein Zivilist, zu allem Überfluss. Er stand mit seiner noch rauchenden Luger in der Hand vor mir, hat mich kurz angesehen und mir dann wortlos die Pistole an den Kopf gesetzt, um mich zu erledigen. Ich habe die Kugel nicht mal gespürt.«

»Wollen Sie damit sagen, dass Sie einen Kopfschuss überlebt haben?«

Der Alte drehte sich langsam um und trat auf Antoine zu. Er neigte den Kopf und schob die Haare beiseite, sodass eine lange wulstige Narbe sichtbar wurde.

»Unbestreitbar hab ich verdammten Dusel gehabt«, erklärte er mit schiefem Lächeln. »Oder der Bursche war kein guter Schütze. Der Chirurg, der mich zusammengeflickt hat, hat mir erklärt, dass mich die Kugel unmittelbar oberhalb des Ohrs getroffen hat, da, wo der Knochen am dicksten ist, und von meinem Schädel abgeprallt ist. Ein Glücksfall mit einer Aussicht von eins zu einer Million. Die erste Kugel war mir durch den rechten Lungenflügel gegangen und hatte beim Austritt durch die Brust drei Rippen zerschmettert. Auch da hatte ich mächtig Schwein, weil sie knapp am Herzen vorbeigegangen ist. Als ich wieder zu mir kam, war ich über und über von Blut bedeckt und litt entsetzliche Schmerzen, aber ich *lebte*. Und alle waren sie weg: die Männer der Patrouille, der Zivilist und die Lastwagen. In der riesigen Halle waren nur noch die Leichen der Fahrer und ich.«

Von der Lebendigkeit seiner Erinnerungen sichtlich mitgenommen, ließ sich Schlinge in seinen Sessel plumpsen und rieb sich das Gesicht, als wolle er aus einem bösen Traum erwachen.

»Ich weiß nicht, wie lange ich da gelegen habe«, fuhr er mit leiserer Stimme fort. »Ich versuchte, mich zu bewegen, aber der Schmerz war zu groß. Ich habe dann mehrere Male das Bewusstsein verloren. Schließlich hat mich ein Bauer aus der Umgebung gerettet, der gekommen war, um die Leichen zu fleddern. Es war mein Glück, dass er einen Sohn in der Waffen-SS hatte, sonst hätte er mich bestimmt den Raben überlassen. Er hat mich ins Krankenhaus gebracht, wo ich bis Kriegsende geblieben bin. Als im Radio die bedingungslose Kapitulation des Deutschen Reiches gemeldet wurde, habe ich nicht abgewartet, bis mich die Alliierten holten, sondern mir Zivilsachen besorgt und mich unter die Flüchtlinge gemischt, von denen die Straßen wimmelten.«

Die vielen im Krankenhaus zugebrachten Wochen hatten Schlinge reichlich Gelegenheit gegeben nachzudenken. Angesichts dessen, was seine Einheit im Osten hatte zuschulden kommen lassen, war ihm klar, dass es sein sicheres Todesurteil bedeuten würde, den Russen in die Hände zu fallen. Er konnte zwar versuchen, über die grüne Grenze in die Schweiz zu gelangen, doch da er weder Papiere noch Verbindungen besaß, war die Gefahr groß, dass man ihn festnahm und binnen weniger Tage der Roten Armee auslieferte. Er war fest überzeugt, dass ihm das gleiche Schicksal blühen würde, wenn er sich den Westalliierten stellte.

Als abgebrühter Verbrecher wusste er, dass man sich nirgendwo besser verstecken kann als dort, wo viele Menschen leben. Daher kehrte er nach Polen zurück und gab sich in seinem Heimatort Wadowice als schwer verwundeter kommunistischer Widerstandskämpfer aus. Das fiel ihm leicht, denn da er jahrelang gegen die Partisanen gekämpft hatte, waren ihm deren Organisation wie auch ihre Vorgehensweise bestens bekannt. Da die meisten von ihnen durch ihn und seinesgleichen umgekommen waren – eine Ironie, die er gründlich auskostete –, war die Gefahr gering, dass man ihm auf die Schliche kam. Tatsächlich hatte ihm der polnische Staat schließlich sogar eine kleine Veteranenpension ausgesetzt. Aber eines hatte Schlinge bei all seiner Gerissenheit nicht vorhergesehen, nämlich, dass nach dem Krieg zwischen dem Westen und dem Osten der Eiserne Vorhang heruntergehen würde. So hatte er sich unversehens in einem kommunistischen Land eingesperrt gefunden, und die Aussichten, diesem Gefängnis eines Tages zu entkommen, waren sehr gering. Immerhin hatte er eine Anstellung in einer Bibliothek von Krakau gefunden. Die Arbeit war nicht besonders anstrengend und gab ihm reichlich Gelegenheit, von dem Leben zu träumen, das er mit hunderttausend Dollar und einem Schweizer Pass hätte führen können.

»Kein Tag ist vergangen, ohne dass ich an die Art und Weise denken musste, wie Ihr Vater und von Weißdorf mich reingelegt haben«, fuhr er voll Bitterkeit fort.

Antoine sah ihn ungläubig und entrüstet an.

»Wie kommen Sie darauf, dass die beiden Sie hereingelegt haben könnten?«

»Überlegen Sie doch. Die Patrouille hat alle Begleiter des Transports umgebracht, *nur die beiden nicht*. Sie sind gar nicht erst in der Lagerhalle aufgetaucht. Kommt Ihnen das nicht merkwürdig vor? Anfangs hatte ich angenommen, dass man sie bereits an der Straßensperre erschossen hatte, doch als ich lange nach dem Krieg dahintergekommen bin, dass beide als wohlhabende Männer in Amerika lebten, während sich Göring in Nürnberg das Leben genommen hatte, ohne je etwas von seiner Beute gehabt zu haben, habe ich angefangen, Unrat zu wittern. Wir waren inzwischen so nahe an der Schweizer Grenze, dass die beiden nicht mehr auf mich angewiesen waren. Vermutlich haben sie mit den Männern der Patrouille unter einer Decke gesteckt. Indem sie kurz vor der Grenze alle Mitwisser aus dem Weg räumten, durften sie sicher sein, dass es keine Zeugen gab, die sie an Göring hätten verraten können. Auf der anderen Seite der Grenze brauchten sie nur noch die Lastwagen nach Genf zu bringen, deren Ladung in den Tresorräumen Ihrer Bank zu lagern und sich die Beute zu teilen. Derselbe Plan wie zu Anfang, nur mit anderen Nutznießern.«

»Das ist doch absolut lachhaft!«, entfuhr es Antoine. Obwohl er vor Wut schäumte, begann zugleich eine heimtückische Empfindung an ihm zu nagen – der Zweifel.

»Junger Mann, wenn Sie Ihren Vater unbedingt als Unschuldsengel ansehen wollen, sollten Sie nach Hause zurückkehren und sich eine Geschichte ausdenken, die zu Ihren Vorstellungen passt. Falls Sie aber die Wahrheit wissen wollen, wie Sie mir gesagt haben, werden Sie sich den Dingen stellen müssen, wie sie sind.«

Antoine bemühte sich, seine Fassung zurückzugewinnen.

»Mein Onkel hatte eine Gruppe gegründet, die von den Nazis Verfolgten zur Flucht in die Schweiz verhalf. Vor einigen Tagen habe ich mit einem Mann gesprochen, dessen Vater dabei eine Schlüsselrolle gespielt hat. Er kann sich erinnern, dass mein Vater eines Nachts kurz vor Kriegsende dort mit einem verwundeten deutschen Luftwaffenoffizier aufgetaucht ist, aber von einem Lastwagen oder gar mehreren hat er nie etwas gese-

hen oder gehört. Vielleicht ist es meinem Vater und von Weißdorf gelungen, vor der Patrouille zu fliehen. Das würde sowohl
die Verwundung des Obersten erklären wie auch, dass keiner
der Lastwagen in die Schweiz gelangt ist.«

Schlinge zuckte gleichmütig die Achseln.

»Möglich. Aber ebenso kann man von Weißdorf beim Überqueren der Grenze angeschossen haben, woraufhin Ihr Vater beschlossen hat, dessen Wunde bei seinen Bekannten versorgen zu
lassen, während die Lastwagen nach Genf weitergefahren sind.
Der Einzige, der Licht in diese Angelegenheit bringen könnte,
ist von Weißdorf selbst. Warum sprechen Sie nicht mit ihm?«
Schweißtropfen bedeckten Schlinges inzwischen leichenblasses
Gesicht, doch die Intensität seines glühenden Blicks hatte nicht
im Geringsten nachgelassen. »Warum hätte sich Ihr Vater von
mir erpressen lassen sollen, wenn er schuldlos war, wie Sie so
gern glauben wollen? Immerhin war er, als ich ihn über zwanzig Jahre nach Kriegsende hier in Krakau wiedergesehen habe,
ein wohlhabender und berühmter Architekt, während ich mich
in einem kommunistischen Land versteckt halten musste, weil
man mich als Nazi und Kriegsverbrecher suchte. Warum hat er
mich nicht der Polizei gemeldet? Glauben Sie etwa, ich hätte
nicht gründlich über all das nachgedacht, bevor ich ihm bis
zu seinem Hotelzimmer gefolgt bin und an seine Tür geklopft
habe? Aber ich war von seiner Schuld überzeugt. Er durfte es
unter keinen Umständen darauf ankommen lassen, dass man
seine Vergangenheit aufdeckte. Wie sich zeigte, hatte ich mit
dieser Annahme recht. Ich habe das gleich an seinem Gesichtsausdruck gemerkt, als er mich erkannt hat. Man hätte glauben
können, dass er ein Gespenst gesehen hatte.«

»Warum haben Sie ihn dann nicht aufgefordert, Sie aus Polen hinauszubringen, und sich stattdessen mit einer kleinen
Rente und einigen Flaschen Schnaps begnügt?«

Mit trübseligem Lächeln erklärte Schlinge: »Jahrelang habe ich davon geträumt, nach Südamerika zu fliehen. Doch als der israelische Geheimdienst 1962 Eichmann aus Buenos Aires nach Israel entführt hat, um ihn dort zu hängen, ist mir aufgegangen, dass ich hier sicherer war, weil der Arm der verdammten Juden nicht bis hierherreicht. Außerdem wäre es hier für Ihren Vater und von Weißdorf schwieriger gewesen, mich aus dem Weg zu räumen. Was Sie als ›kleine Rente‹ bezeichnen, hat es mir immerhin gestattet, unauffällig ein sehr behagliches Leben zu führen.«

Er machte eine matte Handbewegung.

»Nachdem ich mich Ihnen gegenüber meiner Aufgabe entledigt habe, bitte ich Sie jetzt, sich zu entfernen.«

»Eine letzte Frage«, sagte Antoine, während er sich eilig erhob, nur allzu froh, den Schlupfwinkel des widerwärtigen Psychopathen verlassen zu können, in dem er zu ersticken glaubte. »Wissen Sie, wer der Mann war, der in der Lagerhalle auf Sie geschossen hat?«

»Ich habe nicht die geringste Ahnung, aber ich werde nie vergessen, wie er ausgesehen hat.«

»Können Sie ihn mir beschreiben?«

»Ja – und nein. Er war gesichtslos. Der Mann hatte kein Gesicht.«

Oskar Lubiesz hatte den Anruf bereits ungeduldig erwartet. Während er hinaus auf den See starrte, bekam er die Bestätigung für etwas, das er schon lange befürchtet hatte. Schlinge lebte und packte aus. Aber das war noch nicht das Schlimmste.

Der Anrufer hütete sich, das lange Schweigen seines Auftraggebers am Ende des Berichts zu unterbrechen. Als Lubiesz schließlich den Mund öffnete, waren seine Anweisungen kurz und bündig: »Sie wissen, was zu tun ist. Sorgen Sie dafür, dass Sie keine Spuren hinterlassen.«

Diesmal freute sich Antoine über den schneidend kalten Wind, der durch die Straße fegte. Er sog die Luft tief ein, als wolle er seine Lunge von giftigen Dämpfen befreien. Erstaunt sah er, dass es schon Nachmittag war: Die Zeit war ihm wie im Fluge vergangen. Kein Wunder, dass ihn der Alte fortgeschickt hatte!

Er steckte die Hände in die Taschen und strebte den belebten Altstadtstraßen Krakaus zu, darauf bedacht, sich möglichst bald in das volle Leben der Gegenwart zu stürzen. Unglücklicherweise blieb dieser Wunsch unerfüllt, denn jeder Schritt durch die *stare miasto*, in der die Geschichte der Stadt allgegenwärtig war, führte ihn tiefer in die Vergangenheit.

Immer wieder musste er an den geheimnisvollen Mann ohne Gesicht denken. Schlinges Beschreibung war zugleich fesselnd und unklar gewesen. Vermutlich hatten schwere Brandwunden das Gesicht des Unbekannten entsetzlich entstellt. Das Einzige, woran sich Schlinge darüber hinaus erinnern konnte, war, dass er mittelgroß gewesen war und Zivilkleidung getragen hatte. Damit ließ sich so gut wie nichts anfangen.

»Der Anblick der auf mich gerichteten Luger hatte mich förmlich hypnotisiert«, hatte der ehemalige SS-Mann erklärt. »Es war, als stünde ich meinem eigenen Tod von Angesicht zu Angesicht gegenüber. Sie können sich nicht vorstellen, wie riesig eine Pistole aussieht, wenn sie einem direkt unter die Nase gehalten wird.«

Tatsächlich hatte Antoine nicht die geringste Vorstellung davon und legte auch keinen Wert darauf, das je zu erfahren.

Da der Mann ohne Gesicht kein Wort gesagt hatte, bevor er schoss, gab es nicht einmal einen Hinweis auf seine Staatsangehörigkeit. Die Verbrennungen, die ebenso auf eine Kriegsverwundung wie auf die Folgen eines Bombenangriffs zurückgehen konnten, ließen auch keinen Rückschluss darauf zu, ob er den Streitkräften angehört hatte. Die Suche nach einem entstellten Überlebenden des Zweiten Weltkrieges war gleichbedeutend mit der nach der sprichwörtlichen Nadel im Heuhaufen, ganz davon abgesehen, dass Antoine nicht wusste, ob der Mann überhaupt noch lebte.

Daher hatte er beschlossen, denjenigen aufzusuchen, von dem er das wusste, so wenig ihn dieser Gedanke begeisterte: Lubiesz. Schlinge hatte ihm nicht verheimlicht, welche Gefahren das mit sich bringen konnte. Zuvor aber wollte er noch mehr über die Erinnerungen des alten SS-Mannes erfahren. Nach langem Bitten hatte sich Schlinge schließlich bereitgefunden, ihn am nächsten Morgen erneut zu empfangen, vorausgesetzt, er brachte wieder eine Flasche Cognac mit.

Die junge Rothaarige am Empfang sah noch hinreißender aus als am Vorabend. Während sie sich um neu angekommene Gäste kümmerte, warf sie Antoine ein freundliches Lächeln zu, als sich dieser seinen Weg zur Bar bahnte. Er setzte sich und wartete. Seines Wissens war das *Demel* das einzige Hotel, in dem die am Empfang tätigen Angestellten zugleich an der Bar bedienten. Dieses vermutlich aus Sparsamkeit eingeführte System war äußerst unpraktisch, wenn viel Betrieb herrschte. Doch ihm machte es nichts aus zu warten. Er hatte nichts weiter vor und keine Lust, allein in seinem Zimmer zu sitzen.

»Geht es Ihnen gut? Man könnte glauben, dass Sie ein Gespenst gesehen haben.«

In seine Gedanken versunken, hatte er sie nicht kommen sehen.

»So ungefähr.« Er versuchte zu lächeln. »Kann ich etwas zu trinken bekommen?«

»Was wünschen Sie, Monsieur Demarsands?«

»Antoine, bitte.«

»Ich glaube nicht, dass wir diese Marke führen.« Dann platzte sie vor Lachen heraus: »Entschuldigung, das war schlechter polnischer Humor.«

»Ich fand es entzückend. Ich werde es anders sagen: Nennen Sie mich bitte Antoine, und ich hätte gern ein Glas Żubrówka.«

»Kommt gleich, Antoine. Übrigens heiße ich Clara-Jadwiga, aber Sie können mich Clara nennen.« Sie gab ihm ein Glas, das er auf einen Zug leerte. Mit dem Daumen bedeutete er ihr, es erneut zu füllen.

»Was haben Sie heute getan? Sich etwas in der Stadt umgesehen?«

Er leerte das zweite Glas und verzog das Gesicht.

»Sagen wir lieber, dass ich eine Reise in die Vergangenheit unternommen habe. Ich habe einen... äh... alten Bekannten meiner Familie aufgesucht.«

»Ich hoffe, dass der Ihnen heute Abend Krakau zeigen wird. Wir haben einige sehr gute Restaurants.«

Er fand die Art, wie sie den Namen der Stadt mit gerolltem Zungen-R ausgesprochen hatte, ungeheuer verführerisch.

»Wohl eher nicht«, gab er zurück und lächelte. »Der Mann ist älter als Methusalem und schläft wahrscheinlich schon jetzt. Ich denke, ich lass mir was zu essen aufs Zimmer bringen und geh auch früh zu Bett.«

Missbilligend schüttelte sie den Kopf.

»Das geht auf keinen Fall. Ich habe in einer Stunde Feierabend. Wollen Sie mit mir essen gehen?«

Er riss die Augen weit auf.

»Seid ihr Polinnen alle so direkt?«

»Nein, nur ich.« Sie beugte sich über die Bar. »Ich kenne ein ganz wunderbares Lokal, wo es echte polnische Küche gibt, keinen Touristenfraß. Sie werden doch eine arme Jurastudentin nicht verhungern lassen, oder?«

Ihr unschuldiges Lächeln war unwiderstehlich.

»So grausam bin ich nicht. Ich würde sehr gern mit Ihnen essen, Clara.«

»Wunderbar. Wir treffen uns um acht hier.«

»Ihr werdet ein größeres Boot brauchen!«, rief Polizeichef Brody mit aschfahlem Gesicht aus, als er den riesigen Hai sah.

John Webster, der lediglich eine Unterhose und ein altes T-Shirt trug, lehnte sich behaglich in seinem verstellbaren Sessel zurück und genoss jede Sekunde seines Lieblingsfilms *Der weiße Hai*. Obwohl er ihn bestimmt mehr als fünfzig Mal gesehen hatte und die Dialoge auswendig kannte, wurde er seiner nie überdrüssig. Nachdem er den ganzen Nachmittag mit einem früheren Kollegen aus Langley Squash gespielt hatte, trank er jetzt in kleinen Schlucken ein gut gekühltes Bier vor dem Fernseher und überlegte, was er sich zum Abendessen kommen lassen wollte.

Da er den Ton sehr laut gestellt hatte, hörte er die Klingel nur undeutlich.

»Verfluchter Mist!«, knurrte er, bevor er die Pausetaste der Fernbedienung drückte.

Um diese Stunde konnte das nur Miss Stratford sein. Die alte Jungfer aus dem dritten Stock hatte es in der Kunst, den Nachbarn auf die Nerven zu gehen, zu einer wahren Meisterschaft gebracht – und Webster schien ihr Lieblingsopfer zu sein.

Für welche blödsinnige wohltätige Organisation sie mir wohl diesmal Geld abknöpfen will?, fragte er sich, während er mit Bedauern aus seinem bequemen Sessel aufstand. Einen Augenblick lang überlegte er, ob er seine Unterhose ausziehen sollte. Bestimmt würde er der alten Schrulle damit den Schreck ihres Lebens einjagen. Aber womöglich gefiel ihr das? Er verscheuchte diesen unangenehmen Gedanken und öffnete.

»Tut mir leid, Miss Stratford, aber ich habe viel zu tun und...«

Wortlos stieß ihn der Mann in die Wohnung zurück und schloss die Tür hinter sich ab.

»Wer sind Sie, zum Teufel!«, rief Webster aus, mehr verblüfft als verängstigt.

Der Anblick der Glock mit Schalldämpfer, die auf seine Stirn gerichtet war, ließ ihn verstummen. Der Fremde hatte zudem Handschuhe an. Das schien kein Amateur zu sein. Der Bürstenhaarschnitt, der kantige Unterkiefer und die athletische Gestalt des Mannes wiesen auf einen Angehörigen einer Sondereinheit hin.

»Ein Wort zu viel, und du bist tot, verstanden?« Er sprach im schneidenden Ton eines Mannes, der nicht nur gewohnt war, Befehle zu erteilen, sondern auch, dass man sie unverzüglich befolgte.

Webster nickte.

»Bist du allein?«

»Ja... ja...«, brachte er heraus. Sein Mund war vor Angst plötzlich ausgedörrt.

Ohne ihn aus den Augen zu lassen, trat der Eindringling ans Fenster und zog die Vorhänge vor. Dann wandte er sich erneut Webster zu, der nach wie vor hilflos mitten in seinem Wohnzimmer stand.

»Dreh dich um und leg die Hände auf den Rücken.«

Starr vor Angst rührte sich Webster nicht. Als er den kalten Stahl an der Stirn spürte, fuhr er zusammen.

»Zwing mich nicht, es noch mal zu sagen, Johnny.«

Der Mann hatte diese Worte im Flüsterton gesagt, was sie noch bedrohlicher klingen ließ. Webster beeilte sich, ihm zu gehorchen, und spürte, wie sich Handschellen um seine Handgelenke schlossen. Ein heftiger Stoß in den Rücken schleuderte ihn zu Boden. Da er keine Möglichkeit hatte, den Sturz zu dämpfen, biss er sich in die Zunge, als seine Kinnlade aufschlug. Der metallische Geschmack von Blut füllte seinen Mund.

»Rühr dich nicht!«, befahl der Mann, als spräche er zu einem Hund.

Er legte seine Waffe auf den Couchtisch und nahm eine Rolle Klebeband aus der Tasche, um ihn zu knebeln.

»So, jetzt kann ich reden, ohne dass du mich unterbrichst.«

Halb erstickt verdrehte Webster voll Schreck die Augen, während der andere die Fernbedienung vom Tisch nahm und den Film weiterlaufen ließ.

»Immer mit der Ruhe, mein Junge«, sagte er, hockte sich neben ihn und klopfte ihm auf die Schulter. »Es tut nicht weh.«

Als Webster sah, dass der Mann nach der Pistole griff, kam ein würgendes Gurgeln aus seiner Kehle. Mit nachlässiger Gebärde richtete dieser den Lauf der Glock auf Websters Kopf, entsicherte sie und zog den Abzug durch.

Klick!

Es dauerte einige Sekunden, bis Webster begriff, dass er noch lebte. Er öffnete die Augen und sah das kantige Gesicht des Fremden, der ihn breit anlächelte.

»Da hast du wohl Schiss gehabt, was?«, fragte dieser und schob sich die Waffe in den Hosenbund. »Damit das Spielzeug hier richtig funktioniert, muss man es erst mal laden. Und das tu ich unter Garantie, sobald du die kleinste Dummheit machst.«

Webster spürte etwas Warmes zwischen seinen Beinen und begriff zu seiner großen Beschämung, dass er sich vor Angst in die Hose gemacht hatte. Der Mann richtete den Blick auf die Pfütze, die sich auf dem Parkettboden ausbreitete, und schüttelte den Kopf.

»Na so was. Jetzt hast du dich doch tatsächlich bepisst. Da musst du wohl baden.«

Er zerrte Webster an den Haaren ins Bad und ließ ihn dort wie einen Sack auf den kalten Fliesenboden fallen. Vor Angst und Schmerz zitternd gelang es diesem, sich mit dem Rücken gegen die Toilette aufzurichten. Von dort aus sah er besorgt zu, wie sich der Eindringling über die Wanne beugte, die Hähne aufdrehte und die Temperatur einstellte.

»Richtig schön warm, aber nicht kochend heiß. Wir wollen ja nicht, dass du dich verbrühst, was? Jetzt helf ich dir beim Ausziehen.«

Nachdem er seine Jacke über das Waschbecken gehängt hatte, kniete sich der Mann neben ihn. Wie durch Zauberei hatte er plötzlich ein Rasiermesser in der Hand, dessen Klinge im grellen Schein der Deckenleuchte Unheil verkündend aufblitzte. Bevor sich Webster rühren konnte, hatte der Mann mit zwei raschen und geschickten Bewegungen, ohne Websters Haut auch nur zu berühren, sein T-Shirt so zerschnitten, dass Nacken, Oberkörper und Arme freilagen. Dann riss er ihm die Reste des Kleidungsstücks herunter, bevor er ihm die besudelte Unterhose auszog und beiseitewarf. Nackt, wie ihn Gott geschaffen hatte, hob Webster entsetzt den Blick zum unbewegten Gesicht seines Peinigers.

»So, mein Junge. Jetzt hör mir gut zu. Wenn du genau das tust, was ich dir sage, kannst du steinalt werden. Ich nehm dir jetzt den Knebel ab und stell dir ein paar Fragen. Wie es vor Gericht heißt, will ich, dass du mir die Wahrheit sagst, die volle Wahrheit und nichts als die Wahrheit. Solltest du versuchen, um Hilfe zu rufen oder mir Märchen aufzubinden, hack ich deinen erbärmlichen Pimmel in Scheibchen, dass er wie Sashimi aussieht.«

Bei diesen Worten nahm er Websters Glied in die Hand und drückte die Klinge nahe dem Ansatz leicht gegen die Vene. Webster stieß einen Jammerlaut aus, wobei ihm Tränen in die Augen traten.

»Hast du das kapiert?«

Während Webster gegen seine Panik ankämpfte, nickte er heftig.

Mit einer kraftvollen Bewegung riss der Mann das Klebeband ab. Aus Websters blutendem Mund kam ein erstickter Schrei.

»Denk dran: Ein einziger Hilferuf, eine einzige Lüge, und du kannst dich von deinem Schwanz verabschieden.«

Erneut nickte Webster stumm.

»Schön. Und jetzt sag mir Wort für Wort, was Sophie Demarsands von dir wollte, als sie dich aus der Schweiz angerufen hat.«

Das also war es! Großer Gott, was für einen Schlamassel hat sie sich da eingebrockt.

Ein erneuter leichter Druck mit der Klinge ließ ihn zusammenfahren.

»Ich sollte für sie nach Informationen über ein geheimes Unternehmen aus der Zeit des Zweiten Weltkrieges mit dem Decknamen *Recovery* suchen«, gab er mit zitternder Stimme zurück. »Wie sie es dargestellt hat, ging es dabei um den Versuch der Westalliierten, die in neutralen Ländern versteckte Beute der Nazis in die Hände zu bekommen.«

»Hat sie gesagt, warum sie das wissen wollte?«

»Nein … sie wollte, dass ich ihr einen Gefallen tat, in Erinnerung an gute alte Zeiten.«

Die Klinge kratzte über die Haut, wobei ein Tropfen Blut austrat.

»Ich schwöre, dass das die Wahrheit ist.«

Einen Augenblick lang sah der Mann sein Opfer an, bevor er das Rasiermesser fortnahm.

»Weiter.«

»Weil sie im Auktionshaus Sotheby's in der Abteilung für

Kunstwerke arbeitet, hatte ich angenommen, dass sie feststellen wollte, ob für die nächste Versteigerung eingelieferte Objekte gestohlen sein könnten.«

»Ist das deine Freundin?«

»Nein ... ja. Na ja, früher, vor ein paar Jahren war sie es.«

Der Mann lächelte. »Und da hast du dir gesagt, wenn du ihr den Gefallen tust, kriegst du wieder freien Zugang zu ihrer Muschi, was?«

Trotz der Situation errötete Webster.

»Ich verstehe. Sicher ist das eine reizende Tussi, mit der man prima Nummern schieben kann. Wer weiß, vielleicht komm ich ja bald selbst in den Genuss.«

Aus dem Wohnzimmer kam das Geräusch, mit dem der weiße Hai das Boot des Haifängers Quint zermalmt. Es war Webster klar, falls er schrie, würden die Nachbarn annehmen, dass das zum Film gehörte.

Der Eindringling erhob sich und schloss die Wasserhähne. Dann setzte er sich neben seinen Gefangenen und hielt das Rasiermesser erneut in Bereitschaft.

»Und was hast du rausgekriegt?«

»Nichts. Dabei bin ich wohl in eine von unserer Dienststelle ausgelegte Falle geraten, mit der man Versuche entdecken will, in ihre elektronischen Datenbanken einzudringen. Mein Chef hat mich zu sich bestellt, weil meine Nachforschungen einen Alarm im System ausgelöst haben. Er hat es mir selbst gesagt.«

»Und was hast du getan, um dich da rauszuwinden?«

»Ich habe ihm gesagt, dass ich verschiedene Übersetzungen eines russischen Decknamens ausprobiert habe.«

»Gerissen. Hat er dir geglaubt?«

»Ich nehme es an. Er hat mich lediglich aufgefordert, meine Nachforschungen einzustellen.«

Der Mann hob den Kopf, offenkundig zufrieden mit den Antworten.

»Was hast du danach getan?«

»Ich habe Sophie angerufen, um ihr zu sagen, dass ich nichts gefunden habe und ihr nicht weiterhelfen kann.«

»Und was noch?« Der Mann drückte die Klinge gegen Websters Skrotum. »Überleg dir gut, was du sagst, mein Freund.«

Eine Sekunde lang zögerte Webster. »Nichts.« Er schrie auf, als die Klinge in sein linkes Testikel eindrang. Ein unerträglicher Schmerz breitete sich in seinem Becken aus. Sofort verschloss ihm der Mann mit der freien Hand den Mund, damit niemand die Schreie hörte. Dem Ersticken nahe, begann Webster unbeherrscht zu schluchzen. Langsam nahm der Mann die Hand fort.

»Hast du gesehen, was passiert, wenn ich den Eindruck habe, dass du mich belügst? Du kannst nicht sagen, dass ich dich nicht gewarnt habe.«

Mit einem Finger hob er Websters Kinn an.

»Sieh mich gut an, miese Schwuchtel! Zum letzten Mal: Hast du ihr noch was gesagt?«

»Ich hab sie nur gefragt, wann sie wieder nach Amerika kommt. Sie hat gesagt, dass sie an diesem Wochenende an einer Einkehr in einen buddhistischen Tempel irgendwo im Norden des Staates New York teilnehmen will.« Dann senkte er den Blick und sah auf seine blutigen Oberschenkel. »Großer Gott.«

Der Mann riss ihn an den Haaren und zwang ihn auf diese Weise, den Kopf zu heben. »Ist das alles? Pass auf, Johnny. Ein zweites Mal kommst du mir nicht davon.«

»Ich schwöre es!«, kreischte Webster. »Tu mir bitte nichts. Ich sag die Wahrheit!«

Endlose Sekunden vergingen, bis der Mann ihn losließ und aufstand. Zu Webster, der sich am Boden krümmte und schluchzte, sagte er: »Hör auf, wie eine Heulsuse rumzujaulen. Du hast ja deine Eier noch, oder? Dann führ dich auch auf wie ein Mann, verdammt noch mal!«

Er packte ihn unter den Achseln und stellte ihn so mühelos auf die Füße, wie man einen Säugling aufnimmt. Während er ihm mit der einen Hand das Rasiermesser an die Kehle hielt, nahm er ihm rasch die Handschellen ab.

Webster warf einen verstohlenen Blick auf die weniger als einen Meter von ihm entfernte Tür des Badezimmers.

»Ich an deiner Stelle würde es nicht probieren, Johnny. Hast du eine Vorstellung davon, wie schnell man verblutet, wenn die Halsschlagader durchtrennt ist? Jetzt steig in die Wanne, aber ein bisschen dalli.«

Mit zitternden Beinen setzte sich Webster auf den Wannenrand und merkte, wie das warme Wasser den Schmerz in seinem Unterleib ein wenig linderte.

Der Mann behielt ihn aus dem Augenwinkel im Blick, während er eine kleine Metalldose aus der Tasche nahm, die eine Spritze mit einer durchsichtigen Flüssigkeit enthielt. Ohne seinem Opfer Zeit zu einer Reaktion zu lassen, umfasste er mit sicherem Griff dessen Arm und stieß ihm die Nadel in den Oberarm.

Webster verzog das Gesicht, doch während sich der Inhalt der Spritze in seinem Arm verteilte, schien sich von dort aus ein Gefühl des Wohlbehagens in seinem ganzen Körper auszubreiten.

»Das war doch wirklich nicht schlimm, oder?«, fragte der Mann und zog die Nadel heraus.

Mit einem Mal begannen Websters Glieder unbeherrschbar zu zucken, sodass Wasser auf die Fliesen des Badezimmerbodens spritzte.

»Keine Sorge«, fuhr der Mann mit beruhigender Stimme

fort. »Diese unangenehme Nebenwirkung hält nur ein paar Sekunden an.«

Kaum hatte er das gesagt, als sich erneut das Gefühl des Wohlbefindens einstellte, ausgeprägter als beim ersten Mal. Arme, Beine, ja, der ganze Körper, schienen immer schwerer zu werden, als habe man ihn mit Blei angefüllt. Websters Angst verging allmählich, und an ihre Stelle trat eine Art betäubte Sorglosigkeit.

Der Eindringling sah ihn aufmerksam an. Auf seinen Zügen lag ein beinahe freundschaftliches Lächeln.

»Danke, dass du mitgemacht hast, Johnny. Damit hast du dir das Recht erworben, nahezu ohne Schmerzen zu sterben.«

Es durchzuckte Webster: Der Mistkerl hatte ihn belogen! Seine einzige Hoffnung bestand jetzt darin, ihn umzuwerfen und zur Tür zu rennen. Er versuchte, die Beinmuskeln anzuspannen, um aus der Wanne zu springen, aber sie gehorchten ihm nicht.

»Jetzt sitzt du in der Klemme, was? Das liegt an dem Suxamethonium, das ich dir gespritzt habe. Es lähmt die Muskeln. Dir geht es jetzt wie einem Insekt, das man auf einer Korkplatte aufgespießt hat. Du siehst, du spürst, und du kannst – wenn auch mühselig – atmen. Davon abgesehen aber kannst du nichts machen.«

Mit breitem Lächeln setzte er sich auf den Wannenrand.

»Übrigens dauert die Lähmung nur ein paar Minuten an. Das gibt mir aber genug Zeit, deine Adern zu öffnen, ohne Widerstand befürchten zu müssen. Und das Beste an der Sache ist, dass das Mittel im Körper keine Spuren hinterlässt. Daher wird man nichts finden, wenn man dich obduziert.«

Die Tränen, die über Websters aschfahles Gesicht liefen, waren der einzige Hinweis darauf, dass er noch lebte.

»Mal ehrlich, Johnny, du hast ja wohl nicht wirklich geglaubt, dass ich dich am Leben lassen würde.«

Während er das sagte, schwang er das Rasiermesser, drückte Websters Arme unter Wasser und durchtrennte mit zwei raschen Schnitten die Pulsadern an beiden Handgelenken. Sogleich strömte das Blut aus den geöffneten Blutbahnen.

Er ließ das Messer in die Wanne fallen, stand auf und ging seelenruhig in die Küche. Nachdem er mehrere Schränke geöffnet hatte, fand er, was er gesucht hatte, und kehrte mit einer Flasche Chlorwasser ins Badezimmer zurück. Mit einem von Websters Handtüchern begann er sorgfältig, den Boden von Blutspuren zu befreien, und wischte dann die Fliesen mit einem zweiten Handtuch nach.

»Ich möchte wetten, dass der Boden hier noch nie so sauber war«, sagte er in munterem Ton. »Jeder wird glauben, dass du dich selbst umgebracht hast. Wenn der Gerichtsmediziner gründlich arbeitet, wird er natürlich die kleine Schnittwunde in deinem linken Hoden sehen, aber es sollte mich wundern, wenn er davon groß Aufhebens machte. Mit etwas Glück wird er annehmen, dass du dich auf dein eigenes Rasiermesser gesetzt hast, nachdem es dir in die Wanne gefallen ist.«

Er erhob sich, zog sich die Jacke wieder an, legte die Spritze in ihren Metallbehälter zurück und steckte diesen ein. Ein letzter befriedigter Blick auf sein Opfer zeigte ihm, dass das Wasser vollständig rot gefärbt war. Über Websters Wangen liefen keine Tränen mehr…

Der Mann nahm die Handtücher und die Reste von Websters Kleidungsstücken vom Boden, bevor er ins Wohnzimmer zurückkehrte, wo er mit Bleichwasser den Parkettboden von Urin und Blut befreite. Dann stellte er die Flasche in die Küche zurück, schaltete den DVD-Spieler und den Fernseher aus und verließ mit den Handtüchern und Kleidungsstücken unter dem Arm die Wohnung, als wäre nichts geschehen.

KAPITEL 8

»Wer mit Ungeheuern kämpft, mag zusehn,
daß er nicht dabei zum Ungeheuer wird.«
(FRIEDRICH NIETZSCHE)

Sonntag, 23. Februar 1997

Ihm gegenüber stand Schlinge in seiner alten SS-Uniform, die
ihm viel zu groß war, sodass er wie eine komische Figur aussah.
Aber es war eine, von der eine tödliche Gefahr ausging. In seinen Augen lag ein sadistischer Glanz, während er seine Pistole
auf Antoines Gesicht richtete, die von Arthrose verkrümmten
Finger so um ihren Griff gekrallt, wie verdorrte Wurzeln einen
Gesteinsbrocken umklammern.
*Man sollte so verknöcherte alte Kerle nicht mit Schusswaffen
spielen lassen.*
»Jetzt spüren Sie am eigenen Leibe, wie es ist, in einen Pistolenlauf zu blicken, Herr Demarsands! Sie können sich nicht
vorstellen, wie vielen Menschen ich einen Kopfschuss verpasst
habe, wie viele Gehirne ich habe herausquellen sehen. Grüßen Sie all meine Opfer von mir, wenn Sie ihnen in der Hölle
begegnen, und ganz besonders Ihren Herrn Vater!«
Dann zog er langsam den Abzug durch.
Antoine, der an Hand- und Fußgelenken gefesselt auf einem
Stuhl saß, wusste, dass es für ihn keinen Ausweg gab. Er schloss
ergeben die Augen und wartete auf das Ende.

Der Schuss fiel. Doch statt der erwarteten Detonation hörte er ein Klingeln, das nicht aufhören wollte.

Antoine tastete nach dem Wecker und drückte auf den Abstellknopf. Zu seiner großen Erleichterung trat Stille ein.

So ein verfluchter Traum. Er hatte schon manchen Albtraum gehabt, aber so entsetzlich war noch keiner gewesen. Offensichtlich begann sich sein abenteuerliches Vorhaben, nach der Wahrheit zu suchen, in eine gefährliche Besessenheit zu verwandeln.

Vielleicht sollte ich nach meiner Rückkehr einen Psychiater aufsuchen.

Der Wecker fing erneut an zu klingeln, sodass Antoine hochfuhr. Er warf einen Blick auf die Leuchtziffern. Zehn nach sieben! Er musste sich beeilen. Schlinge erwartete ihn um acht.

Auf dem Weg zum Bad sah er mit einem Anflug von Schwermut, dass ihm Clara eine Mitteilung auf die Kommode gelegt hatte. Sie war ohne Abschied gegangen. Bilder der gemeinsam verbrachten Nacht kamen ihm mit einem Schlag in Erinnerung, und er nahm es sich übel, dass er sich durch einen törichten Traum so hatte beunruhigen lassen. Als er die Mitteilung las, sah er das Lächeln der sommersprossigen Clara vor sich und hörte in seinem inneren Ohr ihre singende Stimme.

Mein lieber Antoine,
vergiss nicht, die Sonne in Deinem Herzen zu suchen.
Ich hoffe, dass wir einander eines Tages wiedersehen,
in diesem oder einem anderen Leben.
Du wirst immer einen Platz in meinen Gedanken haben.
Clara-Jadwiga

Mit betrübtem Lächeln faltete er das Blatt zusammen und steckte es in die Brieftasche.

»In der Tat hoffe ich, die Sonne zu finden, von der du sprichst, Clara«, flüsterte er. »Und zwar, bevor mich die Pistole aus meinem Traum aufspürt.«

»Mir tut leid! Weiter nicht geht. Polizei, Sie sehen? Sie anhalten Autos.«

Als Antoine mit seinen Blicken der Richtung folgte, in die der Taxifahrer wies, sah er, dass der Verkehr zum Stillstand gekommen war. Weiter vorn versperrten zwei Polizeifahrzeuge mit eingeschaltetem Blaulicht die Zufahrt zu der Straße, in die er wollte. Im Taxi zu warten war sinnlos, daher entlohnte er den Fahrer und stieg aus.

Sogleich glitten seine Füße auf dem eisglatten Asphalt aus, und er musste sich an der Tür des Wagens festhalten, um nicht rücklings hinzuschlagen. Nachdem er sein Gleichgewicht gefunden hatte, bahnte er sich vorsichtig einen Weg durch die Menschenmenge. Die kalte Luft biss in sein Gesicht, und bei jedem Atemzug bildete sich vor seinem Mund eine Dampfwolke. Einige Augenblicke später sah er den Grund für die Absperrung, und sein Herz schlug heftiger.

Etwa dreißig Meter weiter standen ein Rettungswagen und drei weitere Polizeifahrzeuge vor einem Gebäude, dessen Eingang gelbes Flatterband versperrte. Auf der gegenüberliegenden Straßenseite stand ein Ü-Wagen des Fernsehens, auf dessen Dach eine Satellitenantenne aufragte. Blitzlichter zuckten, als zwei Helfer eine Rolltrage aus dem Rettungswagen hoben und damit auf das Haus mit der heruntergekommenen Fassade und den drei Satellitenschüsseln auf dem Dach zueilten, wobei die kleinen Räder auf dem Straßenpflaster hüpften. Es war die Nummer 21 in der Garncarska-Straße: das Haus, in dem Schlinge wohnte.

Noch vor der Morgendämmerung hatte er mit einem Dietrich das Schloss einer Wohnung im dritten Stock lautlos geöffnet und die alte Frau darin getötet. Sie hatte kaum Zeit gehabt wach zu werden, während er sie mit ihrem Kopfkissen erstickte, das er ihr so lange auf das Gesicht drückte, bis sie sich nicht mehr rührte. Dabei hatte er überhaupt nichts gegen sie gehabt, kannte genau genommen nicht einmal ihren Namen. Sie hatte lediglich das Pech gehabt, in der Wohnung zu leben, von der aus er seiner fachkundigen Einschätzung nach das beste Schussfeld hatte.

Ein Kollateralschaden, nichts weiter.

Alles war sauber und rasch verlaufen. So schätzte er es. Das fürchterliche Gemetzel, das auf der anderen Straßenseite stattgefunden hatte, war ihm zuwider. Es war aber ebenfalls unvermeidlich gewesen. Leider hatte es deutlich länger gedauert als angenommen, bis der alte Naziverbrecher endlich bereit gewesen war, den Mund aufzumachen. Die Ausführung dieses Auftrags hatte ihm nicht das geringste Vergnügen bereitet, aber seine Anweisungen waren unmissverständlich gewesen, und Befehle befolgte er grundsätzlich buchstabengetreu. Jetzt brauchte er lediglich noch einen Präzisionsschuss von der Art anzubringen, für die er geradezu schwärmte – ein Kinderspiel.

Er zog sich einen Sessel an ein Fenster, das er zuvor geöffnet hatte, sodass jetzt eiskalte Luft eindrang, und stellte ihn so hin, dass er die Straße im Blick hatte, ohne von unten gesehen zu werden. Einem mit Schaumstoff ausgekleideten langen Etui entnahm er Lauf und Griffstück eines für ihn nach Maß angefertigten Scharfschützengewehrs vom Typ Mauser 86SR, verband beides mit wenigen geübten Handgriffen miteinander und setzte das mit einem Laservisier ausgestattete Zielfernrohr wie auch das neun Patronen enthaltende Magazin an. Wie immer verwendete er darauf die gleiche Sorgfalt, mit der eine

Geisha die Teezeremonie ausführt. Nachdem er einen zwanzig Zentimeter langen Schalldämpfer angebracht hatte, kalibrierte er mit großer Genauigkeit die Visiereinstellung und legte die Entfernung fest, indem er den roten Punkt des Lasers auf mehrere Stellen richtete, die er sich vorher auf der Straße angesehen hatte. Als er mit allem zufrieden war, legte er das Gewehr vorsichtig neben dem Sessel auf den Boden.

Er rieb sich leicht die Hände, um das Kribbeln zu vertreiben, das er immer unmittelbar vor einer solchen Aktion empfand. Er war bereit. Jetzt musste er nur noch warten, bis die Person kam, der all diese Vorbereitungen galten.

Während sich Antoine einen Weg durch die Menge der Neugierigen bahnte, versuchte er herauszubekommen, was vorgefallen war. Aber die meisten, die er fragte, verstanden ihn nicht, und wenn er doch eine Antwort bekam, dann auf Polnisch. Schließlich sah er eine Journalistin, die, ein Mikrofon in der Hand, vor einer Fernsehkamera sprach. Sie stand an einer strategisch günstigen Stelle zwischen dem Rettungswagen und dem Hauseingang und wirkte wie der typische Reporter, der sein Publikum über ein tragisches Ereignis informiert. Als sie fertig war, gab sie einem Mitarbeiter das Mikrofon und kehrte zum Übertragungswagen zurück.

Antoine folgte ihr.

»Entschuldigen Sie bitte, sprechen Sie Englisch?«

Sie wartete, bis ihre Zigarette brannte, die sie sich gerade angesteckt hatte, und hob dann den Blick.

»Ja. Was kann ich für Sie tun?«

»Bitte entschuldigen Sie, dass ich Sie belästige, aber ich wüsste gern, warum sich all diese Leute hier drängen.« Dabei wies er auf die Menge.

»Sind Sie Amerikaner?«

»Ja, aus Los Angeles. Ich heiße… James Baker. Ich arbeite für das Kabelfernsehen HBO. Man hat mich nach Krakau geschickt, damit ich geeignete Drehorte für eine kleine Serie finde, die unser Sender plant.«

Sie wurde weniger abweisend und hielt ihm die Hand hin.

»Christina Kuszki vom Sender TVP 3. Dann sind wir also Kollegen, nur dass Sie auf der Suche nach Fiktion umherreisen, während ich Jagd auf Informationen mache.«

»Ich freue mich, Sie kennenzulernen«, gab er zurück und schüttelte ihr die Hand. »Ich bin gerade zufällig hier vorbeigekommen, als ich die vielen Menschen und den Rettungswagen gesehen habe. Hat es einen Unfall gegeben?«

Mit spöttischem Lächeln gab sie zurück: »Ja, sofern man es einen Unfall nennen kann, wenn jemand zu Tode geprügelt wird.«

»Na also, da sind Sie ja, Monsieur Demarsands«, murmelte der Mann und visierte aufmerksam durch sein Zielfernrohr.

Antoines Kopf befand sich genau in der Mitte des Fadenkreuzes. Er war so spät gekommen, dass sich der Mann zu fragen begonnen hatte, ob er nicht vergeblich wartete. Aber nachdem er mehrere Minuten lang aufmerksam die Menge abgesucht hatte, war sein Blick schließlich auf den jungen Mann in der Nähe des Ü-Wagens gefallen. Sein Finger lag bereits am Abzug, als er sah, dass Demarsands die Journalistin ansprach. Er atmete betont langsam ein und nahm den Finger sacht wieder vom Abzug. Er sah nicht die geringste Schwierigkeit darin, am helllichten Tag und inmitten einer Menschenmenge auf sein Ziel zu feuern – er würde anschließend einfach durch die Hintertür verschwinden, bevor die Leute auf der Straße begriffen hätten, was geschehen war. Aber den Kerl unmittelbar vor der Nase einer Journalistin umzulegen würde ein unerwünschtes Maß an Aufsehen erregen.

»Nur Geduld, mein junger Freund. Noch ein paar Minuten«, sagte er leise vor sich hin, ohne sein Opfer aus den Augen zu lassen. »Dann bekommst du die Antwort auf sämtliche Fragen, und zwar ein für alle Mal.«

»Ist das Ihr Ernst?«

»Mein tödlicher Ernst, wenn Sie mir diesen Ausdruck erlauben.«

Sie sah ihm in die Augen, als wolle sie damit betonen, dass es keinen Grund gebe, an ihrer Professionalität zu zweifeln.

»Ich habe mit der Frau gesprochen, die ihn gefunden hat, eine Nachbarin. Das Opfer ist ein alter Mann, der völlig zurückgezogen gelebt hat. Als sie heute Morgen gesehen hat, dass seine Wohnungstür, die er sonst immer verschlossen hielt, nur angelehnt war, hat sie mehrere Male geklopft. Da sie keine Antwort bekam, ist sie hineingegangen und hat laut gerufen, wieder ohne Erfolg. Dann hat sie angefangen, sich gründlich umzusehen, und schließlich einen Blick ins Schlafzimmer geworfen. Was sie da zu sehen bekam, hat bei ihr einen Herzanfall ausgelöst.«

Die Journalistin ließ eine Pause eintreten, um die Spannung zu steigern und erneut an ihrer Zigarette zu ziehen. Dann fuhr sie fort: »Wie es aussieht, lag er vollständig nackt mit an die Bettpfosten gefesselten Armen und Beinen da. Sein Körper sah aus, als habe man ihn mit einem Presslufthammer bearbeitet. Die arme Nachbarin war so entsetzt, dass sie ihr Frühstück erbrochen hat. Immerhin hat sie es noch geschafft, die Polizei anzurufen.«

Sie hob eine Augenbraue. »Ziemlich makaber, was? Man könnte glauben, dass ihr Amerikaner nicht das Monopol auf psychopathische Mörder habt.«

Obwohl Antoine mehr oder weniger mit einer solchen Möglichkeit gerechnet hatte, trafen ihn diese Enthüllungen wie ein Faustschlag in die Magengrube.

»Ihnen wird doch hoffentlich nicht ebenfalls übel?«, fragte die Frau und verzog das Gesicht. »Sie sind ja weiß wie ein Laken.«

»Es geht schon, keine Sorge.« Es gelang ihm zu lächeln. »Ich habe noch nicht gefrühstückt und… Diese entsetzliche Geschichte ist mir ziemlich auf den Magen geschlagen.« Er zögerte, die nächste Frage zu stellen, weil er die Antwort fürchtete, aber er hatte keine Wahl.

»Sie haben gesagt, das Opfer sei ein allein lebender alter Mann gewesen. Warum hätte ihn jemand töten sollen, noch dazu auf diese Art und Weise? War es ein Raubmord?«

»Wie ich von meinem Kontaktmann bei der Polizei erfahren habe, weist nichts auf Einbruch oder Diebstahl hin. Natürlich hat die Polizei gerade erst mit ihren Ermittlungen begonnen. Bisher kennt man aber nicht einmal den genauen Todeszeitpunkt. Wie es aussieht, hält man Rache für das Tatmotiv.«

Antoines Gedanken jagten sich, während er versuchte, alles einander zuzuordnen. »Rache? Warum? Hat er beim Bingo gemogelt?« Mit seinem kläglichen Versuch, ein Witzchen zu reißen, fand er keinen Anklang.

»Die Gespenster des Krieges, Mr Baker; Erinnerungen an böse Dinge, die nie vergessen werden. Der Mörder hat, und zwar mit Blut, wahrscheinlich sogar dem des Opfers, an die Wand neben dem Bett geschrieben: ›Tod allen Nazischweinen‹. Vielleicht war der alte Mann ein Kriegsverbrecher. Davon gibt es hier im Lande mehr als einen, und die leben einer wie der andere unter falschem Namen. Der da hat wohl das Pech gehabt, dass er einem Verwandten oder Bekannten eines seiner Opfer über den Weg gelaufen ist. Das werden wir früher oder später erfahren.«

»Vielleicht stecken ja die Israelis dahinter. Die machen doch Jagd auf Nazis.«

Sie schüttelte den Kopf.

»Das glaube ich nicht. Deren Geheimdienst Mossad würde so jemanden entführen und nach Israel verschleppen, damit man ihn dort vor Gericht stellen kann wie Eichmann. Oder sie hätten ihn erschossen, wie damals die Terroristen des Schwarzen September nach dem Anschlag während der Olympischen Spiele in München. Nein, das hier trägt nicht die Handschrift des Mossad, dafür ist der Täter zu plump vorgegangen. Ich tippe eher auf eine persönliche Rache.«

Okay, Tony, letzte Frage. Er musste Gewissheit haben.

»Wissen Sie, wer der Mann ist?«

»Was hätten Sie davon, wenn Sie das wüssten?«, fragte sie, mit einem Mal argwöhnisch. »Kennen Sie womöglich jemanden in dem Haus da?«

Er zuckte die Achseln.

»Nein, bestimmt nicht. Wie schon gesagt, ich bin einfach auf dem Weg zum Planty-Park hier vorbeigekommen. Aber die Geschichte ist interessant. Wer weiß, vielleicht lässt sich daraus ein gutes Drehbuch machen.«

Sie lachte laut heraus und schüttelte den Kopf.

»Ihr Amerikaner verliert aber auch nie euren Geschäftssinn. Pulapka hieß er, Józef Pulapka.«

Das wurde allmählich aber auch Zeit!

Der Schütze stieß einen erleichterten Seufzer aus, als er sah, dass sich sein Opfer von der Journalistin verabschiedete. Auch wenn die alte Dame von nebenan kein besonders lebhaftes Gesellschaftsleben geführt haben dürfte, bestand jederzeit die Möglichkeit, dass ein Angehöriger oder ein Nachbar sie besuchen wollte, und er wäre lieber nicht dort, wenn jemand an die Tür klopfte.

»Mach schon, junger Freund«, murmelte er, während er Antoine durch das Zielfernrohr beobachtete, »sei so nett und geh einen Schritt zur Seite, damit ich dich von all deinen Nöten befreien kann.«

Noch zwei, drei Schritte, dann war er genau in der richtigen Entfernung. Die Augen aller Schaulustigen richteten sich auf den Ort des Verbrechens: Es würde einen Augenblick dauern, bis sie merkten, dass jemand auf der Straße zusammengesunken war. In seinem Beruf zählte jede Sekunde.

»Verdammter Mist!«

Wieder war sein Opfer stehen geblieben, unmittelbar vor einem der Polizeiautos.

Ein Stimmengewirr erhob sich in der Menge, als die Sanitäter mit der Trage aus dem Haus kamen, auf der ein schwarzer Leichensack lag. Unwillkürlich sah Antoine hin und glaubte, unter dem Kunststoff Schlinges Umrisse sehen zu können. Es konnte kein Zufall sein, dass man den SS-Mann wenige Stunden nach seinem Besuch umgebracht hatte. Zweifellos hatte er, ohne es zu wollen, den Mörder zum Versteck des Alten geführt. Das aber konnte nur bedeuten, dass man ihm selbst auf der Spur war. Doch wer mochte das sein und aus welchem Grund? Nur eine Handvoll absolut vertrauenswürdiger Menschen wusste, dass er sich in Polen aufhielt. Wie konnte da jemand, der dem alten Kriegsverbrecher nachspürte, erfahren haben, dass er dessen Identität und Adresse entdeckt hatte? Das Ganze schien ihm nicht den geringsten Sinn zu ergeben.

Vielleicht war das Tatmotiv ja doch nicht Rache, ging es ihm durch den Kopf, während Schlinges Leiche im Rettungswagen verschwand.

Hatte ihm Schlinge nicht gesagt, er habe nie jemanden am Leben gelassen, damit ihn später niemand identifizieren konnte? Trotz all seiner niederträchtigen Taten hatte der ehemalige SS-Mann nie zur ersten Riege der Nationalsozialisten gehört, deren Gesichter jeder kannte, sondern war eher ein vergleichsweise anonymes Rädchen in der riesigen Vernichtungsmaschinerie des Dritten Reiches gewesen. Wenn er nicht aus Rache getötet worden war, blieb nur die Erklärung, dass ihn jemand zum Schweigen bringen wollte.

In dem Fall musste der Betreffende in das Verschwinden von Görings Beutetransport verwickelt gewesen sein. Es konnte nur jemand sein, für den so viel auf dem Spiel stand, dass er den Alten auf keinen Fall am Leben lassen durfte. Soweit Antoine wusste, gab es nur einen einzigen Menschen, auf den das zutraf: Lubiesz.

Schlinge hatte ihn als den Kopf des Unternehmens bezeichnet. War es möglich, dass Lubiesz ihn, Antoine, überwachen ließ? *Ich bin sicher, dass wir schon bald erneut miteinander zu tun haben werden,* hatte ihm der Milliardär in Los Angeles gesagt. Damals hatte Antoine das als höfliche Floskel angesehen, mit der Lubiesz das Gespräch beenden wollte, oder günstigstenfalls als Versprechen einer künftigen Zusammenarbeit. Inzwischen schien ihm der Satz eher eine Drohung zu enthalten. Falls Lubiesz hinter dem Mord an Schlinge steckte und er ihn hatte ermorden lassen, weil er mit Antoine gesprochen hatte, dürfte er selbst der Nächste auf dessen Liste sein.

Das laute Geräusch, mit dem die Hecktüren des Rettungswagens zufielen, ließ ihn zusammenfahren. Da es jetzt nichts mehr zu gaffen gab, begann sich die Menge der Neugierigen zu zerstreuen.

Jetzt nur nicht in Verfolgungswahn verfallen, Tony.

Immerhin war es ohne Weiteres möglich, dass der ehemalige Angehörige der SS-Brigade Dirlewanger Schlinge umgebracht hatte, weil er fürchtete, dieser könne ihn auffliegen lassen. Doch welches Motiv der Mörder auch immer gehabt haben mochte, es war auf jeden Fall besser, auf schnellstem Wege aus Polen zu verschwinden. Früher oder später würde die Polizei dahinterkommen, dass er bei Schlinge gewesen war, und er legte nicht den geringsten Wert darauf, argwöhnischen polnischen Polizeibeamten die Art seiner Beziehung zu dem ehemaligen SS-Mann erklären zu müssen.

Er wandte dem Gebäude den Rücken zu und ging rasch davon.

Der rote Punkt des Laservisiers kam auf der linken Schläfe zur Ruhe, womit sichergestellt war, dass die in der Ladung verstärkte Patrone 7,62 NATO irreversiblen Schaden anrichten würde. Mit der Präzision eines Uhrmachers begann der Schütze, den Abzug durchzuziehen. Die Schulterstütze prallte zurück, als die Patrone den Lauf verließ.

Es klang, als sei ein Steinchen auf einen Gegenstand aus Metall geprallt. Überrascht hob Antoine den Kopf und konnte gerade noch einem großen Schnee- und Eisbrocken ausweichen, der sich von einer Dachrinne gelöst hatte, als ein Taubenschwarm mit knatterndem Flügelschlag davonstob.

»Mistviecher«, knurrte er und säuberte seine Jacke von Schneeresten. Dann fiel ihm das sonderbare Geräusch wieder ein, das er gehört hatte. Er hob den Kopf und kniff die Augen zusammen, um zu sehen, woher es gekommen war. Mittlerweile war die Sonne zwischen den Wolken hervorgekommen, und Wassertropfen fielen von den zahlreichen Eiszapfen an Dachrinnen und Fensterlaibungen.

Wahrscheinlich hat es da oben im Eis geknackt.

Er zuckte die Achseln und bog auf der Suche nach dem nächsten Taxistandplatz um die Straßenecke.

Genau in dem Augenblick, in dem der Schütze den Abzug betätigte, zog sich etwas wie ein tödlicher Schraubstock um seinen Hals zusammen und riss ihm den Kopf ruckartig nach hinten. So kam es, dass das Geschoss weit oberhalb des anvisierten Ziels durch die Luft fuhr und auf der anderen Straßenseite in eine Dachrinne einschlug. Der Schütze ließ die Waffe fallen und fuhr sich instinktiv mit den Händen an den Hals. Dort spürten seine Fingerspitzen den glatten Stahl einer Klaviersaite, die sich tief in sein Fleisch grub und ihm die Luft abschnürte. Als er angstvoll die Augen nach oben verdrehte, fiel sein Blick auf ein unbewegtes Gesicht, das ihn ohne die Spur von Gefühl ansah. Verzweifelt versuchte er, den Draht zu fassen und sich zu befreien oder zumindest den entsetzlichen Druck auf seine Luftröhre zu verringern, doch kratzte er sich dabei lediglich mit den Fingernägeln die Haut auf. Indem er wild mit den Armen ruderte, sodass es aussah wie der Flügelschlag eines verzweifelten Vogels, bemühte er sich, den Mann zu treffen, der hinter ihm stand, doch da sein Rücken fest an die Sessellehne gedrückt war, gelang ihm das nicht. Als die Klaviersaite die Blutzufuhr in seiner Halsschlagader unterbrach, rang er noch mehr nach Atem, da sein Gehirn keinen Sauerstoff mehr bekam, wobei ihm die obszönen Flüche, die er ausstoßen wollte, im Hals stecken blieben. Dann begann seine Umgebung, ihm vor den Augen zu verschwimmen. Seine Bewegungen wurden immer schwächer, die Glieder immer schwerer. Lange und unerträgliche Sekunden hindurch versuchte er noch, sich zu wehren, bis ihn die Kraft verließ. Er hörte, wie seine Luftröhre zerquetscht wurde wie ein Stück Pappe. Unmittelbar bevor er das Bewusstsein verlor, sagte er sich, dass er immerhin einem Profi in die Hände gefallen war.

Nachdem der Angestellte der Fluggesellschaft eine Weile auf seiner Computertastatur herumgeklimpert hatte, sagte er: »Es gibt in einer halben Stunde einen LOT-Flug nach Rom, aber in Fiumicino müssen Sie knapp drei Stunden auf Ihren Anschluss nach Genf warten. Gegenüber Ihrer ursprünglichen Reservierung gewinnen Sie damit lediglich eine Stunde. Ich weiß nicht, ob sich das lohnt.«

»Für mich schon«, gab Antoine zurück. »Ich esse gern Italienisch. Buchen Sie mich bitte um.«

Der Angestellte ließ sich nicht anmerken, ob ihn diese Bitte überraschte. Zweifellos war er an die Launen von Touristen und ihre lächerlichen Wünsche gewöhnt.

Wenige Minuten später reihte sich Antoine mit dem neuen Flugschein in die Schlange vor der Ausreisekontrolle ein. Wussten die Behörden möglicherweise schon, dass er einer der letzten Besucher Schlinges gewesen war, und hatten die Dienststellen an den Grenzen bereits die Anweisung, ihn als möglichen Zeugen festzuhalten oder, schlimmer noch, als Tatverdächtigen? Zwar hielt er diese Art von Tüchtigkeit für wenig wahrscheinlich, empfand aber trotzdem eine gewisse Besorgnis, als er dem Beamten seinen Pass gab.

Zu seiner großen Erleichterung begnügte sich dieser mit einem flüchtigen Blick auf das Foto, bevor er seinen Stempel ansetzte.

»Gute Reise«, sagte er ohne besonderen Nachdruck. »Und kommen Sie bald wieder in unser Land.«

»Danke, bestimmt.« *Am Sankt-Nimmerleins-Tag.*

In Genf empfing ihn ein kalter Winterabend. Träge fiel der Schnee, und die Nebelschwaden über den Wassern der Rhône dämpften die Geräusche und Lichter der Stadt. Eine Montecristo zwischen den Lippen, schlenderte Antoine, die Hände in den Taschen, in aller Gemütsruhe über die Mont-Blanc-Brücke.

Nachdem er auf dem Flughafen von Cointrin gelandet war und sich in einem Mietwagen durch den entsetzlichen Wochenendverkehr gequält hatte, war er im *Hôtel des Bergues* abgestiegen, dem ältesten und seiner Ansicht nach wie vor kultiviertesten der zahlreichen Fünf-Sterne-Häuser der Stadt. Er hatte sich etwas zu essen in die Suite kommen lassen und dann seinen Bruder angerufen. Das Dienstmädchen hatte ihm zu seiner großen Erleichterung mitgeteilt, Monsieur Alexandre und Madame Olivia seien noch nicht aus Megève zurück, wohin sie mit den Kindern über das Wochenende gefahren waren. Zwar war ihm bewusst, dass er seinem Bruder mitteilen musste, was er in Polen herausbekommen hatte, doch begeisterte ihn die Aussicht darauf nicht. Zumindest gab ihm dessen Abwesenheit Zeit, seine Gedanken zu ordnen.

Nach dem Ende seiner Mahlzeit hatte er, gesättigt und von dem Bewusstsein befriedigt, Hunderte Kilometer von Schlinges Leiche entfernt zu sein, beschlossen, einen Spaziergang zu machen.

Mit unbeschwertem Schritt strebte er dem linken Ufer des Sees entgegen. Er wollte die Ängste verjagen, die ihn so viele Tage hindurch bedrängt hatten, und seine Gedanken gleich dem Nebel dahintreiben lassen. Schneeflocken legten sich sacht auf sein Gesicht – seine Mutter hätte gesagt: wie Engelsküsse.

Jetzt, kurz vor zehn Uhr, hatte sich der Verkehr wieder auf ein normales Maß reduziert. Antoine hörte einige Meter unter seinen Füßen das Wasser gurgeln. Am anderen Ende der Brücke angekommen, blieb er oben auf der Treppe stehen, die zur dort auf gleicher Höhe mit dem Wasser verlaufenden Uferstraße führte. Nach einem Blick auf die im Dunkeln liegenden Stufen fiel ihm ein, dass sein Freund Rémy vor einigen Jahren über jenes Stadtviertel gesagt hatte, es sei dort nicht mehr besonders sicher. Tagsüber ein Touristenparadies, verwandelte sich dieser Abschnitt des linken Seeufers nach Einbruch der Dunkelheit in einen Ort, an dem sich außer Zuhältern und Prostituierten auch Dealer und Drogenabhängige auf der Suche nach ihrer Dosis herumtrieben. Mit einem Mal erschien ihm sein Spaziergang weit weniger verlockend.

Abgesehen von den wenigen Autos, die vorüberkamen, war er allein. An die Stelle des Gefühls, von Nebel und Schnee in eine Art Kokon eingesponnen zu sein, war die Empfindung von Alleinsein und Verwundbarkeit getreten. Aus dem Augenwinkel glaubte er, am unteren Ende der Treppe einen Schatten entlanghuschen zu sehen. Da er keinen Wert darauf legte festzustellen, ob er sich das nur eingebildet hatte, machte er auf dem Absatz kehrt und trat den Rückweg an, wobei er ein sonderbares Kribbeln im Nacken spürte und den unangenehmen Eindruck hatte, man folge ihm.

Als er hinter sich Schritte hörte, fuhr er zusammen und wandte sich rasch um. Niemand war zu sehen, ihn umgab nichts als Schnee und Nebel.

Hast du jetzt mit einem Mal Angst vor der Dunkelheit, Tony? Da solltest du wohl am besten tatsächlich einen Psychiater aufsuchen.

Er setzte seinen Weg fort und zwang sich, ruhig zu atmen. Er hatte noch keine fünfzig Schritte getan, als ein leichter Wind aufkam und den Nebel vertrieb. Die Lichter seines Hotels wurden auf der anderen Seite der Brücke sichtbar, verhießen Leben und Sicherheit. Unter dem Vordach verabschiedeten sich fröhliche Menschen voneinander, bevor sie in ihr Auto stiegen. Antoine verlangsamte den Schritt und zog an seiner Zigarre. Sie war ausgegangen. Voll Ärger über seine Nachlässigkeit beugte er sich über das Geländer, um sie ins Wasser zu werfen. Ein

Schwanenpaar schwamm unmittelbar unter ihm vorüber, das weiße Gefieder leuchtete im Dunkeln. Die gespenstischen Umrisse der Vögel kamen nur langsam voran, der einzige Hinweis auf die Mühe, die es sie kosten musste, gegen die Strömung anzukämpfen.

Warum benutzen sie nicht ihre Schwingen?

Mit einem Mal erreichte ihn ein Ruf vom Ufer. Es war eine Männerstimme, doch da es bis dorthin ziemlich weit war, konnte er die Worte nicht verstehen. Dann kam der Ruf erneut, diesmal lauter: »Achtung, links.«

Überrascht wandte Antoine den Kopf gerade noch rechtzeitig, um zu sehen, dass sich eine schattenhafte Gestalt auf ihn stürzte, die eine blitzende Klinge schwang. Instinktiv hob er den linken Arm, um sich zu schützen, kaum eine Sekunde bevor ihn die Klinge traf.

Der Aufprall raubte ihm den Atem. Entsetzt hörte er, wie seine Jacke zerriss, und er spürte, wie ihm das Metall in den Arm drang. Schon hob der Angreifer das Messer erneut, bereit, es ihm ins Herz zu stoßen. In einem verzweifelten Reflex packte Antoine das Handgelenk des Mannes mit der einen Hand und fuhr ihm mit der anderen an die Kehle.

Ihre Blicke kreuzten sich flüchtig. Das harte und verzerrte Gesicht seines Angreifers war nur wenige Zentimeter von seinem eigenen entfernt.

Außerstande, sich loszureißen, versuchte der Mann, mit der freien Hand nach ihm zu schlagen. Antoine wich ihm im letzten Augenblick aus und rammte ihm, bevor er einen neuen Versuch unternehmen konnte, mit aller Kraft den Kopf mitten ins Gesicht, wobei er ihm krachend das Nasenbein zermalmte.

Der Mann schrie auf und wich unwillkürlich einen Schritt zurück. Blut lief ihm über das Gesicht.

Sogleich stürzte sich Antoine auf ihn und schleuderte ihn

mehrere Male gegen das Brückengeländer, wobei er darauf achtete, den Kopf tief zu halten, damit die auf seine Augen gerichteten ausgestreckten Finger des Angreifers ihr Ziel nicht trafen. Doch der Mann war der Situation sehr rasch wieder gewachsen und ließ mit aller Kraft Faustschläge auf Antoines Kopf und Nacken hageln, sodass er sich genötigt sah, dessen Hals loszulassen.

Eine ganze Weile kämpften sie miteinander, wobei sie immer wieder im Schneematsch ausglitten, ohne dass einer von ihnen einen entscheidenden Vorteil gewann. Immer mehr Rufe ertönten aus der Ferne, doch soweit Antoine sehen konnte, war er nach wie vor mit dem Angreifer allein auf der Brücke. Weit und breit war keine Hilfe zu erwarten. Er spürte, wie seine Kräfte rasch abnahmen. Er hatte den Eindruck, dass sich seine zum Zerreißen gespannten Armmuskeln jeden Augenblick verkrampfen konnten, und seine Wunde bereitete ihm höllische Schmerzen. Es würde nicht mehr lange dauern, bis er das Handgelenk des anderen loslassen musste und dieser ihn erstechen würde.

Er nahm die letzten Kräfte zusammen und warf sich mit seinem ganzen Gewicht gegen den Mann, sodass dieser das Gleichgewicht verlor. Mit dem Rücken gegen das Geländer versuchte er, wieder auf die Beine zu kommen, doch sie gaben wie in Zeitlupe nach, und er begann, rücklings über das Geländer zu fallen. Mit einem Wutgeheul schleuderte er das Messer von sich und packte Antoines Jacke in dem vergeblichen Versuch, seinen Sturz zu verhindern. Vom Schwung des Mannes mitgerissen und außerstande, sich aus dessen Umklammerung zu befreien, spürte Antoine, wie er vornüberfiel. Den Bruchteil einer Sekunde lang schwankten beide in gefährlichem Ungleichgewicht wie eine groteske Balancierstange auf dem Brückengeländer, dann stürzten sie kopfüber ins dunkle Wasser der Rhône.

Der Verkehr auf der Barrington Street war an jenem strahlenden Tag flüssig. In der Stadt der Engel, wo der Winter eigentlich nur auf dem Kalender existiert, ließ der Frühling nicht lange auf sich warten.

Anna wandte sich auf der Montana Avenue westwärts und gab Gas, um an der Kreuzung mit dem San Vicente Boulevard noch bei Grün durchzukommen, wobei ihr Pick-up heftig durch den Rinnstein rumpelte. Dann suchte sie einen Parkplatz und verfluchte Antoine, weil er die Fernbedienung für die Garage in seinem Wagen eingeschlossen hatte. Als ob man in Brentwood so ohne Weiteres einen Parkplatz finden könnte! Nur gut, dass er, wenn auch erst im letzten Augenblick, daran gedacht hatte, ihr die Schlüssel zu seiner Wohnung dazulassen. Andernfalls hätte Sultan ziemlich lange hungern müssen.

Durch reinen Zufall sah sie kurz vor dem Bundy Drive eine Lücke, die für ihren Dodge Power Ram groß genug war. Sie parkte gekonnt ein, wobei sie mit der gewaltigen hinteren Stoßstange nur zwei Zentimeter von der Motorhaube eines nagelneuen BMW blieb.

Antoines Wohnung lag in einem protzigen Gebäude. So etwas ließ Anna kalt. In ihren Augen war es nichts anderes als ein Kasten aus Beton und Glas wie so viele andere, in denen Yuppies wohnten. Die wenigen Nächte, die sie in Antoines Dreizimmerwohnung verbracht hatte, in der alles blitzte, gehörten einer vergangenen Zeit an.

Schließlich gab sie an der Haustür mit der getönten Glasscheibe den Code zum Öffnen ein. Statt des sonst üblichen Summens ertönte eine synthetische androgyne Stimme, die betont fröhlich trompetete: »Guten Tag und willkommen in der Montana Residence.«

Da hast du Los Angeles mit seinem ganzen beknackten Glanz, dachte sie und knirschte mit den Zähnen. Gleich hinter der

Tür überfiel sie der eiskalte Lufthauch der Klimaanlage. Ganz offensichtlich dachten die Eigentümer nicht im Traum daran, der Energieverschwendung Einhalt zu gebieten, um die Umwelt zu schonen. Fröstelnd durchquerte sie die Eingangshalle in Richtung auf einen hell erleuchteten Flur, auf dessen Boden das Geräusch ihrer Absätze laut hallte. Sie blieb vor der letzten Tür stehen und trommelte leise mit den Fingernägeln gegen das Holz. Auf diese Art teilte sie Sultan mit, dass sie da war. Sie wusste, dass der Kater auf der anderen Seite wartete und von ihr am Bauch gekrault werden wollte. Sie drehte den Schlüssel um und öffnete die Tür. Keine Katze.

Verdammtes undankbares Pelztier! Zumindest könntest du dich der Hand ein bisschen erkenntlich zeigen, die dich füttert, während Papa in der Weltgeschichte herumzigeunert.

»Sultan, ich bin's, Tante Anna. Wo versteckst du dich, du Fellkugel?« Da sie nach wie vor keine Spur von dem Tier sah, machte sie sich zum Wohnzimmer auf. Ein Blick auf die Katzentoilette zeigte ihr, dass sie unberührt war. Auch das von ihr für Sultan bei ihrem letzten Besuch vor zwei Tagen in die Küche gestellte Futter hatte er offensichtlich nicht angerührt. Da sie den Appetit des kleinen Vielfraßes kannte, begann sie, sich Sorgen zu machen. Ob das Tier krank war? In dem Fall wäre der Kater aber gleich an die Tür gekommen, denn er jammerte den Menschen gern etwas vor.

Auch im Wohnzimmer bekam sie keine Reaktion auf ihre Rufe. Sie schaute hinter die Möbel und unter das Sofa. Nichts. Hatte das blöde Vieh womöglich die Wohnung verlassen? Sie sah an den Fenstertüren nach, doch die waren verriegelt.

Voll Unruhe eilte sie ins Schlafzimmer, um unter dem Bett nachzusehen. Da war er! Mit gesträubtem Fell und rundem Buckel fing er an zu fauchen, kaum dass er sie gesehen hatte.

»Hallo, Schätzchen«, murmelte sie mit beruhigender Stimme.

»Ich bin's. Kennst du deine Tante Anna etwa nicht mehr?«
Langsam streckte sie die Hand nach dem Tier aus, woraufhin
es mit drohendem Fauchen zurückwich.

Mit einem Mal nahm sie den Geruch wahr. Sie rümpfte die
Nase und entdeckte unter dem Bett mehrere unverkennbare
dunkle Häufchen. *Ach, deswegen ist das Katzenklo unberührt!*
Aber wie ließ sich ein solches Verhalten erklären? Sultan war
stets überaus reinlich gewesen, eher noch mehr als die meisten
anderen Katzen, so als habe er sich seinem Herrn angepasst,
der geradezu einen Hygienefimmel hatte.

»Was ist denn los, Schätzchen?« Sie legte sich auf den Bauch,
streckte beide Hände aus und kratzte mit den Nägeln auf dem
Teppichboden, um Sultans Neugier zu wecken.

»Bist du krank?«

An die Stelle des Fauchens trat ein schweres Atmen. Mit
Schmeichelworten gelang es ihr, ihn Zentimeter für Zentimeter zu sich herzulocken. Wenige Augenblicke später war er in
ihren Armen. Sie setzte sich auf das Bett und kraulte ihm das
wirre Fell. Sie spürte, wie sein Herz unter ihren Fingern heftig
schlug. *Was mag ihn nur so erschreckt haben?* Alles um sie herum
war in völliger Ordnung. Von einem Foto auf der Kommode
lächelte Antoine als kleiner Junge, der stolz neben seinem Vater stand. Es kam ihr so wirklich und lebendig vor, dass sie das
Lächeln unwillkürlich erwiderte. Sie erstarrte. Sultan hob den
Kopf, um weitere Liebkosungen einzufordern, doch sie achtete
nicht auf den Kater. Das Glas in dem kostbaren silbernen Rahmen war zersplittert.

Der Aufprall hatte Antoine benommen gemacht. Gleich darauf
kroch ein wilder lähmender Schmerz in ihn, als hätten tausend
Glassplitter seine Haut durchbohrt und als hielte etwas seinen
Kopf in einem eiskalten Schraubstock fest. Unter dem Einfluss

des Adrenalins und des Kälteschocks begann sein Herz, heftig gegen die Rippen zu schlagen. Er öffnete die Augen und sah im trüben Wasser das gespensterhaft verzerrte Gesicht seines Angreifers. Voll Panik klammerte sich der Mann nach wie vor an ihn wie an eine Rettungsboje und zog ihn unaufhaltsam nach unten.

Antoine versuchte, sich von ihm zu lösen, kämpfte ebenso sehr gegen das Gewicht seiner Kleidung, die sich mit Wasser vollgesogen hatte, wie gegen die Umklammerung seines Gegners. Aber der Mann dachte nicht daran, ihn loszulassen, und Antoine, der keine Luft mehr bekam, begriff, dass sie bald beide ertrinken würden. Mit aller Kraft rammte er ihm ein Knie in den Unterleib. Der Mann brüllte vor Schmerz auf, wobei ein Rosenkranz von Luftblasen aus seinem Mund kam. Als Antoine den steinigen Boden des Flussbetts unter den Füßen spürte, stieß er sich in Richtung auf den schwachen Lichtschimmer an der Wasseroberfläche ab. An dieser Stelle war die Rhône nicht besonders tief, höchstens fünf Meter. Doch für Antoine, der am Rande der Bewusstlosigkeit gegen den Reflex ankämpfte, Luft zu holen, um nicht zu ertrinken, schien der Aufstieg eine Ewigkeit zu dauern.

Endlich tauchte sein Kopf aus dem Wasser auf, und er sog begierig die eiskalte Luft ein, die ihm in der Lunge brannte, als handele es sich um flüssigen Stickstoff. Würgend und Wasser spuckend, wobei seine Zähne unbeherrschbar klapperten, spürte er die Gewalt der Strömung, die ihn mit sich fortzog. Von seiner nassen Kleidung behindert, musste er unter Aufbietung aller Kräfte schwimmen, um nicht erneut unterzugehen. Während er inmitten des unaufhörlich tanzenden Schnees den Kopf hin und her drehte, versuchte er festzustellen, wo er war.

Seinen Angreifer sah er nicht mehr, doch das war im Augenblick die kleinste seiner Sorgen. Der Mistkerl mochte sich um sich selbst kümmern. Antoine hatte nur einen Gedanken: Raus aus dem Wasser, und das schnell! Inzwischen hatte ihn die Strömung schon an der kleinen Rousseau-Insel am Ausfluss der Rhône aus dem See vorübergetrieben. Statt unmittelbar in Richtung Ufer zu steuern und damit seine Kräfte in einem von Anfang an aussichtslosen Kampf gegen die entfesselten Wassermassen zu vergeuden, schwamm er mit dem Strom, wobei er aber im spitzen Winkel das Ufer ansteuerte, dem er sich auf diese Weise näherte, wenn auch nur sehr langsam. Noch an der Bergues-Brücke befand er sich gut dreißig Meter vom Ufer entfernt. Er verdoppelte seine Bemühungen und gewann mit der Kraft seiner Arme und Beine Meter um Meter.

Kälte, Schmerz und Angst waren vergessen. In diesem animalischen Kampf um das nackte Leben war er nicht mehr fähig zu denken oder etwas zu spüren. Er war nur noch eine Maschine, die kein anderes Ziel kannte, als das Ufer zu erreichen. Der Schlag seines Herzens und seine Atmung schienen sich dem Takt seiner Gliedmaßen angepasst zu haben. Die Zeit hatte aufgehört zu existieren; jetzt zählte nur noch die Entfernung zum Ufer, zur Sicherheit, zum Leben. Mit mechanischer Verbissenheit und völlig leerem Kopf schwamm er wie ein Roboter, beharrlich wie ein über die Grenzen der Erschöpfung hinaus angetriebenes Maultier.

Mit einem Mal stieß er mit dem Kopf an einen Stein. Benommen hob er den Blick und sah die senkrecht aufragende Ufermauer vor sich. Und jetzt? Wie es schien, war das Schwimmen der einfachere Teil gewesen. Die vom Wasser glatt gespülten und mit Algen bedeckten Steine waren so schlüpfrig, dass seine klammen Finger keinen Halt fanden, während die Strömung weiter an ihm zerrte. Seine bleischweren Beine gehorchten ihm nicht mehr, und er konnte nur noch mit den Armen schlagen, um nicht unterzugehen.

Unterdessen waren einige Passanten auf ihn aufmerksam geworden. Er hörte über sich Rufe und sah durch den Schneevorhang Gestalten, die über die Uferstraße liefen. Er winkte und versuchte so, sie auf seine verzweifelte Lage aufmerksam zu machen, doch als er um Hilfe rufen wollte, kam lediglich ein von Kälte erstickter kreischender Laut aus seiner Kehle. Eine kleine Menschengruppe hatte sich am Ufer versammelt, und einige beugten sich in einem von vornherein zum Scheitern verurteilten Versuch, ihn mit ihren Händen zu erreichen, über das Gitter. Jemand reichte sogar seinen Mantel hinab, damit er danach greifen konnte, doch er war viel zu kurz und baumelte außerhalb seiner Reichweite im leeren Raum, wie um ihn zu verhöhnen. Vermutlich waren andere davongeeilt, um ein Seil zu holen. Doch wie lange würde das dauern?

Während die Sekunden dahinschlichen und das eiskalte Wasser rasch an seinen letzten Kräften zehrte, versuchte Antoine immer wieder vergeblich, sich an der Mauer festzuhalten, um nicht vom Wasser fortgezogen zu werden, doch das Einzige, was er damit erreichte, war, dass er sich die Fingerspitzen aufschürfte.

Mit einem Mal stieß seine linke Hüfte mit einem gewaltigen Stoß gegen ein großes Hindernis und hielt ihn fest. Rasch wandte er den Kopf und erkannte, dass ihn die Strömung gegen die unterste Stufe einer alten Steintreppe gedrückt hatte, die vom Wasser hinauf zur Uferstraße führte.

Mit neu erwachter Hoffnung versuchte er, sich auf die halb überflutete Steinplatte hochzuziehen. Die Brust fest dagegengepresst, war es ihm fast gelungen, die Beine nachzuholen, als er auf der von Algen überwachsenen Fläche ausglitt und bis zu den Ohren ins eiskalte Wasser zurückfiel. Von Panik erfasst, kämpfte er gegen die Strömung an, die ihn unter die Treppe zu drücken drohte, und es gelang ihm, wieder an die Oberfläche zu kommen. Erneut zerrte das Wasser unerbittlich an ihm. In einem neuen Versuch bot er das Wenige an Kraft auf, das ihm geblieben war, doch diesmal gelang es ihm nicht einmal mehr, den Oberkörper aus dem Wasser zu ziehen. Erschöpft von Kälte und Überanstrengung, verkrampften seine Muskeln. Er hielt sich nur noch mit den Fingerspitzen am Stein fest. Lange würde er dem tödlichen Sog der Strömung keinen Widerstand mehr leisten können.

Es war aus. Er hatte verloren.

Verdammter Mist!

Er schloss die Augen und ließ los.

Mit Sultan auf den Armen eilte Anna zur Kommode hinüber. In der Mitte des zersplitterten Glases war ein großes Loch, doch nirgendwo sah sie auch nur die winzigsten Reste. Vielleicht hatte es die Putzfrau beim Staubwischen zerbrochen und die Glassplitter aufgekehrt.

Sie ließ den Blick durch den Raum gleiten. Alles war an Ort und Stelle, die Bilder hingen gerade, die Bücher standen sorgfältig ausgerichtet auf den Regalbrettern. Der mit Emaille verzierte, kostbare goldene Wecker, ein Erbstück der Familie, stand auf dem Nachttisch an seinem Platz, und auch das Zigarettenetui, eine chinesische Lackarbeit, in der Antoine seine Manschettenknöpfe aufbewahrte, schien um keinen Millimeter von der Stelle gerückt worden zu sein. Sie drehte sich um und öffnete die oberste der fünf Kommodenschubladen. Dort lagen die Glassplitter auf den nach Farbe sortierten Socken.

»Das versteh, wer will«, murmelte sie vor sich hin. »Carmela hätte die nie im Leben in die Schublade gekehrt, nicht mal, um ihre Tollpatschigkeit zu vertuschen.«

Den Kater an sich gedrückt, ging sie ins Arbeitszimmer. Nachdem sie ihn auf einen Sessel gesetzt hatte, trat sie an Antoines großen Teakholz-Schreibtisch. Jemand, der nicht mit seiner übergenauen Pedanterie vertraut war, hätte vom Eindringen eines Fremden nicht das Geringste bemerkt, aber Anna sah sogleich, dass einige Gegenstände nicht genau dort waren, wohin sie gehörten. Jetzt war alles klar. Gewissenhaft durchsuchte sie den ganzen Raum, öffnete jede Schublade und jeden Ordner. Zwar fehlte nichts, doch waren die Hinweise darauf unübersehbar, dass jemand die Wohnung systematisch und mit großer Sorgfalt Quadratzentimeter für Quadratzentimeter unter die Lupe genommen und anschließend versucht hatte, alle Spuren zu tilgen.

Offenbar hatte dieser ungebetene Besucher Sultan eine fürchterliche Angst eingejagt. Ein gewöhnlicher Einbrecher war es offensichtlich nicht gewesen, denn der hätte einfach elektronische Geräte und andere Wertgegenstände wie Schmuck gestohlen, ohne sich darum zu kümmern, ob man das hinterher merkte oder nicht. Blieb die Frage, ob der Betreffende fündig geworden war. Keinesfalls war Anna bereit, länger dortzubleiben. Man brauchte kein Genie zu sein, um zu dem Schluss zu gelangen, dass jemand, der in eine fremde Wohnung einbricht, um sie auf den Kopf zu stellen, nichts Gutes im Schilde führt. Sie nahm den Kater an sich und beeilte sich, die Wohnung zu verlassen.

»Du kommst mit zu Tante Anna, Sultan«, flüsterte sie ihm zu und küsste ihn auf das Näschen. Auf dem Weg zu ihrem Wagen überlegte sie, ob sie Carmela anrufen und ihr sagen sollte, nicht wie vorgesehen am Dienstag zum Putzen zu kommen. Zuvor aber musste sie mit Antoine sprechen. *Wenn ich nur wüsste, wo sich der blöde Kerl rumdrückt!*

Mit einem Mal merkte Antoine, dass er aus dem Wasser gezogen wurde. Jemand hatte ihn am Jackenkragen gepackt und hob ihn wie eine Marionette auf die glatten Steinstufen. Dort lag er schließlich mit dem Gesicht nach unten und unfähig, sich zu bewegen. Als es ihm unter großen Schmerzen gelang, den Kopf zu drehen, sah er lediglich ein Paar aufgeweichte schwarze Schuhe. Es waren ganz gewöhnliche Schuhe mit einer dicken Gummisohle, doch in diesem Augenblick kam es ihm vor, nie etwas so Schönes gesehen zu haben. Er wollte sprechen, doch er spuckte nur Wasser. Kräftige Arme ergriffen ihn unter den Achseln und brachten ihn zur Uferstraße empor, wo man ihn mit angezogenen Beinen in den Schnee legte.

Die Geräusche, die von der Straße herüberkamen, waren jetzt lauter. Er hörte in der Ferne Stimmen, dann eine Sirene, die sich näherte. Die schwarzen Schuhe tauchten wieder in seinem Blickfeld auf, und als sich sein Retter neben ihn kniete, erkannte er eine am Saum durchnässte graue Hose. Vorsichtig tastete eine Hand nach seinem Puls. Dann wurde etwas Schweres und Warmes auf ihn gelegt. Es dauerte einige Sekunden, bis er begriff, dass das eine Wolldecke war. Erneut versuchte er, den Kopf zu heben, um seinen Retter zu sehen, aber die Welt begann sich um ihn zu drehen und verschwand dann ganz.

Er schwebte in einem sonderbaren bläulichen Nebel. Eine friedvolle Wärme durchströmte seine Adern und veranlasste ihn, den Kopf zu wenden. Ihm war klar, dass es genügen würde, die Arme auszustrecken, um den Nebel zu verlassen und im Flug dem Licht entgegenzustreben, das am Firmament leuchtete. Er wusste nicht, wo er sich befand, und es war ihm auch völlig gleichgültig. Der Augenblick war zu herrlich, als dass er sich mit prosaischen Erwägungen abgegeben hätte. Von ihm aus konnte es ewig so weitergehen. Aus der Ferne drang undeutlich gedämpftes Flüstern zu ihm herüber. Als es nach und nach näher kam und verständlich wurde, war ihm das lästig. Bald trat ein regelmäßiges Piepsen hinzu, so beharrlich, dass sein Herz begann, im gleichen Takt zu schlagen.

Mit einem Kopfschütteln versuchte Antoine diese unangenehmen Geräusche zu verscheuchen und in den Zustand friedlicher Schwerelosigkeit zurückzukehren. Doch stattdessen rief seine Bewegung in der Welt des Flüsterns um ihn herum eine Reaktion hervor.

»Guten Tag. Haben Sie gut geschlafen?«

Er öffnete die Augen und sah eine junge Krankenschwester, die ihn über ihrem grünen Kittel anlächelte. Eine Leuchtstofflampe an der blau gestrichenen Decke erhellte den Raum. Vorhänge, ebenfalls blau, umgaben sein Bett.

Er versuchte, sich aufzusetzen, doch in seinem Kopf drehte es sich, und so ließ er sich wieder auf das Kissen sinken.

Die Krankenschwester legte ihm eine Hand auf die Stirn.

»Sacht, sacht. Sie waren sehr weit weg.«

»Wo... wo bin ich?« Seine Kehle schmerzte, und seine Stimme klang heiser.

»In der Notaufnahme des Genfer Kantonsspitals.«

Sie nahm ein Thermometer von einem Tablett. »Machen Sie bitte den Mund auf.«

Schläfrig, wie er war, gehorchte er, ohne weitere Fragen zu stellen. Nach wie vor hörte er das Piepsen, das ihm auf die Nerven ging, und als er vorsichtig den Kopf wandte, sah er, dass es von einem Überwachungsgerät neben seinem Bett kam. Auf dem schwarzen Hintergrund eines Leuchtschirms tanzten über einer Kurve die Zahlen zwischen siebzig und fünfundsiebzig hin und her. Eine Leitung führte von dem Gerät zu seinem Zeigefinger, wo sie in einer Kunststoffklemme endete.

»Ihr Puls ist jetzt wieder normal«, erklärte die Kranken-schwester.

Sie nahm ihm das Thermometer aus dem Mund.

»Sechsunddreißig. Das ist noch ein bisschen wenig, aber immerhin schon recht ermutigend, wenn man weiß, was Sie hinter sich haben.«

Es überraschte ihn nicht, dass er sich im Krankenhaus befand. Er konnte sich undeutlich erinnern, in das eisige Wasser der Rhône gefallen und dann eine Ewigkeit lang darin herumgeschwommen zu sein, bis man ihn herausgefischt hatte. Vermutlich hatte er das Bewusstsein verloren, denn er konnte sich an nichts von dem erinnern, was seither geschehen war. Ebenso war es ihm unmöglich, sich ins Gedächtnis zu rufen, wie und warum er in den Fluss gefallen war.

»Sie haben offenbar ein robustes Naturell«, fuhr die Krankenschwester fort, während sie sich zu einem an der Wand angebrachten Telefon umdrehte. »Und außerdem hatten Sie geradezu sagenhaftes Glück.«

Sie nahm den Hörer ab und sagte mit sachlich klingender Stimme: »Dana, teilen Sie Dr. Bernstein bitte mit, dass sein Schwimmer aufgewacht ist.« Sie legte wieder auf, ohne eine Antwort abzuwarten, und wandte sich mit einem Glas in der Hand Antoine zu. Sie hob seinen Kopf an und führte ihm das Glas an die Lippen.

»Trinken Sie einen Schluck Wasser. Wahrscheinlich sind Sie der Ansicht, dass Sie für den Rest Ihres Lebens genug Wasser getrunken haben, aber es wird Ihrer Kehle guttun.«

Sie hatte recht: Sogleich spürte er eine beruhigende Wirkung.

»Nachdem man Sie herausgezogen hat, haben Sie einen Atemstillstand erlitten«, erklärte sie im Gesprächston und stellte das leere Glas auf ein Tablett. »Der Notarzt musste Sie intubieren, um Ihre Atemwege zu sichern, daher kommen Ihre Rachenschmerzen. Aber Sie haben Glück: Immerhin war keine Wiederbelebung nötig, weil Ihr Herz nach wie vor schlug. Ein Wunder, dass Sie nicht ertrunken sind«, fuhr sie fort. »Nach dem, was ich gehört habe, müssen Sie den halben Fluss geschluckt haben.«

»Wie lange war ich bewusstlos?« Seine Stimme klang immer noch so, als komme sie von einem alten Trichtergrammofon.

»Etwa drei Stunden. Als man Sie hergebracht hat, waren Sie unterkühlt und im Schock.« Sie wies auf seinen verbundenen linken Arm. »Man hat Sie mit sechzehn Stichen nähen müssen, aber auch da haben Sie wieder Glück gehabt. Dank Ihrer Lederjacke war die Stichwunde nicht besonders tief, und so hat sich der Blutverlust in Grenzen gehalten.«

Sie wies auf den Infusionsbeutel, der an einem Ständer neben seinem Bett hing und von dem ein Schlauch zu einem Venenkatheter an seinem Handgelenk führte.

»Da drin ist eine mit Antibiotika versetzte Kochsalzlösung.«

Mit einem Mal fiel ihm alles wieder ein: der Überfall, das Messer, der Zweikampf und schließlich der Sturz von der Brücke. Aber warum hatte ihn der Unbekannte angegriffen, und was war aus ihm geworden? Noch wichtiger: Wer hatte ihn gerettet?

Er öffnete den Mund, um zu sprechen, aber bevor er ein Wort sagen konnte, wurde der Vorhang beiseitegeschoben, und ein beleibter Mann in einem weißen Kittel trat ein.

»Ich freue mich zu sehen, dass Sie Ihre Siesta endlich beendet haben, Monsieur Demarsands. Ich bin Dr. Bernstein.«

»Hocherfreut, Sie kennenzulernen. Na ja, das sagt man so.«

Auf Bernsteins Gesicht trat ein Lächeln. »Ich weiß, dass ihr in Kalifornien eine ganz eigene Art habt, eure Freizeit zu gestalten, aber wenn ich mir die Bemerkung erlauben darf, sollten Sie doch den Sommer abwarten, bis Sie das nächste Mal um Mitternacht ein Bad in der Rhône nehmen wollen. Oder noch besser, suchen Sie dazu das Schwimmbad Ihres Hotels auf. Damit ersparen Sie sich so manchen Ärger, und uns auch!« Die Sorgfalt und Gründlichkeit, mit der ihn Bernstein anschließend untersuchte, strafte seinen spöttischen Ton Lügen.

»Ich werde mich bemühen, daran zu denken. Jedenfalls danke ich Ihnen für den guten Rat.«

»Im Gegensatz zu Ihrem Aufenthalt hier ist der kostenlos.«

»Und wie geht es mir?«

Bernstein musterte ihn mit gehobenen Augenbrauen.

»Sagen wir, dass Ihnen das Schicksal einen riesigen Gefallen getan hat, ohne eine Gegenleistung dafür zu verlangen – jedenfalls diesmal. Ich an Ihrer Stelle würde mich aber bemühen, das Geschick nicht allzu oft auf die Probe zu stellen. Sämtliche Vitalparameter haben wieder ihren Normalwert, was ich ausgesprochen bemerkenswert finde. Das heißt aber nicht, dass Sie nicht damit rechnen müssen, einen ordentlichen Durchfall zu bekommen, denn immerhin haben Sie eine ganze Menge verunreinigtes Wasser geschluckt. Die Antibiotika, die wir Ihnen infundieren, dürften aber das Schlimmste verhüten. Außerdem werden sie verhindern, dass sich Ihre Wunde infiziert und Sie, jedenfalls hoffe ich das, eine Lungenentzündung bekommen. Vorsichtshalber haben wir Sie gegen Tetanus geimpft. Das ist in solchen Fällen üblich.«

»Ich kann also gehen?«

Der Arzt schüttelte den Kopf.

»Nicht so rasch, junger Freund. Wir werden Sie bis morgen früh zur Beobachtung hierbehalten, einfach um uns zu vergewissern, dass alles in Ordnung ist.«

»Ist mir recht. Sie haben hier das Sagen.« Mit seiner freien Hand drückte er Bernsteins Arm. »Danke ... für alles.«

»Nun, wir wollen nicht melodramatisch werden«, gab der Arzt mit einem leisen Lachen zurück. »Wir haben lediglich unsere Arbeit getan. Sparen Sie sich den Dank für Ihren Retter auf. Ohne ihn wären Sie bestimmt im Magen der Barsche gelandet, was deren Ernährungslage in keiner Weise verbessert hätte.«

Er tat einen Schritt auf den Vorhang zu.

»Übrigens sind hier zwei Besucher für Sie. Ich glaube, Ihr Bruder und einer Ihrer Freunde. Ich gestatte ihnen zwanzig Minuten. Danach wünsche ich, dass Sie sich ausruhen. Morgen früh sehe ich noch einmal nach Ihnen.«

Bevor Bernstein ging, wandte er sich an die Krankenschwester: »Zwanzig Minuten, Mademoiselle Blanchard, und keine darüber. Verstanden?«

»Verlassen Sie sich auf mich. Notfalls jage ich sie mit Fußtritten in den Hintern davon.«

»Antoine!«

Gefolgt von Rémy Bergeron, stürmte Alexandre so ungestüm herein, dass er Dr. Bernstein fast umgerannt hätte. Er beugte sich über das Bett und umarmte den Bruder lange mit geschlossenen Augen.

»Hast du mir eine Angst eingejagt!«

Antoine klopfte ihm beruhigend auf die Schulter.

»Keine Sorge, mir geht es gut.«

Als sei es ihm peinlich, seiner Gefühlsregung nachgegeben zu haben, trat Alexandre einen Schritt zurück. Das nutzte Rémy, um sich Antoine zu nähern und ihn herzlich zu begrüßen.

»Alter Halunke«, sagte er mit einem Lächeln, in dem Erleichterung lag. »Jetzt bist du schon seit einer ganzen Woche in Europa und hast mich nicht mal angerufen. Hätte ich gewusst, dass man dich auf die Intensivstation schicken muss, um dich

sehen zu können, wär ich selbst mit 'nem Messer auf dich losgegangen!«

Antoine sah den gewöhnlich überaus gepflegt auftreten-
den Freund an, den er noch nie in einem so verheerenden
Zustand gesehen hatte – er war unrasiert und unfrisiert, sein
Hemdkragen stand offen, der Krawattenknoten war gelo-
ckert, und überdies roch er nach Whisky und kaltem Ziga-
rettenrauch.

»Es tut mir wirklich leid, Rémy, aber ich hatte in den letzten
Tagen unheimlich viel um die Ohren. Wenn man dich so sieht
und riecht, könnte man meinen, dass ich dich bei einer wilden
Party gestört habe. Ich hoffe nur, dass ich dir damit kein Rendezvous versaut habe.«

Rémy machte eine wegwerfende Handbewegung.

»Warum sich wegen zwanzig Zentimetern ein Bein ausrei-
ßen, wenn Schwänze massenweise frei herumlaufen?«

Der entsetzte Gesichtsausdruck der Schwester belustigte Antoine insgeheim. Ganz offenkundig war sie Bergerons freimü-
tige Art zu reden nicht gewohnt.

»Ich lasse Sie eine Weile allein«, erklärte sie, nachdem sie sich
geräuspert hatte, »und komme in genau zwanzig Minuten zurück.« Sie wies auf einen gelben Knopf neben Antoines Bett.
»Klingeln Sie, wenn Sie etwas brauchen sollten.«

»Diesmal bin ich derjenige, der dir die Tour vermasselt«,
sagte Rémy mit schadenfrohem Lächeln. »Wir sind also quitt.«

Alexandre holte aus einer Ecke zwei Stühle herbei, und die
beiden setzten sich neben das Bett.

»Wie fühlst du dich?«, fragte Alexandre.

Antoine lächelte kläglich.

»Angesichts der Umstände gut. Trotzdem glaube ich, dass
man von einem versauten Tag sprechen kann.«

»Was ist denn passiert?«

»Ich weiß es selbst nicht genau. Ich bin auf der Mont-Blanc-Brücke spazieren gegangen, als ein Verrückter versucht hat, mich abzustechen. Gott sei Dank hat mir jemand vom Ufer aus eine Warnung zugerufen, sonst hätte der Kerl Schisch Kebab aus mir gemacht. Wir haben eine Weile miteinander gekämpft, und dann habe ich versucht, ihn mir vom Hals zu schaffen, indem ich ihn in den Fluss geschmissen hab.«

»Sonderbarer Einfall, dich mit so jemandem zu prügeln«, hielt ihm Rémy vor. »Warum hast du ihm nicht einfach deine Brieftasche überlassen?«

»Weil es dem nicht um die ging! Glaub mir, Rémy, wer wie ich in Los Angeles lebt, weiß, dass es nicht klug ist, sich zu wehren, wenn man ausgeraubt wird. Aber er hat mich nicht bedroht, nichts von mir verlangt, sondern ist gleich mit dem Messer auf mich losgegangen. Falls er es auf meine Brieftasche abgesehen hatte, wollte er mich offenbar abmurksen, um sie an sich zu bringen.«

Rémy zog die Stirn kraus.

»Merkwürdig. Vielleicht war er im Crackrausch.«

»Keine Ahnung, jedenfalls war der Schweinehund verdammt gut bei Kräften. Als ich ihn über das Geländer gestoßen habe, hat er mich mit sich gerissen. Im Wasser hab ich mich von ihm losmachen können.« Ein Schauer überlief ihn. »Habt ihr schon mal versucht, vollständig angezogen in eiskaltem Wasser gegen eine Strömung von geschätzt fünf Knoten anzuschwimmen? Ich kann euch sagen, das hat es in sich. Ich hab zwar das Ufer erreicht, konnte aber nicht raus und war schon bereit aufzugeben, als mich jemand rausgezogen hat.« Er sah sich um. »Ist der womöglich noch hier? Ich würde ihm gern dafür danken, dass er mir das Leben gerettet hat.«

Rémy zuckte die Achseln.

»Vielleicht im Wartezimmer. Ich seh mal nach.«

Nachdem er gegangen war, sah Antoine seinem Bruder in die Augen.

»Wir müssen miteinander reden, Alex. Ich hab in Polen äußerst beunruhigende Dinge erfahren.«

»Das kann warten. Vergiss nicht, was der Arzt gesagt hat – du brauchst Ruhe.«

»Nein, das muss *jetzt* sein«, beharrte Antoine. »Wenn zutrifft, was ich befürchte, bleibt uns nicht viel Zeit.« Bevor sein Bruder aufbegehren konnte, berichtete Antoine sein Zusammentreffen mit Schlinge. Als er auf die Ermordung des Alten zu sprechen kam, wurde Alexandre aschfahl.

»Heilige Muttergottes! Glaubst du, dass zwischen den Vorfällen in Krakau und dem Angriff gegen dich von gestern Abend ein Zusammenhang bestehen könnte?«

»Immerhin wäre alles andere ein mehr als sonderbarer Zufall. Erst hat man Schlinge kaltgemacht, kaum dass er mit mir gesprochen hatte, und gleich darauf hat ein wütender Irrer versucht, mich ohne erkennbaren Grund um die Ecke zu bringen.«

Er hielt inne, um nachzudenken, und fuhr dann entschlossen fort: »Ich denke, du solltest in den Unterlagen der Bank nachsehen, ob sich da Hinweise auf die veruntreuten Werte finden, von denen Schlinge gesprochen hat.«

Alexandre riss die Augen weit auf.

»Du glaubst doch nicht, dass man die bei uns im Tresorraum verwahrt hat!«

»Ich möchte lediglich nachprüfen, ob Schlinge die Wahrheit gesagt hat. Falls das Unternehmen tatsächlich auf die Weise durchgeführt worden ist, wie er es dargestellt hat, und Vater daran beteiligt war, besteht eine sehr große Wahrscheinlichkeit, dass auch Onkel Albert in die Sache verwickelt war. In dem Fall müssen die Gelder, um die es da ging, zumindest über seine Bank geleitet worden sein.«

Alexandre runzelte die Stirn.

»Schön, ich werde mich gleich morgen früh darum kümmern, kann aber nur hoffen, dass du dich irrst.«

Antoine lächelte schwach. »Danke. Ich ruf dich an, sobald
ich hier raus bin.«

Die Krankenschwester öffnete den Vorhang, und sie mussten ihr Gespräch unterbrechen. Hinter ihr stand ein Mann in
einem zerknitterten Anzug.

»Monsieur Demarsands, der Herr ist von der Polizei und
möchte Ihnen einige Fragen stellen. Dr. Bernstein hat gesagt,
dass Sie zehn Minuten lang mit ihm sprechen dürfen, falls
Sie sich dazu imstande fühlen. Sie selbst müssen das entscheiden.«

Antoine sah den Beamten an.

»Ich brauche nicht lange«, erklärte dieser mit gemessener
Stimme. »Es handelt sich lediglich um eine kurze Routine-
befragung.«

»In Ordnung, bringen wir es hinter uns.«

Die Krankenschwester wandte sich dem Polizeibeamten zu.
»Zehn Minuten, keine Sekunde länger. Der Patient ist äußerst
angegriffen.« Dann wandte sie sich auf dem Absatz um und
ging.

Der Mann trat zu ihm. »Monsieur Demarsands, gestatten
Sie, dass ich mich Ihnen vorstelle – Kommissar Bordier von der
brigade criminelle.«

»Angenehm.«

»Alexandre Demarsands. Ich bin der Bruder des Patienten«,
meldete sich Alexandre zu Wort und erhob sich, um dem Mann
die Hand zu schütteln.

»Ich freue mich, Sie kennenzulernen. Darf ich mich setzen?«

Ohne auf eine Antwort zu warten, nahm Bordier den Stuhl,
auf dem Rémy gesessen hatte.

»Wie gesagt, Monsieur Demarsands«, fuhr er fort, wobei er Notizbuch und Stift aus der Innentasche seines Jacketts nahm, »ist es üblich, das Opfer eines Überfalls zu befragen, solange die Erinnerungen noch frisch sind, also so bald wie möglich. Können Sie mir sagen, was geschehen ist?«

Antoine nickte und berichtete die Ereignisse des Vorabends. Während er sprach, machte sich der Beamte Notizen, ohne ein einziges Mal den Blick zu heben. Als Antoine geendet hatte, bat ihn Bordier, den Angreifer zu beschreiben, und Antoine merkte, dass er sich an kaum etwas im Zusammenhang mit dem Mann erinnern konnte, der ihn um ein Haar umgebracht hätte.

»Ein Weißer, zwischen zwanzig und dreißig Jahren, mittelgroß... kleiner als ich. Schlank, wenn nicht sogar dürr, aber erstaunlich kräftig. Er trug einen dunklen Parka, blau oder schwarz, ich bin nicht sicher, ob Jeans oder eine andere Hose.«

»Und sein Gesicht?«

»Er hatte lange kastanienbraune Haare und einen struppigen Bart. An mehr erinnere ich mich nicht.« Antoine sah zu dem Kommissar hin. »Ich hatte in der Situation Wichtigeres zu tun, als ihn mir genau anzusehen.«

»Durchaus verständlich«, gab Bordier mit liebenswürdigem Lächeln zurück. »War jemandem bekannt, wo Sie sich gestern Abend befanden?«

Von dieser Frage überrascht, sah Antoine zu seinem Bruder hinüber, der eine undurchdringliche Miene machte.

»Lediglich das Dienstmädchen meines Bruders. Nach meiner Ankunft im Hotel habe ich in seinem Hause angerufen und von ihr erfahren, dass er noch nicht aus seinem Chalet in Megève zurück sei.«

»Ich brauche nicht eigens darauf hinzuweisen, dass ich ihr in jeder Hinsicht vertraue«, meldete sich Alexandre mit ruhiger und fester Stimme zu Wort. »Sie steht seit über fünfzehn Jahren bei uns im Dienst und gehört praktisch zur Familie. Glauben Sie, dass es sich um einen geplanten Angriff handelte?«

Diesmal wirkte Bordiers Lächeln ein wenig gezwungen.

»Monsieur Demarsands, es ist meine Aufgabe, alle Einzelheiten zusammenzutragen, nicht aber, Hypothesen von mir zu geben.« Dann wandte er sich erneut Antoine zu: »Außer der Hausangestellten Ihres Herrn Bruders wusste also niemand, dass Sie hier waren?«

»Ich habe es sonst niemandem mitgeteilt.«

Bordier sah auf seine Uhr.

»Eine letzte Frage: Gibt es jemanden, der es auf Sie abgesehen haben könnte?«

Nach kurzem Zögern lächelte Antoine.

»Schon, aber doch nicht so! Man kann nicht sagen, dass mir meine geschiedene Frau besonders zugetan wäre, aber ihre Affäre mit ihrem Tennislehrer nimmt sie viel zu sehr in Anspruch, als dass sie sich etwas so Kompliziertes wie einen Mordanschlag ausdenken könnte. Ganz davon abgesehen, dass sie keinerlei Vorteile von meinem Tod hätte.«

»Unzufriedene Mandanten oder vielleicht niederträchtige Kollegen?«

Antoines Lächeln verschwand.

»Hören Sie, ich bin Anwalt, da bleibt es nicht aus, dass mir viele Menschen die Pest an den Hals wünschen. Auch wenn es heißt, dass der Wettbewerb in meiner Branche mörderisch ist, darf man das doch nicht wörtlich nehmen. Und meinen Sie nicht auch, falls mich tatsächlich einer meiner Bekannten aus Los Angeles umbringen wollte, dass das für ihn dort viel einfacher wäre?«

»Zweifellos. Ich bitte Sie noch einmal, mir meine Fragen nicht übel zu nehmen. Es ist so üblich.«

Bordier steckte sein Notizbuch ein und erhob sich.

»Offen gesagt weist alles auf einen Überfall durch einen Rauschgiftsüchtigen hin, der an Ihr Geld wollte. Aber sicher werden wir bald mehr darüber in Erfahrung bringen. Ich habe meine französischen Kollegen benachrichtigt, und sowohl deren als auch meine Leute suchen den Fluss ab. Die Wahrscheinlichkeit, dass der Mann seinen Sturz in die Rhône überlebt hat, ist äußerst gering. Ich melde mich wieder bei Ihnen, sobald wir mehr wissen. Hier ist meine Karte, für den Fall, dass Sie von sich aus mit mir Verbindung aufnehmen wollen. Ich darf Sie bitten, die Stadt einstweilen nicht zu verlassen, ohne mich davon in Kenntnis zu setzen.« Er lächelte. »Auch das ist reine Routine.«

»Ja, die Routine... was könnten wir auch sonst von unserer wachsamen Kriminalpolizei erwarten?«

Bordier wandte sich um und sah sich Rémy gegenüber, der soeben zurückgekommen war.

»Ich hatte nicht damit gerechnet, Sie hier zu treffen, *maître*. Die Geschäfte scheinen ja schlecht zu gehen, wenn Sie schon dem Notarztwagen hinterherlaufen müssen.«

Mit freundlichem Lächeln sagte Rémy: »Die Überraschung ist ganz auf meiner Seite, Herr Kommissar. Es kommt bei Ihnen also tatsächlich vor, dass Sie Überstunden machen.«

In Bordiers Gesicht begann ein Muskel nervös zu zucken.

»Solange Sie und Ihre Kollegen auch weiterhin dafür sorgen, dass Straftäter wegen Formfehlern aus dem Gefängnis entlassen werden müssen, fürchte ich, dass mir in der Tat keine Zeit zum Schlafen bleiben wird.«

»Solange die Männer Ihrer Einheit ihre Durchsuchungen nicht streng nach den gesetzlichen Vorgaben durchführen und die Beweismittel nicht korrekt sichern, wird mir die Arbeit nicht ausgehen.«

»Entschuldigt, wenn ich euch unterbreche…«, Antoine stöhnte auf, »…aber ich würde jetzt gern ein bisschen schlafen.«

»Natürlich. Ich bitte um Entschuldigung«, gab Bordier zurück und neigte leicht den Kopf. »Ich wünsche Ihnen eine baldige Wiederherstellung, Monsieur Demarsands.«

»Ein absoluter Hohlkopf, dieser Bordier!«, stieß Rémy hervor, während er Alexandre durch die verlassenen Gänge des Krankenhauses begleitete. »Bei Polizisten wie ihm muss man sich wundern, dass es nicht noch mehr Verbrechen gibt.«

»Taugt er so wenig?«, erkundigte sich Alexandre.

»Ehrlich gesagt ist er deutlich tüchtiger als seine Kollegen, doch das will nicht viel heißen. Schwerfällig, aber eine ehrliche Haut und unglaublich zäh. Übrigens hab ich den Mann nicht finden können, der deinen Bruder gerettet hat.«

»Hast du die Leute gefragt, die ihn im Notarztwagen hergebracht haben?«

»Ja. Sie konnten sich undeutlich an einen Burschen von etwa fünfzig Jahren erinnern, der sich um Antoine gekümmert hat, als sie eintrafen. Aber er ist verschwunden, bevor sie ihn nach seinem Namen fragen konnten.«

»Ein bescheidener Helfer. Das ist mal was anderes!«

»Oder jemand, der nicht wollte, dass an die große Glocke gehängt wird, was er um diese späte Stunde in dem verrufenen Viertel getrieben hat. Immerhin ist es von da nicht weit zur Rue des Pâquis mit ihren Nutten.« Eine tiefe Falte grub sich in Rémys Stirn. »Trotzdem überrascht mich das, wo sich die Leute doch heutzutage wie verrückt abstrampeln, um eine Viertelstunde lang berühmt zu sein.«

»Rémy, du solltest bestimmte Dinge wissen, über die ich nach deinem Weggang mit Antoine gesprochen habe. Ich weiß, dass es schon spät ist, aber hast du Zeit, mit mir ein Glas zu trinken?«

Mit breitem Lächeln erwiderte Rémy: »Ich habe *immer* Zeit, ein Glas zu trinken, Alex!«

KAPITEL 9

Quod fere libenter homines id,
quod volunt, credunt.
Die Menschen glauben nur allzu gern,
was sie glauben wollen.
(JULIUS CAESAR)

Montag, 24. Februar 1997

Alexandre saß an seinem Schreibtisch und spielte nervös mit einem Stift. An der Wand ihm gegenüber flimmerten in Echtzeit die Kurse der wichtigsten Weltbörsen auf Bildschirmen, über denen die jeweilige Ortszeit angezeigt wurde. Auf weiteren Monitoren, bei denen der Ton heruntergedreht war, liefen unaufhörlich die Nachrichten von CNN, LCI, BBC World News und CNBC. Während die Börse in Hongkong und Tokio um diese Morgenstunde bereits geschlossen war und an der Wall Street noch nicht gearbeitet wurde, war der Handel in Zürich, Paris, Frankfurt und London in vollem Gange.

Unter normalen Umständen hätte es ihn gefreut, dass die Kurse eine deutliche Aufwärtstendenz zeigten, doch jetzt brachte er es nicht fertig, sich auf die tanzenden Kursziffern zu konzentrieren. Immer wieder ging er in Gedanken die Ereignisse der vergangenen Nacht durch. So schwer es ihm fiel, sich das einzugestehen, schien sein Bruder bei seinem verrückten Unternehmen, das Andenken ihres Vaters reinzuwaschen, auf etwas gestoßen zu sein, das sich heimtückisch gegen ihn zu wenden drohte. Auch wenn Alexandre kein Freund von Verschwörungstheorien war, hatte er doch im Umgang mit den Finanzmärkten eines gelernt: Nichts geschieht zufällig. Außerdem wusste er, dass sich die wahren Hintergründe eines Ereignisses betrüblicherweise erst zeigen, wenn es lange vorüber ist – und dann wäre es für Antoine zu spät.

Während des Gesprächs mit Rémy nach ihrem gemeinsamen Besuch im Krankenhaus hatte er ihm von Antoines Reise nach Polen und von Schlinges Ende berichtet.

»Nur gut, dass ihr Bordier nichts davon gesagt habt«, hatte Rémy gemeint.

»Wieso? Meinst du, es lohnt sich nicht, der Sache nachzugehen?«

»Doch, bestimmt. Im Augenblick ist es aber für Antoine mit Sicherheit besser, wenn die Polizei keine Beziehung zwischen seinem mitternächtlichen Bad in der Rhône und der Ermordung des alten SS-Mannes sieht. Sollte sich herausstellen, dass es sich wider Erwarten doch um einen Zufall handelt, würde die Untersuchung nur unnötige Aufmerksamkeit erregen, und ich glaube nicht, dass deine Familie im Augenblick so etwas brauchen kann.«

»Wenn es aber nun doch eine Verbindung gibt? Wer auch immer hinter dem Überfall steckt, wird es bestimmt noch einmal versuchen.«

»In dem Fall würde er todsicher dahinterkommen, dass die Polizei einen Verdacht hat, was ihn unter Umständen dazu veranlassen würde, noch radikaler vorzugehen.«

»Was könnte radikaler sein als ein Mordversuch an Antoine? Die ganze Stadt in Schutt und Asche legen?«

Rémy lächelte zynisch und sagte: »Sofern jemand deinen Bruder zum Schweigen bringen will, ist der erstklassig infor-

miert. Immerhin wusste niemand, dass Antoine früher als vorgesehen aus Polen zurückgekehrt war, nicht einmal du. Das jedoch kann nur heißen, dass man ihm von dort hierhergefolgt
ist. Vielleicht hat man diesen Schlinge ja sogar umgebracht,
weil Antoine ihn aufgesucht hat. Auf jeden Fall hat unser Täter alles unternommen, um das wahre Motiv seines Tuns zu
verschleiern. Niemand wird sich darüber wundern, dass ein
Kriegsverbrecher für seine Untaten zur Rechenschaft gezogen
worden ist. Auch wenn es möglich ist, dass die Abscheulich-
keit des Verbrechens ebenso wie die an die Wand geschriebene
Parole eine Inszenierung war, kann sich darin ohne Weiteres
auch der aufrichtige Wunsch nach Vergeltung ausdrücken. Was
den Überfall auf Antoine betrifft, sind fehlgeschlagene Versuche von Drogenabhängigen, jemanden auszurauben, keine Sel-
tenheit – nicht mal hier in Genf. Wer die Fäden hinter dieser
Geschichte zieht, versteht es offensichtlich nicht nur meister-
haft, sämtliche Spuren zu verwischen, die Person dürfte darüber
hinaus auch über hinreichende finanzielle Mittel sowie ein
hohes Maß an Macht gebieten.«

»Aber warum hat man Antoine dann nicht gleich in Krakau
umgebracht?«

»Das entzieht sich meiner Kenntnis. Vielleicht hat man den
Versuch dazu unternommen, und der ist misslungen. Oder
man hat angenommen, dass es Verdacht erregt, wenn in ein
und derselben Stadt so kurz nacheinander zwei Morde stattfinden, vor allem wenn eines der Opfer Ausländer ist. Wie auch
immer sich das verhalten mag – sollte der Betreffende erfahren,
dass die Polizei Unrat wittert, besteht die Gefahr, dass er von
seinem bisherigen Vorgehen abweicht und Antoine ohne Fe-
derlesen schnellstmöglich aus dem Weg räumt, bevor man ihm
auf die Fährte kommt. Jetzt hingegen verfügen wir wohl über
ein wenig Zeit, bis er sich einen neuen Plan zurechtgelegt hat,

wie er ihn unauffällig beseitigen kann. Das ist zwar nicht berauschend, aber immer noch besser als die andere Möglichkeit.«

»Würde eine polizeiliche Untersuchung den Mann im Dunkeln nicht ganz im Gegenteil zur Vorsicht veranlassen oder gar dazu bringen, die Sache aufzugeben?«

Darüber hatte der Anwalt nur gelacht.

»Glaub mir, mein Junge, wenn für den Burschen tatsächlich so viel auf dem Spiel steht, dass er nicht zögert, Menschen zu foltern und zu töten, um sein Geheimnis zu schützen, hat er mit Sicherheit keine Angst vor Bordier und seiner Truppe von Faultieren.«

Nach einigen schlaflosen Stunden, in deren Verlauf Alexandre über Rémys Worte und die möglichen Folgen dieser oder jener Taktik nachgedacht hatte, war er zur Bank geeilt und hatte dort umgehend das Archiv aufgesucht.

Aus Sorge, von Datenpiraten ausgespäht zu werden, hatte die Leitung der Bank schon vor langer Zeit entschieden, dass besonders wichtige Daten wie beispielsweise Namen und Anschriften von Nummernkonten-Inhabern nicht digitalisiert werden sollten. Solche Unterlagen wurden überwiegend in einem wie eine Festung gesicherten Raum mit verstärkten Wänden, dessen aus dreißig Zentimeter dickem Stahl bestehende Tür ein elektronisches Überwachungssystem allerneuester Bauart schützte, in ganz normalen Sammelmappen aus festem Karton aufbewahrt. Gewöhnliche Mitarbeiter der Bank hatten keinen Zutritt zu diesem Archiv, und Einblick in dort aufbewahrten Unterlagen konnte nur der für ein bestimmtes Depot zuständige Angestellte beantragen.

Nach einem Blick auf Alexandres Anforderung hatte die hinter einer dicken Panzerglasscheibe sitzende Dokumentalistin mit ihrer Verwunderung nicht hinter dem Berg gehalten.

»Sie wollen alle zwischen September 1944 und Juni 1945 auf

die Namen Paul Demarsands, Joachim von Weißdorf und Oskar Lubiesz eröffneten Konten einsehen?«

»So ist es. Außerdem alle, deren Inhaber, wirtschaftlich Berechtigte oder Bevollmächtigte einer oder mehrere dieser drei Personen waren, einschließlich aller, die sich auf Offshoreunternehmen, Stiftungen oder andere treuhänderisch verwaltete Einrichtungen beziehen, ganz gleich, ob noch aktiv oder gelöscht.« Er lächelte sie an. »Und vergessen Sie bitte nicht die Gruft.«

Das hausintern als »die Gruft« bezeichnete Altarchiv war auf Betreiben von Alexandres Großvater Jules Demarsands angelegt worden. Ursprünglich waren schweizerische Banken nach dem Gesetz lediglich verpflichtet, ihre Unterlagen zehn Jahre nach Löschung eines Kontos aufzubewahren, danach durften sie vernichtet werden. Viele hatten das auch getan, um Platz zu schaffen, doch Jules schien bereits damals geahnt zu haben, dass das durch Bundesgesetz vom 8. November 1934 für Banken und Sparkassen eingeführte Bankgeheimnis fremden Regierungen, die verhindern wollten, dass ihre Staatsbürger ihr Vermögen in der Schweiz vor den Steuerbehörden in Sicherheit bringen wollten, ein Dorn im Auge sein würde. Er hatte befürchtet, das Land werde nach und nach dem Druck seiner mächtigen Handelspartner nachgeben müssen, und als Mittelweg zwischen dem Interesse der Bank, Belege für ihre Aktivitäten aufzubewahren, und dem Wunsch ihrer Kunden nach Anonymität beschlossen, alle Unterlagen für als »heikel« – sei es mit Bezug auf die Herkunft der Gelder, die Identität des Kunden oder die Art der Transaktion – einzustufende Konten über den vorgeschriebenen Zeitraum hinaus aufzubewahren. Daher hatte er angeordnet, zusätzlich zum Archiv einen eigenen Raum einzurichten, der mit den gleichen Sicherheitsvorkehrungen versehen war wie der Tresorraum für Edelmetalle und Devisen im Keller der Bank. Da im Normalfall nicht damit zu rechnen war, dass die dort aufbewahrten Unterlagen jemals wieder ans Licht des Tages kommen würden, hatte sich für den Raum die Bezeichnung »die Gruft« eingebürgert.

»Ich bedaure, aber um dort nachzuforschen, muss ich Monsieur Maximes Erlaubnis einholen.«

Unwillkürlich verzog Alexandre das Gesicht.

»Sie werden verzeihen, wenn mich mein Gedächtnis momentan im Stich lässt, aber wie heißen Sie noch mal?«, erkundigte er sich mit honigsüßer Stimme.

»Doris, Monsieur Alexandre.«

»Und wie lange arbeiten Sie schon bei uns, Doris?«

»Im Juni werden es drei Jahre.«

»Drei Jahre…« Und mit auf einmal eisiger Stimme fuhr er fort: »Dann müsste Ihnen eigentlich bekannt sein, dass Sie meinen Vetter damit nicht zu belästigen brauchen. Laut Geschäftsordnung der Bank hat jeder Gesellschafter als Mitglied des Vorstandes – und ich brauche Sie wohl nicht daran zu erinnern, dass ich dazugehöre – jederzeit freien Zutritt zur Gruft.«

Die Angestellte wurde puterrot.

»Ich bitte sehr um Entschuldigung, Monsieur Alexandre. Ich hatte das nicht bedacht. Vielleicht hat es damit zu tun, dass solche Anfragen so selten sind. Sobald ich ein Ergebnis habe, werde ich es Ihnen mitteilen.«

Mit seinem üblichen liebenswürdigen Lächeln erklärte er: »Vielen Dank, Doris. Ich weiß Ihren Diensteifer zu schätzen. Vergessen Sie bitte nicht, dass dieser Auftrag äußerst dringlich ist.«

»Ich werde ihn vorrangig bearbeiten, Monsieur Alexandre.«

Während sie in der Dunkelheit nach dem Telefon tastete, stieß sie das Glas mit Wasser auf dem Nachttisch um, fluchte und fand schließlich den Hörer.

»Ja«, knurrte sie verschlafen.

»Hallo, Mariscal. Tut mir leid, dich zu wecken.«

»Verdammt, Tony! Erst meldest du dich tagelang nicht, und jetzt rufst du mitten in der Nacht an?«

»Es ist mir wirklich unangenehm. Ich war fürchterlich eingespannt.«

Antoine sah sich um. Nach der kalten und keimfreien Atmosphäre der Intensivstation wirkten die Behaglichkeit und der Luxus seines Hotelzimmers sonderbar exotisch auf ihn. Am frühen Morgen hatte er trotz seiner Erschöpfung darauf bestanden, dass man ihn aus dem Krankenhaus entließ, fragte sich aber, ob das klug gewesen war, denn nicht nur war ein Auge halb geschlossen, er hatte auch nach wie vor stechende Schmerzen im Arm.

»Ich muss mit dir sprechen«, sagte er und bekämpfte einen Schwindelanfall.

Der Ton seiner Stimme beunruhigte Anna zutiefst.

»Geht es dir gut?«

»Ja ... jedenfalls im Augenblick.«

Nach kurzem Zögern berichtete er ihr die Ereignisse der vergangenen Tage im Zusammenhang. Ohne ihn zu unterbrechen, bemühte sie sich, die Fülle an Informationen zu verarbeiten, so gut sie konnte.

Es dauerte mehrere Sekunden, bis sie merkte, dass er seinen Bericht beendet hatte, so sehr hatte sie sich auf seine Worte konzentriert.

»Was hältst du davon?«

»Das ist eine ernste Sache, Tony. Ganz offensichtlich will dich Lubiesz aus dem Weg räumen lassen. Jetzt versteh ich auch, warum man deine Wohnung durchsucht hat.«

»Man hat meine Wohnung durchsucht?«

Sie teilte ihm ihre Beobachtungen mit.

»Ich habe mich gefragt, ob ich vielleicht an Verfolgungswahn leide, aber es kann keinen Zweifel mehr geben, dass jemand alles äußerst gründlich durchgegangen ist. Der alte Mistkerl will dir ans Leder, Tony. Das meine ich ernst!«

»Ich wüsste nur gern, warum.«

»Falls Schlinge die Wahrheit gesagt hat, dürfte Lubiesz ein hinreichendes Motiv haben, seine wahre Identität als Kriegsverbrecher und Drahtzieher eines so großen Coups geheim zu halten. Vergiss nicht, dass Mord und Kriegsverbrechen nicht verjähren.«

»Der Haken an der Sache ist, dass ich keinerlei Beweise in der Hand habe, und jetzt, da Schlinge tot ist, würde kein Gericht der Welt einen Antrag auf Strafverfolgung für zulässig erklären.« Er schüttelte den Kopf. »Ich sitze bis zu den Ohren in der Scheiße.«

»Vielleicht solltest du die Sache einfach auf sich beruhen lassen und zurückkommen.«

»Inwiefern würde das meine Schwierigkeiten lösen? Wenn Lubiesz mir ans Leder will, kann er das überall und jederzeit. Es ist ja nicht so, als ob es besonders schwierig wäre, in Los Angeles jemanden umzubringen.«

»Was hast du also vor?«

»Ich muss hieb- und stichfeste Beweise finden, aus denen hervorgeht, dass er hinter dem Überfall auf den Transport von Görings Beute steckt. Mein Bruder ist bereits dabei, in den Archivunterlagen seiner Bank nachzuforschen, um zu sehen, ob die Gelder dort angelegt worden sind – bisher allerdings ohne Ergebnis.«

»Und was wirst du tun, vorausgesetzt, es gelingt dir, die Beweise zu finden?«

»Das weiß ich noch nicht. Zweifellos werde ich sie dem FBI übergeben und versuchen, im Gegenzug eine Garantie für meine Sicherheit zu bekommen.«

»Du scheinst das ja gründlich durchdacht zu haben.«

»Entschuldige bitte, wenn meine Überlegungen nicht deinen hohen Erwartungen entsprechen, aber vergiss nicht, dass man mich erst vor ein paar Stunden mit einem Messer angegriffen hat und ich fast abgesoffen wäre. Glaub mir, so was ist rationalen strategischen Erwägungen nicht förderlich.«

»Beruhige dich, Tony, ich wollte nur verhindern, dass du dich gleich wieder blind in die nächste Falle stürzt.«

Antoine schwieg.

»Bist du jetzt sauer?«

»Natürlich nicht. Ich hatte an etwas anderes gedacht. Erinnerst du dich an Matt Wilson?«

»Meinst du den Anwalt, der versucht hat…«

»Genau den«, fiel er ihr ins Wort.

Zwei Jahre zuvor hatte dieser skrupellose Anwalt, der den Generaldirektor eines Unternehmens vertrat, das aufzukaufen ein Mandant Antoines im Begriff gestanden hatte, in einem klaren Verstoß gegen gesetzliche Vorgaben die Telefonleitungen der Kanzlei Friedman & Weiss abhören lassen. Zu seinem Pech hatte der von ihm beauftragte Techniker die Arbeit verpfuscht, sämtliche Leitungen der Kanzlei waren ausgefallen, und der von ihr gerufene Reparaturdienst hatte prompt den Grund dafür entdeckt. Friedman & Weiss hatte darauf verzichtet, die Sache vor Gericht zu bringen, um nicht in den Lichtkegel der öffentlichen Aufmerksamkeit zu geraten, wohl aber den Auftrag erteilt, die Telefonleitungen abhörsicher zu machen und die Datenleitungen mittels der neuesten verfügbaren Systeme vor Ausspähung zu schützen.

Anna machte große Augen, als sie begriff, worauf Antoine hinauswollte.

»Du meinst… wir könnten uns in einer ähnlichen Lage befinden?«

»Ich weiß nicht, aber es dürfte sich unbedingt empfehlen, auf Nummer sicher zu gehen. Ich ruf dich später noch mal an.«

Für den Fall, dass ihr Gespräch belauscht wurde, hatten sie bereits zu viel gesagt.

»Natürlich. Auf jeden Fall muss ich mich noch ein wenig aufs Ohr legen. Pass aber auf, ja?«

»Ich geb mir Mühe. Gute Nacht, Mariscal.«

Kaum hatte er aufgelegt, als sein Telefon klingelte.

»Guten Tag, Monsieur Demarsands.«

Die Stimme des Kommissars war so höflich und förmlich wie beim vorigen Mal.

»Es freut mich, dass Sie das Krankenhaus bereits verlassen konnten. Wäre es Ihnen möglich, zu mir ins Leichenschauhaus zu kommen? Ich glaube, wir haben den Mann gefunden, der Sie überfallen hat.«

Vor den Autoscheinwerfern tanzten große Schneeflocken. Statt im hellen Licht des Vollmonds fuhr Chris jetzt durch einen teuflischen Schneesturm.

Und das hier mitten in der Wildnis, knurrte er und kniff die Augen zusammen, um den Straßenverlauf zu erkennen. Er hatte sein ganzes Leben in New York zugebracht und fuhr nicht gern Auto – ganz davon abgesehen konnte er es auch nicht besonders gut.

Unvermittelt kam der alte Chevrolet Cavalier auf einer Eisplatte ins Rutschen, und er musste heftig gegensteuern, um zu verhindern, dass er auf die andere Fahrbahn geriet. Allerdings hätte das keine besonders schlimmen Folgen gehabt, denn die Straße lag verlassen da. Um drei Uhr nachts schliefen die meisten Leute im warmen Bett, und er fing an zu bedauern, dass er mit der Rückfahrt nach Manhattan nicht bis zum Tagesanbruch gewartet hatte.

Nur noch eine knappe Woche trennte ihn von der Vernissage seiner ersten großen Ausstellung, und Sophie hatte darauf bestanden, dass sie zuvor noch einmal ausspannen sollten. Was hätte sich dafür besser geeignet als ihr Lieblings-Aschram? Auch wenn er ihren Hang zu allem, was mit Buddhismus zu tun hatte, respektierte und sehr gut verstand, dass sie nach dem Tod ihrer Mutter fern der Stadt New York Kräfte sammeln musste, hielt er die Meditationsübungen für eine äußerst ärgerliche Zeitverschwendung und hatte sich erst nach vielen Bitten bereit erklärt, sie in den Norden des Staates zu begleiten.

Als ihn am frühen Abend ein Mitarbeiter des Galeristen angerufen und gebeten hatte, so bald wie möglich zurückzukommen, damit sie gemeinsam über die Präsentation der Bilder sprechen konnten, hatte er diese Gelegenheit, den Aschram zu verlassen, nur allzu begierig ergriffen, obwohl es genau genommen nicht den geringsten Grund zur Eile gab. Sophie hatte erklärt, sie wolle lieber bis zum Ende der Meditationstage bleiben und werde rechtzeitig zur Ausstellungseröffnung mit der Bahn zurückkehren.

»Der Kerl hat gesagt, dass die Galerie eine seltene Jadefigur aus der Qin-Dynastie erworben hat und es den Leuten lieb wäre, wenn du sie dir ansehen und schätzen könntest.«

»Das mach ich, wenn ich zurückkomme. Sei artig und tu bloß nicht mit deinen Groupies rum.« Natürlich hatte sie das nicht ernst gemeint. Sie wusste, dass seine Fangemeinde lediglich aus einem Dutzend schwuler Maler und deren lesbischen Freundinnen bestand.

Er sah auf die Uhr. Viertel nach drei. Wenn alles gut ging, würde er frühestens um sechs Uhr ankommen. Ohne die Straße aus den Augen zu lassen, tastete er im Handschuhfach herum, in der Hoffnung, dort ein Päckchen Zigaretten zu finden. Zwar rauchte Sophie nicht mehr, aber da das Aufräumen ihres Autos nicht zu ihren Gepflogenheiten gehörte, bestand durchaus die Aussicht, dass ... na bitte, da war noch eins. Mit den Fingerspitzen zählte er die Zigaretten ab. Sechs. Nicht besonders viele, aber besser als nichts.

Er drückte auf den Zigarettenanzünder und wartete ungeduldig darauf, dass er heiß wurde. Er rauchte nicht oft, aber weil er sich bei diesem Schneesturm so konzentrieren musste, empfand er das Bedürfnis nach Nikotin. Als der Anzünder herausploppte, nahm er ihn, führte die glühende Drahtwendel an seine Zigarette und achtete dabei einen Augenblick lang nicht auf die Straße.

Als er wieder hinsah, erkannte er verblüfft, dass der Schneevorhang verschwunden war. Vor ihm lag jetzt eine so vollständige Schwärze, dass sie ihm vorkam wie eine Mauer. Mechanisch nahm er den Fuß vom Gas, doch die Entfernung verringerte sich weiterhin so rasend, als stürmte die dunkle Masse auf ihn zu. Im selben Augenblick, da die Scheinwerfer seines Wagens sie erfassten, begriff er voll Entsetzen, was es war.

Abgesehen von dem Schriftzug auf der unauffälligen Messingtafel unterschied sich das Leichenschauhaus in keiner Weise vom Genfer Kantonsspital, und auch im Inneren sah es genauso aus wie dort. Lediglich die Abwesenheit von Patienten und Krankenschwestern auf den Gängen gab zu erkennen, dass die Einrichtung nicht dem Zweck diente, Kranke zu versorgen. Der hell erleuchtete Eingangsbereich des Gebäudes mit den im gleichen blauen Pastellton gestrichenen Wänden wie in der Intensivstation, die er erst einige Stunden zuvor verlassen hatte, erschien Antoine als zu übergangslos. Wieso gab es keine sichtbare Grenze zwischen der Welt der Kranken und jener der Toten?

Er unterdrückte seinen Impuls, auf dem Absatz kehrtzumachen, und trat auf den Angestellten zu, der hinter einer makellos weißen Empfangstheke einen Comic las.

»Ich heiße Antoine Demarsands. Kommissar Bordier erwartet mich.«

Der über die Störung erkennbar verärgerte junge Mann warf einen Blick auf die Liste vor ihm.

»Raum 131, der Gang links.«

»Wollen Sie nicht feststellen, ob ich der bin, als den ich mich ausgebe?«

Der Mann seufzte übertrieben und hob den Blick zu ihm.

»Wenn Sie darauf bestehen ... Wer hierherkommt, hat normalerweise einen guten Grund dafür und wäre bestimmt lieber woanders.«

Antoine nickte.

»Dagegen lässt sich nichts sagen. Einen schönen Tag noch.«

Hinter ihm murmelte der Mann eine unverständliche Antwort.

Ganz offensichtlich weiß der Bursche, was hier gespielt wird.

Beunruhigt öffnete er die bezeichnete Tür und entdeckte Kommissar Bordier, der vor einer großen Glaswand stand.

»Ich freue mich, Sie auf den Beinen zu sehen, Monsieur Demarsands. Es tut mir leid, dass ich Sie nach allem, was Sie durchgemacht haben, an diesen düsteren Ort bitten musste, aber ich muss mich vergewissern, ob das hier der Mann ist, den wir suchen.«

Er wies mit dem Finger auf die Glaswand. Dahinter befand sich eine Art großer Operationssaal, in dessen Mitte unter niedrig hängenden Halogenleuchten eine Reihe von Edelstahltischen aufgereiht stand. Das Ganze kam Antoine vor wie eine Ansammlung futuristischer Billardtische. Alle waren leer, bis auf einen gleich hinter der Scheibe. Auf ihm lag unter einem weißen Laken etwas, das vermutlich ein Mensch war.

Antoine schluckte.

»Ist das … er?«, fragte er und wies mit dem Kopf hin.

»Das sollen Sie mir sagen«, gab Bordier mit ermunterndem Lächeln zurück. »Keine Sorge, Sie brauchen sich nur sein Gesicht anzusehen. Sagen Sie mir, wenn Sie bereit sind.«

»Bringen wir es hinter uns.«

Der Kommissar drückte auf einen Knopf nahe dem Rahmen der Glaswand, und in ihrem Gesichtsfeld tauchte ein Mann ganz in Grün auf: Chirurgenkittel, Haube, Handschuhe und OP-Maske. Nach einem Blick in ihre Richtung hob er vorsichtig das obere Ende des Lakens an.

Könnte schlimmer sein.

Für eine Leiche sah der Mann gar nicht besonders schlimm aus. Man hätte denken können, er schlafe. Alle Farbe war aus seinem Gesicht verschwunden, das mit seinem Grau kränklich wirkte, und seine rechte Stirnseite wies einen hässlichen Bluterguss auf.

Überrascht stellte Antoine fest, dass er weder Wut noch Gewissensbisse empfand; er war einfach erleichtert, sich nicht an der Stelle des anderen zu befinden.

»Das ist er.«

»Sind Sie sicher? Lassen Sie sich Zeit.«

»Absolut.«

»Dann ist es gut.« Bordier drückte erneut auf den Kopf, woraufhin der Mann auf der anderen Seite der Glaswand das Laken zurücklegte.

»Wissen Sie, wer das ist?«

»Jacques Michaud, ein cracksüchtiger Kleinkrimineller mit einem ebenso langen wie wenig bemerkenswerten Vorstrafenregister. Überwiegend Raubüberfälle und Drogenhandel. Außerdem hat er acht Monate wegen Autodiebstahls gesessen.«

»Ist die Angelegenheit damit erledigt?«

Nachdenklich sah ihn der Kommissar an.

»Nicht ganz. Wir müssen noch feststellen, warum er Sie angegriffen hat.«

»Das scheint mir auf der Hand zu liegen, finden Sie nicht auch? Er war auf einem Drogentrip und wollte mich berauben, um sich neuen Stoff kaufen zu können. Sie haben gestern selbst gesagt, das sei das wahrscheinlichste Motiv.«

»Es ist eine Möglichkeit, nur findet sich in seiner Akte kein früherer tätlicher Angriff, weder mit noch ohne Waffengewalt, und das macht mich stutzig.«

Antoine zuckte die Achseln.

»Sie dürfen sicher sein, dass ich ihn nicht provoziert habe.«

Erneut warf ihm der Kommissar einen wohlwollenden Blick zu.

»Daran zweifele ich nicht, Monsieur Demarsands. Sicher haben Sie recht.« Er legte ihm eine Hand auf die Schulter und begleitete ihn zur Tür.

»Trotzdem werden Sie verstehen, dass wir um Ihrer eigenen Sicherheit willen und auch, weil es so Vorschrift ist, sorgfältig alle Aspekte des Falles prüfen müssen.«

»Ich kann Sie zu Ihrer gewissenhaften Pflichtauffassung nur beglückwünschen, Herr Kommissar.«

»Und ich möchte Ihnen für die Bereitwilligkeit danken, mit uns zusammenzuarbeiten. Trotzdem gestatte ich mir, meine Bitte zu wiederholen: Verlassen Sie die Stadt nicht, ohne mich zuvor davon in Kenntnis zu setzen. Ich wünsche Ihnen noch einen guten Tag.«

Antoine spürte Bordiers Blick auf seinem Rücken, während er sich durch den verlassenen Gang entfernte.

Nach dem Aufprall trat Totenstille ein. Der Schnee legte sich wie ein schwerer Vorhang über den letzten Akt einer Tragödie. Der Fahrer des Sattelschleppers schüttelte den Kopf. Auch wenn er auf den Aufprall vorbereitet gewesen war, hallte dieser in ihm wider.

Die da drin sind garantiert zu Mus zerquetscht. Durch die Windschutzscheibe warf er einen Blick auf das Wrack. Für einen Gnadenschuss dürfte keine Notwendigkeit bestehen.

Er nahm eine Taschenlampe aus dem Handschuhfach, stieg aus und trat nahe an die Überreste des Chevrolet. Aus der Nähe war das Bild, das sich ihm bot, noch grauenvoller, als er es sich ausgemalt hatte. Der vordere Teil des Wagens war zusammengequetscht wie eine leere Getränkedose, die Windschutzscheibe zerkrümelt und das Dach eingedrückt.

Er ging auf die Fahrerseite und richtete den Lichtstrahl in das Wageninnere. Da der Airbag ausgelöst und den Kopf des Mannes geschützt hatte, lag dieser erstaunlich unverletzt an der Kopfstütze und richtete blicklose Augen auf den Betrachter. Weiter unten sah es deutlich schlimmer aus. Die Lenksäule hatte sich in seinen Unterleib gebohrt und den Fahrer unmittelbar unter den Rippen förmlich aufgespießt.

Der Mann nickte befriedigt und beleuchtete dann die Beifahrerseite.

»Himmel, Arsch und Wolkenbruch!«

Abgesehen von Tausenden kleiner Glassplitter war der Sitz leer.

Er lief um das Wrack herum. Vielleicht hatte die Frau den Sicherheitsgurt nicht angelegt und war hinausgeschleudert worden – angesichts der Wucht des Zusammenstoßes möglicherweise sogar ziemlich weit. Er stapfte durch den kniehohen Schnee, bestrich eine große Fläche mit dem Lichtkegel seiner Lampe und umrundete das Wrack in konzentrischen Kreisen, bis er sich eingestehen musste: Die Schlampe war nicht da!

»So ein gottverdammter Mist!« Der Wind riss ihm den Aufschrei vom Mund. Trotz der sorgfältigen Vorbereitung war der ausgeklügelte Plan kläglich gescheitert.

Ursprünglich hatte er die beiden im Aschram aus dem Weg räumen wollen. Doch seine Anweisung war unmissverständlich gewesen: Es sollte nach einem Unfall aussehen. Daher hatte er beschlossen, sie unterwegs zu erledigen. Dazu hatte er in der hinteren Stoßstange des Wagens der beiden einen GPS-Sender mit großer Reichweite versteckt und als angeblicher Mitarbeiter des Galeristen den jungen Mann angerufen.

Alles schien wie geplant abzulaufen. Mithilfe des Senders hatte er das Fahrzeug jederzeit orten können. Sobald es in Richtung New York aufgebrochen war, hatte er auf dem Parkplatz eines Fernfahrerlokals wenige Kilometer von der für den »Unfall« vorgesehenen Stelle entfernt einen Sattelschlepper an sich gebracht. Danach brauchte er nur noch mit ausgeschalteter Beleuchtung darauf zu warten, dass der Chevrolet aus der Gegenrichtung kam, und ihm den Weg abzuschneiden.

Ein sauberer Plan mit durchschlagender Wirkung – nur hatte sich das Opfer, dem der Anschlag eigentlich gegolten hatte, nicht im Wagen befunden.

Antoine stellte seinen Mietwagen vor der Bank ab. Der Anblick des vertrauten Gebäudes bot ihm einen sonderbaren Trost. Alexandre, der sich Sorgen um ihn machte, hatte ihm seinen eigenen Parkplatz angeboten. Es war einer von sechs unmittelbar vor dem Eingang, die ausdrücklich für die Teilhaber und Vorstandsmitglieder reserviert waren.

»Wie fühlst du dich?«, fragte sein Bruder, während er ihn umarmte.

»Angesichts der Umstände nicht besonders schlecht.«

Alexandre nahm wieder hinter seinem Schreibtisch Platz und musterte ihn.

»Du siehst ziemlich mitgenommen aus.«

»Du scheinst mir auch nicht ganz frisch zu sein.«

»Nach unserem Krankenbesuch bei dir haben Rémy und ich uns in einer Bar ein wenig unterhalten. Du kennst ihn ja; er trinkt nicht gern allein.«

»Du meinst, während ich auf der Intensivstation lag, habt ihr euch volllaufen lassen. Das nenne ich Unterstützung!«

Alexandre lächelte. »Bitte kein Wort davon zu Olivia, sonst reißt sie mir den Kopf ab.«

»Ich werde schweigen wie ein Grab.« Antoine ließ sich in einem Sessel nieder. »Apropos Grab – ich komme gerade aus dem Leichenschauhaus. Sie haben den Kerl, der mich angegriffen hat, aus der Rhône gefischt. Ein drogensüchtiger Kleinkrimineller, der bisher nie durch Gewalttätigkeit aufgefallen war. Bordier erwartet den Bericht des Toxikologen, um zu sehen, ob dieses untypische Verhalten durch den Rauschzustand des Mannes ausgelöst worden sein könnte.«

»Rémy ist der felsenfesten Überzeugung, dass der Überfall kein Zufall gewesen sein kann«, erklärte Alexandre mit gefurchter Stirn und berichtete ihm, was er am Vorabend mit dem Freund besprochen hatte. »Seiner Ansicht nach sollten wir uns keinesfalls auf die Unterstützung der Polizei verlassen.«

Antoine machte ein finsteres Gesicht.

»Ich brauche dringend was zu trinken!«

»In deinem Zustand halte ich das nicht für ratsam. Zumindest solltest du vorher etwas essen.«

»Du hast recht. Wenn ich schon sterben soll, dann wenigstens mit vollem Magen.«

Während sein Bruder Frühstück bestellte, trat Antoine ans Fenster. Die Straße unter ihm füllte sich allmählich mit Menschen; es war um die Mittagszeit. Inmitten der vielen dunklen Anzüge fielen die wenigen farbenfreudiger gekleideten Touristen auf. Irgendwo in der Nähe bereitete der Mörder womöglich seinen nächsten Angriff vor.

Bald darauf brachte Alexandres Sekretärin ein Tablett mit belegten Broten und stellte es auf den Schreibtisch.

»Hast du irgendwelche Hinweise auf den Verbleib von Görings unrechtem Gut gefunden?«, fragte Antoine, bevor er sich bediente.

»Ich habe heute Morgen eine diesbezügliche Untersuchung eingeleitet, bisher aber lediglich Angaben über die noch aktiven Konten bekommen. Kein Ergebnis.«

»Das hätte man sich denken können. Lubiesz hätte die Gelder auf keinen Fall so lange an ein und derselben Stelle gelassen. Zweifellos hat er sie schon vor Jahrzehnten an andere Banken weitergeleitet und dann das Konto schließen lassen. Siehst du auch in der Gruft nach?«

»Selbstverständlich. Aber das kann dauern. Wie du dich vielleicht erinnerst, war bis August 1990 keine Schweizer Bank verpflichtet festzustellen, an wen Beträge von Konten flossen, geschweige denn, das schriftlich festzuhalten. So konnten Mittelsmänner, in der Regel Anwälte, Konten im Namen von Scheinunternehmen eröffnen, für die sie als Verwalter tätig waren, ohne den Eigentümer der Gelder nennen zu müssen. Da nach 1990 alle Konten entsprechend dem Gesetz auf den neuesten Stand gebracht oder zwangsweise gelöscht worden sind, waren unsere Nachforschungen bei den noch aktiven Konten vergleichsweise einfach. Bei den Altkonten allerdings sieht das anders aus. Möglicherweise liegen die Angaben, die wir suchen, direkt vor unserer Nase, ohne dass wir sie erkennen können.«

»Ein Konto mit so hohen Beträgen ist doch schwerlich unauffällig, ganz gleich, ob es auf einen Personennamen lautet oder nicht.«

»Es könnte aber doch sein, dass die Leute die Erträge aus der Beute auf mehrere Konten verteilt und Wertgegenstände, wie beispielsweise Kunstobjekte oder Goldbarren, anderweitig in einem Tresor oder einem gesicherten sonstigen Lagerraum untergebracht haben. Das herauszubekommen wird äußerst schwierig sein. Ich will nicht sagen, dass es unmöglich ist, aber auf jeden Fall sehr aufwendig.«

Entmutigt schüttelte Antoine den Kopf. Wenn sich nicht einmal Schweizer Bankiers in den Konten ihrer eigenen Bank auskannten oder zurechtfanden – wer dann?

»Zumindest werden wir auf die Namen von Anwaltskanzleien stoßen, die unserer Bank gegenüber als Vermittler aufgetreten sind. Die sind auf jeden Fall gesetzlich verpflichtet, sämtliche Unterlagen, die ihre Mandanten betreffen, aufzubewahren.«

»Na hör mal, Antoine, du müsstest doch am besten wissen, dass die streng vertraulich sind! Selbst wenn wir auf ein verdächtiges Konto stoßen sollten und die Kanzlei noch existiert, wird der Anwalt auf seine Schweigepflicht verweisen, und wir werden nichts erfahren.«

»Unterschätz Rémy nicht. Wenn jemand in dieser Stadt es versteht, im Dreck herumzustochern, dann er.«

»Hoffentlich …« Alexandre seufzte und warf einen Blick auf seine Uhr. »Mit vollständigen Ergebnissen darf ich wohl frühestens gegen Ende des Nachmittags rechnen. Bis dahin muss ich hier ganz normal weitermachen. Das Letzte, was ich brauchen kann, ist, dass Maxime seine lange kalte Nase in diese heiße Sache steckt.«

»Ja. Wenn du mich brauchst – ich bin in meinem Hotel.«

»Ach, übrigens, ich habe da eine unserer Mitarbeiterinnen

hingeschickt. Sie soll unauffällig deine Sachen abholen und woanders hinbringen. Natürlich habe ich auch deine Rechnung bezahlt.«

»Wozu das?«, fragte Antoine überrascht.

»Wenn dir tatsächlich jemand nach dem Leben trachtet, weiß er natürlich auch, wo du abgestiegen bist. Ich denke, es ist sicherer, dich im *Richemond* unterzubringen. Du weißt ja, dass die Bank dort ganzjährig Suiten angemietet hat.«

»Ach, kümmert ihr euch immer noch auch auf dieser Ebene um das ›Wohlergehen‹ eurer wichtigen Kunden?«

Ohne sich die Mühe einer Antwort zu machen, nahm Alexandre einen Schlüssel aus einer Schublade und gab ihn ihm.

»Nummer 804. Dein Name steht nicht auf der Gästeliste, also weiß niemand, dass du dort bist. Außerdem ist der Zugang zur obersten Etage ausschließlich VIPs vorbehalten, also Dauermietern wie uns, und da oben sorgen Profis für die Sicherheit der Gäste. Niemand wird dich stören.« Er warf ihm einen schiefen Blick zu. »Allerdings rate ich dir dringend davon ab, ein Callgirl kommen zu lassen, denn damit würde deine Tarnung undicht wie ein defektes Kondom.«

Der unaufhörliche Regen trug nicht dazu bei, Antoines Laune zu bessern. Er kam sich in der Stadt verloren vor. Einst war sie ihm so vertraut gewesen, doch jetzt erkannte er sie nicht wieder. Überdies fühlte er sich gegenüber der unsichtbaren Falle, die jeden Augenblick über ihm zuschnappen konnte, ganz und gar hilflos. Vom eiskalten Wind vollständig durchgefroren, pfiff er auf das, was der Arzt gesagt hatte – er brauchte dringend etwas zu trinken.

Er überquerte die Straße zur nächsten Bar. Sie war leer. Er setzte sich auf einen Barhocker und bestellte ein Glas Courvoisier XO. Andächtig wälzte er den Cognac im Mund hin und her, bevor er ihn genießerisch schluckte. Als er ausgetrunken hatte, bestellte er ein zweites Glas. Schon bald spürte er den Schmerz von seiner Wunde nicht mehr, und die sanfte Ruhe, die ihm der vierzigprozentige Alkohol schenkte, verschob seine Ängste in den hintersten Winkel seines Bewusstseins.

Als er eine halbe Stunde später hinausging, war ihm leicht schwindlig. Er stemmte sich gegen den Wind, schlug den Kragen hoch und strebte entschlossen auf den Parkplatz der Bank zu. Die Straße war nahezu menschenleer; die Mittagspause war zu Ende, und der heftige Wind hatte die Spaziergänger in die Häuser getrieben. Von ferne sah er, wie zwei Männer in eleganten Anzügen, vermutlich Geschäftsleute, aus einem großen schwarzen Auto stiegen und in der Bank verschwanden. Vielleicht Kunden, die zu Alexandre wollten.

Als er einen Blick hinüber zu seinem Mietwagen warf, fiel ihm etwas Sonderbares auf. Er ging langsamer und kniff die Augen zusammen. Stand da doch tatsächlich ein Mann in aller Seelenruhe vor der Fahrertür und öffnete sie mit einem Nachschlüssel. Bevor Antoine richtig begriff, was da vor sich ging, saß der Mann schon am Steuer.

»Das ist ja wohl die Höhe!«, rief er aus und stürmte auf den Wagen los. »He, dageblieben! Hilfe! Der Halunke stiehlt meinen Wagen!«

Seine Rufe trugen ihm neugierige Blicke Vorüberkommender ein. Ein Pärchen blieb stehen, um ihn genauer anzusehen.

»Da!«, schrie Antoine, der schlagartig nüchtern geworden war, und wies mit dem Finger auf den Wagen, in dem sich der Dieb, der sich offensichtlich nicht beeindrucken ließ, unter der Armaturentafel zu schaffen machte, zweifellos um die Zündung kurzzuschließen. »Mein Wagen, verdammter Mist! Der klaut meinen Wagen!«

Immer mehr Menschen blieben stehen, um zu ihm herzusehen, doch schienen sie nicht zu begreifen, was vor sich ging. Antoine trennten nur noch etwa vierzig Meter vom Parkplatz, als er sah, wie sich der Mann aufrichtete und umwandte. Zwar war die Entfernung zu groß, als dass er sein Gesicht hätte erkennen können, doch merkte er, dass der Mann zu ihm hersah.

Dann verschwand alles in einem grellen Lichtblitz.

Wie alle anderen im Besprechungszimmer spürte Alexandre die Druckwelle, noch bevor er die Detonation hörte. Sie war so gewaltig, dass es einige entsetzliche Sekunden lang so schien, als werde das Gebäude einstürzen. Die Worte erstarben den Männern um den Tisch herum auf den Lippen, sie erstarrten mitten in der Bewegung, und die Zeit selbst schien stillzustehen, während alle versuchten, das Unfassbare zu begreifen.

Mit einem Mal riss ein entsetzlicher Gedanke Alexandre aus seiner Benommenheit. Wie ein Besessener stürzte er auf den Gang hinaus, wo er rücksichtslos jeden beiseitestieß, der ihm im Weg war. Im Laufschritt eilte er in sein Büro, dessen Tür schief in den Angeln hing. Dort blieb er wie angewurzelt stehen.

Durch die Wucht der Explosion waren die Panzerglasscheiben in winzige Brösel zerfallen. Schutt und eine Unzahl von Glassplittern bedeckten den Boden. Zwei der großen Bildschirme an der Wand waren zerstört. Der Raum war voll Rauch, und Papierfetzen trieben umher wie riesige Schneeflocken, die der Wintersturm vor sich hertreibt.

»Antoine!«

Ohne über eine mögliche Gefahr nachzudenken, lief er ans Fenster.

Draußen herrschte das Chaos. Menschen rannten davon, um sich in den Schutz eines nahen Gebäudes zu retten, während andere hinzueilten, um Verletzten zu helfen, die schreiend vor

Schmerz und Angst in ihrem Blut am Boden lagen – manche von ihnen steif und starr. Unmittelbar unter dem Fenster seines Büros stieg eine dichte Rauchwolke von einem Auto auf, das in Flammen stand.

Mit einem Mal löste sich eine brennende Gestalt aus dem Rauch, die Hände wie um Hilfe flehend von sich gestreckt. Alexandre konnte den Blick nicht von dem Mann wenden und sah fasziniert zu, wie er einige Schritte auf die Menschenmenge zutaumelte, bevor er zu Boden sank, die Hände nach wie vor in einer grotesk wirkenden Geste des Flehens erhoben.

Eine erneute Detonation veranlasste Alexandre, unter der Fensterbank Deckung zu suchen. Als er wieder hinauszusehen wagte, erkannte er, dass das Feuer auf ein zweites Auto übergegriffen hatte. Es fiel ihm nicht schwer, die Luxuslimousine zu erkennen, deren Tank soeben explodiert war. Maximes geliebter Bentley hatte unglücklicherweise genau neben dem anderen Wagen gestanden. Da die Hitze die Rauchsäule ein wenig beiseitegetrieben hatte, konnte er einen Blick darauf werfen. Die Türen waren an den Scharnieren abgerissen und das Dach aufgebogen wie der Deckel einer Sardinendose. Obwohl das Ganze nur noch ein lodernder Schrotthaufen war, konnte kein Zweifel daran bestehen, dass jemand einen Sprengsatz in Antoines Mietwagen angebracht hatte.

Um Antoine herum war alles schwarz. Er sah nichts, hörte aber deutlich Schreie, Geheul, schnelle Schritte, das Knirschen von Reifen und, schlimmer noch, das wütende Gedröhn eines entfesselten Feuers. Er öffnete die Augen, und an die Stelle der Dunkelheit traten Wolken. Langsam gewann er die Empfindungen seines Körpers Glied für Glied zurück. Er lag auf dem Rücken, Regen hatte sein Gesicht benetzt. Er litt nicht mehr. Einen Augenblick lang beruhigte ihn das.

Aber wenn man gelähmt ist, spürt man überhaupt nichts mehr!
Sogleich probierte er, Finger und Zehen zu bewegen. Zu seiner großen Erleichterung gehorchten sie ihm. Als Nächstes versuchte er es mit Armen und Beinen, was ihm die Wunde an seinem Arm schmerzhaft ins Bewusstsein zurückrief. Vorsichtig tastete er Kopf und Hals ab, entdeckte aber lediglich eine große Beule.

Allem Anschein nach war er so gut wie unverletzt davongekommen, was auch immer da geschehen sein mochte.

Als eine erneute Explosion die Luft erschütterte, schlug sein Herz gegen die Rippen. Er setzte sich ruckartig auf und sah aus der Entfernung, wie Maximes Bentley unmittelbar neben einem bereits brennenden Auto in Flammen aufging. Rings um ihn herum rannten Menschen wie die Ratten davon, wobei sie einander stießen und rücksichtslos über die Leichen am Boden liefen.

Während er fassungslos dem entsetzlichen Geschehen zusah, fiel sein Blick auf eine Frau in einem eleganten Kostüm, die wenige Meter von ihm entfernt am Boden lag, den Griff ihres Aktenkoffers fest in der Hand. Ihr ganzer Leib zuckte in Krämpfen. Aus ihrer Stirn ragte ein Stück Metall von der Größe einer Untertasse, das ihr Gesicht entzweigeschnitten hatte.

Unfähig, den Blick abzuwenden, sah er, wie sie gleich einem Fisch am Haken auf dem Boden hin und her zuckte, bis sich ihr Rücken ein letztes Mal aufbäumte – dann hörte die Bewegung auf. Mit einem Mal spürte er, wie es ihm in die Kehle stieg, und er hatte kaum Zeit, den Kopf zu drehen, bevor er sich erbrach.

Mehrere Minuten lang saß er regungslos da, von Übelkeit überwältigt. Dann hob er den Kopf, gerade in dem Augenblick, da der Wind die Rauchwolke auflöste und einen gekrümmten und von Feuer geschwärzten Leichnam am Steuer des anderen Wracks zeigte. Es war der von ihm gemietete Wagen.

Panik überflutete ihn wie eine schwere Welle.

Da es die ganze Nacht hindurch geschneit hatte, milderten weiße Dünen auf den Dächern der Wolkenkratzer in der Stadtmitte Chicagos deren scharfe Konturen und verliehen ihnen den Anschein von etwas Organischem. Oskar Lubiesz kam das Ganze vor wie gigantische Nachbildungen der Bauten, die Wüstenameisen auf dem ausgedörrten Boden der Kalahari errichten. In gewisser Weise verhielt es sich auch so, denn jedes dieser Gebäude enthielt eine Kolonie von Geschöpfen, die beharrlich auf ein und dasselbe Ziel hinarbeiteten: Es galt, die Unternehmensgruppe am Leben zu erhalten und ihre Interessen zu verteidigen.

Ein verächtliches Lächeln legte sich auf das Gesicht des alten Deutschen.

Nicht im Traum konnten menschliche Gemeinschaften daran denken, die Vollkommenheit einer Ameisenkolonie zu erreichen. Für jene Tiere war die Kolonie der Daseinszweck und ein Ziel an sich, während die Gesellschaft den Menschen lediglich als Mittel dazu diente, ihre Ziele zu erreichen. Menschen schlossen sich bei Gefahr zusammen, doch kaum war die Bedrohung vorüber, gewann ihre Selbstsucht wieder die Oberhand. Daher stützten sich menschliche Gesellschaften auf so komplizierte Gesetze, die aber alles andere als ein Beleg für einen hochkomplexen Entwicklungsprozess der Menschheit waren. Ganz im Gegenteil zeigten sie, wie unvollkommen die Natur der Menschen war, die sie nötigte, ausgeklügelte Regeln zu entwickeln, um nicht einander fortwährend Schaden zuzufügen. Ameisen brauchten keine Gesetze, denn sie stellten ihren Platz im Universum nie infrage.

Er zuckte die Achseln. Ob Ameise oder Mensch, beide waren in seinen Augen gleichermaßen unbedeutend. Er wollte keinem von ihnen etwas Böses, solange sie nicht versuchten, ihm zu schaden.

Ach ja. Er warf einen Blick auf die Uhr und runzelte die Stirn. Studer hätte längst anrufen müssen. Der Schweizer Detektiv verspätete sich nie. Etwas Unvorhergesehenes musste geschehen sein.

Das Läuten des Telefons ließ ihn zusammenfahren. Er nahm ab, bevor seine Sekretärin Zeit hatte, nach dem Hörer zu greifen.

»Endlich, Herr Studer. Ich habe schon auf Ihren Anruf gewartet.«

Kaum hatte er gehört, was ihm der Mann am anderen Ende der Leitung mitzuteilen hatte, als sich sein Gesichtsausdruck verdüsterte.

Antoine wusste nicht, wie lange er schon lief. Den Oberkörper weit vorgebeugt, rannte er immer weiter, von dem Gedanken getrieben, sich so weit wie möglich von dem verkohlten Leichnam im Wrack seines Autos zu entfernen, dem Spiegelbild seines eigenen Todes. Außer Atem lehnte er sich schließlich an eine Hauswand. In der Ferne stieg bedrohlich die Unheil verkündende Rauchwolke bis weit über die Dächer der Stadt auf, und Autos mit schrillem Sirenengeheul strebten zum Ort der Explosion.

Als er sich der sonderbaren Blicke bewusst wurde, die die Vorüberkommende ihm zuwarfen, fuhr er sich mit der Hand durch das wirre Haar und säuberte seine Kleidung vom Straßenschmutz. Dabei bemühte er sich zugleich, seine Gedanken zu ordnen. Es konnte nicht mehr den geringsten Zweifel daran geben, dass ihm jemand ans Leder wollte. Womöglich hatte ihn der Mörder gerade jetzt im Blickfeld, bereit, erneut zuzuschlagen.

Er schickte einen unruhigen Blick die Straße entlang, aber alles schien ruhig zu sein.

Er schüttelte den Kopf. Vermutlich war es sinnvoll anzunehmen, dass man ihm nicht gefolgt war, und sei es nur deshalb, weil er im gegenteiligen Fall nicht das Geringste würde unternehmen können. Er musste unbedingt die Stadt verlassen und einen Ort finden, wo er sich verstecken konnte, während seine Wunden heilten. Ein Stück weiter sah er eine Telefonzelle und überlegte, ob er seinen Bruder anrufen sollte. Bestimmt konnte dieser ihm einen Unterschlupf verschaffen, der sicherer und unauffälliger war als die Suite im *Richemond*. Wenn aber das Telefon in der Bank abgehört wurde? Seinen Aufenthaltsort preiszugeben war gleichbedeutend mit einem Todesurteil. Auch Rémy konnte er nicht anrufen.

Er fühlte sich entmutigt. Vielleicht war es an der Zeit, sich der Polizei anzuvertrauen, Bordier alles zu berichten und zu hoffen, dass der ihn würde schützen können. Doch falls Rémy mit seiner Einschätzung der Situation recht hatte, würde er damit den entscheidenden Augenblick lediglich um einige Tage hinausschieben.

Sein Blick fiel erneut auf die Telefonzelle. Diesmal lächelte er.

»Anna? Ich bin's, Antoine.« Er hatte sie mit ihrem Vornamen angeredet, zum ersten Mal seit es zwischen ihnen zum Bruch gekommen war. Es fiel ihr sofort auf. Etwas stimmte da ganz und gar nicht.

»Tony! Was ist nicht in Ordnung?«

»Hier passieren sonderbare Dinge. Ich habe ...« Seine Stimme versagte, während ihm die Bilder des Grauens erneut vor das innere Auge traten. Seine Brust war wie zusammengepresst, und es kam ihm vor, als bewegten sich die Wände der Telefonzelle auf ihn zu und nähmen ihm die Luft. Er hielt sich am Hörer fest. *Großer Gott, bitte lass mich jetzt nicht in Ohnmacht fallen. Das ist der falsche Augenblick.*

»Es war … grauenvoll!« Erneut versagte ihm die Stimme.

»Tony, nimm dich zusammen!«, rief sie, weil sie merkte, dass er in Panik geriet. »Reiß dich am Riemen und sag mir, was passiert ist.«

Mit geschlossenen Augen zwang er sich, langsam und tief zu atmen. Nach einer Weile öffnete er die Augen und sagte: »Ich war soeben Zeuge meines eigenen Todes.«

Nachdem Lubiesz aufgelegt hatte, blieb er reglos stehen, tief in Gedanken versunken. Er hatte sich übertölpeln lassen, zum ersten Mal seit über fünfzig Jahren. Der Anfang des alten Gedichts von Robert Burns kam ihm in Erinnerung.

»Der schönste Plan von Mensch und Maus
zerbricht in Stück'.
Und lässt uns nichts als Weh und Graus
und nicht das Glück.«

Er zuckte die Achseln. Auch wenn der Schotte damit recht hatte, dachte er nicht daran, sich einfach dem Schicksal zu ergeben. Er musste handeln, und zwar schnell. Jetzt war keine Zeit mehr für raffiniert erdachte Pläne – er musste seinem Instinkt vertrauen. Wenn man von einer bemerkenswerten Ausnahme absah, hatte ihm der in früheren Zeiten stets gute Dienste geleistet.

Er drückte auf den Knopf der Gegensprechanlage.

»Liz, rufen Sie am Flughafen an. Man soll meine Maschine

startklar machen, damit ich in zwei Stunden nach Los Angeles fliegen kann. Sagen Sie Kyle, dass er mein übliches Reisegepäck herrichtet und mich in einer Dreiviertelstunde hier abholt. Da er mich begleitet, muss er auch seine eigenen Sachen mitnehmen.«

»Wird sofort erledigt. Und was ist mir Ihren Terminen?«

»Streichen Sie alle bis zum Ende der Woche.«

Jetzt ließ sich der Prozess, den er soeben ausgelöst hatte, nicht mehr aufhalten, und diesmal würde er alles tun, um auf der Seite der Sieger zu sein.

Mit diesem Gedanken nahm er den Hörer erneut ab.

Mit abgehackter Stimme begann Antoine zu berichten, was kurz zuvor geschehen war. Sonderbarerweise empfand er es als heilsam, das Grauen in Worte zu fassen. Am Ende seines Berichts fühlte er sich unendlich erleichtert.

Bei Anna war das genaue Gegenteil der Fall. Weiß wie die Wand musste sie all ihre Kräfte zusammennehmen, um nicht in Panik zu geraten.

»Weißt du, wer der Bursche in deinem Auto war?«

»Ich ahne es nicht. Zuerst hatte ich angenommen, er wollte es stehlen, aber jetzt bin ich mir da nicht mehr sicher. Wer klaut schon am hellen Tag vor einer Bank einen abgenuckelten Mietwagen, wenn da lauter Luxusschlitten stehen?«

»Vielleicht wollte er die Bombe da drin anbringen und hat sich dabei ungeschickt angestellt?«

»Möglich. Auf jeden Fall verdanke ich ihm mein Leben. Jetzt muss ich nach einer Möglichkeit suchen, es mir zu bewahren.«

»Hat die Polizei die Leiche nicht identifiziert?«

»Woher soll ich das wissen? Übrigens hatte ich gerade erst vollgetankt ... Vermutlich passt das, was von ihm noch übrig ist, in einen Aschenbecher.«

Anna schwieg eine Weile, während sich ihre Gedanken jagten.

»Das wäre eigentlich gar nicht so schlecht…«, murmelte sie schließlich.

»Findest du? Wieso?«

»Überleg doch, Tony! Der Wagen war auf deinen Namen gemietet. Bestimmt nimmt die Polizei an, jedenfalls erst mal, dass du die verkohlte Leiche da drin bist. Vielleicht veröffentlicht sie sogar einen entsprechenden Bericht.«

»Und das findest du *gut*?«

»Mit etwas Glück wird Lubiesz annehmen, dass er sein Ziel erreicht hat, und dich in Ruhe lassen.«

»Aber ich will auf keinen Fall den Rest meines Lebens hindurch den Toten spielen.«

»Nein, nur ein paar Stunden, bis sich eine Möglichkeit bietet, dir aus der Patsche zu helfen.«

»Vielleicht sollte ich die Polizei ihre Arbeit tun lassen.«

»Und dann? Selbst wenn die Leute deine Geschichte glauben, was nicht sicher ist, weil du gegen Lubiesz keinerlei Beweise in der Hand hast, würde die Untersuchung Monate dauern, wenn nicht noch länger. Es sollte mich wundern, wenn Lubiesz so plump vorgegangen wäre, dass Spuren zurückbleiben. Selbst wenn es der Polizei gelingen sollte, eine Fährte zu ihm zu entdecken, würde die Auslieferung, die man dann beantragen müsste, die juristische Maschinerie auf lange Zeit lahmlegen. Er hätte also reichlich Zeit, dich endgültig zum Schweigen zu bringen, ganz gleich, ob du unter Polizeischutz stehst oder nicht. Nein, im Augenblick gibt es nichts Besseres, als dass man dich für tot hält.«

»Der Haken an der Sache ist, dass ich nicht weiß, wohin.«

Anna überlegte kurz.

»Wie viel Geld hast du bei dir?«

»Etwa dreihundert Dollar. Warum?«

»Großartig, das ist mehr als genug. Bist du weit vom Bahnhof weg?«

»Zwei oder drei Kilometer. Würde es dich stören, mir zu sagen, worauf du hinauswillst, statt mir sonderbare Fragen zu stellen?«

»Geh zum Bahnhof und kauf dir eine Fahrkarte für den nächsten TGV nach Paris. Zahl aber bar, denn die Kreditkarte würde Spuren hinterlassen. Hast du deinen Schweizer Pass in der Tasche?«

»Alle beide. Die lass ich nie irgendwo liegen.«

»Nimm den von der Schweiz, damit fällst du weniger auf. Zwar würde es mit dem Flugzeug schneller gehen, aber bei der Passkontrolle am Flughafen könntest du auffallen. Meine Tante Veronica Rousselet lebt in der Nähe von Rambouillet, ungefähr siebzig Kilometer südwestlich von Paris. Ich ruf sie an, damit sie dich in Paris am Gare de Lyon abholt. Bei ihr bist du bestimmt in Sicherheit.«

»Woran erkenne ich sie?«

»Sie wird dich erkennen. Ich schick ihr ein Foto von dir als E-Mail-Anhang.«

»Ich weiß nicht, ob das ein guter Gedanke ist, Mariscal. Damit würde ich deine Tante in Gefahr bringen.«

»Zerbrich dir ihretwegen nicht den Kopf, Tony. Wie alle Frauen meiner Familie ist sie ziemlich abenteuerlustig – hätte sie sonst einen Franzosen geheiratet? Sie hat sich kürzlich scheiden lassen und langweilt sich seitdem zu Tode. Ich bin sicher, dass diese Abwechslung sie begeistert.«

»Und was ist mit meinen Geschwistern? Die werden mich ebenfalls für tot halten.«

Wenn es weiter nichts ist…, dachte sie.

»Mach dir keine Sorgen. Ich geb beiden Bescheid. Ist die Telefonleitung deines Bruders Alexandre sicher?«

»Ich weiß nicht. Am besten fragst du ihn vorher danach, bevor du ihm was sagst. Sophie ist gerade in einem Aschram irgendwo in der Nähe von Ithaca, aber ich weiß nicht, wie der Ort heißt, und ich hab auch keine Telefonnummer.«

»Das krieg ich schon raus. Im Norden des Staates New York wimmelt es bestimmt nicht von solchen buddhistischen Einrichtungen. Jetzt aber los, und pass auf, dass dir niemand folgt.«

»Ich weiß nicht, wie ich dir danken soll, Anna.«

Sie lächelte. Zum zweiten Mal an diesem Tag hatte er sie mit ihrem Vornamen angeredet.

»Dein Freund scheint ja ganz schön tief in der Tinte zu sitzen«, sagte Veronica Rousselet, als ihr Anna die Geschichte berichtet hatte.

»Hilfst du ihm?«

»Natürlich, Schätzchen. Für meine Lieblingsnichte tu ich noch viel mehr. Sag mir, ist dein Tony wenigstens ein hübscher Junge?«

»Mach dir selbst ein Bild: Ich schick dir per E-Mail ein Foto. Aber halt dich bitte zurück. Der Arme hat auch ohne Annäherungsversuche von deiner Seite genug Probleme.«

»Keine Sorge, ich versprech dir, brav zu sein.«

»Danke, Tante. Ich stehe tief in deiner Schuld. Und bitte denk dran, zu niemandem ein Wort darüber.«

Als Nächstes rief sie Alexandre an, auch wenn sie nicht gerade darauf brannte, mit ihm zu sprechen. Sie waren einander nur einmal begegnet, in Los Angeles, als sie noch mit Antoine zusammen war. Dort hatten sie zu dritt im Restaurant *Spago* in Beverly Hills gegessen, und der Abend war alles andere als angenehm verlaufen. Die Brüder hatten einander wegen jeder Kleinigkeit angebrüllt – ob es um die Auswahl des Weins gegangen war oder um die Höhe des Trinkgelds. Wie immer war Antoine ungeduldig und alles andere als zurückhaltend gewesen, während sich Alexandre so gockelhaft und überheblich aufgeführt hatte, dass sie am Ende der Mahlzeit zu dem Schluss gekommen war, das einzige gemeinsame Wesensmerkmal der beiden Brüder sei ihre durch nichts zu erschütternde Dickköpfigkeit.

Sie wurde nacheinander zu drei Sekretärinnen in unterschiedlichen Stadien der Aufgeregtheit durchgestellt, bis die letzte sie schließlich um ein wenig Geduld bat. Während Anna wartete, fragte sie sich, ob Alexandre ihren Anruf überhaupt entgegennehmen würde. In der Bank schien noch das Chaos zu herrschen, und sicherlich war es das Letzte, was er jetzt wünschte, sich mit der Verflossenen seines Bruders zu unterhalten, an die er sich zweifellos nicht einmal mehr erinnerte. Mit einem Mal unterbrach eine barsche Stimme ihre Gedanken.

»Sind Sie das, Anna?«

»Ja. Vielen Dank, dass Sie sich die Zeit nehmen, mit mir zu sprechen ...«

»Wissen Sie, was hier los ist?«, schnitt er ihr in einem Ton das Wort ab, in dem sich Panik und Verzweiflung mischten. »Unmittelbar vor der Bank hat es eine Explosion gegeben, und Antoine ... sein Wagen ...«

»Ich bitte Sie, Alexandre, beruhigen Sie sich. Können Sie mir sagen, ob Ihre Telefonleitung sicher ist?«

Die Frage überraschte ihn erkennbar.

»Äh, ja, natürlich. Vergessen Sie nicht, dass es sich um eine Schweizer Bank handelt. Warum wollen Sie das wissen?«

»Schön, dann hören Sie: Antoine ist unverletzt und in Sicherheit. Haben Sie verstanden? Er war bei der Explosion *nicht* in dem Auto.«

»Wissen Sie das genau? Wie ist das möglich? Ich habe mit eigenen Augen gesehen, wie der Mann auf dem Fahrersitz bei lebendigem Leibe verbrannt ist.«

»Das war nicht er. Er hat mich vorhin angerufen. Abgesehen von ein paar Schrammen geht es ihm gut.« Sie hörte, wie Alexandre einen Ausruf unterdrückte und dann kaum hörbar murmelte: »Gott, ich danke dir. Danke, danke, danke.«

Sie berichtete ihm von dem Gespräch, das sie mit Antoine geführt hatte. Um am Leben zu bleiben, war er auf die Unterstützung des Bruders angewiesen.

»Wir wollen hoffen, dass ihn dieser Lubiesz für tot hält. Einstweilen wird er bei meiner Tante in Sicherheit sein.«

»Das dürfte uns einige Tage Zeit geben, das alte Bankkonto des Verbrechers zu finden und genug Beweise gegen ihn zusammenzubringen. Ich werde noch ein paar Leute mehr darauf ansetzen.«

»Antoine hat gesagt, dass ein Freund, der ebenfalls Anwalt ist, eine wertvolle Hilfe sein könnte.«

»Rémy? Ja, unbedingt. Vor allem wenn Kollegen von ihm an dieser Geldwäsche beteiligt waren. Ich werde als Schaltstelle dienen.«

»Ist auch die Leitung dieses Rémy sicher? Antoine fürchtet, dass Telefone abgehört werden.«

»Keine Sorge. Als Anwalt braucht Rémy das allein schon zum Schutz seiner Mandanten.«

Anna zögerte kurz, bevor sie sagte, was sie auf dem Herzen hatte.

»Falls Lubiesz so sehr darauf bedacht ist, alle Spuren seiner Untaten zu tilgen, darf man die Möglichkeit nicht ausschließen…«

»…dass er sich auch mich vornimmt? Zweifellos. Ich habe meine Frau bereits gebeten, mit den Kindern eine Weile zu ihrem Vater zu ziehen, der als ehemaliges Mitglied des Bundesrats unter dem Schutz unserer Geheimdienste steht. Dort sind sie absolut sicher.«

Offenbar war dieser Alexandre ein Mann, der das Herz auf dem rechten Fleck hatte. Damit stieg er ein wenig in ihrer Achtung.

»Und Sie selbst?«

»Ich werde Leibwächter engagieren. Davon gibt es in dieser Stadt genug. Aber was ist mit Ihnen, Anna? Als Mandant Ihrer Kanzlei weiß Lubiesz doch, dass Sie mit Antoine in Verbindung stehen.«

Sie sah auf ihre Uhr. »Hören Sie, ich habe nicht viel Zeit. Haben Sie eine Möglichkeit, Verbindung mit Ihrer Schwester aufzunehmen? Antoine hat gesagt, dass sie sich in einem Aschram in der Nähe von Ithaca aufhält, aber das hilft mir nicht viel weiter.«

»Ja, sie hat mir eine Telefonnummer hiergelassen. Ich rufe sie an. Wir werden gemeinsam überlegen, wo sie am sichersten ist.«

»Wunderbar, vielen Dank.«

»Manchmal können moralisierende große Brüder durchaus nützlich sein.«

Unwillkürlich musste sie lächeln. Er hatte in ihr gelesen wie in einem offenen Buch.

Alexandre wartete ungeduldig, dass jemand abnahm.

Hoffentlich geht bald mal einer von den verdrehten Buddhisten an den Apparat.

Die Putzkolonne hatte nicht lange gebraucht, um den Boden seines Büros und seinen Schreibtisch vom Schutt zu befreien. Gleich anschließend hatte seine Sekretärin, obwohl ihre Nerven blank lagen, darauf bestanden, alle im Raum verstreuten Papiere neu einzusortieren. Abgesehen von den Sperrholzplatten, die einstweilen die zertrümmerten Fensterscheiben ersetzen mussten, und den Lücken an der Wand, wo sich die zerstörten

Bildschirme befunden hatten, wies so gut wie nichts mehr auf die durch die Explosion hervorgerufenen Schäden hin. Maxime bestand darauf, dass so rasch wie möglich wieder Normalität einkehrte. Während vor der Bank nach wie vor Rettungswagen dabei waren, Verletzte abzutransportieren, hatte er eine Aktennotiz herumgehen lassen, in der die Angestellten aufgefordert wurden, die Arbeit wieder so aufzunehmen, dass der Dienst an den Kunden der Bank nicht beeinträchtigt wird.

Alexandre gestand sich ein, dass Antoine zumindest in diesem Punkt recht hatte: Dem fetten Knallkopf war nichts wichtiger als der Ruf der Bank und seine Umsatzzahlen.

»Hier Tempel des Inneren Friedens, was kann ich für Sie tun?«

Verdammt, das wurde aber auch Zeit.

»Guten Tag. Alexandre Demarsands. Könnte ich mit meiner Schwester Sophie sprechen?«

Am anderen Ende trat Schweigen ein. Es dauerte so lange, dass sich Alexandre schon fragte, ob die Leitung unterbrochen war.

»Hallo, sind Sie noch dran?«

»Ja, Entschuldigung…« Die Stimme klang zögernd. »Bedauerlicherweise ist Ihre Schwester nicht hier.«

»Ich dachte, sie macht bei Ihnen Exerzitien oder wie das heißt.«

»Ja, sie war zu Meditationsübungen hier, ist aber vor einigen Stunden abgereist. Es hat einen Unfall gegeben.«

Alexandre spürte, wie sein Blut erstarrte.

»Ein Unfall! Geht es ihr gut?«

»Sophie fehlt nichts. Es geht um ihren Freund Chris. Er ist tot.«

In der Kleinstadt Poughkeepsie schneite es, was den Mann dazu nötigte, den Scheibenwischer einzuschalten. Zum Glück hatte er eine Stelle gefunden, von der aus er die Polizeiwache im Auge behalten konnte. Nach dem Fehlschlag der vergangenen Nacht konnte er etwas Glück gut brauchen. Erneut stieg Wut in ihm auf, wenn er nur daran dachte.

Er nahm einen Schluck Kaffee. Zwar war dieser inzwischen eiskalt, aber er dachte nicht im Traum daran, seine Überwachung zu unterbrechen, um zum nächsten Starbucks zu laufen. Er sah auf die Uhr. Die junge Frau war seit fast zwei Stunden da drin. Ein Mann, den er nicht kannte, sicher ein guter Freund, hatte sie in einem limonengrünen AMC Pacer hergebracht. Unwillkürlich hatte er beim Anblick der Mistkarre mit dem abstehenden Hintern auflachen müssen – genau so eine hatte John Goodman in *True Stories – Wahre Geschichten* gefahren.

Die Sache zog sich in die Länge, und er fing an, ungeduldig zu werden. Die Leiche zu identifizieren konnte unmöglich so viel Zeit in Anspruch nehmen. Die Behörden achteten sehr darauf, die Gefühle der Angehörigen zu schonen, indem sie so etwas nach Möglichkeit beschleunigten. Gewiss, es gab eine kurze Befragung, und Formulare mussten ausgefüllt werden, aber die Frau hätte längst wieder herauskommen müssen.

Womöglich hatten die Bullen Verdacht geschöpft. Er verzog das Gesicht und verscheuchte den Gedanken sogleich wieder. Unmöglich! Immerhin war er Profi und hatte sorgfältig darauf geachtet, keine Spuren zu hinterlassen. Wahrscheinlich war die Frau da drin einfach ohnmächtig geworden oder hatte einen hysterischen Anfall bekommen, als sie ihren Freund mit einer Lenksäule in den Eingeweiden auf dem Obduktionstisch gesehen hatte. Es war alles eine Frage der Geduld. Er würde ihr unauffällig bis zu ihrer Wohnung folgen und warten, bis sie allein war. Dann konnte er sie sich endlich vornehmen, und der Alte würde zufrieden sein.

Gerade als er erneut einen Schluck Kaffee nahm, öffnete sich die Tür der Polizeiwache, und die junge Frau kam heraus, das Gesicht so dicht an die Schulter ihres Begleiters gedrängt, dass man es nicht sehen konnte.

Na endlich, knurrte er und ließ den Motor an.

Sie blieb einen Augenblick lang oben auf den Stufen stehen, während ein Polizeibeamter etwas zu ihr sagte. Dann führte ihr Begleiter sie zum Auto, wobei sie sichtlich von Schluchzen geschüttelt wurde. Sie hob nicht einmal den Kopf. Von der mutigen und würdevollen Haltung, die sie bei ihrer Ankunft gezeigt hatte, war nichts mehr zu sehen.

Wenn man seinen Kerl so starr und kalt daliegen sieht, kriegt man Schiss, was, Schätzchen? Keine Sorge, bald geht es dir genau wie ihm.

Antoine war kaum aus dem Zug gestiegen, als er die Frau inmitten der Menschenmenge am Ende des Bahnsteigs erkannte. Sogar aus der Entfernung kam ihm die Art, wie sie den Kopf hielt, sonderbar vertraut vor. Sie hatte ihn ebenfalls gesehen und machte ihm ein Zeichen. Während er auf sie zuging, musterte sie ihn belustigt und neugierig.

Sie trug fingerlose Handschuhe und schüttelte ihm mit erstaunlicher Kraft die Hand.

»Sie sind sicher Antoine. Ich bin Annas Tante Veronica«, sagte sie mit leicht belegter Stimme. »Hatten Sie eine gute Reise?«

Aus der Nähe war die Ähnlichkeit mit Anna noch verblüffender: Sie hatte die gleichen tiefschwarzen Augen, die gleichen hohen Wangenknochen, den gleichen vollkommenen Teint. Obwohl sie an die vierzig sein musste, sah sie aus wie kaum dreißig. Etwas kleiner als ihre Nichte, wirkte sie zugleich sinnlicher, und trotz seiner Erschöpfung musterte er heimlich ihre ausgeprägten Rundungen, die der knapp sitzende Mantel einer teuren Marke betonte.

»Es freut mich, Sie kennenzulernen, Veronica. Anna hat mir viel Gutes von Ihnen erzählt.«

Sie lachte auf.

»Ich fühle mich geschmeichelt. Sie hat mit Bezug auf Sie das Gleiche getan. Aber ich muss gestehen, dass ihre Beschreibung die Wirklichkeit nicht ganz getroffen hat. Ich kann es ihr aber auch nicht übel nehmen, dass sie die Existenz eines so bemerkenswerten Mannes für sich behalten wollte.«

Antoine räusperte sich, leicht aus der Fassung gebracht.

»Ich möchte Ihnen für Ihre Hilfe danken. Sie nehmen eine große Gefahr auf sich.«

»Zu danken habe ich. Sie bringen etwas Abwechslung in mein eintöniges Leben. Apropos ...«

Sie sah sich rasch um.

»Wir sollten lieber zu meinem Auto gehen. Im Hinblick auf Ihre Situation ist das hier doch sehr öffentlich. Außerdem stehe ich im Halteverbot.«

Sie fasste ihn am Arm und zog ihn zum Ausgang.

Vor dem Bahnhofsgebäude wurden sie von heftigen Windstößen geschüttelt.

»Mist!«, stieß Veronica hervor, als sie einen Polizeibeamten sah, der einen schwarzen Renault Safrane umrundete. Sie eilte auf ihn zu, während sich Antoine im Hintergrund hielt. Zwar war die Wahrscheinlichkeit denkbar gering, dass ihn der Mann erkennen würde, doch Vorsicht konnte auf keinen Fall schaden.

Mit den Händen in den Taschen sah er zu, wie Veronica den Mann ansprach. Sie waren zu weit von ihm entfernt, als dass er hätte hören können, was sie sagte, aber es war offensichtlich, dass sie ihn mit Lächeln, Augenklimpern und der Art, wie sie leicht seinen Arm berührte, um den Finger zu wickeln versuchte. In der Tat gelang ihr das. Ein letzter Schmollmund, und der Beamte zerriss den Strafzettel und ging davon.

»Sagen Sie mir nicht, dass Sie den armen Kerl mit unkeuschen Angeboten bestochen haben«, sagte Antoine, während er sich neben sie setzte.

»Nicht die Spur«, gab sie zurück und lachte leise. »Eine Frau, die auf sich hält, begnügt sich mit Andeutungen; auf diese Weise braucht sie nie eine Zusage zu brechen.«

Sie startete den Motor und fädelte sich nach einem raschen Blick in den Rückspiegel geschickt in den fließenden Verkehr ein.

Er strich über das weiche Leder der Armlehne.

»Haben Sie den Wagen einem Minister entwendet?«

»Beinahe! Er ist mir bei meiner Scheidung zugefallen. Ich mag ihn nicht besonders. Ich finde ihn zu kleinbürgerlich, übrigens ganz wie seinen ursprünglichen Eigentümer. Aber ich war nicht bereit, meinem Mann etwas zu überlassen, was ich für mich herausschlagen konnte.«

Sie erwies sich als, vorsichtig gesagt, aggressive Fahrerin. Mit wildem Gehupe scheuchte sie Motorräder und Roller beiseite, wechselte blitzschnell die Fahrspur und zeigte jedem, der aufzubegehren wagte, eine unmissverständlich abfällige Geste, sodass sie in kürzester Zeit auf die Ringautobahn in Richtung Porte d'Auteuil gelangten. Auf der A13 wurde der Verkehr deutlich flüssiger, sie fuhr weniger hektisch, und Antoine entspannte sich ein wenig.

Sie sah aus dem Augenwinkel zu ihm hin. »Für einen Mann, den man innerhalb von vierundzwanzig Stunden zweimal fast umgebracht hätte, scheinen Sie mir leicht beeindruckbar zu sein.«

»Ich finde Ihren Fahrstil sehr eigenwillig. Haben Sie schon mal daran gedacht, in der Formel 1 Karriere zu machen?«

»Nein, aber ich nehme das als Kompliment.« Nach einem Blick in den Rückspiegel fügte sie hinzu: »Nicht nur haben wir die Stadt in Rekordzeit hinter uns gelassen, meine zugegebenermaßen flotte Fahrweise hat es mir außerdem ermöglicht festzustellen, dass uns niemand folgt.«

»Kein Wunder! Das wäre sogar Michael Schumacher schwergefallen.«

Sie warf ihm ein verschwörerisches Lächeln zu und fuhr fort: »Ich habe auf dem Hinweg im Radio Nachrichten gehört. Die Explosion in Genf hat viel Staub aufgewirbelt – bitte betrachten Sie das nicht als geschmackloses Wortspiel. Wie es aussieht, hatte jemand unter dem Fahrersitz Ihres Wagens eine gewaltige Sprengladung angebracht. Außer dem Mann, der sich darin befand, sind bei der Explosion acht Menschen ums Leben gekommen und ein Dutzend verletzt worden. Ein anonymer Anrufer hat sich bei einer Lokalzeitung zu dem Anschlag bekannt, angeblich im Namen einer kleinen Gruppe von Globalisierungsgegnern, die sich auf die Fahnen geschrieben hat, dass sie die Finanzelite der kapitalistischen Welt vernichten will.«

»Natürlich ist das nichts als dummes Gerede, aber als Tarnung klug ausgedacht. Das Bankenviertel von Genf ist für so etwas ein ideales Ziel. Hat man mich erwähnt?«

»Den Angaben der Polizei zufolge wird es schwierig, wenn nicht sogar unmöglich sein, die menschlichen Überreste im Wagen zu identifizieren. Sie scheint aber der Überzeugung zu sein, dass es sich dabei um die des Mannes handelt, der ihn gemietet hat.« Sie drehte ihren Kopf zu ihm hin: »Das bedeutet, mein Bester, dass Sie offiziell tot sind.«

Er drückte den Rücken fest gegen die Sitzlehne und stieß

einen tiefen Seufzer der Erleichterung aus. »Das ist die beste Nachricht, die ich seit langer Zeit gehört habe.«

Eine ganze Weile fuhren sie schweigend über die Autobahn durch die im Dunkeln liegende Landschaft des Departements Yvelines. Nach einer Weile schlief Antoine ein und fuhr mit einem Ruck hoch, als der Renault scharf von der Straße abbog.

»Tut mir schrecklich leid, ich bin offenbar kein guter Gesellschafter«, murmelte er und rieb sich das Gesicht.

Im Licht der Scheinwerfer ging es nach links in eine schmale Zufahrtsallee, die vor der Fachwerkfassade eines alten Herrenhauses endete.

»Willkommen in meiner bescheidenen Bleibe«, sagte Veronica. »Das Haus stammt zwar aus der Zeit, in der sich König Ludwig XV. noch in die Windeln gemacht hat, aber keine Sorge, es verfügt über jeden modernen Komfort. Da es nach wie vor auf den Namen meines früheren Mannes im Grundbuch eingetragen ist und meine Nummer nicht im Telefonbuch steht, kann ich mir nicht vorstellen, dass man Sie hier findet.«

Als Antoine ausstieg, erfasste ihn ein plötzlicher Schwindelanfall, und er musste sich an der Tür des Wagens festhalten, um nicht hinzufallen. Veronica eilte auf ihn zu und nahm seinen Arm.

»Geht es, mein Freund?«

»Ich glaube, ja. Ich bin nur ein bisschen schwach auf den Beinen. Außerdem habe ich Hunger.«

»Ich werde Ihnen einen kleinen Imbiss zurechtmachen.« Mit langsamen Schritten führte sie ihn zum Haus. »Allerdings kann ich nicht von mir behaupten, eine besonders gute Köchin zu sein, daher werden Sie mit einfacher Kost vorliebnehmen müssen.«

An der George-Washington-Brücke hörte es auf zu schneien und begann zu regnen. Sie waren auf dem Freeway 87 zügig vorangekommen, weil der Verkehr nicht besonders dicht war, doch auf dem Henry Hudson Parkway hatte es angefangen, sich zu stauen. Stoßstange an Stoßstange ging es mehr oder weniger im Schritttempo in Richtung Stadtmitte voran. Zwar erleichterte das die Beschattung des vorausfahrenden Wagens, aber allmählich verlor der Verfolger die Geduld. Der misslungene Anschlag der vergangenen Nacht ließ ihn nach wie vor innerlich kochen, und so fiel es ihm jetzt schwer, sich auf seine Aufgabe zu konzentrieren. Er war zutiefst erleichtert, als sie in die 42. Straße einbogen und der Wagen vor ihm ganz in der Nähe des Hauses anhielt, in dem Sophie Demarsands wohnte. Einige Augenblicke später sah er sie aussteigen und im Laufschritt die Stufen des alten Sandsteingebäudes emporeilen. Als sie darin verschwunden war, fädelte sich ihr Begleiter mit dem limonengrünen AMC Pacer wieder in den Verkehr ein.

Ohne sich von dem wilden Gehupe hinter ihm beeindrucken zu lassen, blieb der Mann mehrere Minuten in zweiter Reihe stehen, um sich zu vergewissern, dass der andere nicht nur einen Parkplatz gesucht hatte und zurückkam. Wie es aussah, wollte die Frau lieber allein sein. Mit quietschenden Reifen scherte er vor einem Taxi aus und überquerte die breite Straße, um seinen Wagen in einer Gasse abzustellen, in der ein überquellender Müllbehälter neben dem anderen stand. Er stieg aus, ohne abzuschließen, da er die Notwendigkeit einer überstürzten Abfahrt nicht ausschließen durfte, und ging auf das Gebäude zu. Die Gehwege waren voller Menschen, und wie in New York üblich, achtete niemand auf ihn.

Auf dem Absatz oberhalb der Außentreppe suchte er Sophies Namen an der Tafel der Sprechanlage. Wohnung 36. Er klingelte aufs Geratewohl bei einigen der anderen Hausbewohner.

Beim vierten Versuch meldete sich eine unverkennbar unwirsche Frauenstimme.

»Was gibt es denn?«

»Bitte entschuldigen Sie die Störung, aber ich muss einen Blumenstrauß bei…« Er unterbrach sich, um auf der Tafel rasch einen Namen zu suchen. »…Frau Goldstein abliefern. Sie ist nicht zu Hause, und bei dem schlechten Wetter möchte ich die Blumen nicht einfach hier vor die Haustür legen. Könnten Sie mir vielleicht öffnen, damit ich sie vor ihrer Wohnung ablegen kann?«

»Von mir aus.«

Ein uralter Trick, der immer wieder klappt. Der Türöffner summte, er trat ein und stieg die Treppe hoch. Nach wenigen Schritten hatte er die Wohnungstür mit der Nummer 36 erreicht und blieb stehen. Anschließend horchte er, um festzustellen, ob sich über oder unter ihm jemand im Treppenhaus befand. Alles war ruhig.

Er brauchte weniger als zehn Sekunden, um das Schloss zu öffnen. Jetzt musste es schnell gehen: Hinein, sie umbringen, und gleich wieder raus. Für überflüssige Schnörkel hatte er keine Zeit. Vorsichtig drückte er die Tür auf und spürte den vertrauten Adrenalinstoß in seinen Adern. Er betrat ein Wohnzimmer voller asiatischer Kunstgegenstände und Lackarbeiten, aber niemand war zu sehen. Vorsichtig schloss er die Tür hinter sich. Links führte ein schmaler Gang zu einem Zimmer, aus dem eine Frauenstimme zu hören war. Vermutlich telefonierte sie.

Mit einer oft geübten Handbewegung zog er das Kampfmesser aus der an seinem Unterschenkel befestigten Scheide und schlich sich zu dem Zimmer hin. Bei so einem zierlichen Persönchen war eine Schusswaffe überflüssig: So etwas machte nur unnötigen Lärm und hinterließ zu viele Spuren für die Gerichtsmediziner. Schließlich hatte er die Fähigkeit, einen Einbruch vorzutäuschen, bei dem der Täter überrascht worden war, bis zur Perfektion entwickelt. Bei diesem Gedanken hellte sich sein Gesicht auf.

Er blieb im Türrahmen stehen. Weniger als drei Meter vor ihm stand die in ihr Telefonat vertiefte Frau an einem großen Fenster und kehrte ihm den Rücken zu. Sie würde tot sein, bevor sie überhaupt begriff, was ihr geschah. Das Messer in der Hand, trat er einen Schritt vor.

Veronicas »kleiner Imbiss« erwies sich als ziemlich reichhaltig. Mit einem gut gekühlten Puligny-Montrachet heruntergespültes Schmalzfleisch, Wurst und Camembert sowie krosses Baguette wirkten wahre Wunder und brachten Antoine rasch wieder auf die Beine. Als er danach seinen Bruder anrief, war er beinahe fröhlich.

»Grüß dich, Alex. Hast du mit Anna gesprochen? Ich bin ohne Zwischenfälle bei ihrer Tante eingetroffen. Gibt es bei dir Neues?«

»Leider nichts Gutes. Chris ist heute Morgen umgekommen. Auf dem Rückweg von Ithaca nach New York hat ein Sattelschlepper seinen Wagen gerammt. Er ist völlig zertrümmert. Gott sei Dank war Sophie nicht bei ihm. Bisher ist es mir allerdings noch nicht gelungen, sie aufzuspüren; du weißt ja, dass sie was gegen Mobiltelefone hat.«

»Ist sie denn nicht im Aschram?«

»Nicht mehr. Sie ist abgereist, um Chris zu identifizieren, aber die haben gesagt, sie wüssten nicht, wohin.«

Antoine fuhr sich nervös mit der Hand über das Gesicht.

»Wir müssen sie warnen, Alex, sie auffordern, sich zu verstecken.«

»Ich habe Rémy angerufen. Er kennt eine gute Detektei in

New York und hat sie bereits darauf angesetzt. Die Leute versuchen, Sophie über ihre Kontakte bei der örtlichen Polizei aufzuspüren. Ich hoffe nur, dass sie nicht zu spät kommen.«

Antoine schlug mit der Faust auf den Tisch, was ihm einen überraschten Blick Veronicas eintrug.

»Dieser verdammte Schweinehund von Lubiesz! Ich werde ihm die Hölle heißmachen.«

»Du kannst dich auf meine Unterstützung verlassen.«

»Offensichtlich hat er es auf die ganze Familie abgesehen. In dem Fall bist du der Nächste auf der Liste. Du musst unbedingt die Stadt verlassen, und zwar schnell!«

»Keine Sorge, das haut schon hin. Rémy hat für Personen- und Objektschutz gesorgt. Ohnehin bleibt mir keine Wahl, ich kann nicht von hier weg. Vergiss nicht, dass ich der Einzige bin, der Zugang zum Altakten-Archiv der Bank hat.«

Bevor er einen zweiten Schritt tun konnte, fuhr die Frau herum. Sie hatte eine SIG Sauer P-229 in der Hand.

»Polizei! Keine Bewegung!«

Der Mann blieb stehen, über die Waffe und den Ausruf mehr überrascht als erschrocken.

»Waffe fallen lassen!«, rief sie ihm mit schneidender Stimme zu, während sie die Pistole auf seine Brust richtete. Er sah sofort, dass er es nicht mit einer Anfängerin zu tun hatte.

Einige Sekunden lang, die ihm unwirklich vorkamen, stand er dort und sah sie verständnislos an. Sie hatte die gleiche Größe, den gleichen Körperbau sowie die gleiche Frisur und Haarfarbe wie Sophie Demarsands. Kein Wunder, dass er auf das Täuschungsmanöver hereingefallen war. Aber aus der Nähe konnte er deutlich sehen, dass sie mindestens zehn Jahre älter war. *Ein verdammtes Bullenweib.*

Mit einem Mal wurde ihm alles klar. Der verfluchte GPS-

Sender! Er hatte nicht daran gedacht, ihn von der Stoßstange des zertrümmerten Wagens abzunehmen. Dann hatte die Polizei ihn wohl bei der Untersuchung des Schrotthaufens gefunden, und natürlich war er ihnen verdächtig vorgekommen. Diese Art von Sonderzubehör fand sich in der Preisliste von Chevrolet-Autos nicht. Innerlich zog er den Hut vor der Polizei, die ihn in diesen Hinterhalt gelockt hatte.

»Waffe fallen lassen und Hände hinter den Kopf«, befahl die Frau, ohne sich einen Fingerbreit zu rühren. »Sofort!«

Deshalb also die lange Warterei an der Polizeiwache von Poughkeepsie – da haben sie das Ganze eingefädelt. Und wie ein blutiger Anfänger war er darauf hereingefallen.

»Tun Sie, was ich sage, sonst muss ich schießen.« Sie sah ihn unverwandt an, ohne mit der Wimper zu zucken.

Ein diabolisches Lächeln trat auf seine Lippen.

»Da haben Sie mich aber schön reingelegt«, sagte er gelassen.

Langsam öffnete er die Finger, bis das Heft des Messers flach auf seinem Handteller lag.

»Fallen lassen und Hände hinter den Kopf.«

»Zu Befehl.«

Blitzartig schlossen sich seine Finger wieder, und er stürzte sich auf sie.

Zwei betäubend laute Schüsse hallten in der Wohnung wider. Der Aufprall der Geschosse vom Kaliber .40 ließ ihn zurücktaumeln. Beißender Pulvergeruch erfüllte die Luft. Die Pistole nach wie vor auf ihn gerichtet, trat die Polizeibeamtin vorsichtig näher, doch die beiden klaffenden Löcher mitten in der Brust des Mörders, aus denen Blut strömte, ließen keinen Zweifel.

Zwei Kugeln mitten im Herzen. Da konnte sie es sich sparen, den Notarzt zu rufen.

KAPITEL 10

»Warum können die Toten nicht sterben!«
(EUGENE O'NEILL, TRAUER MUSS ELEKTRA TRAGEN)

Dienstag, 25. Februar 1997

»Guten Morgen, Sie Langschläfer«, rief Veronica munter aus, als Antoine in die Küche trat. »Wie fühlen Sie sich heute?«

Der angenehme Geruch nach Kaffee und frischem Brot hing in der Luft. Die Uhr an der Wand zeigte kurz vor Mittag.

»Als ob mich ein Bulldozer überfahren hätte.«

Einladend wies sie auf den Frühstückstisch. »Nehmen Sie Platz. Sie trinken Ihren Kaffee schwarz und ohne Zucker, nicht wahr?«

»Ja, vielen Dank.«

Sie stellte eine dampfende Tasse und einen Teller mit Spiegelei, Schinken und Würstchen vor ihn hin. Unter ihren zufriedenen Blicken machte er sich darüber her.

»Für den Fall, dass Sie sich rasieren wollen«, fügte sie mit einem Blick auf sein Kinn hinzu, »irgendwo muss noch ein alter Elektrorasierer meines Mannes sein. Andererseits sehen Sie mit Ihrem Dreitagebart ein bisschen wie ein kleiner Ganove aus.«

»Wahrscheinlich wollen Sie sagen, wie jemand, der aus dem Knast getürmt ist«, gab er gut gelaunt zurück. »Wenn es Sie nicht stört, würde ich gern noch einmal meinen Bruder anrufen, bevor ich mich frisch mache.«

Wie erwartet war Alexandre im Büro.

»Ah, Antoine. Du rufst gerade im richtigen Augenblick an. Die Leute haben soeben neue Fenster eingesetzt.«

»Ich hoffe, du hast nicht im Büro übernachtet.«

»Nein, in der für dich vorgesehenen Suite, und zwar unter dem Schutz zweier ungeheuer stämmiger Kerle. Ich weiß nicht, wo Rémy seine Leibwächter auftreibt, aber auf jeden Fall nehmen sie ihre Aufgabe ernst. Ich hab mich wie in Abrahams Schoß gefühlt.«

»Freu dich nicht zu früh. Vergiss nicht, dass auch Lubiesz seine Sache ernst nimmt. Hast du Verbindung mit Sophie bekommen?«

»Ja. Sie steht unter Schock und leidet Höllenqualen, ist aber außer Gefahr. Sie ist bei einem guten Bekannten untergekommen und steht rund um die Uhr unter Polizeischutz. Allem Anschein nach ist ihr der Kerl, der Chris umgebracht hat, gestern bis zu ihrer Wohnung gefolgt, aber die Polizei hat ihn aus dem Verkehr gezogen, bevor er ihr etwas antun konnte.«

»Verdammter Mistkerl! Was hat er über seinen Auftraggeber gesagt?«

»Leider ist er den Polizeikugeln an Ort und Stelle erlegen, sodass man ihn nicht verhören konnte. Aber zumindest wissen die Leute, wer es war – ein gewisser Frank Lawry, ehemaliger Unteroffizier bei der amerikanischen Terrorbekämpfungs-Spezialeinheit Delta Force. Unmittelbar nach der Operation *Wüstensturm* hat ihn das Militärtribunal zu einer Gefängnisstrafe verurteilt, danach ist er unehrenhaft aus den Streitkräften entlassen worden. Allerdings weiß niemand, was er sich hatte zuschulden kommen lassen, denn ein Teil seiner Dienstakte ist auf geheimnisvolle Weise verschwunden. Danach war er als Militärberater in verschiedenen Entwicklungsländern tätig, wobei er sich offiziell auf die Ausbildung der örtlichen Polizei- und

Armeekräfte spezialisiert hatte. Die Polizei vermutet, dass er verdeckter Agent der CIA war.«

»Also ein wahres Unschuldslamm!« Antoine lachte.

»Das ist überhaupt nicht komisch. Wie gesagt gibt es in der Dienstakte des Kerls große Lücken, und das kann nur heißen, dass mächtige Leute die Hand über ihn gehalten haben. Allerdings sagt die Polizei, sie habe nicht die geringste Vorstellung, wer das sein könnte. Als sie von der Bombe in deinem Auto erfahren haben, ist ihnen klar geworden, dass die Sache zum Himmel stinkt, und sie haben das FBI eingeschaltet.«

»Sie wissen aber nicht, dass ich noch lebe?«

»Nein. Ich habe auch Sophie gebeten, nichts darüber zu sagen.«

»Und die Schweizer Behörden?«

»Rémy hat unter der Hand bei seinen Kontakten nachgefragt und erfahren, dass unsere *brigade criminelle* die Bundespolizei um Unterstützung gebeten hat, die in Fällen von Terrorismus zuständig ist.«

»Eins muss man Lubiesz lassen: Er ist gerissen. Immerhin ist es ihm gelungen, die Polizei auf eine falsche Fährte zu locken, indem er die Parole ausgegeben hat, es handele sich bei mir lediglich um einen Kollateralschaden.«

»Es scheinen aber nicht alle den Köder geschluckt zu haben. Kommissar Bordier hat bereits zweimal hier angerufen. Er will unbedingt mit mir sprechen. Natürlich werde ich versuchen, ihn so lange wie möglich hinzuhalten, aber irgendwann werde ich mir seinen Besuch wohl gefallen lassen müssen.«

Antoine runzelte die Stirn. Das Letzte, was sie brauchten, war, dass ein Schweizer Polizeibeamter, der es gut meinte, seine Nase in ihre Angelegenheiten steckte.

»Es wird ja wohl genügen, wenn du ihm den betrübten großen Bruder vorspielst. Was ist übrigens mit deinen Nachforschungen? Hast du schon was gefunden?«

»Leider nein. Aber ich bleib dran. Von Rémy habe ich erfahren, dass von den heute tätigen Genfer Anwaltskanzleien über ein Dutzend schon während des Krieges existierten. Ohne zusätzliche Angaben wird sich aber nicht feststellen lassen, welche von ihnen in die Sache verwickelt gewesen sein könnten. Auf jeden Fall rufe ich dich an, sobald ich mehr in Erfahrung gebracht habe.«

»Sieh zu, dass du keinen Ärger bekommst.«

»Wenn ich mir das doch nur aussuchen könnte…«

Während Antoine auf der Terrasse seinen Kaffee trank, kam es ihm vor, als drücke ein bleierner Mantel seine Schultern nieder. Weder das ebenso späte wie reichliche Frühstück noch Veronicas muntere Fürsorge hatten verhindern können, dass er sich jämmerlich fühlte. Seine Lage erschien ihm aussichtslos. Angesichts dessen, dass ihn jeder Schritt dem Gnadenstoß näher brachte, kam er sich vor wie ein Stier, der in der Arena um sein Leben kämpft.

Seine Lage war so unsicher wie eh und je. In dieser Beziehung gab er sich keinen Täuschungen hin. Es konnte nur darum gehen, möglichst lange dafür zu sorgen, dass ihn Lubiesz für tot hielt. Früher oder später würde der Mann bestimmt dahinterkommen, dass nicht er die verkohlte Leiche in dem Mietwagen war, und die Jagd erneut aufnehmen. Deshalb musste er sich verborgen halten, solange es ging, während sich andere trotz aller damit verbundenen Gefahren bemühten, Beweise gegen den Deutschen zu sammeln.

Besonders kompliziert wurde die Sache dadurch, dass nicht einmal klar war, ob es solche Beweise überhaupt gab, und auch nicht, wo man danach suchen sollte. Natürlich hätte ein auf den Namen Lubiesz lautender Bankauszug zusammen mit einer Liste der gestohlenen Gegenstände Beweiskraft – aber wer sagte ihnen denn, ob das Konto nicht unter einem anderen Namen und womöglich bei einer anderen Bank als Demarsands, Conti & Cie eröffnet worden war? In den Unterlagen anderer Banken nachzuforschen war völlig undenkbar.

Warum zum Teufel nur hatte er sich auf diese trügerische Suche nach der Wahrheit eingelassen, die weit mehr Schaden anrichtete als alle Zweifel, die er jemals mit Bezug auf seinen Vater hätte haben können? Was hatte er damit beweisen wollen? Und wem? All das bedeutete weder seinem Vater, der schon lange tot war, noch seiner Mutter, die sie vor wenigen Tagen begraben hatten, das Geringste; sie hatten den Frieden des Grabes gefunden. Aber *er*, Antoine Demarsands, wollte unbedingt der ganzen Welt beweisen, dass *er* unmöglich aus einer Familie mit einer zweifelhaften Vergangenheit stammen konnte! Denn genau darum ging es, wenn er sich selbst gegenüber ehrlich war: Ihm lag weniger daran, das Andenken seines Vaters reinzuwaschen, als zu zeigen, dass er einen einwandfreien Stammbaum hatte. Dieser unvernünftige Kreuzzug, der bereits mehrere Menschen das Leben gekostet hatte, brachte inzwischen auch das seines Bruders und seiner Schwester in Gefahr und würde zweifellos noch eine ganze Reihe weiterer Opfer fordern, wenn er der Sache nicht bald ein Ende bereitete. Er schüttelte den Kopf. Alexandre hatte von Anfang an recht gehabt: Er hätte die Vergangenheit ruhen lassen sollen.

Er nahm eine Zigarre aus der Kiste, die ihm Veronica hingestellt hatte – ein weiterer Restbestand aus der Zeit ihrer Ehe –, zündete sie bedächtig an und zog, bequem im Sessel zurückgelehnt, genüsslich daran. Der Regen hatte aufgehört, und die von Feuchtigkeit schwere Luft unter dem bleifarbenen Himmel roch nach Humus, was ihn an den Wald hinter dem elterlichen Haus erinnerte.

Er fuhr zusammen, als hinter ihm eine Tür aufging. Veronica kam mit dem Telefon in der Hand herein.

»Entschuldigen Sie die Störung. Ihr Freund Rémy möchte mit Ihnen sprechen.«

Sie gab ihm den Apparat und stellte ein Glas Cognac auf den Tisch.

»Ich vermute, dass Ihnen nach Ihrem Brunch ein Verdauungsschnäpschen willkommen ist«, sagte sie mit einem Augenzwinkern.

»Wunderbar. Danke.« Er führte das Glas an die Lippen, hielt dann aber mitten in der Bewegung inne.

»Das ist aber kein Hennessy, nicht wahr?«

Veronica sah ihn überrascht an. »Nein, Delamain. Ist Ihnen das nicht recht?«

»Doch, bestens«, gab er zurück und nahm einen Schluck. Schlinge hatte ihm Hennessy auf alle Zeiten vergällt. »Rémy, entschuldige, dass ich dich habe warten lassen.«

»Ich fasse es nicht«, knurrte der Anwalt. »Als ob es nichts Wichtigeres gäbe, als mit einer Frau über Cognac zu reden. Zumindest darf ich daraus wohl schließen, dass es dir besser geht.«

»Mir wird es erst besser gehen, wenn Lubiesz hinter Schloss und Riegel sitzt.«

»Wo wir gerade von dem Mann reden. Während du es dir in bezaubernder Gesellschaft auf dem Lande gut gehen lässt, haben dein Bruder und ich geschuftet. Gerade hat er mir eine Liste der Anwaltssozietäten übergeben, die mit eurer Bank zu der Zeit zusammengearbeitet haben, in der dieser Lubiesz vermutlich sein Konto eröffnet hat. Ich hätte es mir denken müssen, dass deinem Onkel die besten Kanzleien gerade gut genug waren. Alle sechs hatten eine große internationale Mandant-

schaft und waren auf hoch komplizierte Handels- und Finanz-
geschäfte spezialisiert. Die gute Nachricht ist, dass sie eine wie
die andere noch existieren. Das dürfte unsere Nachforschungen erleichtern. Eine dieser Kanzleien können wir wohl von
vornherein von der Liste streichen, da sie einer bedeutenden
jüdischen Familie gehört und im Ruf steht, Mandanten beigestanden zu haben, die ihren Besitz vor den Nazis in Sicherheit
bringen wollten. Ich kann mir schlechterdings nicht vorstellen,
dass die bereit gewesen sein sollten, einen Lubiesz bei seinen
unsauberen Machenschaften zu unterstützen.«

»Und die anderen? Gibt es irgendwelche Hinweise, die uns
in der Frage weiterbringen könnten, mit welcher er zusammengearbeitet hat?«

»Das ist die schlechte Nachricht«, erläuterte Rémy und
seufzte. »Die gelten eine wie die andere als grundsolide, was in
unserer Branche, wie du weißt, nicht alltäglich ist. Keine von
ihnen taucht auf der Liste derer auf, die verdächtigt werden, auf
die eine oder andere Weise mit dem Dritten Reich zusammengearbeitet zu haben. Andererseits erscheint es nur logisch, dass
sich Lubiesz und dein Vater, falls sie Görings Kriegsbeute wi-
derrechtlich an sich gebracht haben, auf keinen Fall Anwälten
anvertraut haben, die dem Naziregime nahestanden. In dem
Fall wäre die Gefahr viel zu groß gewesen, dass etwas davon
ruchbar würde.«

»Ob du über deine Kontakte rauskriegen kannst, welche dieser Kanzleien bei diesen Machenschaften mitgewirkt haben
könnte?«

»Über solche Themen wird bei Sitzungen der Anwaltskam-
mer gewöhnlich nicht gesprochen, Antoine. Ich brauche weitere Informationen, damit meine Nachforschungen nicht ins
Leere gehen und darüber hinaus, was noch schlimmer wäre,
Lubiesz' Aufmerksamkeit erregen.«

»Also bleibt uns kein anderes Mittel, als die Altakten der Bank durchzuwühlen, bis wir auf den Namen stoßen, den wir suchen. Neues von Alex?«

Rémy antwortete nicht sofort. »Ja. Allem Anschein nach war seine Suche erfolglos.«

Antoines Herz verkrampfte sich. Warum nur konnte nicht zur Abwechslung einmal etwas gut ausgehen?

»Angesichts der wenigen Angaben, über die wir verfügen, ist das nicht besonders überraschend«, fuhr Rémy fort.

»Dann sitzen wir also wirklich in der Tinte.«

Mit zitternder Hand führte Antoine das Cognacglas zum Mund. Der Alkohol schien mit einem Mal die Fähigkeit verloren zu haben, ihn zu stärken.

»Immer mit der Ruhe, mein Junge. Warten wir ab, was dein Bruder sagt, einverstanden? Dein Vetter Maxime ist ins Büro gekommen, während er mit mir telefoniert hat, und so musste er das Gespräch erst einmal beenden.«

»Es nützt nichts, Rémy. Selbst wenn wir in unserer Bank die Akte finden und den Namen der Kanzlei herausbekommen sollten – wie könnten wir feststellen, wer über die Gelder von diesem Konto verfügungsberechtigt war? Man würde uns das nie im Leben sagen! Und ohne diese Angabe haben wir keinen Beweis in der Hand.«

Rémy lachte. »Du solltest meine Überredungsgabe nicht unterschätzen. Wenn der Augenblick gekommen ist, werde ich mir die Information beschaffen. Bis dahin bist du in Sicherheit, wie auch Sophie. Alex bekommt den besten Schutz, den man für Geld kaufen kann. Das kann nicht jeder von sich sagen.«

»Worauf willst du hinaus?«

»Erinnerst du dich an Professor Bonnard?«

»Wie könnte ich diesen egomanischen Selbstdarsteller vergessen? Er hat das Ganze doch losgetreten.«

»Das hat ihm sicher schon leidgetan. Er ist nämlich tot. Gestern Nachmittag hat ihn die Polizei in seiner Wohnung gefunden. Der Dekan seines Fachbereichs hat sie alarmiert, nachdem der Mann mehrere Unterrichtsveranstaltungen nicht gehalten hat und auch nicht ans Telefon gegangen ist.«

»Und wie ist er umgekommen?«

»Durch eine Überdosis. Soweit ich von meinem Kontaktmann bei der *brigade des stupéfiants* erfahren habe, hatte er so viel Schnee im Leib, dass man damit sämtliche Nachtklubs von Ibiza eine ganze Woche lang hätte versorgen können. Außerdem hat man unter seinem Bett noch einen Riesenvorrat von dem Zeug gefunden.«

Antoine musste daran denken, wie abgehackt der Mann gesprochen hatte, sowie an seine Manie, mit den Zähnen zu knirschen. Zweifellos hatte Bonnard die Gewohnheit gehabt, Kokain zu schnupfen, ganz wie er es von Anfang an vermutet hatte. Auch wenn der Professor nicht der Erste war, der dieser schlechten Gewohnheit zum Opfer fiel, kam Antoine das zeitliche Zusammentreffen äußerst verdächtig vor.

»Denkst du das Gleiche wie ich?«

»Dass die Zufälle hier schneller zusammenkommen als Scheiße in einem Schweinestall? Das kann man laut sagen!«

Es gab nichts hinzuzufügen, und er konnte nur noch beten, dass Alexandre etwas entdeckte, das ihnen weiterhalf, irgendeine Einzelheit, die den Mitarbeitern seiner Bank entgangen war. Aber er glaubte nicht an die Kraft des Gebets. Nachdem er aufgelegt hatte, blieb er einen Augenblick mit gebeugtem Rücken sitzen. Ein Kälteschauer überlief ihn, während er matt in den Nebel hinaussah, der über dem Wald aufstieg und in Form von Nieselregen wieder niederging.

Langsam erhob er sich mit schmerzenden und steifen Beinen. Sicher würde es ihm guttun, sich eine Weile hinzulegen.

Da er sich ohnehin nicht nützlich machen konnte, dürfte es das Beste sein, wieder zu Kräften zu kommen. Und für den Fall, dass ihn Lubiesz dort aufspürte, würde er zumindest ausgeruht sterben.

»Tony, du Faultier, wach auf!«

Er fuhr hoch und öffnete die Augen. Anna saß dicht neben ihm auf der Bettkante.

»Das wurde aber auch Zeit«, spottete sie.

»Was tust du denn hier?« Er schüttelte den Kopf. »Musst du nicht in L. A. sein?«

»Auch ich bin begeistert, dich zu sehen«, neckte sie ihn. »Was für ein Empfang!«

Antoine fuhr sich mit einer Hand über das Gesicht, um sich zu vergewissern, dass er nicht träumte.

»Ich verstehe nicht. Wie bist du hergekommen?«

Sie lachte; es amüsierte sie, ihn so verblüfft zu sehen.

»Mit dem Flugzeug, Dummkopf. Ich hab mir überlegt, für den Fall, dass Lubiesz auch mir ans Leder will, dürfte es das Beste sein, ebenfalls unterzutauchen. Also bin ich hier!«

»Du kannst nicht bleiben«, begehrte er auf, bevor er aufstand und in seine Jeans stieg. »Immerhin nimmt deine Tante allein schon damit, dass sie mich bei sich versteckt, eine große Gefahr auf sich. Ich möchte nicht, dass du dich ebenfalls gefährdest. Du musst nach L. A. zurück.«

Mit verschränkten Armen stellte sie sich trotzig vor ihn hin.

»Und was soll ich da tun?«, fragte sie. »Einen Antrag stellen, dass man mich ins Bundes-Zeugenschutzprogramm aufnimmt? Hier kann ich dir zumindest bei deinem Kampf gegen Lubiesz helfen.«

Er wollte erneut etwas erwidern, aber ihr Blick brachte ihn zum Schweigen.

»Gestatte mir«, sagte sie mit zornesrotem Gesicht, »dich daran zu erinnern, dass dies das Haus meiner Tante ist und ich hier kommen und gehen kann, wie es mir passt!«

Es lohnte sich nicht, mit ihr darüber zu streiten. Sie würde auf keinen Fall nachgeben, und das war ihm auch klar. »Damit hast du zweifellos recht«, gab er schließlich zurück und seufzte resigniert.

»Selbstverständlich – aber danke, dass du das zugibst. Und jetzt putz dir die Zähne. Du riechst aus dem Hals wie ein Schakal.«

Das Abendessen dauerte nicht lange. Keiner der drei hatte wirklich Hunger, und so erwies niemand dem von Veronica zubereiteten Huhn in Rotweinsoße Ehre. Verlegenes Schweigen und gequälte Gesprächsansätze über alles und nichts wechselten sich ab. Es war, als bemühte sich jeder, das Thema zu vermeiden, das alle bedrückte.

Nach dem Dessert zog sich Veronica in die Küche zurück, während Anna Antoine auf die Terrasse folgte. Eine Tasse Kaffee in der Hand, saß sie schweigend neben ihm. Trübselig krächzte eine einsame Krähe, während die Dunkelheit hereinbrach und der Nebel alles einhüllte.

Wortlos gingen sie anschließend im vom Regen aufgeweichten Garten auf und ab. Tief in Gedanken verloren, hielt Anna den Blick starr vor sich gerichtet.

»Wie hoch schätzt du die Aussicht ein, lebend aus der Sache rauszukommen?«, fragte sie schließlich.

»Ich würde sagen, nahe null.«

Sie verzog das Gesicht. »Das ist eigentlich nicht die Antwort, die ich erwartet hatte. Gibt es nicht wenigstens *eine* Möglichkeit, Lubiesz festnehmen zu lassen, bevor er uns alle umgebracht hat?«

»Alex arbeitet daran, bisher aber ergebnislos.«

Als er sah, dass ein Schauer sie überlief, führte er sie, den Arm um ihre Schulter gelegt, ins hell erleuchtete Haus zurück, das Sicherheit versprach. Vielleicht war es besser, alle Bemühungen einzustellen und sich irgendeinen Schlupfwinkel zu suchen, wo sie untertauchen konnten, während sie darauf warteten, dass Lubiesz die Suche aufgab oder an Altersschwäche starb. Vielleicht würde er seine Bemühungen irgendwann einstellen. Natürlich würden sie dabei mehr oder weniger alles einbüßen, was sie besaßen: Haus, Beruf und Freunde. Aber das war immer noch besser, als das Leben zu verlieren.

Gerade wollte er wieder anfangen zu sprechen, als Anna bleich wie der Tod unvermittelt stehen blieb. Er folgte ihrem Blick und sah Veronica, die wie eine Statue vor dem Haus an der Garagentür stand. Sie war nicht allein. Trotz der Entfernung erkannte Antoine sogleich die soldatisch aufrechte Haltung des Mannes neben ihr.

Lubiesz hatte sie aufgespürt.

Die eiskalte Luft roch nach Schnee. Alexandre verließ die Bank über die Außentreppe, legte sich den Schal um den Hals und sog begierig die frische Luft ein. Sie tat nach einem langen Tag im Büro gut. Seine Leibwächter würden höchstens eine Minute brauchen, um den Wagen aus der schwer bewachten Tiefgarage zu holen. Es war schon fast zehn Uhr, und die Straße lag verlassen im Dunkeln vor ihm. Die meisten seiner Kollegen waren längst in ihr warmes Zuhause zurückgekehrt.

Ihm war bewusst, dass er jetzt der Einzige war, der ein Ziel bot, wenn man davon absah, dass Tag und Nacht bis an die Zähne bewaffnete Leibwächter um ihn waren. Olivia befand sich mit den Kindern bei seinem Schwiegervater in der Nähe von Zürich in Sicherheit, Sophie stand unter dem Schutz der

New Yorker Polizei, und Antoine versteckte sich in Frankreich auf dem Lande.

Er sah auf die Uhr: Er wartete schon seit fast einer Viertelstunde. *Was die nur treiben mögen?*

Aus dem Augenwinkel fiel ihm etwa zehn Meter entfernt eine Bewegung auf. Ein Adrenalinstoß fuhr ihm durch die Adern, während er angespannt in die Dunkelheit spähte. Aber mit Ausnahme einer Straßenbahn, die ein Stück weiter über eine Kreuzung fuhr, war nichts und niemand zu sehen. Im selben Augenblick hielt sein Wagen mit quietschenden Reifen vor ihm an, und einer seiner Leibwächter sprang heraus, um ihm die Fondtür zu öffnen.

»Entschuldigen Sie bitte, dass wir Sie warten lassen mussten. Ein Lastwagen hat vor der Garagenausfahrt geparkt, sodass niemand rauskonnte.«

Alexandre nickte und warf einen letzten Blick über die Schulter, bevor er sich in der behaglichen Wärme des Fahrzeugs in das Polster sinken ließ. Als der Wagen anfuhr, drehte er sich um und glaubte einen Sekundenbruchteil lang, im Schatten einer der Säulen am Eingang einen menschlichen Umriss zu sehen.

»Stimmt etwas nicht?«, fragte der Mann auf dem Beifahrersitz und drehte sich zu ihm um.

»Ich weiß nicht recht. Es kommt mir so vor, als ob da in der Nähe der Bank jemand in der Dunkelheit herumschleicht. Aber vielleicht wartet er ja auch nur auf ein Taxi.«

»Durchaus möglich. Aber es ist unsere Aufgabe, nichts dem Zufall zu überlassen. Ich werde sofort Verstärkung rufen. Es kann nichts schaden, wenn wir ein paar Männer mehr zur Verfügung haben.«

Anna nahm seine Hand und drückte sie fest. Einen Augenblick lang richteten sie den Blick auf die Gestalt, die sich im Türrahmen abzeichnete. Dann gingen sie wortlos weiter.

Lubiesz forderte sie mit einer Kopfbewegung auf einzutreten, und sie folgten Veronica in das hell erleuchtete Wohnzimmer. Auf der anderen Seite des Raums stand ein athletisch gebauter hochgewachsener Mann im schwarzen Anzug nahe der Tür. Ein dünnes Kabel lief von seinem linken Ohr zu seinem Jackettkragen.

Ein Leibwächter, wenn nichts Schlimmeres, ging es Antoine durch den Kopf.

»Nehmen Sie doch bitte Platz«, sagte Lubiesz und schloss die Tür hinter ihnen. Der ruhige und entschlossene Klang seiner Worte wirkte besonders bedrohlich.

Noch unter dem Eindruck des Schreckens, den ihm das unvermutete Auftauchen des Mannes verursacht hatte, setzte sich Antoine in einen Ledersessel. Lubiesz nahm ihm gegenüber Platz, während sich die beiden Frauen auf einem Sofa aneinanderdrängten.

»Ich denke, es ist an der Zeit, dass wir über bestimmte Dinge reden«, fuhr Lubiesz fort, indem er sie nacheinander ansah.

»Warum legen Sie uns nicht einfach um? Dann wäre die Sache doch ein für alle Mal erledigt. Schließlich erwartet uns das doch ohnehin«, warf ihm Antoine trotzig hin.

Lubiesz schien ehrlich erstaunt.

»Warum sollte ich das tun, wenn Sie es in erster Linie mir zu verdanken haben, dass Sie noch am Leben sind?«

»Erzählen Sie keinen Unsinn! Sie sind doch hinter mir her, weil ich zufällig auf Ihr schmutziges Geschäft gestoßen bin. Sie haben doch sogar versucht, meine Schwester umzubringen, verdammter Schweinehund!«

Auf das Gesicht des Deutschen, dessen Züge wie gemeißelt waren, trat ein leichtes Lächeln.

»Sie scheinen mich und meine Absichten gründlich falsch einzuschätzen. Das lässt es umso wichtiger erscheinen, dass wir alle die Karten auf den Tisch legen. Zuvor aber, verehrte Dame«, damit wandte er sich an Veronica, »möchte ich um Entschuldigung dafür bitten, dass ich auf diese Weise uneingeladen Ihre Gastfreundschaft in Anspruch nehme. Ich bitte Sie, mein Eindringen als Ergebnis außergewöhnlicher Umstände zu betrachten.«

»Ihr Eindringen stört mich nicht besonders, wohl aber beunruhigen mich Ihre Absichten«, gab Veronica so gelassen wie möglich zurück.

»Lassen Sie mich Ihnen versichern, dass die sich in keiner Weise gegen Ihre Sicherheit richten. Dürfte ich Sie um eine Tasse dieses köstlich riechenden Kaffees bitten?«

Nach kurzem Zögern zuckte Veronica die Achseln und ging in die Küche. Wenige Minuten später kam sie mit einem Tablett zurück, auf dem eine dampfende Kaffeekanne und fünf Tassen standen.

»Ich nehme an, dass Ihr ... Freund vielleicht ebenfalls Kaffee möchte.« Sie wies auf den Leibwächter.

»Das ist ausgesprochen liebenswürdig von Ihnen, Madame Rousselet, aber Kyle trinkt weder Kaffee noch Alkohol. Ein betrüblicher Fehler, der eine völlige Unfähigkeit anzeigt, die guten Dinge des Lebens zu genießen.«

»Aber ich weiß Ihre gute Absicht zu schätzen, Madame«, erklärte der Mann mit achtungsvoller Stimme.

Lubiesz nahm einen Schluck und schloss die Augen. »Der Kaffee ist erstklassig, Madame Rousselet«, sagte er.

Veronica lächelte verkrampft; ihre Hände zitterten leicht, als sie ihre Tasse zum Mund führte.

»Wie ich Ihnen bei unserer Begegnung in Los Angeles gesagt habe«, nahm Lubiesz den Gesprächsfaden wieder auf und wandte sich an Antoine, »haben Ihr Vater und ich einander gut gekannt. Man könnte sogar sagen, dass wir Freunde waren, Freunde auf die Ferne, denn wir haben uns nach Kriegsende nie wiedergesehen. Als mir vor einigen Monaten zu Ohren gekommen ist, dass sich ein gewisser Professor Bonnard für die Vorgänge der damaligen Zeit interessierte, habe ich einen mir gut bekannten Privatermittler in Genf gebeten, mich über dessen Ergebnisse auf dem Laufenden zu halten. Wo ich Sie finden konnte, Antoine, wusste ich, da Sie der für den Verkauf meiner Produktionsfirma zuständige Anwalt waren. Was glauben Sie übrigens, was mich dazu veranlasst hat, Ihrer Kanzlei den Auftrag zu erteilen?«

»Mein blendendes Aussehen?«

»Ich wollte Sie gern kennenlernen, feststellen, was aus dem jüngsten Sohn meines Freundes geworden war, nachdem Sie sich in Amerika niedergelassen hatten. Sie haben meine Erwartungen nicht enttäuscht, denn Sie sind ein glänzender Anwalt. Als ich erfahren habe, dass Sie wegen des Dahinscheidens Ihrer Mutter – ich darf die Gelegenheit nutzen, Ihnen mein aufrichtiges Beileid auszusprechen – in die Schweiz zurückkehren würden, habe ich jenen Detektiv beauftragt, Sie, sagen wir … im Auge zu behalten. Weder hat mich seine Mitteilung überrascht, Sie seien mit Professor Bonnard zusammengetroffen, noch, dass Sie angefangen hatten, Nachforschungen über die Vergangenheit Ihres Vaters zu betreiben. Womit ich nicht gerechnet hatte, war Ihr plötzlicher Aufbruch nach Polen; mein Mann hatte die größten Schwierigkeiten, Ihnen zu folgen. Glücklicherweise ist es ihm gelungen, denn Ihnen drohte in Krakau eine tödliche Gefahr. Über diesen Detektiv konnte ich Sie bis gestern im Auge behalten, doch dann habe ich nach jener bedauerlichen Explosion plötzlich Ihre Fährte verloren.«

»Und wie haben Sie mich gefunden?«

Lubiesz lächelte.

»Bei meinem Besuch in Ihrer Kanzlei ist mir eine gewisse...
Vertrautheit zwischen Ihnen und Miss Mariscal aufgefallen.
Ich habe mir gesagt, dass Sie sich im Fall eines Falles sicher-
lich an diese vertraute Freundin wenden würden, und ich habe
mich in dieser Einschätzung nicht getäuscht.« Er sah Anna an.
»Sie haben mich auf dem kürzesten Weg zu ihm geführt, meine
Liebe.«

»Großartig!«, murmelte Antoine und warf ihr wütende Blicke zu.

»Nehmen Sie es ihr nicht übel: Ohne es zu wissen, hat sie
Ihnen einen unschätzbaren Dienst erwiesen.«

»Sie haben also jenen Detektiv beauftragt...«

»Er hieß Peter Studer.«

»...mich im Gedenken an einen alten Kriegskameraden zu
beschützen? Und das soll ich Ihnen glauben?«

»Das war einer der Gründe«, gab Lubiesz gleichmütig zurück. »Es gab einen anderen, zugegebenermaßen nicht ganz un-
eigennützigen. Ich wollte Sie für den Fall im Auge behalten,
dass Sie interessante Informationen entdeckten. Ich bin froh,
dieser Eingebung gefolgt zu sein, denn Sie haben herausbekommen, wo Joseph Schlinge lebte, was mir mehr als ein halbes
Jahrhundert lang nicht gelungen ist.«

»Augenblick mal«, meldete sich Anna zu Wort. »Sie haben
vorhin gesagt, der Detektiv *hieß* Peter Studer. Was ist mit ihm
geschehen?«

Lubiesz' Miene verfinsterte sich. »Er befand sich gestern im
Wagen von Mr. Demarsands, als dieser in die Luft geflogen ist.«

Es dauerte eine Weile, bis Antoine die Bedeutung dieser
Worte vollständig erfasst hatte.

»Das war er?«, fragte er schließlich mit tonloser Stimme.

»Zu Ihrem Glück, ja. Ich nehme an, dass der Sprengsatz

hochgegangen ist, als er versucht hat, ihn zu entschärfen. Wir werden das nie erfahren.« Nach einer Pause fügte er hinzu: »Er war mir stets ein sehr guter Freund, wie vor ihm sein Vater.«

»Das Ganze ergibt keinen Sinn.«

»O doch. Ihre Wege haben sich nicht zum ersten Mal gekreuzt, denn er war derjenige, der Sie aus der Rhône gezogen hat. Er hatte Sie gewarnt, als er sah, dass ein Mann Sie auf der Mont-Blanc-Brücke überfallen wollte, war aber zu weit entfernt, als dass er Ihnen selbst hätte zu Hilfe kommen können. Er hat Sie auch zur Seite gestoßen, als ein Auto Sie vorige Woche in Lausanne beinahe überfahren hätte. Nebenbei bemerkt war der Anschlag so angelegt, dass das Ganze wie ein Unfall ausgesehen hätte.«

Schweigend dachte Antoine darüber nach, was diese Enthüllungen zu bedeuten hatten. Ihm fiel ein, dass ihm unmittelbar vor dem Überfall auf der Brücke ein Mann etwas zugerufen hatte. Das hatte ihm das Leben gerettet, denn damit war es ihm möglich gewesen, den Stoß mit dem Messer abzuwehren, der sonst wohl tödlich gewesen wäre. Auch in jener Nacht war sein geheimnisvoller Retter wie nach dem Zwischenfall mit dem Auto in Lausanne verschwunden, bevor er ihn nach seinem Namen hatte fragen können.

»Und er hat Ihnen auch vorgestern in Krakau das Leben gerettet, ohne dass Sie etwas davon wussten.«

»Wie das?«

»Man hatte dem Mann, der Schlinge töten sollte, ein zweites Opfer genannt: Sie. Um ein Haar hätte er seinen Auftrag auch ausführen können. Studer hat ihn in ebendem Augenblick außer Gefecht gesetzt, als er Ihnen eine Kugel in den Kopf jagen wollte.«

»Dann war dieser Peter Studer ja ein wahrer Schutzengel!«

»Er ist es immer noch. Weil die für Sie bestimmte Sprengladung ihn getötet hat, ist jetzt alle Welt überzeugt, dass Sie tot sind, und das hat es Ihnen gestattet, vorerst am Leben zu bleiben.«

»Nicht alle Welt. Sie haben mich gefunden, und dabei waren Sie derjenige, vor dem ich mich versteckt hatte.«

Lubiesz beugte sich zu ihm vor.

»Entscheidend ist, dass nicht ich derjenige bin, der Ihnen nach dem Leben trachtet.«

»Sie entschuldigen, aber es fällt mir schwer, Ihnen das zu glauben.«

»Wenn ich mich Ihrer hätte entledigen wollen, wären Sie alle längst tot«, versicherte ihm Lubiesz kühl.

»Und warum sind Sie nicht früher gekommen, um mich zu warnen?«

»Weil ich bis vorgestern keinerlei Beweise in der Hand hatte. Ganz davon abgesehen hätten Sie mir zweifellos nicht geglaubt.«

»Und Sie meinen, jetzt tue ich das?«

»Ihnen dürfte kaum eine Wahl bleiben.«

Antoine musterte den Mann und versuchte, die Gedanken hinter dessen Stirn zu lesen. Was er gesagt hatte, klang zu schön, um wahr zu sein. Zweifellos steckte eine List dahinter, mit der er sie alle in Sicherheit wiegen und ihnen weitere Angaben entlocken wollte. Anschließend würde er sie alle miteinander aus dem Weg räumen.

»Ich bin Ihnen doch völlig gleichgültig«, warf er ihm verächtlich hin. »Gehen Sie zum Teufel.«

Der Deutsche stieß einen tiefen Seufzer aus. »Na schön«, sagte er und griff nach etwas hinter seinem Rücken. »Ich fürchte, dass Sie mir wirklich keine andere Wahl lassen.«

Bevor Antoine begriff, was geschah, richtete Lubiesz eine Pistole auf ihn.

Zum wiederholten Mal las Kommissar Bordier den Bericht des Gerichtsmediziners, obwohl ihm bewusst war, dass er dabei nichts Neues erfahren würde. Es gab keinerlei schlüssige Beweise, denn sowohl die DNS-Analyse wie auch die Blutuntersuchung und der Vergleich der Zahnmuster waren ohne greifbares Ergebnis geblieben. Die ungeheure Hitze auf so kleinem Raum hatte das Wageninnere in eine Art Hochofen verwandelt, Blut und Knochenmark zum Sieden gebracht und die Zähne schmelzen lassen. Von den Knochen waren nur noch verkohlte Reste übrig. Man wusste lediglich, dass es sich bei dem Opfer um einen Mann gehandelt hatte, der der weißen Rasse angehörte, etwa einen Meter achtzig groß und um die fünfunddreißig Jahre alt war, eine Beschreibung, die ebenso gut auf Antoine Demarsands wie auf einen großen Teil der männlichen Schweizer zutraf.

Nicht einmal die Analyse des aus Napalm, Magnesium, Phosphor und dem Plastiksprengstoff C4 bestehenden hochexplosiven Sprengsatzes lieferte einen Hinweis. Das Einzige, was sich sagen ließ, war, dass ihn zweifellos ein Fachmann hergestellt und angebracht hatte. Die auf dem Schwarzmarkt mühelos erhältlichen Bestandteile wurden von den Streitkräften zahlreicher Länder, paramilitärischen Einheiten sowie terroristischen Organisationen auf der ganzen Welt verwendet. Den Zünder, eine mit einem Verzögerungsmechanismus versehene Sprengkapsel, hatte das Öffnen der Fahrzeugtür ausgelöst – simpel, wirksam und kinderleicht zu handhaben.

Er gähnte, legte die Akte erneut auf den Schreibtisch und massierte sich die Schläfen in dem vergeblichen Versuch, seine Kopfschmerzen zu vertreiben. Die wenigen Hinweise, über die er verfügte, legten die Vermutung nahe, dass es sich bei dem Opfer um Antoine Demarsands handelte. Das aber bedeutete, dass es sich bei dem ersten Angriff um alles andere als einen

fehlgeschlagenen Raubüberfall gehandelt hatte: Es war ein sorgfältig getarnter Mordversuch gewesen! Nach dessen Scheitern
hatte, wer auch immer es war, der dahintersteckte, beschlossen, aufs Ganze zu gehen, um sein Ziel zu erreichen. Bordier
verwarf die Theorie eines terroristischen Hintergrunds rund-
heraus. Der Anschlag hatte einer ganz bestimmten Person gegolten, nämlich Antoine Demarsands, davon war er fest überzeugt.

Aber was mochte das Motiv dafür sein? Anfangs hatte er sich
gefragt, ob der Anwalt nicht in irgendeine dunkle Affäre in Kalifornien verwickelt gewesen sei, aber sein Anruf bei der Polizei
in Los Angeles hatte nicht das Geringste ergeben. Abgesehen
von zwei oder drei Strafzetteln wegen Falschparkens hatte Demarsands eine blütenweiße Weste – nicht einmal eine Trunken-
heitsfahrt oder Drogenbesitz war in den Akten vermerkt.

Am selben Nachmittag hatte man dann den Historiker an
der Universität Genf, wie hieß er noch... ach ja, Bonnard,
François Bonnard, tot aufgefunden. Eine Überdosis Kokain.
Schon bald hatte Bordier ermittelt, dass der gute Mann nicht
nur an einem Buch über die angebliche Zusammenarbeit Paul
Demarsands' mit den Nazis arbeitete, sondern kurz vor seinem
Tod mit dessen Sohn Antoine zusammengetroffen war. Daher
hätte er seine Pension darauf verwettet, dass sie es auch dabei
nicht mit einem Zufall zu tun hatten, wobei er nach wie vor
überzeugt war, dass ihm Demarsands mit seiner Behauptung,
seines Wissens habe niemand etwas gegen ihn, die Unwahrheit
gesagt hatte.

Doch zur Aufklärung eines Falles war mehr nötig als Über-
zeugungen oder Eingebungen. Jeder seiner Versuche, mit Alexandre Demarsands zu sprechen, war ebenso höflich wie entschieden abgeblockt worden. Die Sekretärin des Mannes hatte
behauptet, der Verlust seines Bruders habe ihn zu sehr mitge-

nommen, als dass er mit der Polizei sprechen könne. Das aber war wohl eine vorgeschobene Begründung, denn der Mann ging weiterhin Tag für Tag zur Arbeit in die Bank. Natürlich hätte Bordier ihn jederzeit als Zeugen vorladen können, doch war ihm bewusst, dass er damit nichts erreichen würde. Der Bankier würde sofort seinen Anwalt anrufen und schweigen wie ein Grab. Auch der Versuch, *maître* Rémy Bergeron zu befragen, wäre Zeitverschwendung: Der schwule Hund würde sich hinter seiner Schweigepflicht als Anwalt verschanzen, bevor Bordier dazu gekommen wäre, ihm guten Tag zu sagen.

Dann war da noch die in der Nähe des Opfers gefundene Pistole M1911A1, deren Magazin Hohlspitzgeschosse vom Kaliber .45 ACP enthalten hatte. Üblicherweise verwendeten Profis eine solche Waffe wegen ihrer enormen Mannstoppwirkung. Es war zwar denkbar, dass sie dem Mörder hingefallen war, während er den Sprengsatz anbrachte, doch hielt Bordier das für wenig wahrscheinlich. Niemand verlor einen so schweren Gegenstand, ohne das zu merken, und schon gar kein alter Hase. Er warf einen Blick auf das Foto der Geschosse, die sich in das Fahrgestell des Wagens gebohrt hatten. Als das Feuer das Pulver in den Patronen gezündet hatte, war das Griffmagazin geborsten, und die Projektile hatten sich in alle Richtungen verbreitet, zum Glück, ohne jemanden zu treffen. Erstaunlicherweise war die Seriennummer der Waffe nach wie vor lesbar, doch auch das half nicht weiter, denn sie war ganz legal auf eine Stiftung in Liechtenstein eingetragen, die ihrerseits als Tarnfirma für ein Unternehmen in Panama diente. Mithin käme es einem Wunder gleich, wenn sich der Halter ermitteln ließe.

Natürlich wäre es nur allzu verständlich gewesen, wenn sich Antoine Demarsands eine Knarre hätte zulegen wollen, nachdem man ihn am Sonntagabend überfallen hatte. Bordier an seiner Stelle hätte nicht gezögert! Zwar durfte man in der

Schweiz Faustfeuerwaffen ohne besondere Erlaubnis nicht führen, doch waren sie frei verkäuflich. Aber ohne recht zu wissen, warum, konnte er sich Demarsands nicht mit einer Pistole in der Hand vorstellen. Es passte einfach nicht zu dem Bild, das er von dem jungen kalifornischen Rechtsanwalt hatte. Genau dieses Bild bestärkte ihn, mehr noch als der Mangel an Beweisen, in seiner Überzeugung, dass die verkohlten Reste im Leichenschauhaus nicht von Demarsands stammten. Falls er damit recht hatte, gab es eine – wenn auch geringe – Hoffnung, den Fall lösen zu können, selbst wenn es ihn im Augenblick noch komplizierter machte, denn bestimmt würde Demarsands wissen, wer ihm nach dem Leben trachtete. Sofern es Bordier gelang, ihn aufzuspüren, würde er ihn auf jeden Fall zum Reden bringen. Dazu aber musste er erst einmal wissen, wo er sich aufhielt.

Ebenso schnell, wie er die Waffe ergriffen hatte, ließ Lubiesz sie sinken und schob sie über den Couchtisch, wo sie wenige Zentimeter vor Antoines Knien liegen blieb. Überrascht sah dieser hin, ohne zu verstehen.

»Nehmen Sie sie«, sagte der Deutsche mit gelassener und beinahe beruhigender Stimme. »Los, machen Sie schon. Es ist keine Falle. Sie ist geladen. Es dürfte Ihnen keine großen Schwierigkeiten bereiten, mich und meinen Leibwächter zu erschießen.«

Nach kurzem Zögern ergriff Antoine die Pistole. Es war eine Glock 22 vom Kaliber .40, wie FBI-Beamte sie tragen. Zuverlässig, robust und von hoher Zielgenauigkeit.

»Was für ein verdrehtes Spiel ist das?«

»Es ist kein Spiel, Antoine. Es ist zugleich sehr ernst und sehr einfach. Sie sagen, dass Sie mir nicht trauen und ich Sie umbringen will. Also gebe ich Ihnen eine Gelegenheit, sich meiner zu entledigen. Die Entscheidung liegt bei Ihnen: Wenn Sie wirklich annehmen, dass ich derjenige bin, der Ihnen ans Leder will, erschießen Sie mich, und Ihre Probleme sind aus der Welt geschafft.«

Er lehnte sich behaglich in seinem Sessel zurück und schlug entspannt die Beine übereinander.

»Falls Sie sich aber irren sollten, würden Sie wieder am Anfang stehen und hätten den einzigen Menschen beseitigt, der Ihnen aus dieser gründlich verfahrenen Situation heraushelfen könnte.«

Antoine wog die Waffe wortlos in der Hand; sie wirkte auf ihn zugleich beruhigend und bedrohlich.

»Wofür entscheiden Sie sich also?«, fragte Lubiesz und sah ihm in die Augen. »Vertrauen oder Tod?«

Die Sekunden verstrichen, während Antoine nachdenklich über den Abzugsbügel strich. Sagte der Alte die Wahrheit? Oder bluffte er, weil er darauf vertraute, dass Antoine nicht den Mut haben würde, kaltblütig auf ihn zu schießen? Brächte er das überhaupt fertig?

Totenstille herrschte, während Annas Blick von Antoine über die Pistole zu Lubiesz und erneut zu Antoine wanderte und sich Veronica mit gesenktem Kopf auf das Unvermeidliche einstellte.

Schließlich seufzte Antoine gedehnt und legte die Glock auf den Tisch zurück.

»Schön, Herr Lubiesz, wir wollen uns anhören, was Sie zu sagen haben. Falls es Sie aber nicht stört, würde ich die Knarre gern in meiner Reichweite behalten.«

Das Geräusch von Schritten veranlasste ihn, den Blick von den Unterlagen zu heben. Sein Mitarbeiter Jacquet stand vor ihm und lächelte frech.

»Hat Ihnen eigentlich nie jemand beigebracht, dass man anklopft, Jacquet?«, knurrte Kommissar Bordier, dem die Störung auf die Nerven ging.

»Die Tür stand offen, Chef. Da konnte ich gar nicht anklopfen.« Polizeisergeant Émile Jacquet, der wegen seines gedrungenen Körperbaus, des flachen Gesichts und seines übermäßig breiten Munds insgeheim »Kröte« genannt wurde, war ein durchaus fähiger Beamter, der schon vor Jahren befördert worden wäre, wenn er es nicht stets am Respekt Vorgesetzten gegenüber hätte fehlen lassen.

»Hoffentlich haben Sie was Vernünftiges zu bieten; ich wollte gerade Feierabend machen.«

»Hätte ich sonst gewagt, Sie zu stören?«, gab Jacquet zurück, den die zunehmende Ungeduld seines Vorgesetzten belustigte. »Bisorski macht die Stadt mal wieder unsicher.«

Bordiers Augen weiteten sich.

»Ist das verbürgt?«

»Ja. Einer meiner Informanten hat ihn vor weniger als einer halben Stunde gesehen, wie er sich in der Nähe der Demarsands-Bank herumgedrückt hat.«

»Himmelkreuzdonnerwetter!«

»Das habe ich auch gedacht«, erklärte Jacquet, während er sich mit einem, wie es aussah, nicht besonders sauberen Fingernagel zwischen den Zähnen herumstocherte. »Glauben Sie, dass er hinter dem Sprengstoffanschlag steckt?«

»Wenn er es nicht war, will ich Mutter Teresa heißen! Der Hinweis auf einen terroristischen Anschlag sollte uns doch nur Sand in die Augen streuen. Es ist klar, dass sich jemand um jeden Preis Antoine Demarsands vom Hals schaffen will. Aber wer sich an seinem Nachbarn rächen will, weil der einem den Hund überfahren hat, bedient sich dazu keines Vladek Bisorski.«

»Ja, ein gefährlicher Bursche.«

Offensichtlich zufrieden begutachtete der Polizeibeamte das Ergebnis seiner Suche im Mund und leckte sich den Finger ab.

Nur mühsam unterdrückte Bordier seinen Ekel. »Jacquet, Sie sind widerlich.«

»Ich mag Sie auch, Chef. Was machen wir jetzt?«

»Weiß Ihr Informant, wo sich Bisorski gegenwärtig aufhält?«

»Keine Ahnung. Allem Anschein nach hat sich der Hurensohn verzogen, als er gemerkt hat, dass er beobachtet wurde. Mein Mann ist ihm gefolgt, ich habe aber seitdem nichts mehr von ihm gehört.«

Verdammter Mist. Jetzt läuft hier zu allem Überfluss auch noch ein hochkarätiger Auftragsmörder rum.

»Schön, halten Sie mich auf dem Laufenden und sagen Sie Ihren Informanten, sie sollen weiter die Augen offen halten. Ich lasse eine Suchmeldung rausschicken und erwarte, dass alle Polizeibeamten zu beiden Seiten der Grenze auf dem Posten sind, um ihn zu fassen.«

»Befürchten Sie, dass er die Stadt verlässt?«

»Eigentlich nicht. Mein Gefühl sagt mir, dass er seinen Auftrag noch nicht erledigt hat.«

»Zur Welt gekommen bin ich als Joachim Erich von Weißdorf«, begann Lubiesz und goss sich Kaffee nach, »und zwar im Jahre 1919 im damaligen Ostpreußen in einer Familie von altem Adel. Mein Vater hat im Ersten Weltkrieg gegen die Franzosen gekämpft und fünfundzwanzig Jahre später beim Einmarsch in Polen, wie auch später in Frankreich, eine Panzerdivision befehligt. Nach dem Waffenstillstand dort hat man ihn zum General der Infanterie befördert und an der Spitze eines Armeekorps an die Ostfront abkommandiert. Wegen seiner Weigerung, mit den verrufenen SS-Einsatzgruppen zusammenzuarbeiten, wurde er 1942 abgesetzt. Daraufhin sah er sich gezwungen, den Dienst zu quittieren, und hat den Rest der Kriegszeit mit der Verwaltung seiner Ländereien zugebracht. Zwar hat er selbst nie aktiv an einer Verschwörung gegen Hitler teilgenommen, wohl aber der Schwarzen Kapelle sehr nahegestanden. Seine Verbindungen mit bestimmten ihrer herausragenden Mitglieder hätten ihn übrigens beinahe das Leben gekostet, als am 20. Juli 1944 das Attentat gegen den Führer in dessen Hauptquartier in Rastenburg fehlschlug. Lediglich das Eingreifen Hermann Görings, mit dem er schon seit vielen Jahren befreundet war, hat ihn gerettet. Später hat ihn Göring dann unter Druck gesetzt, um sich meiner Loyalität zu versichern.« Seine Mundwinkel verzogen sich leicht. »Meine Mutter hieß mit Mädchennamen Lubiesz. Sie stammte aus einer wohlhabenden polnischen Familie. Dass ein Graf Weißdorf eine Bürgerliche heiratete, noch dazu eine Polin, hat damals im preußischen Uradel einen kleinen Skandal hervorgerufen, denn Polen waren in den Augen dieser Leute minderwertig. Sie ist im Dezember 1944 an einer Lungenentzündung gestorben. Von diesem Schlag hat sich mein Vater nur schwer erholt, zumal kurz davor mein Bruder in den ersten Tagen der Ardennenschlacht gefallen war.« Lubiesz nahm erneut einen Schluck Kaffee und sah sich in der Runde um. »Bitte entschuldigen Sie, dass ich Sie mit meiner Familiengeschichte langweile, aber ich halte es für nötig, die Dinge im Zusammenhang darzustellen, damit Ihnen alles verständlich wird.«

Da haben wir es, ging es Antoine durch den Kopf. *Jetzt will er die Gelegenheit nutzen, uns zu überzeugen, dass er einer von den »guten Deutschen« war, die Hitler nie unterstützt haben.* Er behielt sich sein Urteil vor.

»Wie in unserer Familie üblich, war mir eine militärische Laufbahn vorherbestimmt. Da ich mich schon sehr früh für die

Fliegerei begeistert hatte, bin ich an meinem achtzehnten Geburtstag in die Luftwaffe eingetreten – entgegen dem Rat meines Vaters, der sie für eine weniger bedeutende Waffengattung hielt. Meine Feuertaufe habe ich als Mitglied der Legion Condor im Spanischen Bürgerkrieg erlebt. Nachdem fünf Monate später der Zweite Weltkrieg ausbrach, habe ich an allen großen Luftschlachten teilgenommen: über Polen, über Frankreich und natürlich auch am Luftkampf um England. Zu Beginn des Unternehmens *Barbarossa* wurde mein Geschwader an die Ostfront verlegt, wo wir den veralteten Maschinen und schlecht ausgebildeten Piloten der russischen Luftstreitkräfte haushoch überlegen waren.

Nach meinem 99. Abschuss am 2. September 1942 hat mir Hitler persönlich das Eichenlaub zum Ritterkreuz verliehen. Zu jener Zeit wurde in Deutschland eine Reihe revolutionärer Flugzeugprototypen entwickelt, und wegen meiner Fähigkeiten als Pilot wie auch meiner Erfahrung in Kampfeinsätzen hat man mich zur Erprobung der Messerschmidt Me 163 Komet in Peenemünde und Rechlin eingesetzt.« Er nahm erneut einen kleinen Schluck Kaffee. »Die Me 163 war der erste in Serie gebaute Raketenträger, unglaublich kraftvoll und beweglich. Es bereitete große Freude, diese Maschine zu fliegen. Leider ließ sie sich nur sehr schwer landen, weil die Aufsetzgeschwindigkeit für eine Kufe im Grunde viel zu hoch war. Außerdem bestand die Gefahr, dass der hochflüchtige Treibstoff – Wasserstoffsuperoxid mit Kaliumpermanganat als Katalysator – bei einer harten Landung, die bei anderen Maschinen so gut wie keine Folgen gehabt hätte, explodierte. Auf diese Weise ist eine ganze Reihe meiner Kameraden ums Leben gekommen. Im April 1943 hat mein Vater, als ich einem solchen Unfall um Haaresbreite entgangen war, dafür gesorgt, dass ich zu Görings persönlichem Stab abkommandiert wurde.«

Das sollte der berüchtigte Bisorski sein, die unheimliche Mordmaschine, die zu fassen der »Kröte« so am Herzen lag? Der Mann sah alles andere als furchterregend aus. Ziemlich klein und schmächtig für einen Berufskiller, und er schien nicht einmal besonders professionell zu sein. Seit er sich an die Verfolgung des Mannes gemacht hatte, hatte dieser sich nicht ein einziges Mal umgedreht und auch nicht versucht, seine Fährte zu verwischen. Er ging in aller Gemütsruhe über die Straße, die Hände in den Taschen, als mache er einen Verdauungsspaziergang.

Dem Verfolger war das ganz recht, denn angesichts dessen, was ihm die »Kröte« zahlte, legte er keinen Wert darauf, James Bond zu spielen. Er würde diesem Holzkopf einfach weiterhin in angemessenem Abstand folgen, bis er wusste, wo er sich versteckt hielt. Danach würde er die Bullen rufen, um seine Belohnung kassieren zu können.

»Mir war von Anfang an klar, dass mich Göring nicht für militärische Einsätze als Adjutant haben wollte«, fuhr Lubiesz fort. »Sicher ist Ihnen bekannt, dass der ›dicke Hermann‹ schon zu Anfang des Krieges angefangen hatte, seinen ohnehin beträchtlichen Reichtum durch Beschlagnahme bedeutender privater und öffentlicher Kunstsammlungen in den von der Wehrmacht besetzten Gebieten zu vergrößern. Einen Teil davon ließ er auf sein pompöses Jagdschloss Carinhall in der Schorfheide unweit von Berlin transportieren, den Rest tauschte er mit Sammlern und Galerien in neutralen Ländern oder verkaufte Stücke dorthin. Für diese Geschäfte war ihm meine Kenntnis der französischen, englischen und polnischen Sprache von großem Nutzen, und wegen der ihm bekannten Verbindung meines Vaters zur Schwarzen Kapelle konnte er sich auf meine bedingungslose Loyalität verlassen.«

»Ein Wort von Göring hätte also genügt, und Ihr Vater wäre im KZ gelandet«, unterbrach ihn Antoine.

»Ich glaube nicht, dass ihm dies vergleichsweise angenehme Los beschieden gewesen wäre«, gab Lubiesz mit finsterer Miene zurück. »Aber auf jeden Fall war er für Göring lebend von größerem Wert als tot. Auch wenn die Schwarze Kapelle nicht viel bewirkt hat, so war sie doch weit verzweigt. Selbst nachdem die Gestapo einen großen Teil ihrer Mitglieder liquidiert hatte, gehörten mehrere in enger Beziehung mit den Westmächten stehende Diplomaten zu den Kontakten meines Vaters in jener Organisation, und die gewannen immer mehr an Wert, je unausweichlicher die Niederlage wurde.

Während der zweiten Hälfte des Jahres 1944 hat sich Göring darangemacht, seine bewegliche Habe ins Ausland zu verlagern. Wie die meisten Angehörigen der Führungsschicht des Dritten Reiches besaß er bereits mehrere Konten in der Schweiz, doch machten deren Salden nur einen winzigen Bruchteil seines Vermögens aus. Ende Oktober habe ich ihn nach Davos begleitet, wo er mit mehreren Schweizer Bankiers und Anwälten zusammentreffen wollte, um den geheimen Transfer von zwanzig – nach heutigem Wert hundertachtzig – Millionen Dollar nach Argentinien zu organisieren. Bekanntlich sympathisierte die Regierung des Landes, darunter der damalige Vizepräsident und spätere Diktator Juan Perón, offen mit dem Naziregime. Die Gelder sollten durch Vermittlung einer großen Schweizer Bank als Diplomatengepäck nach Buenos Aires gebracht werden.«

»Ja, das hat auch Professor Bonnard gesagt. Ganz offensichtlich hatte der Bundesrat nicht die geringste Ahnung von dem, was sich da abspielte.«

Lubiesz nickte.

»Zweifellos hat er Ihnen auch gesagt, dass eine ganze Anzahl hoher Würdenträger des Dritten Reiches ihre Vermögenswerte auf diese Weise aus Europa hinausgeschafft haben. Das bereitete Göring Kopfschmerzen, denn ihm war klar, dass dieser Weg umso gefährlicher wurde, je öfter man ihn benutzte. Auf der Rückreise aus Davos hat er mir seine Vorstellungen dargelegt. Die Weiterleitung nach Argentinien war lediglich ein Versuchsballon gewesen, auf sie sollte das Verschieben einer ganzen Reihe weiterer hoher Beträge ins Ausland folgen. Dazu aber brauchte er ein neues Netz von Beziehungen und neue Mittelsmänner.«

»Und da haben Sie ihm Ihre Unterstützung angeboten«, meldete sich Anna zu Wort.

»So ist es. Dank der Kontakte meines Vaters zu deutschen Exilanten in der Schweiz konnte ich ihn mit einer Bank in Verbindung bringen, die nie etwas mit dem Reich zu tun gehabt hatte. Ich würde vorgeben, im Namen meines Vaters zu handeln, was mir als Rechtfertigung für die Suche nach einem Institut diente, das mit den Nazis nicht auf gutem Fuß stand.«

»Und Göring war damit einverstanden?«

»Er ist nicht sogleich darauf eingegangen, sondern ganz im Gegenteil wochenlang mit keinem Wort auf unsere diesbezügliche Unterhaltung zurückgekommen. Ich hatte schon angefangen zu befürchten, dass er mich in eine Falle gelockt hatte und mich wegen Hochverrats hochgehen lassen würde. Anfang Dezember hat er mich dann eines Vormittags zu sich rufen lassen und mir ohne Vorrede erklärt, ich solle nach Bern reisen, um dort ganz offiziell über den Kauf von Ersatzteilen für die Luftwaffe zu verhandeln. ›Verwenden Sie aber nicht zu viel Zeit darauf‹, hat er hinzugesetzt. ›Es spielt letztlich keine Rolle, ob wir die Teile bekommen oder nicht – wir haben ja gar nicht genug Flugbenzin, um unsere Maschinen in der Luft zu halten. Wohl aber erwarte ich, mein Junge, dass Sie mir bei Ihrer Rückkehr eine vertrauenswürdige Bank nennen können.‹ Selbstverständlich war mir klar, dass er mich abservieren würde, sobald er im Besitz dieser Information war, und so habe ich mir einen Plan zurechtgelegt.«

»Sie wollten sich bis Kriegsende in der Schweiz verstecken?«, fragte Antoine.

»Das wäre unmöglich gewesen. Selbst wenn es mir gelungen wäre, den dortigen Agenten des Deutschen Reiches nicht in die Hände zu fallen, hätte die Gefahr bestanden, dass mich die Schweizer Behörden festnahmen und abschoben. Außerdem legte ich keinen Wert darauf, nach Kriegsende in meine zerstörte Heimat zurückzukehren. Ich wollte unbedingt Europa verlassen und mich in Amerika ansiedeln, um dort noch einmal von vorn anzufangen. Daher habe ich mich gleich bei meiner Ankunft in der Schweiz auf die Suche nach einem gewissen Hans Bernd Gisevius gemacht, einstiger deutscher Vizekonsul und Agent der Abwehr in Zürich. Ich war ihm einige Jahre zuvor bei einem Empfang im Schloss meiner Familie begegnet und wusste, dass er als Kontaktmann zwischen der Schwarzen Kapelle und Allen Dulles diente, der damals die Zweigstelle des Office of Strategic Services, kurz OSS, in Bern leitete.

Gisevius aufzuspüren war schwieriger, als ich angenommen hatte. Im Sommer des Vorjahrs war er als Teilnehmer am Komplott gegen Hitler nach Berlin zurückgekehrt und hatte sich nach dessen Scheitern auf wunderbare Weise der Gestapo entziehen können, woraufhin es ihm gelungen war – dank ihm von Allen Dulles verschaffter falscher Papiere –, wieder in die Schweiz zu gelangen. Ich stöberte ihn auf einem abgelegenen Einödhof im Berner Oberland auf. Glücklicherweise konnte ich erreichen, dass er mich unterstützte. Zwar verachtete er alle Nazis, am meisten aber diejenigen unter ihnen, die versuchten, sich mit ihrer Beute dem Arm der Gerechtigkeit zu entziehen.«

»Genau das war Görings Absicht.«

»Deshalb hat er sich auch dem von mir vorgeschlagenen Tauschgeschäft nicht widersetzt. Ich wollte ein Visum für die Vereinigten Staaten und eine neue Identität; im Gegenzug war ich bereit, den Alliierten Görings Schatz zuzuspielen. Das OSS brauchte mir nur noch den Namen einer Schweizer Bank zu nennen, die willens war, die Sache abzuwickeln und mir eine Möglichkeit zu geben, wie ich die Grenze sicher überqueren konnte.«

»Ich ahne und fürchte, worauf Sie hinauswollen«, sagte Antoine mit finsterer Miene.

»Eine Woche später stellte mir Gisevius Richard McKenzie vor, einen Offizier von X-2, der nach der Befreiung Frankreichs nach Bern gekommen war. Dieser teilte mir mit, er habe einem seiner Männer den Auftrag erteilt, für ein Unternehmen mit dem Decknamen *Recovery* eine Bank zu suchen. Diese Leute sahen die größte Schwierigkeit darin, die Unmenge von Görings Beute unauffällig in die Schweiz zu schaffen. Vor meinem Aufbruch aus Berlin hatte Göring von Goldbarren, Devisen, Kunstwerken und Edelsteinen im Wert von über dreihundert Millionen Dollar gesprochen. Außerdem durften die Schweizer Geheimdienste unter keinen Umständen etwas von dem Unternehmen erfahren. ›Sofern Brigadegeneral Masson Wind von der Sache bekommt‹, hatte mir McKenzie eines Tages erklärt, ›wird Görings Schatz beschlagnahmt, mich schickt man nach Nebraska – wohl das amerikanische Gegenstück zu Sibirien –, und Ihnen, Herr Oberst, dürfte man kaum genug Zeit für ein letztes Gebet lassen.‹« Lubiesz sah Antoine an. »Dann aber hat man recht bald eine Lösung gefunden. Bei unserem zweiten Zusammentreffen am 10. Januar 1945 kam McKenzie in Begleitung zweier Männer, die er mir als Albert und Paul Demarsands vorstellte.«

»Mein Onkel und mein Vater«, murmelte Antoine und fuhr sich nervös mit der Hand durch die Haare. Bonnard wie Schlinge hatten von Anfang an die Wahrheit gesagt, doch war er nicht bereit gewesen, sie zu glauben.

»McKenzie hat mir erklärt, soweit er habe feststellen können, eigne sich Demarsands, Conti & Cie am ehesten für das Vorhaben. Da es sich um eine vergleichsweise kleine Bank handelte, die noch nie – nicht einmal mittelbar – mit dem Naziregime in Verbindung gestanden habe, lasse sich das Unternehmen *Recovery* über sie äußerst diskret abwickeln. Nachdem das OSS die anfänglichen Bedenken Ihres Onkels mit dem Hinweis zerstreut hatte, er könne damit bei der amerikanischen Finanzverwaltung sowie der dortigen Börsenaufsicht Pluspunkte sammeln, war er bereit, sich daran zu beteiligen. Um zu erreichen, dass die Lastwagenkolonne ungehindert in die Schweiz gelangte, sollte Ihr Vater das Netz von Fluchthelfern seines Bruders Jérôme reaktivieren. Das hat er gemeinsam mit Franz Ruetlinger getan, dem Vater des Gastwirts, den Sie, wie mir Herr Studer berichtet hat, in der vorigen Woche aufgesucht haben.«

»Und welchen Grund hätte mein Vater haben können, sich an diesem Unternehmen zu beteiligen?«

»Der Wunsch nach Rache ist eine mächtige Triebfeder, mein junger Freund, und entgegen der von Juvenal vertretenen Ansicht dürsten danach keineswegs lediglich schwache, engstirnige und kleinliche Menschen. Es gab nichts, das Ihr Vater nicht getan hätte, um Jérômes Tod zu rächen.«

»Und Göring hat keinen Verdacht geschöpft?«, fragte Anna.

»Er hatte inzwischen damit begonnen, die von ihm angehäuften Vermögenswerte auf seine verschiedenen Besitzungen in Süddeutschland auszulagern, und brannte darauf, sie so bald wie möglich aus dem Land zu schaffen. Außerdem ist er zu meiner großen Verblüffung schon bald in den Besitz eines für seine Zwecke unschätzbaren Druckmittels gelangt.«

»Und was war das?«, erkundigte sich Antoine.

Einen Augenblick lang schien Lubiesz zu zögern.

»Wenige Tage nach meiner Rückkehr nach Berlin hat er mir mitgeteilt, er sei auf die Spur Jérômes gestoßen. So unglaublich das klingen mag, Ihr Onkel hatte seine Haft in Auschwitz überlebt und war auf Görings Befehl gleichsam im letzten Augenblick, bevor die Rote Armee das Lager befreite, ins KZ Flossenbürg in Bayern verlegt worden. Sein Leben im Tausch gegen die Loyalität Ihrer Familie: Der Handel konnte gar nicht einfacher sein.«

Antoine schüttelte ungläubig den Kopf. »Wie hat mein Vater reagiert, als er das erfahren hat? Das muss doch alle Ihre Pläne über den Haufen geworfen haben?«

»Genau das war meine Befürchtung, und daher habe ich bei unserem nächsten Zusammentreffen mit McKenzie darüber gesprochen. Dabei sind wir zu dem Ergebnis gekommen, dass es im Interesse des Unternehmens das Beste sei, ihm das zu verschweigen. Das OSS hat eine gefälschte Todesbescheinigung des Roten Kreuzes ausgestellt, die McKenzie Ihrem Vater übergeben hat, wobei er ihm gleichzeitig mitteilte, Göring behaupte zwar, Jérôme sei noch am Leben, doch solle er sich davon nicht hinters Licht führen lassen.« Mit einem betrübten Blick zu Antoine fuhr Lubiesz fort: »Ihr Vater hat uns geglaubt...«

Mit hochrotem Gesicht sprang Antoine auf und schleuderte ihm entgegen: »Verdammter Dreckskerl! Ihnen war klar, dass Göring den Befehl zur Hinrichtung meines Onkels Jérôme geben würde, sobald er vom Verschwinden seiner Wagenkolonne erfuhr.«

»Ihr Onkel war angesichts der Umstände so oder so ein toter Mann, Antoine. Sind Sie wirklich so einfältig anzunehmen,

Göring hätte sein Versprechen gehalten, ihn aus der Haft zu entlassen, nur weil Ihr Vater an dem Unternehmen mitgewirkt hat?«

Ich trage die Schuld an Jérômes Tod! Ich habe ihn verraten... zweimal... und ihn dann getötet. Mit einem Mal verstand Antoine den Sinn der Worte seines Vaters. McKenzie und Lubiesz hatten Jérôme Demarsands kaltblütig geopfert, und den Preis dafür hatte dessen Bruder Paul bezahlt.

»Schön, Sie haben darauf gepfiffen, was aus der Familie meines Vaters wurde«, fuhr ihn Antoine wütend an. »Aber was ist mit Ihren eigenen Angehörigen? Sind Sie nicht auf den Gedanken gekommen, Göring würde versuchen, sich auch an denen zu rächen? Oder waren Sie zu sehr damit beschäftigt, Ihre eigene Haut zu retten, um Gedanken an solche Kleinigkeiten zu verschwenden?«

»Wie gesagt waren meine Mutter und mein Bruder bereits tot«, erwiderte Lubiesz. »Mein Vater hatte nie ein Geheimnis aus seiner Absicht gemacht, sein Schloss in Mehlsack bis zur letzten Patrone gegen die heranrückenden Russen zu verteidigen. *Er* hat geradezu darauf bestanden, dass ich ›meine Haut retten‹ sollte, wie Sie sich so elegant ausdrücken, damit wenigstens einer aus unserer alten Familie diesen sinnlosen Krieg überlebte.«

»Es ist natürlich ungeheuer praktisch, sich auf Tote berufen zu können, wenn es darum geht, sein Handeln zu rechtfertigen.«

»Wie können Sie es wagen, über mich zu urteilen!«, brach es aus Lubiesz heraus. »Sie haben nicht die geringste Ahnung vom Krieg.«

»Aber ich kann einen Feigling erkennen, wenn ich ihn sehe.«

Man hätte glauben können, Lubiesz habe eine Ohrfeige bekommen. Er sprang mit unglaublicher Energie auf und warf

Antoine drohende Blicke zu. Als sich auch Antoine erhob, trat Lubiesz' Leibwächter einen Schritt vor, bereit, einen Angriff abzuwehren.

»Das reicht!«

Annas Ausruf hallte wie eine Detonation. Auch sie war aufgestanden, nahm Antoine bei den Schultern und drehte ihn zu sich um.

»Wenn du unbedingt den Helden spielen und dabei umkommen willst, Tony, ist das deine Angelegenheit, aber zieh uns nicht da mit hinein«, schleuderte sie ihm entgegen. »Hör sofort auf, dich wie ein Idiot aufzuführen, und setz dich verdammt noch mal wieder hin.«

Sie stieß ihn mit aller Kraft vor die Brust, sodass er rücklings in seinen Sessel taumelte.

»Ich glaube, wir sollten alle tief durchatmen und uns beruhigen«, fuhr sie in gesetzterem Ton fort. »Was für Übeltaten auch immer begangen worden sind, nichts davon lässt sich rückgängig machen. Wir sollten also aufhören, die Ereignisse der Vergangenheit wiederzukäuen, und uns überlegen, wie wir aus dem Schlamassel rauskommen können, in dem wir stecken.«

Niemand antwortete. Selbst Antoine, der jetzt fügsam zu sein schien, schwieg.

»*Amatér!*«, knurrte Bisorski verächtlich, während er seine Hand aus den Haaren des Mannes löste und dessen reglosen Körper zu Boden gleiten ließ.

Er beugte sich über sein Opfer, zog mit einer knappen Bewegung des Handgelenks das Messer heraus, das er in die Augenhöhle seines Beschatters gestoßen hatte, wischte es am Mantel des Toten ab und steckte es wieder ein.

Eine rasche Durchsuchung seiner Taschen förderte ein Wegwerffeuerzeug, eine geschwärzte Tabakspfeife, eine halbe Dosis Crystalmeth sowie zwölf Franken zutage. Er fand weder einen Personalausweis noch einen Führerschein.

»Ob du nun Polizeispitzel warst oder auf eigene Rechnung gearbeitet hast, auf jeden Fall siehst du dem Blödmann verdammt ähnlich, den ich mir neulich vorgenommen hab, und warst genauso unfähig wie der.«

»Fahren Sie bitte fort«, sagte Anna zu Lubiesz, wobei sie unauffällig zu Antoine hinsah.

Der Deutsche, dessen Gesicht allmählich seine gewöhnliche Farbe wiedergewann, schwieg einen Augenblick. Als er schließlich zu sprechen begann, klang seine Stimme so gelassen, als sei nichts geschehen.

»Die Durchführung des Plans, der in der Theorie einfach schien, erwies sich als recht schwierig. Es hat uns nahezu zwei volle Monate gekostet, bis alle Einzelheiten geregelt waren. Als am Morgen des 17. März 1945 endlich alles so weit war, ist Ihr Vater nach Berlin geflogen.«

Was Lubiesz dann über die darauf folgenden Ereignisse sagte, angefangen bei der Begegnung mit Göring bis hin zum von allerlei Hindernissen unterbrochenen Vorankommen des Transports in Richtung auf die Schweizer Grenze entsprach nahezu Wort für Wort dem, was Antoine von Schlinge gehört hatte. Während er zuhörte, merkte er, wie seine Wut allmählich einer gewissen Faszination wich.

»Wie vorgesehen gelangten wir am 18. kurz vor elf Uhr abends in die Nähe des Bodenseeufers. Nachdem die militärische Bedeckung abgezogen war, folgten wir dem Seeufer ostwärts in Richtung auf die Grenzstadt Höchst, wo uns Ruetlinger und seine Männer erwarteten. Ihre Aufgabe war es, die von Ihrem Vater und mir begleiteten Lastwagen über die Grenze in Richtung Rorschach zu fahren, wo McKenzie den Transport erwartete, während die deutschen Fahrer mit Schlinge nach Nürnberg zurückkehren sollten.«

»Schlinge hat mir gesagt, die Kolonne sei gar nicht bis an die Grenze gelangt. Entspricht das den Tatsachen?«

»In der Tat. Kurz vor Bregenz hat uns ein bewaffneter Trupp von Polizei in Uniform angehalten. Anfangs habe ich mir deswegen keine Sorgen gemacht: So nahe der Grenze musste man mit Straßensperren rechnen. Diesmal aber ließ sich der Kommandierende der Einheit weder von unserem falschen Marschbefehl noch von Schlinges Anwesenheit dazu bewegen, uns passieren zu lassen. Als man die Kolonne zwang, die vorgesehene Strecke zu verlassen und auf eine Straße zweiter Ordnung abzubiegen, habe ich erkannt, dass etwas nicht stimmte, vor allem nachdem ich die Gewehre gesehen hatte.«

»Wieso das?«

»Gerade als Ihr Vater und ich hinter dem letzten Lastwagen in diese Nebenstraße folgen wollten, ist mir aufgefallen, dass der Trupp mit dem Sturmgewehr 44 ausgerüstet war.«

»Ja, und?«

»Man hatte diese Waffe, die neueste Entwicklung der deutschen Wehrmacht, ausschließlich einer begrenzten Zahl von Einheiten in der vordersten Kampflinie zur Verfügung gestellt. Einsatzkräfte der Polizei wie jene, die uns angehalten hatten, waren gewöhnlich mit dem Standard-Infanteriegewehr bewaffnet, dem Mauser-Karabiner 98k. Daraus habe ich sofort den Schluss gezogen, dass wir es auf keinen Fall mit einer Polizeieinheit zu tun hatten.«

»Schlinge schien überzeugt zu sein, dass Sie und mein Vater den Hinterhalt organisiert hatten.«

»Das wundert mich überhaupt nicht. Der Hornochse hatte mich nie riechen können.«

»Und wie ist es dann weitergegangen?«, erkundigte sich Anna.

»Ich habe meinen Fahrer angewiesen, die Straßensperre zu durchbrechen. Diese Schakale waren davon so überrascht, dass wir bereits außer Reichweite ihrer Gewehre waren, als sie anfingen, auf uns zu feuern. Unglücklicherweise hat man uns ein Motorrad hinterhergeschickt, auf dessen Seitenwagen ein Maschinengewehr montiert war. Es hat uns schon bald eingeholt, eine Kugel hat meinen Fahrer getroffen, und unser Wagen ist auf freiem Feld auf eine Baumreihe geprallt. Mein linkes Knie war vollständig zerschmettert, aber wie durch ein Wunder lebte ich noch. Ein Blick zu Paul hinüber hat mir gezeigt, dass er sich nicht regte und voll Blut war. Daraufhin habe ich angenommen, er sei tot. Es ist mir gelungen, aus dem Wagen zu kriechen. Als ich mich mehr schlecht als recht weiterschleppen wollte, hörte ich, wie hinter mir ein Gewehr durchgeladen wurde. Zwei Polizeikräfte standen mit schussbereiter Waffe da.«

Lubiesz lächelte schwach.

»Beinahe hätte ich sie um die letzte Zigarette gebeten, die einem zum Tode Verurteilten zusteht. Allerdings war ich überzeugt, dass sie mir diese Bitte nicht gewährt hätten. Auf einmal kam ein Feuerstoß aus einer Maschinenpistole, und die beiden sind zu Boden gestürzt. Dann sah ich, wie Paul mit meiner Schmeisser in der Hand aus dem Wagen kam.«

»Mein Vater hat Ihnen das Leben gerettet?« Antoine schüttelte ungläubig den Kopf. »Das ist mir ganz neu.«

»Ich habe Ihnen ja schon gesagt, dass der Krieg sonderbare Freundschaften hervorbringt. Wie sich herausstellte, hatte er bei unserem Unfall für kurze Zeit das Bewusstsein verloren, weil er einen Streifschuss erlitten hatte. Er ist gerade im richtigen Augenblick wieder zu sich gekommen.«

»Und wie ist es weitergegangen?«, fragte Antoine voll Ungeduld. Sofern Lubiesz' Aussagen der Wahrheit entsprachen, war sein Vater nicht nur rehabilitiert, sondern sogar eine Art Held.

Auch wenn er dem Deutschen nach wie vor nicht so recht traute, war er nur allzu gern bereit, dessen Bericht Glauben zu schenken.

»Der Mercedes war vollständig zerstört. Nachdem mir Ihr Vater aus einem Stück Stoff von seinem Jackett das Knie notdürftig verbunden hatte, hat er mich zu dem Motorrad geschleppt und in den Seitenwagen gesetzt. Da klar war, dass es nicht lange dauern würde, bis weitere Polizisten auftauchten, habe ich ihn aufgefordert, mich dortzulassen und sich selbst zu retten. Davon wollte er aber nichts wissen und hat es geschafft, uns trotz seiner geringen Fahrkünste bis Höchst zu bringen, wo uns Ruetlinger geholfen hat, die Grenze zu überqueren. In seinem Haus hat ein Arzt, den er kannte, meine Wunde versorgt, während Ihr Vater nach Rorschach zu McKenzie weitergefahren ist. Auf dem Weg nach Höchst hatte ich ihn gebeten, McKenzie gegenüber zu erklären, dass ich tot sei.«

»Warum das? Ich dachte, Sie wollten in die Vereinigten Staaten?«

»Da das Unternehmen gescheitert war, gab es für das OSS nicht den geringsten Grund, sich an diese Abmachung mit mir zu halten. Noch schlimmer aber war, dass ich den Leuten jetzt lästig war, denn ich wusste zu viel über ihre Aktivitäten in der Schweiz. Sie hätten es sich gar nicht erlauben können, mich am Leben zu lassen.«

»Wie hat McKenzie reagiert, als er vom Scheitern des Unternehmens erfahren hat?«

»Er war außerordentlich argwöhnisch, angesichts der Werte, die auf dem Spiel standen, mehr als verständlich. Er hat Ihren Vater angewiesen, in Rorschach zu bleiben, bis das OSS seine Untersuchung beendet hatte. Erst Wochen später habe ich etwas davon erfahren; während all dieser Zeit habe ich mich in einer verlassenen Scheune in der Nähe von Ruetlingers Haus verborgen gehalten und von meinen Verletzungen erholt. Eines schönen Tages hat mich Paul dann aufgesucht. Das OSS war zu dem Ergebnis gekommen, Hitler habe – zweifellos von Schlinge auf die Sache aufmerksam gemacht – den Transport abfangen lassen. Sie wussten nach wie vor nicht, was aus der Ladung der Lastwagen geworden war, und machten sich keine großen Hoffnungen mehr, sie je in die Finger zu bekommen. Dazu muss ich sagen, dass der Außenstelle des OSS in Bern damals nicht genug Personal zur Verfügung stand, um sich auf die Suche nach Görings Schatz zu machen. Die Leute hatten zu jener Zeit alle Hände voll damit zu tun, die Niederlage der deutschen Streitkräfte in Italien zu organisieren.«

»Und wie sind Sie aus der Geschichte herausgekommen?«, fragte Anna.

»Dank der ›Rattenlinien‹ des Vatikans. Gisevius hatte mir bei einer unserer Begegnungen den Namen eines Schweizer Priesters genannt, der für den vatikanischen Geheimdienst arbeitete und über den er mit Rom Kontakt hielt. Er war für mich eine unschätzbare Hilfe, als ich das Land verlassen wollte.«

»Augenblick mal. Haben sich nicht über diese ›Rattenlinie‹ reihenweise Nazis aus Europa abgesetzt, wobei ihnen italienische Klöster als Zwischenstationen dienten?«

Lubiesz nickte.

»Ja. Extrem rechts eingestellte Geistliche, die fürchteten, der Kommunismus werde sich in ganz Europa ausbreiten, hatten gegen Kriegsende diese Fluchtroute eingerichtet. Auch wenn man wohl von den meisten der daran beteiligten Priester, von denen eine ganze Reihe die Schwarze Kapelle unterstützt hatte, nicht behaupten kann, sie hätten auf der Seite der Nazis gestanden, so waren sie doch geradezu besessene Feinde der Kommunisten.«

»Guten Abend, *maître*.«

Rasch warf Rémy einen Blick auf seine Schreibtischuhr. Sie zeigte Viertel vor zwölf.

»Machen Sie jetzt schon die Nacht zum Tage, Kommissar? Sollte ich mich als Bürger beruhigt fühlen, wenn ich sehe, dass Ihnen so sehr daran liegt, mich zu beschützen? Oder sollte ich mir als Steuerzahler Sorgen machen, weil ich für Ihre Überstunden aufkommen muss?«

»Die Gerechtigkeit schläft nie«, gab Bordier zurück, schon jetzt über die sarkastischen Äußerungen des Anwalts verärgert.

»Und außerdem ist sie blind, was Sie zweifellos bei Ihren Untersuchungen behindert. Was kann ich für Sie tun, Kommissar?«

Nur mit Mühe konnte sich Bordier davon zurückhalten, den Hörer aufzulegen.

»Hören Sie, ich habe weder Zeit noch Lust, mit Ihnen müßige Plaudereien zu führen. Ich habe den ganzen Tag erfolglos versucht, mit Alexandre Demarsands Verbindung aufzunehmen. Ich kann mir durchaus vorstellen, wie sehr ihn die Situation mitnimmt, und er darf auf mein aufrichtiges Mitgefühl zählen. Aber ich muss unbedingt von Angesicht zu Angesicht mit ihm sprechen. Womöglich geht es um sein Leben.«

Sieh mal an, da sind dem guten Kommissar endlich Zusammenhänge aufgegangen.

»Wollen Sie damit sagen, dass er in Gefahr schwebt?«

»Stellen Sie sich nicht dumm, *maître* Bergeron. Sie wissen genau, was ich sagen will. Beschränken Sie sich darauf, ihm meine Botschaft zu übermitteln und ihm klarzumachen, dass es zu seinem Besten ist, wenn er mich so bald wie möglich anruft, sofern er noch einen Rest Verstand besitzt. Guten Abend.«

Ohne eine Antwort abzuwarten, legte Bordier auf. Er lehnte sich auf seinem Stuhl zurück und rieb sich die Augen. Zwar bezweifelte er, dass sich Demarsands bei ihm melden würde, aber vielleicht hatte er Glück, und der Mann ließ sich durch diese Mahnung dazu veranlassen, Dinge zu tun, die seine eigenen Nachforschungen voranbrachten. Wenn sich der Bankier schon dagegen sperrte, beschützt zu werden, konnte sich Bordier dessen Unvorsichtigkeit auch zunutze machen.

»Und wer hat Ihrer Ansicht nach wirklich hinter dem Überfall auf die Wagenkolonne gesteckt?«, fragte Antoine.

»Während ich mich langsam erholte, haben Ihr Vater und ich stundenlang darüber geredet und sind zu dem Ergebnis gekommen, dass ein und dieselbe Person hinter beiden Operationen stecken musste.«

»Wollen Sie damit sagen, dass Göring selbst seinen eigenen Transport hat abfangen lassen?«

»Aber nicht die Spur. Dazu hatte er nicht den geringsten Anlass. Entgegen McKenzies Annahme ist es auch wenig wahrscheinlich, dass Görings Feinde in Berlin etwas damit zu tun hatten. Wir hatten jeden an dem Unternehmen Beteiligten mit größter Sorgfalt ausgewählt. Schlinge war der Einzige, dessen Loyalität fraglich war, aber er kannte keine Einzelheiten. Man hat ihm erst am Morgen unseres Aufbruchs von Burg Veldenstein mitgeteilt, welchen Weg der Transport nehmen sollte. Er hätte also die Information keinem Komplizen weitergeben können – ganz zu schweigen davon, dass die Vorbereitung des Hinterhalts ganz offensichtlich einen beträchtlichen Aufwand erfordert hatte. Außerdem wissen wir inzwischen, dass nicht Schlinge dahintergesteckt hat. Nein, der Verrat konnte ausschließlich vom OSS selbst ausgegangen sein.«

»Warum hätten die Leute ihr eigenes Unternehmen sabotieren sollen?«

»Weder wir Deutschen noch ihr Schweizer haben Habgier

und Korruption gepachtet. Auch in den Reihen der Alliierten gab es reichlich schwarze Schafe. Sogar ein Allen Dulles musste nach Kriegsende den Finanzbehörden der Vereinigten Staaten Rede und Antwort stehen, weil man ihn der Geldwäsche zugunsten der Nazis verdächtigte.«

»Glauben Sie, dass er hinter der Umleitung des Transports gesteckt hat?«

»Nein, das wäre für einen Mann in seiner Position viel zu gefährlich gewesen. Außerdem gehörte es nicht zu seinen Gepflogenheiten, eine Söldnerbande für den Angriff auf eine Transportkolonne anzuheuern.«

»Wer war es denn dann?«

»Ich hatte gehofft, dieses Geheimnis mit Ihrer Hilfe lösen zu können. Über die Jahre hinweg habe ich unauffällig Nachforschungen angestellt, bei denen ich zwar nicht den Namen des Verantwortlichen ermittelt habe, wohl aber eine gewisse Anzahl von Verdächtigen von meiner Liste streichen konnte. Vergessen Sie nicht, dass die Schweiz zwischen Ende 1942 und Herbst 1944 vollständig von Gebieten umschlossen war, die von den Achsenmächten beherrscht wurden, weshalb man dem OSS in Bern keine Verstärkung schicken konnte. Zu jener Zeit gab es dort, wenn man Dulles dazuzählt, lediglich drei Agenten, und von ihnen ist meinen Nachforschungen zufolge keiner für eine Beteiligung an diesem Komplott infrage gekommen. Nach der Befreiung Frankreichs sind hingegen zahlreiche neue Agenten in die Schweiz geströmt, womit die Zahl der möglichen Verdächtigen deutlich gestiegen ist. Da ihre Aufgabe geheimer Natur war, lässt sich eine ganze Reihe von ihnen nicht ohne Weiteres identifizieren.

Zur Zeit des Unternehmens *Recovery* hatte ich beim OSS zwei Kontakte, die beide mit dem ersten Kontingent des Jahres 1944 in der Schweiz eingetroffen waren. Der eine war McKenzie, der für das Unternehmen verantwortlich zeichnete, und der andere ein untergeordneter Mitarbeiter namens Jimmy Marston. McKenzie ist 1944 nach dessen Auflösung aus dem OSS ausgeschieden und hat eine Tätigkeit bei einer Versicherungsgesellschaft in den USA aufgenommen. Bis er 1953 an Krebs gestorben ist, hat er nie wieder einen Fuß auf europäischen Boden gesetzt. Die Auskünfte, die ich über seine finanzielle Lage bekommen habe, weisen auf nichts Ungewöhnliches hin. Ganz davon abgesehen hatte ich ihn ohnehin immer für eine ehrliche Haut gehalten.«

»Und Marston?«

»Er war das genaue Gegenteil McKenzies: jung, überheblich und ehrgeizig. Zwar hätte ich ihm nicht zugetraut, eine so komplexe Aktion auf die Beine zu stellen, doch vermute ich, dass er an der Sache beteiligt war, denn man hat ihn einen Monat später in einem finsteren Gässchen von Zürich erschossen. Zweifellos hat sich der Kopf der Bande seiner entledigt, als er seine Dienste nicht mehr brauchte.«

»Wollen Sie damit sagen, dass von Anfang an jemand anders hinter der ganzen Sache gesteckt hat?«, fragte Anna, der die Augen fast zufielen.

»Ja, und das keineswegs nur, weil es zu meiner Theorie passt. Um eine so komplexe Angelegenheit wie das Unternehmen *Recovery* umzusetzen, waren allein schon für die Logistik mehr als zwei Akteure nötig. Dass Paul und ich lediglich mit zweien davon in Berührung gekommen sind, hat überhaupt nichts zu bedeuten. Jeder, der in irgendeiner Weise an Geheimdiensten beteiligt ist, steht ausschließlich mit einer begrenzten Anzahl von Personen in Kontakt. Meiner Überzeugung nach hat ein eng mit dem Unternehmen *Recovery* vertrauter Dritter den Überfall auf den Transport organisiert, zweifellos im Einvernehmen mit Marston sowie, und ich bedaure, das sagen zu müssen, Ihrem Onkel Albert.«

»Was veranlasst Sie zu der Annahme, er könnte in diese schmutzige Geschichte verwickelt gewesen sein? Es ist doch ohne Weiteres möglich, dass der dritte Beteiligte mit einer anderen Schweizer Bank in Verbindung gestanden hat, oder etwa nicht?«

»Erstaunlicherweise war Ihr Vater der Erste, der einen Verdacht gegen seinen Bruder Albert geäußert hat.« Lubiesz sah Antoine nachdenklich an. »Es kostet sehr viel Mut, sich Verfehlungen von Menschen zu stellen, die einem nahestehen, insbesondere dann, wenn es sich um Angehörige handelt«, sagte er. »Ich habe ihn stets dafür bewundert.«

Und wie viel Mut es erst kosten mag, sich der eigenen Schuld am Tod des Bruders zu stellen! Kein Wunder, dass sein Vater nach dem Krieg Europa verlassen hatte – er wollte vor den Gespenstern der Vergangenheit fliehen.

»Bei Licht besehen scheint das auch ganz logisch zu sein«, fuhr Lubiesz fort. »In der kurzen Zeit, die für die Vorbereitung des Unternehmens *Recovery* zur Verfügung stand, hätte der dritte Mann kaum Aussichten gehabt, eine andere Bank zu finden, der man eine so gewaltige Menge von Diebesgut anvertrauen konnte. Zu jener Zeit dürften nur wenige Schweizer Bankiers töricht genug gewesen sein, ein solches Risiko auf sich zu nehmen. Es ist mehr als wahrscheinlich, dass man gerade deshalb auf die Bank Ihrer Familie verfallen ist, weil der dritte Mann die Teilung der Beute mit Ihrem Onkel bereits vereinbart hatte.«

»Dann müssen wir jetzt eine Möglichkeit finden festzustellen, wer das war.«

»Sie könnten damit beginnen, dass Sie mir sagen, was Ihnen Schlinge berichtet hat.«

Während Antoine ihm vortrug, was er von dem alten SS-Mann erfahren hatte, wobei er sich bemühte, nicht die kleinste

Einzelheit auszulassen, ließ ihn Lubiesz nicht aus den Augen, als sehe er auf dessen Gesicht die Vergangenheit an sich vorüberziehen.

»Ein Mann ohne Gesicht?«, rief er aus, als Antoine geendet hatte. »Sind Sie ganz sicher, dass Schlinge genau diese Worte benutzt hat, um den zu beschreiben, der auf ihn geschossen hat?«

»Absolut sicher.«

»Großer Gott!«

»Wissen Sie etwa, um wen es sich handelt?«

Lubiesz zögerte. »Vielleicht... aber ich hoffe, dass ich mich irre.«

KAPITEL 11

Quis custodiet ipsos custodes?
(Wer soll über die Wächter wachen?)
(JUVENAL)

Mittwoch, 26. Februar 1997

Mit einer raschen Bewegung duckte sich Bisorski hinter das Gebäude, aber der Mann mit dem Ohrhörer hatte ihn bereits erspäht. Es war besser zu verschwinden: Immerhin war es schon das zweite Mal an diesem Vormittag, dass ihn einer von Alexandre Demarsands' Leibwächtern entdeckt hatte, und wie beim ersten Mal war ihm klar, dass es nicht lange dauern würde, bis die Polizei auftauchte. Zum Schutz gegen den Regen schlug er den Jackenkragen hoch und ging in Richtung auf die Rue Pradier davon. Glücklicherweise lag sein Unterschlupf in unmittelbarer Nähe des Hotels *Richemond*.

Die gute Gina, so hingebungsvoll und so nützlich. Und obendrein so verschwiegen, was bei Prostituierten nicht besonders oft vorkam.

Allerdings hatte sie auch allen Grund, sich ihm erkenntlich zu zeigen. Vor einigen Jahren hatte Bisorski ihr das wertvollste Geschenk gemacht, das es für eine Frau wie sie gab, indem er ihren Zuhälter aus dem Weg geräumt hatte, womit sie einen Beschützer gewonnen hatte, den sie nicht zu bezahlen brauchte. Selbstverständlich war nicht Menschenfreundlichkeit oder Mitgefühl die Triebfeder seines Handelns gewesen. War doch der Bursche tatsächlich aufgekreuzt, als Gina gerade dabei war, ihm einen zu blasen, und sofort darangegangen, sie zu verprügeln, sodass sie die Sache nicht zu Ende bringen konnte. Für Bisorski hatte es sich mit Zins und Zinseszins ausgezahlt, dass er ihm daraufhin die Kehle aufgeschlitzt hatte, um seiner Wut und Enttäuschung Luft zu machen! Ginas winzige Wohnung lag ganz in der Nähe des Genfer Hauptbahnhofs, wo immer viele Menschen unterwegs waren; so konnte er zu jeder Tageszeit ungesehen in der Menge untertauchen. Davon abgesehen war die Dame stets bereit, ihm zu Gefallen zu sein.

Bei diesen Gedanken trat ein Lächeln auf seine Lippen, das sogleich wieder verschwand, als er eine Polizeisirene hörte.

Erst die Arbeit, dann das Vergnügen.

Jetzt galt es, kühlen Kopf zu bewahren und seinen Trieb zu beherrschen. Vor allem brauchte er einen Plan. Nachdem sein Bruder in Flammen aufgegangen war, hatte sich Alexandre Demarsands mit einer ganzen Horde erstklassiger Gorillas umgeben, hervorragend ausgebildete Profis, die bedeutend mehr auf dem Kasten hatten als die üblichen billigen Kaufhausdetektive. Als Bisorski am Vorabend so unvorsichtig gewesen war, sich die Bank einmal aus der Nähe anzusehen, hatten sie ihn sogleich entdeckt und offensichtlich unverzüglich die Polizei benachrichtigt, denn inzwischen tauchten wie herbeigezaubert überall da Polizisten auf, wo er nur seine Nasenspitze zeigte. Die Leibwächter hingegen blieben auf ihrem Posten und ließen sich kein einziges Mal zu dem Fehler verleiten, Jagd auf ihn zu machen.

Im Eingang des alten Gebäudes sah er befriedigt, dass kein rotes Klebeband an Ginas Briefkasten hing – es war also kein Freier da. Kurz vor dem Aufzug fiel ihm ein, dass sie etwas dagegen hatte, wenn er in ihrer Wohnung rauchte, und so ging er noch einmal vor das Haus. Dort lehnte er sich an die Mauer, nahm ein Päckchen Zigaretten aus der Tasche und steckte sich genüsslich eine an.

Seit der Explosion hatte Alexandre Demarsands seine Tage in der Bank und seine Nächte in der Hotelsuite verbracht. In der Bank ließ sich natürlich nicht das Geringste gegen ihn unternehmen. Man konnte unmöglich mit einer Knarre in der Hand in eine Schweizer Bank marschieren wie in einen Supermarkt. Ein kurzer Blick auf den Wagen des Bankiers hatte ihm gezeigt, dass er gepanzert und mit schusssicheren Scheiben ausgestattet war – da war es also ebenfalls aussichtslos. Blieb das Hotel als der einzige Ort, an dem er unter Umständen verwundbar war. Dort konnten die Leibwächter unmöglich jeden im Auge behalten, der kam und ging, und wenn sie sich noch so viel Mühe gaben. Doch um sein Ziel zu erreichen, musste Bisorski ihren Einsatzplan kennen, musste wissen, wo sie postiert waren, um eine Lücke im üblichen Ablauf ihres Dienstes zu finden und sie sich zunutze zu machen.

Während er überlegte, wie sich das anstellen ließ, kam ihm ein Gedanke, wie er vielleicht beides gleichzeitig erreichen konnte.

Er schnippte seine Kippe in Richtung auf ein vorüberfahrendes Motorrad und ging dann zu seinem Auto, das er auf der anderen Straßenseite geparkt hatte. Wenn er richtig gesehen hatte, würde er bald reichlich Zeit haben, Ginas Fähigkeiten zu genießen.

Als Antoine auf dem Weg zur Küche die Treppe herunterkam, empfing ihn das laute Schnarchen von Lubiesz' Bewacher. Kyle lag bäuchlings auf dem Sofa, die Pistole auf dem sorgfältig zusammengelegten Jackett in Griffweite. Antoine ging auf Zehenspitzen um das Sofa herum.

In der Küche saß Lubiesz am Tisch, einen Laptop vor sich. Ohne Jackett, mit aufgekrempelten Ärmeln und offenem Hemdkragen, hatte er mehr Ähnlichkeit mit einem überarbeiteten Buchhalter als mit einem der mächtigsten Geschäftsleute der Vereinigten Staaten – ganz zu schweigen von einem Grafen aus preußischem Uradel, der im Zweiten Weltkrieg ein Flieger-Ass gewesen war. »Guten Morgen, Antoine«, sagte er, ohne den Blick zu heben. »Haben Sie gut geschlafen?«

»Wie ein Stein, danke.«

»Ich habe mir erlaubt, von Madame Rousselets ausgezeichnetem Kaffee eine Kanne zu machen. Hoffentlich nimmt sie mir das nicht übel.«

»Ich jedenfalls nicht!«, gab Antoine zurück und goss sich eine Tasse voll.

Er nahm einen Schluck und dann noch einen, ohne Lubiesz dabei aus den Augen zu lassen. Mit seinen hohlen Wangen und den tiefen Schatten unter den Augen schien der Mann über Nacht zehn Jahre älter geworden zu sein.

»Sie machen mir keinen besonders ausgeschlafenen Eindruck.«

Lubiesz tippte sichtlich zufrieden noch ein wenig auf der Tastatur herum, richtete sich dann auf und streckte sich.

»Wer braucht in meinem Alter Schlaf? Bald werde ich mehr als genug Zeit dafür haben.«

Antoine setzte sich ihm gegenüber.

»Wo wir gerade von Schlaf sprechen – ist es Aufgabe Ihrer Leibwächter, Feinde durch Schnarchen zu erschrecken?«

Der Deutsche wischte die Frage mit einer Hand beiseite. »Machen Sie sich keine Sorgen. Ich habe draußen noch vier Männer stehen.«

»Was?« Beinahe wäre Antoine an seinem Kaffee erstickt. »Warum haben Sie das nicht früher gesagt?«

»Das hätte doch nichts geändert.«

»Da bin ich aber anderer Ansicht. Wenn ich gestern auf Sie geschossen hätte, wären die über uns hergefallen und hätten jeden von uns in Stücke gerissen.«

»Das stimmt. Es hätte den Gang der Dinge aber lediglich beschleunigt, wie ich Ihnen bereits erklärt habe.« Er lächelte breit. »Statt Zeit mit einem Streit um des Kaisers Bart zu vergeuden, mein Freund, sollten wir uns lieber auf unsere gegenwärtigen Schwierigkeiten konzentrieren.«

»*Unsere* Schwierigkeiten? Seit wann betrifft all das auch *Sie?*«

»Seit ich angefangen habe, Ihnen zu helfen.« Er wies auf den Rechner. »Glauben Sie mir, Sie werden jede Hilfe brauchen, die Sie finden können. Während Sie selig in Morpheus' Armen geruht haben, habe ich mich ein wenig kundig gemacht. Ich weiß jetzt, wer hinter dem Überfall auf den Transport steckt und Sie samt Ihren Angehörigen aus dem Weg zu räumen versucht. Ich kann Ihnen versichern, dass er ein äußerst gefährlicher Gegner ist.«

Es kam Antoine vor, als habe man ihm einen Eimer eiskalten Wassers über den Kopf gegossen. Das war der Augenblick der Wahrheit, endlich!

»Wie ich Ihnen gestern schon gesagt habe«, fuhr Lubiesz fort, »ist es mir im Laufe der Jahre gelungen, eine Liste der während des Krieges in der Schweiz tätigen Agenten zusammenzustellen. Keiner von ihnen kam meiner Ansicht nach wirklich als Verdächtiger infrage. Allerdings habe ich anfangs den Fehler begangen zu vermuten, dass vor 1944 ausschließlich das OSS Leute in der Schweiz stationiert hatte. Diese Annahme hatte durchaus etwas für sich: Wegen ihrer begrenzten Mittel haben die US-Streitkräfte ihre nachrichtendienstliche Tätigkeit nach dem Angriff auf Pearl Harbor auf den pazifischen Raum konzentriert. Das amerikanische Finanzministerium hatte bereits im Herbst 1942 eine kleine Gruppe von Agenten in streng geheimer Mission nach Bern und Zürich entsandt, was nicht nur mir nicht bekannt gewesen war. Der Einzige, der in der Schweiz davon wusste, war Allen Dulles. Einer dieser Agenten ist der Mann, den wir suchen.«

»Und wer ist das?«

»Ich darf Sie mit Ihrem Feind bekannt machen, Antoine«, erklärte Lubiesz mit bedeutungsschwerer Stimme und drehte den Rechner zu ihm hin.

»Du kannst mir glauben – das läuft wie geschmiert«, sagte Rémy, der gegenüber Alexandres Schreibtisch in einem Sessel lümmelte.

»Dann funktioniert ja wenigstens einmal etwas«, gab der Bankier lustlos zurück.

Die Hände auf dem Rücken verschränkt, stand er am Fenster und sah hinaus. Draußen wusch der Regen die schwarzen Rußflecken von der Straße, die letzten Spuren der Explosion.

»Du solltest dich besser nicht da ans Fenster stellen. Soweit man weiß, ist Bisorski ein ausgezeichneter Schütze.«

»Panzerglas«, sagte Alexandre, ohne den Kopf zu wenden. »Glaubst du wirklich, Bordier meint, wir wüssten nicht, was da gespielt wird?«

»Nein, so dumm ist er nicht. Garantiert hat er den Hinweis auf den angeblichen terroristischen Hintergrund des Sprengstoffanschlags nicht geschluckt, und ich möchte wetten, dass er uns verdächtigt, genau zu wissen, warum es jemand auf Antoine abgesehen hat, und es ihm zu verschweigen. Aber mit Sicherheit ahnt er nicht, dass *wir* seinem Informanten den Namen des Auftragsmörders zugespielt haben. Wirklich ein Glück, dass du den Mann gestern Abend gesehen hast und einer der Männer von Langohr, die vor der Bank Wache stehen, ihn als Bisorski erkannt hat.«

Alexandre stieß einen tiefen Seufzer aus. Ja, der Zufall. Dessen Hilfe würden sie auch weiterhin brauchen, wenn sie die nächsten Tage überleben wollten. Langsam kehrte er an den Schreibtisch zurück und setzte sich in seinen Sessel, der dabei vertraut knirschte.

»Das beste Mittel, dafür zu sorgen, dass die Bullen tun, was du von ihnen willst«, sagte Rémy und gähnte gelangweilt, »ist, dafür zu sorgen, dass sie glauben, alles selbst rausgekriegt zu haben. Im Augenblick umschwirren sie Bisorski wie Fliegen den Kuhfladen.«

Er erhob sich. »Zeit, mich um meine anderen Mandanten zu kümmern.«

»Was soll ich tun, falls Bordier wieder anruft?«

»Ihn weiter hinhalten. Er kann dich nicht zwingen, mit ihm zu sprechen. Jedenfalls noch nicht.«

An der Tür wandte er sich noch einmal um.

»Es wäre gut, wenn du in deinen Unterlagen etwas finden würdest, das uns weiterhilft, mein Junge, und das bald. Denn falls die Polizei diesen Bisorski festnimmt, wird, wer auch immer dahintersteckt, den Mann sicher sofort durch einen anderen ersetzen.«

»Hübscher Bursche«, sagte Anna von der Tür aus. Sie wirkte verschlafen. »Für einen Kerl ohne Gesicht sieht er doch ganz manierlich aus.«

Auf dem Bildschirm war das Schwarz-Weiß-Foto eines etwa zwanzigjährigen Mannes mit schwarzen Augen zu sehen, auf dessen dunklen Haaren kess ein Käppi der englischen Luftstreitkräfte saß, der Royal Air Force.

»Er heißt Krauss«, sagte Lubiesz. »Stanley Jacobius Krauss.

Das Bild stammt aus der Zeit vor seinem Unfall. Danach hat er sich nie wieder fotografieren lassen.«

»Sagen Sie bloß nicht, dass er auch Jagdflieger war«, stieß Antoine ungläubig hervor.

»Doch, war er, Ironie des Schicksals. Und weiß Gott keiner der schlechtesten.«

Anna setzte sich zu ihnen an den Frühstückstisch, und Lubiesz las die Notizen vor, die er sich im Laufe der Nacht gemacht hatte.

»Krauss wurde 1916 in Dallas geboren. Sein aus Deutschland ausgewanderter Vater, der in Texas nach Erdöl bohrte, hatte eine Südstaatenschönheit aus Galveston geheiratet. Von ihm hat der Sohn Deutsch gelernt, das er fließend spricht. Obwohl ihm das in späteren Jahren sehr zugutegekommen ist, hat er sein deutsches Erbe in den Jahren nach dem Ersten Weltkrieg als Belastung erlebt – immerhin war Texas noch nie für seine Weltoffenheit bekannt. Er war ein glänzender Schüler, entwickelte aber schon bald nicht nur eine tiefe Abneigung gegen alles Deutsche – was selbstverständlich die Beziehung zu seinem Vater schwer belastete –, sondern auch ein zur Gewalttätigkeit neigendes Wesen. Nachdem er sein Grundstudium an der Texas A&M University abgeschlossen und dort auch seinen Pilotenschein gemacht hatte, schloss er sein Aufbaustudium an der Wharton University of Pennsylvania mit einem MBA ab und ging 1938 nach New York, wo er für das Unternehmen Merrill Lynch tätig wurde. Nachdem Hitler Frankreich in die Knie gezwungen hatte, brachte ihn sein tiefsitzender Hass gegen die Nazis dazu, seine Anstellung aufzugeben und sich in Kanada zur ersten ›Eagle Squadron‹ zu melden, einer aus amerikanischen Freiwilligen bestehenden Einheit der britischen Royal Air Force.«

»Man könnte meinen, dass er sich und anderen etwas beweisen wollte.«

»Und das ist ihm gelungen! Bei Kampfeinsätzen seines Geschwaders ab Februar 1941 hat er in acht Monaten sieben offiziell bestätigte Luftsiege errungen. Zu seinem Pech endete seine Karriere jäh, als am 10. Oktober desselben Jahres eine Abteilung Me 109, die auf dem Rückweg von einem Einsatz in Frankreich war, ihn und einen Kameraden angriff. Bei diesem Luftkampf hat er eins der feindlichen Flugzeuge abgeschossen und ist dann seinem Kameraden zu Hilfe geeilt, der von einem der Angreifer verfolgt wurde. Aus dem Bericht über jenen Einsatz geht hervor, dass er die Messerschmitt vor das Visier seines Bord-MGs bekam, aber nur wenige Schüsse abfeuern konnte, weil er keine Munition mehr hatte.«

»Und was hat er dann gemacht? Mit Papierkügelchen nach der Messerschmitt geworfen?«

»Viel besser – er hat sich mit seiner Spitfire auf die Me 109 gestürzt und ihr mit einer Tragfläche das Leitwerk abgesäbelt.«

»Der hatte ja wohl nicht alle Tassen im Schrank«, rief Anna aus.

»Mitunter trennt nur eine schmale Linie Heldentum von Verrücktheit, meine Liebe. Auf jeden Fall hat Krauss dem Kameraden mit seinem waghalsigen Manöver das Leben gerettet. Allerdings hat der Tank seines eigenen Flugzeugs bei dieser tollkühnen Attacke Feuer gefangen. Bis er aus der Maschine ausgestiegen war und den Fallschirm öffnen konnte, hatte er bereits schwere Verbrennungen an Rumpf, Armen und im Gesicht erlitten. Sechs Monate lang haben ihn die Ärzte in einem Lazarett wieder zusammengeflickt, so gut es ging, doch er war auf Lebenszeit entstellt. Seine unerschrockene Tat hat Schlagzeilen gemacht, und König Georg VI. von England hat ihm persönlich das Victoria-Kreuz für außergewöhnliche Tapferkeit verliehen. Als er wiederhergestellt war, wollte er zu seiner Staffel zurück. Doch trotz seines Beharrens hat man ihn als nicht länger kriegsdienstverwendungsfähig eingestuft, aus der RAF entlassen und nach Amerika zurückgeschickt.«

»Und daraufhin ist er also Geheimagent geworden?«, fragte Antoine.

»Es war die Zeit, als die Vereinigten Staaten gerade in den Krieg eingetreten waren, und da Krauss nach wie vor voller Tatendrang war, hat er sich im Frühjahr 1942 beim soeben ins Leben gerufenen OSS beworben. Es hat ihn wegen seiner Kriegsverwundungen abgelehnt, doch hat er sich dadurch nicht entmutigen lassen und dem Finanzministerium seine Dienste angeboten. Dort hat man ihn dann in Anbetracht seiner heldenhaften Haltung, seiner Erfahrung auf dem Gebiet der Finanzen und seiner Deutschkenntnisse in der Kontroll- und Ermittlungsabteilung eingesetzt.« Lubiesz sah von seinen Notizen auf. »Und hier werden die Dinge interessant, meine Freunde. Kurz zuvor hatte der Finanzminister Henry Morgenthau junior, der die Handels- und Finanzbeziehungen der neutralen Länder zum Dritten Reich mit größtem Misstrauen beäugte, Mitarbeiter seiner Behörde in die New Yorker Filialen der großen Schweizer Banken einschleusen lassen. Einer von ihnen war Krauss, den aber die Bürotätigkeit schon bald anödete, weshalb er sich freiwillig zu einer Geheimmission in der Schweiz meldete. Dort traf er Ende 1942 ein, wenige Wochen bevor die Wehrmacht auch den Süden Frankreichs besetzte, womit die Grenze undurchlässig wurde. Sein offizieller Auftrag lautete, als Finanzanalytiker bei der Bank für Internationalen Zahlungsausgleich BIZ in Basel tätig zu werden, doch in Wirklichkeit ging es darum, dass er den Finanztransaktionen zwischen den Nazis und den Schweizer Banken nachspürte und nach Möglichkeit deutsche Inhaber von Geheimkonten identifizierte. Außerdem sollte er die Goldtransaktionen der BIZ im Auge behalten, da das amerikanische Finanzministerium – nebenbei gesagt völlig zu Recht – vermutete, dass dort gestohlenes Gold ›gewaschen‹ wurde.«

»War er auch am Projekt *Safehaven* beteiligt?«

»Nein. Das hat man erst zwei Jahre später in Angriff genommen. In dieser Beziehung hatte Krauss eine Vorreiterrolle und befand sich damit in einer idealen Ausgangsposition, um dauerhafte Verbindungen zur schweizerischen Finanzwelt zu knüpfen.«

»Die sich wohl für ihn als äußerst nützlich erwiesen haben, als er vom Unternehmen *Recovery* erfuhr«, fügte Anna aufgeregt hinzu.

»Genau.«

»Aber wie konnte ein so glühender Patriot zum kaltschnäuzig kalkulierenden Verräter werden?«

Lubiesz zuckte die Achseln.

»Wer weiß das schon? Vielleicht hat er den Briten seinen Rauswurf bei der Fliegerei und seinen Landsleuten die Ablehnung seiner Bewerbung beim OSS übel genommen. Angeblich hatte er ein übermäßig ausgeprägtes Ego, und seine Entstellung dürfte den Hass gegen jene, die ihn abgewiesen hatten, noch verstärkt haben. Vielleicht war aber auch die Gelegenheit einfach zu verlockend, als dass er sie sich hätte entgehen lassen können. Wie auch immer seine Motive ausgesehen haben, der Erfolg bei der Durchführung seines Vorhabens hat all seine Erwartungen übertroffen.«

»Wieso aber hat Dulles einen Mitarbeiter des Finanzministeriums für das Unternehmen *Recovery* abgestellt, für das in Wirklichkeit das OSS zuständig war? Er hatte doch nicht die geringste Befehlsgewalt über ihn.«

»Mittelbar schon. Als ich Ende 1944 mit dem OSS Verbindung aufgenommen habe, war das Projekt *Safehaven* bereits angelaufen, und das OSS war mit den Nachforschungen beauftragt worden. Dulles hatte für die Sache von Anfang an nicht viel übriggehabt und stand ihr sogar offen feindselig gegenüber, zweifellos weil die Gefahr bestand, dass man sich bei bestimmten seiner früheren Mandanten genauer umsehen würde. Aber er hatte keine Wahl und musste sich den Anweisungen aus Washington fügen. Warum dann nicht das Unternehmen *Safehaven* den frisch in der Schweiz angekommenen Neulingen zuschieben und Krauss, der ohnehin schon die vergangenen zwei Jahre damit zugebracht hatte, die Schweizer Bankiers auszuspionieren, einen Auftrag anvertrauen, der seine eigenen Geschäftsbeziehungen nicht gefährdete – mit anderen Worten, das Unternehmen *Recovery*? Auf diese Weise schlug Dulles zwei Fliegen mit einer Klappe: Er nutzte seine wenigen verfügbaren Kräfte so gut wie möglich und lenkte gleichzeitig einen übereifrigen Wachhund mit einer anderen Aufgabe auf eine falsche Fährte. Hinzu kam, dass Krauss inzwischen Mittel und Wege gefunden hatte, unbemerkt aus der Schweiz nach Süddeutschland zu gelangen.«

»Wie das?«

»Einer meiner Bekannten im Nationalarchiv hat ein Telegramm ausgegraben, das Dulles am 13. Juli 1943 an seinen Vorgesetzten William Donovan geschickt hatte. Darin hat er ihm mitgeteilt, ein ›Beauftragter des Finanzministeriums‹ habe es fertiggebracht, auf deutsches Gebiet zu gelangen, indem er sich als verwundeten Veteranen der Luftwaffe ausgab. Dort habe er mit Kräften des Widerstandes Verbindung aufgenommen und seine Vorgesetzten um die Erlaubnis gebeten, ein Netz aus deutschen Agenten aufzubauen, die für das OSS tätig werden sollten. Allem Anschein nach hat Krauss, der unbedingt wieder mitmischen wollte, Dulles die Erlaubnis abgeluchst, insgeheim auf feindlichem Gebiet für das OSS tätig zu werden.«

Antoine nickte bedächtig.

»Mit gut gefälschten Papieren, seinen perfekten Deutsch-kenntnissen und den unübersehbaren Verwundungen, die er sich im Krieg zugezogen hatte, dürfte wohl niemand an seiner Geschichte gezweifelt haben.«

»Als dann das Unternehmen *Recovery* ins Leben gerufen wurde, ist es Krauss vermutlich nicht schwergefallen einen Trupp von Söldnern anzuheuern, mit deren Hilfe er den Transport abfangen konnte, und noch weniger Schwierigkeiten dürfte es ihm bereitet haben, die Grenze nach Deutschland zu überqueren, um in die Lagerhalle zu gelangen, wo er auf Schlinge geschossen hat. Bestimmt hatte er bis dahin schon eine hinreichend große Zahl von Grenzposten bestochen, so-dass es ihm möglich war, die Lastwagen in die Schweiz zu bringen, ohne auf Antoines Vater angewiesen zu sein.«

Anna sah erneut auf den Bildschirm.

»Wann hat er Ihrer Meinung nach angefangen, auf eigene Rechnung zu arbeiten?«

»Darüber lässt sich unmöglich Genaueres sagen. Um das zu erfahren, müssten wir ihn schon selbst fragen«, gab Lubiesz zu-rück und lächelte. »Auf jeden Fall hätte ein Mann in seiner Position ziemlich großen Schaden anrichten können, wenn er Bankiers erpresst und ihnen gedroht hätte, sie dem OSS oder dem amerikanischen Finanzministerium zu melden. Selbstverständlich sind das reine Spekulationen, doch würde es erklären, wie er es fertiggebracht hat, sich so rasch der Mitwirkung Albert Demarsands' zu versichern und das Geld für die Bezahlung der falschen Polizisten aufzutreiben.«

Antoine erhob sich und blickte durch das Fenster auf die trostlos daliegende Landschaft, während er die Unmenge an Informationen zu verarbeiten versuchte, die Lubiesz ihnen anstelle eines Frühstücks aufgetischt hatte. Nach einer Weile drehte er sich wieder zu ihm um und fragte: »Wie wollen wir den Mann jetzt bekämpfen, wo wir wissen, wer er ist?«

»Das wird nicht einfach sein. Kurz nach dem Krieg ist Krauss aus dem Finanzministerium ausgeschieden und hat, kaum in die Staaten zurückgekehrt, angefangen, an der Börse zu spekulieren, wo er sich wie zufällig auf Aktien europäischer Unternehmen konzentriert hat. Sie müssen bedenken, dass Insidergeschäfte bis vor Kurzem weder in Deutschland noch in der Schweiz verboten waren. Mithin war es, zu einer Zeit, als der Börsenhandel noch nicht von Computern überwacht wurde, für ihn ein Kinderspiel, das Diebesgut mit Albert Demarsands' Hilfe zu ›waschen‹, indem er seine Einkünfte als die Erträge kluger Investitionen deklarierte. Bereits Mitte der Fünfzigerjahre war er offiziell Milliardär und hat als stramm Konservativer im Laufe der Jahre den Wahlkampf aller republikanischen Präsidentschaftskandidaten großzügig unterstützt. Außerdem hat er die politische Karriere seines Sohnes in Austin und später in Washington finanziert, der dort gerade jetzt seine dritte Amtszeit als Senator antritt. Krauss selbst hält sich von der Außenwelt fern. Angeblich hat er seinen ausgedehnten Besitz in der Nähe von Abilene seit vierzig Jahren nicht verlassen. Ich brauche nicht zu erwähnen, dass sowohl sein finanzieller als auch sein politischer Einfluss gewaltig ist und durch seine engen Kontakte zur Welt der Nachrichtendienste noch verstärkt wird.«

»Wir haben also keine Chance.«

»Das würde ich so nicht sagen – jeder Mensch hat eine Achillesferse. Im Falle Krauss ist das der Sohn – sein einziges Kind, auf dessen Mutter ich nicht den geringsten Hinweis zu entdecken vermocht habe. Stanley junior hat hochfliegende Pläne. Da er mit dem Wahlspruch ›Heimat, Familie und Moral‹ antritt, kann er sich in erster Linie auf eine aus frommen Konservativen bestehende Wählerschaft stützen. Vater Krauss würde eher sterben und noch eher töten, als zuzulassen, dass jemand die Karriere seines Sohns gefährdet. Genau das aber wäre der Fall, wenn wir ihn als den Kriegsverbrecher und Betrüger anprangerten, der er ist. Um sich selbst macht er sich bestimmt keine Sorgen; ihm stehen genug Geld und Anwälte zur Verfügung, um jede beliebige Anschuldigung bis weit über seinen Tod hinaus zurückzuweisen. Wohl aber würde jeder noch so geringe Hinweis auf einen Skandal, vor allem von einem Ausmaß wie der, von dem wir hier reden, alle Aussichten seines Sohnes endgültig zunichtemachen. Das aber würde Krauss nie und nimmer hinnehmen. Zwar besitzt er Geld und Macht, aber die Oberschicht des Landes hat ihn nie anerkannt – sie sieht in ihm einen Paria, wenn nicht gar ein Ungeheuer. Sein Sohn hingegen hat es auf die Stufe der Achtbarkeit geschafft, die zu erreichen er selbst immer nur geträumt hat. Welche süßere Rache könnte es für den geben, den die Schulkameraden stets als ›Scheißdeutschen‹ verspottet hatten, als dass sein Sohn Präsident der Vereinigten Staaten würde?«

»Ja, damit würde er es allen gewaltig heimzahlen.«

»Sie nehmen mir die Worte aus dem Mund. Jetzt müssen wir nach Genf zurück, um dort die Unterlagen für das ursprüngliche Konto zu suchen. Das sind die einzigen unwiderleglichen Beweise für seine Verwicklung in den Überfall auf den Transport von Görings Schätzen.«

Antoine wäre fast die Tasse aus der Hand gefallen.

»Was? Zurück in die Schweiz? Sind Sie verrückt, Mann? Man wird mich erkennen und erledigen, bevor ich einen Fuß über die Grenze gesetzt habe.«

Lubiesz lachte laut auf.

»Immer mit der Ruhe. Ich werde dafür sorgen, dass nichts dergleichen geschieht. Schon möglich, dass ich nicht ganz so mächtig bin wie Krauss, aber ein paar Trümpfe habe ich auch noch in der Hinterhand.«

Draußen zogen die fetten Weiden des Burgund vorüber, auf denen Herden von weißen Charolais-Rindern unter einem bleifarbenen Himmel grasten. Hier und dort wachte ein Schloss oder Wehrgehöft über eine Region, in der Karl der Kühne sein Herzogtum und sein Leben im gnadenlosen Kampf gegen König Ludwig XI. aufs Spiel gesetzt hatte.

Antoine stieß einen ungeduldigen Seufzer aus.

Jede Minute, die verging, brachte ihn dem Ort näher, an dem er knapp dem Tod entronnen war, und ob es Lubiesz recht war oder nicht, er fühlte sich wie das sprichwörtliche Lamm, das man zur Schlachtbank führt. Er löste den Blick von der Landschaft und wandte sich Anna zu, die in den Polstern des Rolls-Royce Phantom VI versunken war. Er beneidete sie um ihre Gelassenheit – oder war das einfach noch die Auswirkung der Zeitverschiebung? Vom Beifahrersitz aus unterhielt sich Lubiesz mit Kyle, der zugleich als Fahrer fungierte. Antoine brauchte sich gar nicht umzudrehen, er wusste ohnehin, dass ihnen die anderen Leibwächter in einem schwarzen Range Rover folgten.

Seit sie drei Stunden zuvor Veronicas Haus verlassen hatten, waren sie gut vorangekommen, obwohl Lubiesz darauf bestand, dass sein Fahrer Geschwindigkeitsbegrenzungen strikt einhielt, weil er jedem Ärger mit der französischen Polizei aus dem Weg gehen wollte. Da sein Mobiltelefon über Sprachverschlüsselung verfügte, war es ihnen sogar möglich gewesen, einen Besprechungstermin mit Rémy und Alexandre zu vereinbaren. Antoine hatte seine ganze Überredungskunst aufbieten müssen, um die beiden davon zu überzeugen, dass sie Lubiesz trauen konnten, doch kaum hatten sie den Namen Krauss gehört, als alle Vorbehalte dahinschwanden.

»Sag bloß nicht, dass du noch nie von Stanley Krauss gehört hast, Antoine«, hatte Alexandre verblüfft ausgerufen. »Das ist der neue Howard Hughes.«

»Warum müsste ich von dem gehört haben? Im Unterschied zu seinem ebenso berühmten wie durchgeknallten texanischen Namensvetter produziert der keine Filme.«

»Typisch Los Angeles! Dein Horizont reicht nicht weiter als bis zum Besetzungsraum.«

»Ich teile Mr Lubiesz' Ansicht: Dank seiner Macht ist Krauss äußerst gefährlich«, war ihm Rémy ins Wort gefallen. »Aber vielleicht haben wir da wirklich eine Fährte. Er hat hier in der Schweiz mehrere Geschäfte abgeschlossen, und ich habe gute Beziehungen zu der Kanzlei, die hier seine Interessen vertritt. Du übrigens auch, Alex, es handelt sich um Morin, Gautier & Holtz.«

»Na klar, die schicken uns regelmäßig Kunden. Aber in die Geschichte mit Görings Beute können die Leute unmöglich verwickelt gewesen sein, denn 1945 hat die Kanzlei noch gar nicht existiert.«

»Aber ja. Sie hat lediglich ihren Namen geändert, als sich die früheren Inhaber aus dem Geschäft zurückgezogen haben. Vorher hieß sie Fresson, Schmidt & Morin.«

»Immer angenommen, sie haben Krauss tatsächlich dabei geholfen, seine gewaltige Beute zu verstecken – glaubst du, sie haben Unterlagen aufbewahrt, die weiter als ein halbes Jahrhundert zurückreichen, noch dazu, wenn sie so heikler Natur sind?«

»Ich an ihrer Stelle hätte das getan, und sei es nur, um mich für den Fall abzusichern, dass ich mit dem Mandanten Ärger bekomme. Wie ich meinen Kollegen Morin kenne, der Krauss nach wie vor persönlich vertritt, würde es mich nicht im Geringsten wundern, wenn der alte Halsabschneider genau das getan hätte. Immerhin ist die Akte Krauss für ihn selbst deutlich kompromittierender als für seinen Rechtsvertreter. Eine Anklage wegen Geldwäsche im Zusammenhang mit vor einem halben Jahrhundert gestohlenen Beutegut braucht er nicht zu fürchten, weil die Sache längst verjährt ist, ganz im Gegensatz zu Mord und Kriegsverbrechen. Auf jeden Fall ist es der Mühe wert, da mal genauer nachzufragen. Ich glaube, ich weiß auch schon, wie ich das machen kann. Gib mir einen oder zwei Tage Zeit dafür.«

»Wir wollen hoffen, dass wir dann noch leben.«

Diesmal beschloss Alexandre, die Nachforschungen selbst zu betreiben und auf Maximes lauthals vorgebrachte Erklärungen zu pfeifen, er verstoße damit gegen bankinterne Vorschriften. Da es hier um Menschenleben ging, angefangen bei seinem eigenen, dachte er nicht daran, diese Aufgabe anderen zu überlassen. Die Dokumentalistin hatte zwar anfangs aufbegehrt, aber mit einem einfachen Stirnrunzeln hatte er bewirkt, dass sie ihn einließ.

»Die Gruft«, wie das Altakten-Archiv genannt wurde, nahm drei Viertel des zweiten Obergeschosses ein. In den zwanzig Jahren, die Alexandre inzwischen in der Bank arbeitete, war er nur zweimal dort gewesen, und so brauchte er eine Weile, um sich zurechtzufinden. Die Reihe feuerfester Stahlkassetten, deren elektronisch gesicherte Schübe sich ausschließlich durch Retinaerkennung öffnen ließen, bildeten ein undurchdringlich scheinendes blitzendes Labyrinth. Zugang zu den darin befindlichen Unterlagen hatten außer den Gesellschaftern der Bank lediglich Archiv-Mitarbeiter, deren Vorleben und Lebensführung regelmäßig so gründlich überprüft wurden, als seien sie für den englischen Inlandsgeheimdienst MI-5 tätig.

Während er im Archiv an einer Reihe ebensolcher Kassetten vorüberging, hörte Alexandre vom Tisch der dort tätigen

Mitarbeiter herüber unterdrücktes Tuscheln. Überwachungs-kameras an der Decke ähnlich denen in den Spielkasinos von Las Vegas zeichneten jede seiner Bewegungen auf. Es gab keine Möglichkeit, sich ihnen zu entziehen. Alle Aufnahmen würden nach einer Woche automatisch gelöscht, doch bis dahin könnte sich Maxime in aller Ruhe damit beschäftigen, wenn er von den sonderbaren Nachforschungen seines Vetters Wind bekäme. In dem Fall würde es gewaltigen Ärger geben.

Doch jetzt hatte er andere Sorgen: Er musste seine Aufgabe erledigen.

Am hinteren Ende des Raums wandte er sich nach rechts und folgte einige Meter weit der Wand, bis er eine Tür erreichte, die für die Augen Uneingeweihter ohne Weiteres zu einem Besen-schrank führen konnte. Sie sah unauffällig aus, war im selben Beige gehalten wie die Wand und wies weder eine Klinke noch einen Ziffernblock oder Einstellräder auf, wie man sie bei Tü-ren zu Tresorräumen häufig findet. Alexandre wusste, dass sie eine sechzig Zentimeter starke gepanzerte Tür tarnte, die dafür sorgte, dass kein Unbefugter in den dahinterliegenden Raum gelangen konnte.

Er schob eine Magnetkarte in einen kaum sichtbaren Schlitz, beugte sich vor und hielt das rechte Auge dicht vor einen klei-nen Bildschirm. Sogleich tastete schwaches Infrarotlicht die Retina ab, um das Muster der Blutbahnen darin zu erkennen. Zehn Sekunden später ertönte ein leises Surren, auf das einige dumpfe Geräusche folgten, dann glitt die gewaltige Tür lang-sam in die Wand.

Jetzt lag ein rechteckiger Raum von der Größe eines durch-schnittlichen Schlafzimmers vor ihm. Außer einem Tisch und einem Stuhl in einer Ecke war er leer. Die gleichen Stahlkasset-ten wie im Hauptraum des Archivs füllten die Regale entlang der Wände. Jede trug ein mit einer Datumsangabe versehenes

Etikett. Alexandre schritt sie ab, bis er gefunden hatte, was er suchte: Januar – März 1945. Nach einer erneuten Retinaabtastung öffnete sich die Kassette binnen weniger Sekunden. Als er am Griff des Schubes zog, stieg ihm der Geruch nach Staub und modrigem Papier in die Nase.

Er ging die darin enthaltenen alphabetisch geordneten Unterlagen auf der Suche nach dem Buchstaben K durch, fand aber zu seiner großen Enttäuschung nichts unter dem Namen Krauss.

Da er nicht bereit war, so schnell aufzugeben, durchsuchte er auch die Kassette für Oktober – Dezember 1944 sowie die für April – Mai 1945. Ohne Erfolg. Obwohl er nicht damit rechnete, unter anderen Daten etwas zu finden, ging er sämtliche Unterlagen der Jahre 1945 und 1946 mehrfach durch, immer mit demselben negativen Ergebnis.

Mit schweißbedeckter Stirn sah er auf die Uhr. Seit über einer Stunde war er schon in der »Gruft«; es wurde Zeit zu gehen. Widerwillig verschloss er die Kassetten eine nach der anderen. Gerade als er die zuerst durchgegangene zuschieben wollte, hielt er mitten in der Bewegung inne.

Trottel! Wieso bist du nicht eher darauf gekommen?

Fieberhaft ging er noch einmal alle Unterlagen darin durch. Schließlich wischte er sich die Stirn mit dem Handrücken ab und betrachtete mit verständnislosem Gesicht die vergilbten Dokumente. Sein Herz pochte wild.

Dann wurde ihm alles klar.

Verdammter Mist!

Antoines Stimme übertönte das Motorgeräusch.

»Sagen Sie mir, Herr Lubiesz, kennen Sie den Bisorski, den mein Bruder da gerade erwähnt hat?«

Anna war eingeschlafen, jetzt bewegte sie sich, ohne wach zu werden.

»Ja. Er ist einer der gefürchtetsten Auftragsmörder in ganz Europa.«

»Ich kann es gar nicht abwarten, ihm bei meiner Rückkehr zu begegnen«, knurrte Antoine.

»Sehen Sie doch das Gute an der Sache«, warf ihm Lubiesz über die Schulter zu. »Immerhin ist es ihm bisher nicht gelungen, Sie umzubringen, nicht wahr?«

»Er hätte es aber um ein Haar geschafft.«

»Für einen Mörder bedeutet das einen Fehlschlag, und das ist ihm auch klar. Das könnte sich übrigens zu unserem Vorteil auswirken.«

»Inwiefern?«

»Sie zu töten ist mit Sicherheit nur die Hälfte seines Auftrags, er hat es aber nicht einmal geschafft, auch nur in die Nähe Ihres Bruders zu gelangen. Sicher drängt ihn Krauss pausenlos, endlich seinen Auftrag zu erledigen. Glauben Sie mir, wenn man für einen Mann seines Schlages tätig ist, empfiehlt es sich dringend, Erfolge vorzuweisen.«

»Wenn Sie meine Meinung dazu hören wollen, ist das nicht schlimmer, als von ihm gehetzt zu werden.«

»Sie müssen bedenken, dass bei einem Menschen, der unter Druck steht, die Wahrscheinlichkeit zunimmt, Fehler zu begehen. Wer weiß, vielleicht bekommt die Polizei den Burschen sogar zu fassen, bevor er Unheil anrichten kann.«

»Daran glaube ich erst, wenn es so weit ist. *Falls* es überhaupt dahin kommt.«

»Jetzt bin ich an der Reihe, Ihnen eine Frage zu stellen, Antoine. Sagt Ihnen der Name John Webster etwas?«

»Selbstverständlich. Er ist ein Freund meiner Schwester Sophie und arbeitete für die CIA. Vergangene Woche habe ich sie gebeten, ihn zu fragen, ob er nicht etwas im Zusammenhang mit dem Unternehmen *Recovery* herausbekommen könnte.«

»Genau das hatte ich befürchtet. Der Mann ist tot.«

Antoine verzog das Gesicht.

»Nicht auch der noch! Was ist passiert?«

»Dem Autopsiebericht zufolge war es Selbstmord, und von einem meiner Informanten habe ich erfahren, dass ihn die Polizei mit aufgeschnittenen Pulsadern in seiner Badewanne gefunden hat. Doch nach dem, was Sie mir soeben gesagt haben, halte ich es für wahrscheinlicher, dass Krauss ihn hat beseitigen lassen.«

»Armer Kerl, und ich bin daran schuld.«

»Machen Sie sich keine Vorwürfe. Das konnten Sie nicht wissen. Doch jetzt wird mir klar, warum sich Krauss auch sofort auf die Fährte Ihrer Schwester gesetzt hat. Er musste befürchten, dass Webster ihr etwas mitgeteilt hatte.«

Antoine ließ sich nach hinten sinken und schloss die Augen.

»Haben Sie noch mehr gute Nachrichten von der Sorte?«

»Nun ja, nach dem Mordanschlag auf Ihre Schwester und dem Tod ihres Partners, ganz zu schweigen von Ihrem angeblichen schrecklichen Ende, hat das FBI eine Untersuchung eingeleitet. Außerdem wissen wir, dass die Genfer Polizei nicht an den angeblichen terroristischen Anschlag glaubt. Mit alldem ist Krauss' Bewegungsspielraum deutlich kleiner geworden.«

»Wäre es nicht dann allmählich an der Zeit, den Behörden mitzuteilen, was wir wissen, damit diese sich Krauss vornehmen?«

Lubiesz schüttelte den Kopf.

»Wir haben nichts als Vermutungen. So etwas würde auf keinen Fall genügen, einen der reichsten Männer Amerikas vor Gericht zu bringen. Vertrauen Sie mir. Sie dürfen jetzt nicht aus Ihrem Versteck auftauchen, sonst wären Sie binnen kürzester Zeit ein toter Mann.«

»Ich verstehe immer noch nicht, warum Sie all diese Gefahren auf sich nehmen, um mir zu helfen. Warum wollen Sie Krauss zur Strecke bringen?«

»Ihr Vater hat sein Leben aufs Spiel gesetzt, um das meine zu retten. Ich hatte bisher noch keine Gelegenheit, diese Dankesschuld abzutragen.«

Antoine sah zum Fenster hinaus. Inzwischen ging die Fahrt durch waldgesäumte Schluchten, die zur Schweizer Grenze führten. Sie näherten sich unerbittlich dem Ort, wo alles angefangen hatte und wo es auf die eine oder andere Weise enden würde. Ihn erstaunte selbst, dass eine ruhige Entschlossenheit an die Stelle seiner Angst getreten war. Er hatte sich damit abgefunden, dass die Dinge so geschehen würden, wie sie geschehen mussten.

»Ich möchte Ihren Edelmut nicht infrage stellen, aber geben Sie ruhig zu, dass Sie noch aus einem anderen Grund ein Auge auf mich haben. Wenn der Ärger von allen Seiten über mich hereinbricht, gibt Ihnen das noch genug Zeit, sich selbst in Sicherheit zu bringen.«

Lubiesz lachte leise.

»Dem kann ich nicht widersprechen.«

»Haben Sie nicht während all dieser Jahre befürchtet, dass der für den Überfall auf den Transport Verantwortliche versuchen könnte, Sie aufzuspüren?«

»Eigentlich nicht. Wir sind einander nie begegnet, und so hatte er keine Vorstellung davon, wie ich aussehe. Die Russen haben bei der Plünderung unseres Schlosses das Archiv meiner Familie vernichtet, und meine sämtlichen Papiere, darunter auch mein Soldbuch, sind bei den Bombenangriffen auf Berlin verbrannt. Ganz davon abgesehen hat er mich ohnehin für tot gehalten.«

»Und was ist mit meinem Vater? Dass er noch lebte, wusste Krauss.«

»Er wusste aber auch, dass von ihm keinerlei Bedrohung ausging. Zweifellos hat er ihn unauffällig überwachen lassen, um sich zu vergewissern, dass sich das nicht änderte. Krauss tötet nicht zum Vergnügen, sondern nur, wenn er es für nötig hält.«

»Warum hat sich mein Vater dann von Schlinge erpressen lassen?«

»Wie Ihnen inzwischen klar sein muss, ist eine Anklage wegen Kollaboration keine Kleinigkeit. Davon bleibt meistens etwas an dem Betreffenden hängen. Die Leute vergessen das nie, auch dann nicht, wenn sich die Anklage als gegenstandslos herausgestellt hat und man freigesprochen worden ist. Wie hätte er außerdem seine Schuldlosigkeit beweisen können? Wir hatten ja mit dem OSS keinen schriftlichen Vertrag abgeschlossen. Das Unternehmen *Recovery* war als geheime Kommandosache eingestuft, und als Schlinge in Krakau auf Ihren Vater gestoßen ist, war von den an der Sache Beteiligten keiner mehr am Leben. Nicht aus Feigheit hat Ihr Vater entschieden, dass es das Beste sei, den Forderungen des Mannes nachzukommen, sondern aus Vernunft.«

Der Beamte an der Grenze warf nur einen flüchtigen Blick auf die Luxuslimousine, bevor er sie passieren ließ. In kürzester Zeit umfuhren sie die westlichen Vororte von Genf und folgten dann dem Ufer des Sees in Richtung Norden. Nach wenigen Kilometern hielten sie kurz vor dem Dorf Versoix vor einem schweren schmiedeeisernen Tor in einer unendlich langen Ziegelmauer an.

Kyle drückte einen Knopf an der Armaturentafel, und die Torflügel schwangen langsam auf. Bei der Einfahrt sah Antoine, dass Überwachungskameras an der Mauerkrone jede Bewegung registrierten.

»Willkommen in meinem Refugium am See«, erklärte Lubiesz mit einem Lächeln.

Zu beiden Seiten der Zufahrt lagen makellose Rasenflächen, auf denen hier und da Birken, gestutztes Strauchwerk und abstrakte Skulpturen standen.

»Ist die etwa von Henry Moore?«, fragte Anna noch im Halbschlaf und wies auf eine herrliche Skulptur auf einem Marmorsockel.

»Sie haben ein gutes Auge, meine Liebe«, gab der Alte zurück. »Ich bewundere die Art, wie er es schafft, mit seinen Werken den Wesenskern des Dargestellten einzufangen.«

Schließlich hielt der Wagen vor dem Haupthaus an. Die Wirkung der herrlichen Fassade aus perlgrauem Marmor mit geschwungenen asymmetrischen Linien wurde durch Pfeiler und Platten aus gebürstetem Stahl noch zusätzlich betont.

In unregelmäßigen Abständen standen in kleinen Nischen weitere moderne Skulpturen und verliehen dem Ganzen eine gewisse Leichtigkeit.

»He!«, entfuhr es Antoine beim Aussteigen. »Träume ich, oder haben Sie sich das Haus tatsächlich von Frank Gehry bauen lassen?«

»Sie träumen nicht.«

Antoine sah ihn ungläubig an.

»Das ist ein Scherz, nicht wahr?«

»Wozu hat man Geld, wenn man es nicht ausgibt?«

»Ich bin zutiefst beeindruckt«, murmelte Anna.

Lubiesz öffnete eine schwere Tür aus Stahl und Mattglas und ging ihnen voraus durch einen hell erleuchteten Gang, zu dessen Seiten hier und da lautlos kleine Wasserfälle über die Wände aus polierter Grauwacke liefen.

»Bitte hier entlang.«

Sie betraten ein riesiges kreisrundes Vestibül, das von einer gläsernen Lichtkuppel überwölbt wurde. Vor ihnen schwang sich eine an Stahlseilen hängende Treppe mit Mahagonistufen ins Obergeschoss, während zur Seite mehrere Türen aus verschiedenen Edelhölzern lagen. Während ihre Schritte auf dem Marmorboden hallten, gingen sie um eine Bronzestatue von Botero herum, welche die Mitte des Raums beherrschte, und durch einen Türbogen in den Wohnraum.

Er erstreckte sich in einem gewagten Verlauf über die gesamte Länge des Gebäudes und wirkte wie eine Mischung aus New Yorker Loft und Kunstgalerie. Links führten Marmorstufen zu einem Esszimmer, in dem zwei Dutzend Gäste bequem Platz fanden. Zur Rechten standen Sofas und Sessel von Le Corbusier um einen halbelliptischen Granitkamin, in dem Scheite so groß wie halbe Baumstämme brannten. Ein Stück weiter stand ein Billardtisch neben einer großzügig bestückten Bar. Unmittelbar vor ihnen ging es durch Schiebetüren zu einem fünfzig Meter langen Schwimmbecken, hinter dem sich eine große Rasenfläche sanft bis zu einem alten steinernen Anleger am Seeufer senkte.

Antoine betrachtete die Bilder an den Wänden.

»Kandinsky, Klee, De Chirico, Magritte … Sie scheinen eine Schwäche für die Surrealisten zu haben.«

»Die erinnern mich an meine Jugend, auch wenn Kandinsky genau genommen eher zur abstrakten Richtung zählt und Klee nur bedingt als surrealistisch angesehen werden darf. Aber setzen Sie sich doch bitte. Ich habe einen Imbiss vorbereiten lassen.«

Bei diesen Worten erschien ein Diener mit einem Tablett voll verschiedener *Hors d'œuvre*. Er stellte es auf den Couchtisch und machte sich unter Antoines billigendem Blick daran, eine Flasche Château Pétrus 1978 zu öffnen.

»Was für ein herrlicher Ort, Mr Lubiesz«, begeisterte sich

Anna, bevor sie den nächsten Bissen nahm. »Und unglaublich ruhig, das muss man unbedingt sagen.«

»Wie die Franzosen sagen, *pour vivre heureux, vivons cachés*, und dem würde ich noch hinzufügen *et pour vivre longtemps aussi*.«

»Ja, da haben Sie in der Tat recht: Im Verborgenen lebt man glücklich, und vor allem lange. Ich wusste gar nicht, dass Sie auch Philosoph sind«, sagte Antoine in leicht spöttischem Ton.

»Meine Philosophie ist der Überlebensinstinkt, und der hat mir bis auf den heutigen Tag treue Dienste geleistet, junger Mann. Sie täten gut daran, meinem Beispiel zu folgen.«

»Da haben Sie recht.«

»Auf jeden Fall werden Sie hier sicher sein«, fuhr Lubiesz fort und nahm einen Schluck Wein. »Dieser Besitz verfügt über seinen eigenen Stromgenerator und wird außer durch Kameras auch durch Bewegungsmelder und Infrarotsensoren überwacht. Sechs bewaffnete Wächter patrouillieren hier Tag und Nacht, und dabei sind Kyle und die vier anderen nicht mitgerechnet, die mit uns gekommen sind. Alle Telefonleitungen sind gesichert und verfügen über ein elektronisches Überwachungssystem, das jeden Abhörversuch sofort entdeckt. Bei der geringsten Bedrohung kann uns mein Hubschrauber, der auf einer Startplattform am anderen Ende des Gebäudes bereitsteht, jederzeit an einen beliebigen Ort in einem Radius von sechshundertfünfzig Kilometern bringen.«

Antoine hob den Kopf.

»Jetzt kann ich mir vorstellen, wie es ist, in Fort Knox zu leben.«

Endlich regt sich was.

Bisorski unterdrückte ein Gähnen. Schon seit über vier Stunden wartete er in seinem Wagen; sein Körper wie auch sein

Geist brannten vor Ungeduld. Das Beschatten war der Teil seines Berufs, den er am meisten verabscheute – genau genommen war es der einzige.

In der Ferne sah er Alexandre Demarsands unter dem aufmerksamen Auge des Leibwächters in seine Limousine steigen. Der Mann warf einen kurzen Blick in seine Richtung, doch Bisorski wusste, dass ihn der Regen, der auf die Windschutzscheibe prasselte, bestens tarnte. Als die Limousine anfuhr, fädelte er sich in den Nachmittagsverkehr ein und machte sich daran, ihr zu folgen. Er fragte sich, wohin der Bankier wohl wollte, der sein Büro so ungewohnt früh verließ. Vielleicht ergab sich endlich eine Gelegenheit zu handeln. Zwar war das wenig wahrscheinlich, aber den Versuch war es auf jeden Fall wert. Seine kurze morgendliche Unterhaltung mit einem der Leibwächter hatte ihm alle Angaben geliefert, die er brauchte, um seinen Auftrag ohne weitere Verzögerung zu erledigen.

Das war unglaublich einfach gewesen. Er hatte lediglich vor dem Personaleingang des Hotels warten müssen, bis die Männer ihre Nachtschicht beendet hatten. Dann war er dem Jüngsten – von dem am ehesten anzunehmen war, dass er allein lebte – bis zu seiner Wohnung gefolgt. Ganz wie vermutet war er Junggeselle, doch hätte die Anwesenheit einer Ehefrau oder einer Geliebten nicht das Geringste geändert; wahrscheinlich hätte das den Mann eher noch gesprächiger gemacht. Wie auch immer, er hatte sich ausgesprochen kooperativ verhalten, kein Wunder, denn Bisorski war mit einem Messer in der Hand von unwiderstehlicher Überzeugungskraft. Als er dem Leiden des Mannes ein Ende bereitet hatte, meinte er, in dessen Augen den Ausdruck tiefer Erleichterung wahrgenommen zu haben, wenn es nicht gar Dankbarkeit gewesen war.

Inzwischen ging es durch die Rue de Lausanne nach Norden

stadtauswärts. Zwar hätte Bisorski ohne Weiteres den Einbruch der Dunkelheit in aller Ruhe bei Gina abwarten können, aber Katz und Maus zu spielen war seine Leidenschaft, und das Bewusstsein, dass die Polizei hinter ihm her war, machte das Spiel noch spannender.

»Ich freue mich, dich lebend zu sehen«, sagte Alexandre, als er seinen Bruder umarmte. »Dein Spiel mit dem Tod fängt allmählich an, mich schrecklich nervös zu machen.«

Er wandte sich ab, drehte sich zu Lubiesz um und hielt ihm die Hand hin.

»Sie müssen Joachim von Weißdorf sein.«

»Mir ist es lieber, man nennt mich Oskar Lubiesz, wenn es Ihnen recht ist. Der Name von Weißdorf existiert schon lange nicht mehr. Es ist mir eine Ehre, Sie kennenzulernen, Monsieur Demarsands.«

»Wenn ich meinen Bruder richtig verstanden habe, ist die Ehre ganz auf meiner Seite.«

»Mr Lubiesz ist ein ausgesprochen großzügiger Gastgeber«, meldete sich Rémy zu Wort. Er war einige Minuten vorher eingetroffen und hatte bereits Gelegenheit gehabt, einen dreißigjährigen Dalmore zu kosten. »Und unübersehbar ein ausgewiesener Kenner von Single Malt Whiskys.«

»Nur ein kleines Licht, verglichen mit Ihnen, *maître* Bergeron«, gab der Deutsche mit dem Anflug eines Lächelns zurück. »Und was darf ich Ihnen anbieten, Monsieur Demarsands?«

»Ich hätte gern eine Tasse Kaffee.«

»Raymond, bitte Kaffee für Monsieur Demarsands.«

Auf der anderen Seite der Bar nahm der Bediente Haltung an. »Sogleich, Mr Lubiesz.«

»Und noch einen Dalmore, wenn es recht ist, Raymond, mein Schatz«, fügte Rémy hinzu.

Der Mann unterdrückte ein leises Lächeln.

»Mit Vergnügen, mein Herr.«

Bisorski fuhr an dem großen Tor vorüber, stellte seinen Wagen einige hundert Meter weiter am Straßenrand ab und kehrte dann zu Fuß zurück. Sorgfältig achtete er darauf, nicht von den Überwachungskameras erfasst zu werden, während er aufmerksam den Besitz samt seiner Umgebung in Augenschein nahm und sich jede Einzelheit einprägte, von der Höhe der mit einer Doppelreihe Bandstacheldraht gesicherten Mauer über die Anbringungsorte und Richtwinkel der Kameras und Scheinwerfer. Er brauchte nicht lange, um zu dem Ergebnis zu kommen, dass von der Straßenseite her ein Eindringen kaum möglich war, wenn überhaupt, dann äußerstenfalls mit einem Infanterie-Sturmtrupp.

Fehlen nur noch die Wachtürme.

Er verging vor Neugier. Eine solche Festung errichtete niemand nur deshalb, um sich vor Dieben zu schützen. Wer auch immer hinter dieser Mauer lebte, ob Erdöl- oder Drogenbaron, hatte sicherlich Gründe, um sein Leben zu fürchten. Auch wenn sich Bisorski nicht weiter darüber wunderte, dass so jemand mit einer Bank wie der von Demarsands, Conti & Cie Geschäfte machte, vermutete er, dass der Bankier nicht zu einem einfachen Kundenbesuch dort war, und er war bereit, eine Wette darauf einzugehen, dass sein Auftraggeber diese Information hochinteressant finden würde.

Nach der Mahlzeit suchten sie Lubiesz' Arbeitszimmer auf. Es unterschied sich nicht nur wegen seiner vergleichsweise geringen Größe deutlich von den übrigen Räumen des Hauses. Mit seiner geschnitzten Wandtäfelung, den Bücherschränken im Tudorstil und den mit Leder bezogenen Ohrensesseln im Stil des 18. Jahrhunderts kam man sich vor wie im exklusiven Londoner Reform Club. Hier gab es keine Kunstwerke, wohl aber Bücher ringsum. Hinter einem antiken Diplomatenschreibtisch hing ein Schwarz-Weiß-Foto mit einer Staffel von Focke-Wulf-Fw-190-Jagdeinsitzern an der Wand.

»Sag mir, was du liest, und ich sage dir, wer du bist«, zitierte Antoine mit einem Blick auf einen der Bücherschränke.

»Ich glaube, dass meine Vorlieben etwas zu vielseitig sind, als dass man mich da in eine bestimmte Schublade stecken könnte«, gab Lubiesz zurück, bevor er ein langes Streichholz anriss, um das Feuer im Kamin in Gang zu setzen.

»*Verfall und Untergang des Römischen Imperiums* von Gibbon neben Shirers *Aufstieg und Fall des Dritten Reiches*? Behaupten Sie jetzt ja nicht, dass da keine Verbindung besteht.«

»Höchstens ein nicht besonders ausgeprägtes Interesse am beklagenswerten Hang der Menschen, die Fehler der Vergangenheit zu wiederholen.«

Antoine setzte sich vor den Kamin und hielt die Hände in Richtung auf die Flammen. Obwohl das Haus gut geheizt war, fror er.

»Alex«, fragte er, ohne sich umzuwenden, »was hast du bei deinen Nachforschungen in der ›Gruft‹ herausbekommen?«

Sein Bruder räusperte sich. »Leider habe ich nichts gefunden, das auch nur annähernd in Beziehung zu dem steht, was wir suchen. Es gibt nicht den geringsten Hinweis auf Krauss, weder als Inhaber noch als wirtschaftlich Berechtigten eines Kontos, und auch keinen auf einen Betrag, der in etwa an den Wert des geraubten Gutes herankommt. Aber in manchen Fällen ist, was man nicht findet, aufschlussreicher als das, was man findet.«

»Was willst du damit sagen?«, fragte Rémy.

»Die Unterlagen bei uns in der ›Gruft‹ sind entsprechend den Daten der Kontoeröffnung archiviert. Um die Suche zu erleichtern, enthält jede Kassette eine Liste sämtlicher im betreffenden Zeitraum eröffneten Konten. Nun hat sich herausgestellt, dass als Einzige die Liste für März 1945 fehlt. Natürlich könnte sie verloren gegangen sein, oder man hat zufällig unterlassen, sie zu erstellen, aber angesichts der unerbittlichen Pedanterie selbst bei den unbedeutendsten Aufgaben, für die unser Onkel geradezu berüchtigt war, dürfte diese Art von Nachlässigkeit wenig wahrscheinlich sein. Das aber lässt nur eine Erklärung zu: Die Liste ist entwendet worden. Wer Unterlagen aus der ›Gruft‹ entfernt, kann seine Spuren nur dann vollständig verwischen, wenn er auch die Inhaltsliste der Kassette mitnimmt, denn sonst würde bei einer Kontrolle das Fehlen dieser Unterlagen auf den ersten Blick auffallen.«

»Schwer zu glauben, dass das in all den Jahren niemand gemerkt haben soll«, meldete sich Anna zu Wort.

»Nicht, wenn man bedenkt, dass der Raum ausschließlich Unterlagen zu gelöschten Konten enthält, auf denen keinerlei Bewegungen mehr stattfinden. Solange keine Nachforschungen im Zusammenhang mit einer Straftat die Bank verpflichten, die Unterlagen offenzulegen, besteht keinerlei Anlass, dort nachzusehen. Hinzu kommt, dass angesichts der Vertraulichkeit der in diesen Kassetten enthaltenen Dokumente ausschließlich die fünf Vorstandsmitglieder der Bank Zugang dazu haben.«

»Macht ihr denn nicht regelmäßig Inventur?«, erkundigte sich Antoine erstaunt.

»Doch. Das betrifft aber nur die aktiven Konten, auf denen mehr oder weniger regelmäßig Bewegungen stattfinden, nicht hingegen die archivierten Unterlagen zu den gelöschten Konten, die nie aus der ›Gruft‹ hinausgelangen. Hinzu kommt, dass seit 1990 alle dort aufbewahrten Dokumente mit einem unsichtbaren magnetischen Siegel versehen sind und man an der Tür automatische Meldegeräte angebracht hat. Der Versuch, auch nur ein einziges Blatt aus dem Raum zu entfernen, würde sofort Alarm auslösen.«

»Das heißt, falls etwas entwendet worden ist, muss das vor 1990 geschehen sein«, äußerte Lubiesz.

»Ja, das ist mehr als wahrscheinlich.«

»Oder während eines Stromausfalls«, sagte Anna.

Alexandre schüttelte den Kopf. »Nein, das Sicherheitssystem unserer Bank ist mit mehreren redundanten Notstromaggregaten gekoppelt, die in einem solchen Fall automatisch nacheinander anspringen.« Er sah mit verlorenem Blick auf die Flammen, die im Kamin tanzten.

»Die Entnahme kann nur hausintern erfolgt sein. Und zwar ausschließlich von einem Vorstandsmitglied ...«

»Inwiefern?«

Alexandre schwieg. Er saß mit gesenktem Kopf da und hatte die Ellbogen auf die Knie gestützt.

»Ich kann mich des Eindrucks nicht erwehren, dass du uns nicht alles sagst, Bruderherz.«

Mit einem gedehnten Seufzer hob Alexandre langsam den Blick. »Ich denke, dass ich genau weiß, wann das war«, sagte er schließlich mit kaum hörbarer Stimme. »Im Jahre 1957 ist in die Bank eingebrochen worden.«

»Du machst dich wohl über mich lustig!«, rief Antoine aus. »Wieso habe ich nie davon erfahren?«

»Es handelt sich um ein recht gut gehütetes Geheimnis, in das man mich erst eingeweiht hat, als ich Mitgesellschafter und damit Vorstandsmitglied geworden bin. Sicher kannst du dir vorstellen, dass uns das Vertrauen der Kunden damals ebenso wichtig war wie heute. Soweit man mir gesagt hat, hat unser Onkel damals all seinen Einfluss bei den Behörden aufgeboten, um zu erreichen, dass man die Angelegenheit nicht öffentlich bekannt gemacht hat. Besonders schwierig war das nicht, weil mit Ausnahme von ein paar Tausend Franken aus einer unverschlossen gebliebenen Kassenschublade ohnehin kaum etwas fehlte. Allem Anschein nach ist es dem Dieb – den man nie gefasst hat – nicht gelungen, ins Untergeschoss mit den Schließfächern der Kunden und zu den Tresorräumen zu gelangen. Wahrscheinlich wäre das Ganze sogar gänzlich unbemerkt geblieben, wenn er nicht den Alarm ausgelöst hätte, als er das Gebäude durch ein Fenster im ersten Stock verlassen hat. Da es nicht den geringsten Hinweis auf einen Einbruch gab, weiß man bis auf den heutigen Tag nicht, auf welchem Weg er in das Gebäude gelangt war. Eine gründliche und eindringliche Befragung des Personals und des Putzdienstes hat nichts ergeben. Zwar hat man nie etwas beweisen können, doch hat stets der Verdacht bestanden, dass sich der Dieb bestens in den Örtlichkeiten auskannte. Damals gab es noch keine Bewegungsmelder, die Bank hatte lediglich eine Außensicherung mit Alarmanlage und einen Wachdienst, der in regelmäßigen Abständen die Runde machte. Der Dieb musste also genau wissen, wann er ungestört sein würde.« Nach kurzem Schweigen fügte er hinzu: »Ich vermute, dass der Diebstahl des Bargeldes lediglich als Tarnung für die Entwendung der Krauss-Akten dienen sollte.«

»Aber man hat doch anschließend bestimmt den Inhalt jenes Altakten-Archivs inventarisiert«, sagte Lubiesz.

Alexandres Gesicht verdüsterte sich noch ein wenig mehr. »Das bezweifle ich stark. Die Tür zum Untergeschoss wie auch zum Altakten-Raum, den wir ›die Gruft‹ nennen, besteht aus dickem gepanzertem Stahl. Der Zugangscode war nur wenigen handverlesenen Personen bekannt. Die Polizei hat seinerzeit festgestellt, dass diese Tür korrekt verschlossen war. Nicht das Geringste wies darauf hin, dass es jemandem gelungen sein könnte, in den Raum einzudringen, von der ›Gruft‹ ganz zu schweigen.«

»Trotzdem wundert es mich, dass der sonst so übergenaue Onkel Albert nicht jeden Quadratzentimeter der Bank hat untersuchen lassen«, sagte Antoine.

Alexandre schüttelte langsam den Kopf. »Er hatte keinerlei Anlass, in der ›Gruft‹ nachsehen zu lassen. Damals wurde ihre Tür mit einem Schlüssel geöffnet, von dem nur ein einziges Exemplar existierte, und das hatte er.«

Als Kommissar Bordier den Aufzug verließ, nahm der Beamte an der Tür Haltung an und grüßte zackig, bevor er das Flatterband anhob, das den Zugang zum Ort des Verbrechens versperrte, um ihn durchzulassen. Bordier dankte ihm, indem er knapp nickte. Er brauchte inzwischen so gut wie nirgends mehr seinen Dienstausweis zu zeigen, denn nach zwanzig Jahren kannte ihn jeder, mit Ausnahme von Neulingen – und bei denen sorgte er dafür, dass sie ihn schnellstens kennenlernten.

In dem kleinen Wohnzimmer schlug ihm der vertraute Geruch von geronnenem Blut und Exkrementen entgegen. Es dauerte nicht lange, bis er merkte, woher er kam. Inmitten einer Gruppe von Spezialisten der kriminaltechnischen Untersuchung saß das Opfer mit unbekleidetem Oberkörper in einem Sessel am hinteren Ende des Raums. Hand- und Fußgelenke des Mannes waren mit Kunststoffbändern an den Stuhl gefesselt, und seine hervorgequollenen Augen richteten sich auf eine Welt, die sie nicht mehr sehen konnten.

»Man könnte glauben, dass ihm ein durchgeknallter Typ den Blinddarm bei lebendigem Leib rausschneiden wollte, was?« Wie immer war Jacquet geräuschlos an Bordier herangetreten. »Ich glaube nicht, dass er ihm vorher eine Narkose verpasst hat.«

Bordier warf einen Blick auf die Eingeweide, die aus einem tiefen Schnitt quer über den Unterleib des Mannes bis auf den

Boden quollen. Das weiße Gewimmel ließ ihn an riesige japanische Nudeln in einer Miso-Suppe denken.

»Das muss verdammt wehgetan haben«, sagte Jacquet, »war aber nicht die Todesursache.« Mit einem Finger wies er auf das kleine schwarze Loch in der Stirn des Mannes. »Wenn Sie meine Meinung hören wollen, hat das mit einem dritten Auge nichts zu tun.«

Bordier trat näher, wobei er der Blutlache am Boden auswich, und beugte sich vor.

»Kaliber .22. Nach den Schmauchspuren um die Einschussstelle und der verbrannten Haut zu urteilen war es ein aufgesetzter Schuss.«

»Und nach dem Geruch zu urteilen«, fügte Jacquet hinzu und schnupperte lautstark, »hat er sich aus Angst buchstäblich in die Hosen gemacht.«

»Wenn es nicht die Folge der Erschlaffung des Schließmuskels im Augenblick des Todes war«, sagte der Kommissar, während er den Einschnitt im Unterleib betrachtete. »Fällt Ihnen bei der Wunde etwas auf?«

Jetzt musste sich Jacquet über die Leiche beugen. »Abgesehen davon, dass sich die Eingeweide am Boden ringeln?«

»Genau. Angenommen, man hat den Mann nicht von der Stelle bewegt – und das ist wenig wahrscheinlich, wenn man bedenkt, dass er gefesselt ist und nirgendwo anders im Raum Blut zu sehen ist –, hätte sich nach Lage und Größe des Einschnitts die Bauchhöhle auf keinen Fall so vollständig entleeren dürfen – genau genommen überhaupt nicht.«

»Wollen Sie damit sagen, dass ihm der Täter die Eingeweide rausgezerrt hat …?«

»… und zwar langsam, da würde ich wetten. Unterleibsverletzungen sind immer äußerst schmerzhaft, doch in diesem Fall hat das Opfer ein wahres Martyrium erleiden müssen. Es han-

delt sich hier um eine früher bei den Bukaniern beliebte Folter-
methode. Der Täter wollte den armen Kerl ganz offensichtlich
ausquetschen.« Er wies auf ein Stück Stoff am Boden. »Und damit die Nachbarn nichts davon mitbekamen, hat er ihm einen
Knebel in den Mund gesteckt, bis er bereit war zu sprechen.«

»Schauderhaft.«

»Statt tatenlos hier herumzustehen, sollten Sie lieber festzustellen versuchen, wer der Tote ist.«

Jacquet zuckte mit den Achseln und wandte sich an zwei
uniformierte Beamte.

Bordier richtete sich langsam auf und verzog das Gesicht.
Jacquet hatte recht. Die Leiche stank. Er wandte sich an eine
Kriminaltechnikerin, eine kleine rundliche Brünette, die aus-
sah, als sei sie höchstens zwanzig Jahre alt.

*Großer Gott, holen die sich ihre Leute jetzt schon aus dem Gym-
nasium, oder was?*

Er zeigte ihr seinen Dienstausweis. »Haben Sie ein Geschoss
oder eine Hülse gefunden?«

»Keine Hülse, Herr Kommissar«, gab die junge Frau nüchtern zurück. »Das Projektil hat den Schädel vollständig durchschlagen und ist in eine Parkettdiele eingedrungen.« Mit einem
behandschuhten Finger wies sie auf ein kleines Loch am Boden. »Bedauerlicherweise hat der Täter es herausgeholt, zweifellos mithilfe eines Messers.«

»Endlich mal ein Mann, der hinter sich aufräumt … Und
was ist mit Spuren? Haben Sie Fingerabdrücke gefunden,
Haare, Gewebefasern?«

Sie schüttelte den Kopf. »Bisher nicht. Aber wir sind mit unserer Arbeit noch nicht ganz fertig.«

»Rufen Sie mich an, sobald Sie etwas finden. Die Sache ist
dringend.«

»Verstanden, Herr Kommissar.«

Bordier warf einen letzten Blick auf den Toten. Es war eine sadistische, kalt und professionell ausgeführte Tat.

In der Nähe der Tür sprach Jacquet nach wie vor mit den beiden Polizeibeamten und machte sich Notizen. Gerade als Bordier zu ihnen trat, kam ihm der Gerichtsmediziner entgegen, der soeben eingetroffen war.

»Was für einen hast du mir diesmal zu bieten?«

»Erste Wahl, Jules. Gut abgestanden und saftig, ganz wie du sie liebst.«

»Ich kann es gar nicht abwarten«, sagte der Arzt und lachte.

»Chef«, rief Jacquet. »Ich weiß, wer es ist.«

»Das wurde aber auch Zeit.«

»Er heißt Paolo Rimizzi, ist achtundzwanzig und kommt aus Turin. Er hat die Wohnung hier gemietet, als er vor vier Jahren in Genf angekommen ist.«

»Beruf?«

Der Beamte schnalzte begeistert mit der Zunge.

»Das wird Ihnen gefallen, Chef. Er hat für die Personenschutzagentur *Personal Security Services PSS* gearbeitet.«

Bordier hob überrascht die Augenbrauen.

»Ach, ein Gorilla?«

»Genau. Neben seinem Hemd und Mantel lagen eine Brieftasche mit seinem Waffenschein und ein leeres Holster. Die Waffe selbst, dem Dokument zufolge eine Beretta 9 mm, ist aber verschwunden.«

»Die dürfte der Mörder mitgenommen haben. Zweifellos werden wir sie irgendwo in einer Mülltonne finden. Er ist zu gerissen, als dass er sie behalten oder gar benutzen würde.«

Jacquet sah zu seinem Vorgesetzten hin.

»Glauben Sie dasselbe wie ich?«

»Ich habe mich schon immer gefragt, ob Ihr Gehirn zu vernünftigen Denkvorgängen fähig ist, Jacquet. Aber in der Tat würde es mich in keiner Weise überraschen, wenn sich herausstellen sollte, dass der junge Paolo hier zu Demarsands' Schutztruppe gehörte.«

Jacquet lächelte.

»Ich ruf dann gleich mal bei den Leuten an, die ihn dahin vermittelt haben.«

»Nein, darum kümmere ich mich. Befragen Sie die übrigen Hausbewohner. Vielleicht hat einer von denen was gesehen oder gehört.«

»Wird gemacht, Chef.«

Während sich Bordier zur Tür aufmachte, empfand er eine gewisse Erregung. Alexandre Demarsands hatte jeden Polizeischutz abgelehnt und sich lieber auf die Dienste bezahlter Personenschützer verlassen. Falls der tote Italiener einer von ihnen war, würde das seine Vermutung bestätigen, dass Bisorski dem Bankier auf den Fersen war und ihn wohl auch bald erwischen würde.

Ein langes Schweigen trat ein. Man hörte nichts als das Knistern der Scheite im Kamin.

Auch hier hatte Lubiesz also wieder recht gehabt.

Seit er ihnen Einzelheiten über das Unternehmen *Recovery* und dessen katastrophalen Ausgang mitgeteilt hatte, klammerte sich Antoine an die Hoffnung, dass sein Vater wie auch sein Onkel bei diesem Drama lediglich unschuldige Statisten gewesen waren, Opfer von Krauss' teuflischen Plänen. Aber inzwischen erwiesen sich die Beweise für ihre Schuld als unwiderleglich. War seinem Onkel Albert bewusst gewesen, dass er seinen leiblichen Bruder Jérôme zum Tode verurteilt hatte, indem er Krauss unterstützte? Zweifellos. Wie hätte er das auch nicht wissen können?

Rémy räusperte sich lautstark. »Jetzt sind wir also sicher, dass sich der alte Albert an der Geschichte beteiligt hatte. Wann war der Einbruch noch mal?«

»Im September 1957. Am 16., um genau zu sein.«

Der Anwalt kniff die Augen zusammen. »In dem Jahr ist euer Onkel auch gestorben, nicht wahr?«

»Ja, am 19. Dezember. Meinst du, da könnte ein Zusammenhang bestehen?«

»Du etwa nicht? Erscheint es dir nicht verdächtig, dass er umkommt, drei Monate nachdem er einen Einbruch in seine eigene Bank inszeniert hat?«

»Aber das war ein Verkehrsunfall«, hielt ihm Alexandre entgegen. »Der Polizei zufolge hat er bei der Rückkehr von einem Wochenende in Chamonix auf der vereisten Straße die Herrschaft über seinen Wagen verloren, woraufhin dieser in eine Schlucht gestürzt ist.«

»Ich wusste gar nicht, dass euer Onkel Wintersport getrieben hat.«

»Er hatte Kunden aufgesucht, die da Urlaub machten. Franzosen fordern uns oft auf, zu ihnen zu kommen, damit sie nicht mit hohen Bargeldbeträgen oder kompromittierenden Dokumenten in der Tasche an der Grenze angehalten werden. Ein Aufenthalt in einem Wintersportort wie Chamonix oder Megève gestattet es ihnen, ihre finanziellen Angelegenheiten zu erledigen und zugleich die Freuden der Skihänge zu genießen.«

»Das muss dann ja wohl ein besonders wichtiger Kunde gewesen sein, wenn Ihr Onkel bereit war, ihn dort aufzusuchen. Wissen Sie, um wen es sich gehandelt hat?«, fragte Lubiesz.

Alexandre schüttelte den Kopf. »Keine Ahnung. Das war lange, bevor ich in die Bank eingetreten bin. Aber welche Verbindung könnte zwischen dem Einbruch und dem Unfall bestehen?«

»Wenn nun Krauss der Kunde gewesen wäre, der ihn unbedingt an jenem Wochenende sehen wollte?«, meldete sich Rémy zu Wort. »Er konnte ihn doch unter einem beliebigen Vorwand dorthin locken und dann jemanden beauftragen, an seinem Auto herumzumanipulieren.«

»Warum hätte er ihn umbringen lassen sollen, wenn die beiden unter einer Decke steckten?«

»Nehmen wir einen Augenblick lang an, euer Onkel hätte entgegen den von Krauss erteilten Anweisungen beschlossen, die Dokumente nach Schließung des Kontos nicht zu vernichten, und sie im Altakten-Archiv aufbewahrt. Du hast selbst gesagt, dass er Vorschriften mit pingeliger Genauigkeit eingehalten hat. Vielleicht wollte er die Dokumente, die Krauss' Verwicklung in die Angelegenheit beweisen konnten, auch als eine Art Versicherungspolice für den Fall aufbewahren, dass dieser ›Geschäftspartner‹ auf den Gedanken kam, Dummheiten zu machen. Nehmen wir jetzt außerdem an, Krauss habe das auf die eine oder andere Weise erfahren – vielleicht durch einen Informanten in der Bank. Das wäre für ihn doch bestimmt Grund genug gewesen, sich Sorgen zu machen und zu bezweifeln, dass euer Onkel es ehrlich mit ihm meinte. In einem solchen Fall wäre der Mann vor nichts zurückgeschreckt, um die Papiere an sich zu bringen.«

»Aber warum hätte ihm ausgerechnet Tonys Onkel Albert dabei helfen sollen?«, gab Anna zu bedenken.

Rémy zuckte die Achseln. »Krauss konnte ihn mit der Drohung erpressen, er werde seinen Ruf als Bankier zugrunde richten oder ihn und seine Angehörigen umbringen lassen. Soweit wir wissen, ist er ein hervorragender Überredungskünstler.«

»Wenn sich Onkel Albert bereit erklärt haben sollte, ihm die Papiere zu übergeben«, wandte Antoine ein, »wäre es aber doch nicht nötig gewesen, den Einbruch zu inszenieren. Er hatte

Zutritt zur ›Gruft‹ und konnte die Dokumente ohne Weiteres während der Geschäftsstunden herausholen.«

»Nicht unbedingt«, gab Alexandre zurück.

Antoine sah seinen Bruder verständnislos an. »Wieso nicht? Er war alleiniger Leiter der Bank – wer hätte ihn daran hindern können?«

»Ich will nicht sagen, dass ihm das nicht möglich gewesen wäre, aber dann hätten auf jeden Fall andere etwas davon mitbekommen. Wie du weißt, muss man durch das Hauptarchiv, um in die ›Gruft‹ zu gelangen. Selbstverständlich hätte er dort jede beliebige Akte an sich nehmen können, sich aber auch unter Angabe von deren Registrierungsnummer und des Datums in die entsprechende Liste eintragen müssen. Die Leute im Archiv wachen mit geradezu religiösem Eifer über diese Liste. Eine Entnahme der Dokumente während der Arbeitszeit hätte also auf jeden Fall Spuren hinterlassen.«

»Er hätte aber doch statt ihrer gefälschte Dokumente abheften und die Originale einstecken können«, ließ Antoine nicht locker.

»Natürlich. Aber damit hätte er eine Fährte hinterlassen, die unübersehbar zu ihm führte.«

»Und warum hat er nicht einfach bis Geschäftsschluss gewartet, um die Papiere an sich zu bringen?«, erkundigte sich Anna.

»Das wäre möglich gewesen, aber nicht ungefährlich. Wie heute noch hat die Bank auch damals um sechs Uhr abends geschlossen. Um acht Uhr mussten alle Angestellten das Gebäude verlassen haben, und um Punkt Viertel nach acht wurden die Türen verriegelt und die Alarmanlage eingeschaltet. Wer länger dortbleiben wollte – und das galt für jeden, auch für die Gesellschafter –, musste das vorher dem Sicherheitsbeauftragten mitteilen und angeben, um wie viel Uhr er gehen wollte. Diese Angaben wurden sorgfältig notiert, damit zur vorgesehenen Zeit ein Wachmann an die Hintertür kam, um den Alarm abzuschalten, sonst wäre der Betreffende nicht nach draußen gelangt, ohne ihn auszulösen. Wie schon gesagt, ab acht Uhr machten Wachmänner regelmäßig die Runde durch sämtliche Räume des Gebäudes. Wenn einer von ihnen gesehen hätte, dass sich jemand zu nächtlicher Stunde im Archiv zu schaffen machte, hätte er Fragen gestellt, auch – oder erst recht – wenn es sich um unseren Onkel gehandelt hätte. Die Nachtwächter hatten den Auftrag, genauestens auf alles Auffällige zu achten und keine Ausnahme zu machen. Davon hing ihr Arbeitsplatz ab. Also blieb Onkel Albert gar nichts anderes übrig, als die Sache von einem Profi erledigen zu lassen.«

»Wenn die Wachmänner tatsächlich so gut waren, wieso haben sie dann den Dieb nicht entdeckt, der sich in der Bank versteckt hatte?«

»Niemand ist unfehlbar. Damals gab es noch keine Überwachungskameras, die sind ein Jahr später installiert worden, eben wegen des Einbruchs.«

Antoine sah zu Rémy hin.

»Du meinst also, Onkel Albert ist nach Chamonix gefahren, um Krauss die Dokumente zu bringen.«

»Hättest du an seiner Stelle nicht auch darauf bestanden, sie dir von deinem Komplizen persönlich übergeben zu lassen? Und wenn man sie erst einmal in der Hand hat, warum den Mann, auf den man sich offensichtlich nicht mehr verlassen kann, nicht gleich aus dem Weg räumen?«

»Von mir aus«, erklärte Antoine und erhob sich, um im Zimmer auf und ab zu gehen. »Aber warum hätte Krauss drei Monate auf die Dokumente warten sollen? Und wie konnte Onkel Albert, der ja weiß Gott kein Dummkopf war, so töricht sein, sie ihm auszuhändigen, ohne Kopien davon zu machen und

Krauss mitzuteilen, dass die den Behörden übergeben würden, falls ihm etwas zustieße?«

»In der Tat wäre es sehr nachlässig von ihm gewesen, diese grundlegenden Vorsichtsmaßnahmen nicht zu ergreifen.«

»Dann kann also Krauss doch nicht seinen Tod eingefädelt haben.«

»Aber ja. Ich bin sogar fest davon überzeugt, dass er es getan hat, und zwar aus demselben Grund, warum er nicht gleich nach Europa geeilt ist, um die Unterlagen an sich zu bringen«, nahm Rémy seine Theorie wieder auf. »Vermutlich hatte er einen Komplizen, dem es möglich war, die Kopien ohne Wissen eures Onkels an sich zu bringen und zu vernichten. Da sich euer Onkel sicher fühlte, hat er Krauss die Originale gebracht, der sie daraufhin ohne Furcht vor Repressalien verschwinden lassen konnte. Ich gehe jede Wette ein, dass dieser Komplize dieselbe Person war, die euren Onkel im Auge behalten konnte und durch die Krauss erfahren hat, dass die Dokumente nicht vernichtet worden waren.«

»Das könnte aber doch nur jemand gewesen sein, der in der Bank arbeitete«, erklärte Lubiesz. »Jemand, der Albert Demarsands sehr nahestand.«

»Ich will euch einen Hinweis geben.« Rémy stellte sich in Positur und sagte, beide Hände auf sein Herz gelegt, in theatralischem Ton: »καί συ τέκνον?«

»Auch du, mein Sohn! Du meinst Maxime?«, stieß Antoine hervor. »Das ist doch widersinnig.«

»Wieso? Der Apfel fällt nie weit vom Stamm. Du sagst doch immer, dass bei deinem Vetter da, wo andere das Herz haben, eine Rechenmaschine sitzt. Möglicherweise erschien ihm die Aussicht zu verlockend, selbst die Leitung der Bank übernehmen zu können. Angesichts dieser Konstellation hätte sich Krauss keinen geeigneteren Komplizen wünschen können. Maxime war bereits Gesellschafter und kannte jeden Winkel der Bank. Wer hätte besser als er gewusst, wo Albert wichtige Unterlagen aufbewahrte?«

»Maxime ist zwar ein Riesenarschloch, aber es fällt mir schwer zu glauben, dass er sich an der Ermordung seines Vaters beteiligt haben soll.«

»Vielleicht war ihm nicht bewusst, dass Krauss vorhatte, so weit zu gehen. Doch sofern er mit ihm gemeinsame Sache gemacht hat, wäre das eine Erklärung dafür, warum sich euer Onkel, der nun wirklich nicht auf den Kopf gefallen war, so leicht hat einwickeln lassen.«

»Es würde auch erklären, warum Maxime seit dem Sprengstoffanschlag alle naselang in meinem Kontor aufkreuzt, um zu sehen, was ich tue«, fügte Alexandre nachdenklich hinzu. »Nur gut, dass er dich für tot hält, Antoine.«

»Hast du ihm etwas über deine Nachforschungen im Archiv und in der ›Gruft‹ gesagt?«, fragte Rémy.

»Selbstverständlich nicht. Aber irgendwann wird er dahinterkommen.«

»Wir wollen hoffen, dass das noch recht lange dauert. Ich an deiner Stelle würde dafür sorgen, dass er nicht erfährt, wo du dich aufhältst, wenn du nicht in der Bank bist – einfach vorsichtshalber.«

»So ein verfluchter Mistkerl!«, stieß Antoine erbittert hervor.

Das Klingeln von Rémys Mobiltelefon hinderte ihn daran weiterzusprechen.

»Bergeron.«

Eilig nahm Rémy einen Stift aus der Jacketttasche und notierte sich eine Adresse auf dem Handrücken.

»Gut gemacht! Ich komme sofort.«

Es war fast elf Uhr abends, als Rémy die als *Carrefour de Rive* bekannte Straßenkreuzung erreichte. Wie üblich war um diese späte Stunde weit und breit kein Parkplatz frei. Da er es eilig hatte, stellte er seinen Wagen ins Halteverbot – seit es ihm gelungen war, die schwierige Scheidung eines wichtigen Stadtratsmitgliedes durchzuboxen, hatte er keinen einzigen Strafzettel mehr zu bezahlen brauchen.

Mit den Händen in den Taschen strebte er Richtung Altstadt und bog dann in eine schmale Straße mit gesichtslosen Fassaden ein. Er wusste, dass ein großer Teil der Wohnungen dort an Stripperinnen des wenige Schritte entfernten Nachtklubs Pussycat vermietet war. Wie nahezu alle Einrichtungen dieser Art im ganzen Land betrieb der Klub zugleich mehr oder weniger offen ein Bordell.

Vor dem schäbig wirkenden Eingang sah sich Rémy rasch um, um festzustellen, ob ihn jemand sehen konnte, und trat dann ein. Im dritten Stock blieb er vor einer Tür stehen, deren Farbe an Entenkot erinnerte, klopfte dreimal kurz und einmal lang, das Morsezeichen für den Buchstaben »V«. Es war das einzige, das er sich merken konnte, weil es Ähnlichkeit mit dem ersten Takt von Beethovens Fünfter Symphonie hatte. Nach einigen Sekunden öffnete ein Hüne, dessen riesiger kahler Schädel aussah, als sei er aus einem Block Rosengranit herausgemeißelt worden.

»Salut, Robert«, sagte Rémy und rümpfte die Nase bei dem Geruch nach käsigen Füßen, der den kleinen Raum erfüllte. »Wir mischen uns heute Abend also unter das gemeine Volk?« Es musste wohl so sein, dass Robert Mathieu das Gras wachsen hören konnte, denn er war einer der bestinformierten Privatermittler des Landes. Das verschaffte ihm nicht nur ein beträchtliches Einkommen, sondern hatte ihm auch den Spitznamen Langohr eingetragen.

»Ich hab schon Wilderes gesehen.«

Mit einem Achselzucken wandte sich der Hüne einer Videokamera zu, die auf einem Stativ am anderen Ende des Raums stand und von der ein Glasfaserkabel zu einer Öffnung in der Wand führte.

»Sind sie schon dabei?«

»Längst. Ich hatte schon Sorge, dass der Spaß zu Ende ist, bevor du kommst, aber der Bursche kann den Hals buchstäblich nicht voll kriegen.«

»Hast du gefilmt, was wir brauchen?«

»Alles, und zwar gestochen scharf, in hoher Auflösung und in Farbe.«

Rémy klopfte ihm anerkennend auf die Schulter. »Ausgezeichnet. Dann können wir ja jetzt den guten Leuten unsere Aufwartung machen.«

Langohr schaltete die Videokamera aus, nahm eine Sofortbildkamera zur Hand und folgte dem Anwalt durch den Gang. »Das Schloss hab ich schon geknackt«, flüsterte er, während sie zur nächsten Tür schlichen. »Man braucht sie nur noch aufzudrücken.«

»Also los!«

Sie stürmten in das Zimmer, das dem vorigen ziemlich ähnlich sah, nur dass ein großes rundes Bett die Hälfte des Raums einnahm. Während Langohr eine Aufnahme nach der anderen machte, ließ Rémy in aller Seelenruhe das Bild auf sich wirken, das sich ihm bot.

Selbst für einen so abgebrühten Menschen wie ihn lohnte sich dafür ein Umweg.

Henri Holtz war ein gewöhnlich distinguiert auftretender brillanter Anwalt von achtundsechzig Jahren, dessen weißes Haar stets glatt lag und der sich die Nägel von einer Kosmetikerin pflegen ließ. Er war gleichermaßen berühmt für seine rhetorischen Attacken vor Gericht wie für den erstklassigen Geschmack, mit dem er sich kleidete, und seine italienischen Anzüge waren Maßarbeit von der gleichen Qualität wie seine Plädoyers. Nur selten verlor er einen Prozess, und nie im Leben hätte er eine Krawatte mit Paisleymuster zu einem gestreiften Hemd getragen. Obwohl Rémy bereits hatte munkeln hören, es gebe um den Mann ein alles andere als honoriges Geheimnis, sah er jetzt entsetzt, wie er splitternackt und zerzaust auf dem Rücken lag, während ein über seinem Gesicht hockendes junges Mädchen, das ebenso unbekleidet war wie er, in seinen Mund urinierte.

Sie bemerkte die beiden Eindringlinge als Erste, stieß ein wildes Kreischen aus, sprang vom Bett und eilte der Tür zu. Rémy hielt sie am Arm fest und wies sie an, zum Gefährten ihrer Ausschweifung auf das Lager zurückzukehren.

»Bleib da, Mäuschen. Lauf lieber nicht splitterfasernackt über die Straße, du könntest dich erkälten.«

Dann wandte er Holtz seine Aufmerksamkeit zu, der sich mit einer Hand das Gesicht abwischte, während er mit der anderen sein Geschlecht bedeckte.

»*Bonsoir, maître.* Tut mir leid, Ihr bezauberndes kleines Rendezvous zu stören, aber ich muss unbedingt mit Ihnen sprechen.«

Der alte Anwalt schlang sich ein Tuch um die Lenden, erhob sich gemächlich zu voller Größe und fragte ihn mit einem herausfordernden Blick: »Was haben Sie hier zu suchen, Rémy? Und wer ist das da? Ich könnte Sie beide wegen Hausfriedensbruchs festnehmen lassen.«

Seine Selbstsicherheit war bemerkenswert, das musste der Neid ihm lassen.

»Mein Freund ist Privatermittler, und wir sind hier, um die zuständigen Stellen von den sexuellen Eskapaden in Kenntnis zu setzen, denen Sie sich mit einer Prostituierten von…«, er streckte die Hand nach dem Ausweis aus, den Langohr aus der Handtasche des Mädchens gefischt hatte, »…dreizehn Jahren hingeben.« Er stieß einen bewundernden Pfiff aus und fügte hinzu: »Ich muss sagen – Sie sind ein unartiger Junge, mein lieber Kollege.«

»Verschwinden Sie sofort von hier!«

»Wir sollten uns setzen, Cicero«, regte Rémy mit eiskalter und bedrohlich klingender Stimme an. »Gemäß Paragraf hundertsiebenundachtzig und hundertfünfundneunzig des Strafgesetzbuchs, das Sie, wie ich annehme, bestens kennen, droht Ihnen wegen Verleitung zur Prostitution und sexuellen Beziehungen mit einer Minderjährigen eine Haftstrafe von mindestens zehn Jahren. Finden Sie nicht, dass es im Lebenslauf eines Strafverteidigers von Ihrem Renommee bessere Referenzen gibt?«

»Da Sie sich Ihre Beweismittel auf ungesetzlichem Wege beschafft haben«, entrüstete sich Holtz, »dürfen sie vor Gericht nicht verwertet werden.«

»Enttäuschen Sie mich nicht, mein alter Freund. Wir sind nicht von der Polizei. Als einfache Bürger brauchen wir keinen Durchsuchungsbeschluss.« Rémy trat so dicht an Holtz heran, dass ihre Gesichter nur einen Zentimeter voneinander entfernt waren. »Selbst wenn es Ihnen gelingen sollte, der Haftstrafe zu entgehen, werden das Video und die Fotos, die wir von Ihren Wasserspielen angefertigt haben, in den Medien großes Aufsehen erregen, ganz davon zu schweigen, wie Ihre Gattin, Ihre drei Kinder und fünf Enkel darauf reagieren werden.«

Einen Augenblick lang funkelte Holtz den jungen Anwalt wütend an. Dann schwankte er wie ein Betrunkener und fiel rückwärts auf das Bett.

»Ich sitze in der Scheiße, was?«, murmelte er schließlich mit gesenktem Kopf.

»Bis zu den Ellbogen«, gab Rémy leise zurück.

»Großer Gott, was habe ich nur getan!«

Seine Stimme versagte, und er verbarg den Kopf in den Händen.

Rémy zog sich ein Stück zurück und zwinkerte Langohr triumphierend zu, der die Szene teilnahmslos beobachtet hatte.

»Ich bin nicht sicher, dass der Allmächtige viel für Perverslinge Ihres Schlages übrighat, Holtz. Sie würden also gut daran tun, sich anzuhören, was ich Ihnen zu sagen habe.« Dann wandte er sich dem Mädchen zu und sagte: »Zieh dich an und verschwinde.«

Sie unterdrückte ein Schluchzen, sprang auf, warf sich in ihre Sachen und verließ den Raum wenige Sekunden später.

»Ich muss gestehen, Holtz, dass sie ziemlich süß ist. Aber was Getränke betrifft, ziehe ich Whisky vor. Und jetzt sehen Sie mich an.«

Widerwillig hob der Mann den Kopf.

»Hören Sie mir gut zu«, sagte Rémy und lächelte. »Ich habe Ihnen einen Vorschlag zu machen.«

Bläuliche Rauchspiralen trieben träge um die niedrig hängende Lampe, sodass hier und da Schatten über das grüne Tuch des Billardtischs tanzten. Eine Zigarre im Mund, überlegte Antoine seinen nächsten Stoß, bei dem es darum ging, die Kugel mit Effet zu spielen, um die schwarze Acht auszusparen. Immerhin hatte er noch drei Kugeln, Lubiesz hingegen nur noch eine; er konnte also etwas riskieren.

Anna hatte sich nach Rémys Abfahrt schlafen gelegt. Lubiesz hatte darauf bestanden, dass Alexandre über Nacht im Hause blieb. Erschöpft, wie er war, hatte sich dieser nicht lange bitten lassen. Seiner Sache sicher – hatte er doch zahllose Stunden in den Bars von West Hollywood mit Poolbillard zugebracht –, hatte Antoine dem Deutschen eine Partie vorgeschlagen.

Jetzt beglückwünschte er sich insgeheim, dass sie nicht um Geld spielten.

»Die Vier hinten rechts«, sagte er an und beugte sich über den Tisch. Er zielte sorgfältig und ließ das Queue mehrere Male durch die Finger gleiten, bevor er zustieß. Die Kugel verfehlte die Tasche um einen halben Zentimeter und prallte gegen die Bande.

»Guter Versuch«, kommentierte Lubiesz den Stoß mit einem Anflug von Spott.

Antoine knurrte etwas Unverständliches und nahm einen Schluck Armagnac.

»Die Zehn hinten links«, sagte Lubiesz an und versenkte die Kugel mit einem sauberen Stoß in der bezeichneten Tasche. Wie von Zauberhand gelenkt, rollte die Weiße genau hinter die Nummer acht.

»Die Acht Mitte rechts.«

Wie beim vorigen Mal fand die mit genau dem richtigen Effet gestoßene Kugel ihr Ziel.

»Glückstreffer«, tat Antoine das mit selbstsicherem Lächeln ab.

»Beim Billard wie im Leben verlässt man sich nicht auf sein Glück, sondern nur auf sich selbst.«

»Willie Mosconi?«

»Nein, chinesischer Glückskeks.«

»Sie sind mir Revanche schuldig«, meinte Antoine, während er die Kugeln wieder im Dreieck zusammenstellte. »Sie fangen an.«

Scheinbar ohne zu zielen, stieß Lubiesz und lochte eine Kugel ein.

»Ich möchte Ihnen schon lange eine bestimmte Frage stellen«, begann Antoine zögernd.

»Nur zu.«

»Ich habe mich die ganze Zeit gefragt, ob Sie etwas über das Schicksal von Jérômes Frau Suzanne wissen. Soweit ich erfahren habe, hat man beide zur gleichen Zeit nach Auschwitz gebracht.«

»Wozu wollen Sie sich damit belasten?« Über den Tisch gebeugt, lochte Lubiesz eine weitere Kugel ein. »Haben Sie nicht schon genug Kummer am Hals?«

»Sagen Sie es mir. Ich muss es wissen.«

»Wie Sie wollen. Einem Bericht von Rudolf Höß zufolge hat man Ihre Tante gleich bei ihrer Ankunft in Auschwitz dem Block 10 zugewiesen.«

Antoine riss entsetzt die Augen auf.

»Ist das nicht der Bau, in dem man an den weiblichen Häftlingen medizinische ›Experimente‹ durchgeführt hat? Etwa auch an ihr?«

Lubiesz schüttelte langsam den Kopf.

»Nein, sie als examinierte Krankenschwester hat man der Arbeitsgruppe von Dr. Horst Schumann zugeteilt. Sein Forschungsgebiet war die chirurgische Kastration und die Sterilisation von Männern und Frauen mithilfe von Röntgenstrahlen.«

»Soll das heißen, meine Tante hat mit diesem Ungeheuer gemeinsame Sache gemacht?«

»Was wäre ihr denn übrig geblieben? Jeder Häftling mit einer medizinischen Ausbildung wurde gezwungen, den Lagerärzten zur Hand zu gehen. Als Krankenschwester hat sie aber nicht an den Operationen teilgenommen.«

»Und was ist aus ihr geworden?«

»Man hat sie gefasst, als sie Morphium beiseiteschaffen wollte, um damit dem Leiden von Schumanns Patienten ein Ende zu bereiten.« Er schwieg einen Augenblick. »Sie ist am 4. November 1944 durch den Strang hingerichtet worden.«

Von Robert Mathieu war bekannt, dass er nicht zu überschäumendem Optimismus neigte. Kein Wunder, hatte er doch im Laufe seines langen und einträglichen Berufslebens gelernt, nie etwas als ganz und gar sicher anzusehen. Kein Wunder, dass er gewöhnlich von einer Zurückhaltung war, die an Verdrießlichkeit grenzte. Doch als er jetzt auf dem Parkplatz des Hotels *Richemond* aus seinem Wagen stieg, lag ein befriedigtes Lächeln auf seinen Zügen. Dank seiner sorgfältigen Arbeit und der vielen auf die Vorbereitung verwendeten Stunden hatte sich sein und Rémys Einsatz am linken Ufer des Genfer Sees als unbestreitbarer Erfolg erwiesen.

Er hätte unverzüglich nach Hause zurückkehren können, um sich mit einem gut gekühlten Bier vor den Fernseher zu setzen, aber da er nie etwas dem Zufall überließ, wollte er lieber noch einmal bei seinen Männern vorbeischauen. Seit Gründung seiner Personenschutzagentur *Personal Security Services PSS* zwölf Jahre zuvor hatte es zu seinen unumstößlichen Grundsätzen gehört, jeden seiner Mitarbeiter persönlich auszuwählen und bei der Durchführung ihrer Aufträge aufmerksam im Auge zu behalten.

Nachdem ihm die drei am Eingang postierten Leibwächter mitgeteilt hatten, der Bankier sei noch nicht im Hause, nahm er den Aufzug zur VIP-Etage, in der Demarsands' Suite lag. Abgesehen von einem angetrunkenen Pärchen, das unter albernem Lachen die Tür seines Zimmers zu öffnen versuchte, war niemand auf dem Gang zu sehen.

»Verdammte Schlamperei!«, knurrte er, mit einem Mal beunruhigt. Er eilte auf die Tür der Suite zu und hätte dabei fast einen Mann umgerannt, der gerade aus der Toilette am Gang kam.

»He, passen Sie doch auf!«, rief dieser ärgerlich.

»MacTavish! Was soll das? Sie wissen genau, dass Sie Ihren Posten nicht verlassen dürfen!«

»Tut mir leid, Chef«, gab der Leibwächter mit starkem schottischem Akzent zurück, »aber ab und zu muss man eben pinkeln. Noch eine Sekunde länger, und meine Blase wäre geplatzt.«

Mathieu sah sich um.

»Genau deshalb bewachen Sie die Tür zu zweit. Wo ist Rimizzi?«

MacTavish schüttelte den Kopf. »Keine Ahnung. Wahrscheinlich pennt der verdammte Makkaroni noch.«

»Großer Gott! Wie lange waren Sie schon von der Tür weg?«

»Höchstens zwei Minuten. Sie können sich übrigens beruhigen, unser Mann ist noch gar nicht da.«

»Das ist mir bekannt, und ich wüsste gern den Grund dafür.«

Mathieu nahm sein Mobiltelefon aus der Tasche und drückte auf eine Taste.

»Martel, wo stecken Sie?«, bellte er in den Apparat. Nachdem er die Antwort gehört hatte, fuhr er fort: »Schön, Sie können nach Hause gehen. Aber vergessen Sie nicht, ihn morgen früh pünktlich abzuholen.«

Er beendete das Gespräch, wählte eine andere Nummer, wartete ungeduldig und klappte dann das Telefon zu.

»Rimizzi meldet sich nicht. Wahrscheinlich ist er auf dem Weg hierher.«

»Das möchte ich ihm auch geraten haben«, knurrte MacTavish. »Um wie viel Uhr kommt der Kunde?«

»Er ist heute Nacht woanders.«

Die Züge des Leibwächters erhellten sich.

»Heißt das, ich kann auch gehen, Chef?«

»Heißt es nicht. Ganz gleich, ob sich jemand in der Suite befindet oder nicht, es ist Ihre Aufgabe, dafür zu sorgen, dass niemand hineinkann, der da nichts zu suchen hat. Ich will nicht, dass Bisorski eine Bombe da drin anbringt, während Sie zu Hause vor sich hin schnarchen.«

»Aber...«

»Kein aber, MacTavish! Sie bleiben bis zum Ende Ihrer Schicht hier. Sollte Rimizzi nicht in der nächsten Viertelstunde auftauchen, schick ich Ihnen einen anderen Kollegen für den Fall, dass Sie wieder Probleme mit Ihrer Blase bekommen. Ich will mal nachsehen, ob da drinnen alles in Ordnung ist«, fuhr er fort, während er eine Magnetkarte in den Schlitz an der Tür einführte.

»Soll ich mitkommen?«

»Ich brauche kein Kindermädchen.«

Mathieu schaltete das Licht ein, zog die Tür hinter sich zu und sah sich in dem luxuriösen Wohnraum um, dessen Sitzmöbel im Stil Ludwigs XV. mit Seidendamast bezogen waren. Alles schien in bester Ordnung zu sein. Der kleine Ausflug des Dummkopfs MacTavish zur Toilette schien keine negativen Folgen gehabt zu haben. Er umrundete den Couchtisch und wandte sich dem Schlafzimmer zu. Er öffnete die Tür und betätigte den Lichtschalter, doch im Raum blieb es dunkel.

Augenblicklich war er alarmiert. Er machte rasch einen Schritt zurück und griff nach seiner Waffe. Zu spät.

Man hörte ein gedämpftes Geräusch wie das Ploppen eines Champagnerkorkens. Das Geschoss, das durch Robert Mathieus linken Schläfenlappen eindrang, ließ seinen Schädel förmlich explodieren. Während er auf dem Boden zusammensank, sah er weder ein helles Licht, noch hatte er das Gefühl, über seinem Körper zu schweben. Er spürte auch keine Schmerzen. In ihm herrschte das Nichts.

KAPITEL 12

Wir rückten vor... alle ohne Furcht,
und oft ohne Hoffnung.
(GENERAL MAXIMILIEN SÉBASTIEN FOY)

Donnerstag, 27. Februar 1997

Die Temperatur war unter den Gefrierpunkt gefallen, und ein heftiger Wind peitschte die Schaumkronen auf dem See. Früher hätte Antoine keinen Augenblick gezögert, auf seinem Surfbrett den Elementen zu trotzen, doch an diesem trübseligen Wintervormittag kam es ihm vor, als gehöre jene Zeit einem anderen Leben an.

»He!«

Annas Stimme ließ ihn zusammenfahren. In einen geliehenen Anorak eingemummelt, der ihr drei Nummern zu groß war, war sie lautlos von hinten an ihn herangetreten.

»Grüß dich«, gab er mit leiser Stimme zurück.

»Gut geschlafen?«

»Wie ein Säugling. Ich konnte es aber auch brauchen.«

Er nickte, den Blick in die Ferne gerichtet.

»Wie geht es dir, Tony?«

Er wandte sich zu ihr um und merkte, dass sie ihn musterte. Er gab sich Mühe, ein Lächeln zustande zu bringen.

»So lala.«

»Du hast dich verändert. In deinen Augen ist was, das früher nicht da war.«

»Was uns nicht umbringt, macht uns stärker. Wenn ich bedenke, wie oft man das bei mir in letzter Zeit versucht hat, müsste ich demnächst unbesiegbar sein.«

Erneut richtete er den Blick auf die Wellen.

»Weißt du, wie es an Sommernachmittagen am Wasser ist, wenn man sieht, wie sich dunkle Wolken am Horizont zusammenballen, die ein Gewitter ankündigen? Während man sieht, wie es näher rückt, versucht man, jede Minute Sonnenschein zu genießen. Dann mit einem Mal lodert die Sonne auf, um gleich darauf von den Wolken verschluckt zu werden, woraufhin der Regen niederprasselt. Das war vor zwei Wochen, und seitdem hat es nicht mehr aufgehört zu regnen.«

»Bald ist alles vorbei«, gab Anna mit zögerndem Lächeln zurück. »Dann können wir unser gewohntes Leben weiterführen.«

Er schwieg.

»Du glaubst nicht so recht daran, nicht wahr?«, fuhr sie fort.

»Woran ich glaube, ist unwichtig. Alles, was ich tun kann, ist, mich auf die Aufgabe zu konzentrieren, die vor uns liegt, und zu hoffen, dass alles gut abläuft.«

»Hast du schon überlegt, was du tun wirst, wenn du die Dokumente in Händen hast, die beweisen, dass Krauss in die Sache verwickelt ist?«

»Ja. Ich werde ihm ein Abkommen vorschlagen: unser Leben gegen unser Schweigen. Eine andere Möglichkeit gibt es wohl nicht.«

»Du könntest sie den Behörden übergeben und die Medien darauf ansetzen. Dann müsste der Halunke den Rest seines kläglichen Lebens im Gefängnis verbringen, und der Name deines Vaters wäre reingewaschen.«

»Auf die Gefahr hin, dass wir alle umgebracht werden? Das kann ich nicht, auf keinen Fall.«

»Aber Krauss hat Millionen an sich gebracht, die den Holocaust-Opfern gehörten, und nicht gezögert, jeden ermorden zu lassen, der ihm in die Quere kam. Weißt du, was mir Lubiesz gestern gesagt hat? Zu Görings Beute gehörten unter anderem zwei Kisten voller halbkugelförmiger Goldbarren, die man in den Konzentrationslagern aus den Goldzähnen der in den Gaskammern Ermordeten hergestellt hat. Wie kannst du auch nur einen Augenblick lang erwägen, mit einem solch üblen Verbrecher einen Handel abzuschließen?«

Antoine sah sie an. »Glaub mir, ich würde den Drecksack mit Begeisterung hinter Gitter bringen und noch lieber gleich ins Grab«, presste er hervor. »Vergiss nicht – immerhin hat er Chris umbringen lassen, wollte Sophie töten und hätte auch mich beinahe erwischt.«

Als er sah, dass sie den Blick senkte, tat es ihm leid, dass er sich so hatte hinreißen lassen.

»Wir müssen uns der Wirklichkeit stellen, Mariscal«, fuhr er ruhiger fort, »und die sieht für uns nicht sehr günstig aus. Ich bin kein Held, aber wenn es nur um mein Leben ginge, würde ich Krauss ohne zu zögern mit eigenen Händen den Hals umdrehen. Leider aber geht es hier nicht ausschließlich um mich. Alex, Sophie, Rémy, deine Tante und du, ihr alle seid gleichermaßen gefährdet. Es wäre unangemessen, der Gerechtigkeit um den Preis so vieler Menschenleben zum Sieg zu verhelfen.«

»Und was ist mit deinem Vater? Mit seinem Ruf? Hat nicht seinetwegen alles angefangen?«

»Ja. Aber seither hat sich die Situation geändert. Inzwischen ist es wichtiger, die Lebenden zu retten, als sich um die Toten zu sorgen.«

Jetzt schwieg Anna.

»Lass uns wieder ins Haus gehen«, sagte er schließlich. »Das ist nicht der rechte Augenblick, sich eine Erkältung zu holen.«

Er hob einen Zweig vom Boden auf und peitschte damit die Luft.

»Weißt du, ich hab nicht weit von hier geheiratet. Da es Juli war, hatte ich die großartige Idee, die Feier unter ein Tropenthema zu stellen. Alle Gäste mussten Bermudashorts und Hawaiihemden beziehungsweise Lendenschurz und BHs aus halben Kokosnussschalen tragen.«

»Bei dir wundert mich das überhaupt nicht.«

»Ich fand das damals originell. Ich hatte für die Feier den Park eines Hotels am Seeufer gemietet und mit Kübelpalmen und exotischen Blumen schmücken lassen. Wir hatten eine Gruppe von Calypso-Musikern, Fässer mit Punsch, Spanferkel, die am Spieß gebraten wurden, und Schlag Mitternacht sollte ein Feuerwerk abgebrannt werden. Unglücklicherweise gab es an jenem Tag einen Temperatursturz von zwölf Grad, und außerdem hat es angefangen, in Strömen zu regnen. Von einer Feier im Park konnte keine Rede sein, und wir mussten uns in den Bankettsaal des Hotels zurückziehen. Aber sogar da haben wir uns mit unseren Hawaiikostümen den Hintern abgefroren, weil mitten im Sommer nicht geheizt wurde. Ich brauche wohl nicht eigens zu sagen, dass bei dem prasselnden Regen auch das Feuerwerk ausfallen musste.«

Er lachte auf. »Das einzig Positive an der Katastrophe war, dass wir uns alle literweise Alkohol reingeschüttet haben, weshalb wir wie entfesselt waren.«

Er schleuderte den Zweig so weit von sich, wie er konnte, und rieb sich die Hände.

»Das hätte sogar lustig sein können, wenn es nicht ausgerechnet meine eigene Hochzeit gewesen wäre.«

»Du darfst die schönen Erinnerungen nicht deswegen auslöschen, weil die Sache schlecht ausgegangen ist.«

»Ehrlich gesagt ist mir an jenem Abend aufgegangen, dass ich mir etwas vorgemacht hatte. Ich liebte nicht Catherine, sondern hatte mich in den Gedanken verliebt, sie heiraten zu wollen. Damals war ich noch nicht bereit, mir das einzugestehen. Du weißt, dass sie mir so manch üblen Streich gespielt hat...«

»Das kann man wohl sagen. Beispielsweise, wie sie dein Auto von innen vollständig mit Hundekot bestrichen und deine CD-Sammlung kaputt gemacht hat.«

Er fuhr fort, als habe er ihre Worte nicht gehört: »Das war ihre Art, darauf zu reagieren, dass ich mich innerlich von unserer Ehe distanziert habe.«

»Ich habe am wenigsten ein Recht darauf, dir das zu sagen, aber du musst aufhören, die Schuld für alles bei dir zu suchen. Soweit ich verstanden habe, hatte auch sie ihr gerüttelt Maß an Verantwortung am Scheitern eurer Beziehung. Du solltest also aufhören, sie als unschuldiges kleines Mädchen hinzustellen.«

Sie hatten das Schwimmbecken erreicht, auf dessen grünlich schimmernder Wasserfläche welke Blätter tanzten. Antoine setzte sich auf das Sprungbrett, und Anna stellte sich neben ihn.

»Ich hätte mir mehr Mühe geben, dafür sorgen müssen, dass die Ehe funktioniert, statt... zu verschwinden.«

»Das gilt für sie ebenso wie für dich. Das Leben dreht sich nicht ausschließlich um uns, Tony. Dinge geschehen, manche sind angenehm, viele sind schmerzlich. Meist können wir nichts daran ändern und müssen weitermachen, so gut uns das möglich ist. Es ist ein Zeichen von Anstand, wenn sich jemand seiner Verantwortung stellt, aber es ist nicht nur lächerlich, sondern auch geradezu größenwahnsinnig und hoffnungslos kindisch, die Schuld für alles auf sich zu nehmen, was misslingt, weil man glaubt, man könne alles beeinflussen, was uns widerfährt. Wir haben keine Möglichkeit zu verhindern, dass die Gespenster über uns herfallen, indem wir Zaubersprüche murmeln, bevor wir zu Bett gehen.«

»Hör mal, ich bin vierunddreißig. Als ich aufgehört habe, an Gespenster zu glauben, hattest du noch Windeln an.«

»Dann benimm dich auch nicht wie ein Kleinkind. Lass uns jetzt aber wirklich reingehen. Ich bin ganz und gar durchgefroren.«

Sie zog ihn am Arm, damit er aufstand.

»Hältst du mich wirklich für einen hoffnungslosen Fall?«, fragte er verlegen.

»Red keinen Unsinn, Tony!« Sie fasste sein Gesicht mit beiden Händen und küsste ihn, zuerst zögernd und dann voll Hingabe.

»Wenn ich die Situation richtig sehe«, erklärte der Mann am anderen Ende der Leitung mit eisiger Stimme, »haben Sie im Laufe von vierundzwanzig Stunden drei Männer getötet, von denen keiner zu Ihren Zielpersonen gehörte. Ich fange an, ernstlich zu bezweifeln, ob Sie die nötige Befähigung für Ihre Aufgabe haben.«

Trotz des kalten Windes glühten Bisorskis Wangen.

»Manchmal lassen sich solche Kollateralschäden nicht vermeiden.«

»Gegen die ist auch nichts einzuwenden, sofern Sie Ihr Ziel erreichen, wohl aber, wenn Sie es vollständig verfehlen. So etwas erregt nur unnötig Aufmerksamkeit. Jeder der drei Männer, die Sie aus dem Weg geräumt haben, stand in Beziehung zu Alexandre Demarsands' Leibwache. Mittlerweile dürfte selbst der dümmste Polizist in Genf begriffen haben, dass jemand es auf diese Familie abgesehen hat.«

Ein Auto fuhr unmittelbar vor Bisorski durch eine Pfütze,

sodass er zur Seite springen musste, um nicht durchnässt zu werden.

»Lassen Sie mich mit allem Respekt darauf hinweisen, dass Demarsands' Tagesablauf seit dem Tod seines Bruders buchstäblich nach der Uhr geregelt war. Er hat jede Nacht in seiner Hotelsuite verbracht – das hat der von mir befragte Leibwächter versichert. Ich konnte nicht ahnen, dass er mit einem Mal über Nacht in der Villa von Versoix bleiben würde.«

Ein so langes Schweigen trat ein, dass Bisorski schon annahm, der andere habe aufgelegt.

»Sind Sie noch dran?«

»Natürlich! Ich denke nach – das sollten auch Sie gelegentlich tun.«

»Aber ...«

»Maul halten und zuhören! Behalten Sie Demarsands unauffällig im Auge. Unternehmen Sie nichts, bevor ich mich wieder bei Ihnen gemeldet habe. Ich will, dass sich das Aufsehen, das Sie erregt haben, erst einmal legt. Inzwischen werde ich versuchen, Näheres über den Eigentümer jener Villa in Erfahrung zu bringen.«

»*Monsieur Demarsands!*«, rief ihm seine Sekretärin von der angelehnten Tür aus zu. »Kommissar Bordier wünscht, Sie zu sprechen.«

»Ich habe zu tun«, gab Alexandre unwillig zurück. »Sagen Sie ihm, er soll sich für nächste Woche einen Termin geben lassen.«

»Das habe ich bereits getan, aber er lässt nicht locker.« Sie zögerte. »Er sagt, falls Sie sich weigern, wird er Sie vorladen lassen.«

Alexandre unterdrückte einen Fluch, nahm die Brille ab und rieb sich die Nasenwurzel. Seit Rémys Anruf hatte er mit dem Besuch des Kommissars gerechnet – aber noch nicht so bald.

»Na schön, lassen Sie ihn herein.«

Im nächsten Augenblick stand Bordier vor ihm.

»Vielen Dank, dass Sie mich so rasch empfangen, Monsieur Demarsands. Ich möchte Ihnen mein aufrichtiges Beileid zum Tod Ihres Bruders aussprechen. Der tragische Verlust, den Sie erlitten haben, lässt meine Anwesenheit hier umso notwendiger erscheinen.«

»Vielen Dank, Kommissar. Meine Angehörigen und ich durchleben in der Tat eine äußerst schwierige Zeit. Nehmen Sie doch bitte Platz. Darf ich Ihnen etwas anbieten? Kaffee, ein Glas Wasser?«

»Nein, danke«, gab Bordier mit höflichem Lächeln zurück.

»Was kann ich also für Sie tun?«

»Vergangene Nacht sind im Hotel *Richemond* zwei Ihrer Leibwächter ermordet worden – einer, der Vorgesetzte, in Ihrer Suite, der andere auf dem Gang unmittelbar davor.«

Der Kommissar beobachtete Alexandre aufmerksam, darauf bedacht, sich keine noch so geringe Reaktion entgehen zu lassen.

»Ja, ganz und gar entsetzlich. Ich habe soeben davon erfahren. Rémy Bergeron, der mir, wie Ihnen zweifellos bekannt ist, geholfen hat, die Männer zu verpflichten, hat mir das mitgeteilt.«

»Dann hat er Ihnen wohl auch gesagt, dass man gestern Nachmittag ein weiteres Mitglied dieser Gruppe von Personenschützern in dessen eigener Wohnung ermordet aufgefunden hat.«

»Ja, wirklich tragisch.«

»Monsieur Demarsands, mir scheint auf der Hand zu liegen, dass Sie in großer Gefahr schweben und, sofern das so weitergeht, bald ohne Leibwächter dastehen werden – falls Ihr Glück Sie nicht gar vorher im Stich lässt. Ich denke, dass Sie allen

Grund haben, sich uns anzuvertrauen und zuzulassen, dass wir Ihnen helfen. Daher stelle ich Ihnen dieselbe Frage, die ich vor einigen Tagen Ihrem Bruder gestellt habe: Haben Sie eine Vorstellung davon, wer Ihnen nach dem Leben trachten könnte und aus welchem Grund?«

Alexandres Miene blieb undurchdringlich.

»Nun, Kommissar, ich habe seit dem Tod meines Bruders viel nachgedacht und bin zu dem Ergebnis gekommen, dass dem Täter ein bedauernswerter Irrtum unterlaufen ist. Ich bin überzeugt, dass eigentlich ich als Opfer ausersehen war.«

Bei diesen Worten spürte Bordier, wie in ihm neue Hoffnung aufkeimte.

»Sehen Sie«, fuhr Alexandre fort, »mein Bruder hatte seinen Wagen auf dem normalerweise für mich reservierten Parkplatz vor der Bank abgestellt. Mein Name steht sogar auf einem Schild an der Mauer. In ihrem Bekenntnis zu dem Attentat hat die anarchistische Gruppe erklärt, sie wolle gegen die Größen der Finanzwelt vorgehen. Da Antoine Anwalt war und sich auf die Welt des Showbusiness spezialisiert hatte, gab es für diese Leute nicht den geringsten Anlass, ihn zu töten. Ich hingegen gehöre zu den geschäftsführenden Gesellschaftern einer der bedeutendsten Privatbanken des Landes. Daher nehme ich an, dass jene Leute es auf mich abgesehen hatten und nicht auf ihn.«

Bordier schwieg und gab sich die größte Mühe, seine Enttäuschung zu verbergen. Entweder war der Mann ihm gegenüber ein ausgemachter Trottel, oder er log das Blaue vom Himmel herunter. Für einen Dummkopf hielt ihn Bordier aber auf keinen Fall.

»Sagen Sie, Monsieur Demarsands, haben Sie schon einmal von einem gewissen Vladek Bisorski gehört?«

Alexandre runzelte leicht die Stirn.

»Ist das nicht ein Auftragsmörder? Sie hatten doch *maître* Bergeron darauf hingewiesen, dass der Mann hinter mir her sein könnte?«

Ach, geht es hier darum, sich gegenseitig zu überlisten, alter Freund?

»Ja. Der Mann ist äußerst gefährlich.«

»Glauben Sie, dass er mit der Anarchistengruppe in Verbindung steht?«

Diese Unterhaltung führte zu nichts. Bordier musste seine Taktik ändern. Also fragte er: »Wo haben Sie die vergangene Nacht zugebracht? Allem Anschein nach nicht in Ihrer Hotelsuite.«

Alexandre lächelte wohlwollend. »Wie es der Zufall wollte, haben *maître* Bergeron und ich uns gestern mit einer komplexen Angelegenheit beschäftigt. Sie betrifft einen meiner Kunden, der zugleich zu seinen Mandanten gehört. Da sich die Sache in die Länge zog, habe ich beschlossen, über Nacht bei ihm zu bleiben.«

»Ich nehme an, dass er das bestätigen wird?«

Zum ersten Mal wirkte Alexandre überrascht. »Aber natürlich! Sie verdächtigen mich doch nicht etwa, meine eigenen Leibwächter umgebracht zu haben, Kommissar?«

Bordier schüttelte langsam den Kopf. »Nein, auch wenn ich offen gestanden schon sonderbarere Dinge erlebt habe.« Er sah ihn scharf an. »Am Montag hat jemand im Auto Ihres Bruders eine Bombe hochgehen lassen, und jetzt versucht er, Sie zu töten. Kurz bevor ich herkam, habe ich von der New Yorker Polizei erfahren, dass an ebendem Tag Ihre Schwester einem Mordanschlag um Haaresbreite entgangen ist, nachdem kurz zuvor ihr Partner bei einem mehr als suspekten Autounfall umgekommen war. Ich werde daher offen sprechen, Monsieur Demarsands: Ich bin überzeugt, dass Sie mir nicht die Wahrheit sagen.

Sie wissen mehr, als Sie mir preisgeben wollen. Ganz davon abgesehen erscheint mir Ihre mangelnde Bereitschaft, mit uns in einer Situation zusammenzuarbeiten, in der jeder vernünftige Mensch die Polizei um Schutz bitten würde, zurückhaltend gesagt befremdlich.«

Alexandre beugte sich vor und erwiderte Bordiers Blick, ohne mit der Wimper zu zucken. »Kommissar«, gab er mit vor Wut bebender Stimme zurück. »Was Sie soeben gesagt haben, ja mehr noch, was Sie mir damit unausgesprochen zu verstehen gegeben haben, findet in keiner Weise meine Billigung. Wie Sie sehr richtig hervorgehoben haben, sind mein Bruder und der Verlobte meiner Schwester tot. Ich bemühe mich, über meinen Schmerz hinwegzukommen und mich mit dem Gedanken vertraut zu machen, dass ich das nächste Opfer sein könnte. Angesichts der Lage der Dinge erscheint es mir beleidigend, dass Sie hier in meinem Büro auftauchen, um *mir* vorzuhalten, dass ich *Sie* bei *Ihrer* Arbeit nicht gebührend unterstütze.« Er warf einen Blick auf die Uhr. »Und jetzt wollen Sie mich bitte entschuldigen, ich habe eine Bank zu leiten.«

Als sie aus der beißenden Kälte in den behaglich geheizten großen Wohnraum traten, kam es ihnen vor, als durchquerten sie eine Thermokline.

Antoine, der vor Kälte zitterte, schloss die Tür hinter sich. »Was hältst du von einer ordentlichen Tasse Kaffee?«, fragte er Anna, während er ihr aus dem Anorak half.

»Mir scheint, du kannst Gedanken lesen.«

Ihre Wangen waren gerötet, und einen Augenblick lang überlegte er, ob das eher von der Kälte oder dem Kuss kam.

Auf dem Weg zur Küche sah er Rémy, der sich an der Bar ein Glas Whisky eingoss. Er trank es aus und füllte es erneut, als seien die beiden überhaupt nicht vorhanden.

»Ist das nicht sogar für dich ein bisschen früh am Tag?«

Rémy sah ihn bedrückt an, leerte dann sein Glas mit einem Zug und sagte: »Langohr ist tot. Man hat ihn gestern Nacht in Alex' Suite erschossen, zur gleichen Zeit wie einen seiner Männer.«

»Bisorski?«

»Wer sonst? Gestern Nachmittag hat die Polizei einen weiteren von Alex' Leibwächtern in dessen eigener Wohnung ermordet aufgefunden. Wie es aussieht, wurde er auf die grausamste Weise gefoltert.«

Antoine setzte sich vor den Kamin.

»Dann kannte Bisorski also Alex' Gewohnheiten und Zimmernummer. Wie gut, dass er gestern Abend hier war.«

»Genau das hat Alex auch gesagt.«

»Und wo ist er jetzt?«, fragte Anna.

»In der Bank. Da ist er sicher. Wie ihr wisst, ist die Bank ohnehin so eine Art Festung, aber zusätzlich habe ich Leute vor alle Eingänge gestellt. Garantiert wird Bisorski das Risiko nicht eingehen, ihn dort anzugreifen. Selbst wenn Maxime mit da drinstecken sollte, bezweifle ich, dass er so weit gehen würde, seinen Vetter und Geschäftspartner ausgerechnet in den Räumen der Familienbank umbringen zu lassen. Ich werde mich darum kümmern, dass Alex heute Abend ohne Zwischenfälle hergebracht wird. Es kommt überhaupt nicht infrage, dass er wieder ins Hotel geht.«

»Aber Bisorski könnte ihm folgen.«

»Ich habe bereits angeordnet, dass alle denkbaren Vorsichtsmaßnahmen ergriffen werden. Dazu gehört ein zweites Auto, um mögliche Verfolger zu täuschen. Auf jeden Fall gibt es für ihn im Augenblick keinen sichereren Aufenthalt als hier im Haus.«

Rémy leerte ein weiteres Glas und ließ dann den Kopf hängen. »Langohr und ich waren Freunde. Er hatte eine reizende Frau und drei entzückende Kinder. Der Älteste ist mein Patensohn.« Eine Weile betrachtete er sein leeres Glas, dann stellte er es langsam auf den Couchtisch. »Aber das ist nicht der Grund, warum ich gekommen bin. Ich glaube, ich weiß, wie wir eine Kopie der Akte Krauss in die Finger bekommen können.«

Antoine machte große Augen.

»Ich habe euch gestern angedeutet, dass ich bei Morin, Gautier & Holtz, also der Kanzlei, mit der Krauss hier in Genf zusammenarbeitet, vielleicht jemanden kenne. Das ist niemand anders als Henri Holtz persönlich. Ich bin mit ihm gestern Abend zusammengetroffen, und er hat sich bereit erklärt, uns zu helfen.«

»Möchte ich wirklich wissen, auf welche Weise du ihn dazu gebracht hast?«

»Nein. Sagen wir einfach, dass er sich auf keinen Fall weigern konnte.«

»Endlich eine gute Nachricht!«, rief Anna aus.

Rémy hob eine Hand. »Als ich vor einer Stunde mit ihm gesprochen habe, hat sich herausgestellt, dass es in der Tat eine gute Nachricht gibt, aber leider auch eine schlechte. Zuerst die gute: Die Akte existiert nach wie vor, und er weiß auch, wo sie aufbewahrt wird.«

»Und die schlechte?«

»Als er in dem Tresor danach suchte, hat ihn einer der anderen Partner überrascht, bevor er sie herausnehmen konnte. Holtz hat ihn mit einer Ausrede abgespeist, nimmt aber an, dass der Mann ihm jetzt auf die Finger sieht. Deshalb wagt er nicht, es noch einmal zu versuchen. Er hat jetzt eine Scheißangst, dass seine Partner etwas von seinem Verrat erfahren könnten. Ich habe alles versucht, ihm geschmeichelt und gedroht – er lässt in dem Punkt nicht mit sich reden.«

»Wir stehen also wieder am Anfang.«

»Nicht ganz. Er hat sich bereit erklärt, uns heute Nacht den Zutritt zu seiner Kanzlei zu ermöglichen. Außerdem hat er mir die Registrierungsnummer der Akte genannt, die Stelle, an der sich der Tresor befindet, und die Kombination, mit der er sich öffnen lässt.«

»Hat er dir auch einen Schlüssel für die Büroräume gegeben?«

»Es gibt keinen. Die Eingangstür öffnet sich nach Eingabe eines Zutrittscodes, und den hat er mir gesagt. Da die Räume durch eine Alarmanlage gesichert sind, die der Letzte, der hinausgeht, aktiviert, wird Holtz dafür sorgen, dass er als Letzter geht. Er wird sie nicht einschalten und mir dann grünes Licht geben.«

»Was veranlasst dich zu der Annahme, dass du ihm vertrauen kannst?«

»Ich vertraue weniger ihm als den Beweisen, die ich gegen ihn in der Hand habe.«

»Und wer geht dahin?«, fragte Anna. »Das Vorhaben kommt mir doch sehr gefährlich vor.«

Rémy zuckte die Achseln. »Langohr wäre dafür genau der Richtige gewesen, aber ...«

»Ich mache das«, meldete sich Antoine mit gelassener Stimme zu Wort.

»Auf keinen Fall«, begehrte Anna auf. »Du kommst für diese Aufgabe am allerwenigsten infrage. Wenn man dich fasst, platzt nicht nur deine Deckung, du riskierst damit auch dein Leben.«

»Habe ich etwas verpasst?« Lubiesz stand im Eingang, noch im Mantel.

»Antoine hat beschlossen, auf Einbrecher umzusatteln.« Anna teilte ihm in wenigen Worten mit, was Rémy und Antoine vorhatten.

Nachdenklich wiegte Lubiesz den Kopf.

»Er hat recht, es zu versuchen. Es ist unglücklicherweise die einzige Lösung.«

»Warum kann man nicht Kyle oder einen anderen Ihrer Männer da hinschicken?«, fragte sie. »Sie haben hier doch eine richtige kleine Privatarmee.«

»Bedaure, das geht nicht. Ich kann von meinen Mitarbeitern nicht verlangen, dass sie gegen die Gesetze verstoßen. Wenn man sie dabei fasste, bekäme ich ernsthafte Schwierigkeiten mit den Schweizer Behörden. Angesichts meines Bekanntheitsgrades würde das sogleich zu eingehenden Untersuchungen führen. Vergessen Sie nicht, dass ich unter falschem Namen in die Vereinigten Staaten gegangen bin. Sollte das *Office of Special Investigations* davon erfahren, könnte man mir die amerikanische Staatsangehörigkeit entziehen und mich ausweisen.«

»Ich kann das nicht glauben! Antoine soll sein Leben aufs Spiel setzen, damit Sie Ihre Haut retten können! Sie haben ihn benutzt, um Krauss zu demaskieren, und nehmen jetzt in Kauf, dass er bei dem Versuch getötet wird, den Mann zu Fall zu bringen.«

»Ich bitte Sie, beruhigen Sie sich, Miss Mariscal«, gab Lubiesz unerschütterlich zurück. »Wir wollen nicht vergessen, dass er ohne mein Eingreifen bereits tot wäre. Ich werde ihn weiterhin unterstützen, so gut ich kann, solange meine eigene Sicherheit dabei nicht infrage gestellt wird. Halten Sie mich von mir aus für feige, das ändert nicht das Geringste an meiner Haltung.«

»Es gibt noch etwas, nicht wahr, Herr Lubiesz?«, fragte Antoine in ruhigem Ton, den Blick in eine leere Ferne gerichtet. »Ein Mann wie Sie dürfte vom OSI nicht viel zu fürchten haben. Zwar haben Sie sich die amerikanische Staatsangehörigkeit mit einer Unwahrheit erschlichen, aber was ist schon dabei! Es ist ja nicht so, als ob Sie ein Kriegsverbrecher wären ... Oder vielleicht doch?«

Lubiesz sah ihn lange an, bevor er antwortete: »Als ich an der Ostfront ein Geschwader der Luftwaffe kommandierte«, erklärte er schließlich, »habe ich Befehle gegeben, die ich später bedauern sollte. Damals gab es zwischen den Russen und uns kein Mitleid. Wenn ihnen einer unserer Piloten in die Hände fiel, wurde er hingerichtet. Ich habe meine Männer angewiesen, es ebenso zu halten. Falls den amerikanischen Behörden meine wahre Identität zur Kenntnis käme, würden sie mich an Russland ausliefern, wo man mich mit Sicherheit wegen Kriegsverbrechen verurteilen würde.«

»Großer Gott!«, entfuhr es Anna. »Sie sind mir ja ein reizender Zeitgenosse.«

»Ich erwarte nicht, dass Sie meine Handlungsweise verstehen, und schon gar nicht, dass Sie sie billigen.«

»Da können Sie in der Tat lange warten.«

Antoine legte Anna eine Hand auf die Schulter.

»Ich bitte dich, Anna. Erinnere dich an das, was du mir neulich gesagt hast. Wir haben kein Recht, über Dinge zu urteilen, die Herr Lubiesz früher getan hat, zumal jetzt, wo wir uns dringenderen Aufgaben gegenübersehen.« Zu Lubiesz gewandt fügte er hinzu: »Ich stehe für die Unterstützung, die Sie mir gewährt haben, tief in Ihrer Schuld und werde mich um die Sache kümmern.«

»Bist du eigentlich noch zu retten?«, rief Alexandre aus, während er erregt in dem großen Wohnraum auf und ab schritt.

»Sie können sich die Mühe sparen, Alex«, gab Anna zurück. »Ich habe schon versucht, ihn davon abzubringen, aber er will seinen Dickkopf mit Gewalt durchsetzen.«

Antoine, der auf dem Sofa lag, wusste, dass es sinnlos war,

mit seinem Bruder zu diskutieren, wenn dieser in Zorn geriet. In einer solchen Situation war es das Beste abzuwarten, bis er sich beruhigte. Rémy und Lubiesz hatten es für richtig gehalten, sich zu einer Partie Billard zurückzuziehen. Obwohl Anna im Grundsatz denselben Standpunkt vertrat wie Alexandre, hatte sie sich in eine Zeitschrift vertieft und achtete nicht weiter auf dessen Versuche, den Bruder von seinem Vorhaben abzubringen. Ihr war klar, dass er damit nichts erreichen würde.

Als Alexandre die Argumente ausgegangen waren, schüttelte er ohnmächtig die Faust.

»Na schön, lass dich doch umbringen – es kümmert mich einen Dreck.«

»Warum seid ihr eigentlich alle so sicher, dass man mich dabei fassen wird? Hab ein bisschen Vertrauen zu mir, Bruderherz.«

»Wir spielen hier nicht Monopoly, Antoine. Hier gibt es keine Karte, die es dir erlaubt, das Gefängnis zu verlassen – ganz davon abgesehen kannst du von Glück reden, wenn du nur im Knast landest.«

»*Adparebat, quo nihil iniquius est, ex eventu famam habiturum*«, deklamierte Lubiesz vom Billardtisch herüber die Erkenntnis, dass es der Gipfel der Ungerechtigkeit sei, einen Menschen ausschließlich nach dem Ergebnis seiner Taten zu beurteilen.

»Wenn Tony tot ist, pfeift er auf das Urteil der Nachwelt!«, hielt Anna dem entgegen.

Alle sahen sie stumm und verblüfft an.

»Ja, ich verstehe Latein! Sechs Jahre Schule bei den Nonnen hinterlassen ihre Spuren.«

»Sie beeindrucken mich«, sagte Lubiesz und lachte.

»Na so was«, brummelte Antoine.

Alexandre nahm seine Aktentasche zur Hand und holte ein Bündel von Dokumenten heraus, die er dem Bruder hinschob.

»Bevor du dich an dein hirnrissiges Unternehmen machst, solltest du dir das mal ansehen.«

»Was ist das?«

»Die Liste aller Kennwörter, die sich auf gelöschte Konten beziehen. Ich konnte mich heute nicht so richtig auf meine Arbeit konzentrieren und habe sie mir aus lauter Neugier ausgedruckt. Dann habe ich zu erraten versucht, hinter welchem davon sich Krauss verstecken könnte, immer vorausgesetzt, er benutzt so ein Kennwort. Natürlich ist das ein vergebliches Unterfangen, aber mindestens ebenso unterhaltsam wie ein Kreuzworträtsel.«

»Worum geht es bei diesen Kennwörtern?«, erkundigte sich Anna voll Misstrauen.

Antoine hob den Kopf von dem Papierstapel.

»Mit ihrer Hilfe können Inhaber von Geheimkonten Transaktionen per Post oder Telefon durchführen, ohne eine Kontonummer oder den eigenen Namen angeben zu müssen. Ausschließlich der Kunde selbst und derjenige, der in der Bank sein Depot verwaltet, weiß, wer sich hinter dem jeweiligen Kennwort verbirgt. Auf diese Weise bleibt ein Kunde auch dann anonym, wenn ein Brief abgefangen oder ein Gespräch abgehört wird. Ein einfaches, aber wirksames System.«

»Bei der Eröffnung eines Kontos«, fügte Alexandre hinzu, »wählt der Kunde oder – im Fall eines Firmenkontos – der Bevollmächtigte des Unternehmens ein Kennwort und unterschreibt ein Formular, das mit zur Akte genommen wird. Der jeweilige Kundenberater bewahrt in seinem Büro ebenfalls eine Liste der Kennwörter für die Konten auf, für die er zuständig ist. Wenn ihn jemand anruft, kann er anhand ihrer rasch feststellen, mit wem er es zu tun hat. Um Verwechslungen zu vermeiden, die unter Umständen katastrophale Folgen haben könnten, gibt es jedes Kennwort nur einmal, und es findet auch ausschließlich für ein einziges Konto Verwendung. Wenn das Konto gelöscht wird, streicht der zuständige Kundenberater das zugehörige Kennwort aus seiner persönlichen Liste. Erneut verwendet werden kann es aber erst nach zehn Jahren, wenn die Akte nach Ablauf der gesetzlichen Aufbewahrungsfrist vernichtet wird. Eine Ausnahme bilden verständlicherweise die bei uns in der ›Gruft‹ archivierten Akten. Da sie nie vernichtet werden, darf auch keins der ihnen zugeordneten Kennwörter je wieder verwendet werden. Um zu vermeiden, dass ein bereits vergebenes Kennwort für ein neu anzulegendes Konto verwendet wird, sind alle Kennwörter in einer digitalisierten Liste zusammengefasst. Ich habe diejenigen ausgedruckt, hinter denen der Buchstabe C steht, was bedeutet, dass sie sich auf gelöschte Konten beziehen.«

Anna trat näher zu Antoine, um einen Blick auf die Papiere zu werfen.

»Da stehen ja gar keine Hinweise auf Konten.«

»Leider nein. In diesen Listen werden lediglich alle existierenden Kennwörter aufgeführt. Sie dienen nicht dazu, Konteninhaber oder wirtschaftlich Berechtigte zu identifizieren. Die Mehrheit unserer Kunden kommt ohne solche Kennwörter aus; sie werden für weniger als fünf Prozent der Konten verwendet. Ich vermute aber stark, dass Krauss angesichts der besonderen Art seines Depots von dieser Möglichkeit Gebrauch gemacht hat.«

»Dann müsste also eins der Kennwörter in dieser Liste zu ihm gehören«, überlegte Antoine laut, während er sie überflog. »Aber welches?«

»Alouette, Albacore, Amadeus, Asteroid, Bald Eagle, Babar, Batman, Bambino, Bürgermeister, Carrousel, Cinecittà, Confiture... Immerhin könnte man daraus ja wohl auf die Staatsangehörigkeit des Inhabers schließen«, sagte Anna.

Alexandre schüttelte den Kopf.

»Darauf kann man nichts geben. Bedenken Sie, dass es sich hier um eine Sicherheitsmaßnahme handelt. Die meisten unserer Kunden wählen daher mit Absicht Begriffe, die in keinerlei Beziehung zu ihnen selbst, ihrem Land oder ihrer Muttersprache stehen. Mithin könnte jedes beliebige dieser Kennwörter zu Krauss' früherem Konto gehören.«

»Wäre es denn nicht möglich, diese Liste mit den Formularen in den Kontenakten abzugleichen? Wir wissen, dass die zu Krauss' Konto gehörende Akte gestohlen worden ist. Dann wäre im Ausschlussverfahren sein Kennwort dasjenige, das sich keinem der Konten zuordnen lässt.«

»Das ließe sich durchführen, würde aber ungeheuer viel Zeit kosten. Aber selbst wenn wir sein Kennwort fänden, wüssten wir immer noch nichts über das Konto selbst.«

»Nun«, schloss Antoine, während er die Liste auf den Couchtisch zurücklegte, »das ist ein Grund mehr, der Kanzlei Morin, Gautier & Holtz einen kurzen nächtlichen Besuch abzustatten.«

Antoine betrachtete sich im Spiegel. Er war von Kopf bis Fuß schwarz gekleidet: schwarzer Rollkragenpullover und schwarze Jeans. Sogar die Turnschuhe, die er sich von einem der Männer Lubiesz' geliehen hatte, waren schwarz.

»Du siehst aus wie Tony Curtis in *Das große Rennen um die Welt*«, spottete Anna.

»Du solltest dir deine Klassiker besser noch mal ansehen, Mariscal. In dem Film tritt Tony Curtis in Weiß auf – Jack Lemmon trägt Schwarz, und er ist der *Böse*.«

»Schwarz passt besser zu deinem Teint«, meldete sich Rémy zu Wort.

»Vor allem aber zu deinem Auftrag, Agent 007«, schloss Anna.

»Ach was«, widersprach Rémy, »er ist zu amerikanisch für Bond. Ich finde, er sieht eher aus wie Robert Wagner als Meisterdieb in *Ihr Auftritt, Al Mundy*.«

»Seid ihr beide allmählich fertig?«

Während sich Antoine der Tür zuwandte, spürte er eine Hand auf seiner Schulter. Er drehte sich um und sah sich Lubiesz gegenüber.

»Wie wir unter Fliegerkameraden früher vor dem Start zu einem Einsatz gesagt haben, *Hals- und Beinbruch*, Antoine. Ich hätte Sie wirklich gern begleitet.«

Antoine lächelte. »Ich weiß.«

Während der Fahrt schwieg er. Rémy, der seinen Lexus zügig über die Uferstraße steuerte, warf immer wieder einen Blick in den Rückspiegel. Im Fond kaute Anna nervös auf ihren Nägeln herum und spähte ebenfalls aufmerksam in die Dunkelheit. Anfangs voller Zuversicht hatte sie darauf bestanden, trotz Antoines heftigem Widerspruch und Lubiesz' Mahnung zur Vorsicht mitzufahren. Kaum hatten sie die sicheren Mauern um die Villa herum hinter sich gelassen, als sie nach und nach von Angst beschlichen worden war.

Alles ist ruhig, viel zu ruhig.

Am Quai Wilson begannen die Staus, und sie brauchten bis zum jenseitigen Ufer des Sees nahezu eine volle Stunde. Man hätte glauben können, dass die ganze Stadt unterwegs war. Für Antoine machte der Anblick der Feiernden hinter den beschlagenen Fenstern von Restaurants und Bars die Dinge nur noch schlimmer. Das für diesen Abend geplante Vorhaben bot die einzige Aussicht auf Erfolg. Allerdings hätte er weit lieber an einem Blackjack-Tisch um Geld gespielt als in einem verlassenen Genfer Bürohaus um sein Leben.

Sie ließen die Lichter der Bucht hinter sich und strebten dem eleganten Viertel um den Boulevard des Tranchées zu, wo sie in einer Straße anhielten, die zu beiden Seiten hundert Jahre alte Gebäude säumten.

»Wir sind da, Rue de Mont-de-Sion«, sagte Rémy, während er den Motor abstellte. »Es ist die Tür mit dem gläsernen Vordach. Hast du dir den Code eingeprägt?«

»Keine Sorge. Jetzt verschwindet. Ich möchte nicht, dass der Wagen Aufmerksamkeit erregt.«

Rémy nahm ein Mobiltelefon aus dem Handschuhfach und gab es Antoine.

»Ich habe die Nummer meines Autotelefons in der Kurzwahlliste gespeichert. Wenn du fertig bist, brauchst du nur auf die Eins zu drücken, dann hole ich dich ab. Viel Glück, mein Junge.«

Antoine verzog den Mund zu einem Lächeln. »Danke, Rémy.«

Bevor er aussteigen konnte, beugte sich Anna vor und gab ihm einen Kuss.

»Sieh zu, dass dir nichts passiert, Tony, hörst du?«

»Das ist ein Kinderspiel«, gab er mit mehr Überzeugung in der Stimme zurück, als er empfand.

Er schlug die Tür hinter sich zu und wartete, bis Rémy davongefahren war, bevor er die verlassene Straße überquerte und sich dem Gebäude zuwandte. Der Wind hatte sich gelegt, und ein dichter Nebel, den das Licht der Straßenlaternen in regelmäßigen Abständen durchdrang, hüllte alles ein.

Mit wenigen Schritten erreichte er eine schwere hölzerne Haustür, neben der auf einem Messingschild in kunstvollen Buchstaben »Morin, Gautier & Holtz, Avocats« stand. Nachdem er nach links und rechts geblickt hatte, öffnete er sie und betrat das im Dunkeln liegende Vestibül.

Statt die Taschenlampe einzuschalten, die ihm Rémy geliehen hatte, wartete er, bis sich seine Augen an das Dämmerlicht gewöhnt hatten. Schon bald genügte ihm der schwache Schein, der zum Oberlicht hereinfiel, um sich zurechtzufinden. Wie viele andere Gebäude jenes Viertels war auch das hier ein hochherrschaftliches Stadthaus aus dem 19. Jahrhundert. Vom Erdgeschoss wand sich eine Granittreppe nach oben, von deren Absätzen auf jeder Etage eine durch ein Codeschloss gesicherte zweiflügelige Tür abging. Wie ihm Rémy erläutert hatte, lag das Archiv der Kanzlei, um die es ging, in der vierten Etage.

Vorwärts, Amigo, sonst schlägst du hier noch Wurzeln.

Die Gummisohlen seiner Sportschuhe gestatteten es ihm, die Treppe nahezu geräuschlos zu ersteigen, wobei er sich mit einer Hand an der Wand entlangtastete. Da die Dunkelheit allmählich dichter wurde, konnte er nach einer Weile nicht umhin, die Taschenlampe einzuschalten. Als er kurz darauf die vierte Etage erreichte, erkannte er neben der Tür den Ziffernblock des Codeschlosses. Er gab die Zahlenreihe ein, die ihm Rémy genannt hatte, hörte aber weder ein Klicken noch ein Summen. Verwundert fasste er nach dem Türknauf und zerrte heftig daran, doch zu seiner Bestürzung rührte sich die Tür keinen Millimeter. Fieberhaft gab er den Code noch mehrere Male ein, immer vergeblich.

Verfluchter Mist!

Zwischen Wut und Enttäuschung schwankend, schlug er mit der Faust gegen die Tür. Er konnte den Code unmöglich falsch eingegeben haben, denn er hatte sich dessen acht Ziffern sorgfältig eingeprägt, bevor sie Lubiesz' Anwesen verließen, und sie unterwegs unaufhörlich wie ein Rosenkranzgebet stumm vor sich hin gesagt. Es gab nur eine Möglichkeit: Holtz hatte Rémy eine falsche Ziffernfolge genannt, sei es absichtlich oder aus Versehen.

Die Stirn gegen die kalte Wand gepresst, betrachtete er den

Ziffernblock, dessen Hintergrundbeleuchtung ihn zu verhöhnen schien.

Was jetzt? Rémy anrufen und verschwinden? In dem Fall wäre die Partie von vornherein verloren. Die Aussicht, in den Besitz der Akte Krauss zu gelangen, wäre auf immer dahin. Und wenn nun Holtz Angst bekommen und seine Mitgesellschafter von dem Vorhaben in Kenntnis gesetzt hatte? Bei diesem Gedanken erfasste ihn unwillkürlich das dringende Bedürfnis, die Treppe so rasch wie möglich hinabzustürmen.

Immer mit der Ruhe, Tony. Wenn uns der Mistkerl verpfiffen hätte, wäre unten schon ein Empfangskomitee für dich bereit gewesen.

Zweifellos war etwas schiefgegangen, aber im Augenblick war alles ruhig. Er brauchte nur eine andere Möglichkeit, um Zugang zum Archiv zu bekommen. Nach längerem Überlegen hellte sich sein Gesicht auf. Das Vorhaben war zwar riskant, aber den Versuch wert. Mit raschen Schritten ging er wieder nach unten.

Auf der im Nebel liegenden Straße regte sich noch weniger Leben als zuvor. Antoine trat einige Schritte zurück, um sich die Fassade genauer anzusehen. Wie in der Mitte des 19. Jahrhunderts üblich, gab es reichlich Buckelquader, Kranzgesimse und Schmuckelemente um die Fenster herum. Insbesondere die Bossen an deren Ecken schienen gute Griffmöglichkeiten zu bieten.

Zwar war Antoine kein besonders begeisterter Kletterer, schon gar nicht an Fassaden, aber Not kennt kein Gebot. Nachdem er sich vergewissert hatte, dass niemand da war, der ihn sehen konnte, griff er nach einem der Steine, zog sich mit den Armen daran hoch, suchte Halt für die Füße und stieg dann Hand über Hand empor.

Schon bald merkte er, dass sein Unternehmen schwieriger war, als er angenommen hatte. Zwar boten die Spalten zwischen den Bruchsteinen Händen und Füßen Platz, doch waren sie so schmal, dass er kaum die Fußspitze hineindrücken konnte. Als ob das nicht genügte, hatte der Nebel die Steine benetzt, sodass sie glatt waren, was sein Vorankommen deutlich verlangsamte.

Nach einem langen und mühevollen Aufstieg hatte er eine Stelle weniger als einen Meter unterhalb der vierten Etage erreicht. Mit einem erleichterten Seufzer begann er sich noch einmal hochzuziehen, als sein Fuß mit einem Mal ausglitt. Während er nun wie eine Marionette in der Luft hing, klammerte er sich verzweifelt an den scharfen Kanten der Bruchsteine fest. Er spürte einen heftigen Schmerz im linken Arm, als die Fäden rissen, mit denen die Wunde genäht war. Er bemühte sich, seine Panik zu unterdrücken, während er wild mit den Füßen an der Mauer hin und her fuhr, bis er endlich wieder Halt fand.

Außer Atem und mit zitternden Gliedern klebte er wie eine Eidechse an der Fassade. Bei einem Blick nach unten sah er mit Schaudern, wie weit er vom Boden entfernt war. Unwillkürlich verkrampften sich seine Finger auf dem Stein, und er schloss die Augen, um den Schwindelanfall zu bekämpfen, der ihn erfasst hatte.

Während sich die Sekunden zu Minuten dehnten, spürte er, wie sich seine Wadenmuskeln verkrampften. Er überwand seine Angst und zwang sich, die Füße fest auf den neuen Halt gestützt, mit einer Hand nach einem neuen Griff zu fassen, um den Anstieg fortzusetzen. Als er mit den Händen die Fensterbrüstung erreicht hatte, streckte er den rechten Arm aus, so weit er konnte, bis es ihm gelang, eine der senkrechten Ziersäulen am Fenster zu erreichen. Er holte tief Luft, schwang das rechte Bein seitwärts und setzte eine Fußspitze auf die Fensterbank. Wie er so mit weit ausgestreckten Gliedmaßen und einem zum Zerreißen gespannten Körper an der glatten Mauer hing, musste er seine ganze Willenskraft aufbieten, um nicht erneut nach unten zu sehen. Vor Anstrengung entfuhr ihm ein Grunzlaut, als er auch das linke Bein heranzog und schließlich mit der freien Hand den Architrav über der Säule zu fassen bekam.

Ohne zu zögern, zerschlug er mit einem Ellbogenstoß die Fensterscheibe unmittelbar über dem Griff.

Hoffentlich hängt das Fenster nicht an der Alarmanlage.

Er öffnete den Fensterflügel und wartete mit angehaltenem Atem. Da alles ruhig blieb, sprang er federnd und landete auf einem weichen Teppichboden, wobei die Glassplitter unter seinen Füßen knackend zerbrachen.

Er befand sich in einem ziemlich großen Raum, vermutlich dem Privatkontor eines der Gesellschafter. Er machte sich nicht die Mühe, das Fenster zu schließen, sondern ging gleich zur Tür, öffnete sie einen Spaltbreit und warf einen Blick hindurch. Zu seiner großen Erleichterung sah er einen Gang vor sich, der in völliger Dunkelheit lag. Er blieb reglos stehen und schaltete die Taschenlampe ein, um die Örtlichkeit in Augenschein zu nehmen. Oben an einer Wand erkannte er den Umriss eines Bewegungsmelders. Da dort oben jedoch keine Diode blinkte, nahm er an, dass er ausgeschaltet war. Um das festzustellen, gab es nur eine Möglichkeit. Er verließ entschlossen das Kontor, trat vor das Gerät und wedelte mit den Armen wild vor dem Gerät hin und her.

Möglicherweise hatte sich Holtz doch an sein Versprechen gehalten.

Er nahm ein Blatt Papier aus der Tasche und entfaltete es im Licht der Taschenlampe. Es war eine von Holtz angefertigte grobe Grundrissskizze der Etage. Aus der Lage des

Raums, durch den er hereingekommen war, schloss Antoine, dass die Tür zum Archiv rechts am Ende des Gangs liegen müsse.

Er steckte den Plan wieder ein und machte sich auf den Weg. Er kam an den Türen zu weiteren Büroräumen vorüber, dann an der gläsernen Wand eines großen Besprechungsraums, bis er schließlich auf eine Metalltür mit der Aufschrift »Archiv« stieß. Vorsichtig drehte er den Knauf. Zu seiner großen Überraschung war die Tür nicht verschlossen. Zwar hatte Holtz zugesagt, er werde sie offen lassen, doch hatte er sich bisher nicht als übermäßig zuverlässig erwiesen.

Archivordner bedeckten drei Wände des langen schmalen Raums, und an der hinteren Schmalwand stand ein gewaltiger Tresor.

Im Stillen betete Antoine, dass ihnen Holtz die richtige Kombination genannt hatte, kniete sich vor den Tresor und machte sich daran, die Scheiben des mechanischen Zahlenschlosses auf die ihm beschriebene Weise einzustellen. Im Lichtschein der Taschenlampe sah er, dass von seinem linken Ärmel Blut auf den Boden tropfte.

Das zum Thema Unauffälligkeit!

Abgesehen von einer schriftlichen Dankesbekundung hätte er keinen deutlicheren Hinweis auf seinen Besuch und dessen Zweck hinterlassen können.

Als die Scheibe bei der letzten Ziffer stehen blieb, ertönte ein dumpfes Geräusch. Er schluckte und zog am Griff. Die Tür öffnete sich und gab den Blick auf drei Tablare mit Ordnern frei. Holtz' Angabe zufolge befanden sich die Unterlagen, die sich auf Krauss bezogen, auf dem untersten.

Mit der Lampe zwischen den Zähnen ging Antoine die sorgfältig gekennzeichneten Akten durch. Schließlich fiel sein Blick auf die Aufschrift »REC.K. 03/45«. Sein Herz machte einen

Sprung. Krauss' Akte! Es kam ihm vor, als habe er den Heiligen Gral entdeckt.

Nervös nahm er den dicken braunen Umschlag heraus. Endlich hielt er den Beweis in Händen, nach dem sie so mühevoll gesucht hatten, den Schlüssel für ihrer aller Überleben.

Gerade als er den Umschlag öffnen wollte, ertönte ein leises Geräusch vom Gang her. Seine Nackenhaare sträubten sich. Die Sekunden verstrichen, ohne dass er etwas anderes als seinen eigenen Herzschlag hörte.

Dann ertönte das Geräusch erneut. Diesmal war es lauter. Stimmen näherten sich, es waren also mindestens zwei Personen. Mit einem Mal schimmerte unter der Tür Lichtschein auf.

Allerhöchste Zeit zu verschwinden.

Lautlos schloss Antoine den Tresor und näherte sich, den Umschlag mit den Akten unter dem Arm, auf Zehenspitzen der Tür. Wie er vermutet hatte, war der Gang hell erleuchtet. Doch er sah keine Spur der Männer, deren Stimmen er nach wie vor hörte. Sie schienen aus einem der Büros zu kommen. Es konnten Anwälte sein, die nach dem Abendessen noch einmal zurückgekehrt waren, um etwas zu erledigen, wahrscheinlicher aber waren es Wachleute, die ihre Runde machten. Wie auch immer, es konnte nicht lange dauern, bis man ihn entdeckte, und der einzige Ausgang lag am anderen Ende des Gangs.

Jetzt oder nie! Er öffnete die Tür mit einem Ruck und rannte durch den Gang davon.

Da sich nichts rührte, nahm er anfangs an, die Männer seien so in ihre Aufgabe vertieft, dass sie seine leisen Schritte nicht hören konnten. Doch als er die Hälfte der Strecke zurückgelegt hatte, ertönten hinter ihm Rufe.

»He, Sie da, bleiben Sie stehen!«

Weit vorgebeugt rannte Antoine weiter, ohne sich auch nur einmal umzusehen.

Gerade als er in Richtung auf den Empfangsbereich abbog, hörte er einen Schuss und fast im selben Augenblick das Pfeifen einer Kugel. Die Dreckskerle schossen auf ihn!

Das sind mit Sicherheit keine Anwälte!

Die Angst verlieh ihm Flügel, und er sprintete durch den zweiten Gang. Wenige Meter vor sich sah er die Tür zum Treppenabsatz – sie stand offen. Vielleicht gelang es ihm ja doch, mit heiler Haut davonzukommen.

Im selben Augenblick tauchte im Türrahmen eine Gestalt auf.

»Keine Bewegung«, blaffte ihn der Mann an und richtete seine Waffe auf ihn.

Bevor er den Abzug betätigen konnte, stürmte Antoine mit gesenktem Kopf auf ihn zu und traf ihn am Kinn. Unter dem heftigen Aufprall brach der Kiefer des Mannes mit einem widerwärtigen Knacken. Mit vorquellenden Augen geriet er ins Taumeln und prallte rücklings gegen den Türrahmen, wobei seine Pistole vor Antoines Füßen zu Boden fiel. Er überlegte den Bruchteil einer Sekunde, ob er sie aufheben sollte, doch als ein zweiter Schuss fiel, eilte er der Treppe zu und flog sie förmlich hinab.

Und wenn unten welche den Ausgang versperren? Das wäre sein sicherer Tod. Er würde ja bald sehen, ob es sich so verhielt. Nach einem letzten Sprung erreichte er das Vestibül.

Niemand!

Ohne langsamer zu werden, stieß er die Haustür mit der Schulter auf und eilte auf die Straße.

Zehn Schritte vom Eingang entfernt rauchte ein Mann, gemütlich an die Motorhaube eines Autos gelehnt, eine Zigarette. Bei Antoines Anblick griff er nach seiner Waffe.

Pfeilschnell rannte Antoine in der Hoffnung über die Straße, dass ihm die Bäume und die geparkten Autos hinreichend Deckung boten.

Bis zur Rue Émilie-Gourd waren es nur etwa sechzig Meter, doch bevor er sie erreichte, gelang es dem Mann, zwei Schüsse abzufeuern. Die erste Kugel strich gefährlich nahe an Antoines Wange vorüber, während die zu hoch gezielte zweite dicht über seinem Kopf auf eine Hausfassade prallte, von der Putz auf ihn herabrieselte. Erneut senkte er den Kopf. Hinter ihm hallten Rufe durch die Nacht, dann folgten weitere Schüsse.

Mit einem Mal spürte er in der rechten Seite ein scharfes Brennen, auf das ein entsetzlicher Stoß gegen seine Schulter folgte. Fast wäre er zu Boden gestürzt. Mit knapper Not gelang es ihm, an der Hausmauer Halt zu finden, dann torkelte er wie ein Betrunkener bis zur Straßenecke, während weitere Kugeln um ihn herumpfiffen.

Er biss die Zähne zusammen und eilte in Richtung Boulevard Helvétique. Dabei sah er sich verzweifelt nach einer Stelle um, die ihm ein Versteck bot – oder vielleicht kam ein Auto, das er anhalten konnte. Unglücklicherweise lag die Straße um diese nächtliche Stunde verlassen da.

Er musste Rémy anrufen, so schnell wie möglich! Ohne stehen zu bleiben, versuchte er, das Telefon aus der Tasche zu holen, doch sein rechter Arm ließ sich nicht bewegen. Ein betäubender Schmerz fuhr ihm durch die Brust, und er glaubte, sich übergeben zu müssen. Als seine Verfolger hinter ihm um die Ecke bogen, überlegte er, ob er das Telefon mit der Linken herausholen sollte – dazu aber hätte er den Umschlag fallen lassen müssen. Ohne die Akte aber wäre er auf jeden Fall tot.

Seine einzige Aussicht auf Rettung bestand darin, den durch zwei Brücken mit der Altstadt verbundenen Boulevard zu erreichen, der mindestens sechs Meter über ihm oben auf der ehemaligen Stadtbefestigung verlief. Dort gab es sicherlich Fahrzeuge, von denen er eins vielleicht anhalten konnte. Doch sich da hinzuwagen war völlig unmöglich. Bevor er auf der anderen

Seite angekommen wäre, hätte man ihn erledigt. Zum Glück erwies sich die Straße, auf der er sich befand und die im rechten Winkel abbog, als Auffahrtrampe zu diesem Boulevard.

Mit letzter Kraft bewältigte Antoine, den der Blutverlust zusätzlich geschwächt hatte, den steilen Anstieg, wobei ihm alles vor den Augen verschwamm. Fünfzig Meter weiter fuhren Autos auf dem Boulevard.

Mit kreischenden Reifen tauchte mit einem Mal ein Fahrzeug am Ende der Straße auf. Seine Scheinwerfer erfassten ihn, während es entgegen der erlaubten Fahrtrichtung auf ihn zuraste. Das konnte nur eines bedeuten: Er war umzingelt.

Er sah sich um. Hinter ihm begannen drei Männer, die Rampe emporzulaufen.

Er saß tatsächlich in der Falle.

Offenbar waren die Männer zum selben Ergebnis gekommen wie er. Sie blieben nun stehen, um ihn besser ins Visier nehmen zu können.

»Stehen bleiben!«, rief einer von ihnen. Seine Stimme hallte drohend durch die Nacht. »Eine Bewegung, und Sie sind ein toter Mann.«

Während er verzweifelt nach einem Ausweg suchte, warf Antoine einen Blick zu dem nur wenige Meter entfernten Geländer. Selbst wenn es ihm gelingen sollte darüberzuspringen, bestand nur eine äußerst geringe Aussicht, den tiefen Sturz zu überleben. Ganz davon abgesehen würde er dort unten für seine Verfolger ein leichtes Ziel abgeben.

Das Spiel war aus.

Er blieb mitten auf der Auffahrtrampe stehen und sah, in sein Schicksal ergeben, zu seinen Verfolgern hin. An die Stelle des Schmerzes waren Benommenheit und Ermattung getreten. Er musste husten, und ein bitterer Geschmack nach Galle stieg ihm in die Kehle.

Hinter sich hörte er den Wagen näher kommen. Vielleicht würden sie sich damit begnügen, ihn zu überfahren, um seinen Tod als Unfall tarnen zu können.

Bestimmt wird Kommissar Bordier verrückt, wenn er erfährt, dass man mich zum zweiten Mal umgebracht hat.

Er wartete auf den Aufprall.

Mit quietschenden Reifen blieb der Wagen so vor ihm stehen, dass ihn die Motorhaube für einen Augenblick vor den drei Bewaffneten schützte. Es war so dunkel, dass Antoine kaum Annas Gesicht erkannte, die ihm die hintere Tür öffnete.

»Komm rein, Tony!«, rief sie ihm zu und hielt ihm beide Hände hin.

Überrascht zögerten seine Verfolger einen Augenblick, bevor sie alle gleichzeitig das Feuer eröffneten. Im Kugelhagel trat Rémy das Gaspedal durch, sodass der Wagen mit einem gewaltigen Satz in der Dunkelheit verschwand und lediglich den Geruch nach verbranntem Gummi zurückließ. Antoine, dessen Beine noch draußen hingen, klammerte sich verzweifelt an der Sitzbank fest, während ihn Anna mit aller Kraft ins Innere zog und die Tür zuschlug, sobald auch seine Füße im Wagen waren.

Unmittelbar darauf steuerte Rémy, der gewendet hatte, genau auf die drei Männer zu, die wie ein aufgeregter Vogelschwarm auseinanderstoben. Einen von ihnen, der nicht schnell genug gewesen war, traf die Stoßstange des Lexus mit voller Wucht, sodass er durch die Luft flog und ein Stück weiter auf dem Boden landete.

»Nimm das, Hurensohn!«, schrie Rémy, während er geschickt die scharfe Kurve der Auffahrtrampe meisterte. Immer noch mit Vollgas raste er dem See entgegen.

Nachdem er unter wildem Gehupe zwei rote Ampeln überfahren hatte, erreichte er wenige Minuten später die Uferstraße. Noch bevor Antoine Zeit hatte, sich vollständig aufzurichten, überquerten sie die Mont-Blanc-Brücke in Richtung auf das rechte Ufer. Ihr Ziel war Lubiesz' Villa.

Erst jetzt nahm Rémy das Gas zurück und warf einen Blick in den Rückspiegel.

»Na, mein Junge, da ist die Kavallerie ja wohl gerade noch rechtzeitig gekommen.«

»Ich war noch nie so glücklich, euch zu sehen«, murmelte Antoine mit vor Schmerz verzerrtem Gesicht. Erst jetzt löste er den linken Arm von seiner Seite, ließ den dicken Umschlag auf den Sitz fallen und sagte: »Ich hab die Akte.«

Als Anna den Umschlag aufhob, sah sie, dass er voll Blut war.

»Großer Gott, Tony, du bist ja verwundet!«

Er schenkte ihr ein schwaches Lächeln, bevor er auf ihrem Schoß zusammensackte.

KAPITEL 13

Mord! rufen und des Krieges Hund' entfesseln.
(WILLIAM SHAKESPEARE, JULIUS CAESAR)

Freitag, 28. Februar 1997

»Tony, hörst du mich? Tony?«

Annas Stimme klang schwach und wie aus weiter Ferne. Er versuchte, die Augen zu öffnen, aber seine Lider waren schwer wie Blei. Mit einem Mal traf ein greller Lichtblitz auf seine Netzhaut. Er zwinkerte und wandte mit großer Mühe den Kopf zur Seite.

»Willkommen unter den Lebenden.« Diesmal war Annas Stimme deutlicher zu hören.

Erneut zwinkerte er, dann gelang es ihm, verschwommene Gesichter wahrzunehmen. Als ihre Umrisse klarer wurden, erkannte er Anna und hinter ihr Lubiesz, der sich vorbeugte. Ein Mann, den er noch nie gesehen hatte, stand in ihrer Nähe.

»Wie fühlen Sie sich?«, fragte dieser mit warmer und beruhigender Stimme.

Es kostete Antoine eine große Anstrengung, den Kopf zu ihm zu drehen. Der Mann hatte das gemeißelte Gesicht eines Freibeuters. Lediglich die tiefen Falten auf seiner Stirn und um die Augen herum straften das jugendliche Aussehen, das ihm die zahlreichen Sommersprossen und sein roter Schopf verliehen, Lügen.

»Als hätte ich den schlimmsten Kater meines Lebens«, gab Antoine zurück. Dabei merkte er, dass sein Mund ausgedörrt war. »Außerdem kann ich nicht besonders gut sehen.«

»Das ist normal, wenn man so viel Blut verloren hat wie Sie. Aber das werden wir bald haben.«

»Wer sind Sie? Und wo bin ich?«

»Ich heiße Bernard Giroux und bin Arzt.«

»Und Sie sind wieder bei mir in Versoix, Antoine«, fügte Lubiesz hinzu.

»Wie lange war ich bewusstlos?«

Der Arzt warf einen Blick auf seine Uhr. »Fast sieben Stunden. Es ist jetzt acht Uhr vormittags. Heute ist Freitag.«

»Erinnerst du dich an gestern Abend?«, fragte Anna und strich ihm sacht über das Haar.

Er sah inzwischen etwas besser und erkannte, dass sie einen erschöpften Eindruck machte.

»Nur allzu gut. Kaum hatte ich den Tresor geöffnet, als ich Schritte hörte. Ich hab die Akte an mich genommen und bin rausgerannt, zwei Männer hinter mir her. Auf der Straße stand noch einer, der an einem Auto wartete – wahrscheinlich der Fahrer. Ich bin weggerannt, und sie haben mich verfolgt. Bevor ich kapiert hatte, was los war, haben sie losgeballert und mich auch getroffen. Sie wollten mich gerade erledigen, als zum Glück ihr gekommen seid. Ich weiß noch, wie ich in Rémys Auto gestolpert bin, danach kann ich mich an nichts mehr erinnern.«

»Du hast beinahe sofort das Bewusstsein verloren. Was für einen entsetzlichen Schreck du mir eingejagt hast! Aber es wird dich freuen zu hören, dass es Rémy gelungen ist, einen deiner Verfolger zu überfahren.«

»Sie haben sehr viel mehr Glück gehabt, als Ihnen vermutlich bewusst ist«, erklärte Dr. Giroux, während er Antoines Puls fühlte. »Sie sind zweimal getroffen worden. Das erste Geschoss hat Ihren äußeren rechten Schrägmuskel gestreift, ohne großen Schaden anzurichten. Zwei Zentimeter weiter links, und es hätte Ihr aufsteigendes Kolon, also den Grimmdarm, durchschlagen. Das andere ist durch Ihren Deltamuskel gegangen und hat das Schlüsselbein zertrümmert, bevor es durch die Brust wieder ausgetreten ist, glücklicherweise an der Lunge vorbei. Die Art der Ein- und Austrittsöffnung lässt mich vermuten, dass es sich um Patronen mit verstärkter Ladung vom Kaliber .40 handelt. Wären es Hohlspitzgeschosse gewesen, hätte die Aufpilzung Ihre Schulter zerkrümelt und die Schlüsselbeinarterie zerfetzt. Dabei wären Sie in kürzester Zeit verblutet. Außerdem ist die Wunde an Ihrem Arm aufgeplatzt, was zu Ihrem Blutverlust beigetragen hat. Alles in allem sind Sie ziemlich mitgenommen, haben aber keine ernsthafte innere Verletzung. Ich habe die Wunden versorgt und Ihnen außerdem eine Bluttransfusion verabreicht, sodass Sie in wenigen Wochen wieder auf den Beinen sein können. Jetzt brauchen Sie auf jeden Fall erst einmal Ruhe.«

»Für einen Schweizer Arzt scheinen Sie sich erstaunlich gut mit Schussverletzungen auszukennen«, sagte Antoine und warf einen Blick auf seine verbundene Schulter. »Sie waren wohl nicht zufällig mal Assistenzarzt im Los Angeles County Hospital?«

Der Arzt lachte auf.

»Ich habe fünfzehn Jahre bei *Ärzte ohne Grenzen* mitgearbeitet.«

Lubiesz trat näher und legte dem Arzt eine Hand auf die Schulter.

»Bernard ist einer meiner alten Freunde und ein ausgezeichneter Chirurg. Wir können uns überdies ganz und gar auf seine Diskretion verlassen: Um Ihre Sicherheit zu gewährleisten, wird er Ihre Verletzungen den Behörden nicht melden.«

»Ehrlich gesagt hätte ich Sie lieber in ein Krankenhaus eingewiesen. Aber nach dem, was mir Oskar berichtet hat, musste ich einsehen, dass Ihre Aussichten zu genesen hier günstiger sind.«

»Danke für Ihre Hilfe. Mir ist klar, dass Sie viel für mich getan haben. Und auch du, Mariscal. Ohne Rémy und dich... Wo ist er überhaupt, und wo ist Alex?«

»Alex hat die ganze Nacht an deinem Bett gewacht«, antwortete Anna. »Der Arzt hat ihn schließlich davon überzeugt, dass er ein wenig ruhen sollte.«

»Leider war Ihre charmante Freundin nicht bereit, es ihm gleichzutun.«

Anna zuckte die Achseln.

»Ich wollte verhindern, dass sich unser Draufgänger noch in ein weiteres waghalsiges Unternehmen stürzt.«

Antoine lachte, verzog aber gleich das Gesicht vor Schmerzen.

»Mariscal, dass du mir das Leben gerettet hast, gibt dir noch lange nicht das Recht, mich zu foltern. Und wenn jemand die Bezeichnung Draufgänger verdient, dann Rémy mit seinem Fahrstil. Jetzt sagt schon, wo er ist.«

»In meinem Arbeitszimmer. Er telefoniert«, teilte ihm Lubiesz mit. »Ich glaube, er versucht festzustellen, was gestern Abend schiefgelaufen ist.«

»Das kann ich Ihnen auch so sagen«, erklärte Antoine. »Der Code für die Eingangstür, den uns Holtz genannt hatte, stimmte nicht. Deshalb musste ich an der Fassade hochklettern und durch ein Fenster im vierten Stock eindringen.«

»Das erklärt die aufgeschürften Finger, die zahlreichen Schnittverletzungen an Ihren Händen und die aufgerissene Naht am Arm«, sagte Dr. Giroux.

»...und auch dein bedauernswertes Zusammentreffen mit

den schießwütigen Ganoven«, fügte Rémy hinzu, der gerade in diesem Augenblick hereinkam. »Die Verbände stehen dir gut, Antoine. Ist das ein Déjà-vu-Erlebnis, oder hast du die Gabe, Ärger magnetisch anzuziehen?«

»Meinst du, dieser Holtz hat uns mit Absicht ans Messer geliefert?«

»Wohl kaum, denn in dem Fall wärst du nicht lebend aus der Kanzlei gekommen. Wahrscheinlich hast du mit dem Einschlagen der Scheibe einen stummen Alarm ausgelöst.«

»Und welche Erklärung hast du dafür, dass er dir den falschen Zugangscode genannt hat?«

»Keine Ahnung. Ich habe versucht, ihn zu erreichen, aber er geht nicht ans Telefon. Wenn ich an unsere letzte Begegnung denke, finde ich das auch gar nicht weiter erstaunlich. Vielleicht ist der Code in letzter Zeit geändert worden, und er hat nichts davon gewusst. Oder er hat sich geirrt, als er ihn mir genannt hat. Glaub mir, er hatte nicht das geringste Interesse daran, dass du gefasst würdest. Aber jedenfalls hast du es geschafft, und das allein zählt.«

Antoine wandte sich an Lubiesz.

»Haben Sie sich die Dokumente schon angesehen, die ich mitgebracht habe? Sind es die richtigen?«

Lubiesz tauschte einen kurzen Blick mit Rémy. »Das sind sie in der Tat. Die Bankauszüge beziehen sich auf Einlagen aus dem Zeitraum, der uns interessiert, und sie entsprechen den in den Begleitpapieren des Transports aufgeführten Mengen an Gold und Devisen.«

»Gott sei Dank!«, rief Antoine aus. »Dann sind wir ja gerettet.«

»Nicht unbedingt«, gab Anna zögernd zurück. »Der Umschlag enthält nicht die vollständige Kundenakte, sondern lediglich die Auszüge für ein im Namen einer Liechtensteiner Stiftung eröffnetes Konto.«

»Und keinerlei Hinweis auf einen wirtschaftlich Berechtigten?«

»Nein. Nicht einmal ein Kennwort, das sich mit Krauss in Verbindung bringen ließe. Sämtliche Kontobewegungen waren Ein- und Auszahlungen in bar und liefern weder einen Hinweis auf die Herkunft des Geldes noch darauf, wohin es geflossen ist.«

»Zweifellos war diese delikate Situation der Grund dafür, warum *maître* Morin es vorgezogen hat, bei der Eröffnung des Kontos keinen Namen eines wirtschaftlich Berechtigten einzusetzen«, meldete sich Rémy zu Wort. »Damals war eine solche Angabe noch nicht gesetzlich vorgeschrieben. Vermutlich hat er den Rest der Akte vorsichtshalber woanders aufbewahrt.«

»Also alles für die Katz…« Antoine seufzte.

»Noch ist nicht aller Tage Abend, Tony«, versicherte ihm Rémy. »Es mag eine gewisse Zeit dauern, aber ich werde Holtz mit Sicherheit aufspüren, ganz gleich, wo er sich versteckt hält. Und glaub mir, ich weiß, wie ich ihn dazu überreden kann, dass er uns die verdammten Unterlagen besorgt.«

»Unglücklicherweise ist Zeit ein Luxusgut, über das wir nicht verfügen«, gab Lubiesz zu bedenken. »Wir müssen der Situation ins Auge sehen: Ihre Tarnung ist aufgeflogen, Antoine. Seit gestern Abend weiß Krauss bestimmt, dass Sie noch leben, und es wird nicht lange dauern, bis er herausbekommen hat, wo Sie sich aufhalten. Wenn wir überhaupt eine Aussicht auf Erfolg haben wollen, müssen wir rasch handeln.«

»Aber wie? Wir haben nach wie vor nicht den Schatten eines Beweises für die Beziehung zwischen Krauss und diesem Konto. Man kann ja nicht gut bei ihm anklopfen und ihn auffordern, uns künftig in Ruhe zu lassen.«

»Wenn ich es mir recht überlege, sollten wir genau das tun«, sagte Anna nachdenklich.

Vladek Bisorski war so schlecht gelaunt, dass er am liebsten einen Fußgänger überfahren hätte, einfach um etwas Druck abzulassen. Glücklicherweise war auf der Straße zum Dorf Anières niemand zu Fuß unterwegs.

Am Vormittag hatte ihn der Alte am Telefon gewaltig zusammengestaucht. Kein Wunder: Nicht nur hatte er es nicht geschafft, Alexandre Demarsands zu töten, jetzt war mit einem Mal auch dessen verdammter Bruder Antoine wieder unter den Lebenden aufgetaucht. Und als ob das nicht genügte, war es dem blöden Hund obendrein gelungen, wichtige Unterlagen aus der Anwaltskanzlei zu entwenden, die für den Alten arbeitete.

Widerwillig musste Bisorski zugeben, dass der Junge Schneid hatte. Offensichtlich war das doch nicht der verzogene Yuppie, als den er sich ihn vorgestellt hatte. Außerdem musste er angesichts dessen, dass er es fertiggebracht hatte, sich der Mitwirkung von Holtz zu versichern, über beträchtliche Hilfsmittel verfügen. Zwar hatte Bisorski das Vergnügen gehabt, sich diesen perversen Anwalt vorzunehmen, dessen Leiche inzwischen mit Ballast beschwert am Boden des Sees lag, doch war das nur ein schwacher Trost.

Er hatte im Laufe der Jahre des Öfteren mit unzufriedenen Auftraggebern zu tun gehabt, die ihn mit wüsten Beschimpfungen eingedeckt hatten. Alle wollten, dass er ihre Aufträge schnellstens erledigte, ohne sich darüber klar zu sein, wie schwierig es war, einen Menschen unauffällig aus dem Weg zu räumen. Aber der alte Ami war aus anderem Holz geschnitzt. Kein einziges Mal hatte er die Stimme gehoben, während er ihm mit vor Hohn triefender Stimme die Liste seiner Fehlschläge der vergangenen Woche vorgehalten hatte, was seine von kaum verhüllten Drohungen begleiteten Vorwürfe umso schneidender wirken ließ.

Das Schlimme daran war, dass der Mann in jeder Hinsicht recht hatte. Bisorski hatte kläglich versagt. Das Gefühl, gedemütigt worden zu sein, stachelte seine Wut erst recht an. Außerdem war er unruhig. Ihm war bewusst, dass sein Auftraggeber überaus mächtig war und keinen Augenblick zögern würde, von seiner Macht Gebrauch zu machen – das bewies allein schon das für diesen Abend vorgesehene Kommandounternehmen. Es war Bisorski völlig klar, dass es für ihn die letzte Gelegenheit war, sein Ansehen wiederherzustellen – und vor allem, am Leben zu bleiben.

»Wir könnten ihm gegenüber doch bluffen.«

Die anderen sahen sie fragend an.

»Schön, wir haben kein einziges Dokument, das ihn zweifelsfrei mit diesem Konto in Verbindung bringt«, fuhr Anna fort, »aber das weiß er nicht.«

»*Maître* Morin hat ihn mit Sicherheit davon in Kenntnis gesetzt, dass die Papiere entwendet wurden«, wandte Rémy ein. »Also ist ihm klar, dass wir nichts als die Auszüge haben.«

»Von mir aus. Aber er hat keine Möglichkeit zu überprüfen, ob Morin ihm die Wahrheit gesagt oder lediglich versucht hat, sich aus der Geschichte herauszuwinden.«

»Wenn ich dich richtig verstehe«, sagte Antoine ungläubig, »soll einer von uns versuchen, Krauss einzureden, dass wir genug Beweismaterial gegen ihn in der Hand haben, um ihn selbst hinter Schloss und Riegel zu bringen und die politische Laufbahn seines Sohnes zu torpedieren?«

»So ungefähr.«

»Und was lässt dich annehmen, dass er so eine faustdicke Lüge schlucken würde?«

»Es gibt nur eine Möglichkeit, das festzustellen: Wir müssen es darauf ankommen lassen.«

Mit großer Mühe richtete sich Antoine auf.

»Das klappt nie und nimmer. Wer das probiert, kommt nicht lebend davon.«

»Ich denke, dass ich es schaffen könnte.«

»Du bist ja total verrückt, Mariscal! Kommt überhaupt nicht infrage, dass du zu dem Burschen nach Texas fährst.«

»Meinst du? Und wer will mich daran hindern? Hast du etwa eine bessere Lösung zu bieten?«

»Antoine hat recht, Anna«, meldete sich Lubiesz zu Wort. »Es ist zu gefährlich.«

»Nicht gefährlicher, als hier darauf zu warten, dass Krauss uns eine Bombe aufs Dach wirft – oder was für eine Teufelei auch immer er gerade ausbrütet.«

Sie sah Antoine unverwandt in die Augen.

»Ich finde es ehrlich gesagt merkwürdig, dass ich nicht mehr Unterstützung bei einem Mann finde, der nichts dabei gefunden hat, einen Auftrag im Wert von über einer Milliarde Dollar aufs Spiel zu setzen, weil er sich das Vergnügen nicht verkneifen konnte, seinen Gegenspieler zu demütigen.«

»Aber dabei ging es nicht um mein Leben.«

»Um meines geht es aber auf jeden Fall – so oder so. Da ist es doch besser zu handeln, als tatenlos herumzusitzen. Ganz davon abgesehen habe ich die Kunst, andere mit Worten einzuseifen, bei einem wahren Meister seines Fachs gelernt«, fügte sie mit leicht boshaftem Lächeln hinzu.

»Rémy«, bat Antoine, »tu was! Sag ihr, dass sie nicht bei Trost ist.«

»Tut mir leid, mein Junge. Kann sein, dass sie nicht bei Trost ist, aber ihr Plan könnte aufgehen. Haben wir denn überhaupt eine andere Wahl?«

Sie war gerade noch rechtzeitig in Zürich angekommen, um den Mittagsflug nach Dallas zu erreichen. Von dem Augenblick an, da sie den Entschluss gefasst hatte, sich mit Krauss zu messen, war alles so schnell gegangen, dass ihr keine Zeit geblieben war, über die möglichen Folgen nachzudenken. Jetzt, da die vielen Stunden des langen Flugs über den Atlantik vor ihr lagen, wurde sie von Unruhe erfasst. Und wenn ihr Täuschungsmanöver fehlschlug? In dem Fall würde sich Krauss ihrer irgendwo auf seinem riesigen Besitz in einem abgelegenen Winkel des texanischen Ödlandes entledigen, wo niemand je ihre Leiche finden würde. Dann wären alle an dem entsetzlichen Katz-und-Maus-Spiel Beteiligten verloren: Rémy, Alexandre und natürlich Antoine.

Als sie ihn unmittelbar vor ihrem Aufbruch in seinem Zimmer aufgesucht hatte, um sich von ihm zu verabschieden, schlief er. Der Versuch, ihn aufzuwecken, wäre aussichtslos gewesen, denn Dr. Giroux hatte ihm Dolantin gespritzt, und so hatte sie sich damit begnügt, ihn auf die Stirn zu küssen. Sie war zugleich erleichtert und enttäuscht gewesen, weil sie nicht mit ihm sprechen konnte. Doch was sie ihm hatte sagen wollen, konnte warten, bis sie einander wiedersahen – immer vorausgesetzt, es würde dazu kommen.

Sie schüttelte den Kopf und kämpfte gegen die Tränen an. Ihr Blick fiel auf den Aktenkoffer, den sie auf den freien Sitz neben sich gestellt hatte. Er war ihr ganzes Gepäck und enthielt eine Kopie der Auszüge für das Konto von Krauss sowie die Kennwortliste, die Alexandre am Vorabend mitgebracht hatte. Sie öffnete den Koffer, nahm sie heraus und ging die Namen zum x-ten Mal in der aberwitzigen Hoffnung durch, eine Verbindung zu Krauss zu erkennen, und sei es auch nur um der intellektuellen Befriedigung willen, das Rätsel gelöst zu haben. Trotz Alexandres Hinweis, dass auf die Nationalität bezogene Schlussfolgerungen nicht zwangsläufig aussagekräftig seien, konzentrierte sie sich zuerst auf angelsächsische Begriffe, die etwa ein Drittel der Liste ausmachten. Rund dreißig davon ließen sie sogleich an Amerika denken: beispielsweise »Corn Dog«, »Groucho« und »Okeechobee«. Natürlich ließ sich daraus die Staatsangehörigkeit eines wirtschaftlich Berechtigten nicht herleiten und noch weniger dessen Identität, aber sie hoffte, anhand dessen, was sie über die Person und das Leben jenes Mannes wusste, das von ihm verwendete Kennwort erraten zu können.

Schon bald erregte der Name »Geronimo« ihre Aufmerksamkeit. Ihrer Erinnerung nach hatten in einem alten Film mit John Wayne amerikanische Fallschirmjäger im Zweiten Weltkrieg beim Absprung den Namen des berühmten Kriegshäuptlings der Chiricahua als Schlachtruf ausgestoßen. War Krauss, der sich selbst aus einem Flugzeug hatte retten müssen, möglicherweise auf dieses Kennwort verfallen? Oder war es »Victoria«, als Hinweis auf die ihm verliehene britische Tapferkeitsmedaille, das Viktoria-Kreuz?

Nach einer Stunde fruchtlosen Grübelns legte sie die Liste zurück. Es war aussichtslos. Vermutlich bestand zwischen dem von Krauss verwendeten Kennwort und seinem Leben nur eine schwache Beziehung, wenn überhaupt eine.

Sie stellte ihren Sitz zurück, schloss die Augen und wartete darauf, dass sich die Anspannung löste, die sich im Laufe des Tages in ihr aufgestaut hatte.

In der mondlosen Nacht strebten auf dem glatten Wasser des Sees zwei von starken Außenbordmotoren angetriebene Schlauchboote dem gegenüberliegenden Ufer entgegen. Der Nebel hatte sich gehoben. Bei einem Blick nach oben sah Bisorski, der auf dem Dollbord des zweiten Bootes saß, eine Unzahl von Sternen über sich am Himmel blitzen. Weit davon entfernt, sich an der Schönheit des Bildes zu erfreuen, das sich ihm bot, fluchte er innerlich, dass es keine schützende Wolkendecke gab. Allerdings änderte dieser Umstand für ihn und das Dutzend Männer, aus denen seine Gruppe bestand, nicht viel. Den Informationen des Alten zufolge wurden die Zielpersonen von einem halben Dutzend bewaffneter Leibwächter beschützt, denen das neueste Material zur Verfügung stand: Bewegungsmelder, Drucksensoren sowie aktive und passive Nachtsichtgeräte. Da das Haus einen eigenen Generator besaß, würde es den Angreifern nichts nützen, die Stromzufuhr von außen zu kappen.

Ohnehin würden die Verteidiger ihre Ankunft so oder so bemerken, sobald die Boote an Land stießen, ob nun Nebel herrschte oder nicht. Daher hatte sich der Anführer des Kommandos, ein wortkarger ehemaliger Hauptmann der als GIGN bezeichneten Spezialeinheit der französischen Gendarmerie, für eine schnörkellose Strategie entschieden: einen sofortigen Sturmangriff mit dem Ziel, die Verteidiger durch eine Kombination von Schnelligkeit und Feuerkraft außer Gefecht zu setzen.

Bisorski sah zu den bis an die Zähne bewaffneten Männern hin, deren geschwärzte Gesichter jeweils unter einer Sturmhaube verborgen waren. Auch sie waren einer wie der andere ehemalige Angehörige verschiedener taktischer Spezialeinheiten. Unwillkürlich umklammerte er den Griff seiner vollautomatischen Maschinenpistole vom Typ Steyr TMP. Obwohl man das angesichts ihrer geringen Länge von dreißig Zentimetern und ihrem Gewicht von nur knapp eineinhalb Kilo nicht vermutet hätte, war sie die ideale Waffe für den Nahkampf, denn sie ließ sich geradezu spielerisch mit einer Hand bedienen und konnte neunhundert Schuss pro Minute auf eine Entfernung von neunzig Metern abfeuern.

Während er geradezu liebevoll mit dem Finger über das

glatte Metall fuhr, überlief ihn ein Schauer der Erregung. In dieser Nacht würde er die Krönung seiner Laufbahn erleben, ein Feuerwerk, das er um nichts in der Welt hätte versäumen wollen. Und das Risiko war begrenzt; dank der Söldner, die ihm den Weg bahnen und die Verteidiger außer Gefecht setzen sollten, war seine Aufgabe ein Kinderspiel – und dafür hatte er das ideale Spielzeug in der Hand.

Mit einem Mal hörte das gedämpfte Dröhnen der Motoren auf. Bisorski hob den Blick und sah, dass das Ufer nur noch etwa dreißig Meter entfernt war.

»Bereithalten«, flüsterte einer der Männer, während sich die beiden Boote, von der Massenträgheit getrieben, weiter dem Ufer näherten.

Gelassen entsicherte Bisorski seine Steyr. Die Stunde war gekommen, seinen Ruf wiederherzustellen und sich ein für alle Mal der verfluchten Brüder Demarsands zu entledigen.

In der Wachzentrale wurden die Bildschirme plötzlich hell. Es sah aus, als leuchteten die elektrischen Kerzen an einem Weihnachtsbaum auf – rot und orangefarben sah man eine Vielzahl von Aufnahmen der Wärmebildkameras, an deren Stelle wenige Sekunden später im Licht starker Scheinwerfer die Umrisse Bewaffneter traten. Bevor der vor sich hindämmernde Wachmann Zeit hatte, auf den Alarmknopf zu drücken, waren die Angreifer bereits bis zum Schwimmbecken vorgedrungen.

Ungläubig sah er, wie einer von ihnen in die Hocke ging und ein Gerät ansetzte, das ihm wie eine Panzerfaust vorkam. Einen Lidschlag später heulte im Haus die Alarmanlage auf, doch ging ihr Lärm sogleich in der betäubenden Explosion der Hohlladung unter.

Der Wächter griff nach seinem Mikrofon und schrie Befehle, die über die Lautsprecheranlage wiedergegeben wurden.

»Eine große Zahl von Angreifern auf dem Rasen Seeseite; sie haben eine Bresche in den Wohnbereich gebrochen! Kyle und Brian, bringt die Zivilisten zum Hubschrauber. Pilot, Triebwerke starten! Alle anderen im Vorraum sammeln; verhindert, dass die Banditen Gefechtsformation annehmen! Schießt gezielt!«

Dann sprang er auf, riss im vollen Lauf ein Sturmgewehr von seinem Gestell hinter dem Schreibtisch und eilte hinaus.

Rémy, der ruhig vor dem Kamin las, würde nie erfahren, was geschehen war. Ein Splitter des weiß glühenden Geschosses durchbohrte sein Herz, und er war tot, bevor der erste der Angreifer einen Fuß in den Raum gesetzt hatte.

Im ersten Stock hatte Dr. Giroux gerade Antoines Verband erneuert, als die Detonation die Wände erschütterte. Mit der Erfahrung vieler Jahre fasste er seinen Patienten unter den Achseln und half ihm dabei aufzustehen.

Antoine hatte weder Zeit nachzudenken noch sich aufzuregen; er stützte sich auf Giroux' Schulter und machte sich unter Schmerzen daran, zur Tür zu humpeln. Auf dem Treppenabsatz kam ihnen einer der Leibwächter mit einer Uzi in der Hand entgegen, begleitet von Lubiesz, der seinen Stock mit einer Walther P38 vertauscht hatte.

»Zum Hubschrauber!«, befahl er und wies mit der Waffe nach oben. »Brian und ich geben Ihnen Deckung.«

»Und Alex?«, überschrie Antoine den Lärm der Feuerstöße, der von unten heraufdrang.

»Kyle ist bei ihm. Beeilen Sie sich!«

Inmitten brüllender Flammen zerbarst das Panzerglas der Terrassentüren unter dem Aufprall der Granate, wobei ein Schauer tödlicher Splitter im Wohnraum niederging. Sogleich nahmen zwei Mitglieder des Kommandos links und rechts der gähnenden Öffnung Position ein und warfen gleichzeitig Handgranaten mit Aufschlagzünder in den Wohnbereich, bevor sie in Deckung gingen. Sobald die Granaten explodiert waren, stürmten sie durch den Rauch voran.

Bisorski hockte hinter der Umrandung des Schwimmbeckens und sah zu, wie die beiden Männer ihre Magazine auf einen der Leibwächter leer feuerten, nachluden und durch den großen Türbogen verschwanden, der zum Vorraum führte. Wenige Schritte vor ihm machte der Anführer des Kommandos einige Handzeichen, dann stürmte er, von sieben seiner Männer gefolgt, auf das Haus zu.

Bisorski rührte sich nicht.

Er hatte noch keinen einzigen Schuss abgegeben und war entschlossen zu warten, bis der Weg frei war. Erst dann würde er das Haus betreten. Es war nicht seine Aufgabe, sich den Leibwächtern in den Weg zu stellen, sondern die ihm genannten Zielpersonen zu töten. Einstweilen begnügte er sich damit, dem Schauspiel zuzusehen.

Mit dem Leibwächter als Vorhut und Lubiesz als Nachhut eilten sie so rasch über die Treppe nach oben, wie Antoines Zustand das zuließ.

Sie waren auf halbem Wege, als ein Eindringling in schwarzem Drillichzeug im Vorraum auftauchte, der sie auch sofort sah. Der Leibwächter hob seine Waffe, doch ein Feuerstoß riss ihn von den Füßen, bevor er den Abzug betätigen konnte. Als der Angreifer den Lauf seiner Maschinenpistole auf Antoine richtete, schloss dieser instinktiv die Augen.

Wenige Zentimeter von seinem Kopf entfernt hallte eine Detonation, auf die ein entsetzlicher Schrei folgte. Mit schmerzendem Trommelfell öffnete Antoine die Augen gerade rechtzeitig, um zu sehen, wie der Mann zu Boden sank. Lubiesz schritt, die noch rauchende Pistole in der Hand, um die Leiche seines Leibwächters herum. »Kommen Sie, schnell!«

Kaum war der letzte Mann des Kommandos in den Wohnbereich eingedrungen, als Dauerfeuer aus dem Vorraum die Angreifer empfing. Einer stürzte sogleich zuckend zu Boden, während es einem anderen, der oberhalb des Knies getroffen war, gelang, sich hinter ein Sofa zu schleppen. Während er dort lag und die Hände auf den Oberschenkel presste, drang das Blut zwischen den freiliegenden Enden seines zerschmetterten Knochens hervor. Die übrigen Männer nahmen Deckung, wo sie sie fanden, und erwiderten das Feuer, wobei alles im Raum in Stücke ging. Es ärgerte Bisorski maßlos, dass sich auch die kostbaren Kunstwerke des Eigentümers darunter befanden, denn er hatte gehofft, das Haus plündern zu können. Wenn das so weiterging, würde es dort bald nichts mehr geben, das es sich mitzunehmen lohnte. Schlimmer aber war, dass sich Lubiesz' Leibwächter ebenso unerwartet wie erfolgreich zur Wehr setzten. Das kostete wertvolle Zeit.

Bisorski bedeutete den beiden außerhalb des Hauses gebliebenen Söldnern, ihm zu folgen. Geduckt eilten sie am Schwimmbecken entlang, umrundeten das Gebäude und rannten über die lange Hauptzufahrt auf den Vordereingang zu.

Mit einem Mal pfiffen ihm Kugeln gefährlich nahe um die Ohren. Einer seiner Begleiter stürzte mit einem Kopfschuss zu Boden. Bisorski sah das Mündungsfeuer, bevor er die Detonation hörte. Hinter einem Gebüsch geduckt, nahm einer der Wächter sie unter Feuer.

Ohne langsamer zu werden, riss Bisorski seine TMP von der Hüfte, die sogleich wild in seiner Hand zuckte. Der erste Feuerstoß lag zu niedrig, sodass die Geschosse eine tiefe Furche in den Kies rissen, doch der zweite fand sein Ziel und zersägte den Mann geradezu.

Wenige Sekunden darauf hatten sie die massive Eingangstür erreicht.

»Semtex!«, rief Bisorski seinem Begleiter zu. »Spreng mir das verdammte Ding auf!«

Der Vorraum hatte sich in ein Schlachtfeld von apokalyptischem Ausmaß verwandelt, über dem eine dichte Wolke aus Rauch und Staub hing. Querschläger prallten gegen die Botero-Statue und rissen die mit Marmor verkleideten Wände auf. Auf der anderen Seite des Türbogens hockten sechs von Lubiesz' Männern und zwangen mit ihren Feuer speienden Uzis die Angreifer, in ihrer Deckung zu bleiben.

Während er sich an Dr. Giroux klammerte, bewältigte Antoine die letzten Stufen.

»In mein Arbeitszimmer«, sagte Lubiesz, nachdem er mit einem raschen Blick die Lage erkundet hatte.

Eine sonderbare Stille herrschte in dem Raum, der bisher von den Kampfhandlungen verschont geblieben war und in dem nach wie vor der Geruch nach altem Leder und Zigarrenrauch hing. Leise knisternd brannten Scheite im Kamin. Am hinteren Ende des Raums war eine in der Täfelung verborgene und zuvor nicht sichtbare Tür angelehnt.

Mit einer Handbewegung forderte Lubiesz seine Begleiter auf stehen zu bleiben, trat mit schussbereiter Pistole lautlos zu der Tür, stieß sie mit dem Fuß vollständig auf und sprang überraschend gelenkig in Schützenposition auf die Schwelle.

Antoine rechnete damit, dass ein Feuerstoß aus einer Maschinenpistole den Alten in Stücke reißen würde, doch nichts dergleichen geschah.

»Der Weg ist frei«, stieß Lubiesz über die Schulter hervor. »Vorwärts!«

Sie folgten ihm durch einen endlos scheinenden Gang, der Antoines Vermutung nach zum linken Flügel des Gebäudes und damit zur Startplattform des Hubschraubers führte. Nach einer Weile mussten sie über die Leiche eines der Angreifer steigen, dessen Gesicht nur noch ein blutiger Brei war. Drei Meter weiter entdeckten sie einen weiteren Toten – einer von Lubiesz' Männern, dessen Hände noch sein Gewehr umklammerten.

Am Ende des Ganges traten sie in die verlassene Wachzentrale, wo eine große Zahl an einer Wand neben- und übereinander angeordneter Bildschirme bemerkenswert scharfe Bilder verschiedener Räume und Außenansichten des Besitzes zeigten. Einer davon lenkte Antoines Aufmerksamkeit sogleich auf sich. Auf ihm erkannte man aus der Vogelperspektive den Vorraum, den sie kurz zuvor verlassen hatten. Da kein Ton übertragen wurde, machte die Szene einen unwirklichen Eindruck. Die unablässig feuernden Leibwächter hielten ihre Stellung nach wie vor. Dann erhellte mit einem Mal ein greller Blitz die Szenerie, auf den sogleich eine dichte Rauchwolke und ein Hagel von Trümmern folgten. Als sie die Explosion in der Wachzentrale hörten, schwankte der Boden unter ihren Füßen.

»Sie haben den Haupteingang aufgesprengt!«, rief Lubiesz. »Jetzt sind meine Männer zwischen zwei Feuern.«

Er öffnete eine schwere Metalltür und forderte die beiden mit einer weiteren Handbewegung auf hindurchzugehen. Wie von Antoine erwartet, befanden sie sich auf der Start- und Landeplattform. Sogleich peitschte der von den Rotorblättern eines Eurocopter Dauphin HH-65A erzeugte Luftstrom ihr Gesicht.

Kyle hielt in der Nähe der Maschine erkennbar besorgt Wache, den Lauf seines Sturmgewehrs M16 auf das Haus gerichtet. Vorgebeugt eilten die drei Männer auf den Hubschrauber zu. Giroux stieg als Erster ein und zog Antoine auf den Sitz neben sich.

Durch die Tränen, die der Schmerz Antoine in die Augen getrieben hatte, sah er zu seiner Erleichterung, dass ihm sein Bruder gegenübersaß.

»Wo ist Rémy?«, rief er laut, um den Lärm des Triebwerks zu übertönen.

Mit düsterer Miene schüttelte Alexandre den Kopf. »Er hat es nicht geschafft.«

Kaum hatte er das gesagt, als von der Wachzentrale her geschossen wurde. Mit bedrohlichem Geräusch prallten die Kugeln vom Rumpf ab. Antoine wandte den Kopf gerade noch rechtzeitig, um zu sehen, wie Lubiesz, der nach wie vor draußen stand, die Tür des Hubschraubers zuschlug.

»Großer Gott, was tun Sie? Beeilen Sie sich, dass Sie reinkommen.«

Der Alte lächelte.

»Ich habe genug vom Davonlaufen, mein Freund. Wir sehen uns in Walhalla.« Damit zitierte er die Worte, die Major Heinrich Ehrler, nachdem dieser seine Munition vollständig verschossen hatte, über Funk seinem Freund Theodor Weißenberger zugerufen hatte, bevor er wenige Wochen vor Kriegsende mit seinem Messerschmitt-Düsenjäger Me 262 einen amerikanischen Bomber vom Typ B-24 rammte.

Bevor Antoine etwas sagen konnte, machte der Deutsche dem Piloten ein Zeichen, und der Hubschrauber stieg in der Dunkelheit auf.

»Verdammte Scheiße!«, brüllte Bisorski den Anführer des Kommandos an. »Ich hatte doch gesagt, dass ich ihn lebend haben wollte.«

Der Mann, auf dessen Gesicht der Schweiß den Ruß verschmiert hatte, zuckte die Achseln, als ob ihn das nichts angehe.

»Genau das hat er wahrscheinlich befürchtet.« Bei diesen Worten wies er mit der Stiefelspitze auf das schwarze Loch in Lubiesz' Schläfe. »Er hat sich eine Kugel in den Kopf gejagt, als wir ihn umstellt hatten, aber nicht ohne vorher noch einen meiner Männer umzulegen.«

Bisorski spie verächtlich aus. Er kniete sich neben den Leichnam und nahm ihm die goldene Uhr, die Brieftasche und den Siegelring ab. So wie es im Haus aussah, musste er damit rechnen, dass diese drei Gegenstände seine ganze Beute sein würden. Er hatte keine Zeit, den Schutt nach weiteren Dingen von Wert zu durchwühlen.

»Wir sollten verschwinden, bevor die Bullen hier auftauchen«, warf ihm der Anführer des Kommandos zu, als habe er seine Gedanken gelesen.

Bisorski seufzte und erhob sich.

»Und was ist mit euren Toten und Verwundeten?«

»Sind alle schon im Boot. Wir haben gründlich aufgeräumt. Von meinen Leuten liegt hier nicht mehr das kleinste Stückchen Gedärm herum.«

Während Bisorski auf den Anleger zutrabte, drehte er sich um und warf einen letzten Blick auf die Ruinen der Villa.

Schade, war ein schöner Besitz. Aber er würde seinem Eigentümer ja sowieso nicht mehr viel nützen.

Er stieg in das eiskalte Wasser und zog sich in das Schlauchboot hoch. Einer der noch einsatzfähigen Männer warf den Motor an, und schon bald steuerten sie im Dunkel der Nacht auf das gegenüberliegende Ufer des Sees zu.

Alle Leibwächter Lubiesz' waren tot, wie auch der Rechtsanwalt und natürlich der Hausherr – um einen hohen Preis. Sechs Männer hatte das Kommandounternehmen verloren, und drei weitere waren verwundet, unter ihnen der Anführer. Nicht nur hatten sich mehr Verteidiger auf dem Anwesen befunden als angenommen, sie hatten sich auch mit erstaunlicher Entschlossenheit zur Wehr gesetzt. Noch schlimmer aber war es für Bisorski, dass ihm die Brüder Demarsands, denen das Ganze gegolten hatte, wieder einmal entschlüpft waren.

Er hatte dem Auftraggeber seinen Bericht bereits per Funk durchgegeben. Wie nicht anders zu erwarten, war dieser vom Ausgang der Operation alles andere als begeistert. Die Entflohenen aufzuspüren würde nicht einfach sein, da niemand sagen konnte, wo der Hubschrauber landen würde. Doch damit würde Bisorski nichts mehr zu tun haben. Er hatte einmal zu viel versagt. Es war Zeit, den Auftrag und die Bezahlung dafür abzuschreiben und sich schleunigst unsichtbar zu machen, um nicht seinerseits so zu enden wie die Männer, die auf dem Boden des Bootes lagen.

Er sah zum Anführer des Kommandos hin, der ihm gegenübersaß und seelenruhig eine Gitane rauchte.

»Das war ein wilder Kampf, was?«, sagte der Mann und zwinkerte ihm zu.

»Das kann man laut sagen!«

Mit der Fingerspitze vergewisserte sich Bisorski, dass seine Waffe nach wie vor entsichert war.

»Was ist mit Rémy?«, erkundigte sich Antoine, dem die Worte seines Bruders wieder eingefallen waren.

»Er war im Wohnbereich, als der Angriff begann. Der Mann, der mich zum Hubschrauber gebracht hat, hat gesagt, dass er beim Aufsprengen der Tür umgekommen ist.«

Antoine schloss die Augen, um seine Tränen zurückzuhalten.

»Wenn ich nicht meine Nase in diese stinkende Angelegenheit gesteckt hätte, wäre er noch am Leben.«

»Mit Selbstvorwürfen kannst du ihn nicht zurückholen. Wir sollten lieber dafür sorgen, dass sein Tod nicht vergeblich war.«

»Und wie willst du das anstellen? Es ist doch nur eine Frage der Zeit, bis Krauss uns endgültig am Haken hat!«

Alexandre fasste nach dem Knie seines Bruders. »Das wollen wir erst mal sehen! Da ist das letzte Wort noch nicht gesprochen. Anna dürfte inzwischen in Texas angekommen sein. Was heute Abend hier passiert ist, vermindert ihre Erfolgsaussichten in keiner Weise. Ganz im Gegenteil wird es Krauss zeigen, dass er uns nicht so einfach aus dem Verkehr ziehen kann, wie er sich das vorgestellt hat.«

»Und wenn er sie umbringt? Hast du daran gedacht?«

»Habe ich. Aber die Entscheidung, ob sie weitermacht oder nicht, liegt ausschließlich bei ihr, und ich weiß jetzt schon, wie die ausfällt.«

Während sich die Brüder miteinander unterhielten, war Giroux zum Piloten gegangen, um sich mit ihm zu besprechen. Nach einer Weile nickte der Mann und änderte mit einem leichten Druck auf den Steuerhebel den Kurs. Inzwischen führte Giroux über sein Mobiltelefon ein Gespräch. Wenige Minuten später kehrte er auf seinen Platz neben Antoine zurück.

»Der Pilot sagt, Lubiesz habe ihn angewiesen, uns am Züricher Flughafen Kloten abzusetzen, von wo Sie in die Vereinigten Staaten oder an jeden beliebigen anderen Ort fliegen können. Allerdings sind Sie, Antoine, nicht reisefähig.«

»Welche andere Lösung gäbe es denn?«, fragte Alexandre. »Ich habe nämlich nicht die Absicht, meinen Bruder allein zu lassen.«

Giroux lächelte. »Das habe ich vermutet und deswegen dem Piloten ein neues Ziel vorgeschlagen. Meine Familie besitzt zwischen Gstaad und Schönried ein Chalet. Dort werden Sie sicher sein, dafür stehe ich gerade. Krauss kennt mich nicht und hat keinen Grund, Sie im Berner Oberland zu suchen.«

»Das ist äußerst großzügig von Ihnen«, stieß Antoine hervor. »Aber wir können nicht zulassen, dass Sie noch mehr Gefahren auf sich nehmen. Sehen Sie doch nur, welchen Preis unser Freund Rémy hat zahlen müssen.«

Giroux schüttelte leicht den Kopf.

»Darüber wollen wir nicht diskutieren. Es ist nicht meine Art, meine Patienten sich selbst zu überlassen.«

»Und was ist mit dem Piloten? Er könnte doch verraten, wo wir uns befinden.«

»Das ist wenig wahrscheinlich. Erstens weiß er nicht, wer hinter dieser ganzen Geschichte steckt, und zweitens hat er heute Abend eine ganze Reihe von Kameraden verloren, was ihn sehr mitgenommen haben dürfte. Er hat vermutlich nur den einen Gedanken, den Hubschrauber zu landen und zu verschwinden. Doch für den Fall, dass er Krauss in die Hände fallen sollte, habe ich ihn gebeten, uns in der Nähe von Château d'Oex abzusetzen, mehr als fünfzehn Kilometer von unserem eigentlichen Ziel entfernt.«

»Und wie erreichen wir dann das Chalet?«

Giroux wies auf sein Telefon.

»Mein Bruder erwartet uns am Landeplatz.«

»Ich weiß nicht, was ich sagen soll...«

»Sagen Sie jetzt am besten gar nichts und lassen Sie mich nach Ihren Wunden sehen.«

Für Antoine verlief der Rest des Flugs in einem von Schmerzen erfüllten Nebel. Zwar hatten die Nähte gehalten, doch seine Schulterwunde hatte sich infiziert, und seine Körpertemperatur war auf vierzig Grad angestiegen. Seine Lippen waren blau, er zitterte trotz der Hitze in der Kabine am ganzen Leib und klapperte mit den Zähnen. Da der Arzt seinen Notfallkoffer im Hause von Lubiesz hatte zurücklassen müssen, würde er erst nach ihrer Ankunft im Chalet etwas für ihn tun können.

Obwohl ihm alles vor Augen verschwamm, sah Antoine nach einer Weile den schneebedeckten Boden näher kommen, während sie auf einer einsamen Lichtung inmitten eines Lärchenwaldes niedergingen. Kaum hatte das Fahrgestell den Boden berührt, als Alexandre und Dr. Giroux hinaussprangen, Antoine an beiden Armen fassten und ihn zu dem Land Cruiser trugen, der am Rande des Gehölzes wartete.

Ein Mann in einem dunklen Parka kam ihnen entgegengelaufen.

»Hallo, ich bin Jonathan«, erklärte er und half ihnen dabei einzusteigen. »Willkommen im Oberland.«

Die letzten Worte gingen im schrillen Pfeifen des Triebwerks unter: Der Hubschrauber hob in einer aufstiebenden Schneewolke ab. Giroux' Bruder schloss die Tür und stieg auf der Fahrerseite ein.

»Es dauert nicht lange«, erklärte er unbeschwert und lächelte seinen Fahrgästen zu. »Aber ihr solltet besser die Sicherheitsgurte anlegen – die Straße ist ziemlich glatt.«

Selbst im Dämmerlicht des Allradfahrzeugs fiel auf, wie ähnlich sich die Brüder sahen. Davon abgesehen, dass er einige Jahre jünger war, hätte Jonathan ohne Weiteres als Doppelgänger des Arztes durchgehen können. Als er Antoines bleiches Gesicht sah, erkundigte er sich besorgt: »Wird es gehen?«

»Ja«, gab sein Bruder zurück. »Du solltest dich aber besser beeilen.«

Inzwischen hatten sie die Straße erreicht, und Jonathan steuerte den Wagen auf der eisglatten Fahrbahn geschickt durch die zahlreichen Haarnadelkurven. Zu beiden Seiten spiegelten die schneebedeckten Hänge den Mondschein zwischen den gespenstischen Schatten der riesigen Nadelbäume und aufragenden Felsen.

Schon bald erreichten sie das Dorf Gstaad, über dem sich das wie ein mittelalterliches Schloss wirkende Palasthotel erhebt, wo sich im Winter der internationale Jetset trifft. Mit unverminderter Geschwindigkeit fuhren sie durch die von Luxusboutiquen und eleganten Restaurants gesäumten Straßen und bogen am Ende des Dorfs in einen holprigen schmalen Weg ein, der zwischen zwei beschneiten Böschungen steil zu einem Gipfel emporführte. Trotz des Allradantriebs und des starken V-8-Motors brauchte Jonathan seine gesamte Geschicklichkeit und eine Reihe saftiger Flüche, um nicht stecken zu bleiben. Nach mehreren Minuten endete der Weg schließlich vor einem alten Blockhaus.

Jonathan stellte den Motor ab und eilte zur Tür des Chalets.

»Wir sind da, Bruderherz«, verkündete Alexandre, während er Antoines Sicherheitsgurt löste. »Da drinnen wartet ein warmes Bett auf dich.«

Aber Antoine hörte ihn nicht. Er war bewusstlos auf seinem Sitz zusammengesunken.

Die heiße Dusche hatte die Verspannungen in Annas Rücken gelöst. Jetzt saß sie, ein Handtuch um die nassen Haare gewickelt, auf dem Bett und verschlang ihr Abendessen. Zwar wusste sie die Küche aller möglichen Länder durchaus zu schätzen, doch am liebsten war ihr amerikanische Kost. In schwierigen Augenblicken gab es ihrer Ansicht nach nichts Besseres als einen Cheeseburger-Doppeldecker und Pommes frites mit Chilisoße und einer ordentlichen Portion Ketchup, um wieder Mut zu fassen. Und Mut würde sie brauchen, wenn sie Krauss am nächsten Morgen aufsuchte.

Während sie kaute, klingelte ihr Mobiltelefon. Sie wischte

sich die von den Pommes fettigen Finger ab, bevor sie es aus der Handtasche nahm. Auf dem Display las sie »unbekannter Anrufer«.

Sie zog die Stirn kraus. Sie hatte eine Geheimnummer, die nur wenige Menschen außer ihren Arbeitskollegen kannten. Zu so später Stunde, noch dazu am Freitagabend, war es wenig wahrscheinlich, dass der Anruf mit ihrer Arbeit zu tun hatte. Mit ihrer Tante und Antoine hatte sie vereinbart, dass sie sie lediglich im äußersten Notfall anrufen sollten. Während das Telefon beharrlich weiterklingelte, sah sie es an wie eine Klapperschlange, die im nächsten Augenblick zustoßen wird, und fragte sich, ob Krauss ihre Anwesenheit in Abilene bereits bekannt war.

Aber warum sollte er sich in dem Fall die Mühe machen, sie anzurufen? Wenn er wusste, wo sie sich befand, hätte er sie längst entführen können … oder töten lassen.

Sie holte tief Luft und meldete sich.

»Ja?«

»Anna? Ich bin's, Alexandre.«

»Alex!« Sie seufzte erleichtert auf. »Mit einem Anruf von Ihnen habe ich nicht gerechnet.«

Sogleich überfiel sie eine neue Besorgnis. »Es geht doch hoffentlich alles gut?«

»Eigentlich nicht. Es hat einige … unglückliche Vorfälle gegeben.«

Während er ihr den Angriff auf Lubiesz' Anwesen schilderte, verschwand das angenehme Gefühl der Sättigung, und ihr Unterleib verkrampfte sich vor Beklemmung.

»Ich kann gar nicht glauben, dass Rémy tot sein soll«, erklärte sie, während ihr das spitzbübische Lächeln und die lässige Art des Schweizer Anwalts vor das innere Auge traten.

»Er hat für seine Hilfsbereitschaft einen hohen Preis gezahlt.«

»Wie Lubiesz. Ganz gleich, wie seine Vergangenheit ausgesehen hat und welche Gründe er hatte – ihm verdanken wir, dass wir noch am Leben sind.«

»Jedenfalls vorerst…«

»Wie geht es Antoine?«

»Er schläft. Er ist ziemlich übel dran, aber Dr. Giroux hat ihm Antibiotika gespritzt, und das Fieber ist zurückgegangen.«

»Und glauben Sie, dass Sie in dem Blockhaus dort sicher sind?«

»Soweit das überhaupt möglich ist, ja. Ich würde gern dasselbe von Ihnen sagen können. Vielleicht wäre es besser, auf den Besuch bei Krauss zu verzichten und Abilene sofort zu verlassen.«

»Wohin denn? Zurück nach L.A. und darauf warten, bis mich eine Kugel trifft? Oder zu Ihnen in Ihren Adlerhorst hoch oben in den Alpen und hoffen, dass Krauss an Altersschwäche stirbt, bevor er uns aufspürt? Nein, was Sie mir gerade geschildert haben, lässt es noch nötiger erscheinen, dass ich ihn aufsuche.«

»Schön. Dann viel Glück, Anna. Ich werde beten, dass Sie Erfolg haben.«

»Danke, Alex. Ich kann jede nur mögliche Unterstützung brauchen.«

Nachdem sie den Ausschaltknopf betätigt hatte, blieb sie reglos auf dem Bett sitzen und starrte die Wand an. Dann stellte sie vorsichtig das Esstablett auf den Boden, löschte das Licht und legte sich hin, ohne die Laken aufzuschlagen.

In der Stille der Dunkelheit vergrub sie ihr Gesicht im Kopfkissen und begann, leise zu schluchzen.

KAPITEL 14

Unsere Unbesiegbarkeit hängt von uns ab;
die Verwundbarkeit des Feindes von ihm selbst.

(SUNZI, ÜBER DIE KRIEGSKUNST)

Samstag, 1. März 1997

Als Anna unter einem wolkenlosen Himmel in einem gemieteten Chevrolet Malibu zur Stadt hinausfuhr, sah sie zu ihrer Überraschung hohe Bäume und begrünte Hügel, wo sie unfruchtbares Land und eine ausgedörrte Ebene mit niedrigem Bewuchs erwartet hatte. Weiße hölzerne Seitenmarkierungen säumten die gut unterhaltene Straße, sodass sie eher den Eindruck hatte, sich in einer Landschaft im Staat Virginia zu befinden als im Wilden Westen.

Noch hatte die Morgensonne die nächtliche Kühle nicht ganz vertrieben, und in der Luft hing der Geruch nach frisch gemähtem Gras und Tannengrün. Sie fühlte sich angeschlagen wie ein Boxer, der zu viel hat einstecken müssen, während alles um sie herum hell und voll Lebenskraft war.

In der Nacht hatte sie lange geweint. Trotz ihrer völligen Übermüdung hatte sie nicht einschlafen können und sich im Bett gewälzt, bis sie die Geduld verloren und wieder Licht gemacht hatte. Um sich zu beschäftigen und die schwarzen Gedanken zu verjagen, die sie heimsuchten, war sie die Liste mit den Kennwörtern durchgegangen, wie schon so oft zuvor. Nach einer Weile hatte sie angefangen, sich die Namen laut vorzulesen, als seien sie ein absurdes Mantra, und das mehrere Stunden hindurch immer aufs Neue wiederholt. Irgendwann hatte diese sonderbare Beschäftigung sie beruhigt, und sie war kurz vor Tagesanbruch in einen unruhigen Schlaf gefallen, die Liste nach wie vor in der Hand.

Gemäß den Anweisungen des Hotelportiers erreichte sie über mehrere gewundene Nebenstraßen, die tief in die Hügel vordrangen, ein Einfahrtstor, an dem über zwei ineinandergeschlungenen Dreiecken »Twin Delta Ranch« stand.

Sogleich trat ein uniformierter Wachmann aus einer Bretterbude und näherte sich träge. Ein eindrucksvolles Arsenal von Waffen und Geräten spickte das breite Lederkoppel unterhalb der gewaltigen Wölbung seines Bauches. Annas Aufmerksamkeit richtete sich sogleich auf den Smith-&-Wesson-Revolver, kaum kleiner als eine Feldhaubitze, dessen Kolben unübersehbar aus dem Hüftholster ragte.

Sie schluckte und ließ das Fenster herunter.

»Guten Tag, kann ich was für Sie tun?«, fragte der Mann mit schleppender Stimme und nahm seine Brille ab, um die Frau im Wagen besser mustern zu können.

»Ich heiße Anna Mariscal und möchte mit Mr Krauss sprechen«, gab sie möglichst selbstsicher zurück.

»Sind Sie angemeldet?«

»Eigentlich nicht, aber …«

»Tut mir leid, dann kann ich Sie nicht reinlassen.«

Bevor er sich abwenden konnte, nahm sie eine Visitenkarte aus der Handtasche und hielt sie ihm mit ihrem verführerischsten Lächeln hin. Der Mann zögerte einen Augenblick und nahm sie dann.

»Ich bin überzeugt, dass mich Mr Krauss sprechen möchte, auch wenn ich nicht angemeldet bin. Könnten Sie ihm sagen,

dass ich im Auftrag von Antoine Demarsands gekommen bin?«
Sie buchstabierte den Namen sorgfältig zweimal. »Es geht um
eine äußerst wichtige Angelegenheit«, fügte sie mit einem Blick
hinzu, der einen Gletscher zum Schmelzen gebracht hätte.

Der Wachmann musterte sie einige Augenblicke, trat einen
Schritt beiseite, nahm ein Funkgerät vom Gürtel, sagte einige
Worte und wartete. Ein Ausdruck von Überraschung trat auf
seine Züge, als er die Antwort hörte. Nachdem er etwas Zu-
stimmendes gemurmelt hatte, machte er eine Kopfbewegung
zu Anna hin.

»Sie können reinfahren«, erklärte er und legte die Hand an
seinen Mützenschirm. »Aber bitte steigen Sie erst am Haus aus.
Mr Krauss hat 'n paar verdammt scharfe Hunde, die da drinnen frei rumlaufen.« Mit boshaftem Lächeln fügte er hinzu:
»Sie mögen keine Fremden.«

»Danke. Muss ich noch was wissen? Vielleicht Haie im Karp-
fenteich?«

»Das nicht«, gab der Mann zurück, ohne mit der Wimper
zu zucken. »Der Bach und der Teich sind sicher, ich weiß aber
nicht, ob es Mr Krauss recht wäre, Sie da drin rumschwimmen
zu sehen.«

Er zerrte seinen Gürtel hoch, drehte sich auf dem Absatz um
und kehrte mit schweren Schritten in seine Bretterbude zurück.
Gleich darauf öffnete sich das Gittertor langsam.

Alea iacta est, flüsterte Anna vor sich hin, bevor sie den Wagen auf die Zufahrt lenkte, wobei sie sich fragte, ob sie das Tor
je wieder von der anderen Seite sehen würde.

Der mehrere Kilometer lange Privatweg führte durch eine sorgfältig gepflegte Gartenlandschaft mit Apfel- und Kirschbäu-
men, Jasminsträuchern, Wandelröschen, Rosen, Geißblatt und
zahlreichen weiteren Pflanzen, die Anna nicht kannte. Das

Ganze bildete eine überwältigende Symphonie aus Farben. Auf halber Höhe des Hügels wand sich ein Bachlauf zwischen Reihen von Bambuspflanzen dahin und stürzte als Wasserfall über schimmernde Lavablöcke in einen riesigen Teich voller Seerosen. Anna ließ sich von dieser verzauberten heiteren Stimmung nicht einlullen. Auch wenn es dort nicht um Feuer und Schwefel der Hölle ging, so war es doch auf jeden Fall ein vergifteter Garten Eden.

Hinter einer Wegbiegung erhob sich plötzlich ein imposanter Bau.

»Grundgütiger, das ist ja das reinste Versailles-sur-Pecos!«

Anstelle des landesüblichen Ranchhauses, das sie erwartet hatte, sah sie die majestätische Nachbildung eines französischen Schlosses aus dem 17. Jahrhundert. Seine fünf Stockwerke überragten einen von hundertjährigen Korallenbäumen umstandenen riesigen Platz, in dessen Mitte ein monumentaler Brunnen aus pentelischem Marmor stand.

Ich träum ja wohl! Der Kerl scheint sich für die Wiedergeburt des Sonnenkönigs zu halten.

Während sie ihren Chevrolet neben einem funkelnden Rolls-Royce Silver Cloud parkte, rief ihr der Kontrast zwischen beiden Fahrzeugen schmerzlich in Erinnerung, welches Machtgefälle bei dem bevorstehenden Gespräch zwischen ihr und Krauss bestand.

Gerade als sie ausstieg, tauchte auf den Granitstufen der Freitreppe ein etwa dreißigjähriger Mann mit glatt nach hinten gekämmten schwarzen Haaren auf, der einen nachtblauen Anzug aus Alpakawolle und ein lavendelfarbenes Hemd trug. Er sah Anna mit einer Mischung aus Neugier und kaum verhüllter Verachtung an.

»Miss Mariscal«, begrüßte er sie und hielt ihr eine schlaffe Hand hin. »William Prescott. Ich bin Mr Krauss' Privatsekretär.«

Er sprach bewusst geziert und mit einem Akzent, den sie nicht so recht einordnen konnte – teils wie ein Absolvent einer der Eliteuniversitäten an der Ostküste und teils exotisch angehaucht.

»Angenehm, Mr Prescott. Bitte verzeihen Sie, dass ich hier unangemeldet hereinschneie, aber ich muss Mr Krauss dringend sprechen.«

Ein gezwungenes Lächeln trat auf Prescotts Lippen.

»So sieht es in der Tat aus. Ich habe Mr Krauss Ihre… Referenzen übermittelt, und er ist bereit, Sie zu empfangen. Ich möchte gleich hinzufügen, dass das äußerst ungewöhnlich ist.«

»Ich bin ja auch nicht irgendjemand, Mr Prescott.«

Bei diesen Worten verschwand das Lächeln des Mannes wie weggewischt. Mit einer knappen Bewegung wies er auf die Terrassentüren.

»Bitte hier entlang.«

Hinter einer mit erstaunlich gut erhaltenen mittelalterlichen Gobelins ausgekleideten Vorhalle lag ein Säulengang, dessen Wände mit Gemälden von Caravaggio, Tintoretto, Tizian und anderen Zeitgenossen dieser Maler förmlich gepflastert waren.

Ganz gleich, ob gekauft oder gestohlen – der Hausherr besitzt unübersehbar einen erlesenen Geschmack und die Mittel, sich ihn zu leisten, ging es ihr durch den Kopf, während sie versuchte, mit dem Sekretär Schritt zu halten.

Der Gang mündete in ein Vorzimmer, in dem ein Mann hinter einem Schreibtisch saß.

»Jim«, sagte Prescott, »hier ist Miss Mariscal. Mr Krauss erwartet sie.«

Der Mann bestätigte das mit einem matten Nicken, erhob sich bedächtig und trat mit einem Metalldetektor auf Anna zu.

»Stellen Sie Ihre Handtasche auf den Tisch«, wies er sie an, »und dann heben Sie die Arme.«

Mit den gekonnten Bewegungen eines Profis tastete er Anna mittels des Geräts Quadratzentimeter für Quadratzentimeter ab. Dann leerte er ihre Handtasche auf dem Schreibtisch aus und prüfte gewissenhaft ihren Inhalt. Er begann mit dem Umschlag aus braunem Papier, der die Bankauszüge enthielt, und nahm sich dann den Geldbeutel vor, den Pass, die Schlüssel, die Lippenstifthülse, ein halb leeres Päckchen Kaugummi und einen Tampon. Als Anna sah, wie er ihn durch die Luft schwenkte, errötete sie leicht.

»Es ist nun einmal die Zeit im Monat ...«, stotterte sie und wich seinem Blick aus.

Hinter ihrem Rücken lachte Prescott hämisch.

Achselzuckend legte der Mann alles in die Handtasche zurück und gab sie ihr.

»Keine Waffe, kein Mikro. Sie ist sauber.«

»Das will ich auch gehofft haben«, gab Prescott zurück und klopfte an eine Tür, bevor er sie öffnete.

Als er sah, dass Anna zögerte, bedeutete er ihr mit einer ungeduldigen Handbewegung: »Wir wollen Mr Krauss nicht länger warten lassen.«

Die Tasche unter den Arm geklemmt, holte Anna tief Luft und trat ein.

Sie befand sich in einem riesigen, nüchtern und karg wirkenden Arbeitszimmer, das deutlich von der strahlend hellen und reich geschmückten Bildergalerie im Gang abstach. Die Luft war kalt und roch muffig, und das wenige Licht, das durch die dichten Jalousien eindrang, tauchte den Raum in ein düsteres Halbdunkel. Eine reglose Gestalt, auf deren Gesicht kein Licht fiel, saß hinter dem Schreibtisch.

Wie nahezu alles, was Anna seit ihrem Eintreffen auf texanischem Boden gesehen hatte, entsprach auch Krauss in keiner Weise dem Bild, das sie sich von ihm gemacht hatte. Auf einem dürren Hals saß ein kahler Schädel mit unförmigen großen Ohren, die in lächerlich wirkender Weise über einen weißen Haarkranz hinausragten. Mit dem grauen Wollanzug, der viel zu weit für seine schmalen Schultern war, erinnerte er eher an einen pensionierten Bibliothekar.

Ich hatte mit Christopher Lee gerechnet und sehe mich jetzt Woody Allen gegenüber.

Zögernd trat sie einen Schritt vor.

»Danke, dass Sie sich spontan bereit erklärt haben, mich zu empfangen, Mr Krauss.«

»Sie sagen, dass Sie im Auftrag von Antoine Demarsands kommen. Warum hat er sich nicht persönlich herbemüht?«

»Er ist bedauerlicherweise nicht reisefähig. Ich fürchte, Sie werden sich mit mir begnügen müssen.«

»Wie schade.«

»Ist Ihnen wirklich so sehr daran gelegen, ihn selbst zu sehen, oder sind Sie einfach enttäuscht, statt seiner mit einer Frau vorliebnehmen zu müssen?«

»Miss Mariscal, mir ist völlig egal, was Sie zwischen den Beinen haben. Aber wie die Franzosen sagen, spreche ich lieber mit Gott als mit seinen Heiligen. Nehmen Sie Platz.«

Während sie die Anweisung befolgte, denn es war keineswegs eine freundliche Aufforderung, beugte sich der texanische Milliardär vor. Als ein Lichtstrahl auf sein Gesicht fiel, unterdrückte Anna einen Aufschrei. Von der Nase des Mannes war nur ein verkümmerter Knochenrest übrig, den eine fahle Hautwucherung bedeckte, in der die riesigen Nasenlöcher obszön wirkten. Von den haarlosen Augenbrauenbogen über die hohlen Wangen bis zum verstümmelten Kinn war das Fleisch seines Gesichts zu einer grotesk wirkenden wachsartigen und von Narben durchfurchten Gewebemasse zerschmolzen. Der Mund, eine klaffende bräunliche Wunde ohne Lippen, zeigte seine gelben Zähne in einem fortwährenden schauerlichen Grinsen. Aus diesem gemarterten Gesicht heraus musterten sie zwei dunkle Augen mit der kalten Aufmerksamkeit eines Hais, der jederzeit bereit ist zuzuschnappen.

Ihr kam das Wort ins Gedächtnis, das Schlinge benutzt hatte: gesichtslos!

»Bewundern Sie den Anblick, meine Liebe? Ich hoffe, dass Sie nicht ausschließlich gekommen sind, um mich auf so ungehörige Weise anzustarren.« Da er bestimmte Konsonanten nicht sauber aussprechen konnte, klang er wie ein kläglicher Bauchredner.

Beschämt wandte Anna den Blick ab und richtete ihn auf das Gemälde an der Wand hinter dem Schreibtisch.

»Ein herrliches Bild«, sagte sie rasch. »*El Alcad*. Von Velázquez, wenn ich nicht irre. Ein wahres Meisterwerk.«

»Da scheine ich es ja mit einer Kennerin zu tun zu haben.«

»Das nun nicht gerade, aber ich habe Kunstgeschichte studiert.«

Der Alte zuckte die Achseln. »Ich nehme nicht an, dass Sie den langen Weg gemacht haben, um sich mit mir über Malerei zu unterhalten. Also reden Sie nicht länger um den heißen Brei herum und hören Sie auf, meine wertvolle Zeit mit Ihrer jämmerlichen Universitätsbildung zu vergeuden.«

Anna nahm allen Mut zusammen, um seinen kalten Blick zu erwidern.

»Offen gestanden ist gerade Ihre Kunstsammlung einer der Gründe für meinen Besuch. *El Alcad* gehört zu den mehreren Tausend Gemälden, die Hermann Göring in verschiedenen von den Deutschen im Zweiten Weltkrieg besetzten Gebieten zusammengestohlen hat. Manche davon, zum Beispiel dieses hier, sind nie wieder aufgetaucht. Darf ich Sie mit allem gebotenen Respekt bitten, mir zu erklären, auf welche Weise es hierhergekommen ist?«

Krauss stieß einen ungeduldigen Seufzer aus. »Ich könnte Ihre Einfalt beinahe erheiternd finden, Miss Mariscal, und nur deshalb werde ich Ihnen ein Geheimnis anvertrauen. Sie dürfen auf keinen Fall glauben, dass ich das Bedürfnis hätte, mich zu rechtfertigen, weder Ihnen noch sonst jemandem gegenüber.« Auf die Ellbogen gestützt beugte er sich vor und teilte ihr in verschwörerischem Ton mit: »Alle Gemälde, die sich in meinem Besitz befinden, habe ich völlig legal bei Kunstauktionen oder von privaten Verkäufern erworben – auch dieses. Ich kann jederzeit Dokumente vorlegen, die das bestätigen.«

»Auktionshäuser kontrollieren die Herkunft der bei ihnen eingelieferten Kunstwerke nicht immer mit der erforderlichen Sorgfalt«, gab sie zurück und zuckte die Achseln. »Aber das ist auch nicht die entscheidende Frage. Sie wissen ebenso wie ich, dass Sie weder den Velázquez noch die großartigen Bilder in Ihrer Galerie draußen käuflich erworben haben.«

»Glauben Sie tatsächlich, ich würde für ein paar elende Bilder eine Gefängnisstrafe riskieren, wo ich genug Geld habe, um das halbe Getty-Museum aufzukaufen?«

»Sie wären nicht der erste übermäßig Reiche, der sich übermäßig töricht benimmt. Aber lassen Sie mich auf den eigentlichen Anlass meines Hierseins zurückkommen: Mein Freund Antoine Demarsands und ich sind im Besitz von Dokumenten, die beweisen, dass Sie sich kurz vor Kriegsende nicht nur geraubte Kunstwerke angeeignet haben, sondern darüber hinaus auch Goldbarren, Devisen und Edelsteine, die nach heutigem Stand einen Gesamtwert von über zweieinhalb Milliarden Dollar haben. Sie haben getötet, um dieses Vermögen an sich zu bringen, und töten weiterhin, um es zu behalten, indem Sie jeden zum Schweigen bringen, der die Herkunft dieser Gegenstände und Gelder kennt. So war Ihr Geheimnis bisher aus dem einfachen Grund sicher, dass Tote nicht reden können. Um dafür zu sorgen, dass das auch weiter so bleibt, haben Sie mehrfach versucht, Antoine Demarsands beseitigen zu lassen. Aber mit diesem Mörderspiel ist jetzt Schluss, und ich bin gekommen, um Ihnen das klarzumachen.«

Einen Augenblick lang schwieg Krauss, und sie begann sich zu fragen, ob er eine Waffe ziehen und sie auf der Stelle niederschießen würde.

Mit einem Mal brach er in ein geradezu irres Lachen aus, bei dem ein wahrer Regen von Speicheltropfen aus seinem verstümmelten Mund kam.

Anna spürte, wie es ihr bitter in die Kehle stieg.

Nach wie vor von Lachen geschüttelt, nahm Krauss ein Taschentuch heraus, um sich den Speichel abzuwischen, der ihm über das Kinn lief.

»Absurde Anschuldigungen dieser Art verdienen keine Antwort«, sagte er.

»Sie wissen sehr genau, dass ich ohne unwiderlegliche Beweise nicht gekommen wäre.«

»Ihre Räuberpistole lässt darauf schließen, dass Sie übergeschnappt sein müssen. Nehmen Sie Vernunft an, und gehen Sie zum Psychiater; der kann Ihnen helfen.«

»Mir wie allen anderen, die mit Ihnen zu tun haben, kann nur einer helfen: ein bis an die Zähne bewaffneter Leibwächter. Doch in Wahrheit lassen sich Ihre Auftragsmörder nicht einmal davon abschrecken. Weder Antoine noch ich wollen so enden wie Albert Demarsands, Joseph Schlinge oder John Webster, um nur drei Ihrer Opfer zu nennen. Daher bin ich gekommen, um Ihnen einen Handel vorzuschlagen: unser Leben gegen unser Schweigen.«

»Sie wissen ja nicht, was Sie sagen!«

»Wovor haben Sie Angst? Die Wahrheit zuzugeben? Ihre Männer haben sich vergewissert, dass ich kein Mikrofon bei mir trage. Ganz davon abgesehen hätten Sie sich nie und nimmer bereit erklärt, mich zu empfangen, wenn Sie nicht befürchteten, dass wir in der Tat etwas über Ihre Vergangenheit wissen. Also hören Sie auf, meine Intelligenz zu beleidigen, indem Sie mir den friedliebenden und gesetzestreuen Bürger vorspielen. Sparen Sie sich das für die Spendengalas der Republikanischen Partei auf!«

»Miss Mariscal«, gab Krauss zurück, wobei sich sein Mund zu etwas verzerrte, was Anna als Lächeln deutete, »Ihre Leidenschaftlichkeit und Schönheit schenken meiner ermatteten Seele eine zweite Jugend und erwecken in mir Empfindungen, die ich seit Langem tot geglaubt hatte, sodass ich nun ein ›grünes Alter‹ erstrebe, wie Homer sagen würde.«

Ohne darauf zu antworten, begann sie, in ihrer Handtasche zu kramen, nahm einen Streifen Kaugummi heraus und steckte ihn in den Mund.

»Nehmen wir also einmal an«, fuhr Krauss fort, »und ich betone, dass es sich um eine Hypothese handelt, es sei so, wie Sie sagen – was veranlasst Sie zu glauben, dass ich mich mit dem einverstanden erklären könnte, was Sie als ›Handel‹ bezeichnen?«

Er hatte das Wort ausgespien wie ein Stück verfaultes Obst.

Anna nahm den Umschlag mit den Bankauszügen und warf ihn auf den Tisch.

»Das«, gab sie gelassen zurück.

Nach kurzem Zögern öffnete Krauss ihn und begann, die Dokumente durchzublättern.

Sofern sie von dem alten Milliardär eine Reaktion erwartet hatte, hatte sie sich getäuscht. Sein Gesicht blieb so reglos wie eine Totenmaske.

»Wie Sie sehen, handelt es sich um Kopien von Kontoauszügen auf den Namen einer inzwischen erloschenen Liechtensteiner Stiftung. Sie hieß *Adler Investition* und wurde bei Kriegsende mit Unterstützung Ihres ebenfalls auf die von mir beschriebene Weise dahingegangenen Komplizen Albert Demarsands von Ihnen errichtet, um Görings Kriegsbeute, die Sie kurz zuvor gestohlen hatten, verschwinden zu lassen. Ehrlich gesagt gefällt mir der Name der Stiftung ausgesprochen gut, weist er doch in feinsinniger Weise auf Ihren Kriegseinsatz in einer der *Eagle Squadrons* hin, was ja nichts anderes als Adler-Geschwader bedeutet.«

Krauss erwiderte nichts darauf. Er las die Auszüge Seite für Seite aufmerksam und ging alle Zahlenkolonnen sorgfältig durch. Anna konnte nicht erkennen, ob er etwas Bestimmtes suchte oder einfach mit ihren Nerven spielte. Während endlose Minuten vergingen, steigerte sich ihre Unruhe immer mehr. Ein lastendes Schweigen lag über dem Raum, als halte das Gebäude selbst den Atem an.

Während sie sich bemühte, Ruhe zu bewahren, fiel ihr auf einer Ecke des Schreibtischs ein Bild in einem goldenen Rahmen auf, das einen Mann von gut vierzig Jahren mit kurzen braunen Haaren zeigte, der lächelnd eine Versammlung begrüßte. Fülliger als sein Vater, besaß Stanley Krauss junior die gleichen dunklen und drohenden Augen. Er war seit seiner Studienzeit mit dem gegenwärtigen Gouverneur von Texas befreundet, glühender Anhänger der evangelikalen Bewegung und für seinen brennenden Ehrgeiz ebenso bekannt wie für seine erzkonservative Haltung.

»Ist das etwa alles?«

Krauss' Stimme ließ sie zusammenfahren.

»Wie bitte?«

»Sollen das Ihre Beweise für meine ›Untaten‹ sein?«, fragte er, den bohrenden Blick auf sie gerichtet, als wolle er in ihren Gedanken lesen. »Es wäre besser für Sie, wenn Sie noch mehr hätten. Sofern das Ihrer Aufmerksamkeit entgangen sein sollte, möchte ich Ihnen mitteilen, dass in diesen Dokumenten an keiner Stelle mein Name genannt wird. Wie wollen Sie dann Ihre Behauptung beweisen, ich sei der wirtschaftlich Berechtigte für die dem Konto zugeordneten Güter?«

Die Drohung in seiner Stimme war nicht zu überhören. Trotz seines Alters und seiner Verwundungen strömte der Mann die tödliche Energie einer Klapperschlange aus.

»Das ist nur ein Teil des vollständigen Dossiers, das dank der unschätzbaren Unterstützung von *maître* Henri Holtz in unseren Besitz gelangt ist. Ich bin nicht so dumm, dass ich alles mitgebracht habe, damit Sie zwei Fliegen mit einer Klappe schlagen und mich mitsamt den Beweisen verschwinden lassen können. Die Dokumente sind nichts als ein Appetithappen – ein ›Teaser‹, wie man in der Filmbranche sagt. Der Rest befindet sich in sicheren Händen.«

Ein leicht belustigtes Lächeln trat auf Krauss' Züge.

»Ich muss zugeben, Señorita Mariscal, dass Sie fantastische *cojones* haben. Jetzt aber im Ernst. Sie bluffen mit nichts in der Hand als einem kläglichen Paar Zweier. Sofern Sie verfänglichere Papiere besitzen, wie Sie so dreist behaupten, warum haben Sie davon dann nicht einfach Kopien mitgebracht?«

»Wie Ihnen Ihre Kontakte in der Schweiz möglicherweise bereits mitgeteilt haben«, gab Anna zurück, ohne sich aus der Ruhe bringen zu lassen, »haben wir diese in der Kanzlei Morin, Gautier & Holtz aufbewahrten Unterlagen erst vorgestern in die Hände bekommen. Nachdem wir ihre Echtheit festgestellt hatten, ist mir gerade noch Zeit geblieben, eine Maschine nach Dallas zu erwischen. Da uns Ihre Auftragskiller auf den Fersen waren – Sie wissen ja wohl, dass sie gestern Abend um ein Haar alle meine Freunde ermordet hätten –, durften wir keine Minute verlieren. Da blieb natürlich keine Zeit, die gesamte Akte zu fotokopieren.«

»Angenommen, Sie sagen die Wahrheit – warum fordern Sie dann nicht Ihre Freunde auf, mir den Rest jetzt durchzufaxen?«

Sie lachte. »Damit Sie über die Absendernummer herausbekommen können, wo sie sich aufhalten? Ein netter Versuch, mein Herr, aber darauf falle ich nicht herein.«

Krauss neigte den Kopf, als versuche er, hinter eine Maske zu blicken.

»Was wollen Sie eigentlich genau?«

»In erster Linie, dass Sie Ihre Bluthunde zurückrufen und uns in Frieden lassen. Sollte Antoine Demarsands, ein Angehöriger seiner Familie oder einer seiner engeren Freunde – und ich betone, dass ich zu denen gehöre – vorzeitig umkommen, würden den Behörden der Schweiz und der Vereinigten Staaten wie auch der BBC, CNN sowie verschiedenen bedeutenden internationalen Tageszeitungen Kopien der Akte übergeben. Damit sähen Sie sich einer Vielzahl von Anklagepunkten gegenüber, unter anderem Kriegsverbrechen, Mord, schwerer Diebstahl und Insiderhandel, um nur die wichtigsten zu nennen.«

»Das bezweifle ich ganz entschieden. Ich bin einundachtzig Jahre alt und bestimmt tot, bevor mich ein Staatsanwalt vor Gericht schleppen kann – immer vorausgesetzt, dass ihn die Verjährungsfristen nicht ohnehin daran hindern würden.«

»Darf ich Sie daran erinnern, dass es bei Mord und Kriegsverbrechen keine Verjährung gibt? Doch selbst wenn es Ihnen gelingen sollte, sich der strafrechtlichen Verfolgung zu entziehen, wäre Ihr Ruf auf alle Zeiten ebenso ruiniert wie die politische Laufbahn Ihres Sohns. Man hört, dass er demnächst durchaus zu den Hauptkandidaten für die Präsidentschaft gehören könnte. Sind Sie bereit, seine Aussichten darauf zu gefährden?«

Sie sah, wie er einen raschen Blick auf das Foto im Rahmen warf.

Treffer!

»Offenkundig haben Sie keinerlei Bedenken, Tiefschläge auszuteilen«, erklärte er kalt.

»Sie sind ein ausgezeichneter Lehrmeister, und ich lerne rasch.«

Ohne Vorankündigung ließ Krauss eine Faust auf den Tisch krachen.

»Jetzt habe ich aber genug! Es tut mir leid, Sie enttäuschen zu müssen, Miss Mariscal, aber ich glaube nicht ein einziges Wort Ihrer Geschichte. Unser Gespräch ist beendet. Es war einen Augenblick lang ganz amüsant, aber ich habe Wichtigeres zu tun. Ich würde gern sagen können, dass Sie ein würdiger Gegner waren, aber offen gesagt sind Sie nichts als eine billige Amateurin.«

Mit einer Handbewegung bedeutete er ihr, den Raum zu verlassen.

»Auf Wiedersehen.«

Anna spürte, wie ihr Gesicht blutleer wurde.

Wenn sie jetzt ginge, würde das ihrer aller Tod bedeuten. Doch was sollte sie tun? Der alte Halunke hatte ihr Spiel durchschaut. Während sie verzweifelt nach einer passenden Antwort suchte, fiel ihr Blick auf den Velázquez, ein herrliches Porträt eines wohlbeleibten Magistratsherrn aus dem 17. Jahrhundert. Wäre sie doch nur ebenso inspiriert wie der geniale Maler, dem es gelungen war, den alltäglichen Zügen des kleinen Bürgermeisters so viel Leben zu verleihen …

Mit einem Mal fuhr etwas wie eine elektrische Entladung durch ihren Körper. *Falls aber vielleicht doch …*

»Sie begehen einen Fehler, den Sie bis ans Ende Ihrer Tage bedauern werden, Mr Krauss«, sagte sie mit harter Stimme. »Oder sollte ich Sie eher Herr Bürgermeister nennen, in Erinnerung an die guten alten Zeiten?«

Die Wirkung war dieselbe, als hätte sie ihn geohrfeigt. Mit vorquellenden Augen öffnete er den Mund, brachte aber keinen Laut heraus.

»Ich möchte wetten, dass Sie nie auf den Gedanken gekommen wären, das von Ihnen verwendete Kennwort könnte uns bekannt sein«, fuhr sie fort, ohne ihm Zeit zum Sammeln zu lassen. »Immerhin haben Sie im Jahr 1957 beim Einbruch in der Bank von Demarsands mit großer Sorgfalt all Ihre Spuren zu verwischen versucht. Vielleicht war *maître* Morin Ihnen gegenüber doch nicht ganz aufrichtig. Aber kann man es ihm angesichts Ihrer Neigung verübeln, an ein und demselben Tag über Menschen zu Gericht zu sitzen, sie zu verurteilen und hinzurichten? Nachdem sich Antoine Demarsands Zugang zu dessen Kanzlei verschafft hat, hat *maître* Holtz sicher alles getan, um Sie zu überzeugen, dass Ihr schmutziges kleines Geheimnis nach wie vor sicher sei. Es würde mich in keiner Weise wundern, wenn er, gerade während wir hier sprechen, im Begriff stünde, seine Zahnbürste einzupacken, um sich an einen sehr fernen Ort abzusetzen.«

Krauss reagierte darauf in einer Weise, die sie nie erwartet hätte – er applaudierte mit betont langsamen Bewegungen.

»Bravo, Miss Mariscal. Es war ein Fehler, Sie zu unterschätzen. Einen kurzen Augenblick lang hätten Sie mich fast überzeugt. Aber wie Sie genau wissen, nützt Ihnen das Kennwort überhaupt nichts.«

»Das nicht, wohl aber die Satzung Ihrer Stiftung in Liechtenstein! Die Verfügungen für den Fall, dass der wirtschaftlich Berechtigte vorzeitig stirbt, sprechen eine deutliche Sprache.«

»Ein solches Dokument existiert nicht.«

»Nicht im Original. Aber wir haben eine sehr gute Kopie gefunden, die allem Anschein nach von alten Mikrofilmen gezogen worden ist.«

»Sie lügen!«

»Ob dieser Vorwurf berechtigt ist, müssten Sie erst einmal herausbekommen.«

Krauss trommelte nervös mit einem Bleistift auf seiner Schreibtischplatte herum.

»Falls Sie die Verfügungen gesehen haben, wie Sie behaupten, müssten Sie mir sagen können, wer der in diesem Fall Begünstigte ist. Also los, sagen Sie es!«

Mist, damit hätte ich rechnen müssen.

Sie musste eine Antwort finden, und diesmal gab es kein Gemälde, das sie inspirieren konnte. Sie wusste, dass Krauss 1945 nicht verheiratet gewesen war und damals auch noch keinen Sohn hatte. Aber vielleicht eine Freundin? Und was war mit den Eltern? Lebten sie damals noch? Lubiesz hatte gesagt, dass Krauss' Vater Deutscher war und eine Texanerin geheiratet hatte. Aber er hatte nie das Alter der beiden genannt und auch nicht von Geschwistern gesprochen. Augenblick mal, Deutschland... Soweit Lubiesz gesagt hatte, hasste Krauss alles, was deutsch war, einschließlich seiner eigenen Angehörigen. Das konnte nur bedeuten...

»Sie waren ein richtiges Mamasöhnchen«, gab sie mit aller Gelassenheit zurück, deren sie fähig war. »Im Fall Ihres vorzeitigen Ablebens wäre Ihre Mutter ungeheuer reich geworden.«

Jetzt hatte sie die schamloseste und gewagteste Behauptung ihres ganzen Lebens ausgesprochen. Die Aussicht, damit das Richtige getroffen zu haben, stand nicht einmal eins zu zwei. Sie setzte ihr Leben für eine bloße Annahme aufs Spiel, die sich auf nichts stützte und der ein gewaltiges Ausmaß an blindem Zufall gegenüberstand.

Der Raum begann sich im Rhythmus ihres rasenden Herzschlags um sie zu drehen, aber sie zuckte nicht mit der Wimper und sah den Mann, in dessen knochigen Händen ihr Schicksal lag, kalt an.

Anfangs blieb sein von Narben übersätes Gesicht unbeweglich. Die Sekunden tropften so zäh dahin wie Leim. Dann stieß Krauss mit einem Mal einen tiefen Seufzer aus. Seine Schultern sanken zusammen, und er schloss die Augen. Als er sie wieder öffnete, lagen sie tief in ihren Höhlen wie zwei bodenlose schwarze Löcher.

»Was garantiert mir, dass Sie nicht eines Tages alles an die Öffentlichkeit bringen, was Sie wissen – oder einer der Brüder Demarsands?«, fragte er schließlich. In seiner Stimme lag keine Spur von Aggressivität mehr.

Sie glaubte, ihren Ohren nicht zu trauen. Sie hatte den Gnadenstoß erwartet und stattdessen das große Los gezogen.

»Das werden Sie nie mit letzter Sicherheit wissen«, gab sie knapp zurück. »So wie wir nie sicher sein werden, ob Sie nicht doch versuchen werden, uns umzubringen. Ich nehme an, wir werden einander vertrauen müssen, oder besser gesagt, darauf vertrauen, dass keine der beiden Seiten so dumm ist, die Rache der anderen herauszufordern. Bei den Vereinigten Staaten und der Sowjetunion hat das während der vierzig Jahre des Kalten Krieges bestens funktioniert; ich wüsste nicht, warum es nicht bei uns auch funktionieren sollte.«

»Gut, der Handel ist abgeschlossen.«

Sie stimmte mit einem Nicken zu.

»Mr Krauss, versuchen Sie nicht, uns zu übertölpeln. Wir haben alle notwendigen Vorsichtsmaßnahmen getroffen. Sollte wem auch immer von uns etwas zustoßen, landen Sie in den Schlagzeilen. Das garantiere ich Ihnen.«

Der Alte, der nach und nach seine Selbstsicherheit wiedererlangte, lächelte. »Daran zweifle ich keinen Augenblick. Aber Sie müssen wissen, dass auch ich das Nötige unternehmen werde, damit Ihre Freunde und Sie für den Fall, dass auch nur die geringste Information durchsickert, aufgespürt und wie tollwütige Hunde abgeknallt werden, selbst noch nach meinem Tod.«

»Das traue ich Ihnen absolut zu. Antoine erwartet aber noch ein Letztes von Ihnen, ohne das der Handel ungültig ist. Wir wissen, dass Sie im Milieu der Geheimdienste über erstklassige Kontakte verfügen. Es ist unser Wunsch, dass Sie diese nutzen, um eine amtliche Bescheinigung ausstellen zu lassen, aus der hervorgeht, dass Paul Demarsands während des Zweiten Weltkrieges für das OSS gearbeitet und seine Reise nach Deutschland im Zusammenhang mit seiner Arbeit als alliierter Agent gestanden hat.«

Krauss nickte. »Einverstanden. Das kann aber eine Weile dauern.«

»Sie haben eine Woche.«

»Dann ist es so gut wie erledigt. Und jetzt, wo unsere Unterhaltung zu Ende ist, verschwinden Sie von hier!«

»Mit dem größten Vergnügen«, gab Anna zurück und erhob sich. Nach einigen Schritten in Richtung auf die Tür drehte sie sich um.

»Was denn noch?«, knurrte er ungehalten.

»Eine letzte Frage. Warum bewahren Sie in diesem Raum keinerlei Kriegserinnerungen auf? Immerhin sind Sie ein hochdekorierter Veteran und wahrer Held.«

»Miss Mariscal«, gab er mit spöttischem Lachen zurück. »An Ehrenzeichen und Auszeichnungen glaube ich ebenso wenig wie an die Menschen, die sie verleihen.«

»Ist das der Grund, warum Sie zum Verräter an Ihrer Heimat geworden sind?«

Bei diesen Worten verfärbte sich Krauss' Gesicht vor Wut puterrot.

»Das habe ich nicht getan! Ich habe für meine Heimat die Knochen hingehalten, während meine Landsleute im warmen

Nest zu Hause gehockt sind und ihre Weiber gevögelt haben! Als Ergebnis habe ich alle Qualen der neun Höllenkreise erlitten. Sehen Sie mich an! Ich habe mein Gesicht für meine Heimat gegeben! Und was habe ich dafür zurückbekommen? Nichts! Alles, was ich wollte, war eine Möglichkeit, mich an meinen Henkern zu rächen. Ich habe, ich weiß nicht, wie viele Sesselfurzer angefleht, doch vergebens. Man hat mich kaltgestellt wie einen einfachen Soldaten, der sich den Tripper geholt hatte. Nicht einmal das OSS, dem Leute fehlten, wollte etwas von mir wissen. Nein, Miss Mariscal, nicht ich habe meine Heimat verraten, wohl aber hat meine Heimat mich verraten!«

»Das dürfte kaum eine Entschuldigung dafür sein, dass Sie Ihre Position als Bundesbeamter dazu ausgenutzt haben, einen schweren Diebstahl zu begehen.«

Krauss verzog verächtlich das Gesicht. »Wen habe ich denn bestohlen? Diebe und Kriegsverbrecher!«

»Nicht nur hätte man das unrechte Gut seinen Eigentümern oder deren Nachkommen zurückgeben können, Sie haben darüber hinaus nicht gezögert, Unschuldige zu töten, um sich in dessen Besitz zu bringen.«

»Unschuldige? Dass ich nicht lache! Bei Kriegsende war niemand mehr unschuldig, das dürfen Sie mir glauben.«

»Ich wüsste gern, was aus den Männern geworden ist, die den Transport mit Görings Beutegut abgefangen haben…«

»Wollen Sie wirklich alles wissen? Na schön. Nachdem ich auf der anderen Seite der Grenze in der Schweiz in Sicherheit war, habe ich ihnen einen Lastwagen, Geld und falsche Papiere gegeben, dann haben sich unsere Wege getrennt. Zu ihrem Unglück hatte Jimmy Marston, einer meiner Mitarbeiter, eine Bombe unter dem Tank des Lastwagens angebracht.«

»Das kommt mir irgendwie bekannt vor.«

»Die Männer waren abtrünnige Ukrainer, die sich der SS im

Kampf gegen die Bolschewiken angeschlossen hatten; sie hatten ihren Teil an Gräueltaten begangen, bevor sie sich den Westalliierten ergaben. Als ich sie aus dem Kriegsgefangenenlager herausgeholt habe, wo sie verfaulten, hätten sie ihre Mütter und Schwestern verkauft, um ihre elende Haut zu retten. Sie haben lediglich bekommen, was sie verdienten.«

»Und die anderen?«

»Schlinge war ein Sadist und ein Kriegsverbrecher, der es verdient gehabt hätte, in Nürnberg gehängt zu werden.«

»Und Marston, McKenzie, Albert Demarsands? Waren das keine Kriegsverbrecher?«

»Marston, ein Feigling und ein kleiner Betrüger, hatte sich nur deshalb zum OSS gemeldet, um sich vor dem Dienst an der Front zu drücken. McKenzie gehörte einer seltenen Gattung an; er war ein ehrlicher Mensch. Nebenbei gesagt wusste er nicht das Geringste von meinem Plan und hat sich völlig unwissend daran beteiligt. Ohnehin habe nicht ich ihn umgebracht, dafür hat der Krebs gesorgt. Was Albert Demarsands angeht, hat er erst eine beträchtliche Provision für seine Dienste eingestrichen und dann mit einem Mal Gewissensbisse bekommen – ziemlich erstaunlich bei einem Schweizer Bankier. Er hat mir keine Wahl gelassen. Ganz wie sein Neffe, Ihr geliebter Antoine, der beschlossen hat, seine Nase in die Vergangenheit seines Vaters zu stecken. Ich hätte ihn liebend gern in Frieden leben lassen, wenn er das nicht getan hätte.«

Sie warf ihm einen verächtlichen Blick zu. »Was für ein herrliches Beispiel für das Abrücken von moralischen Verpflichtungen. Adolf Eichmann hat mit sehr ähnlichen Argumenten stets betont, er habe nicht das Geringste gegen die Juden gehabt.«

»Wie können Sie wagen, mich mit einem Nazischlächter zu vergleichen!«, schleuderte er ihr entgegen, wobei er wie ein Schachtelteufelchen aufsprang. Mit geballten Fäusten kam er auf sie zu. Er war nicht nur dürr, sondern auch klein. Sogar barfuß wäre Anna mindestens zehn Zentimeter größer gewesen als er. Doch das machte ihn nicht minder bedrohlich. Vor Wut bebend und mit einem Gesicht, als wolle er sie erwürgen, blieb er einen Schritt entfernt von ihr stehen.

Anna verfluchte sich im Stillen, dass sie ihre Zunge nicht im Zaum gehalten hatte, und zwang sich, nicht vor ihm zurückzuweichen.

Doch sein Wutanfall ging so rasch vorüber, wie er gekommen war.

»Trotz all Ihrer teuren Bildung«, erklärte Krauss mit einer Stimme so kalt wie Stahl, »haben Sie nicht die geringste Vorstellung vom Leben. Sie wissen nicht, wie es ist, jeden verdammten Tag, den Gott werden lässt, das Leben aufs Spiel zu setzen, wie es ist, wenn ein Sekundenbruchteil darüber entscheidet, ob man krepiert oder am Leben bleibt. Sie haben sich nie vor Angst in die Hose gemacht, nie Ihre Eingeweide ausgekotzt, wenn Sie mit ansehen mussten, wie Ihr Staffelkamerad am Himmel in Stücke gerissen wurde, und nie gespürt, wie es ist, wenn das eigene Fleisch brennt wie das eines Schweins am Spieß!«

»Wenn ich auf solche Dinge erpicht gewesen wäre, hätte ich mich zu den Luftstreitkräften gemeldet.«

Sie drehte sich zur Tür um, doch Krauss legte ihr eine Hand auf den Arm und zwang sie, ihn anzusehen.

»Jeder Mensch hat eine Nachtseite«, knurrte er. »Einen schmachvollen geheimen Garten. Manchmal ist er klein, manchmal groß, aber immer bestens in Schuss gehalten durch die Angst, entlarvt zu werden. Paul Demarsands war keine Ausnahme von dieser Regel. Fragen Sie ruhig Ihren Freund Antoine, ob er weiß, wo sich Görings Diamanten befinden.«

Anna sah ihn überrascht an.

»Ich weiß nicht, ob ich das verstanden habe.«

»Lubiesz hat Ihnen vielleicht gesagt, dass in den Begleitpapieren des Transports ein großer Beutel geschliffener Diamanten höchster Qualität aufgeführt war. Sie gehörten zu einer Partie Edelsteine, die deutsche Truppen 1940 bei der Einnahme von Antwerpen gestohlen hatten. Als ich die Lastwagen in die Hand bekam, waren sie verschwunden.«

»Und was wollen Sie damit andeuten?«

Krauss zuckte die Achseln.

»Da gibt es nichts anzudeuten. Ich teile Ihnen eine unbestreitbare Tatsache mit: Jemand hat die Diamanten an sich gebracht, *bevor* meine Männer den Transport abgefangen haben, und das kann nur jemand getan haben, der Zugriff darauf hatte. Denken Sie in Ruhe darüber nach. Prescott begleitet Sie zu Ihrem Wagen.«

Nach der Grabeskälte von Krauss' Arbeitszimmer traf die erdrückende Mittagshitze sie wie ein Faustschlag. Als sie ihren Chevrolet erreichte, war sie bereits von Schweiß überströmt.

Während sie sich auf den glühend heißen Sitz setzte und den Zündschlüssel ins Schloss steckte, trat ihr sogleich das Bild von Antoines Auto vor Augen, das die Flammen verzehrten. Sie hielt mitten in der Bewegung inne. Hatte man möglicherweise auch an ihrem Wagen eine versteckte Sprengladung angebracht? Eine Welle von Panik überfiel sie. Sie ließ sich gegen die Lehne fallen und holte tief Luft, um sich zu beruhigen.

Nein, sicher nicht unmittelbar vor seinem Haus. Das würde zu viele Fragen aufwerfen. Außerdem ist ein Abkommen ein Abkommen … jedenfalls hoffte sie das. Sie schloss die Augen und drehte den Schlüssel um. Der Motor startete. Das war alles.

Mit einem erleichterten Seufzer stellte sie die Klimaanlage auf Höchstleistung und überquerte, ohne einen Blick hinter sich zu werfen, den großen Platz in Richtung auf den Zufahrtsweg.

Dieses eine Mal hatte sich der anonyme Anruf als glaubwürdig herausgestellt. Als Bordier mit seinen Männern in die heruntergekommene Wohnung am rechten Seeufer eingedrungen war, hatten sie Bisorski überrumpeln können.

Beim Anblick der Polizeibeamten war der Auftragsmörder mit der Waffe in der Hand vom Bett aufgesprungen. Doch bevor er schießen konnte, hatte ihm Bordier drei Kugeln in den Leib gejagt.

Jetzt lag er in einer Blutlache da und flehte mit schwacher Stimme um sein Leben.

Bordier tat nicht einmal so, als wolle er den Notarztwagen rufen. Er begnügte sich damit, sich neben ihn zu knien und ihn anzusehen. Noch nie im Laufe all seiner Dienstjahre hatte er sich zu der Rolle eines Richters, eines Geschworenen oder gar eines Henkers verstiegen. Stets hatte er sich genauestens an die Vorschriften gehalten. Diesmal aber lagen die Dinge anders.

Während Bisorskis Augen brachen, rief Bordier Jacquet zu: »Rufen Sie den Gerichtsarzt an und sagen Sie ihm, dass hier eine Leiche abzuholen ist.«

»Sofort, *patron*.« Mit einem Nicken zu dem Mann am Boden fügte er hinzu: »Jedenfalls kriegen wir keinen Ärger mit der Dienstaufsicht. Die Schüsse waren gerechtfertigt.«

Langsam erhob sich Bordier.

»Ich weiß. Schade, dass es so schnell gegangen ist.«

»Ja, er hätte uns den Namen des Kerls sagen können, für den er gearbeitet hat.«

Bordier schüttelte den Kopf.

»Ich glaube nicht, dass er den gekannt hat. Nein, ich hätte ihn nur gern ein bisschen länger leiden sehen.«

EPILOG

Nur die Toten haben das Ende des Krieges gesehen.

(PLATON)

Drei Monate später

Antoine brauchte mehrere Tage, um wieder auf die Beine zu kommen, und der Syndikus der Bank Demarsands, Conti & Cie noch länger, um für ihn bei den Schweizer Behörden die Erlaubnis für seine Rückkehr nach Los Angeles zu bekommen. Sein plötzliches Auftauchen unter den Lebenden war mit beträchtlichem Misstrauen aufgenommen worden, vor allem als sich herausstellte, dass seine Anwaltskanzlei in Los Angeles Oskar Lubiesz vertreten hatte – und das nur wenige Wochen bevor man den berühmten Milliardär inmitten eines Dutzends seiner Leibwächter und des Jugendfreundes von Antoine, des bekannten Rechtanwalts Rémy Bergeron, tot aufgefunden hatte. Die Angelegenheit hatte unter den Medien jenes Landes, das als geradezu fanatischer Hüter der Diskretion galt, eine nie da gewesene Welle der Erregung ausgelöst.

Außer der Aussage der Brüder Antoine und Alexandre Demarsands war auch das Zeugnis des wegen seines humanitären Einsatzes geachteten Arztes Dr. Bernard Giroux und die Hartnäckigkeit des Syndikus der Bank nötig gewesen, um die Behörden davon zu überzeugen, dass die Verwicklung der beiden Brüder in die dramatischen Ereignisse, die die friedliche Stadt

Calvins erschüttert hatten, auf bloßem Zufall beruhte. Dr. Giroux hatte erklärt, er habe, nachdem mehrere Anschläge auf Antoine verübt worden waren, beschlossen, ihn bei sich aufzunehmen, und auf sein Betreiben hin habe sein Patient während der Zeit seiner Rekonvaleszenz verbreiten lassen, er sei tot.

Es blieb ein Geheimnis, warum sich ein notorischer Auftragsmörder wie Vladek Bisorski mit solcher Ausdauer an die Fersen der beiden Brüder geheftet hatte. Antoines Mitwirkung am Verkauf der in Lubiesz' Besitz befindlichen Produktionsfirma hatte sich in keiner Weise von Dutzenden Transaktionen unterschieden, die er für andere vermögende Mandanten der Kanzlei Friedman & Weiss durchgeführt hatte. Dafür, dass sich Rémy Bergeron zur Zeit des Überfalls im Hause des Milliardärs befunden hatte, gab es nur eine mögliche Erklärung: Der amerikanische Geschäftsmann hatte ihn wohl mit einem Mandat beauftragen wollen, und der Anwalt hatte sich bedauerlicherweise zum falschen Zeitpunkt am falschen Ort befunden.

Selbstverständlich glaubte Kommissar Bordier kein Wort von alldem. Mehr denn je war er überzeugt, dass die Brüder Demarsands genau wussten, wer der Auftraggeber Bisorskis war, den er außerdem verdächtigte, am Sturm auf Lubiesz' Villa wie auch am etwa zur gleichen Zeit erfolgten und bisher unaufgeklärten Verschwinden des Anwalts Henri Holtz beteiligt gewesen zu sein. Doch der Mörder hatte sein Wissen mit ins Grab genommen, und es war nicht gelungen, eine Spur zu finden, die zu den anderen Teilnehmern an dem Feuerüberfall geführt hätte. Die in Antoines Auto aufgefundene Leiche würde auf alle Zeiten namenlos bleiben, da die durch die Explosion ausgelöste ungeheure Hitze das Körpergewebe so sehr angegriffen hatte, dass sich die DNS nicht verwerten ließ.

Nachdem Bordier mehreren Fährten gefolgt war, die alle

im Nichts endeten, hatte er sich genötigt gesehen, die Akte im Keller seines Dienstgebäudes zu denen anderer unaufgeklärter Fälle zu legen, auf denen sich der Staub sammelte. Er tröstete sich damit, dass auch die Kollegen vom FBI mit ihren Nachforschungen nichts erreicht hatten.

Einen Monat nach der gerichtlichen Untersuchung war Kommissar Bordiers Hoffnung, hinter das Geheimnis zu kommen, für kurze Zeit wieder aufgelebt, als Maxime Demarsands' Gattin ihren Mann eines Morgens tot im Ehebett aufgefunden hatte. Dieser Vorfall hatte bei Antoine und Alexandre insgeheim die Befürchtung ausgelöst, Krauss sei wortbrüchig geworden und habe beschlossen, die letzten Spuren seiner Vergangenheit zu beseitigen. Daraufhin hatte Anna sie beruhigt, indem sie ihnen erklärte, sie habe ihr Gespräch mit dem alten Magnaten aufgezeichnet.

»Wie hast du das denn geschafft?«, hatte Antoine verblüfft gefragt.

»Erinnerst du dich, wie ich dir einmal gesagt habe, dass mir der Geschäftsführer einer japanischen Firma nach einer Besprechung ein winziges digitales Gerät zur Sprachaufzeichnung geschenkt hat? Es ist so klein, dass man es in einem Tampon unterbringen kann.«

»Ich kann nicht glauben, dass du ein solches Risiko eingegangen bist! Und wenn man das entdeckt hätte?«

»Na hör mal, Tony! Kennst du einen einzigen Mann, der die Tampons einer Dame auseinandernehmen würde? Auf jeden Fall hat es funktioniert. Der Ton ist ein wenig dumpf, aber Krauss' Stimme lässt sich eindeutig erkennen. Ich habe mir erlaubt, ihm eine Kopie der Aufzeichnung zu schicken, um ihn an unsere Unterhaltung zu erinnern, und ich habe berechtigte Zweifel daran, dass er es je wagen wird, gegen unser Abkommen zu verstoßen.«

Zur großen Erleichterung der beiden Brüder und Bordiers nicht minder großen Enttäuschung hatte die Obduktion ergeben, dass Maxime zwar eines frühen, aber durchaus natürlichen Todes gestorben war, denn er hatte einen Schlaganfall erlitten. Damit war Alexandre Hauptgesellschafter der Bank geworden, worüber sich die Angestellten freuten. Da es ihm außerdem gelungen war, den anderen Teil des Wohnhauses der Familie zu kaufen, hatte er die verhasste Trennwand niederreißen lassen, die den Besitz so lange geteilt hatte. Ob Maxime tatsächlich, wie Rémy vermutet hatte, Krauss' Komplize gewesen war, würde man nie erfahren.

Jetzt blieb noch die schmerzliche Frage nach dem Verbleib von Görings verschwundenen Diamanten. Als Anna den beiden Brüdern mitteilte, was ihr Krauss darüber gesagt hatte, waren sie niedergeschmettert. Sogleich hatte Alexandre das Haus des Vaters von oben bis unten durchsucht, doch ohne Ergebnis. Auch in der Bank fand sich nicht der geringste Hinweis auf die Steine.

»Das hat nichts zu bedeuten«, hatte Anna erklärt. »Die kann ohne Weiteres Schlinge oder sogar Lubiesz beiseitegeschafft haben. Oder Krauss hat sich das aus den Fingern gesogen, um Unfrieden zu stiften.«

»Wenn er aber nun doch die Wahrheit gesagt und mein Vater die Diamanten an sich gebracht hat?«, hatte Antoine ungläubig und verletzt zugleich geantwortet.

»Sie gehörten den Opfern der von den Nazis begangenen Gräueltaten; wie hätte er da auch nur auf den Gedanken kommen können, sie sich anzueignen?«

»Falls er es tatsächlich getan hat, würde das irgendetwas ändern? Würdest du ihn weniger lieben?«

»Ich weiß nicht. Sicher nicht.«

»Dann hör auf, dich zu quälen, und lass die Sache auf sich

beruhen. Wir alle begehen Fehler, Antoine. Ja, vielleicht hat dein Vater die Diamanten an sich genommen. Was wäre damit bewiesen? Doch lediglich, dass er ein Mensch war.«

»Ich weiß nicht, was ich glauben soll ...«

»Glaub, was dir dein Herz sagt, und vergiss nicht, was dein Vater unter Einsatz seines Lebens getan hat, indem er Menschen zur Flucht in die Schweiz verholfen und das OSS unterstützt hat. Du hast getan, was du tun konntest, um sein Andenken reinzuwaschen. Dank deines Einsatzes ist Bonnards Nachfolger an der Universität von Genf im Besitz des unwiderleglichen Beweises dafür, dass dein Vater nicht mit den Nazis zusammengearbeitet hat.«

»Dank meines Einsatzes? Nein, Anna, das hat er *dir* zu verdanken! Du hast es gewagt, dich Krauss zu stellen, und erreicht, dass er das Dokument ausstellen ließ, nicht ich.«

»Ich bin nur auf deine Schultern gestiegen, um die Kirsche auf den Kuchen zu legen.«

»Ich wäre so gern dort gewesen«, hatte er mit Tränen in den Augen geflüstert. »Ich hätte dort sein *müssen*.«

»Es ist an der Zeit, die Vergangenheit ruhen zu lassen, Tony. Dein Krieg ist zu Ende.«

Die Feier, die Hosh Caldwell in der Sky Bar von West Hollywood zu Ehren von Antoines Rückkehr organisierte, hatte großen Anteil daran, dass er wieder Mut fasste. An jenem Abend schlug er Anna zwischen zwei Gläsern Martini vor zusammenzuziehen, und sie nahm an. Einige Wochen darauf verkaufte er seine Wohnung in Brentwood, und sie erwarben gemeinsam ein Haus nahe dem Wasser in Hermosa Beach. Zwar gab es viel darin zu renovieren, doch der Blick auf die Bucht war unverbaubar.

Während Antoine eines milden Sommerabends auf der Terrasse eine Zigarre rauchte und dabei seine Post durchging, fiel ihm inmitten der vielen Reklamezettel und Rechnungen ein Umschlag mit einer Schweizer Marke auf. Hastig riss er ihn auf und entnahm ihm einen Briefbogen aus Velinpapier. Als er sich daranmachte, die in eleganter Kurrentschrift verfasste Mitteilung zu lesen, drängten sich mit einem Mal Bilder in seinem Kopf, die er zu vergessen versucht hatte.

Lieber Antoine,

wenn Sie diesen Brief lesen, den ich meinem treuen Raymond anvertraut habe, werde ich tot sein. Während ich diese Worte schreibe, erholen Sie sich gerade von den Wunden, die man Ihnen vor einigen Stunden zugefügt hat – Ihre ersten Kriegsverletzungen. Soeben sind Sie in die Reihen der ausgewählten Männer und Frauen aufgenommen worden, die ihr Leben aufs Spiel gesetzt haben, um für eine Sache einzutreten, an die sie glauben. Da uns das Schicksal keine Gelegenheit geben wird, einander wiederzusehen, nutze ich diese letzte Möglichkeit, Ihnen meine tief empfundene Wertschätzung und, ja, meine aufrichtige Zuneigung, auszusprechen. Als ich beschlossen habe, Ihnen zu helfen, geschah das aus Pflichtgefühl einem alten Freund gegenüber, der nicht gezögert hatte, sein Leben in die Schanze zu schlagen, um das meine zu retten. Aber jetzt, da ich Sie kenne, bin ich stolz darauf, an Ihrer Seite zu kämpfen. Man hat mich zur Achtung der Tradition und im Geist eines Ehrenkodex erzogen, der heute nahezu vergessen ist. Das ist vielleicht auch besser so. Durch den blinden Nationalismus verschiedener Völker ist ein zu großes Maß an Leid über die Menschheit gebracht worden, und es ist mein Wunsch, dass die Erde das »globale Dorf« geworden sein wird, von dem heutzutage alle Welt spricht, wenn Ihre Kinder einst erwach-

sen sein werden. Unglücklicherweise steht zu befürchten, dass Habgier und Machtstreben auch weiterhin zu Gewalttaten und Chaos führen werden und die Welt nach wie vor Krieger brauchen wird, die einander in sinnlosen Kämpfen gegenüberstehen. Doch was auch immer die Zukunft für Sie bereithält, ich wollte Ihnen unbedingt dafür danken, dass Sie in mir die Erinnerung an den leidenschaftlichen jungen Mann erweckt haben, der ich früher war. Bei meinen Luftkämpfen am Himmel über Europa gab es keinen Platz für Ideologie oder Hass. Auf beiden Seiten gab es nur Männer, die versuchten, einander so aufrichtig wie möglich gegenüberzutreten. Wir kümmerten uns nicht um die Gräueltaten, die im Namen unseres jeweiligen Vaterlandes geschahen, und das war falsch. Es wäre klüger gewesen, sich aufzulehnen, als zu gehorchen. Aber wir waren jung, noch viel jünger als Fräulein Mariscal, deren Tapferkeit und Seelenstärke mich immer wieder beeindrucken. Sie kämpfen für Ihren Vater auf eine Weise, für die ich mit Bezug auf meinen keine Gelegenheit hatte. Davor, wie auch vor dem Mann, der Sie sind, empfinde ich unumschränkte Hochachtung.

Und unabhängig davon, was das in Ihren Augen bedeuten mag, grüße ich Sie ergebenst.

Joachim Erich Graf Weißdorf

Antoine faltete den Brief sorgfältig wieder zusammen, bevor er ihn in die Tasche steckte. Entgegen dem, was Oskar Lubiesz geschrieben hatte, kam es ihm nicht so vor, als habe er selbst besonders viel geleistet, es sei denn, man betrachtete sein Überleben als Leistung. Von Krauss hörte man, dass er sich nach wie vor einwandfrei aufführte und wie eh und je seinen mit unlauteren Mitteln erworbenen Reichtum genoss. Sein Sohn hatte offiziell die Absicht erklärt, bei den nächsten Vorwahlen für das

Präsidentenamt zu kandidieren. Es war eine wenig erfreuliche Aussicht, das neue Jahrtausend mit dem Erben eines Mörders an der Spitze des Landes zu begrüßen. Während Antoine zusah, wie die Sonne hinter Point Dume unterging, begann er zu überlegen, ob es für ihn keine Möglichkeit gab, das zu verhindern.

GLOSSAR

Abwehr: Spionage- und Gegenspionage der deutschen Wehrmacht. Unter Federführung der SS war sie unabhängig vom Sicherheitsdienst (SD), mit dem sie in ständiger Rivalität stand, und spielte eine wichtige Rolle im deutschen Widerstand gegen Hitler. Ihr Leiter, Admiral Wilhelm Canaris, gehörte zu den frühesten Mitgliedern der von der Gestapo als »Schwarze Kapelle« bezeichneten Gruppe von Verschwörern. Er wurde nach dem Anschlag auf Hitler vom 20. Juli 1944 festgenommen, obwohl er nicht daran beteiligt gewesen war, und am 9. April 1945 vollständig nackt mit einer Schlinge aus Klavierdraht im Konzentrationslager Flossenbürg qualvoll gehenkt – zwei Wochen bevor amerikanische Truppen es befreiten. Augenzeugen berichteten später, sein Todeskampf habe nahezu eine halbe Stunde gedauert.

Alfonse D'Amato: Senator des Staates New York von 1981 bis 1999, Vorsitzender des Senatsausschusses für Banken, Immobilien und Stadtentwicklung sowie Mitglied des Senatsausschusses für Finanzen. In den Neunzigerjahren des vorigen Jahrhunderts hat er sich dafür eingesetzt, dass die Schweizer Banken den Überlebenden des Holocausts sowie den Erben von dessen Opfern deren Eigentum zurückerstatten.

Bundesversammlung: Das Schweizer Parlament.

Bank für internationalen Zahlungsausgleich (BIZ): Diese häufig als Zentralbank der Zentralbanken bezeichnete Einrichtung wurde 1930 anlässlich des Zweiten Haager Abkommens gegründet und hatte die Aufgabe, die Zahlungsfähigkeit Deutschlands im Zusammenhang mit den Reparationszahlungen, die dem Land nach dem Ersten Weltkrieg auferlegt worden waren, sicherzustellen. Sie nahm schon bald eine Schlüsselfunktion in der Zusammenarbeit mit den Zentralbanken ein und wurde zur wichtigsten Stelle für den internationalen Goldtransfer vor dem und während des Zweiten Weltkrieges. Obwohl unwiderlegbare Beweise für ihre Zusammenarbeit mit dem Dritten Reich vorlagen (zu einer Zeit, als der amerikanische Staatsbürger Thomas McKittrick ihr Präsident war), entging sie nach Ende des Krieges der Auflösung, nachdem sie sich bereit erklärt hatte, den Alliierten 3,7 Tonnen des von Nazis geraubten Goldes zurückzuerstatten. Sie spielte eine entscheidende Rolle bei der Durchführung des Marshallplans und der Durchsetzung des Abkommens von Bretton Woods. Heute wirkt die BIZ außerdem bei zahlreichen internationalen Verhandlungen mit und stellt Krisenregionen kurzfristige Kredite zur Verfügung. Während sie inzwischen vollständig den Regierungen der in ihr vertretenen Länder gehört, wurden ihre Aktien anfangs an der Börse gehandelt und befanden sich teils in den Händen von Regierungen wie von Privatpersonen, etwas, das es bei einer Organisation dieser Art noch nie gegeben hatte.

Brigade criminelle: Eine Abteilung der Kriminalpolizei des Kantons Genf, deren Aufgabe der Kampf gegen Eigentumsdelikte und Mord ist.

Brigade des stupéfiants: Polizeieinheit, deren Auftrag die Bekämpfung des Drogenhandels ist.

ECHELON: Streng geheimes elektronisches Spionagenetz unter der Leitung der Nationalen Sicherheitsbehörde (NSA) der USA in Zusammenarbeit mit den entsprechenden Einrichtungen Großbritanniens, Kanadas, Australiens und Neuseelands. Es versucht, automatisch und in Echtzeit jegliche Art elektronischer Kommunikation, Telefongespräche über Funk, Satellit oder Internet abzufangen und zu entschlüsseln, ganz gleich, von welchem Ort der Welt aus die Mitteilungen kommen. Zwar geht die Gründung des ECHELON-Systems auf das Jahr 1971 zurück, doch hat sich die amerikanische Regierung lange geweigert, seine Existenz offiziell zuzugeben. Erst durch einen Bericht des australischen *Defense Signals Directorate*, Partner der Nationalen Sicherheitsbehörde innerhalb des Überwachungsnetzes, wurde es allgemein bekannt. Es stützt sich auf terrestrische Funkantennen, Satelliten und Unterwasser-Abhöreinrichtungen sowie ein Hochleistungs-Computersystem mit der Bezeichnung DICTIONARY, das alle Daten auf bestimmte vorgegebene Begriffe überprüft, sodass es Mitteilungen herausfiltern kann, die für die nationale Sicherheit von Bedeutung sind. Man schätzt, dass das ECHELON-System jeden Tag rund drei Milliarden Verbindungen jeglicher Art abfängt.

Einsatzgruppen: Mobile Kommandos, die das Regime des Nationalsozialismus im Polenfeldzug 1939 und im Krieg gegen die Sowjetunion 1941 bis 1945 für Massenmorde an Zivilisten der Feindländer aufstellte. Beim »Unternehmen Barbarossa« hatten sie den Befehl, alle Juden und sowjetischen Politoffiziere zu töten.

Feldgendarmerie: Deutsche Militärpolizei.

Flakhelfer: Jungen, die ab 1943 im Deutschen Reich zum Einsatz in den Flakstellungen der Luftwaffe und der Kriegsmarine herangezogen wurden.

GIGN = Groupe d'intervention de la gendarmerie nationale: Spezialeinheit der französischen Gendarmerie mit dem Einsatzschwerpunkt Terrorismusbekämpfung.

Heinrich Himmler: Reichsführer SS, Oberbefehlshaber der Schutzstaffel.

Heinrich Müller: Chef der Geheimen Staatspolizei (Gestapo) im Reichssicherheitshauptamt.

Hitlerjugend (HJ): Im Jahre 1933 zur Indoktrination der Jugend ins Leben gerufene paramilitärische Organisation, die sie auf ihre künftige Rolle als arische Elite vorbereiten sollte.

Internationaler Suchdienst (ITS): Eine von den Alliierten nach dem Ende des Zweiten Weltkrieges in Bad Arolsen gegründete Einrichtung, die das Ziel hatte, das Schicksal im Laufe des Krieges verschwundener Menschen aufzuklären. Seit 1955 untersteht er dem Internationalen Komitee des Roten Kreuzes. Seine Archive gehören mit Bezug auf den Holocaust zu den umfangreichsten auf der Welt und enthalten nahezu fünfzig Millionen Dokumente zu siebzehneinhalb Millionen Personen.

Nationale Sicherheitsbehörde (National Security Agency, NSA): Im Jahre 1952 eingerichteter Militärischer Nachrichtendienst Amerikas mit Sitz in Fort Meade im Bundesstaat Maryland. Mit seinen rund achtunddreißigtausend auf dem ganzen Erdball tätigen zivilen und militärischen Mitarbeitern ist diese Behörde der größte Geheimdienst der Welt. Die CIA verfügt beispielsweise nur etwa über halb so viele Beschäftigte. Zugleich ist sie die mächtigste Einrichtung des Landes, über deren Aktivitäten man so gut wie nichts weiß und die am wenigsten der Kontrolle unterliegt. Ihr offizieller Auftrag lautet, die Kommunikationen fremder Mächte zu überwachen und auszuwerten, deren verschlüsselte Mitteilungen zu entziffern und die Übermittlung von Botschaften der amerikanischen Regierung zu schützen. Gedeckt durch ein Mandat des *United States Foreign Intelligence Surveillance Court* (FISC – Gericht der Vereinigten Staaten betreffend die Überwachung der Auslandsgeheimdienste), kann sie auch amerikanische Bürger ausspähen. Nach Millionen ungesetzlicher Abhörmaßnahmen hat das Justizministerium wegen Verdachts krimineller Machenschaften eine vertrauliche Untersuchung gegen die NSA durchgeführt, das Verfahren aber »aus Gründen der nationalen Sicherheit« eingestellt. Diese Untersuchung hat den Kongress im Jahre 1978 dazu veranlasst, den *Foreign Intelligence Surveillance Act* (FISA – *Gesetz zum Abhören in der Auslandsaufklärung*) zu verabschieden, was nicht nur die Einrichtung des FISC zur Folge hatte, sondern auch strenge Vorschriften mit Bezug auf die physische und elektronische Überwachung. Wegen der rasend schnellen Entwicklung auf dem Gebiet der technischen Verfahren bleiben die Aktivitäten der NSA allerdings nach wie vor weitgehend der Überwachung entzogen.

Obersturmbannführer: Oberstleutnant der SS und der SA.

Obersturmführer: Oberstleutnant der SS und der SA.

Projekt Safehaven: Ein im Mai 1944 ins Leben gerufenes Gemeinschaftsunternehmen des amerikanischen Außen- und Finanzministeriums unter Mitwirkung des OSS, mit dem man aus Deutschland in neutrale Länder Europas oder nach Amerika geschaffte Werte aufspüren und einfrieren wollte. Wegen bürokratischer Hemmnisse und interner Querelen begann es erst Ende des Jahres zu wirken. Die durch die für das Projekt Verantwortlichen während des Krieges und danach gewonnene Erkenntnisse erwiesen sich in den Verhandlungen zwischen den Alliierten und den neutralen Ländern über die Rückgabe der vom Deutschen Reich beschlagnahmten Goldbestände als äußerst nützlich.

Raoul Wallenberg: Schwedischer Diplomat, der nach der Besetzung des zuvor mit Deutschland verbündeten Ungarns durch das Reich im März 1944 Tausenden von Juden das Leben gerettet hat. Am 17. Januar 1945 wollte er mit Marschall Malinowski zusammentreffen, der an der Spitze der zur Befreiung Ungarns angerückten Teile der Roten Armee stand. Danach hat man nie wieder etwas von ihm gehört. Nachdem die Sowjets anfangs bestritten hatten, den berühmten Schweden verhaftet zu haben, erklärten sie, er sei irrtümlich festgenommen worden und im Laufe des Sommers 1947 während der Haft eines natürlichen Todes gestorben. Zwar hieß es noch mehrere Jahrzehnte lang gerüchtweise, er befinde sich in einem der als Gulag bezeichneten Straflager, doch muss man es als wahrscheinlich ansehen, dass er im Juli 1947 in der Lubjanka, dem Gefängnis des sowjetischen Geheimdienstes, hingerichtet wurde.

Reichskristallnacht: Die Nacht vom 9. auf den 10. November 1938, in deren Verlauf die Nazis im ganz Deutschen Reich Tausende von Synagogen, Häusern und Unternehmen im Besitz von Juden zerstört und geplündert haben. Dabei wurden rund hundert Juden getötet und über dreißigtausend in Konzentrationslager verschleppt.

Roger Masson: Im Zweiten Weltkrieg Oberstbrigadier und Chef des äußerst fähigen militärischen Nachrichtendienstes der Schweiz.

Rudolf Höß: SS-Obersturmbannführer und Kommandant des Konzentrationslagers Auschwitz.

Schmeisser (MP 40): Die Standardmaschinenpistole der deutschen Wehrmacht im Zweiten Weltkrieg, Kaliber 9 mm.

Schwarze Kapelle: Aus Offizieren, Diplomaten und Angehörigen des Adels bestehende weit gespannte Organisation, die sich den Sturz Hitlers als Ziel gesetzt hatte.

Semtex: Plastiksprengstoff.

SS-Sturmbrigade Dirlewanger: Aus dieser als »Sonderbataillon Dirlewanger« gegründeten Einheit, die bald Regimentsstärke erreichte, wurde eine Brigade und schließlich im Februar 1945 die 36. Waffen-Grenadier-Division der SS. Sie unterstand dem Befehl Oskar Dirlewangers und setzte sich aus Wilddieben, Gewohnheitsverbrechern, aus dem Heer ausgestoßenen Offizieren, wegen Disziplinarvergehen verurteilten ehemaligen Angehörigen der SS-Totenkopfverbände und Heeressoldaten zusammen. Dirlewanger, ein Veteran des Ersten Weltkrieges, dem man das Eiserne Kreuz beider Klassen verliehen hatte, schloss sich nach dem Krieg den nationalistischen Freikorps an. Wegen Vergewaltigung und sexueller Belästigung minderjähriger Mädchen wurde er zu einer zweijährigen Zuchthausstrafe verurteilt. Die dem Befehl dieses psychopathischen Alkoholikers unterstellte Einheit zeichnete sich sogar nach SS-Maßstäben durch unvorstellbare Grausamkeit und Brutalität im rücksichtslosen Kampf gegen Partisanen an der Ostfront aus und erlangte damit traurige Berühmtheit. Das Militär leitete sogar im August 1942 eine Untersuchung gegen sie ein, doch hielt der Reichsführer SS Himmler seine schützende Hand über Dirlewanger, der im Jahre 1944 zum Oberführer befördert wurde – eine Rangstufe, für die es im Heer keine Entsprechung gibt und die zwischen Oberst und Generalmajor liegt. Die Brigade Dirlewanger war maßgeblich an der Niederschlagung des Aufstands im Warschauer Getto beteiligt wie auch an der des Slowaki-schen Nationalaufstands im Sommer und Herbst 1944. Dabei plünderten ihre Angehörigen nicht nur, folterten und töteten wahllos, sie gingen auch gegen Krankenhäuser vor, wobei sie Patientinnen, Krankenschwestern und sogar Nonnen verge-waltigten. Das Ausmaß an Barbarei, das sie an den Tag legten, schockierte die Angehörigen der anderen Truppengattungen, und zahlreiche Wehrmachtsoffiziere machten dem Hauptquar-tier davon Meldung. Trotz allem wurde Oskar Dirlewanger für seine in Warschau vollbrachten »Heldentaten« mit dem Ritter-kreuz ausgezeichnet. Er starb am 4. Juni 1945 in einem Kriegs-gefangenenlager der Alliierten. Manche behaupten, polnische Angehörige der französischen Streitkräfte hätten ihn gefoltert und zu Tode geprügelt.

Státni bezpečnost (StB): Ehemalige tschechische Geheimpolizei.

Strategic Services Unit (SSU): Wie der Interim Research and In-telligence Service (IRIS) einer der zahlreichen als Notbehelf eingerichteten Informationsdienste, mit denen man die Zeit zwischen der am 20. September 1945 von Präsident Trumans Rechtsverordnung 9260 verfügten Auflösung des im Zweiten Weltkrieg wichtigsten Geheimdienstes der Amerikaner Of-fice of Strategic Services (OSS) und der Gründung der Cen-tral Intelligence Agency (CIA) durch das National Security Act (Gesetz zur nationalen Sicherheit) im Jahre 1947 überbrücken wollte.

Sturmgewehr 44 (StG44): Dieses im Juli 1944 eingeführte erste moderne Sturmgewehr hat viele Nachfolgekonstruktionen auf der ganzen Welt beeinflusst, unter anderem das russische AK-47, das unter dem Namen »Kalaschnikow« bekannt geworden ist.

Union Banking Corporation (UBC): Eines der zahlreichen von der New Yorker Wall Street Bank Brown Brothers Harriman & Co. gegründeten Unternehmen, mit dem man am wirtschaftlichen Wachstum Deutschlands in den Dreißigerjahren teilhaben wollte. Zu seinen Gründern gehörte neben Fritz Thyssen und anderen deutschen Industriellen auch der amerikanische Senator Prescott Bush, Vater des späteren Präsidenten George Bush.

Unternehmen Barbarossa: Deckname für den Angriff der deutschen Wehrmacht auf die Sowjetunion am 22.6.1941.

Viktoria-Kreuz: Ein einfaches Gusskreuz aus der Bronze im Krimkrieg eroberter russischer Geschütze und die höchste Kriegsauszeichnung der Streitkräfte des Vereinigten Königreichs von Großbritannien sowie einiger Länder des Commonwealth. Die Vorderseite zeigt um einen Löwen und eine Krone herum ein Band mit den Worten »For Valour« (Für Tapferkeit). Wie die amerikanische Ehrenmedaille »Medal of Honor« wird es ausschließlich für herausragende Tapferkeit vor dem Feind verliehen. Seit seiner Einsetzung sind weniger als eintausendvierhundert Männer damit ausgezeichnet worden, unter ihnen drei Dänen, ein Schweizer, ein Deutscher, ein Russe und mindestens fünf Amerikaner, die in britischen oder kanadischen

Einheiten gedient haben. Im Jahre 1921 wurde es dem amerikanischen Unbekannten Soldaten verliehen und im Zweiten
Weltkrieg lediglich zweiundachtzig Mal vergeben.

X-2: für die Gegenspionage zuständige Unterabteilung des OSS.

Danksagung

Es ist mir ein Bedürfnis, nachstehenden Personen zu danken:

Meiner Frau Lili, die mit unerschütterlichem Gleichmut eine Unzahl von Fassungen meines Buches gelesen hat und stets meine aufrichtigste Kritikerin war.

Meinem Sohn Liam, der mir mit seinem Lächeln und seiner zärtlichen Liebe neuen Mut und Schaffensfreude geschenkt hat, wenn ich glaubte, keine Kraft mehr zu haben.

Louis Kaplan, »mehr Freund als Bruder«, der es verstanden hat, mich ernst zu nehmen, ohne es damit zu übertreiben.

Ike Williams, der mir den richtigen Weg für meine zahlreichen Überarbeitungen gezeigt hat.

Meinem Freund und Mentor Lindsay Conner, einem außergewöhnlichen *entertainment lawyer*, der an mein Buch geglaubt hat, als es noch nichts als ein unbeholfener Entwurf war.

Meinen Nachbarn, Freunden und großen Profis der audiovisuellen Industrie, Anson Williams und Mark Kunerth, die mich dazu gebracht haben, das Projekt nicht aufzugeben, als ich die Hoffnung verloren hatte.

Randy Peffer, Freund und hochbegabten Romancier, der mir seine Unterstützung angeboten hat, bevor er überhaupt das Manuskript gelesen hatte.

Dianou für zahlreiche kluge und zugleich liebenswürdig verpackte Ratschläge.

Thierry Billard und Patrice Hoffman, die an mein Buch geglaubt und mir meine Chance gegeben haben.

Virginie Plantard, die mir mit großer Geduld ausgezeichnete Vorschläge gemacht hat, wie sich der Text verbessern ließe.

Und dir, mein *Dad*, der mir die Neugier weitergegeben hat, alles zu durchleben und zu versuchen, und der vor allem der beste Vater war, den ich mir hätte erträumen können.

Danke, *thank you*.